GERMANISCHES MEER
OWYS
Ratae
LLOEGYR
GWENT
levum
um
Pontes
London
Themse
e Sulis
Calleva
Caer Ambra
e Steine
Venta
BELGENREICH
Dunum
dia
Seepalast
YNYS WIT
SEL
REICHE
ANNIEN
n. Chr.
ftes Gebiet
Hadrianswall
RHEGED
ELMET
YNYS MON
CORNOVIA
POWYS
LLOEGYR
50 Meilen

Bernard Cornwell

# Der Schattenfürst

Bernard Cornwell

# Der Schattenfürst

Roman

Aus dem Englischen
von Gisela Stege

Blanvalet

Die Originalausgabe erschien unter dem Titel
»Enemy of God« bei Michael Joseph Ltd., London.

Umwelthinweis:
Dieses Buch und der Schutzumschlag wurden auf
chlorfrei gebleichtem Papier gedruckt.
Die Einschrumpffolie (zum Schutz vor Verschmutzung) ist aus
umweltschonender und recyclingfähiger PE-Folie.

Der Blanvalet Verlag
ist ein Unternehmen der Verlagsgruppe Bertelsmann

1. Auflage

Satz: Uhl + Massopust, Aalen
Druck und Bindung:
Graphischer Großbetrieb Pößneck GmbH
Printed in Germany
ISBN 3-7645-0005-0

*»Der Schattenfürst« ist für Susan Watt,*
*die alleinige Urheberin*

# Vorwort

*Der Schattenfürst* ist der zweite Roman der Arthur-Trilogie und schließt unmittelbar an die im *Winterkönig* geschilderten Ereignisse an. Im ersten Band stirbt Uther, König von Dumnonia und Großkönig von Britannien, und sein Enkel, ein klumpfüßiges Kleinkind namens Mordred, wird sein Nachfolger. Arthur, ein illegitimer Sohn Uthers, wird zu einem von Mordreds Protektoren ernannt und steigt im Laufe der Zeit zum Wichtigsten dieser Protektoren auf. Arthur ist fest entschlossen, den Eid zu erfüllen, den er Uther geschworen hatte, den Eid, dafür zu sorgen, daß Mordred, sowie er großjährig ist, Dumnonias Thron besteigt.

Außerdem ist Arthur entschlossen, den einander bekämpfenden britannischen Königreichen Frieden zu bringen. Der Hauptkonflikt betrifft Dumnonia und Powys, doch als Arthur aufgefordert wird, Ceinwyn, Prinzessin von Powys, zu heiraten, sieht es aus, als könnte der Krieg vermieden werden. Statt dessen geht Arthur jedoch mit der mittellosen Prinzessin Guinevere auf und davon, und diese Beleidigung löst einen jahrelangen Krieg aus, der erst endet, als Arthur König Gorfyddyd von Powys in der Schlacht von Lugg Vale besiegt. Dann geht der Thron von Powys an Cuneglas, Ceinwyns Bruder über, der wie Arthur Frieden zwischen den Britanniern stiften will, damit sie ihre Speere konzentriert gegen den gemeinsamen Feind, die Sachsen (Sais), richten können.

Genau wie der *Winterkönig* wird auch dieses Buch von Derfel (ausgesprochen Derwel) erzählt. Derfel war ein sächsischer Sklavenjunge, der in Merlins Halle aufwuchs und schließlich einer von Arthurs Kriegern wurde. Arthur hatte Derfel nach Armorica geschickt (in die heutige Bretagne), wo er am aussichtslosen Kampf des britannischen Königreichs Benoic gegen die fränkischen Eindringlinge teilnahm. Unter den Flüchtlingen aus Benoic, die nach Britannien zurückkehren, ist auch Lancelot, König von Benoic, den Arthur jetzt mit Ceinwyn vermählen und auf den Thron von Siluria setzen will. Derfel hat sich in Ceinwyn verliebt.

Derfels Liebe gilt aber auch Nimue, seiner Kindheitsfreundin, die Merlins Gehilfin und Geliebte geworden ist. Merlin ist Druide und Anführer jener Partei in Britannien, welche die Insel den alten Göttern zurückgeben will. Zu diesem Zweck sucht er den Kessel, eins der dreizehn Kleinodien Britanniens, eine Suche, die für Merlin und Nimue weit wichtiger ist als irgendwelche Schlachten gegen andere Königreiche oder Eindringlinge. Merlins Gegner sind die Christen Britanniens, zu deren Anführern Bischof Sansum gehört. Sansum verlor einen großen Teil seiner Macht, als er sich Guinevere widersetzte. Inzwischen ist er in Ungnade gefallen und zum Abt des Klosters zum Heiligen Dornbusch in Ynys Wydryn (Glastonbury) degradiert worden.

*Der Winterkönig* endet damit, daß Arthur die große Schlacht von Lugg Vale gewinnt. Mordreds Thron ist gesichert, die südlichen Königreiche Britanniens schließen ein Bündnis, und Arthur wird, obwohl er selbst kein König ist, zu ihrem unbestrittenen Führer.

## Dramatis Personae

| | |
|---|---|
| Ade | Lancelots Geliebte |
| Aelle | Ein Sachsenkönig |
| Agricola | Kriegsherr von Gwent, der König Tewdric dient |
| Ailleann | Arthurs ehemalige Geliebte, Mutter seiner Zwillingssöhne Amhar und Loholt |
| Amhar | Illegitimer Sohn Arthurs und Ailleanns |
| Arthur | Kriegsherr von Dumnonia, Mordreds Protektor |
| Balin | Ein Krieger Arthurs |
| Ban | Ehemaliger König von Benoic (einem Königreich in der Bretagne), Lancelots Vater |
| Bedwin | Bischof von Dumnonia und Kronratsmitglied |
| Bors | Lancelots Cousin und Champion |
| Brochvael | König von Powys nach Arthurs Zeit |
| Byrthig | Edling (Kronprinz) von Gwynedd |
| Cadoc | Christenbischof, gilt als Heiliger, Einsiedler |
| Cadwallon | König von Gwynedd |
| Cadwy | Rebellischer Fürst von Isca |
| Callyn | Champion von Kernow |
| Cavan | Derfels stellvertretender Hauptmann |
| Cei | Arthurs Kindheitsfreund, jetzt einer seiner Krieger |
| Ceinwyn | Prinzessin von Powys, Cuneglas' Schwester |
| Cerdic | Ein Sachsenkönig |
| Culhwch | Arthurs Cousin, einer seiner Krieger |
| Cuneglas | König von Powys, Gorfyddyds Sohn |

| | |
|---|---|
| Cythryn | Beamter in Dumnonia, Mitglied des Kronrats |
| Derfel Cadarn | Der Erzähler, geborener Sachse, einer von Arthurs Kriegern, später Mönch |
| Dian | Derfels jüngste Tochter |
| Dinas | Silurischer Druide, Lavaines Zwillingsbruder |
| Diwrnach | Irischer König von Lleyn, einem Land, das früher Henis Wyren genannt wurde |
| Eachern | Einer von Derfels Speerkämpfern |
| Elaine | Lancelots Mutter, Bans Witwe |
| Emrys | Bischof von Dumnonia, Bedwins Nachfolger |
| Erce | Derfels Mutter, auch Enna genannt |
| Galahad | Lancelots Halbbruder, ein Prinz des (verlorenen) Benoic |
| Gorfyddyd | König von Powys, getötet in der Schlacht von Lugg Vale, Cuneglas' und Ceinwyns Vater |
| Guinevere | Arthurs Gemahlin |
| Gundleus | Einst König von Siluria, getötet nach Lugg Vale |
| Gwenhwyvach | Guineveres Schwester, eine Prinzessin des (verlorenen) Henis Wyren |
| Gwlyddyn | Merlins Diener |
| Gwydre | Arthurs und Guineveres Sohn |
| Helledd | Cuneglas' Gemahlin, Königin von Powys |
| Hygwydd | Arthurs Schildknappe |
| Igraine | Königin von Powys nach Arthurs Zeit, vermählt mit Brochvael |
| Iorweth | Ein Druide aus Powys |
| Iseult | Königin von Kernow, vermählt mit Mark |
| Issa | Einer von Derfels Speerkämpfern, später sein stellvertretender Hauptmann |
| Lancelot | Exilierter König von Benoic |

| | |
|---|---|
| Lanval | Ein Krieger Arthurs |
| Lavaine | Silurischer Druide, Dinas' Zwillingsbruder |
| Leodegan | Exilierter König von Henis Wyren, Guineveres und Gwenhwyvachs Vater |
| Ligessac | Verräter im Exil |
| Loholt | Arthurs illegitimer Sohn, Amhars Zwillingsbruder |
| Lunete | Ehemalige Gefährtin Derfels, nunmehr Guineveres Hofdame |
| Maelgwyn | Mönch in Dinnewrac |
| Malaine | Druide aus Powys |
| Malla | Sagramors sächsische Gemahlin |
| Mark | König von Kernow, Tristans Vater |
| Melwas | Exilierter König der Belgen |
| Merlin | Oberster Druide von Dumnonia |
| Meurig | Edling (Kronprinz) von Gwent, später König |
| Mordred | König von Dumnonia, Norwennas Sohn |
| Morfans | »Der Häßliche«, ein Krieger Arthurs |
| Morgan | Arthurs ältere Schwester, einst Merlins Oberpriesterin |
| Morwenna | Derfels älteste Tochter |
| Nabur | Christlicher Magistrat in Durnovaria |
| Nimue | Merlins Gefährtin und Oberpriesterin |
| Norwenna | Mordreds Mutter, von Gundleus getötet |
| Oengus Mac Airem | Irischer König von Demetia, das früher Dyfed hieß |
| Peredur | Lancelots und Ades Sohn |
| Pyrlig | Derfels Barde |
| Ralla | Merlins Dienerin, vermählt mit Gwlyddyn |
| Sagramor | Arthurs numidischer Befehlshaber, Lord der Steine |
| Sansum | Bischof in Dumnonia, später Derfels Vorgesetzter in Dinnewrac |
| Scarach | Issas Gemahlin |

| | |
|---|---|
| Seren | Derfels zweitälteste Tochter |
| Tanaburs | Silurischer Druide, von Derfel nach Lugg Vale getötet |
| Tewdric | König von Gwent, Meurigs Vater, später christlicher Eremit |
| Tristan | Edling (Kronprinz) von Kernow, Marks Sohn |
| Tudwal | Novize im Kloster Dinnewrac |
| Uther | Verstorbener Großkönig von Dumnonia, Mordreds Großvater |

# Orte

Die mit * gekennzeichneten Namen sind erfunden.

| | |
|---|---|
| Abona | Avonmouth, Avon |
| Aquae Sulis | Bath, Avon |
| Benoic | Ein Königreich in der Bretagne (Armorica), das an die Franken verlorenging |
| Boduan | Garn Boduan, Gwynedd |
| Broceliande | Das überlebende britannische Königreich in Armorica |
| Burrium | Hauptstadt von Gwent. Usk, Gwent |
| Caer Ambra* | Amesbury, Wiltshire |
| Caer Cadarn* | South Cadbury, Somerset |
| Caer Gei* | Hauptstadt von Gwynedd. North Wales |
| Caer Sws | Hauptstadt von Powys. Caersws, Powys |
| Calleva | Silchester, Hampshire |
| Corinium | Cirencester, Gloucestershire |
| Cwm Isaf | Nahe Newtown, Powys |
| Dinnewrac* | Ein Kloster in Powys |
| Dolforwyn | Nahe Newtown, Powys |
| Dun Ceinach* | Haresfield Beacon, nahe Gloucester |
| Dunum | Hod Hill, Dorset |
| Durnovaria | Dorchester, Dorset |
| Ermids Halle* | Nahe Street, Somerset |
| Glevum | Gloucester |
| Halcwm* | Salcombe, Devon |
| ISCA Dumnonia | Exeter, Devon |
| ISCA Siluria | Caerleon, Gwent |
| Lindinis | Ilchester, Somerset |
| *Lloegyr* | Der Teil Britanniens, der von den Sachsen besetzt war, wörtlich »die verlorenen Lande«. Im modernen Walisisch bedeutet *Lloegyr* England |

| | |
|---|---|
| Llyn Cerrig Bach | Der See der Kleinen Steine, heute Valley Airfield, Anglesey |
| Lugg Vale* | Mortimer's Cross, Hereford & Worcester |
| Magnis | Kenchester, Hereford & Worcester |
| Nidum | Neath, Glamorgan |
| Pontes | Staines, Surrey |
| Ratae | Leicester |
| Die Steine | Stonehenge |
| Der Tor | Glastonbury Tor, Somerset |
| Venta | Winchester, Hampshire |
| Vindocladia | Römische Festung bei Wimborne Minster, Dorset |
| Ynys Mon | Anglesey |
| Ynys Trebes* | Die verlorene Hauptstadt von Benoic, Mont Saint-Michel, Frankreich |
| Ynys Wit | Die Isle of Wight |
| Ynys Wydryn | Glastonbury, Somerset |

ERSTER TEIL

# Die dunkle Straße

Heute habe ich an die Toten gedacht.

Es ist der letzte Tag des alten Jahres. Der Adlerfarn auf dem Berg ist braun geworden, die Ulmen am Ende des Tals haben ihr Laub verloren, und das allwinterliche Schlachten des Viehs hat begonnen. Die Nacht vor Samhain, der Vorabend des neuen Jahres, ist gekommen.

Heute nacht wird der Vorhang, der die Toten von den Lebenden trennt, sich erst bewegen, dann zerreißen und sich schließlich ganz auflösen. Heute nacht werden die Toten die Schwerterbrücke überqueren. Heute nacht werden die Toten aus der Anderwelt in diese Welt zurückkehren, aber wir werden sie nicht sehen. Sie werden nichts weiter sein als Schatten, nichts weiter als ein Wispern in einer windstillen Nacht, aber sie werden unter uns weilen.

Bischof Sansum, der Heilige, der unsere kleine Mönchsgemeinde regiert, spottet über diesen Glauben. Die Toten, sagt er, haben keinen Schattenkörper und können die Schwerterbrücke nicht überqueren, sondern liegen in ihrem kalten Grab und warten auf die letzte Wiederkehr unseres Herrn Jesus Christus. Es ist richtig, sagt er, daß wir der Toten gedenken und für ihre unsterblichen Seelen beten, aber ihre Körper sind dahin. Sie sind verwest. Ihre Augen sind zerschmolzen und haben dunkle Löcher in den Schädeln hinterlassen, Würmer zersetzen ihren Bauch, und pelziger Schimmel überzieht ihre Knochen. Die Toten belästigen die Lebenden in der Nacht vor Samhain nicht, behauptet der Heilige, und dennoch wird er Sorge tragen, daß am heutigen Abend ein Laib Brot neben der Herdstelle des Klosters liegt. Er wird vorgeben, daß es aus Nachlässigkeit geschah, doch neben der Asche des Küchenfeuers werden heute nacht ein Laib Brot und ein Krug Wasser warten.

Ich selbst werde ein wenig mehr zurücklassen. Einen Becher Met und ein Stück Lachs. Kleine Geschenke, doch bessere kann ich mir nicht leisten; heute abend werde ich die Gaben in den Schatten neben der Feuerstelle legen und in meine Klosterzelle zurückkehren, um die Toten willkommen zu heißen, die in dieses kalte Haus auf dem kahlen Hügel kommen.

Ich werde die Toten aufzählen. Ceinwyn, Guinevere, Nimue, Merlin, Lancelot, Galahad, Dian, Sagramor; die Liste würde zwei Pergamente füllen. So viele Tote. Ihre Schritte werden weder eine Binse auf dem Fußboden zerdrücken noch die Mäuse erschrecken, die im Reetdach des Klosters hausen; aber selbst Bischof Sansum weiß, daß unsere Katzen einen Buckel machen und aus den hintersten Winkeln der Küche fauchen werden, wenn die Schatten, die keine Schatten sind, an unsere Herdstelle treten und die Gaben an sich nehmen, die sie davon abhalten, Unheil zu wirken.

Deswegen denke ich heute an die Toten.

Ich bin jetzt alt, möglicherweise so alt, wie Merlin damals war, wenn auch bei weitem nicht so weise. Bischof Sansum und ich sind, glaube ich, die einzigen Menschen aus der großen Zeit, die noch am Leben sind, und ich allein erinnere mich voll Freude daran. Möglich, daß auch einige andere noch leben. In Irland vielleicht, oder im Ödland nördlich von Lothian, aber mir ist nichts davon bekannt. Ich weiß nur so viel: Falls einige andere noch leben sollten, dann verkriechen sie sich vor der hereinbrechenden Dunkelheit wie ich und wie die Katzen, die sich vor den Schatten dieser Nacht fürchten. Alles, was wir liebten, wurde vernichtet, alles, was wir bauten, niedergerissen, und alles, was wir säten, von den Sachsen geerntet. Wir Britannier klammern uns an die hohen, westlichen Lande und sprechen von Rache, aber ein Schwert, das gegen eine allumfassende Finsternis kämpft, gibt es nicht. Hin und wieder – dieser Tage viel zu oft – wünsche ich mir nur noch, bei den Toten zu sein. Bischof Sansum heißt diesen Wunsch gut und sagt mir, es sei richtig, daß ich mich danach sehne, zur Rechten Gottes im Himmel zu sitzen, aber ich glaube kaum, daß ich in den Himmel der Heiligen kommen werde. Ich habe viel zuviel gesündigt und fürchte deswegen die Hölle, hoffe gegen meinen christlichen Glauben jedoch, daß ich statt dessen in die Anderwelt komme.

Denn dort, unter den Apfelbäumen des viertürmigen Annwn, erwartet mich eine Tafel, überhäuft mit Speisen und umdrängt von den Schattenleibern all meiner alten Freunde. Merlin wird dort schwatzen, belehren, grollen und spötteln. Galahad wird ihn ungeduldig unterbrechen, und Culhwch, von so viel Gerede gelangweilt, wird sich eine dicke Portion Rindfleisch stibitzen und glauben, daß es niemand bemerkt. Und Ceinwyn wird dort sein, meine geliebte, schöne Ceinwyn, um den Aufruhr zu besänftigen, der von Nimue ausgelöst wurde.

Aber ich bin noch immer mit dem Fluch des Odems geschlagen. Ich lebe, während sich meine Freunde laben, und solange ich lebe, werde ich an diesem Bericht über Arthur schreiben. Ich schreibe ihn auf Geheiß von Königin Igraine, der jungen Gemahlin König Brochvaels von Powys und Schutzherrin unseres kleinen Klosters. Da Igraine alles über Arthur zu erfahren verlangt, woran ich mich erinnern kann, begann ich diesen Bericht niederzuschreiben, doch Bischof Sansum mißbilligt meine Arbeit. Arthur sei der Feind Gottes, sagt er, eine Ausgeburt des Teufels. Deswegen schreibe ich den Bericht in meiner sächsischen Muttersprache nieder, deren der Heilige nicht mächtig ist. Igraine und ich haben dem Heiligen erklärt, daß ich das Evangelium unseres Herrn Jesus Christus in der Sprache der Feinde aufschreibe, und es kann sein, daß er uns glaubt; aber vielleicht wartet er nur ab, bis er uns diese Lüge nachweisen und mich dafür bestrafen kann.

Ich schreibe jeden Tag. Igraine kommt immer wieder ins Kloster, um zu beten, Gott möge ihrem Leib die Gnade einer Schwangerschaft schenken, und wenn sie mit ihren Gebeten fertig ist, nimmt sie die fertigen Pergamente mit und läßt sie von Brochvaels Gerichtsschreiber ins Britannische übersetzen. Ich glaube, daß sie den Bericht dabei ein wenig abändert, damit er Arthur so zeigt, wie sie ihn sich wünscht, statt so, wie er wirklich war – aber vielleicht spielt das keine Rolle, denn wer wird diesen Bericht je lesen? Ich gleiche einem Mann, der eine Wand aus Lehm und Flechtwerk errichtet, die einer unmittelbar bevorstehenden Flut widerstehen soll. Die Dunkelheit wird sich herabsenken, in der kein Mensch mehr liest. Dann wird es nur noch Sachsen geben.

Also schreibe ich über die Toten, weil das Schreiben mir die Zeit vertreibt, bis ich einer von ihnen werde: eine Zeit, in der Bruder Derfel, der demütige Mönch in Dinnewrac, wieder Lord Derfel Cadarn ist, Derfel, der Mächtige, Champion von Dumnonia und Arthurs geliebter Freund. Jetzt aber bin ich nichts als ein frierender, alter Mönch, der mit der einen Hand, die ihm geblieben ist, seine Erinnerungen niederschreibt. Und heute ist die Nacht vor Samhain, morgen beginnt das neue Jahr. Der Winter kommt. Das tote Laub liegt in regenblanken Verwehungen an den Rainhecken, auf den Stoppelfeldern tummeln sich die Rotdrosseln, Möwen kommen vom Meer her landeinwärts geflogen, und Waldschnepfen versammeln sich unter dem Vollmond. Da sich diese Jahreszeit, wie mir Igraine mitteilt, gut eignet, um über alte Zeiten zu schreiben, hat sie mir einen neuen Stapel Pergamente mitgebracht, ein Fläschchen frisch angerührte Tinte und ein Bündel Federkiele. Erzählt mir von Arthur, verlangt sie, vom goldenen Arthur, unserer letzten und schönsten Hoffnung, unserem König, der niemals König war, dem Feind Gottes und der Geißel Sachsens. Erzählt mir von Arthur.

Ein Feld nach der Schlacht ist ein furchtbarer Anblick.

Wir hatten gesiegt, doch unsere Herzen waren nicht hochgestimmt; wir empfanden nichts als Erschöpfung und Erleichterung. Zitternd saßen wir an den Feuern und versuchten, nicht an die Dämonen und Geister zu denken, die dort umherschlichen, wo die Toten von Lugg Vale lagen. Einige von uns schliefen, aber keiner schlief gut, denn uns verfolgten die Alpträume, die das Ende einer Schlacht mit sich bringt. Ich erwachte in den dunklen Stunden, aus dem Schlaf geschreckt durch die Erinnerung an einen Speerstoß, der fast meinen Bauch durchbohrt hätte. Issa hatte mich gerettet, indem er den feindlichen Speer mit dem Rand seines Schildes beiseite stieß, ich aber schlug mich immer wieder mit dem herum, was um ein Haar geschehen wäre. Ich versuchte wieder einzuschlafen, doch die Erinnerung an jenen Speer hielt mich wach, bis ich schließlich kältezitternd und übermüdet aufstand und mich in meinen Mantel wickelte. Das Tal wurde von flackernden Feuern beleuchtet, und im Dunkel zwischen den Flammen trieben Schwaden von Rauch und Flußnebel dahin. Inmitten des Rauchs bewegte sich etwas, ob es nun aber Geister oder lebende Wesen waren, vermochte ich nicht zu sagen.

»Ihr könnt nicht schlafen, Derfel?« kam eine leise Stimme aus der Türöffnung des römischen Gebäudes, in dem König Gorfyddyds Leichnam lag.

Als ich mich umwandte, erkannte ich, daß es Arthur war, der mich beobachtete. »Ich kann nicht schlafen, Lord«, bestätigte ich.

Langsam suchte er sich einen Weg durch die schlafenden Krieger. Er trug einen seiner langen, weißen Mäntel, die er so liebte, und in dieser rotglühenden Nacht schien der Umhang zu leuchten. Er war weder mit Schlamm noch mit Blut bespritzt, daran erkannte ich, daß er den Mantel sicher verwahrt haben mußte, damit er nach der Schlacht etwas Sauberes anzuziehen hatte. Uns andere hätte es nicht einmal gekümmert, wenn wir den Kampf splitternackt überstanden hätten, solange wir nur am Leben waren, doch Arthur war ein anspruchsvoller Mensch. Er war barhäuptig, und in seinem Haar waren noch die Druckstellen zu sehen, die der Helm hinterlassen hatte. »Nach einer Schlacht kann ich niemals gut schlafen«, sagte er, »mindestens eine Woche lang. Danach kommt dann endlich eine Nacht gesegneter Ruhe.« Lächelnd sah er mich an. »Ich stehe in Eurer Schuld.«

»Nein, Lord«, sagte ich, obwohl er in Wahrheit doch in meiner Schuld stand. Sagramor und ich hatten Lugg Vale den ganzen langen Tag über verteidigt, hatten im Schildwall gegen eine riesige Schar von Feinden gekämpft, und Arthur war es nicht gelungen, uns zu retten. Letztlich war dann doch noch Hilfe gekommen, und mit ihr der Sieg, aber von allen Schlachten, die Arthur geschlagen hatte, war Lugg Vale einer Niederlage am nächsten gewesen. Bis auf die letzte.

»Ich jedenfalls werde diese Schuld in Erinnerung bewahren«, sagte er freundlich, »auch wenn Ihr es nicht tut. Es wird Zeit, Euch reich zu machen, Derfel, Euch und Eure Männer.« Lächelnd ergriff er meinen Ellbogen, um mich zu einem Fleck Erde zu führen, wo unsere Stimmen den unruhigen Schlaf der Krieger, die in der Nähe der rauchenden Feuer lagen, nicht stören konnten. Der Boden war feucht, und in den tiefen Narben, die Arthurs schwere Rösser mit ihren Hufen hinterlassen hatten, hatten sich Regenpfützen gesammelt. Ich fragte mich, ob Pferde auch von der Schlacht träumten; dann fragte ich mich, ob die vor kurzem in der Anderwelt eingetroffenen Toten noch immer erschauerten, wenn sie an den Schwertstreich oder den Speerstoß dachten, der ihre Seele über die Schwerterbrücke geschickt hatte. »Gundleus ist tot, nehme ich an«, unterbrach Arthur meine Gedanken.

»Er ist tot, Lord«, bestätigte ich. Der König von Siluria war am frühen Abend gestorben, aber ich hatte Arthur seit dem Moment, da Nimue das Lebenslicht ihres Feindes auslöschte, nicht mehr gesehen.

»Ich habe ihn schreien hören«, sagte Arthur mit unbeteiligter Stimme.

»Ganz Britannien muß ihn schreien gehört haben«, gab ich ebenso trocken zurück. Nimue hatte dem König die finstere Seele Stückchen um Stückchen entrissen, während sie dem Mann, der sie einst vergewaltigt und ihr ein Auge genommen hatte, leise ihre Rache ins Ohr flüsterte.

»Also braucht Siluria einen neuen König«, sagte Arthur und blickte das langgestreckte Tal hinab bis dahin, wo die schwarzen Erscheinungen in Dunst und Rauch dahintrieben. Die Flammen warfen Schatten auf sein glattrasiertes Gesicht, die es hager und eingefallen aussehen ließen. Er war kein schöner Mann, aber er war auch nicht häßlich. Sein Gesicht war einzigartig – schmal, knochig und kraftvoll. In Ruhe war es ein nachdenkliches Gesicht, das von Verständnis und Rücksicht zeugte, im Gespräch aber belebten es Begeisterung und ein stets bereites Lächeln. Damals war er noch jung, gerade erst dreißig Jahre alt, und in seinem kurzgeschnittenen Haar war noch kein Grau zu finden. »Kommt!« Er berührte meinen Arm und zeigte das Tal entlang.

»Ihr wollt unter den Toten wandeln?« Erschrocken wich ich zurück. Ich hätte lieber gewartet, bis die Morgendämmerung die Dämonen verjagte, bevor ich den Schutz des Feuerscheins verließ.

»Wir haben sie zu Toten gemacht, Derfel, Ihr und ich«, gab Arthur zurück. »Deswegen sollten sie eher uns fürchten, meint Ihr nicht auch?« Er war kein abergläubischer Mensch, nicht wie wir anderen, die wir Segenssprüche begehrten, Amulette verwahrten und ständig nach Vorzeichen Ausschau hielten, die uns vor Gefahren warnten. Durch diese Geisterwelt bewegte sich Arthur wie ein Blinder. »Kommt«, wiederholte er und berührte abermals meinen Arm.

Also gingen wir ins Dunkel. Sie waren nicht alle tot, die da im Nebel lagen; einige schrien ganz erbärmlich um Hilfe, aber Arthur, sonst gütig wie kein anderer, war taub für ihre schwachen Schreie. Er dachte an Britannien. »Morgen reite ich nach Süden«, erklärte er. »Ich muß Tewdric aufsuchen.« König Tewdric von Gwent war unser Verbündeter, hatte sich aber geweigert, seine Männer nach Lugg Vale zu schicken, weil er überzeugt war, es könne keinen Sieg für uns geben. Der König stand nunmehr in unserer Schuld, denn wir hatten den Krieg auch für ihn gewonnen, doch Arthur war kein Mensch, der lange grollte. »Ich werde Tewdric bitten, Männer gen Osten zu schicken, gegen die Sachsen«, fuhr Arthur fort, »aber ich werde auch Sagramor schicken. Damit dürfte die Grenze während des Winters gesichert sein. Eure Männer –« – er schenkte mir ein flüchtiges Lächeln – »haben ein bißchen Ruhe verdient.«

Das Lächeln sagte mir, daß es keine Ruhe geben würde. »Sie werden tun, was immer Ihr ihnen auftragt«, antwortete ich pflichtschuldigst. Wegen der wirbelnden Schatten ging ich mit steifen Schritten und machte mit der Rechten das Zeichen gegen das Böse. Manche der eben erst aus ihren Körpern gerissenen Seelen finden den Eingang zur Anderwelt nicht gleich, sondern wandern auf der Suche nach ihren alten Körpern und nach Rache an ihren Mördern ruhelos auf der Erde umher. Solche Seelen gab es im Lugg Vale in jener Nacht viele, und ich fürchtete mich vor ihnen; aber Arthur, der dieser Bedrohung nicht achtete, schlenderte achtlos durch das weite Feld der Toten, während er mit einer Hand den Saum seines Mantels raffte, um ihn vor dem nassen Gras und dem tiefen Schlamm zu schützen.

»Ich brauche Eure Männer in Siluria«, erklärte er energisch. »Oengus Mac Airem wird das Land plündern wollen, aber er muß im Zaum gehalten werden.« Oengus war der irische König von Demetia, der in der Schlacht die Seite gewechselt, Arthur so zum Sieg verholfen hatte und zum Lohn dafür Sklaven und Schätze aus dem Reich des toten Gundleus forderte. »Er darf sich einhundert Sklaven nehmen«, bestimmte Arthur, »sowie ein Drittel von Gundleus' Reichsschatz. Damit hat er sich einverstanden erklärt, aber er wird dennoch versuchen, uns zu betrügen.«

»Ich werde dafür sorgen, daß ihm das nicht gelingt, Lord.«

»Nein, nicht Ihr. Würdet Ihr Galahad den Befehl über Eure Männer geben?«

Mein Erstaunen verbergend, nickte ich. »Und was verlangt Ihr von mir?« fragte ich ihn.

»Siluria ist ein Problem«, fuhr Arthur fort, ohne meine Frage zu beachten. Er blieb stehen und krauste bei dem Gedanken an Gundleus' Reich die Stirn. »Das Land wurde schlecht regiert, Derfel, sehr schlecht regiert.« Er sagte es mit tiefem Abscheu. Für uns andere war eine schlechte Regierung so natürlich wie Schnee im Winter oder Blumen im Lenz, aber Arthur war aufrichtig entsetzt darüber. Heutzutage haben wir Arthur als Kriegsherrn in Erinnerung, als den strahlenden Helden in schimmernder Rüstung, der ein Schwert zur Legende machte, er selbst aber hätte sich gewünscht, in der Erinnerung der Menschen nichts weiter zu sein als ein guter, aufrichtiger und gerechter Herrscher. Das Schwert verlieh ihm Macht, er aber verteidigte mit dieser Macht das Recht. »Es ist kein bedeutendes Königreich«, fuhr er fort, »doch wenn wir dort nicht Ordnung schaffen, wird es uns endlose Probleme bereiten.« Er dachte laut, versuchte jedes Hindernis vorauszusehen, das zwischen der Nacht nach der Schlacht und seinem Traum von einem friedlich vereinigten Britannien lag. »Die ideale Lösung«, sagte er, »wäre wohl, es zwischen Gwent und Powys aufzuteilen.«

»Und warum tut Ihr das nicht?« fragte ich ihn.

»Weil ich Siluria Lancelot versprochen habe«, antwortete er in einem Ton, der keinen Widerspruch duldete. Ich sagte nichts, sondern berührte nur das Heft meines Schwertes Hywelbane, damit das Eisen meine Seele vor dem Bösen dieser Nacht beschütze. Stumm blickte ich nach Süden, wo die Toten wie eine Flutwoge vor der Baumbarrikade lagen, an der meine Männer den ganzen Tag lang gegen den Feind gekämpft hatten.

In dieser Schlacht hatte so mancher tapfere Mann gestritten, nur nicht Lancelot. In all den Jahren, die ich für Arthur gekämpft hatte, und in all den Jahren, die ich Lancelot kannte, hatte ich Lancelot kein einziges Mal in einem Schildwall gesehen. Ich hatte gesehen, wie er flüchtende Geschlagene verfolgte, und ich hatte gesehen, wie er Gefangene davonführte, um mit ihnen vor einer erregten Menschenmenge einherzustolzieren; in dem harten, schweißtreibenden, unnachgiebigen Druck eines kämpfenden Schildwalls jedoch hatte ich ihn noch nie gesehen. Er war der König von Benoic, um den Thron gebracht und ins Exil getrieben durch die Streitmacht der Franken, die aus Gallien hervorgebrochen war, um seines Vaters Königreich zu vernichten, und er hatte, soweit ich wußte, kein einziges Mal einen Speer gegen eine fränkische Kriegshorde erhoben, aber die Barden sangen in ganz Britannien von seiner Tapferkeit. Er war Lancelot, König ohne Land, Held unzähliger Kämpfe, das Schwert Britanniens, der schöne Leidenslord, ein Muster an Vollkommenheit, doch der fabelhafte Ruf war ausschließlich durch Bardengesänge entstanden und, soweit ich wußte, nicht im mindesten durch das Schwert. Ich war sein Feind, und er der meine, aber wir waren beide Arthurs Freunde, und diese Freundschaft band unsere Feindschaft in einem unsicheren Waffenstillstand.

Arthur wußte von meiner Feindseligkeit. Er berührte meinen Ellbogen, und gemeinsam gingen wir weiter nach Süden, auf die Woge der Toten zu. »Lancelot ist Dumnonias Freund«, betonte er. »Wenn also Lancelot in Siluria regiert, werden wir nichts von jenem Land zu befürchten haben. Und wenn Lancelot sich mit Ceinwyn vermählt, wird Powys ihn ebenfalls unterstützen.«

So, nun war es gesagt. Meine Feindseligkeit grenzte jetzt sogar an Zorn, und immer noch erhob ich keine Einwände gegen Arthurs Plan. Was hätte ich auch sagen können? Ich war der Sohn einer sächsischen Sklavin, ein junger Krieger mit einer Schar von Männern, doch ohne Land, während Ceinwyn Prinzessin von Powys war. *Seren* wurde sie genannt, der Stern, und sie funkelte in einem dunklen Land wie ein Sonnenstrahl, der auf Schlamm trifft. Sie war Arthur anverlobt worden, hatte ihn aber an Guinevere verloren, und dieser Verlust hatte den Krieg ausgelöst, dem die Schlacht von Lugg Vale soeben ein Ende gesetzt hatte. Jetzt sollte Ceinwyn um des Friedens willen Lancelot heiraten, meinen Feind, wahrend doch ich, ein Niemand, sie von ganzem Herzen liebte. Ich trug ihre Brosche am Wams und ihr Antlitz im Herzen. Ich hatte sogar einen Eid geschworen, sie zu beschützen, und sie hatte den Eid nicht abgelehnt. Ihre Billigung hatte mich mit der wahnsinnigen Hoffnung erfüllt, daß meine Liebe zu ihr nicht hoffnungslos sei, aber sie war es dennoch. Ceinwyn war eine Prinzessin und mußte einen König heiraten, ich aber war ein von einer Sklavin geborener Speerkämpfer und würde heiraten, wie es mir anstand.

Ich sagte nichts von meiner Liebe zu Ceinwyn, und Arthur, der in dieser Siegesnacht über Britannien verfügte, hegte keinerlei Argwohn. Warum sollte er auch? Hätte ich ihm gestanden, daß ich Ceinwyn liebte, hätte er das für so unerhört anmaßend gehalten wie den Wunsch eines Hahns auf dem Mist, sich mit einem weiblichen Adler zu paaren. »Ihr kennt doch Ceinwyn, nicht wahr?« fragte er mich.

»Ja, Lord.«

»Und sie mag Euch«, sagte er, aber nur halb fragend.

»Das wage ich zu vermuten«, antwortete ich ehrlich und dachte an Ceinwyns bleiche, silbrige Schönheit. Die Vorstellung, daß sie in die Obhut des eitlen Lancelot gegeben werden sollte, war mir verhaßt. »Sie mag mich wohl«, fuhr ich fort, »deswegen hat sie mir erklärt, daß sie für diese Vermählung keine große Begeisterung hegt.«

»Warum sollte sie auch?« gab Arthur zurück. »Sie ist Lancelot noch nie begegnet. Ich erwarte keine Begeisterung von ihr, Derfel, sondern Gehorsam.«

Ich zögerte. Vor der Schlacht, als Tewdric den Krieg, der sein Land zu zerstören drohte, verzweifelt zu beenden suchte, war ich mit einer Friedensmission zu Gorfyddyd gezogen. Diese Mission war fehlgeschlagen, aber ich hatte mit Ceinwyn gesprochen und ihr von Arthurs Hoffnung erzählt, daß sie sich mit Lancelot vermählen werde. Sie hatte die Idee nicht zurückgewiesen, sie aber auch nicht begrüßt. Damals hatte natürlich niemand daran geglaubt, daß Arthur Ceinwyns Vater in der Schlacht besiegen könnte; aber Ceinwyn hatte diese unwahrscheinliche Möglichkeit in Betracht gezogen und mich gebeten, von Arthur eine Gefälligkeit zu erbitten, falls er tatsächlich gewinnen sollte. Sie erbat seinen Schutz, und ich, der ich so sehr in sie verliebt war, legte das als Bitte aus, sie nicht zu einer Vermählung zu zwingen, die sie nicht wünschte. Jetzt berichtete ich Arthur, daß sie um seinen Schutz gebeten hatte. »Sie ist schon zu oft versprochen worden, Lord«, setzte ich hinzu. »Und zu oft enttäuscht. Und ich glaube, sie möchte für eine gewisse Zeit in Ruhe gelassen werden.«

»Zeit!« Arthur lachte. »Sie hat keine Zeit, Derfel. Sie ist fast zwanzig! Sie kann nicht unvermählt bleiben wie eine Katze, die keine Mäuse fangen will. Und wen sonst könnte sie heiraten?« Er tat ein paar Schritte. »Sie hat meinen Schutz«, sagte er dann, »aber könnte sie sich einen besseren Schutz wünschen als den, sich mit Lancelot zu vermählen und einen Thron zu besteigen? Und was ist mit Euch?« fragte er unvermittelt.

»Mit mir?« Sekundenlang dachte ich, er wolle mir vorschlagen, Ceinwyn zu heiraten, und mein Herz tat einen Sprung.

»Ihr seid fast dreißig«, sagte er, »da wird es Zeit, daß Ihr Euch vermählt. Sobald wir wieder in Dumnonia sind, werden wir uns darum kümmern. Vorerst aber wünsche ich, daß Ihr nach Powys geht.«

»Ich, Lord? Nach Powys?« Wir hatten gerade erst gegen das Heer von Powys gekämpft und es besiegt, und ich konnte mir kaum vorstellen, daß ein feindlicher Krieger in Powys willkommen war.

Arthur packte meinen Arm. »In den kommenden Wochen, Derfel, ist es für uns das wichtigste, daß Cuneglas zum König von Powys ausgerufen wird. Er meint zwar, daß niemand ihn herausfordern wird, aber ich möchte sichergehen. Ich wünsche, daß sich einer meiner Männer in Caer Sws aufhält – zum Beweis unserer Freundschaft. Nichts weiter. Ich möchte nur einem potentiellen Herausforderer klarmachen, daß er es nicht nur mit Cuneglas zu tun bekommen wird, sondern auch mit mir. Wenn Ihr dort seid und wenn man sieht, daß Ihr sein Freund seid, wird diese Botschaft klar und eindeutig sein.«

»Warum nicht einhundert Mann hinschicken?« fragte ich ihn.

»Weil es dann aussieht, als wollten wir Cuneglas mit Gewalt auf den Thron von Powys setzen. Das möchte ich vermeiden. Ich brauche ihn als Freund, und ich möchte nicht, daß er als besiegter Mann nach Powys zurückkehrt. Außerdem« – er lächelte – »wiegt

Ihr allein einhundert Mann auf, Derfel. Das habt Ihr gestern bewiesen.«

Ich verzog das Gesicht, denn übertriebene Komplimente verursachten mir stets Unbehagen; doch wenn dieses Lob bedeutete, daß ich der richtige Mann als Arthurs Botschafter in Powys sei, war ich glücklich, denn dort wäre ich wieder in Ceinwyns Nähe. Noch immer bewahrte ich die Erinnerung daran, wie sie meine Hand berührt hatte, genau wie ich die Brosche bewahrte, die sie mir vor so vielen Jahren geschenkt hatte. Noch ist sie nicht mit Lancelot vermählt, sagte ich mir, und alles, was ich wollte, war die Chance, meine unrealistischen Hoffnungen zu nähren. »Und wenn Cuneglas zum König ausgerufen worden ist«, erkundigte ich mich, »was soll ich dann tun?«

»Ihr wartet auf mich«, bestimmte Arthur. »Ich werde so bald wie möglich nach Powys kommen; wenn wir den Frieden besiegelt haben und Lancelot glücklich verlobt ist, kehren wir nach Hause zurück. Und nächstes Jahr, mein Freund, werden wir die Heere Britanniens gegen die Sachsen führen.« Er sprach mit einer außergewöhnlichen Begeisterung für das Kriegshandwerk. Er war gut im Kampf und genoß die Schlachten wegen der entfesselten Erregung, die sie seiner sonst so zurückhaltenden Seele bescherten, suchte aber niemals den Krieg, solange ein Frieden möglich war, weil er auf das Schlachtenglück nicht bauen konnte. Die Launen von Sieg und Niederlage waren zu unberechenbar, und Arthur haßte es, wenn schöne Ordnung und behutsame Diplomatie den Unwägbarkeiten des Kampfes geopfert wurden. Nur würden Diplomatie und Takt die eindringenden Sachsen, die sich wie Ungeziefer westwärts über Britannien verbreiteten, niemals aufhalten. Arthur träumte von einem wohlgeordneten, gerecht regierten, friedlichen Britannien; die Sachsen hatten in diesem Traum keinen Platz.

»Dann marschieren wir im Frühling?« fragte ich ihn.

»Sobald sich das erste grüne Laub zeigt.«

»Dann möchte ich Euch zuvor um eine Gunst bitten«, sagte ich.

»Und welche?« fragte er, hocherfreut, daß ich mir für meinen Anteil am Sieg etwas wünschte.

»Ich möchte mit Merlin ziehen, Lord«, sagte ich.

Er antwortete nicht gleich. Statt dessen starrte er auf die nasse

Erde, auf der ein stark verbogenes Schwert lag. Irgendwo im Dunkeln stöhnte ein Mann, schrie auf und verstummte. »Der Kessel«, sagte Arthur schließlich mit schwerer Stimme.

»Ja, Lord«, bekannte ich. Merlin war während der Schlacht zu uns gekommen, um beide Seiten zu bitten, den Kampf einzustellen und ihn auf der Suche nach dem Kessel von Clyddno Eiddyn zu begleiten. Der Kessel war das kostbarste Kleinod Britanniens, die magische Gabe der alten Götter, und seit Jahrhunderten verschwunden. Sein ganzes Leben widmete Merlin der Aufgabe, jene Kleinodien zurückzuholen, und der Kessel war sein größter Schatz. Wenn er den Kessel finden könne, erklärte er uns, werde er in der Lage sein, Britannien seinen rechtmäßigen Göttern zurückzugeben.

Arthur schüttelte den Kopf. »Glaubt Ihr wirklich, der Kessel von Clyddno Eiddyn sei während all der langen Jahre versteckt gehalten worden?« fragte er mich. »Während all der langen Römerjahre? Er wurde nach Rom geschafft, Derfel, und eingeschmolzen, um Fibeln, Spangen oder Münzen daraus zu machen. Es gibt keinen Kessel!«

»Merlin sagt, es gibt ihn, Lord«, widersprach ich.

»Merlin hört auf Altweibermärchen«, schalt Arthur zornig. »Wißt Ihr, wie viele Männer er für seine Suche nach dem Kessel verlangt?«

»Nein, Lord.«

»Achtzig, hat er mir erklärt. Oder hundert. Oder, noch besser, zweihundert. Er will nicht einmal sagen, wo sich der Kessel befindet, er will nur, daß ich ihm eine Armee gebe und sie irgendwohin in ein wildes Land marschieren lasse. Nach Irland, vielleicht, oder in die Wildnis im Norden. Nein!« Er versetzte dem verbogenen Schwert einen Fußtritt und stieß mir dann einen Finger tief in die Schulter. »Hört zu, Derfel, im nächsten Jahr brauche ich jeden Speer, den ich auftreiben kann. Wir werden die Sachsen ein für allemal erledigen, deswegen kann ich es mir nicht leisten, achtzig oder hundert Mann bei der Jagd nach einer Schüssel zu verlieren, die vor fast fünfhundert Jahren verschwunden ist. Sobald Aelles Sachsen besiegt sind, könnt Ihr Euch diesem Unsinn widmen, wenn Ihr unbedingt wollt. Aber ich sage Euch, es ist Unsinn. Es gibt keinen Kessel.« Er wandte sich ab und machte sich auf den Rückweg zu den Feuern. Ich folgte ihm, wollte mit ihm diskutieren, aber ich wußte, daß ich ihn niemals umstimmen konnte; denn wenn er die Sachsen besiegen wollte, würde er tatsächlich jeden Speer brauchen, den er auftreiben konnte, und deswegen würde er jetzt nichts tun, was seine Chancen auf einen Sieg im Frühling schmälern würde. Er lächelte mir zu, als wollte er damit die scharfe Ablehnung meiner Bitte ausgleichen. »Sollte der Kessel aber doch existieren, kann er auch noch ein bis zwei Jahre in seinem Versteck bleiben«, sagte er. »Bis dahin aber, Derfel, habe ich vor, Euch reich zu machen. Wir werden Euch mit Geld verheiraten.« Er klopfte mir auf den Rücken. »Ein letzter Feldzug noch, mein lieber Derfel, ein letztes großes Töten, dann werden wir endlich Frieden haben. Absoluten Frieden. Und dann brauchen wir keinen Kessel mehr.« Sein Ton war triumphierend. In jener Nacht, mitten unter den Toten, sah er den Frieden tatsächlich vor sich.

Wir schlenderten auf die Feuer zu, die rund um die römische Villa brannten, in der Ceinwyns Vater Gorfyddyd auf dem Totenbett lag. Arthur war glücklich in jener Nacht, wahrhaft glücklich, denn er sah, daß sich sein Traum erfüllte. Und es schien alles so einfach zu sein. Es würde noch einen letzten Krieg geben und danach ewigen Frieden. Arthur war unser Kriegsherr, der größte Krieger von Britannien, doch in jener Nacht nach der siegreichen Schlacht inmitten der kreischenden Seelen der in Rauch gehüllten Toten, sehnte er sich nur noch nach Frieden. Cuneglas von Powys, Gorfyddyds Erbe, teilte Arthurs Traum. Tewdric von Gwent war sein Verbündeter, Lancelot sollte das Königreich Siluria erhalten, und zusammen mit Arthurs dumnonischem Heer würden die vereinigten Könige von Britannien die eindringenden Sachsen schlagen. Unter Arthurs Protektion würde Mordred Dumnonias Thron besteigen, und Arthur würde sich zurückziehen, um den Frieden und den Wohlstand zu genießen, den Britannien seinem Schwert verdankte. So sah Arthur die Zukunft vor sich.

Aber er hatte die Rechnung ohne Merlin gemacht. Merlin war älter, weiser und raffinierter als Arthur, und Merlin hatte die Spur des Kessels gewittert. Er würde ihn finden, und seine Macht würde sich über Britannien verbreiten wie ein Gift.

Denn es war der Kessel von Clyddno Eiddyn. Es war der Kessel, der die Träume der Menschen zerbrechen ließ.

Und Arthur war trotz seiner praktischen Natur ein Träumer.

In Caer Sws war das Laub schwer von der Reife des Sommers.

Da ich König Cuneglas und seine geschlagenen Mannen nach Norden begleitet hatte, war ich der einzige Dumnonier, der anwesend war, als König Gorfyddyds Leichnam auf Dolforwyns Gipfel eingeäschert wurde. Ich sah die Flammen seines Totenfeuers hoch in die Nacht lodern, als seine Seele die Schwerterbrücke überquerte, um zu ihrem Schattenkörper zu gelangen. Das Feuer war von einem Doppelkreis von Powys-Speerträgern umringt, deren brennende Fackeln sich gemeinsam wiegten, als ihre Träger die Totenklage von Beli Mawr anstimmten. Die Männer sangen sehr lange. Ihre Stimmen hallten von den nahen Bergen wider wie ein Geisterchor. Es herrschte große Trauer in Caer Sws. So viele waren zu Witwen und Waisen geworden, und am Morgen nach der Einäscherung des alten Königs, als sein Totenfeuer noch eine Rauchsäule zu den nördlichen Bergen hinüberschickte, gab es noch mehr Grund zur Trauer, weil die Nachricht von Rataes Fall eintraf. Ratae war eine große Festung an der Ostgrenze von Powys gewesen, aber Arthur hatte sie an die Sachsen verraten, um ihnen den Frieden abzukaufen, während er gegen Gorfyddyd kämpfte. Bisher wußte noch niemand in Powys von Arthurs Verrat, und ich erzählte es ihnen nicht.

Ceinwyn bekam ich drei Tage lang nicht zu sehen, denn so lange wurde um Gorfyddyd getrauert, und zum Totenfeuer durften die Frauen nicht erscheinen. Statt dessen hüllten sich alle Frauen am Hof von Powys in schwarze Wolle und wurden in ihrer Frauenhalle eingeschlossen. Während der drei Tage gab es in ihrer Halle keine Musik, zu trinken erhielten sie nur Wasser, und ihre einzige Nahrung war trockenes Brot und ein dünner Haferbrei. Draußen vor der Halle versammelten sich die Krieger von Powys zur Akklamation des neuen Königs, während ich, Arthurs Befehlen folgend, in Erfahrung zu bringen suchte, ob jemand Cuneglas das Recht auf den Thron streitig machen würde, doch nirgends vernahm ich ein Wort des Widerspruchs.

Als die drei Tage vorüber waren, wurde die Tür zur Frauenhalle aufgestoßen. Eine Dienerin erschien in der offenen Tür und streute Gartenraute auf Schwelle und Stufen; gleich darauf quoll eine Rauchwolke aus der Türöffnung hervor, die uns verkündete, daß die Frauen das Ehelager des alten Königs verbrannten. Der Rauch drang wirbelnd durch Tür und Fenster der Halle ins Freie, und erst als er sich verzogen hatte, kam Königin Helledd von Powys die Stufen herabgeschritten, um vor ihrem Ehegemahl, König Cuneglas von Powys, niederzuknien. Sie trug ein Gewand aus weißem Leinen, das dort, wo ihre Knie den schlammigen Boden berührt hatten, deutliche Schmutzflecken aufwies. Cuneglas hob sie auf und küßte sie; dann geleitete er sie in die Halle zurück. Iorweth, oberster Druide von Powys und heute in einen schwarzen Mantel gehüllt, folgte dem König in die Frauenhalle. Die überlebenden Krieger von Powys, die in dichten Reihen aus Eisen und Leder die Holzwande der Halle säumten, sahen zu und warteten.

Während sie warteten, stimmte ein Kinderchor das Liebesduett von Gwydion und Aranrhod an, das Lied von Rhiannon und anschließend die endlos langen Verse von Gofannons Marsch nach Caer Idion; und erst als der letzte Gesang verklungen war, trat Iorweth, nunmehr in schneeweißer Robe und mit einem schwarzen, von Mistelzweigen gekrönten Stab in der Hand, vor die Tür, um zu verkünden, die Tage der Trauer seien vorüber. Die Krieger jubelten und lösten sich aus den Reihen, um ihre eigenen Frauen zu suchen. Morgen sollte Cuneglas auf Dolforwyns Gipfel zum König ausgerufen werden, und falls ihm jemand das Recht auf die Herrschaft in Powys streitig machen wollte, so bot ihm diese Ausrufung Gelegenheit dazu. Außerdem würde ich Ceinwyn zum ersten Mal nach der Schlacht wiedersehen.

Am folgenden Tag starrte ich, während Iorweth die Riten der Akklamation zelebrierte, immer nur Ceinwyn an. Sie stand da und beobachtete ihren Bruder, während ich sie voll Staunen darüber, daß eine Frau so lieblich sein konnte, bewundernd ansah. Jetzt bin ich alt, es ist also möglich, daß meine Erinnerung Prinzessin Ceinwyns Schönheit übertreibt, aber das glaube ich eigentlich nicht, denn nicht umsonst wurde sie *seren* genannt, der Stern. Sie war von durchschnittlicher Größe, aber sehr grazil gebaut, und da sie so zierlich war, wirkte sie sehr zerbrechlich, ein Eindruck, der, wie ich später erfuhr, gründlich täuschte, denn Ceinwyn besaß einen stählernen Willen. Ihre Haare waren ebenso blond wie die meinen, nur waren die ihren blaßgolden, während die meinen eher die Farbe von schmutzigem Stroh aufwiesen. Ihre Augen waren blau, ihr Auftreten war zurückhaltend und ihr Antlitz so süß wie Honig aus einer wilden Wabe. An jenem Tag trug sie ein blaßblaues Leinengewand, das mit dem silberweißen, schwarz gefleckten Pelz eines Hermelins besetzt war, dasselbe Gewand, das sie getragen hatte, als sie meine Hand berührte und meinen Eid entgegennahm. Ein einziges Mal nur begegnete sie meinem Blick und lächelte verhalten, und ich schwöre, mein Herz hat mindestens einen Schlag ausgesetzt.

Die Riten der Königs-Akklamation in Powys waren den unseren nicht unähnlich. Cuneglas wurde um Dolforwyns Steinkreis herumgeführt, man überreichte ihm die Symbole des Königtums, ein Krieger rief ihn zum König aus und fragte, ob es einer der Anwesenden wage, die Ausrufung anzufechten. Die Herausforderung wurde mit Schweigen beantwortet. Zwar rauchte hinter dem Steinkreis noch die Asche des großen Totenfeuers und kündete vom Tod eines Königs, aber das Schweigen im Umfeld der Steine bewies, daß nunmehr ein neuer König regierte. Dann wurden Cuneglas Geschenke überreicht. Ich wußte, daß Arthur selbst noch ein grandioses Geschenk überbringen würde; aber er hatte mir Gorfyddyds Kriegsschwert gegeben, das auf dem Schlachtfeld gefunden worden war und das ich nun als Zeichen für Dumnonias Wunsch, Frieden mit Powys zu halten, Gorfyddyds Sohn zurückgeben durfte.

Nach der Akklamation gab es ein Festmahl in der einsamen Halle, die auf Dolforwyns Gipfel stand. Es war ein karges Mahl, reicher an Met und Ale als an Speisen, aber es bot Cuneglas Gelegenheit, den Kriegern die Hoffnungen zu schildern, die er für seine Herrschaft hegte.

Zunächst sprach er von dem Krieg, der jetzt beendet war. Er nannte die Toten von Lugg Vale beim Namen und versicherte seinen Männern, daß diese Krieger nicht umsonst gestorben seien. »Was sie bewirkt haben«, sagte er, »ist Frieden zwischen den Britanniern. Frieden zwischen Powys und Dumnonia.« Das löste einiges Grollen unter den Kriegern aus, doch Cuneglas beschwichtigte sie mit erhobener Hand. »Unser Feind«, fuhr er fort, und sein Ton wurde auf einmal hart, »ist nicht Dumnonia. Unser Feind ist der Sachse!« Hier hielt er inne, und diesmal gab es kein mißbilligendes Grollen. Die Männer warteten stumm und beobachteten ihren neuen König, der im Grunde kein großer Krieger war, aber ein guter und aufrichtiger Mann. Diese Eigenschaften traten deutlich auf seinem runden, ehrlichen, jungen Gesicht zutage, dem er vergeblich Würde zu verleihen suchte, indem er sich einen langen, geflochtenen Schnauzbart hatte wachsen lassen, dessen Enden ihm bis auf die Brust herabhingen. Er mochte zwar kein Krieger sein, aber er war klug genug, um zu wissen, daß er diesen Kriegern die Gelegenheit zum Kampf bieten mußte, denn nur durch einen Krieg konnten sie Ruhm und Reichtum erlangen. Ratae, versicherte er ihnen, würde zurückerobert und die Sachsen für die Greueltaten bestraft werden, die sie an den Bewohnern der Festung verübt hatten. Lloegyr, das Verlorene Land, würde von den Sachsen zurückgefordert werden, und Powys, einstmals das mächtigste aller britannischen Königreiche, würde sich wieder von den Bergen bis zur Nordsee erstrecken. Die römischen Städte würden wieder aufgebaut, ihre Mauern ruhmreich wieder errichtet und ihre Straßen wieder hergestellt werden. Für jeden Krieger von Powys würde es Ackerland geben, reiche Beute und sächsische Sklaven. Hierauf klatschten sie alle Beifall, denn Cuneglas stellte seinen enttäuschten Häuptlingen den Lohn in Aussicht, den solche Männer stets von ihren Königen erwarteten. Aber, fuhr er fort, nachdem er die Hand erhoben hatte, um den Jubel zu dämpfen, der Reichtum von Lloegyr würde nicht von Powys allein beansprucht werden. »Jetzt«, gab er seinen Anhängern zu bedenken, »marschieren wir mit den Männern von Gwent und Seite an Seite mit den Speerkämpfern von Dumnonia. Sie waren die Feinde meines Vaters, nun aber sind sie meine Freunde, und aus diesem Grund ist auch Lord Derfel heute hier.« Er lächelte mir zu. »Und aus diesem Grund«, fuhr er fort, »wird sich meine Schwester beim nächsten Vollmond Lancelot anverloben. Sie wird als Königin in Siluria herrschen, und die Männer jenes Landes werden mit uns gemeinsam marschieren – mit uns und mit Arthur und Tewdric –, um das Land von den Sachsen zu befreien. Gemeinsam werden wir unseren wirklichen Feind besiegen. Gemeinsam werden wir die Sais vernichten!«

Diesmal war der Jubel uneingeschränkt. Er hatte sie für sich gewonnen. Er stellte ihnen den Wohlstand und die Macht des alten Britannien in Aussicht, also klatschten sie in die Hände und trampelten mit den Füßen, um ihre Zustimmung zu beweisen. Cuneglas blieb eine Weile still stehen und ließ sie jubeln; dann nahm er einfach wieder Platz und lächelte mir zu, als wisse er, daß Arthur allem, was er gesagt hatte, beistimmen würde.

Ich blieb nicht länger auf dem Dolforwyn, denn die Trinkerei würde die ganze Nacht hindurch dauern. Statt dessen kehrte ich hinter dem Ochsenkarren, der Königin Helledd, ihre beiden Tanten und Ceinwyn beförderte, zu Fuß nach Caer Sws zurück. Die königlichen Damen wollten vor Sonnenuntergang wieder in Caer Sws sein, und ich folgte ihnen – nicht etwa, weil ich mich bei Cuneglas' Männern nicht willkommen fühlte, sondern weil ich bisher noch keine Gelegenheit gefunden hatte, mit Ceinwyn zu reden. Also gesellte ich mich wie ein mondsüchtiges Kalb zu der kleinen Truppe von Speerkämpfern, die den Karren begleitete. Weil ich bei Ceinwyn Eindruck machen wollte, hatte ich mich an diesem Tag besonders sorgfältig gekleidet. Ich hatte mein Kettenhemd gereinigt, den Dreck von Stiefeln und Mantel gebürstet und meine langen, blonden Haare schließlich zu einem Zopf geflochten, der mir auf dem Rücken hing. Am Mantel trug ich zum Zeichen meiner Treue die Brosche, die sie mir geschenkt hatte.

Ich dachte, sie würde mich nicht beachten, denn während des ganzen langen Rückmarsches nach Caer Sws saß sie im Karren und blickte von mir fort; zuletzt aber, als die Straße um eine Biegung führte und die Festung in Sicht kam, wandte sie sich um und sprang vom Wagen, um am Wegrand auf mich zu warten. Die Speerkämpfereskorte trat beiseite, damit ich neben ihr gehen konnte. Als sie die Brosche sah, lächelte sie, machte aber keinerlei Anspielung darauf. »Wir haben uns gefragt, Lord Derfel«, sagte sie statt dessen, »was Euch hierhergeführt haben mag.«

»Arthurs Wunsch, daß ein Dumnonier der Akklamation Eures Bruders beiwohnt, Lady«, antwortete ich ihr.

»Oder wollte Arthur sichergehen, daß er auch wirklich zum König ausgerufen wurde?« fragte sie scharfsinnig.

»Das auch«, gestand ich ein.

Sie zuckte die Achseln. »Es gibt keinen anderen, der hier König sein könnte. Dafür hat schon mein Vater gesorgt. Es gab einen Häuptling namens Valerin, der Cuneglas möglicherweise das Königtum streitig gemacht hätte, doch wie wir hörten, ist Valerin in der Schlacht gefallen.«

»Ja, Lady, das ist richtig«, antwortete ich, setzte aber nicht hinzu, daß ich es war, der Valerin an der Furt von Lugg Vale im Zweikampf besiegt hatte. »Er war ein tapferer Mann, genau wie Euer Vater. Es tut mir leid für Euch, daß er tot ist.«

Ein paar Schritte lang schwieg sie, während Helledd, Königin von Powys, uns vom Ochsenkarren aus argwöhnisch beobachtete. »Mein Vater«, fuhr Ceinwyn nach einer Weile fort, »war ein sehr verbitterter Mann. Zu mir aber war er immer gut.« Sie sagte es traurig, doch ohne zu weinen. Sie hatte all ihre Tränen bereits vergossen, und nun war ihr Bruder König geworden, und vor Ceinwyn lag eine neue Zukunft. Sie schürzte die Röcke, um über eine Schlammpfütze zu steigen. In der Nacht zuvor hatte es geregnet, und die Wolken im Westen verhießen noch mehr Regen. »Arthur wird also herkommen?« erkundigte sie sich.

»Er kann jeden Tag eintreffen, Lady.«

»Und er wird Lancelot mitbringen?«

»Das wird er wohl.«

Sie verzog das Gesicht. »Als wir uns das letztemal trafen, Lord Derfel, sollte ich mich mit Gundleus vermählen. Jetzt ist es Lancelot. Ein König nach dem anderen.«

»Ja, Lady«, sagte ich. Es war eine unpassende, sogar dumme Antwort, aber ich war von jener ausnehmenden Nervosität geschlagen, die jedem Liebenden die Zunge bindet. Es gab nichts, was ich mir sehnlicher wünschte, als mit Ceinwyn allein zu sein, doch als ich plötzlich an ihrer Seite marschierte, konnte ich nicht aussprechen, was in meinem Herzen vorging.

»Und ich soll Königin von Siluria werden«, sagte Ceinwyn, ohne Freude bei dieser Aussicht zu bekunden. Sie blieb stehen und deutete auf das weite Tal des Severn. »Gleich hinter dem Dolforwyn«, erklärte sie mir, »gibt es ein kleines, verstecktes Tal mit einem Haus und einigen Apfelbäumen. Als ich ein kleines Mädchen war, dachte ich immer, in der Anderwelt müsse es so aussehen wie in diesem Tal: ein kleiner, sicherer Ort, an dem ich in Ruhe leben, glücklich sein und Kinder großziehen könnte.« Sie lachte über sich selbst und begann weiterzugehen. »Überall in Britannien gibt es junge Mädchen, die davon träumen, Lancelot zu heiraten und Königin in einem Palast zu werden, und ich wünsche mir nichts weiter als ein kleines Tal mit ein paar Apfelbäumen!«

»Lady«, begann ich und nahm all meinen Mut zusammen, um auszusprechen, was ich ihr wirklich sagen wollte. Sie aber erriet sofort, was ich im Sinn hatte, und berührte meinen Arm, damit ich schweige.

»Ich muß meine Pflicht erfüllen, Lord Derfel«, sagte sie als Warnung an mich, meine Zunge im Zaum zu halten.

»Ihr habt meinen Eid«, stieß ich hervor. Das kam einem Liebesgeständnis so nahe, wie es mir in jenem Augenblick möglich war.

»Ich weiß«, gab sie ernsthaft zurück. »Und Ihr seid mein Freund, nicht wahr?«

Ich wollte zwar mehr für sie sein als ein Freund, aber ich nickte. »Ich bin Euer Freund, Lady.«

»Dann werde ich Euch dasselbe sagen, was ich meinem Bruder gesagt habe«, gab sie zurück. Sie blickte zu mir auf, und in ihren blauen Augen stand großer Ernst. »Ich weiß nicht, ob ich Lancelot heiraten möchte, aber ich habe Cuneglas versprochen, daß ich ihn mir ansehen werde, bevor ich mich entscheide. Das muß ich tun, aber ob ich ihn heiraten werde, weiß ich nicht.« Eine Zeitlang ging sie schweigend weiter, und ich spürte, daß sie erwog, ob sie mir etwas erzählen sollte. Schließlich beschloß sie, mir zu vertrauen. »Nachdem ich Euch das letztemal sah«, fuhr sie fort, »suchte ich die Priesterin von Maesmwyr auf. Sie führte mich in die Traumhöhle und ließ mich auf einem Bett aus Menschenschädeln schlafen. Ich wollte unbedingt mein Schicksal erfahren, versteht Ihr, aber ich kann mich an keinen Traum erinnern. Dennoch sagte die Priesterin, als ich erwachte, der nächste Mann, der mich heiraten wolle, werde sich statt dessen mit den Toten vermählen.« Sie blickte zu mir auf. »Ergibt das einen Sinn?«

»Nicht den geringsten, Lady«, antwortete ich und berührte das Eisen an Hywelbanes Heft. Wollte sie mich warnen? Wir hatten niemals von Liebe gesprochen, aber sie muß meine Sehnsucht gespürt haben.

»Für mich auch nicht«, gestand sie. »Deswegen habe ich Iorweth gefragt, was diese Prophezeiung bedeutet, und er sagte mir, ich solle mir keine Sorgen machen. Die Priesterin spreche immer in Rätseln, weil sie unfähig sei, vernünftig zu reden, behauptete er. Ich glaube, daß das, was sie mir gesagt hat, bedeuten soll, daß ich mich überhaupt nicht vermählen darf, aber ich bin nicht sicher. Ich weiß nur eins, Lord Derfel: Ich werde mich nicht unbedacht vermählen.«

»Ihr wißt noch etwas, Lady«, entgegnete ich. »Ihr wißt auch, daß mein Eid weiter gilt.«

»Auch das weiß ich«, räumte sie ein und lächelte mir wieder zu. »Es freut mich, daß Ihr hier seid, Lord Derfel.« Mit diesen Worten lief sie leichtfüßig voraus und kletterte in den Ochsenkarren zurück. Mich ließ sie verwirrt über ihr rätselhaftes Verhalten zurück, ohne mir einen Hinweis zu geben, der meiner Seele Ruhe hätte geben können.

Drei Tage später kam Arthur nach Caer Sws. Er kam mit zwanzig Reitern und einhundert Speerkämpfern. Er brachte Barden und Harfenistinnen mit. Er brachte Merlin mit, Nimue und Goldgeschenke, die von den Toten im Lugg Vale stammten. Und er brachte Guinevere und Lancelot mit.

Als ich Guinevere sah, stöhnte ich auf. Wir hatten einen Sieg errungen und Frieden geschlossen, und dennoch fand ich es grausam von Arthur, die Frau mitzubringen, um derentwillen er Ceinwyn verschmäht hatte. Aber Guinevere hatte darauf bestanden, ihren Gemahl zu begleiten. Also traf sie in Caer Sws mit einem Ochsenwagen ein, der mit Pelzen ausgepolstert, mit gefärbtem Leinen verhängt und zum Zeichen des Friedens mit grünen Zweigen geschmückt war. Mit ihr im Wagen saß Königin Elaine, Lancelots Mutter, aber es war Guinevere, nicht die Königin, die Aufmerksamkeit erregte. Denn sie stand auf, als der Karren langsam durch das Tor von Caer Sws rollte, und blieb stehen, bis die Ochsen sie vor das Portal von Cuneglas' großer Halle gezogen hatten, in der sie einstmals ein unerwünschter Flüchtling gewesen war und in die sie jetzt wie eine Eroberin zurückkehrte. Sie trug ein Gewand aus goldgefärbtem Leinen und Gold an Hals und Handgelenken, und ihr widerspenstiges, rotes Haar wurde mit einem Reif aus Gold gebändigt. Sie war schwanger, doch unter dem kostbaren goldfarbenen Leinen war die Schwangerschaft nicht zu sehen. Sie wirkte wie eine Göttin.

Wenn Guinevere wie eine Göttin aussah, hielt Lancelot wie ein Gott Einzug in Caer Sws. Viele Leute dachten, er wäre Arthur, denn er sah blendend aus auf seinem Schimmel mit der Schabracke aus hellem, mit goldenen Sternen besetztem Leinen. Er trug seine weiß emaillierte Schuppenrüstung, sein Schwert steckte in einer weißen Scheide, und von den Schultern hing ihm ein langer, weißer, mit Rot gesäumter Mantel. Sein dunkles, hübsches Gesicht wurde von den vergoldeten Kanten seines Helms umrahmt, der jetzt von einem Paar ausgebreiteter Schwanenschwingen gekrönt wurde statt von den Seeadlerschwingen, die er in Ynys Trebes getragen hatte. Die Menschen hielten den Atem an, als sie ihn sahen, und ich hörte, wie die geflüsterte Nachricht durch die Menge lief, daß dies wohl doch nicht Arthur sei, sondern König Lancelot, der tragische Held des verlorenen Königreichs Benoic und der Mann, der ihre Prinzessin Ceinwyn ehelichen werde. Bei seinem Anblick sank mir das Herz, denn ich fürchtete, er werde Ceinwyn mit seiner strahlenden Erscheinung blenden. Arthur, der ein Lederwams und einen weißen Mantel trug und dem es peinlich zu sein schien, überhaupt in Caer Sws zu sein, wurde von der Menge überhaupt nicht beachtet.

An jenem Abend gab es ein Festmahl. Ich glaube kaum, daß Cuneglas Guinevere gern empfangen hat; aber er war ein geduldiger, vernünftiger Mann, der sich – anders als sein Vater – nicht von jeder kleinen Kränkung beleidigt fühlte und Guinevere daher wie eine Königin behandelte. Er schenkte ihr Wein ein, reichte ihr Speisen und neigte ihr den Kopf zu, wenn er mit ihr sprach. Arthur, an Guineveres anderer Seite, strahlte vor Freude. Er sah immer glücklich aus, wenn er mit seiner Guinevere zusammen war, und es muß ihn sehr erfreut haben, daß sie in derselben Halle, in der er sie zum ersten Mal weit hinten bei dem minderen Volk hatte stehen sehen, nun mit so ausgesuchter Höflichkeit behandelt wurde.

Arthur widmete seine Aufmerksamkeit hauptsächlich Ceinwyn. Alle Anwesenden wußten, daß er sie einstmals verschmäht und das Verlöbnis gebrochen hatte, um die mittellose Guinevere zur Gemahlin zu nehmen, und viele Männer in Powys hatten geschworen, Arthur diesen Tort nie zu verzeihen, Ceinwyn aber verzieh ihm und machte diese Tatsache überdeutlich. Sie lächelte ihn an, legte ihm die Hand auf den Arm und neigte sich ihm freundlich zu, und später, als der Met sämtliche Feindseligkeiten hinweggeschwemmt hatte, ergriff König Cuneglas zuerst Arthurs und dann die Hand seiner Schwester, um sie beide in der seinen zusammenzufügen. Bei diesem Zeichen des Friedens brach die ganze Halle in Jubelrufe aus. Eine alte Kränkung war getilgt worden.

Kurz darauf nahm Arthur als symbolische Geste Ceinwyns Hand und führte sie zu einem Platz neben Lancelot, der bisher frei geblieben war. Wieder wurde laut gejubelt. Mit steinerner Miene sah ich zu, wie sich Lancelot erhob, um Ceinwyn zu empfangen, sich anschließend neben ihr niederließ und ihr Wein einschenkte. Er nahm einen schweren goldenen Armreif von seinem Handgelenk und überreichte ihn ihr, und obwohl Ceinwyn das kostbare Geschenk zunächst wortreich zurückwies, schob sie es sich dann doch auf den Arm, wo das Gold im Licht der Binsenfackeln glänzte. Da die Krieger auf dem Boden der Halle den Armreif zu sehen verlangten, hob Ceinwyn kokett den Arm, um den schweren Goldreif vorzuzeigen. Ich allein jubelte nicht. Ich saß einfach da, während der Lärm über mich hinwegdonnerte und schwerer Regen auf das Strohdach trommelte. Sie hat sich blenden lassen, dachte ich, auch sie hat sich von ihm blenden lassen. Der Stern von Powys war auf Lancelots dunkle, elegante Schönheit hereingefallen.

Ich hätte die Halle ja auf der Stelle verlassen, um mit meinem Elend in die regennasse Nacht zu fliehen, doch Merlin strich in der Halle umher. Zu Beginn des Festmahls hatte er an der Hohen Tafel gesessen, sie später jedoch wieder verlassen, um sich unter die Krieger zu begeben, hier stehenzubleiben und dort einem Gespräch zu lauschen oder einem Mann etwas ins Ohr zu flüstern. Er hatte sein weißes Haar von der Tonsur aus zurückgestrichen, zu einem langen Zopf geflochten und mit einem schwarzen Band zusammengefaßt und dasselbe mit seinem langen Bart getan. Sein Gesicht, so dunkel wie die römischen Kastanien, die in Dumnonia als große Delikatesse galten, war lang und schmal und tief gefurcht, seine Miene drückte Belustigung aus. Er heckt wieder etwas aus, dachte ich, während ich mich auf meinem Platz möglichst klein machte, damit er mich nicht zur Zielscheibe machen konnte. Ich liebte Merlin wie einen Vater, aber ich war nicht in der Stimmung für weitere Rätsel. Ich wollte nur so weit von Ceinwyn und Lancelot entfernt sein, wie es die Götter mir gestatteten.

Ich wartete, bis ich Merlin am anderen Ende der Halle wähnte und glaubte, ich könnte entkommen, ohne daß er mich bemerkte, aber genau in diesem Moment flüsterte mir seine Stimme etwas ins Ohr. »Wolltest du dich vor mir verstecken, Derfel?« fragte er mich und ließ sich mit einem mitleidheischenden Stöhnen neben mir auf dem Boden nieder. Er tat gern so, als hätte ihn die Altersschwäche eingeholt, daher massierte er sich theatralisch die Knie und jammerte über die Schmerzen in seinen Gelenken. Dann nahm er mir das Methorn aus der Hand und leerte es. »Sieh dir die jungfräuliche Prinzessin an«, sagte er und deutete mit dem leeren Horn auf Ceinwyn, »wie sie ihrem grausigen Schicksal entgegengeht. Laß mich mal sehen.« Während er über seine nächsten Worte nachdachte, kratzte er sich zwischen den Flechten seines Bartes. »Ein halber Mond noch bis zum Verlöbnis? Die Vermählung vielleicht eine Woche später, dann eine Handvoll Monde, bis das Kind sie umbringt. Unmöglich, daß ein Kind durch diese schmalen Lenden gelangt, ohne sie zu zerreißen.« Er lachte. »Es wird sein, als wollte ein Kätzchen einen Stier gebären. Wahrhaft abscheulich, Derfel.« Er musterte mich mit schrägem Blick und genoß mein Unbehagen.

»Ich dachte«, entgegnete ich verdrossen, »Ihr hättet Ceinwyn einen Glückszauber gegeben.«

»Das habe ich«, bestätigte er gelassen, »aber was soll's? Frauen wollen Kinder haben, und wenn es für Ceinwyn Glück bedeutet, von ihrem Erstgeborenen zerrissen zu werden, hat mein Zauber doch funktioniert, oder?« Lächelnd sah er mich an.

»›Sie wird niemals hoch aufsteigen‹«, zitierte ich Merlins Weissagung, die er vor nicht einmal einem Monat in dieser Halle gemacht hatte, »›und niemals tief absinken, aber sie wird glücklich sein.‹«

»Wie gut dein Gedächtnis für Kleinkram doch ist! Schmeckt dieser Hammel nicht grauenhaft? Noch fast roh, hast du gesehen? Und nicht mal heiß! Ich kann kaltes Essen nicht ausstehen!« Was ihn nicht daran hinderte, eine Portion von meinem Teller zu stibitzen. »Hältst du es für einen hohen Aufstieg, Königin von Siluria zu sein?«

»Ist es das etwa nicht?« gab ich zurück.

»Du liebe Zeit, nein! Ein absurde Idee! Siluria ist der unglückseligste Ort der Welt, Derfel. Nichts als verdreckte Täler, steinige Strände und häßliche Menschen.« Er schüttelte sich. »Die verbrennen Kohle statt Holz, und die Folge davon ist, daß die meisten Menschen dort so schwarz sind wie Sagramor. Ich glaube kaum, daß sie wissen, was Waschen ist.« Er pulte sich eine Fleischfaser aus den Zähnen und warf sie den Jagdhunden vor, die zwischen den Anwesenden umherstreunten. »Lancelot wird sehr schnell genug haben von Siluria. Ich kann mir nicht vorstellen, daß unser ritterlicher Lancelot sich lange mit diesen häßlichen, kohlegeschwärzten Langweilern rumschlägt. Wenn sie die Geburt also überlebt, was ich bezweifle, wird die arme, kleine Ceinwyn mutterseelenallein mit einem Haufen Kohle und einem schreienden Säugling zurückbleiben. Und das wird ihr Ende sein!« Er schien diese Aussicht zu genießen. »Ist dir jemals aufgefallen, Derfel, daß eine junge Frau, die einst so schön war, daß neben ihr selbst die Sterne am Himmel verblaßten, ein Jahr später nach Milch und Babyscheiße stinkt, so daß man sich fragt, wieso man sie nur einst für schön gehalten hat? Das tun Kinder den Frauen immer an, also sieh sie dir jetzt noch einmal gut an, Derfel, sieh genau hin, denn sie wird nie wieder so bezaubernd sein.«

Sie war bezaubernd, und schlimmer noch, sie schien glücklich zu sein. An diesem Abend trug sie Weiß und um den Hals eine Silberkette mit einem silbernen Stern als Anhänger. Ihr goldenes Haar war in einem Netz aus Silberfäden gefangen, und an ihren Ohren hingen silberne Regentropfen. Und Lancelot sah an jenem Abend nicht weniger eindrucksvoll aus als Ceinwyn. Wie es hieß, war er der schönste Mann von ganz Britannien, und das traf zu, wenn man sein dunkles, schmales, langes, beinah reptilienhaftes Gesicht mochte. Er trug einen schwarzen, weiß gestreiften Mantel, einen goldenen Torques am Hals und einen Goldreif, von dem sein langes, schwarzes Haar zusammengehalten wurde, das mit Öl glatt an den Kopf gelegt worden war, bevor es ihm über den Rücken hinabfiel. Sein Bart, zu einer scharfen Spitze getrimmt, war ebenfalls geölt.

»Sie hat mir erzählt«, entgegnete ich Merlin und wußte, noch während ich sprach, daß ich diesem boshaften alten Mann viel zuviel von meinem Herzen offenbarte, »sie sei nicht sicher, ob sie sich mit Lancelot vermählen soll.«

»Nun ja, das mußte sie wohl sagen, oder?« gab Merlin obenhin zurück, während er einen Sklaven heranwinkte, der eine Platte mit Schweinefleisch zur Hohen Tafel trug. Er fegte sich eine Handvoll Rippchen in den Schoß seines schmutzigen, weißen Gewandes und begann gierig an einem davon zu nagen. »Ceinwyn«, fuhr er fort, als er den Knochen fast blankgenagt hatte, »ist eine romantische Närrin. Sie hat sich irgendwie eingeredet, daß sie heiraten kann, wen sie mag, obwohl nur die Götter wissen, wie sich ein Mädchen so etwas einbilden kann! Aber jetzt«, sagte er mit dem Mund voll Schweinefleisch, »ist natürlich alles anders. Sie hat Lancelot kennengelernt! Inzwischen wird sie völlig von ihm überwältigt sein. Vielleicht wartet sie die Vermählung ja gar nicht mehr ab! Wer weiß? Vielleicht saugt sie den Bastard ja noch in dieser Nacht in der Abgeschlossenheit ihrer Kemenate aus! Wahrscheinlich aber wohl nicht. Sie ist ein sehr konventionelles Mädchen.« Letzteres klang recht abfällig. »Nimm dir ein Rippchen«, bot er mir an. »Es wird Zeit, daß du dich vermählst.«

»Es gibt keine, mit der ich mich zu vermählen wünsche«, sagte ich mürrisch. Außer Ceinwyn, natürlich. Doch welche Chancen hatte ich gegen Lancelot?

»Eine Vermählung hat mit Wünschen nichts zu tun«, belehrte Merlin mich geringschätzig. »Arthur dachte, daß dem so sei, und war für ein Narr Arthur ist, was Frauen betrifft! Was du brauchst, Derfel, ist ein hübsches Mädchen in deinem Bett, aber nur ein Narr glaubt, daß die Gemahlin und so ein Mädchen ein und dieselbe Person sein müssen. Arthur meint, du solltest dich mit Gwenhwyvach vermählen.« Merlin sprach den Namen ganz lässig aus.

»Gwenhwyvach?« wiederholte ich viel zu laut. Sie war Guineveres jüngere Schwester, ein schwergewichtiges, langweiliges und bleiches Geschöpf. Guinevere verabscheute sie. Ich hatte weiter nichts gegen Gwenhwyvach, konnte mir aber nicht vorstellen, eine derart farblose, unglückliche Frau zu heiraten.

»Na, und warum nicht?« wollte Merlin in gespieltem Zorn wissen. »Eine gute Partie, Derfel. Schließlich bist du nichts weiter als der Sohn einer sächsischen Sklavin. Gwenhwyvach dagegen ist eine echte Prinzessin. Sie hat zwar kein Geld, und sie ist noch häßlicher als die wilde Sau von Llyffan, aber überleg doch mal, wie dankbar sie sein wird!« Er grinste anzüglich. »Und denk an ihre Hüften, Derfel! Da bleibt bestimmt kein Baby stecken. Wie gutgeölte Kirschkerne wird sie die kleinen Ungeheuer ausspucken!«

Ich fragte mich, ob Arthur diese Vermählung vorgeschlagen hatte oder ob es Guineveres Idee gewesen war. Höchstwahrscheinlich Guineveres. Ich betrachtete sie, wie sie, ganz in Gold herausgeputzt, neben Cuneglas saß. Der Triumph in ihrem Gesicht war nicht zu übersehen. Sie war an diesem Abend außergewöhnlich schön. Sie war schon immer die schönste Frau von Britannien gewesen, aber an jenem verregneten Festabend in Caer Sws schien sie zu strahlen. Vielleicht kam das von ihrer Schwangerschaft, aber die glaubhaftere Erklärung war wohl, daß sie es genoß, so hoch über diese Menschen hinausgestiegen zu sein, die sie einstmals als mittellosen Flüchtling verachtet hatten. Dank Arthurs Schwert konnte sie nun über diese Menschen verfügen, wie ihr Gemahl über deren Königreiche verfügte. Wie ich genau wußte, war es hauptsächlich Guinevere, die Lancelot in Dumnonia protegierte. Guinevere hatte Arthur überredet, Lancelot Silurias Thron zu versprechen, und Guinevere hatte beschlossen, daß Ceinwyn mit Lancelot vermählt werden solle. Und jetzt wollte sie mich, wie ich argwöhnte, für meine Feindseligkeit gegenüber Lancelot bestrafen, indem sie ihre lästige Schwester zu meiner unwillkommenen Braut machte.

»Du scheinst unglücklich zu sein, Derfel«, stichelte Merlin.

Ich ließ mich nicht von ihm provozieren. »Und Ihr, Lord?« fragte ich ihn. »Seid Ihr glücklich?«

»Interessiert dich das?« fragte er erhaben.

»Ich liebe Euch, Lord. Wie einen Vater«, entgegnete ich.

Er bekam einen Lachanfall und erstickte fast an einem Stück Schweinefleisch, doch als er sich erholt hatte, lachte er immer noch. »Wic einen Vater! Ach, Derfel, was für ein gefühlsduseliger Dummkopf du doch bist! Ich habe dich allein deswegen aufgezogen, weil ich dachte, die Götter hätten dich auserwählt, und vielleicht haben sie das auch. Manchmal wählen sich die Götter die merkwürdigsten Kreaturen, um ihnen ihre Liebe zu schenken. Also sag mir, mein mich liebender Möchtegernsohn: Erstreckt sich deine Sohnesliebe auch auf einen Dienst für mich?«

»Welchen Dienst, Lord?« fragte ich ihn, obwohl ich ganz genau wußte, was er wollte. Er brauchte Speerträger für die Suche nach dem Kessel.

Er senkte die Stimme und rückte näher an mich heran, obwohl ich bezweifelte, daß in dieser lärmerfüllten, trunkenen Halle irgend jemand unser Gespräch belauschen konnte. »Britannien«, sagte er, »leidet an zwei Krankheiten, aber Arthur und Cuneglas erkennen nur eine.«

»Die Sachsen?«

Er nickte. »Doch ohne die Sachsen wird Britannien immer noch an einer Krankheit leiden, Derfel, denn es wäre möglich, daß wir die Götter verlieren. Das Christentum breitet sich weit schneller aus als die Sachsen, und die Christen sind eine weit größere Beleidigung für unsere Götter als jeder Sachse. Wenn wir den Christen nicht Einhalt gebieten, werden die Götter uns endgültig verlassen, und was wäre Britannien ohne seine Götter? Wenn wir die Götter jedoch einspannen und sie für Britannien zurückgewinnen, werden sowohl die Sachsen als auch die Christen verschwinden. Wir bekämpfen die falsche Krankheit, Derfel!«

Ich sah zu Arthur hinüber, der konzentriert auf etwas lauschte, was Cuneglas sagte. Arthur war kein gottloser Mensch, ging aber locker mit seinem Glauben um und nährte in seiner Seele keinen Haß auf Männer und Frauen, die an andere Götter glaubten. Arthur würde es gewiß nicht gefallen, daß Merlin von einem Kampf gegen die Christen sprach. »Und niemand hört auf Euch, Lord?« fragte ich Merlin.

»Einige schon«, gab er widerwillig zu, »ein paar, ein oder zwei.

Arthur nicht. Der hält mich für einen alten Narren kurz vor der Senilität. Aber was ist mit dir, Derfel? Hältst du mich auch für einen alten Narren?«

»Nein, Lord.«

»Und glaubst du an die Magie, Derfel?«

»Ja, Lord«, antwortete ich ihm. Ich war persönlich Zeuge magischen Wirkens gewesen, hatte aber auch erlebt, daß die Magie versagte. Sie war eine schwierige Kunst, doch ich glaubte fest an sie.

Merlin beugte sich noch weiter zu meinem Ohr herüber. »Dann komm heute nacht auf den Gipfel des Dolforwyn«, flüsterte er mir zu, »und ich gewähre dir deinen Herzenswunsch.«

Eine Harfenistin spielte den Akkord, der die Barden für den Gesang herbeirief. Die Stimmen der Krieger verstummten allmählich, während der eisige Wind Regenschauer durch das offene Portal hereintrieb, daß die kleinen Flammen der Talgkerzen wie auch die fettgetränkten Binsenfackeln flackerten. »Deinen Herzenswunsch«, wisperte Merlin abermals. Doch als ich nach links blickte, war er plötzlich verschwunden.

In der Nacht draußen grollte der Donner. Die Götter waren überall, und ich wurde zum Dolforwyn gerufen.

Ich verließ das Festmahl, bevor die Geschenke überreicht wurden, bevor die Barden sangen und bevor sich die Stimmen der trunkenen Krieger zu dem klagenden Lied von Nwyfre vereinigten. Ich hörte den Gesang noch, als ich bereits allein das Flußtal entlangwanderte, in dem Ceinwyn mir von ihrem Besuch an der Schädelstätte und der seltsamen Weissagung erzählt hatte, die für mich keinen Sinn ergab.

Ich trug meine Rüstung, doch keinen Schild. Mein Schwert Hywelbane steckte an meiner Seite, und um die Schultern hatte ich mir meinen grünen Mantel gehängt. Kein Mensch geht gern durch die Nacht, denn die Nacht gehört den Dämonen und Geistern; da ich jedoch von Merlin gerufen worden war, wußte ich, daß mir nichts geschehen konnte.

Der Weg wurde mir leichtgemacht, denn es gab eine Straße, die von den Wällen ostwärts bis zum Südrand der Hügelkette führte, wo der Dolforwyn lag. Es war ein langer Marsch, vier Stunden durch die nasse Dunkelheit, und die Straße war pechschwarz; aber die Götter müssen wohl gewollt haben, daß ich heil ankam, denn ich verlor weder die Orientierung, noch begegneten mir in der Nacht Gefahren.

Merlin konnte nicht weit vor mir sein, das wußte ich, aber obwohl ich zwei Menschenalter jünger war als er, holte ich ihn nicht ein, hörte ihn nicht einmal. Ich hörte nur den hinter mir verhallenden Gesang, und später, als der Gesang im Dunkeln verklungen war, lauschte ich dem Rauschen des Flusses, der über Steine plätscherte, dem Prasseln des Regens auf dem Laub, dem Schrei eines Hasen, der von einem Wiesel geschlagen wurde, und dem Kreischen des Dachses, der nach seiner Gefährtin rief. Ich kam an zwei geduckten Siedlungen vorbei, wo der verglühende Schein des Feuers durch die niedrigen Öffnungen unter dem Reetdach aus Adlerfarn schimmerte. Aus einer der Hütten drang die drohende Stimme eines Mannes, der mir etwas zurief, aber ich antwortete ihm, ich reise in friedlicher Absicht, und er beruhigte seinen bellenden Hund.

Dann verließ ich die Straße, um den schmalen Pfad zu suchen, der sich an Dolforwyns Flanke emporschlängelte. Ich befürchtete, in der Finsternis unter den Eichen, die dicht an dicht am Berghang standen, den Weg zu verlieren; aber die Regenwolken wurden dünner, bis sie schwaches Mondlicht durch die von Nässe schweren Blätter schimmern und mir den steinigen Pfad weisen ließen, der sich in Sonnenlaufrichtung den Königshügel emporwand. Hier oben wohnte kein Mensch. Dieser Ort gehörte den Eichen, den Steinen und dem Geheimnis.

Der Pfad führte aus dem Wald auf den weiten, freien Platz hinaus, der den Hügel krönte, den Platz, auf dem die einsame Festhalle stand und wo der Steinkreis die Stelle markierte, an der Cuneglas zum König ausgerufen worden war. Dieser Gipfel war der heiligste Ort von Powys, war aber dennoch den größten Teil des Jahres verwaist, denn er wurde nur an hohen Festtagen und in Zeiten großer Feierlichkeit benutzt. Nun lag die Halle im schwachen Mondlicht dunkel da, und die Hügelkuppe schien menschenleer zu sein.

Ich hielt am Rand des Eichenwaldes inne. Eine weiße Eule flog über mich hinweg. Ihr gedrungener Körper rauschte auf kurzen Schwingen dicht an der Wolfsrute an meinem Helm vorbei. Diese Eule war ein Zeichen, doch da ich nicht sagen konnte, ob es ein gutes oder ein schlechtes Zeichen war, überfiel mich auf einmal Angst. Die Neugier hatte mich hergelockt, nun aber witterte ich Gefahr. Merlin würde mir die Erfüllung meines Herzenswunsches nicht umsonst anbieten, und das bedeutete, daß ich hier war, um eine Wahl zu treffen, und zwar eine Wahl, die ich, wie ich argwöhnte, nicht treffen wollte. Ja, ich fürchtete mich so sehr davor, daß ich fast kehrtgemacht und mich wieder ins Dunkel der Bäume zurückgezogen hätte, doch dann ließ mich das Pochen der Narbe in meiner linken Handfläche stehenbleiben.

Diese Narbe hatte mir Nimue beigebracht, und immer wenn sie pochte, wußte ich, daß mir das Schicksal nicht gestatten würde, mich herauszuwinden. Ich war Nimue durch einen Eid verbunden. Ich konnte nicht umkehren.

Es hatte aufgehört zu regnen, und die Wolkendecke riß auf. Ein kalter Wind blies durch die Baumwipfel, aber kein Regen prasselte mehr herab. Es war immer noch dunkel. Die Morgendämmerung konnte nicht mehr weit entfernt sein, aber bis jetzt zeigte sich noch keine Ahnung von Licht über den Bergen im Osten. Es gab nichts als bleiches Mondlicht, das sich über die Steine von Dolforwyns Königskreis ergoß und sie in der Dunkelheit in silbrige Silhouetten verwandelte.

Ich ging auf den Steinkreis zu. Dabei kam mir das Klopfen meines Herzens lauter vor als das Geräusch meiner schweren Stiefel. Noch immer war kein Mensch zu sehen, und sekundenlang fragte ich mich, ob dies ein ausgeklügelter Scherz von Merlin sei; aber dann entdeckte ich inmitten des Steinkreises, dort, wo der Krönungsstein von Powys lag, einen Schimmer, der heller war als jeder Widerschein des dunstigen Mondlichts auf regenglänzenden Steinen.

Mit klopfendem Herzen ging ich weiter. Als ich dann zwischen die Steine des Kreises trat, sah ich, daß das Mondlicht von einem Becher reflektiert wurde. Einem Silberbecher. Einem kleinen Silberbecher, der, wie ich entdeckte, als ich dicht an den Königstein herantrat, mit einer dunklen, mondbeschienenen Flüssigkeit gefüllt war.

»Trink, Derfel!« sagte Nimue so leise, daß sie bei dem Rauschen des Windes in den Eichen kaum zu vernehmen war. »Trink!«

Ich wandte mich um, suchte nach ihr, vermochte aber niemanden zu entdecken. Der Wind blähte meinen Mantel und raschelte in ein paar losen Farnbündeln des Hallendachs. »Trink, Derfel!« wiederholte Nimues Stimme. »Trink!«

Ich blickte zum Himmel auf und betete, daß Lleullaw mich beschützen möge. Meine Linke, die jetzt schon schmerzhaft pochte, umklammerte Hywelbanes Heft. Ich wollte das tun, was am ungefährlichsten war, und das hieß, wie mir klar war, umkehren und in die Wärme von Arthurs Freundschaft zurückkehren; aber das Elend meines Herzens hatte mich hierher auf diesen kalten, kahlen Hügel geführt, und die Vorstellung, wie Lancelots Hand auf Ceinwyns schlankem Handgelenk ruhte, lenkte meinen Blick wieder auf den Becher.

Ich nahm ihn, zögerte, dann trank ich ihn leer.

Die Flüssigkeit schmeckte so bitter, daß es mich schüttelte, als ich alles getrunken hatte. Der ekelhafte Geschmack haftete in meinem Mund und meiner Kehle, während ich den Becher behutsam auf den Königstein zurückstellte.

»Nimue?« rief ich fast flehend, aber es war nichts zu hören außer dem Wind hoch oben in den Bäumen.

»Nimue!« rief ich abermals, denn inzwischen drehte sich mir der Kopf. Die Wolken rasten schwarz und grau dahin, der Mond zersplitterte in Nadeln aus silbrigem Licht, die vom fernen Fluß heraufgeschossen kamen und im tobenden Dunkel der sich krümmenden Bäume zerbrachen. »Nimue!« rief ich, als meine Knie nachgaben und in meinem Kopf gespenstische Träume wirbelten. Ich kniete neben dem Königstein, der plötzlich hoch wie ein Berg vor mir aufragte. Dann schlug ich mit so großer Wucht vornüber, daß ich mit dem Arm den leeren Becher wegfegte. Mir war übel, aber ich konnte mich nicht erbrechen, es kamen nur Träume, gräßliche Träume, kreischende Dämonen eines Alptraums, der in meinem Kopf dröhnte. Ich weinte, ich schwitzte, und meine Muskeln zuckten unkontrollierbar.

Dann griffen Hände nach meinem Kopf. Der Helm wurde mir vom Kopf gerissen, und gleich darauf preßte sich eine Stirn gegen die meine. Es war eine kühle, weiße Stirn, und die Alpträume flatterten davon, um der Vision von einem langen, nackten, weißen Körper Raum zu machen, einem Körper mit schmalen Hüften und kleinen Brüsten. »Träum nur, Derfel«, tröstete mich Nimue, während ihre Hände meine Haare streichelten, »träume, mein Liebling, träume.«

Ich weinte hilflos. Ich war ein Krieger, Lord von Dumnonia und ein Freund Arthurs, der nach der letzten Schlacht so sehr in meiner Schuld stand, daß er mir mehr Land und Reichtum schenken wollte, als ich mir träumen ließ, und doch weinte ich jetzt wie ein verlassenes Waisenkind. Mein Herzenswunsch war Ceinwyn, aber Ceinwyn ließ sich von Lancelot blenden, und ich war überzeugt, daß ich nie wieder glücklich sein würde.

»Träume, mein Liebling«, flüsterte Nimue; dabei muß sie einen schwarzen Mantel über unsere beiden Köpfe gezogen haben, denn plötzlich verschwand die graue Nacht, und ich war von lautloser Dunkelheit umgeben, während sie mir die Arme um den Hals schlang und ihr Gesicht fest an das meine drückte. Wange an Wange knieten wir da, und meine Hände verkrampften sich, als sie hilflos auf der kühlen Haut ihrer nackten Schenkel lagen. Ich überließ das Gewicht meines zuckenden Körpers ihren schmalen Schultern, und dort, in ihren Armen, versiegten die Tränen, endeten die Krämpfe, und unvermittelt wurde ich ruhig. Keine Übelkeit schnürte mir die Kehle zu, der Schmerz in meinen Beinen war verschwunden, und mir war warm. So warm, daß mir der Schweiß nur so am Körper hinabströmte. Ich rührte mich nicht, ich wollte mich nicht rühren, sondern einfach nur den Traum kommen lassen.

Zuerst war es ein wunderbarer Traum, denn ich schien die Flügel eines großen Adlers bekommen zu haben, mit denen ich über ein mir fremdes Land hinwegglitt. Doch dann erkannte ich, wie schrecklich dieses Land war. Es wurde von tiefen Abgründen durchschnitten, und hohe zerklüftete Berge türmten sich auf, von denen kleine, weiße Bäche in moordunkle Seen hinabstürzten. Die Berge schienen kein Ende nehmen zu wollen, und es gab dort keinerlei Zufluchtsort; denn als ich auf meinen Traumflügeln über sie hinwegsegelte, sah ich weder Haus noch Hütte, weder Feld noch Herde. Keine Menschenseele sah ich, nur einen Wolf, der zwischen den Felsen einhertrabte, und in einem Dickicht die Knochen eines Hirsches. Der Himmel über mir war schwertgrau, die Berge unter mir waren dunkel wie getrocknetes Blut, und die Luft unter meinen Schwingen fühlte sich so kalt an wie ein Messer zwischen den Rippen.

»Träume, mein Liebling«, murmelte Nimue, und im Traum flog ich auf meinen weiten Schwingen tief hinab. Unter mir entdeckte ich eine Straße, die sich zwischen dunklen Hügeln dahinwand. Es war eine Straße aus festgestampfter Erde, durchbrochen von Steinen, eine Straße, die ihren beschwerlichen Weg von einem Tal zum anderen nahm, bisweilen zu öden Paßhöhen emporstieg, um sich dann wieder zu den kahlen Steinen eines weiteren Talbodens hinabzusenken. Am Ufer schwarzer Seen führte die Straße entlang, durch schattendunkle Abgründe, vorbei an schneegestreiften Berghängen, aber sie führte stetig nach Norden. Woher ich wußte, daß es Norden war, ahnte ich nicht, aber dies war ein Traum, in dem Wissen nicht begründet werden mußte.

Bis auf die Straße trugen mich die Traumschwingen hinab, und plötzlich flog ich nicht mehr, sondern stieg auf der Straße zu einem Paß in den Bergen empor. Die Hänge zu beiden Seiten der Paßstraße bestanden aus steilem, schwarzen Schiefergestein, an dem das Wasser herabrann. Doch irgend etwas sagte mir, das Ende der Straße liege unmittelbar hinter diesem schwarzen Paß, und wenn ich auf meinen müden Beinen nur weiterwandere, würde ich die Paßhöhe überwinden und auf der anderen Seite die Erfüllung meines Herzenswunsches finden.

Inzwischen keuchte ich. Als ich die letzten paar Schritte auf der steilen Paßstraße zurücklegte, war mein Atem nur noch ein schmerzhaftes Luftholen, aber dort, auf dem Gipfel, sah ich auf einmal Licht, Farbe und Wärme.

Denn hinter der Paßhöhe senkte sich die Straße zu einer Küste ab, wo es Bäume und Felder gab, und hinter der Küste lag ein glitzerndes Meer mit einer Insel darin, und auf der Insel gab es einen See, der in dem plötzlichen Sonnenschein glänzte. »Dort!« sagte ich laut, denn ich wußte, daß diese Insel mein Ziel sein mußte. Doch gerade als es schien, daß mir neue Kraft geschenkt wurde, damit ich die letzten Meilen zurücklegen und mich in dieses besonnte Meer stürzen konnte, versperrte mir ein Dämon den Weg. Eine schwarze Gestalt in schwarzer Rüstung, aus deren Mund schwarzer Geifer troff und die ein Schwert mit schwarzer Klinge, zweimal so lang wie Hywelbane, in der schwarzen Klauenhand hielt. Kreischend schleuderte er mir seine Herausforderung ins Gesicht.

Ich schrie ebenfalls auf, und mein Körper versteifte sich in Nimues Armen.

Sie packte meine Schultern. »Du hast die Dunkle Straße gesehen, Derfel«, flüsterte sie mir zu, »du hast die Dunkle Straße gesehen.« Dann löste sie sich plötzlich von mir, der Mantel wurde von meinem Rücken gezogen, und ich sank vornüber in Dolforwyns nasses Gras, während der Wind eiskalt über mich hinwegstrich.

Lange Minuten blieb ich dort liegen. Der Traum war vorbei, und ich fragte mich, was die Dunkle Straße mit meinem Herzenswunsch zu tun habe. Dann warf ich mich auf die Seite und erbrach mich. Danach wurde mein Kopf wieder klar, und ich entdeckte den herabgefallenen Silberbecher neben mir. Ich hob ihn auf, hockte mich auf die Fersen und sah, daß Merlin mich von der anderen Seite des Königsteins aus beobachtete. Nimue, seine Geliebte und Priesterin, war neben ihm, den mageren Körper in einen weiten, schwarzen Mantel gehüllt, das schwarze Haar von einem Band gehalten. Ihr goldenes Auge glänzte im Mondschein. Das Auge, das in diese Höhle gehörte, hatte Gundleus ihr herausgerissen, der für diese Tat tausendfach gebüßt hatte.

Keiner von ihnen sprach, beide sahen einfach zu, wie ich den letzten Mageninhalt hinauswürgte, mir die Lippen mit der Hand abwischte, den Kopf schüttelte und aufzustehen versuchte. Mein Körper war noch immer schwach, und mir schwamm noch immer der Kopf, denn ich konnte mich nicht erheben. Also kniete ich mich neben dem Stein hin und stützte mich schwer auf die Ellbogen. Kleine Zuckungen ließen mich von Zeit zu Zeit erschauern. »Was habt ihr mir da zu trinken gegeben?« fragte ich, als ich den Silberbecher auf den Stein zurückstellte.

»Ich habe dir gar nichts gegeben«, antwortete Merlin. »Du hast aus freiem Willen getrunken, Derfel. Genauso, wie du aus freiem Willen hierhergekommen bist.« Seine Stimme, die in Cuneglas' Halle so boshaft geklungen hatte, wirkte jetzt kalt und distanziert. »Was hast du gesehen?«

»Die Dunkle Straße«, antwortete ich gehorsam.

»Sie liegt dort drüben.« Merlin deutete im Dunkeln nach Norden.

»Und der Dämon?« wollte ich wissen.

»Das war Diwrnach«, gab er zurück.

Ich schloß die Augen, denn jetzt wußte ich, was er von mir wollte. »Und die Insel«, sagte ich und öffnete die Augen wieder, »war Ynys Mon?«

»Ja«, antwortete Merlin. »Die heilige Insel.«

Bevor die Römer kamen und bevor man von den Sachsen auch nur träumte, wurde Britannien von den Göttern regiert, und die Götter sprachen von Ynys Mon aus zu uns, aber die Insel wurde von den Römern zerstört. Sie fällten ihre Eichen, vernichteten ihre heiligen Haine und schlachteten die Schutzdruiden ab. Jenes Schwarze Jahr lag damals über vierhundert Jahre zurück, doch einigen Druiden war Ynys Mon noch immer heilig, Druiden, die wie Merlin die Götter nach Britannien zurückholen wollten. Inzwischen gehörte die Heilige Insel jedoch zum Königreich Lleyn, und Lleyn wurde von Diwrnach beherrscht, dem schrecklichsten aller Irenkönige, die das Irische Meer überquert hatten, um britannisches Land zu erobern. Wie es hieß, bemalte Diwrnach seine Schilde mit Menschenblut. In ganz Britannien gab es keinen König, der grausamer war und mehr gefürchtet wurde. Nur die Berge grenzten ihn ein, und nur sein kleines Heer hinderte ihn daran, den Schrecken südwärts in ganz Gwynedd zu verbreiten. Diwrnach war ein Ungeheuer, das nicht umzubringen war; ein Wesen, das am finsteren Rand Britanniens lauerte und – darin stimmten alle überein – besser nicht provoziert werden sollte. »Ihr wollt«, fragte ich Merlin, »daß ich nach Ynys Mon gehe?«

»Ich will, daß du mit uns nach Ynys Mon gehst«, berichtigte er und zeigte auf Nimue. »Mit uns und einer Jungfrau.«

»Einer Jungfrau?« fragte ich.

»Weil, Derfel, nur eine Jungfrau den Kessel von Clyddno Eiddyn finden kann. Und von uns dreien«, ergänzte er sarkastisch, »kommt da ja wohl keiner in Frage.«

»Und der Kessel«, sagte ich langsam, »befindet sich auf Ynys Mon.« Als Merlin nickte, erschauerte ich angesichts dieser Aufgabe. Der Kessel von Clyddno Eiddyn war eins der dreizehn magischen Kleinodien Britanniens, die in alle Winde verstreut worden waren, als die Römer Ynys Mon zerstörten. Das letzte große Ziel in Merlins langem Leben war es, alle diese Kleinodien wieder zusammenzutragen, aber der Kessel war der größte Schatz. Mit dem Kessel, behauptete er, könne er die Götter lenken und die Christen vernichten, und deswegen kniete ich – mit einem bitteren Geschmack im Mund und einem vor Säure rebellierenden Magen – auf diesem nassen Hügel in Powys. »Meine Aufgabe«, sagte ich zu Merlin, »meine Aufgabe ist es, gegen die Sachsen zu kämpfen.«

»Du Narr!« fuhr Merlin mich an. »Wenn wir die Kleinodien nicht zurückholen, ist der Krieg gegen die Sais verloren.«

»Das sieht Arthur anders.«

»Dann ist Arthur ein ebenso großer Narr wie du. Was spielen die Sachsen für eine Rolle, wenn unsere Götter uns verlassen haben?«

»Ich habe gelobt, Arthur zu dienen«, protestierte ich.

»Auch mir hast du Gehorsam geschworen.« Nimue hielt ihre Linke empor, um mir ihre Narbe zu zeigen, die haargenau der meinen glich.

»Aber ich will nicht, daß ein Mann die Dunkle Straße betritt, der nicht aus freiem Willen kommt«, sagte Merlin. »Du mußt wählen zwischen denjenigen, denen du verschworen bist, Derfel. Aber bei dieser Wahl kann ich dir helfen.«

Er nahm den Becher vom Königstein und legte an seine Stelle ein Häufchen abgenagte Rippen, die er aus Cuneglas' Halle mitgebracht hatte. Dann kniete er nieder, nahm einen der Knochen heraus und legte ihn in die Mitte des Steins. »Das ist Arthur«, sagte er. »Das hier« – er griff nach einem zweiten Knochen – »ist Cuneglas. Von diesem« – er legte einen dritten Knochen so, daß er mit den ersten beiden ein Dreieck bildete – »werden wir später sprechen. Das hier« – er legte einen vierten Knochen quer über eine der drei Ecken – »ist Tewdric von Gwent, dies ist Arthurs Bündnis mit Tewdric, und dies ist sein Bündnis mit Cuneglas.« So bildete er ein zweites Dreieck über dem ersten, bis die beiden annähernd einen sechszackigen Stern bildeten. »Das hier ist Elmet«, begann er die dritte Ebene, die parallel zur ersten verlief, »dies ist Siluria, und dieser Knochen« – er hielt den letzten empor – »ist das Bündnis all dieser Königreiche. Also.« Er lehnte sich zurück und deutete auf den wackligen Knochenturm auf dem Königstein. »Was du da siehst, Derfel, ist Arthurs sorgfältig ausgedachter Plan, aber ich sage dir, ich versichere dir, daß dieser Plan ohne die Kleinodien fehlschlagen wird.«

Er verstummte. Ich starrte die neun Knochen an. An allen, ausgenommen den geheimnisvollen dritten Knochen, hingen noch Reste von Fleisch, Sehnen und Knorpeln. Nur der dritte Knochen war blankgeputzt und weiß. Sehr behutsam berührte ich ihn mit dem Finger, denn ich wollte das labile Gleichgewicht des kleinen Turms nicht stören. »Und was ist dieser dritte Knochen?« fragte ich Merlin.

Merlin lächelte. »Der dritte Knochen, Derfel«, sagte er, »ist die Vermählung von Lancelot und Ceinwyn.« Er legte eine kleine Pause ein. »Nimm ihn.«

Ich rührte mich nicht. Wenn ich den dritten Knochen nahm, würde ich Arthurs unsicheres Netz von Bündnissen zerstören, das seine beste, nein, seine einzige Hoffnung darstellte, die Sachsen zu besiegen.

Merlin grinste höhnisch, als ich zögerte; dann griff er sich den dritten Knochen, zog ihn aber nicht heraus. »Die Götter hassen die Ordnung«, fauchte er mich an. »Ordnung, Derfel, vernichtet die Götter, deswegen müssen sie die Ordnung vernichten.« Unvermittelt zog er den Knochen heraus, und das Knochenhäufchen fiel in sich zusammen. »Wenn Arthur Frieden in ganz Britannien schaffen will, Derfel«, sagte Merlin, »muß er die Götter wieder einsetzen.« Er reichte mir den Knochen. »Nimm ihn.«

Ich rührte mich nicht.

»Es ist doch nur ein Häufchen Knochen«, sagte Merlin. »Aber dieser Knochen, Derfel, steht für deinen Herzenswunsch.« Er streckte mir den weißen Knochen entgegen. »Dieser Knochen ist Lancelots Vermählung mit Ceinwyn. Zerbrichst du ihn, Derfel, wird diese Vermählung nie stattfinden. Läßt du ihn aber ganz, Derfel, wird dein Feind deine Liebste zu sich ins Bett holen und sie so elend machen wie einen Hund.« Abermals streckte er mir den Knochen entgegen, und abermals weigerte ich mich, ihn zu ergreifen. »Glaubst du vielleicht, die Liebe zu Ceinwyn steht dir nicht ins Gesicht geschrieben?« fragte mich Merlin spöttisch. »Nimm ihn! Denn ich, Merlin von Avalon, gewähre dir, Derfel, die Macht über diesen Knochen.«

Die Götter mögen mir beistehen, aber ich nahm den Knochen. Was hätte ich sonst tun sollen? Ich war verliebt, also nahm ich den gereinigten Knochen und steckte ihn in meinen Beutel.

»Er wird dir nichts helfen, solange du ihn nicht zerbrichst«, sagte Merlin zu mir.

»Möglich, daß er mir ohnehin nichts hilft«, gab ich zurück, als ich endlich feststellte, daß ich wieder stehen konnte.

»Du bist ein Narr, Derfel«, behauptete Merlin. »Aber du bist ein Narr, der gut mit dem Schwert umgehen kann, und deswegen brauche ich dich, wenn wir die Dunkle Straße bewältigen wollen.« Er stand auf. »Die Wahl liegt jetzt bei dir. Du kannst den Knochen zerbrechen, dann wird Ceinwyn sich für dich entscheiden, das kann ich dir versichern. Aber damit hast du dich der Suche nach dem Kessel verschworen. Oder du kannst Gwenhwyvach ehelichen und dein Leben damit verbringen, auf sächsische Schilde einzuhauen, während die Christen sich verschwören, Dumnonia zu übernehmen. Ich überlasse dir die Wahl, Derfel. Und nun schließ die Augen.«

Ich schloß die Augen und hielt sie eine geraume Zeit gehorsam geschlossen. Als jedoch keine weiteren Anweisungen erfolgten, machte ich sie schließlich wieder auf.

Die Hügelkuppe war leer. Ich hatte nichts gehört, aber Merlin, Nimue, die acht Knochen und der Silberbecher waren allesamt verschwunden. Im Osten dämmerte der Morgen, die Vögel lärmten in den Bäumen, und ich trug einen weißen, blankgeputzten Knochen im Beutel.

Ich machte mich auf den Weg, den Hügel hinab bis zu der Straße am Fluß. Vor meinen Augen aber sah ich nur jene andere Straße, die Dunkle Straße, die zu Diwrnachs Schlupfwinkel führte, und mir wurde angst.

An jenem Morgen gingen wir auf Sauhatz, und kaum hatten wir Caer Sws verlassen, da suchte Arthur meine Gesellschaft. »Ihr habt Euch gestern abend früh zurückgezogen, Derfel«, begrüßte er mich.

»Mein Magen, Lord«, gab ich zurück. Ich wollte ihm nicht die Wahrheit sagen – daß ich mich mit Merlin getroffen hatte –, denn dann hätte er geargwöhnt, daß ich die Suche nach dem Kessel noch immer nicht aufgegeben hatte. Also war es besser, ihn zu belügen. »Mein Magen hat aufbegehrt«, erklärte ich.

Er lachte. »Ich weiß nicht, warum wir so etwas Festmahl nennen«, sagte er, »wo es doch nur ein Vorwand zum Trinken ist.« Er blieb stehen, um auf Guinevere zu warten, die gern auf die Jagd ging und an diesem Morgen Stiefel und eine Lederhose trug, die eng an ihre langen Beine geschnürt war. Ihre Schwangerschaft versteckte sie unter einem Lederwams, über dem sie einen grünen Umhang trug. Sie hatte ein Paar ihrer geliebten Jagdhunde mitgebracht und reichte mir die Leinen, damit Arthur sie durch die Furt neben der alten Festung tragen konnte. Lancelot bot Ceinwyn den gleichen Dienst an, die offensichtlich entzückt aufschrie, als Lancelot sie hochhob. Auch Ceinwyn trug an diesem Tag Männerkleidung, aber die ihre war nicht so eng und elegant geschnitten wie Guineveres. Vermutlich hatte sich Ceinwyn alles an Jagdkleidung ausgeborgt, was sie bei ihrem Bruder finden konnte, und sah in diesen weiten, überlangen Kleidungsstücken neben Guineveres vornehmer Eleganz knabenhaft und sehr jung aus. Keine der beiden Frauen trug einen Speer, aber Bors, Lancelots Cousin und Champion, hatte eine zusätzliche Waffe mitgenommen, falls Ceinwyn sich am Erlegen eines Tieres beteiligen wollte. Arthur hatte darauf bestanden, daß die schwangere Guinevere keinen Speer trug. »Du mußt heute sehr vorsichtig sein«, sagte er, als er sie am Südufer des Severn auf die Füße zurückstellte.

»Du machst dir zu viele Sorgen«, gab sie zurück. Dann nahm sie mir die Leinen der Hunde ab und fuhr sich mit der Hand durch das dichte, widerspenstige rote Haar. »Ihr müßt nur schwanger werden«, wandte sie sich an Ceinwyn, »dann glauben die Männer, Ihr seid aus Glas.« Sie gesellte sich zu Lancelot, Ceinwyn und Cuneglas und überließ es Arthur, an meiner Seite zu dem grünen Tal hinüberzuwandern, wo Cuneglas' Jagdgehilfen reichlich Schwarzwild gemeldet hatten. Insgesamt waren wir etwa fünfzig Jäger, zumeist Krieger, aber auch eine Handvoll Frauen waren mitgekommen, und vierzig Diener bildeten die Nachhut. Einer der Diener stieß ins Horn, um die Jagdgehilfen am anderen Talende aufzufordern, das Wild zum Fluß hinunterzutreiben, während wir Jäger unsere langen, schweren Saufedern schulterten und ausschwärmten, um eine Reihe zu bilden. Es war ein kalter Spätsommertag, so kalt, daß unser Atem zu sehen war. Die Sonne schien auf fahle Felder, in denen noch der Morgennebel hing. Arthur war in fröhlicher Stimmung; er genoß die Schönheit des Tages, die eigene Jugend und die Aussicht auf eine Jagd. »Ein Festmahl noch«, sagte er zu mir, »dann könnt Ihr nach Hause ziehen und Euch ausruhen.«

»Noch ein Festmahl?« fragte ich töricht, weil mein Verstand noch immer von der Müdigkeit und den Folgen jener Flüssigkeit benebelt war, die mir Merlin und Nimue auf dem Gipfel des Dolforwyn zu trinken gegeben hatten.

Arthur tätschelte mir die Schulter. »Lancelots Verlöbnis, Derfel. Und dann nichts wie heimwärts nach Dumnonia. Und an die Arbeit!« Er schien sich bei dem Gedanken zu freuen und schilderte mir begeistert seine Pläne für den kommenden Winter. Es gab vier eingestürzte römische Brücken, die er wieder aufbauen lassen wollte, und danach sollten die Steinmetze des Königreichs nach Lindinis geschickt werden, um den königlichen Palast fertigzustellen. Lindinis war die römische Stadt in der Nähe von Dumnonias Königshügel Caer Cadarn, die Arthur zur neuen Hauptstadt machen wollte. »In Durnovaria gibt es zu viele Christen«, erklärte er, obwohl er hastig und charakteristisch für ihn hinzufügte, daß er persönlich nichts gegen die Christen habe.

»Es ist nur so, Lord«, gab ich ironisch zurück, »daß sie etwas gegen Euch haben.«

»Manche«, räumte er ein. Vor der Schlacht, als Arthurs Sache unwiderruflich verloren schien, war eine Partei, die gegen Arthur opponierte, in Dumnonia frech geworden, und diese Partei wurde von Christen angeführt, denselben Christen, deren Obhut Mordred anvertraut war. Der unmittelbare Grund für ihren Zorn war ein Darlehen gewesen, das Arthur sich von der Kirche für den Feldzug erzwungen hatte, der in Lugg Vale endete, und dieses Darlehen hatte eine erbitterte Feindschaft ausgelöst. Seltsam, dachte ich, daß die Kirche den hohen Wert der Armut predigt, einem Mann aber, der sich bei ihr Geld leiht, niemals vergibt.

»Ich wollte mit Euch über Mordred reden«, sagte Arthur, um mir zu erklären, warum er an diesem schönen Morgen meine Gesellschaft suchte. »In zehn Jahren«, fuhr Arthur fort, »wird er alt genug sein, um den Thron zu besteigen. Das ist nicht lange, Derfel, ganz und gar nicht lange, und es ist unbedingt nötig, daß er in diesen zehn Jahren eine gute Erziehung genießt. Er muß lesen und schreiben lernen, er muß lernen, mit dem Schwert umzugehen, und er muß lernen, Verantwortung zu übernehmen!« Ich nickte zustimmend, wenn auch ohne Begeisterung. Der fünfjährige Mordred würde zweifellos all die Dinge lernen, die Arthur für ihn vorsah, aber ich sah nicht recht ein, was ich damit zu tun hatte. Arthur dachte da anders. »Ich möchte, daß Ihr sein Vormund werdet«, sagte er zu meiner Überraschung.

»Ich?« rief ich erstaunt.

»Nabur kümmert sich mehr um sein eigenes Fortkommen als um Mordreds Charakter«, erklärte Arthur. Nabur war der christliche Beamte, der gegenwärtig Vormund des Kindkönigs war, und außerdem war es Nabur gewesen, der am eifrigsten intrigiert hatte, um Arthurs Macht zu vernichten – Nabur und natürlich Bischof Sansum. »Und Nabur ist kein Krieger«, fuhr Arthur fort. »Ich bete, daß Mordred in Frieden regieren kann, Derfel, aber er muß das Kriegshandwerk lernen – das müssen alle Könige, und ich kann mir keinen besseren Ausbilder für ihn vorstellen als Euch.«

»Mich nicht«, protestierte ich heftig. »Ich bin zu jung!«

Arthur lachte über diesen Einwand. »Die Jungen sollten von den Jungen erzogen werden, Derfel«, behauptete er.

Ein fernes Hornsignal meldete, daß das Wildtreiben am Talende begonnen hatte. Wir Jäger drangen in den Wald ein und stiegen über Dorngestrüpp und abgestorbene Baumstämme, die dicht mit Pilzen bewachsen waren. Wir bewegten uns jetzt nur noch langsam und lauschten ständig auf das furchteinflößende Geräusch eines Keilers, der durchs Unterholz bricht. »Außerdem«, fuhr ich fort, »ist mein Platz in Eurem Schildwall, nicht in Mordreds Kinderstube.«

»Ihr werdet immer noch zu meinem Schildwall gehören. Glaubt Ihr, ich will Euch verlieren, Derfel?« meinte Arthur grinsend. »Ich will nicht, daß Ihr an Mordred gebunden seid, ich will nur, daß er in Eurem Haushalt lebt. Es ist wichtig, daß er von einem ehrlichen Mann erzogen wird.«

Ich quittierte das Kompliment mit einem Achselzucken und dachte dann mit schlechtem Gewissen an den sauberen, heilen Knochen in meinem Beutel. Ist es ehrlich, fragte ich mich, Ceinwyn durch Magie zu einer Sinnesänderung zu zwingen? Ich sah zu ihr hinüber; sie erwiderte meinen Blick und schenkte mir ein schüchternes Lächeln. »Aber ich habe keinen Haushalt«, gab ich Arthur zu bedenken.

»Ihr werdet einen haben, und zwar bald«, gab er zurück. Dann hob er die Hand, und ich erstarrte, um auf die Geräusche ein Stück vor uns zu lauschen. Irgend etwas Schweres brach durch die Bäume, und wir duckten uns beide instinktiv mit unseren Speeren, die wir wenige Zoll über dem Boden hielten. Dann aber entdeckten wir, daß das verängstigte Tier ein prachtvoller Rothirsch mit gutem Geweih war, und wir entspannten uns, als das Tier an uns vorüberdonnerte. »Den werden wir morgen jagen«, sagte Arthur und blickte dem Hirsch nach. »Morgen früh kannst du deinen Hunden etwas Auslauf verschaffen!« rief er zu Guinevere hinüber.

Lachend kam sie mit den an ihren Leinen zerrenden Hunden den Hang herab auf uns zu. »Das würde mir Freude machen«, sagte sie. Ihre Augen strahlten, ihr Gesicht war von der Kälte gerötet. »Die Jagd ist hier besser als in Dumnonia«, sagte sie.

»Aber nicht das Land«, wandte sich Arthur an mich. »Es gibt da einen Besitz nördlich von Durnovaria«, fuhr er fort, »der rechtmäßig Mordred gehört. Auf den möchte ich Euch als Lehnsmann setzen. Natürlich werde ich Euch außerdem noch andere

Ländereien geben, die Euch selbst gehören sollen, aber Ihr könnt auf Mordreds Land eine Halle errichten und ihn dort erziehen.«

»Ihr kennt den Besitz«, sagte Guinevere. »Er liegt nördlich von Gyllads Pachtgut.«

»Ich kenne ihn«, gab ich zurück. Der Besitz verfügte über gutes Flußland für Getreide und schönes Weideland für Schafe. »Aber ich bin mir nicht sicher, ob ich weiß, wie man ein Kind erzieht«, grollte ich. Die Hörner vor uns erklangen wieder, und die Hunde der Jagdgehilfen kläfften erregt. Weit rechts von uns gab es Jubelrufe, ein Zeichen dafür, daß jemand Jagdbeute gesichtet hatte, obwohl in unserem Teil des Waldes noch alles ruhig war. Ein kleiner Bach plätscherte zu unserer Linken, und zur Rechten stieg der bewaldete Boden empor. Felsbrocken und knorrige Baumwurzeln waren von dichtem Moos überzogen.

Arthur tat meine Befürchtungen ab. »Ihr sollt Mordred nicht selbst erziehen«, sagte er, »aber ich möchte, daß er in Eurer Halle erzogen wird, bei Euren Dienern, mit Euren Manieren, Eurer Moral und Euren Meinungen.«

»Und«, setzte Guinevere hinzu, »von Eurer Gemahlin.«

Ein knackender Zweig lenkte meinen Blick bergauf. Dort standen Lancelot und sein Cousin Bors vor Ceinwyn. Lancelots Speerschaft war schneeweiß gestrichen, er selbst trug hohe Lederstiefel und einen Mantel aus weichem Leder. Ich wandte mich zu Arthur um. »Das mit der Gemahlin, Lord«, sagte ich vorwurfsvoll, »ist mir neu.«

Die Sauhatz vergessend, packte er mich am Ellbogen. »Ich werde Euch zum Champion von Dumnonia ernennen, Derfel«, erklärte er.

»Das ist zuviel Ehre für mich, Lord«, entgegnete ich vorsichtig. »Außerdem seid Ihr Mordreds Champion.«

»Prinz Arthur«, sagte Guinevere, denn sie nannte ihn gern Prinz, obwohl er als Bastard geboren war, »ist bereits oberster Protektor. Er kann nicht auch noch Champion sein, es sei denn, man erwartet von ihm, daß er die ganze Arbeit in Dumnonia allein verrichtet.«

»Sehr wahr, Lady«, gab ich zu. Ich hatte nichts gegen die Ehre einzuwenden, denn es war eine sehr große, obwohl sie natürlich ihren

Preis hatte. In der Schlacht würde ich gegen jeden Champion kämpfen müssen, der sich mir zum Zweikampf zu stellen wünschte; zu Friedenszeiten jedoch brachte der Titel Reichtum und einen Rang, der meinen gegenwärtigen weit überstieg. Inzwischen hatte ich schon den Titel Lord inne und verfügte auch über die Männer, die nötig waren, um diesen Rang zu halten. Außerdem hatte ich das Recht, mein eigenes Zeichen auf die Schilde meiner Männer malen zu lassen; immerhin aber teilte ich diese Ehre mit vierzig anderen Kriegsführern von Dumnonia. Als Champion des Königs wäre ich der oberste Krieger von Dumnonia, obwohl ich nicht begriff, wie irgend jemand diesen Status für sich beanspruchen konnte, solange Sagramor lebte. »Sagramor«, sagte ich, »ist ein weit besserer Krieger als ich, Lord Prinz.« In Guineveres Anwesenheit durfte ich nicht vergessen, ihn hin und wieder Prinz zu nennen, obwohl er selbst diesen Titel nicht mochte.

Arthur wehrte meine Einwände ab. »Sagramor werde ich zum Lord der Steine machen«, erklärte er, »denn das wünscht er sich am meisten.« Die Lordschaft über die Steine machte Sagramor zu dem Mann, der die sächsische Grenze bewachte, und ich konnte mir gut vorstellen, daß der schwarzhäutige, dunkeläugige Sagramor mit einer solch kriegerischen Aufgabe mehr als zufrieden war. »Ihr aber, Derfel« – er tippte mir auf die Brust – »werdet der Champion sein.«

»Und wer«, fragte ich ironisch, »soll die Gemahlin des Champions sein?«

»Meine Schwester Gwenhwyvach«, antwortete Guinevere, die mich dabei aufmerksam beobachtete.

Ich war dankbar, daß Merlin mich vorgewarnt hatte. »Das ist zuviel der Ehre für mich, Lady«, gab ich höflich zurück.

Guinevere lächelte. Offenbar glaubte sie, daß meine Worte Zustimmung bedeuteten. »Hättet Ihr je gedacht, Derfel, daß Ihr eine Prinzessin ehelichen würdet?«

»Nein, Lady«, gestand ich ein. Gwenhwyvach war, wie Guinevere, tatsächlich eine Prinzessin, eine Prinzessin von Henis Wyren, obwohl es Henis Wyren nicht mehr gab. Jenes beklagenswerte Königreich hieß jetzt Lleyn und wurde von dem dunklen irischen Eroberer, König Diwrnach, beherrscht.

Guinevere zerrte an den Leinen, um ihre aufgeregten Jagdhunde zu beruhigen. »Sobald wir nach Dumnonia zurückkehren, könnt Ihr euch verloben«, erklärte sie. »Gwenhwyvach ist einverstanden.«

»Aber es gibt ein Hindernis, Lord«, wandte ich mich an Arthur. Wieder zerrte Guinevere an den Leinen – völlig unnötig, doch sie haßte jeden Widerspruch und ließ ihre Empörung an den Hunden aus, statt an mir. Zu jener Zeit haßte sie mich zwar nicht, aber sie mochte mich auch nicht besonders. Sie wußte von meiner Abneigung gegen Lancelot, und diese Tatsache nahm sie sicher gegen mich ein; aber sie hätte meine Abneigung nicht für wichtig gehalten, denn für sie war ich zweifellos nichts weiter als einer der Kriegsführer ihres Gemahls: ein hochgewachsener, langweiliger, flachshaariger Mann, dem die zivilisierten Manieren fehlten, auf die Guinevere so großen Wert legte. »Ein Hindernis?« fragte mich Guinevere fast drohend.

»Lord Prinz«, sagte ich, wiederum an Arthur gewandt, statt an seine Gemahlin, »ich bin einer Dame durch Eid verbunden.« Dabei dachte ich an den Knochen in meinem Beutel. »Ich habe keinen Anspruch auf sie und darf auch nichts von ihr erwarten – aber sobald sie Anspruch auf mich erhebt, bin ich ihr verpflichtet.«

»Wer ist es?« verlangte Guinevere sofort zu wissen.

»Das darf ich nicht sagen, Lady.«

»Wer?« drängte Guinevere abermals.

»Er muß es nicht sagen«, kam Arthur mir zu Hilfe. Er lächelte. »Wie lange kann diese Lady Eure Treue beanspruchen?«

»Nicht mehr sehr lange, Lord«, antwortete ich. »Inzwischen nur noch ein paar Tage.« Denn sobald sich Ceinwyn Lancelot anverlobte, durfte ich den Eid, den ich ihr geschworen hatte, als nichtig betrachten.

»Gut«, sagte er energisch und lächelte Guinevere zu, als forderte er sie auf, seine Freude zu teilen, aber Guinevere zog statt dessen eine finstere Miene. Sie verabscheute Gwenhwyvach, fand sie plump und langweilig, und war verzweifelt darauf bedacht, ihre Schwester aus ihrem Leben wegzuvermählen. »Wenn alles gutgeht«, sagte Arthur, »könnt Ihr zum selben Zeitpunkt in Glevum vermählt werden wie Lancelot und Ceinwyn.«

»Oder verlangt Ihr diese paar Tage«, fragte Guinevere giftig, »um Euch Gründe auszudenken, warum Ihr meine Schwester nicht ehelichen solltet?«

»Lady«, antwortete ich tiefernst, »es wäre mir eine Ehre, mich mit Gwenhwyvach zu vermählen.« Das war, glaube ich, die Wahrheit, denn Gwenhwyvach würde sich zweifellos als gute Gemahlin erweisen; wenn es auch eine ganz andere Frage war, ob ich mich als ein guter Gemahl erweisen würde, denn für mich war der einzige Grund, Gwenhwyvach zu heiraten, der hohe Rang und der große Reichtum, den sie als Mitgift in die Ehe bringen würde. Aber das war für die meisten Männer der einzige Grund für eine Vermählung. Und wenn ich Ceinwyn nicht haben konnte – was machte es schon, wen ich heiratete? Merlin hatte uns immer davor gewarnt, Liebe mit Ehe zu verwechseln, und wenn sein Ratschlag auch zynisch klang, so barg er doch einige Wahrheit in sich. Von mir erwartete man nicht, daß ich Gwenhwyvach liebte; ich sollte mich nur mit ihr vermählen, und ihr Rang und ihre Mitgift wären der Lohn dafür, daß ich den langen, blutigen Tag in Lugg Vale siegreich überstanden hatte. Selbst wenn dieser Lohn durch Guineveres Spott einen unangenehmen Beigeschmack bekam, war er immer noch reich und großzügig. »Ich werde Eure Schwester mit Freuden zu meiner Gemahlin nehmen«, versprach ich Guinevere, »solange mich die Lady, der ich durch meinen Eid verbunden bin, nicht zu sich ruft.«

»Ich hoffe, daß sie das nicht tun wird«, sagte Arthur lächelnd. Dann fuhr er herum, weil oben am Hang ein Ruf ertönte.

Bors duckte sich mit seinem Speer. Lancelot war neben ihm, blickte jedoch den Hang hinunter zu uns, vielleicht weil er fürchtete, das Tier könnte durch die Lücke zwischen uns entkommen. Arthur drängte Guinevere behutsam zurück und winkte mir dann, den Hang hinaufzuklettern und die Lücke zu schließen.

»Es sind zwei!« rief Lancelot uns zu.

»Das eine wird eine Bache sein«, rief Arthur zurück. Er lief ein paar Schritte weit stromaufwärts, bevor er bergauf zu steigen begann. »Wo?« fragte er. Mit seinem weißgeschäfteten Speer wies Lancelot die Richtung, doch ich konnte im Unterholz noch immer nichts erkennen.

»Da!« sagte Lancelot gereizt und stieß seinen Speer in Richtung eines Dornengestrüpps.

Mit Arthur zusammen kletterte ich ein paar Fuß weiter hinauf, bis wir den Keiler endlich tief im Unterholz entdeckten. Es war ein riesiges, altes Tier mit gelblichen Hauern, kleinen Augen und dicken Muskelpaketen unter dem dunklen Fell. Mit diesen Muskeln war er vermutlich schnell wie der Blitz und konnte seine schwertscharfen Hauer mit tödlicher Sicherheit einsetzen. Wir hatten alle schon Männer mit Hauerverletzungen gesehen, und nie war ein Keiler gefährlicher, als wenn er mit einer Bache zusammen in die Enge getrieben wurde. Alle Jäger beteten um einen Keiler, der sie in offenem Gelände angriff, so daß sie die eigene Geschwindigkeit des Tieres und sein Gewicht benutzen konnten, um ihm den Speer in den Körper zu treiben. Eine derartige Konfrontation verlangte Mut und Können, aber bei weitem nicht so viel Mut wie dann, wenn der Mann den Keiler angreifen mußte.

»Wer hat ihn zuerst gesehen?« fragte Arthur.

»Mein Lord König.« Bors zeigte auf Lancelot.

»Dann gehört er Euch, Lord König.« Mit diesen höflichen Worten überließ Arthur die Ehre des Tötens Lancelot.

»Er ist meine Gabe an Euch, Lord«, erwiderte Lancelot. Ceinwyn, die hinter ihm stand, biß sich mit großen Augen auf die Lippe. Sie hatte sich von Bors den zusätzlichen Speer geholt – nicht weil sie ihn benutzen wollte, sondern um ihm die Last abzunehmen – und hielt die Waffe nervös in der Hand.

»Hetzt die Hunde auf ihn!« Guinevere kam zu uns. Ihre Augen strahlten, ihre Miene war lebhaft. Ich glaube, sie langweilte sich oft in den großen Palästen Dumnonias, und die Jagd verschaffte ihr die Aufregung, nach der sie sich sehnte.

»Du wirst beide Hunde verlieren«, warnte Arthur. »Dieses Wildschwein kann kämpfen!« Vorsichtig bewegte er sich vorwärts und erwog, wie er das Tier am besten reizen könnte. Schließlich trat er energisch vor und schlug mit seinem Speer auf die Büsche, als wollte er dem Keiler einen Ausweg aus seiner Zufluchtsstätte bieten. Der Schwarzkittel grunzte, rührte sich aber nicht, nicht einmal, als die Speerspitze nur wenige Zoll von seiner Schnauze entfernt herniedersauste. Die Bache stand hinter dem Keiler.

»Der hat so was schon einmal erlebt«, verkündete Arthur fröhlich.

»Überlaßt ihn mir, Lord«, bat ich, weil ich auf einmal Angst um ihn hatte.

»Glaubt Ihr, ich hätte meine Jagdkunst verlernt?« fragte Arthur mich lächelnd. Wieder schlug er auf die Büsche, aber die Dornzweige wollten nicht flach liegenbleiben, und der Keiler wollte sich nicht rühren. »Die Götter mögen dir beistehen«, sagte Arthur zu dem Tier, rief eine Herausforderung und sprang mitten in das Gewirr der Dornbüsche hinein. Er hielt auf eine Stelle unmittelbar neben dem Pfad zu, den er annähernd geebnet hatte, und als er landete, stieß er den Speer mit aller Kraft nach vorn, die blanke Spitze auf die linke Flanke des Keilers dicht vor dessen Schulter gerichtet.

Der Kopf des Keilers schien zu zucken, nur eben ganz leicht zu zucken, doch das genügte, um die Speerspitze mit dem Hauer abzuwehren, so daß sie einen blutigen, aber harmlosen Schnitt weiter unten in seiner Flanke verursachte. Dann griff er an. Ein guter Keiler kann mit gesenktem Kopf, die Hauer bereit zum Stoß, unmittelbar in einen wütenden Angriff übergehen, und dieser Keiler war bereits an Arthurs Speerspitze vorbei, als er angriff, und Arthur war in dem Dornengestrüpp gefangen.

Ich brüllte laut, um das Untier abzulenken, und stieß ihm meinen Speer in den Bauch. Arthur lag auf dem Rücken. Er hatte den Speer verloren, und der Keiler war über ihm. Die Hunde jaulten, Guinevere schrie uns an, wir sollten helfen. Mein Speer steckte tief im Bauch des Keilers, dessen Blut bis zu meinen Händen emporschoß, als ich die Waffe empor- und hintenüberhebelte, um das verletzte Tier von meinem Lord herunterzustemmen. Der Keiler wog mehr als zwei gefüllte Kornsäcke, und seine Muskeln waren wie Stricke aus Eisen, die an meinem Speer zerrten. Mit aller Kraft packte ich zu und drückte nach oben, dann aber griff die Bache an und fegte mich mühelos zu Boden. Ich fiel, mein Gewicht zog den Speerschaft herunter und brachte dadurch den Keiler wieder auf Arthurs Bauch zurück.

Arthur hatte irgendwie die Hauer des Wildschweins gepackt und zwang dessen Kopf jetzt mit gesammelter Kraft von seiner Brust herunter. Die Bache machte sich hangabwärts aus dem

Staub. »Tötet ihn!« rief Arthur, aber es war ein halbes Lachen. Nur wenige Zoll war er vom Tod entfernt, und doch genoß er diesen Moment. »Tötet ihn!« rief er abermals. Die schwarzen Beine des Keilers strampelten, sein Geifer bespritzte Arthurs Gesicht, und sein Blut tränkte Arthurs Kleidung.

Ich lag auf dem Rücken, und mein Gesicht war von den Dornen zerkratzt. Ich rappelte mich auf und griff nach meinem zuckenden, tanzenden Speer, der noch immer im Bauch des großen Schwarzkittels steckte; aber dann stieß Bors ein Messer in den Hals des Keilers, und ich sah zu, wie die unermeßliche Kraft des Tieres zu erlahmen begann. Arthur gelang es, den gedrungenen, stinkenden, blutigen Kopf von seinen Rippen zu stemmen. Ich ergriff meinen Speer, drehte die Spitze, suchte tief im Bauch des Wildschweins nach seinem Lebensblut, während Bors ein zweites Mal zustieß. Unvermittelt begann der Keiler auf Arthur zu pissen, versuchte ein letztes Mal verzweifelt mit seinem wuchtigen Hals zuzustoßen und sackte dann plötzlich in sich zusammen. Arthur war durchnäßt vom Blut und Urin des verendeten Tieres und halb begraben unter dem mächtigen Körper.

Vorsichtig ließ er die Hauer los, dann brach er in hilfloses Lachen aus. Bors und ich nahmen jeder einen Hauer und hievten den Kadaver mit vereinten Kräften von Arthur herunter. Einer der Hauer hatte sich in Arthurs Wams verfangen, so daß der Stoff riß, als wir ihn wegzogen. Wir warfen das Tier in die Dornbüsche und halfen Arthur beim Aufstehen. Zu dritt standen wir keuchend da, mit verdreckten, zerrissenen Kleidern, bedeckt mit Laub, Zweigen und dem Blut des Keilers, und grinsten. »Hier werde ich wohl einen blauen Fleck kriegen«, sagte Arthur und tippte sich auf die Brust. Dann wandte er sich an Lancelot, der keinen Finger gerührt hatte, um Arthur bei seinem Kampf zu helfen. Nach einer winzigen Pause neigte Arthur den Kopf. »Ihr habt mir ein edles Geschenk gemacht, Lord König«, sagte er, »das ich höchst unedel behandelt habe.« Er wischte sich die Augen. »Aber ich habe die Sache genossen. Und bei Eurer Verlöbnisfeier werden wir das Tier alle zusammen genießen.« Als er Guinevere ansah, entdeckte er, daß sie blaß war und fast zitterte. Sofort eilte er zu ihr hinüber. »Fühlst du dich nicht wohl?«

»Doch, doch«, versicherte sie, umarmte ihn und legte den Kopf an seine blutverschmierte Brust. Sie weinte. Es war das erste Mal, daß ich sie weinen sah.

Arthur tätschelte ihr den Rücken. »Es bestand keine Gefahr, meine Geliebte«, sagte er, »nicht die geringste. Ich habe nur die Jagd verpatzt.«

»Bist du verletzt?« fragte Guinevere, während sie sich von ihm löste und ihre Tränen mit den Händen abwischte.

»Nur ein paar Kratzer.« Sein Gesicht und seine Hände waren von den Dornen zerkratzt, davon abgesehen war er jedoch unverletzt – bis auf die Quetschung, die von einem der Hauer kam. Er trat von ihr zurück, griff nach seinem Speer und stieß einen Jubelschrei aus. »Seit Jahren bin ich nicht mehr auf den Rücken gelegt worden!«

König Cuneglas kam herbeigelaufen, voller Sorge um seine Gäste, dann kamen seine Jagdgehilfen, um die Beute zu verschnüren und wegzutragen. Sie alle mußten den Unterschied zwischen Lancelots makelloser Kleidung und unseren zerfetzten, blutverschmierten Gewändern bemerkt haben, doch keiner verlor ein Wort darüber. Wir waren alle aufgeregt, hoch erfreut, überlebt zu haben und begierig darauf, die Geschichte, wie Arthur den riesigen Keiler bei den Hauern von sich ferngehalten hatte, weiterzuerzählen. So machte die Geschichte die Runde, und das Gelächter der Männer tönte laut durch die hohen Bäume. Lancelot war der einzige, der nicht lachte. »Jetzt müssen wir auch für Euch einen Keiler finden, Lord König«, sagte ich zu ihm. Wir standen einige Schritte von der aufgeregten Menge entfernt, die sich versammelt hatte, um zuzusehen, wie die Jagdgehilfen das Tier aufbrachen und die Eingeweide an Guineveres Hunde verfütterten.

Lancelot warf mir von der Seite einen nachdenklichen Blick zu. Er mochte mich ebensowenig wie ich ihn, aber auf einmal lächelte er. »Ein Eber«, sagte er, »wäre wohl besser als eine Sau, nicht wahr?«

»Eine Sau?« fragte ich, eine Beleidigung witternd.

»Hat nicht die Sau Euch angegriffen?« fragte er mit unschuldig aufgerissenen Augen. »Ihr glaubt doch wohl nicht, daß ich auf Eure Heirat anspielen wollte!« Damit machte er eine ironische

Verbeugung vor mir. »Ich muß Euch gratulieren, Lord Derfel! Zu Eurer bevorstehenden Heirat mit Gwenhwyvach!«

Ich unterdrückte meinen Zorn und zwang mich, ihm in das schmale, spöttische Gesicht mit dem eleganten Bart und den dunklen Augen zu blicken. Seine langen, geölten Haare glänzten schwarz wie Rabenschwingen. »Und ich, Lord König, muß Euch zu Eurem Verlöbnis gratulieren.«

»Mit *Seren*«, sagte er, »dem Stern von Powys.« Er blickte zu Ceinwyn hinüber, die sich die Hände vors Gesicht geschlagen hatte, während die Jagdgehilfen mit ihren Messern die endlos gewundenen Eingeweide des Keilers herausrissen. Sie wirkte so jung mit ihrem leuchtendhellen Haar, das im Nacken zum Knoten geschlungen war. »Sieht sie nicht bezaubernd aus?« fragte mich Lancelot mit einer Stimme, die wie das Schnurren einer Katze klang. »So verletzlich. Ich hatte die Erzählungen von ihrer Schönheit nicht geglaubt, denn wer würde unter Gorfyddyds Nachkommen ein solches Juwel vermuten? Aber sie ist wunderschön, und ich bin ein vom Glück begünstigter Mann.«

»Ja, Lord König. Das seid Ihr wahrlich.«

Er lachte und wandte sich ab. Er war ein Mann in all seiner Herrlichkeit, ein König, der kam, seine Braut zu holen. Und er war mein Feind. Aber ich hatte seinen Knochen in meinem Beutel. Unsicher tastete ich nach diesem Knochen, fragte mich, ob er bei dem Kampf mit dem Keiler zerbrochen sei, aber er war noch immer heil, noch immer in seinem Versteck, wartete noch immer auf meinen Entschluß.

Am Vorabend zu Ceinwyns Verlöbnis kam Cavan, mein zweiter Befehlshaber, nach Caer Sws, und brachte vierzig meiner Speerkämpfer mit. Galahad hatte erkannt, daß er seine Aufgabe in Siluria mit den zwanzig verbliebenen Männern zu Ende bringen konnte, und hatte sie zu mir zurückgeschickt. Die Silurier hatten die Niederlage ihres Landes bedrückt hingenommen, und bei der Nachricht vom Tode ihres Königs war es zu keiner Unruhe gekommen. Schicksalsergeben unterwarfen sie sich den Forderungen der Sieger. Wie Cavan mir berichtete, hatte Oengus von Demetia, jener Irenkönig, der Arthur zum Sieg von Lugg Vale verholfen hatte, den ihm zustehenden Anteil an Sklaven und Schätzen genommen, noch einmal so viel gestohlen und sich in Richtung Heimat davongemacht. Die Silurier waren anscheinend recht froh, daß nunmehr der berühmte Lancelot ihr König war. »Und ich schätze, diesen Bastard wird keiner beneiden«, sagte Cavan, als er mich in Cuneglas' Halle fand, wo ich meine Decke ausgebreitet hatte und die Mahlzeiten einnahm. Er kratzte eine Laus aus seinem Bart. »Armseliges Land, dieses Siluria.«

»Sie bringen gute Krieger hervor«, gab ich zu bedenken.

»Sollte mich nicht wundern, wenn die nur kämpfen, damit sie von zu Hause wegkommen.« Er schniefte. »Woher kommen die Kratzer in Eurem Gesicht, Lord?«

»Von Dornen. Beim Kampf mit einem Keiler.«

»Dachte schon, Ihr hättet Euch vermählt, solange ich nicht auf Euch aufgepaßt habe«, sagte er, »und das sei Eure Morgengabe.«

»Ich soll heiraten«, berichtete ich ihm, als wir die Halle verließen und in den Sonnenschein von Caer Sws hineintraten. Ich berichtete von Arthurs Vorhaben, mich zu Mordreds Champion und zu seinem eigenen Schwager zu machen. Als er von meinem bevorstehenden Reichtum hörte, freute sich Cavan, denn er war ein Ire im Exil, der versucht hatte, durch seine Geschicklichkeit mit Speer und Schwert in Uthers Dumnonia reich zu werden, aber der Reichtum war ihm immer wieder über das Wurfbrett entwischt. Er war doppelt so alt wie ich, ein vierschrötiger Mann mit breiten Schultern, grauem Bart und Händen voller Kriegerringe, die wir aus den Waffen besiegter Feinde schmiedeten. Er war begeistert darüber, daß uns meine Vermählung Gold bringen würde, verhielt sich im Hinblick auf die Braut, die uns dieses kostbare Metall einbringen würde, jedoch sehr taktvoll. »So schön wie ihre Schwester ist sie nicht«, sagte er nur.

»Stimmt«, räumte ich ein.

»Eigentlich«, sagte er, den Takt vergessend, »ist sie so häßlich wie ein Sack voll Kröten.«

»Sie ist unscheinbar«, gab ich zu.

»Aber die Unscheinbaren werden die besten Ehefrauen, Lord«, behauptete er, der selbst niemals verheiratet, aber auch niemals allein gewesen war. »Und sie wird uns allen Reichtum bringen«, ergänzte er beglückt, und das war natürlich der Grund, warum ich die arme Gwenhwyvach ehelichen wollte. Mein gesunder Menschenverstand ließ es nicht zu, daß ich mich auf die Schweinerippe in meinem Beutel verließ. Ich war es meinen Männern schuldig, sie für ihre Treue zu belohnen, und Belohnungen hatte es im vergangenen Jahr zu wenige gegeben. Sie hatten beim Fall von Ynys Trebes buchstäblich all ihre Habe verloren und anschließend im Lugg Vale gegen Gorfyddyds Heer gekämpft. Jetzt waren sie müde und völlig verarmt, dabei gab es mit Sicherheit keine Krieger, die von ihrem Lord mehr Lohn verdient hätten.

Ich begrüßte meine vierzig Mann, die darauf warteten, daß ihnen Quartiere zugewiesen wurden. Ich freute mich zu sehen, daß sich Issa unter ihnen befand, denn er war der beste von meinen Speerkämpfern: ein junger Bauernbursche mit Riesenkräften und einem unverwüstlichen Optimismus, der in der Schlacht meine rechte Seite deckte. Ich umarmte ihn und gab ihm bedauernd zu verstehen, daß ich keine Geschenke für ihn hätte. »Aber wir werden unseren Lohn bald bekommen«, setzte ich hinzu und warf einen Blick zu den zwei Dutzend jungen Mädchen hinüber, die in Siluria anscheinend Gefallen an ihnen gefunden hatten. »Obwohl es mich freut zu sehen, daß sich die meisten von euch schon selbst eine kleine Belohnung gesucht haben.«

Sie lachten. Issas Mädchen war ein hübsches, dunkelhaariges Kind von etwa vierzehn Lenzen. Er stellte sie mir vor. »Scarach, Lord.« Er sagte es voll Stolz.

»Irin?« fragte ich sie.

Sie nickte. »Ich war Sklavin, Lord. Bei Ladwys.« Scarach bediente sich der irischen Zunge. Diese Sprache glich der unseren, aber der Unterschied genügte, um aus ihm – wie auch aus ihrem Namen – ihre Rasse zu erkennen. Wie ich vermutete, war sie von Gundleus' Männern bei einem Überfall auf König Oengus' Ländereien in Demetia gefangen worden. Die meisten irischen Sklaven kamen aus derartigen Siedlungen an Britanniens Westküste, obwohl ich vermutete, daß kein einziger aus Lleyn stammte. Nur ein Narr würde unaufgefordert auf Diwrnachs Territorium vordringen.

»Ladwys!« sagte ich. »Wie geht es ihr?« Ladwys war Gundleus'

Geliebte gewesen, eine dunkle, hochgewachsene Frau, mit der sich Gundleus heimlich vermählt hatte, obwohl er diese Ehe später, als Gorfyddyd ihm Ceinwyns Hand in Aussicht stellte, eiligst leugnete.

»Sie ist tot, Lord«, verkündete Scarach fröhlich. »Wir haben sie in der Küche getötet. Ich selbst hab' ihr einen Bratspieß in den Bauch gerammt.«

»Sie ist ein gutes Mädchen«, versicherte Issa eifrig.

»Offensichtlich«, gab ich zurück. »Also kümmere dich um sie.« Sein letztes Mädchen hatte ihn wegen eines dieser christlichen Missionare verlassen, die über Dumnonias Straßen zogen, doch irgendwie bezweifelte ich, daß die unerschrockene Scarach sich so töricht verhalten würde.

An jenem Nachmittag erhielten meine Männer Kalk aus Cuneglas' Vorräten und bemalten ihre Schilde mit einem neuen Symbol. Arthur hatte mir die Ehre, ein eigenes Symbol zu tragen, am Vorabend der Schlacht von Lugg Vale verliehen, aber wir hatten noch keine Zeit gehabt, die Schilde zu ändern, die bis jetzt noch immer Arthurs Bären getragen hatten. Meine Männer erwarteten von mir, daß ich einen Wolfskopf zu unserem Symbol wählte, um damit die Wolfsrute zu ergänzen, die wir in den Wäldern von Benoic auf den Helmen getragen hatten, ich aber bestand darauf, daß wir einen fünfzackigen Stern auf unsere Schilde malten. »Einen Stern?« knurrte Cavan zutiefst enttäuscht. Er wünschte sich etwas Kämpferisches, etwas mit Klauen, Schnauze und Zähnen, ich aber stritt für meinen Stern. »*Seren*«, sagte ich, »denn wir sind die glänzenden Sterne des Schildwalls.«

Diese Erklärung gefiel ihnen. Sie hatten keine Ahnung von der hoffnungslosen Romantik, die meiner Wahl zugrunde lag. Also trugen wir zuerst eine Schicht schwarzes Pech auf die runden, lederbezogenen Weidenholzschilde auf, dann malten wir – mit Hilfe einer Schwertscheide, damit die Striche gerade wurden – mit Kalk einen Stern darauf, und als die Kalktünche getrocknet war, legten wir noch einen Lack aus Tannenharz und Eiweiß darüber, der die Sterne ein paar Monate lang vor Regen schützen würde. »Mal was anderes«, gab Cavan widerwillig zu, als wir die fertigen Schilde bewunderten.

»Es ist prachtvoll«, lobte ich, und als ich an jenem Abend im Kreis der Krieger speiste, die auf dem Boden der Halle hockten und aßen, stand Issa als mein Schildträger hinter mir. Der Lack war noch feucht, aber das ließ den Stern nur um so heller strahlen. Scarach bediente mich. Es war ein frugales Mahl aus Gerstenbrei, aber die Küchen von Caer Sws konnten uns nichts Besseres bieten, denn sie waren eifrig mit den Vorbereitungen für das Festmahl am folgenden Tag beschäftigt. Die Halle war mit dunkelroten Buchenzweigen geschmückt, der Boden war gefegt und mit frischen Binsenbüscheln belegt worden, und aus den Frauengemächern drangen Berichte von Gewändern zu uns, die geschneidert und kunstvoll bestickt wurden. Mindestens vierhundert Krieger lagen jetzt in Caer Sws, die meisten von ihnen in primitiven Unterkünften, die außerhalb der Wälle auf freiem Feld errichtet wurden, während die Festung selbst von den Frauen, Kindern und Hunden der Krieger wimmelte. Die Hälfte der Männer gehörte zu Cuneglas, die andere Hälfte waren Dumnonier; aber trotz des eben erst beendeten Krieges gab es keine Probleme, nicht einmal dann, als sich herumsprach, daß Ratae durch Arthurs Verrat in die Hände von Aelles Sachsenhorden gefallen war. Cuneglas muß geargwöhnt haben, daß Arthur Aelle den Frieden auf solche Weise abgekauft hatte; aber er akzeptierte Arthurs eidliche Versicherung, daß die Männer von Dumnonia die Toten von Powys, die in der Asche der gestürmten Festung lagen, eines Tages rächen würden.

Seit der Nacht auf dem Dolforwyn hatte ich weder Merlin noch Nimue gesehen. Merlin hatte Caer Sws verlassen, aber Nimue hielt sich, wie ich hörte, immer noch in der Festung auf und versteckte sich in den Frauengemächern, wo sie, wie gemunkelt wurde, häufig in Prinzessin Ceinwyns Gesellschaft gesehen wurde. Das kam mir unwahrscheinlich vor, denn die beiden Frauen waren vollkommen verschieden. Nimue war ein paar Jahre älter als Ceinwyn, sie war dunkel und fanatisch und balancierte ständig auf dem schmalen Grat zwischen Wahnsinn und Wut, während Ceinwyn blond, sanft und, wie Merlin gesagt hatte, eher konventionell war. Da ich mir nicht vorstellen konnte, daß sich die beiden Frauen viel zu sagen hatten, nahm ich an, daß die Gerüchte falsch waren und Nimue sich bei Merlin aufhielt, der meines Wissens ausgezogen war, um Männer aufzutreiben, die mit ihren Schwertern in Diwrnachs gefürchtetes Territorium vordrangen und für ihn den Kessel suchten.

Aber sollte ich mit ihm gehen? Am Morgen von Ceinwyns Verlöbnis wanderte ich nordwärts bis unter die großen Eichen, die das weite Tal von Caer Sws auf allen Seiten umgaben. Ich suchte einen ganz bestimmten Ort, und Cuneglas hatte mir erklärt, wo ich ihn finden würde. Issa, der getreue Issa, begleitete mich, hatte aber keine Ahnung, was wir in diesem tiefen, finsteren Wald vorhatten.

Dieses Land, das Herz von Powys, war von den Römern nur flüchtig heimgesucht worden. Sie hatten dort Festungen wie Caer Sws erbaut und ein paar Straßen hinterlassen, die sich die Flußtäler entlangzogen, aber es gab keine größeren Villen oder Städte wie jene, die Dumnonia den Glanz einer untergegangenen Zivilisation verliehen. Auch Christen gab es hier in Cuneglas' Kernland nur wenige; die Anbetung der alten Götter hatte in Powys ohne jene Erbitterung überlebt, welche aus der Religion in Mordreds Reich einen solchen Verdruß machte. In Dumnonia buhlten Christen und Heiden um die Gunst des Königs und um das Recht, ihre Schreine an geheiligten Orten zu errichten. Hier in Powys hatte kein römischer Altar die Druidenhaine ersetzt, hier standen keine christlichen Kirchen neben heiligen Quellen. Die Römer hatten zwar einige Schreine niedergerissen, doch viele waren erhalten geblieben, und zu einer dieser uralten heiligen Stätten wanderten Issa und ich im grünen Dämmerlicht des Mittagswaldes.

Es war ein Druidenschrein, ein Eichenhain tief im dichten Wald. Das Laub über dem Schrein hatte noch keine Bronzefarbe angenommen, schon bald aber würden sich die Blätter verfärben und auf die niedrige Steinmauer fallen, die im Mittelpunkt des Hains einen Halbkreis bildete. In diese Mauer waren zwei Nischen gehauen worden, in denen zwei Menschenschädel standen. Früher hatte es auch in Dumnonia zahlreiche Orte dieser Art gegeben, und viele waren nach dem Abzug der Römer wiederhergestellt worden. Allzuoft aber kamen dann die Christen, zerbrachen die Schädel, rissen die gemörtelten Steinmauern ein und fällten die Eichen; doch dieser Schrein hier schien seit tausend Jahren im tiefen Wald zu stehen. Kleine Wollfäden waren zum Zeichen für die Gebete, die

die Menschen in diesem Hain verrichteten, zwischen die Steinritzen gestopft worden.

Es war still unter den Eichen; eine lastende Stille. Issa sah von seinem Platz unter den Bäumen zu, wie ich in den Mittelpunkt des Halbkreises trat und Hywelbanes schweren Schwertgurt löste.

Ich legte das Schwert auf den flachen Stein, der den Mittelpunkt des Schreins markierte, und zog den sauberen weißen Rippenknochen aus meinem Beutel, der mir Macht über Lancelots Vermählung verlieh. Ich legte den Knochen neben das Schwert. Zuletzt legte ich die kleine Goldbrosche auf den Stein, die Ceinwyn mir vor so vielen Jahren geschenkt hatte. Dann streckte ich mich lang auf dem dichten Laubteppich aus.

In der Hoffnung auf einen Traum, der mir sagen würde, was ich tun sollte, schlief ich ein, aber es wollte sich kein Traum einstellen. Vielleicht hätte ich einen Vogel oder ein Tier opfern sollen, bevor ich einschlief, ein Opfer bringen, das einen Gott bewegen würde, mir die gesuchte Antwort zuteil werden zu lassen, aber es gab keine Antwort. Es gab nur Schweigen. Ich hatte mein Schwert und die Macht des Knochens in die Hände der Götter gelegt, in die Obhut von Bel und Manawydan, von Taranis und Lleullaw, aber sie ignorierten meine Gabe. Es war nur der Wind in den Baumwipfeln zu hören, das Kratzen von Eichhörnchenkrallen auf Eichenästen und das unvermittelte Hämmern eines Spechtes.

Als ich erwachte, blieb ich still liegen. Zwar hatte ich nicht geträumt, aber ich wußte, was ich wollte. Ich wollte den Knochen nehmen und entzweibrechen, und wenn diese Geste bedeutete, daß ich die Dunkle Straße, die in Diwrnachs Königreich führte, beschreiten mußte, dann sollte es eben so sein. Aber genausosehr wünschte ich mir, daß Arthurs Britannien geeint und gut und wahr würde. Und ich wollte, daß meine Männer Gold und Land und Sklaven und Rang bekämen. Ich wollte die Sachsen aus Lloegyr vertreiben. Ich wollte die Schreie der Männer in einem durchstoßenen Schildwall hören und das Schmettern der Kriegshörner, die ein siegreiches Heer begleiteten, wenn es einen zersprengten Feind ins Verderben trieb. Ich wollte mit meinen Sternenschilden in die östlichen Ebenen einmarschieren, die seit Generationen kein freier Brite mehr gesehen hatte. Und ich wollte Ceinwyn.

Ich richtete mich auf. Issa war näher gekommen und hatte sich neben mich gesetzt. Er muß sich gefragt haben, warum ich so intensiv auf diesen Knochen starrte, aber er stellte mir keine Fragen.

Ich dachte an Merlins kleinen, niedrigen Turm aus Knochen, der Arthurs Traum darstellte, und fragte mich, ob dieser Traum tatsächlich in sich zusammenbrechen würde, wenn Lancelot sich nicht mit Ceinwyn vermählte. Diese Vermählung konnte wohl kaum die Klammer sein, die Arthurs Bündnis zusammenhielt – sie war lediglich ein Mittel, um Lancelot auf den Thron zu setzen und Powys einen Fuß in Silurias Königshaus zu verschaffen. Wenn es nicht zu dieser Vermählung kam, würden die Heere von Dumnonia, Gwent, Powys und Elmet trotzdem gegen die Sais marschieren. Das alles wußte ich, und das alles traf zu, aber ich spürte auch, daß dieser Knochen Arthurs Traum irgendwie zunichte machen konnte. In dem Moment, wo ich den Knochen zerbrach, verschwor ich mich Merlins Suche, und diese Suche würde mit Sicherheit Feindseligkeit nach Dumnonia bringen – die Feindseligkeit der alten Heiden, welche die emporgekommene Christenreligion aus tiefstem Herzen haßten.

»Guinevere«, sagte ich plötzlich laut.

»Lord?« fragte mich Issa verwundert.

Zum Zeichen, daß ich nichts weiter zu sagen hatte, schüttelte ich den Kopf. Ich hatte Guineveres Namen nicht laut aussprechen wollen, aber ich hatte plötzlich begriffen, daß ich, wenn ich den Knochen zerbrach, nicht nur Merlins Feldzug gegen den Christengott fördern würde – ich würde mir auch Guinevere zur Feindin machen. Ich schloß die Augen. Konnte die Gemahlin meines Lords meine Feindin sein? Und wenn ja – was dann? Arthur würde mich immer noch lieben, genau wie ich ihn, und meine Speere und Sternenschilde bedeuteten ihm weit mehr als all der Ruhm, dessen sich Lancelot erfreute.

Ich stand auf und nahm Brosche, Knochen und Schwert wieder an mich. Issa sah zu, wie ich einen Faden grüngefärbter Wolle aus meinem Mantel zog und zwischen die Steine stopfte. »Du warst nicht dabei in Caer Sws, als Arthur sein Verlöbnis mit Ceinwyn brach?« fragte ich ihn.

»Nein, Lord. Aber ich habe davon gehört.«

»Es war beim Verlobungsmahl«, erzählte ich ihm. »Es war ein Festmahl wie das, an dem wir heute abend teilnehmen werden. Arthur saß neben Ceinwyn an der Hohen Tafel und entdeckte ganz hinten in der Halle Guinevere. Sie stand dort in einen schäbigen Umhang gehüllt, neben sich ihre Hunde, und als Arthur sie entdeckte, war mit einem Schlag alles anders. Die Götter allein wissen, wie viele Männer sterben mußten, weil er diesen roten Schopf entdeckte.« Ich wandte mich zu der niedrigen Steinmauer um und entdeckte in einem der moosbewachsenen Schädel ein verlassenes Nest. »Merlin behauptet, daß die Götter das Chaos lieben«, sagte ich.

»Merlin liebt das Chaos«, entgegnete Issa obenhin, obwohl seine Worte mehr Wahrheit enthielten, als er ahnte.

»Das stimmt«, bestätigte ich, »aber die meisten von uns fürchten sich vor dem Chaos, und deswegen versuchen wir immer wieder, Ordnung in das Chaos zu bringen.« Ich dachte an den sorgfältig geordneten Stapel Knochen. »Aber wenn man Ordnung hat, braucht man keine Götter. Wenn alles wohlgeordnet und diszipliniert ist, wird es nichts Unerwartetes mehr geben. Wenn man alles versteht«, fuhr ich bedächtig fort, »gibt es keinen Raum mehr für Magie. Man ruft die Götter immer nur an, wenn man nicht mehr weiter weiß und Angst hat und sich im Dunkeln wähnt, und sie lieben es, wenn wir uns dann an sie wenden. Das gibt ihnen ein Gefühl von Macht, und deswegen ist es ihnen lieber, wenn wir im Chaos leben.« Ich wiederholte die Lektionen meiner Kindheit, jene Lektionen, die wir auf Merlins Tor gelernt hatten. »Und nun haben wir die Wahl«, erklärte ich Issa. »Wir können in Arthurs wohlgeordnetem Britannien leben, oder wir können Merlin ins Chaos folgen.«

»Ich werde Euch folgen, Lord, wohin auch immer Ihr geht«, erklärte Issa. Ich glaube kaum, daß er begriffen hatte, was ich sagte, doch er vertraute mir einfach blind.

»Ich wünschte, ich wüßte, was ich tun soll«, gestand ich. Wie leicht wäre es, dachte ich, wenn die Götter wie früher in Britannien herrschten. Damals konnten wir sie sehen, sie hören, mit ihnen reden; nun aber glichen wir Menschen, die mit verbundenen Augen eine Nadel in einem Dornendickicht suchen. Ich gürtete mich wieder mit Hywelbane und steckte den nicht zerbrochenen Knochen in den Beutel zurück. »Ich möchte, daß du meinen Männern eine Nachricht überbringst«, sagte ich zu Issa. »Nicht Cavan, mit dem werde ich selber sprechen. Aber du sollst ihnen erklären, daß sie, falls an diesem Abend etwas Ungewöhnliches geschieht, von dem Eid, den sie mir geschworen haben, entbunden sind.«

Issa musterte mich stirnrunzelnd. »Von unserem Eid entbunden?« fragte er. Dann schüttelte er energisch den Kopf. »Ich nicht, Lord!«

Ich unterbrach ihn. »Und sag ihnen«, fuhr ich fort, »falls etwas Ungewöhnliches geschehen sollte – aber es könnte auch sein, daß nichts geschieht –, könnte die Treue zu meinem Eid bedeuten, daß wir gegen Diwrnach kämpfen müssen.«

»Diwrnach!« wiederholte Issa. Er spie aus und machte mit der Rechten das Zeichen gegen das Böse.

»Sag ihnen das, Issa«, wies ich ihn an.

»Und was könnte heute abend geschehen?« erkundigte er sich besorgt.

»Vielleicht nichts«, antwortete ich. »Vielleicht ganz und gar nichts.« Denn die Götter hatten mir in dem Hain kein Zeichen gegeben, und ich wußte immer noch nicht, wofür ich mich entscheiden sollte. Für die Ordnung oder für das Chaos. Oder für keins von beiden, denn vielleicht war der Knochen ja nur ein Stück Küchenabfall, und wenn ich ihn zerbrach, wäre dies nichts weiter als ein Symbol für meine zerbrochene Liebe zu Ceinwyn. Doch um das herauszufinden, gab es nur eine Möglichkeit: den Knochen zu zerbrechen. Falls ich den Mut dazu hatte.

Bei dem Festmahl, mit dem Ceinwyns Verlöbnis gefeiert wurde.

Von allen Festmählern an jenen Spätsommerabenden war das Verlöbnisfestmahl von Lancelot und Ceinwyn das üppigste. Selbst die Götter schienen es zu segnen, denn der Mond schien voll und klar, und das war ein wundervolles Zeichen für ein Verlöbnis. Der Mond ging kurz nach Sonnenuntergang auf, eine riesige Silberkugel, die dort über den Berggipfeln hing, wo der Dolforwyn lag. Ich hatte mich gefragt, ob das Festmahl wohl in der Halle auf dem Dolforwyn stattfinden würde, aber als Cuneglas die enorme Anzahl all jener sah, die gespeist werden mußten, hatte er beschlossen, die Festlichkeiten in den Mauern von Caer Sws abzuhalten.

Da für die Halle des Königs viel zu viele Gäste kamen, wurden nur die privilegiertesten ins Innere eingelassen. Die übrigen saßen draußen, dankbar dafür, daß die Götter ihnen eine trockene Nacht gewährten. Der Boden war zwar noch von dem Regen feucht, der früher in der Woche gefallen war, aber es gab reichlich Stroh, damit die Männer sich trockene Sitzplätze herrichten konnten. In Pech getauchte Fackeln waren an Stangen befestigt worden, und diese Fackeln wurden kurz nach Mondaufgang in Brand gesetzt, so daß das königliche Anwesen plötzlich ins Licht der flackernden Flammen getaucht war. Die Hochzeit würde bei Tageslicht stattfinden, damit Gwydion, der Lichtgott, und Belenus, der Sonnengott, dem Brautpaar ihren Segen geben konnten – für das Verlöbnis aber war der Segen des Mondes vonnöten. Hin und wieder schwebte ein brennender Span von einer Fackel zu Boden und setzte ein Bündel Stroh in Brand, woraufhin Gelächter, Kindergeschrei und Hundegebell ertönten und eine kleine, kurze Panik ausbrach, bis die Flammen wieder gelöscht waren.

Über einhundert Mann waren in Cuneglas' Halle zu Gast. Kerzen und Binsenlichter waren zu Bündeln zusammengefaßt worden und warfen ihre tanzenden Schatten in das hohe, von Balken gestützte Strohdach, wo sich jetzt Buchenzweige mit den ersten Büscheln Holunderbeeren mischten. Der einzige Tisch der Halle stand auf dem Podium unterhalb einer Reihe von Schilden, und unter jedem Schild brannte eine Kerze, um das auf das Leder gemalte Symbol hervorzuheben. In der Mitte befand sich Cuneglas' königlicher Schild mit dem Adler, der die Flügel ausbreitete, neben ihm auf der einen Seite Arthurs schwarzer Bär und auf der anderen Dumnonias roter Drache. Neben dem Bären hing Guineveres Symbol eines mondgekrönten Hirsches, während Lancelots Seeadler mit dem Fisch in den Klauen gleich neben dem Drachen flog. Aus Gwent war zwar niemand anwesend, aber Arthur hatte darauf bestanden, daß Tewdrics schwarzer Stier ebenso wie Elmets rotes Roß und Silurias Fuchskopf aufgehängt wurden. Die königlichen Symbole standen für das große Bündnis, für den Schildwall, der die Sachsen ins Meer zurückdrängen sollte.

Iorweth, der oberste Druide von Powys, verkündete den Moment, da er sicher war, daß die letzten Strahlen der sterbenden Sonne in der fernen Irischen See verschwunden waren. Dann nahmen die Ehrengäste ihren Platz auf dem Podium ein. Wir übrigen saßen bereits auf dem Boden der Halle, wo die Männer immer mehr von Powys' berühmtem starken Met verlangten, der speziell für diese Nacht gebraut worden war. Die Ehrengäste wurden mit Jubel und Beifall empfangen.

Zuerst kam Königin Elaine. Lancelots Mutter war ganz in Blau gekleidet, mit einem goldenen Torques am Hals und einer goldenen Kette im Haar, die ihre grauen Flechten band. Als nächstes wurden Cuneglas und Königin Helledd mit begeistertem Geschrei begrüßt. Das runde Gesicht des Königs strahlte vor Vorfreude auf die Festlichkeiten dieser Nacht. Zur Feier des Tages hatte er sich dünne weiße Bändchen in die herabhängenden Schnurrbartenden geflochten. Arthur erschien in nüchternem Schwarz, während Guinevere, die ihm auf das Podium folgte, in einem Gewand aus blaßgoldenem Leinen prunkte. Es war so geschickt geschnitten und genäht, daß sich der kostbare Stoff, der kunstvoll mit Ruß und Bienenwachs gefärbt war, an ihren hochgewachsenen, kerzengeraden Körper zu schmiegen schien. Ihrem Leib sah man die Schwangerschaft noch kaum an, und ein anerkennendes Lobgemurmel für ihre Schönheit lief durch die Reihen der zusehenden Männer. Das Material war mit winzigen Goldschuppen besetzt, so daß ihr Körper zu glitzern schien, als sie Arthur langsamen Schrittes zur Mitte des Podiums folgte. Sie lächelte angesichts der Lust, die sie, wie sie genau wußte, in den Männern weckte und auch wecken wollte; denn an diesem Abend war Guinevere entschlossen, alles zu übertreffen, was Ceinwyn tragen würde. Ein Goldreif hielt Guineveres kaum zu bändigendes Haar zurück, ein Gürtel aus goldenen Kettengliedern war um ihre Taille geschlungen, und Lancelot zu Ehren trug sie am Hals eine goldene Brosche, die einen Seeadler darstellte. Sie küßte Königin Elaine auf beide Wangen, Cuneglas auf eine, und Königin Helledd nickte sie nur zu. Dann nahm sie zu Cuneglas' Rechten Platz, während Arthur sich in den leeren Sessel neben Helledd setzte.

Zwei Plätze blieben leer, doch bevor sie in Anspruch genommen wurden, erhob sich Cuneglas und klopfte mit der Faust auf den Tisch. Es wurde still. In dieser Stille wies Cuneglas stumm auf die Schätze, die am Rand des Podiums aufgehäuft waren.

Bei diesen Schätzen handelte es sich um die Morgengaben, die Lancelot Ceinwyn mitgebracht hatte und deren Pracht jetzt einen Sturm der Bewunderung auslöste. Wir hatten die Geschenke alle schon inspiziert, und ich hatte mürrisch zugehört, wie andere Männer die Großzügigkeit des Königs von Benoic priesen. Vor der Tafel lagen Goldtorques, Silbertorques, Torques aus Silber und Gold, so viele Torques, daß sie nur noch als Unterlage für die größeren Geschenke dienten: römische Handspiegel, Flacons aus römischem Glas und ganze Berge römischer Juwelen, Halsketten, Broschen, Krüge, Fibeln und Spangen. Das Ganze war ein wahrhaft königliches Brautgeld aus glitzerndem Metall, Email, Korallen und Edelsteinen, und alles war, wie ich wußte, aus dem brennenden Ynys Trebes gerettet worden, als Lancelot, der es verschmähte, sein Schwert gegen die anrennenden Franken zu erheben, mit dem ersten Schiff floh, um dem Blutbad in der Stadt zu entgehen.

Der Beifall für die Morgengaben war noch nicht verklungen, als Lancelot selbst in all seiner Pracht erschien. Genau wie Arthur war er in Schwarz gekleidet, doch Lancelots schwarze Gewänder waren mit Streifen von kostbarem Goldstoff gesäumt. Seine schwarzen Haare waren geölt und straff zurückgekämmt, so daß sie flach an seinem schmalen Kopf anlagen und glatt auf seinen Rücken herabhingen. An den Fingern seiner Rechten glitzerten zahllose Goldringe, während seine Linke mit stumpfschimmernden Kriegerringen geschmückt war, von denen er, wie ich verdrossen annahm, keinen einzigen in der Schlacht errungen hatte. Um seinen Hals lag ein schwerer Goldtorques mit Blattknoten, die mit glänzenden Steinen besetzt waren, und auf der Brust trug er Ceinwyn zu Ehren deren königliches Familiensymbol, den Adler mit den ausgebreiteten Schwingen. Er führte keine Waffen, denn in der Halle eines Königs durfte kein Mann eine Klinge tragen, aber er trug den emaillierten Schwertgurt, den Arthur ihm geschenkt hatte. Mit erhobener Hand dankte er für die Jubelrufe, küßte seine Mutter auf die Wange, küßte Guinevere die Hand, verneigte sich vor Helledd und nahm Platz.

Nun war nur noch ein einziger Sessel leer. Eine Harfenistin begann zu spielen; die Akkorde waren bei dem Stimmengewirr kaum zu vernehmen. Der Duft von gebratenem Fleisch wehte durch die Halle, während Sklavenmädchen Krüge voll Met herumtrugen. Iorweth, der Druide, huschte in der Halle auf und ab, um einen Gang zwischen den sitzenden Männern auf dem mit Binsenbüscheln belegten Boden zu schaffen. Danach hob er den Stab, um um Ruhe zu heischen.

Die Menge draußen brach in tosenden Jubel aus.

Die Ehrengäste hatten die Halle von hinten betreten und waren aus den Schatten der Nacht direkt aufs Podium gestiegen; Ceinwyn hingegen würde durch das große Portal an der Frontseite der Halle kommen, und um dieses Portal zu erreichen, mußte sie durch das Gedränge der Gäste schreiten, die auf dem von Feuern beleuchteten Innenhof saßen. Der Jubel, den wir hörten, war der Lärm jener Gäste, der ihren Weg von der Frauenhalle her begleitete, während wir in der Königshalle schweigend ihr Erscheinen erwarteten. Selbst die Harfenistin löste die Finger von den Saiten, um den Eingang zu beobachten.

Zuerst kam ein Kind, ein kleines Mädchen in weißem Leinen, das den Gang, den Iorweth für Ceinwyn geschaffen hatte, rückwärts entlangschritt, um Blütenblätter von Blumen auf die frischen Binsen zu streuen. Alle schwiegen und blickten auf das Portal, nur ich nicht, denn ich beobachtete das Podium. Lancelot, der ebenfalls zum Portal schaute, lächelte verhalten. Cuneglas rieb sich mit den Fäusten immer wieder die Tränen aus den Augen, so groß war sein Glück. Arthur, der Friedensstifter, strahlte. Nur Guinevere lächelte nicht. Ihre Miene war triumphierend. Vor Jahren war sie in dieser Halle gedemütigt worden, und nun verheiratete sie die Tochter des herrschenden Hauses.

Während ich Guinevere beobachtete, zog ich mit der Rechten den Knochen aus meinem Beutel. Die Rippe fühlte sich kühl und glatt an, und Issa, der mit meinem Schild hinter mir stand, muß sich gefragt haben, was ein Stück Küchenabfall in der mondhellen Nacht aus Gold und Feuer zu suchen hatte.

Gerade als ich zu dem großen Portal der Halle hinüberspähte, trat Ceinwyn in Erscheinung, und bevor der Jubel in der Halle einsetzte, war ein Aufkeuchen des Erstaunens zu vernehmen. Nicht alles Gold von Britannien, nicht all die alten Königinnen hätten Ceinwyn an diesem Abend überstrahlen können. Ich brauchte nicht einmal zu Guinevere hinüberzusehen, um zu erkennen, daß sie an diesem Abend der Schönheiten überlistet worden war.

Es war, wie ich wußte, Ceinwyns viertes Verlöbnis. Zum ersten Mal war sie Arthurs wegen hierhergekommen, er aber hatte seinen Eid gebrochen, weil er unter dem Bann von Guineveres Liebe stand; danach war Ceinwyn einem Prinzen aus dem fernen Rheged anverlobt worden, der aber am Fieber gestorben war, bevor sie sich vermählen konnten; vor nicht allzu langer Zeit hatte sie dann Gundleus von Siluria das Verlöbnishalfter zugetragen, der aber schreiend unter Nimues grausamen Händen gestorben war, und nun wollte Ceinwyn das Halfter zum vierten Mal einem Mann übergeben. Lancelot hatte ihr einen Goldschatz gebracht, aber der Brauch verlangte, daß sie ihm als Symbol dafür, daß sie von diesem Tag an seiner Autorität unterstellt war, ein einfaches Ochsenhalfter schenkte.

Als sie die Halle betrat, erhob sich Lancelot, und das verhaltene Lächeln verwandelte sich in einen Ausdruck aufrichtiger Freude. Und das war kein Wunder, denn sie war wirklich strahlend schön. Bei ihren anderen Verlöbnissen hatte sich Ceinwyn, wie es einer Prinzessin anstand, mit Gold und Silber, mit Edelsteinen und eleganten Roben geschmückt; an diesem Abend aber trug sie lediglich ein schlichtes, elfenbeinweißes Gewand, gegürtet mit einer hellblauen Kordel, die auf dem schlichten Rock des Gewandes herabhing und in Quasten endete. Kein Silber glänzte in ihrem Haar, kein Gold zierte ihren Hals, nirgends trug sie Edelsteine, nichts als dieses einfache Leinenkleid und auf dem hellblonden Haar einen zarten, blauen Kranz aus den letzten Hundsveilchen des Sommers. Sie trug keine Schuhe, sondern trat barfuß auf die Blütenblätter. Sie zeigte kein Zeichen ihrer Prinzessinnenwürde, kein Zeichen von Reichtum, sondern kam in der schlichten Kleidung eines Bauernmädchens in die Halle. Und dennoch war es ein Triumph. Kein Wunder, daß die Männer den Atem anhielten, kein Wunder, daß sie jubelten, als sie gemessenen Schrittes schüchtern durch die Reihen der Gäste zog. Cuneglas weinte vor Glück. Arthur führte den

Beifall an, Lancelot glättete sich das geölte Haar, und seine Mutter strahlte zustimmend. Einen Augenblick lang blieb Guineveres Miene unergründlich, dann lächelte sie, ein Lächeln uneingeschränkten Triumphs: Sie mochte von Ceinwyns Schönheit überstrahlt werden, aber dieser Abend war dennoch Guineveres Abend, denn sie sah zu, wie ihre einstige Rivalin einer Vermählung zugeführt wurde, die ihren eigenen Plänen entsprang.

Auch ich sah dieses triumphierende Grinsen auf Guineveres Gesicht, und möglicherweise war es ihre hämische Genugtuung, die die Entscheidung brachte. Vielleicht war es aber auch mein Haß auf Lancelot oder meine Liebe zu Ceinwyn, oder womöglich hatte Merlin recht und die Götter lieben das Chaos, denn in plötzlich aufwallendem Zorn packte ich den Knochen mit beiden Händen. Ich verschwendete keinen Gedanken an die Folgen von Merlins Magie, an seinen Haß auf die Christen und an die Todesgefahr, in die wir uns brachten, wenn wir auf der Suche nach dem Kessel auf Diwrnachs Territorium vordrangen. Ich dachte nicht an Arthurs sorgfältig geplante Ordnung, ich wußte nur, daß Ceinwyn einem Mann anverlobt wurde, den ich haßte. Genau wie die anderen Gäste auf dem Boden hatte ich mich erhoben und sah zu, wie Ceinwyn durch die Halle schritt. Sie hatte die große Eichensäule in der Mitte erreicht, wo sie von dem höllischen Lärm des Jubels und der bewundernden Pfiffe umbrandet und belagert wurde. Ich allein stand schweigend da. Ich beobachtete sie, legte die Daumen auf die Mitte der Rippe und packte die Enden mit beiden Fäusten. Nun gut, Merlin, du alter Gauner, zeig mir, was deine Magie vermag!

Ich zerbrach den Knochen. Das splitternde Geräusch ging im allgemeinen Lärm unter.

Ich schob die beiden Hälften der Rippe in meinen Beutel zurück, und ich schwöre, daß mein Herz fast aufhörte zu schlagen, als ich die Prinzessin von Powys betrachtete, die mit Blumen im Haar aus der finsteren Nacht hereingetreten war.

Und die nun plötzlich innehielt. Unmittelbar neben der mit Beeren und Laub geschmückten Säule blieb sie stehen.

Von dem Moment an, da Ceinwyn die Halle betrat, hatte sie den Blick nicht mehr von Lancelot gewendet. Auch jetzt sah sie ihn noch an und lächelte immer noch, aber sie blieb stehen, und ihre unerwartete Reglosigkeit ließ langsam eine verwirrte Stille in der Halle entstehen. Das Kind, das die Blütenblätter streute, krauste die Stirn und sah hilfesuchend um sich. Ceinwyn rührte sich nicht.

Arthur, der noch immer lächelte, muß gedacht haben, sie habe den Mut verloren, denn er winkte ihr aufmunternd zu. Das Halfter in ihren Händen zitterte. Die Harfenistin spielte einen unsicheren Akkord, dann nahm sie die Hände von den Saiten, und während ihre Töne im allgemeinen Schweigen verklangen, sah ich, daß sich eine schwarzgekleidete Gestalt aus der Menge hinter der Säule löste.

Es war Nimue, deren Goldauge die Flammen in der verwirrten Halle zurückwarf.

Ceinwyn blickte von Lancelot zu Nimue; dann streckte sie ganz langsam den weißgekleideten Arm aus. Nimue ergriff ihre Hand und sah der Prinzessin mit fragendem Ausdruck in die Augen. Ceinwyn zögerte einen Herzschlag lang, dann nickte sie kaum merklich. Plötzlich war die Halle von eifrigen Stimmen erfüllt, denn Ceinwyn wandte sich vom Podium ab und drängte sich, von Nimue geführt, durch die Menge.

Alle Gespräche erstarben, denn niemand fand eine Erklärung für das, was nun folgte. Lancelot, auf dem Podium stehengelassen, konnte nur noch zusehen. Arthur saß offenen Mundes da, während Cuneglas, der sich halb von seinem Sessel erhoben hatte, ungläubig verfolgte, wie seine Schwester durch die Menge schritt, die vor Nimues finsterem, narbigem und höhnischem Gesicht zurückwich. Guinevere sah aus, als wollte sie Ceinwyn umbringen.

Dann begegnete Nimue meinem Blick. Sie lächelte, und ich spürte, daß mein Herz jagte wie ein in die Falle gegangenes wildes Tier. Dann lächelte Ceinwyn mir zu, und ich hatte keine Augen mehr für Nimue, sondern nur noch für Ceinwyn, die süße Ceinwyn, die mit dem Ochsenhalfter durch das Gedränge auf meinen Platz in der Halle zusteuerte. Die Krieger machten ihr Raum, ich aber schien wie zu Stein erstarrt. Ich war unfähig, mich zu bewegen oder ein Wort zu sagen, als Ceinwyn mit Tränen in den Augen dorthin kam, wo ich stand. Sie sagte nichts, sondern hielt mir nur das Halfter entgegen. Verwundertes Gemurmel brandete rings um uns auf, aber ich achtete nicht auf die Stimmen. Statt dessen sank ich auf die Knie, um das Halfter entgegenzunehmen. Dann ergriff ich Ceinwyns Hände und preßte sie an mein Gesicht, das, genau wie das ihre, über und über tränennaß war.

In der Halle brodelte es vor Zorn, Protest und Bestürzung, doch Issa stand mit erhobenem Schild hinter mir. In eine Königshalle brachte niemand eine Waffe mit, Issa hielt den Schild mit dem fünfzackigen Stern jedoch so, als wollte er jeden Mann damit niederschlagen, der diesen verwunderlichen Augenblick störte. Nimue stand an meiner anderen Seite, zischte Flüche in die Halle und forderte jeden Mann heraus, die Wahl der Prinzessin zu beanstanden.

Ceinwyn kniete ebenfalls nieder, so daß ihr Gesicht dicht vor meinem war. »Ihr habt mit einem Eid geschworen, Lord«, flüsterte sie mir zu, »daß Ihr mich beschützen werdet.«

»Das tat ich, Lady.«

»Wenn es Euer Wunsch ist, werde ich Euch von Eurem Eid entbinden.«

»Niemals!« versicherte ich ihr.

Sie wich ein wenig zurück. »Ich werde mich mit keinem Mann vermählen, Derfel«, warnte sie mich leise, ohne den Blick von meinen Augen zu lassen. »Ich werde Euch alles geben, nur nicht die Ehe.«

»Dann gebt Ihr mir alles, was ich mir je wünschen könnte, Lady«, antwortete ich mit erstickter Stimme. Vor Glückstränen sah ich alles nur noch verschwommen. Ich lächelte und reichte ihr das Halfter zurück. »Es gehört Euch«, sagte ich.

Sie lächelte über diese Geste, ließ das Halfter ins Stroh fallen und küßte mich sanft auf die Wange. »Ich glaube«, flüsterte sie mir kokett ins Ohr, »das Festmahl hier sollte besser ohne uns weitergehen.« Dann erhoben wir uns und gingen Hand in Hand in die mondhelle Nacht hinaus, ohne auf die Fragen, Proteste und vereinzelten Jubelrufe zu achten. Hinter uns herrschten Durcheinander und Zorn, vor uns warteten verwirrte Menschen, durch die wir Seite an Seite hinausschritten. »Das Haus unter dem Dolforwyn wartet auf uns«, sagte Ceinwyn.

»Das Haus mit den Apfelbäumen?« fragte ich, weil ich mich

daran erinnerte, wie sie mir von dem Häuschen erzählte, von dem sie als Kind geträumt hatte.

»Das Haus«, bestätigte sie. Wir hatten die Menge, die sich vor dem Hallenportal versammelt hatte, hinter uns gelassen und näherten uns jetzt dem mit Fackeln beleuchteten Tor von Caer Sws. Issa hatte unsere Schwerter und Speere geholt und war zu uns zurückgekehrt, während Nimue an Ceinwyns anderer Seite ging. Drei von Ceinwyns Dienerinnen eilten herbei, um sich uns anzuschließen, ebenso ungefähr zwanzig meiner Männer. »Wißt Ihr wirklich, was Ihr tut?« fragte ich Ceinwyn, als könnte sie die letzten Minuten rückgängig machen und das Halfter doch noch Lancelot übergeben.

»Ich weiß es genau«, antwortete Ceinwyn gelassen.

»Genauer als alles, was ich jemals zuvor getan habe.« Sie warf mir einen belustigten Blick zu. »Hast du je an mir gezweifelt, Derfel?«

»Ich habe an mir selbst gezweifelt«, entgegnete ich.

Sie drückte mir die Hand. »Ich gehöre keinem Mann«, erklärte sie, »einzig und allein mir selbst.« Dann lachte sie vor lauter Freude, ließ meine Hand los und fing an zu laufen. Überall, wo sie vor überschäumendem Glück lief, fielen Veilchen ins grüne Gras. Ich lief ihr nach, während Arthur uns vom offenen Portal der lärmenden Halle aus nachrief, wir sollten zurückkommen.

Aber wir liefen weiter. Dem Chaos entgegen.

Am folgenden Tag nahm ich ein scharfes Messer und schnitzte die Bruchenden der beiden Knochenteile zurecht; anschließend grub ich sehr vorsichtig zwei schmale, lange Furchen in Hywelbanes Griff. Issa war nach Caer Sws zurückgekehrt und hatte ein bißchen Kleister geholt, den wir über dem Feuer erhitzten, und sobald wir sicher waren, daß die beiden Furchen genau zu den Knochenteilen paßten, strichen wir die Furchen mit dem Kleister aus und preßten die beiden Bruchstücke ins Heft des Schwertes. Den überschüssigen Kleister wischten wir ab, dann umwickelten wir die Teile mit

Sehnenbändern, damit sie sich fest in das Holz einfügten. »Sieht aus wie Elfenbein«, sagte Issa bewundernd, als die Arbeit getan war.

»Schweineknochen«, sagte ich wegwerfend, obwohl die beiden Intarsien tatsächlich wie Elfenbein wirkten und Hywelbane einen Anstrich von Luxus verliehen. Das Schwert trug seinen Namen nach seinem ersten Eigentümer, Merlins Verwalter Hywel, der mich in der Waffenkunst unterrichtet hatte.

»Aber sind die Knochen wirklich Magie?« fragte Issa mich besorgt.

»Merlins Magie«, antwortete ich, ohne weitere Erklärungen abzugeben.

Gegen Mittag kam Cavan zu mir. Er kniete auf dem Rasen nieder und neigte den Kopf, sagte aber kein Wort, und das war auch nicht nötig, denn ich wußte, warum er gekommen war. »Du bist frei zu gehen, wohin du willst, Cavan«, sagte ich zu ihm. »Ich entbinde dich von deinem Eid.« Er sah zu mir auf, aber die Tatsache, daß er von seinem Eid entbunden wurde, überwältigte ihn so, daß er nichts sagen konnte. Deswegen lächelte ich. »Du bist kein junger Mann mehr, Cavan«, sagte ich, »und du hast einen Lord verdient, der dir Gold und Sicherheit bieten kann, statt eine Dunkle Straße und nichts als Ungewißheit.«

»Ich dachte mir, Lord«, sagte er, als er schließlich seine Stimme wiederfand, »daß ich in Irland sterben möchte.«

»Bei deinen Leuten?«

»Ja, Lord. Aber ich kann nicht als armer Mann zurückkehren. Ich brauche Gold.«

»Dann verbrenn endlich dein Wurfbrett«, riet ich ihm.

Daraufhin grinste er und küßte Hywelbanes Heft. »Kein Groll, Lord?« fragte er mich besorgt.

»Kein Groll«, gab ich zurück. »Und wenn du je meine Hilfe brauchst, laß es mich wissen.«

Er stand auf und umarmte mich. Er würde in Arthurs Dienste zurückkehren und die Hälfte meiner Männer mitnehmen, denn nur zwanzig wollten bei mir bleiben. Die anderen fürchteten sich entweder vor Diwrnach, oder sie waren zu begierig auf Reichtümer, und ich konnte es ihnen nicht übelnehmen. Sie hatten sich in meinem Dienst Ehren erkämpft, Kriegerringe und Wolfsruten, aber leider nur wenig Gold. Ich erlaubte ihnen, auch weiterhin die Wolfsruten auf dem Helm zu tragen, denn die hatten sie sich bei den furchtbaren Kämpfen in Benoic verdient, aber die Sterne auf ihren Schildern mußten sie auf mein Geheiß entfernen.

Die Sterne waren für die zwanzig Mann reserviert, die bei mir blieben. Es waren die jüngsten, stärksten und abenteuerlustigsten meiner Speerkämpfer, und das mußten sie, bei allen Göttern, auch sein; denn als ich den Knochen zerbrach, hatte ich sie dazu verpflichtet, mit mir auf der Dunklen Straße zu ziehen.

Da ich nicht wußte, wann Merlin uns rufen würde, wartete ich in dem Häuschen, zu dem uns Ceinwyn im Mondschein geführt hatte. Das Haus lag im Nordosten des Dolforwyn in einem kleinen Tal, das so steil war, daß die Schatten erst vom Bach wichen, wenn die Sonne halb am Morgenhimmel emporgestiegen war. An den steilen Talwänden wuchsen Eichen, nur das Haus war von einem Flickenteppich winziger Felder umgeben, auf die jemand ungefähr zwanzig Apfelbäume gepflanzt hatte. Das Haus trug keinen Namen; nicht einmal das Tal trug einen; es wurde schlicht und einfach Cwm Isaf genannt, Unteres Tal, und war von nun an unser Zuhause.

Meine Männer bauten sich unter den Bäumen am Südhang des Tales eigene Hütten. Ich selbst hatte keine Ahnung, wie ich für diese zwanzig Mann und ihre Familien sorgen sollte, denn Cwm Isafs kleine Farm konnte kaum eine Feldmaus ernähren, geschweige denn eine Kriegshorde; aber Ceinwyn besaß Gold, und ihr Bruder würde uns, wie sie mir versicherte, nicht verhungern lassen. Die Farm, erklärte sie mir, hatte ihrem Vater gehört und war einer von abertausend weit verstreuten Pachthöfen gewesen, die zu Gorfyddyds Reichtum beigetragen hatten. Der letzte Pächter war ein Cousin von Caer Sws' Kerzenmacher gewesen, aber er war vor Lugg Vale gestorben, und so war kein neuer Pächter ausgewählt worden. Das Haus selbst war eine armselige Hütte, ein kleines Rechteck aus Steinmauern mit einem Dach aus dichtgeschichtetem Roggenstroh und Farnwedeln, das dringend repariert werden mußte. Drinnen gab es drei Kammern. Eine, der Hauptraum, war eigentlich für das Vieh vorgesehen, aber wir fegten dieses Gemach sauber aus, um darin unseren Wohnbereich zu schaffen. Die anderen Räume waren Schlafkammern, eine für Ceinwyn, die andere für mich.

»Ich habe es Merlin versprochen«, hatte sie am ersten Abend gesagt, um die beiden Schlafkammern zu erklären.

Mich überlief es kalt. »Was hast du ihm versprochen?« fragte ich.

Sie war wohl errötet, doch da kein Mondstrahl ins tiefe Cwm Isaf fiel, konnte ich ihr Gesicht nicht erkennen, spürte jedoch den Druck ihrer Finger in meiner Hand. »Ich habe ihm versprochen«, antwortete sie, »daß ich Jungfrau bleiben werde, bis wir den Kessel gefunden haben.«

Allmählich begriff ich, wie listig Merlin vorgegangen war. Wie listig, klug und geschickt. Er brauchte einen Krieger, der ihn auf dem Marsch nach Lleyn beschützte, und er brauchte eine Jungfrau, um den Kessel zu finden, also hatte er uns beide manipuliert. »Nein!« protestierte ich. »Du darfst nicht nach Lleyn mitkommen!«

»Nur eine Jungfrau kann das Versteck des Kessels finden«, hatte Nimue uns aus dem Dunkel zugezischt. »Willst du, daß wir ein Kind mitnehmen, Derfel?«

»Ceinwyn kann nicht nach Lleyn mitkommen«, beharrte ich.

»Sei still!« versuchte Ceinwyn mich zu beruhigen. »Ich hab's versprochen. Ich habe einen Eid geschworen.«

»Weißt du überhaupt, was Lleyn ist?« fragte ich sie. »Weißt du, was Diwrnach tut?«

»Ich weiß, daß der Marsch dorthin der Preis ist, den ich dafür bezahle, daß ich hier bei dir sein kann«, antwortete sie. »Und ich habe es Merlin versprochen«, ergänzte sie noch. »Ich habe einen Eid geschworen.«

Also schlief ich in jener Nacht allein, aber nachdem wir am nächsten Morgen mit unseren Speerkämpfern und Dienstboten ein karges Frühstück geteilt hatten und bevor ich die Knochensplitter in Hywelbanes Heft klebte, machte Ceinwyn mit mir einen Spaziergang am Bach von Cwm Isaf entlang. Sie lauschte meinen hitzigen Erklärungen, warum sie die Dunkle Straße nicht betreten solle, wehrte sie aber alle mit dem Argument ab, wer uns denn besiegen könne, wenn Merlin bei uns sei.

»Diwrnach«, gab ich grimmig zurück.

»Aber du wirst Merlin begleiten«, sagte sie.

»Ja.«

»Dann laß es mich ebenfalls tun«, verlangte sie. »Ich werde bei dir sein, und du bei mir.« Weitere Argumente wollte sie nicht hören. Sie gehörte keinem Mann. Sie hatte ihren Entschluß gefaßt.

Und dann sprachen wir natürlich von allem, was in den letzten paar Tagen geschehen war, und da kamen die Worte nur so aus uns herausgeströmt. Wir waren ineinander verliebt, mindestens so sehr, wie Arthus damals in Guinevere verliebt gewesen war, und konnten nicht genug hören von den Gedanken und Erzählungen des anderen. Ich zeigte ihr die Schweinerippe, und sie lachte, als ich ihr erzählte, daß ich bis zum letzten Moment gewartet hatte, ehe ich den Knochen zerbrach.

»Ich wußte wirklich nicht, ob ich es wagen würde, mich von Lancelot abzuwenden«, gab Ceinwyn zu. »Natürlich wußte ich nichts von diesem Knochen. Ich dachte, es sei Guinevere, die mich beeinflußte.«

»Guinevere?« fragte ich erstaunt.

»Ich konnte ihr hämisches Grinsen nicht ertragen. Ist das nicht gräßlich von mir? Ich kam mir vor, als wäre ich ihr Kätzchen, und das konnte ich einfach nicht ertragen.« Eine Weile gingen wir schweigend weiter. Von den Bäumen, die fast alle noch grün waren, segelten welke Blätter herab. An jenem Morgen, meinem ersten in Cwm Isaf, hatte ich eine Schwalbe unter dem Strohdach herausfliegen sehen. Als sie nicht zurückkehrte, nahm ich an, daß wir bis zum nächsten Lenz keine weitere mehr sehen würden. Ceinwyn ging, Hand in Hand mit mir, barfuß am Bach entlang. »Außerdem habe ich über die Weissagung der Schädelstätte nachgedacht«, fuhr sie fort, »und ich glaube, sie bedeutet, daß ich mich nicht vermählen soll. Ich war dreimal versprochen, Derfel, dreimal! Und dreimal habe ich meinen Anverlobten verloren. Wenn das kein Zeichen der Götter ist, was dann?«

»Ich höre Nimue«, sagte ich.

Sie lachte. »Ich mag sie.«

»Ich hätte nie gedacht, daß ihr beiden euch vertragen könntet«, gestand ich.

»Warum nicht? Ich mag ihre Angriffslust. Im Leben muß man sich die Dinge nehmen, statt sich zu unterwerfen, und ich, Derfel, habe mein Leben lang das getan, was mir andere Leute befohlen haben. Ich war immer brav«, sagte sie mit ironischer Betonung des Wortes ›brav‹. »Immer war ich das folgsame kleine Mädchen, die pflichtbewußte Tochter. Das war natürlich leicht, denn mein Vater liebte mich, er liebte nur sehr wenige Menschen; aber ich bekam alles, was ich mir wünschte, und dafür wurde von mir nichts weiter verlangt, als daß ich hübsch und gehorsam war. Und ich war *sehr* gehorsam.«

»Und hübsch dazu.«

Vorwurfsvoll stieß sie mir den Ellbogen in die Rippen. Ein Schwarm Bachstelzen flog aus dem Nebel auf, der den Bach vor uns verhüllte. »Ich war immer gehorsam«, fuhr Ceinwyn wehmütig fort. »Mir war klar, daß ich mich mit dem Mann vermählen muß, der für mich ausgewählt wird, und ich erinnere mich, wie glücklich ich war, als ich Arthur kennenlernte. Da dachte ich, mein Leben werde ewig so glücklich bleiben. Man hatte mir einen so guten Mann gegeben, und dann war er auf einmal verschwunden.«

»Und mich hast du nicht einmal bemerkt«, stellte ich fest. Als Arthur nach Caer Sws kam, um sich Ceinwyn anzuverloben, war ich der jüngste Speerträger in seiner Truppe gewesen. Damals hatte sie mir die kleine Brosche geschenkt, die ich noch immer bei mir trug. Sie hatte alle Männer aus Arthurs Begleitung beschenkt, aber nicht geahnt, welch ein Feuer sie an jenem Tag in meinem Herzen entfacht hatte.

»Ich bin sicher, daß ich dich bemerkt habe«, gab sie zurück. »Wer könnte einen so großen, linkischen, strohhaarigen Kerl übersehen?« Fröhlich lachte sie mich an und ließ sich von mir über einen umgestürzten Eichenstamm helfen. Sie trug noch immer das Leinengewand vom Abend zuvor, nur war der gebleichte Rock jetzt mit Schlamm und Moos beschmutzt. »Dann wurde ich mit Caelgyn von Rheged verlobt«, setzte sie ihre Erzählung fort, »und war mir nicht mehr ganz so sicher, daß das Glück mir hold war. Er war ein mürrischer Kerl, aber er versprach, meinem Vater einhundert Speerkämpfer sowie eine Morgengabe aus Gold zu bringen;

und so redete ich mir ein, daß ich trotz allem glücklich sein werde, selbst wenn ich in Rheged leben müsse, aber Caelgyn starb an einem Fieber. Und dann kam Gundleus.« Bei dieser Erinnerung krauste sie die Stirn. »Damals wurde mir klar, daß ich nichts weiter war als ein Wurfstein im Kriegsspiel. Mein Vater liebte mich, aber er hätte mich sogar Gundleus zur Frau gegeben, wenn das bedeutete, daß er weitere Speere für den Kampf gegen Arthur bekam. Damals begriff ich, daß ich nie glücklich werden würde, wenn ich mir das Glück nicht erkämpfte, und das war der Moment, wo ihr beiden, du und Galahad, zu uns kamt. Erinnerst du dich?«

»Ich erinnere mich.« Ich hatte Galahad auf seiner fehlgeschlagenen Friedensmission begleitet, und Gorfyddyd hatte uns, um uns zu beleidigen, gezwungen, das Essen in der Frauenhalle einzunehmen. Dort hatte ich bei Kerzenschein und Harfenspiel mit Ceinwyn gesprochen und ihr einen Eid geschworen, sie zu beschützen.

»Und dir war es nicht gleichgültig, ob ich glücklich bin oder nicht«, sagte sie.

»Ich liebte dich«, gestand ich ihr. »Ich war wie ein Hund, der zu einem Stern hinaufjault.«

Sie lächelte. »Und dann kam Lancelot. Der bezaubernde Lancelot. Der schöne Lancelot, und alle erklärten mir, ich müsse die glücklichste Frau von ganz Britannien sein, aber weißt du, was mein Gefühl mir sagte? Daß ich für Lancelot auch nur wieder ein Ding wäre, das er besitzen könnte, dabei schien er doch schon so viel zu haben. Aber ich wußte noch immer nicht so recht, was ich tun sollte, als Merlin kam und mit mir sprach. Er ließ Nimue bei mir zurück, und sie redete und redete, aber da wußte ich schon, daß ich keinem Mann gehören wollte. Mein ganzes Leben lang hatte ich Männern gehört. Also schworen Nimue und ich Don einen Eid, und ich schwor ihr, wenn sie mir die Kraft schenke, mir meine Freiheit zu nehmen, würde ich mich niemals vermählen. Ich werde dich lieben«, versicherte sie mir und sah mir offen ins Gesicht, »aber ich werde nie wieder Eigentum eines Mannes sein.«

Mag sein, dachte ich, aber sie ist, genau wie ich, noch immer Merlins Spielstein. Er und Nimue waren wirklich fleißig gewesen! Doch das erwähnte ich nicht, weder das noch die Dunkle Straße.

»Aber jetzt wirst du Guineveres Feindin sein«, warnte ich Ceinwyn statt dessen.

»Ja«, gab sie zu, »das war ich immer, vom ersten Augenblick an, da sie beschloß, mir Arthur wegzunehmen; aber damals war ich noch ein Kind und wußte nicht, wie ich mich gegen sie wehren sollte. Gestern abend habe ich dann zurückgeschlagen, aber von nun an werde ich mich von ihr fernhalten.« Sie lächelte. »Und du solltest Gwenhwyvach zur Gemahlin nehmen?«

»Ja«, bestätigte ich.

»Die arme Gwenhwyvach«, sagte Ceinwyn. »Sie war immer sehr lieb zu mir, als sie alle hier lebten. Ich weiß noch genau, wie sie jedesmal hinauslief, wenn ihre Schwester den Raum betrat. Sie war wie eine dicke, fette Maus, und ihre Schwester war die Katze.«

An jenem Nachmittag kam Arthur ins Untere Tal. Der Kleister, in den ich die Knochensplitter in Hywelbanes Heft gebettet hatte, war noch nicht getrocknet, als die Kriegerschar unter den Bäumen an Cwm Isafs Südhang auftauchte, der unserem Häuschen gegenüberlag. Die Speerkämpfer kamen nicht, um uns zu bedrohen, sondern um sich vor ihrem langen Rückmarsch nach Dumnonia ein wenig auszuruhen. Von Lancelot war nichts zu sehen, auch nicht von Guinevere, als Arthur allein den Bach überquerte. Er trug weder Schwert noch Schild.

Wir erwarteten ihn vor unserer Tür. Er verneigte sich vor Ceinwyn, dann sah er sie lächelnd an. »Teuerste Lady«, sagte er nur.

»Ihr seid zornig auf mich, Lord?« fragte sie ihn besorgt.

Er verzog das Gesicht. »Meine Frau glaubt es, aber ich bin nicht zornig auf Euch. Wie könnte ich? Ihr habt nur getan, was auch ich einmal getan habe, aber Ihr hattet den Anstand, es zu tun, bevor der Eid geleistet wurde.« Wieder lächelte er sie an. »Ihr habt mich vielleicht in Verlegenheit gebracht, aber das hatte ich verdient. Dürfte ich mit Derfel einen Spaziergang machen?«

Wir folgten demselben Pfad, den ich am Morgen mit Ceinwyn eingeschlagen hatte, und sobald wir aus dem Blickfeld seiner Speerkämpfer gelangt waren, legte Arthur mir den Arm um die Schultern. »Gut gemacht, Derfel«, sagte er leise.

»Es täte mir leid, wenn ich Euch verletzt haben sollte, Lord.«

»Seid nicht töricht. Ihr habt getan, was ich selber einstmals getan habe, und ich beneide Euch darum, daß es noch so neu für Euch ist. Es verändert die Situation, mehr nicht. Es hat mich, wie schon gesagt, ein wenig in Verlegenheit gebracht.«

»Ich werde wohl nicht Mordreds Champion werden«, sagte ich.

»Nein. Das wird ein anderer sein. Wenn es nach mir ginge, mein Freund, würde ich euch beide nach Hause mitnehmen, Euch zum Champion ernennen und Euch alles geben, was ich zu geben habe – aber das Leben läuft eben nicht immer so, wie wir es wollen.«

»Ihr meint«, sagte ich offen, »daß Prinzessin Guinevere mir nicht verzeihen wird.«

»Nein«, bestätigte Arthur bedrückt. »Und Lancelot auch nicht.« Er seufzte. »Was machen wir nur mit Lancelot?«

»Vermählt ihn doch mit Gwenhwyvach«, schlug ich vor, »und begrabt sie beide in Siluria.«

Er lachte. »Wenn ich das nur könnte! Ich werde ihn nach Siluria schicken, gewiß, doch ich bezweifle, daß Siluria ihn halten kann. Sein Ehrgeiz geht weit über das kleine Königreich hinaus, Derfel. Ich hatte gehofft, daß Ceinwyn und eine Familie ihn hier festhalten würden. Aber jetzt?« Er zuckte die Achseln. »Ich hätte besser daran getan, Euch das Königreich zu geben.« Er nahm den Arm von meinen Schultern und wandte sich mir voll zu. »Ich werde Euch nicht von Euren Eiden entbinden, Lord Derfel Cadarn«, erklärte er förmlich. »Ihr seid immer noch mein Mann, und wenn ich Euch rufe, werdet Ihr kommen.«

»Ja, Lord.«

»Das wird im Frühling der Fall sein«, fuhr er fort. »Ich habe den Sachsen drei Monate Frieden geschworen und werde diesen Frieden halten, und wenn die drei Monate um sind, wird der Winter unsere Speere zurückhalten. Aber im Frühling werden wir marschieren, und dann brauche ich Eure Männer in meinem Schildwall.«

»Sie werden dort sein, Lord«, versprach ich ihm.

Er hob beide Hände und legte sie mir auf die Schultern. »Habt Ihr Euch Merlin verschworen?« fragte er und sah mir tief in die Augen.

»Ja, Lord«, gestand ich.

»Dann werdet Ihr also einen Kessel suchen, den es gar nicht gibt?«

»Ich werde den Kessel suchen, ja.«

Er schloß die Augen. »Welch eine Torheit!« Er ließ die Hände sinken und öffnete die Augen. »Ich glaube an die Götter, Derfel, aber glauben die Götter auch an Britannien? Dies ist nicht mehr das alte Britannien«, sagte er hitzig. »Vielleicht waren die Menschen früher einmal von einem Blut – aber jetzt? Die Römer haben Männer aus allen Winkeln der Welt hergebracht! Sarmaten, Libyer, Gallier, Numidier, Griechen! Ihr Blut hat sich mit dem unseren vermischt, genau wie es mit römischem Blut vermischt ist, und jetzt mit sächsischem. Wir sind, was wir sind, Derfel, und nicht das, was wir einmal waren! Wir haben heute jede Menge Götter, nicht nur die alten, und wir können die Zeit nicht zurückdrehen, nicht einmal mit dem Kessel und sämtlichen Kleinodien Britanniens.«

»Merlin denkt anders.«

»Und Merlin möchte, daß ich gegen die Christen kämpfe, damit seine Götter wieder herrschen können, wie? O nein, das werde ich nicht tun, Derfel!« Er sagte es voll Zorn. »Ihr könnt gern Euren sagenhaften Kessel suchen, aber glaubt ja nicht, daß ich Merlins Spiel mitmachen und die Christen verfolgen werde!«

»Das Schicksal der Christen«, entgegnete ich verteidigend, »wird Merlin den Göttern überlassen.«

»Und was sind wir anderes als das Werkzeug der Götter?« fragte Arthur. »Aber ich werde nicht gegen Britannier kämpfen, nur weil sie einen anderen Gott verehren. Und Ihr auch nicht, Derfel – nicht, solange Ihr mir durch einen Eid verbunden seid.«

»Nein, Lord.«

Er seufzte. »Ich hasse all dieses Gezänk um die Götter. Aber Guinevere erklärt mir ständig, daß ich blind für die Götter bin. Das sei mein einziger Fehler, behauptet sie.« Er lächelte. »Wenn Ihr Merlin verschworen seid, Derfel, müßt Ihr mit ihm gehen. Wohin wird er Euch führen?«

»Nach Ynys Mon, Lord.«

Ein paar Herzschläge lang starrte er mich schweigend an. Dann erschauerte er. »Ihr wollt nach Lleyn?« fragte er ungläubig. »Aus Lleyn ist noch keiner lebend zurückgekehrt.«

»Ich werde zurückkehren«, prahlte ich.

»Das will ich hoffen, Derfel, das will ich hoffen.« Seine Stimme klang bedrückt. »Ich brauche Euch, wenn ich die Sachsen besiegen will. Und wer weiß, vielleicht könnt Ihr anschließend nach Dumnonia zurückkehren. Guinevere ist nicht nachtragend.« Das wagte ich zwar zu bezweifeln, aber ich schwieg. »Also werde ich Euch im Frühling rufen lassen«, fuhr Arthur fort, »und bis dahin beten, daß Ihr Lleyn überleben werdet.« Er schob seinen Arm durch den meinen und kehrte mit mir zum Haus zurück. »Und wenn Euch jemand fragt, Derfel, dann habe ich Euch soeben heftige Vorwürfe gemacht. Verflucht habe ich Euch, ja sogar geschlagen.«

Ich lachte. »Ich verzeihe Euch den Schlag, Lord.«

»Betrachtet Euch als getadelt«, sagte er, »und betrachtet Euch«, fuhr er fort, »als den zweitglücklichsten Mann Britanniens.«

Als den glücklichsten der ganzen Welt, dachte ich, denn mir war mein Herzenswunsch erfüllt worden.

Oder vielmehr, er würde mir erfüllt werden, wenn die Götter uns gnädig waren und Merlin den seinen erfüllt sah.

Ich blieb stehen und sah zu, wie die Speerkämpfer abzogen. Durch die Bäume war flüchtig Arthurs Banner mit dem Bären zu sehen. Er winkte, schwang sich auf den Rücken seines Pferdes und war verschwunden.

Wir waren allein.

So kam es, daß ich nicht in Dumnonia war, um Arthurs Heimkehr mitzuerleben. Das hätte ich gern gesehen, denn er kehrte hoch zu Roß als Held in ein Land zurück, das ihm keine Überlebenschancen eingeräumt hatte, das sogar Intrigen gesponnen hatte, um ihn durch minderwertige Kreaturen zu ersetzen.

Es gab wenig zu essen in jenem Herbst, denn das unerwartete Aufflammen des Krieges hatte die neue Ernte geschmälert, doch eine Hungersnot gab es nicht, und Arthurs Männer trieben gerechte Steuern ein. Das klingt wie eine wenig einschneidende Verbesserung, erregte nach den vergangenen Jahren aber Aufsehen im Land. Nur die Reichen hatten Steuern an die königliche Schatzkammer zu entrichten. Manche zahlten in Gold, die meisten aber in Getreide, Leder, Leinen, Salz, Wolle und Dörrfisch, die sie wiederum bei ihren Lehnsmännern eintrieben. Da die Reichen in den letzten paar Jahren wenig an den König, die Armen dagegen viel an die Reichen gezahlt hatten, schickte Arthur Speerkämpfer aus, die sich bei den Armen erkundigen sollten, welche Abgaben bei ihnen erhoben worden waren. Die Antworten dienten ihm als Grundlage für die Festsetzung seiner eigenen Steuerforderungen an die Reichen. Ein Drittel dieser Einnahmen zahlte er den Kirchen und Verwaltungen zurück, damit diese im Winter Lebensmittel verteilen konnten. Schon diese Tatsache allein bewies Dumnonia, daß eine neue Macht Einzug im Land gehalten hatte, und obwohl die Reichen murrten, wagte es keiner, einen Schildwall zum Kampf gegen Arthur aufzustellen. Er war der Kriegsherr von Mordreds Reich, der Sieger von Lugg Vale, der Mann, der Könige erschlug, und alle, die seine Gegner waren, lebten von nun an in Furcht vor ihm.

Mordred wurde in Culhwchs Obhut gegeben. Arthurs Cousin war ein ungehobelter, aufrechter Krieger, der sich vermutlich kaum für das Schicksal eines kleinen, lästigen Kindes interessierte. Dafür war Culhwch viel zu sehr damit beschäftigt, die Revolte niederzuschlagen, die Cadwy von Isca tief im Westen Dumnonias angezettelt hatte. Ich hörte, daß er seine Speerkämpfer in einem schnellen Feldzug über das große Moor und dann südwärts bis ins wilde Land an der Küste führte. Er verwüstete Cadwys Kernland und stürmte anschließend die alte römische Festung Isca, in der sich der Fürst verschanzt hatte. Fürst Cadwy wurde in einem römischen Heiligtum gestellt und dortselbst entleibt. Arthur befahl, Teile seines Leichnams in den Städten von Dumnonia zur Schau zu stellen und seinen Kopf mit den leicht erkennbaren blauen Tätowierungen auf den Wangen an König Mark von Kernow zu senden, der die Revolte unterstützt hatte. König Mark schickte einen Tribut in Gestalt von Zinnbarren, einem Faß Räucherfisch und drei polierten Schildkrötenpanzern, die an der Küste seines wilden Landes angeschwemmt worden waren, sowie die eilfertige Versicherung, er habe nichts mit Cadwys Aufstand zu tun gehabt.

Als Culhwch Cadwys Festung einnahm, fand er dort Schriftstücke, die er Arthur übersandte. Die Schriftstücke stammten von der Christenpartei in Dumnonia und waren vor dem Feldzug geschrieben worden, der in Lugg Vale sein Ende gefunden hatte. Sie enthüllten das ganze Ausmaß der Pläne, Dumnonia von Arthur zu befreien. Die Christen haßten Arthur, seit er Großkönig Uthers Bestimmung, die Kirchen seien von Steuern und Krediten zu befreien, aufgehoben hatte; sie waren fest überzeugt gewesen, daß ihr Gott Arthur einer schweren Niederlage durch Gorfyddyd entgegenführen werde. Die Aussicht auf eine fast sichere Niederlage hatte sie ermutigt, ihre Gedanken schriftlich niederzulegen, und diese Schriften befanden sich nunmehr in Arthurs Besitz.

Die Dokumente ließen auf eine beunruhigte Christengemeinde schließen, die Arthurs Tod wollte, sich aber zugleich vor dem Eindringen von Gorfyddyds heidnischen Speerkämpfern fürchtete. Um sich und ihre Reichtümer zu retten, waren sie bereit, Mordred zu opfern. Sie ermutigten Cadwy mit ihren Schreiben, während Arthurs Abwesenheit gegen Durnovaria zu marschieren, Mordred zu töten und das Königreich anschließend Gorfyddyd zu übergeben. Die Christen versprachen, ihm zu helfen, und hofften, daß Cadwys Speere sie beschützten, wenn Gorfyddyd regierte.

Statt dessen wurden sie bestraft. Melwas, König der Belgen, und ein Vasall Dumnonias, der sich auf die Seite der Christen geschlagen hatte, die gegen Arthur opponierten, wurde zum neuen Herrscher über Cadwys Land ernannt. Das war kaum als Belohnung zu werten, denn die Ernennung führte Melwas weit fort von seinem eigenen Volk an einen Ort, wo Arthur ihn unter Beobachtung halten konnte. Nabur, jener christliche Beamte, der zu Mordreds Vormund ernannt worden war und seine Stellung dazu benutzt hatte, die Partei zu gründen, die sich gegen Arthur stellte, und der auch jene Briefe verfaßt hatte, in denen angeregt wurde, Mordred zu töten, wurde im Amphitheater von Durnovaria ans Kreuz geschlagen. Heutzutage wird er natürlich als Heiliger und Märtyrer verehrt, ich aber erinnere mich an Nabur nur als aalglatten, korrupten Lügner. Ebenfalls zu Tode gebracht wurden zwei Priester, ein weiterer Beamter und zwei Großgrundbesitzer. Der letzte der Verschwörer war Bischof Sansum, obwohl der so klug gewesen war, seinen Namen nicht niederschreiben zu lassen. Diese Klugheit, gepaart mit seiner seltsamen Freundschaft zu Arthurs verstümmelter, heidnischer Schwester Morgan, rettete Sansum das Leben. Er schwor Arthur lebenslange Treue, legte die Hand auf ein Kruzifix und erklärte, niemals an einer Verschwörung teilgenommen zu haben, die sich die Ermordung des Königs zum Ziel gesetzt hätte. Und so blieb er der Hüter des Schreins zum Heiligen Dornbusch in Ynys Wydryn. Man könnte Sansum in Eisen legen und ihm ein Schwert an die Kehle setzen, er würde sich herauswinden.

Morgan, seine heidnische Freundin, war Merlins vertrauteste Priesterin gewesen, bis die jüngere Nimue ihr diese Position streitig gemacht hatte; da aber Merlin und Nimue beide weit fort waren, war Morgan momentan die eigentliche Herrscherin von Merlins Besitz in Avalon. Morgan, die ihr vom Feuer zerstörtes Gesicht hinter einer Goldmaske und ihren von den Flammen verkrüppelten Körper unter einem schwarzen Gewand versteckte, riß Merlins Macht an sich, und sie war es auch, die den Wiederaufbau von Merlins Halle auf dem Tor beendete und die Steuereinnehmer im nördlichen Teil von Arthurs Land organisierte. Arthur vertraute Morgan rückhaltlos, und als Bischof Bedwin in jenem Herbst an einem Fieber starb, schlug Arthur entgegen althergebrachtem Brauch sogar vor, Morgan zur vollen Ratgeberin zu ernennen. Noch nie hatte eine Frau in Britannien im Kronrat gesessen, und Morgan hätte tatsächlich die erste sein können, aber Guinevere sorgte dafür, daß es nicht soweit kam. Guinevere duldete keine Frau im Kronrat, solange sie nicht selbst darin saß, und außerdem haßte Guinevere alles, was häßlich war – und die Götter wußten, daß die arme Morgan selbst mit ihrer Goldmaske einen grotesken Anblick bot. Also blieb Morgan in Ynys Wydryn, während Guinevere den Bau eines neuen Palastes in Lindinis überwachte.

Es war ein prächtiger Palast. Die alte römische Villa, die Gundleus niedergebrannt hatte, wurde wieder aufgebaut und so vergrößert, daß die mit Bogengängen versehenen Flügel zwei große Innenhöfe umschlossen, durch die in Marmorkanälen Wasser floß. Lindinis, dicht neben dem Königshügel Caer Cadarn gelegen, sollte Dumnonias neue Hauptstadt werden, obwohl Guinevere sorgfältig darauf achtete, daß Mordred mit seinem Klumpfuß nicht einmal in die Nähe des Ortes kam. Nur die Schönen wurden in Lindinis geduldet, in dessen Arkaden Guinevere Statuen aus Villen und Heiligtümern von ganz Dumnonia aufstellen ließ. Ein christliches Heiligtum gab es dort nicht, aber Guinevere richtete eine große, dunkle Halle für die Frauengöttin Isis ein und stellte Lancelot eine kostbare Flucht von Räumen zur Verfügung, wo dieser sich aufhalten konnte, wenn er aus seinem neuen Königreich Siluria zu Besuch kam. Elaine, Lancelots Mutter, bewohnte diese Räume, und sie, die Ynys Trebes einstmals so schön gestaltet hatte, half Guinevere nunmehr, den Palast von Lindinis zu einem Tempel der Schönheit zu machen.

Arthur weilte, wie ich wußte, nur selten in Lindinis. Er war zu sehr mit den Vorbereitungen für den großen Krieg gegen die Sachsen beschäftigt, zu welchem Zweck er jetzt begann, die alten Erdfestungen im südlichen Dumnonia auszubauen. Selbst die Mauer von Caer Cadarn, das tief in unserem Kernland lag, wurde verstärkt und mit neuen Kampfplattformen auf den Wällen versehen; aber sein größtes Werk war Caer Ambra, nur eine halbe Marschstunde östlich der Steine, das sein neuer Stützpunkt gegen die Sais werden sollte. Dort hatte das Alte Volk ein Fort gebaut. Den ganzen Herbst und Winter hindurch hatten die Sklaven geschuftet, um die alten Erdwälle zu erhöhen und auf ihrer Krone neue Palisaden und Kampfplattformen zu bauen. Südlich von Caer Ambra wurden weitere Forts verstärkt, welche diesen Teil Dumnonias gegen die südlichen Sachsen unter Cerdic zu verteidigen hatten, die uns mit Sicherheit angreifen würden, während Arthur nach Norden gegen Aelle zog. Höchstwahrscheinlich war seit der Römerzeit nicht mehr so viel britannische Erde umgegraben und so viel britannisches Holz gespalten worden, und Arthurs gerechte Steuern konnten nicht mal die Hälfte all dieser Arbeiten bezahlen. Deswegen forderte er Abgaben von den Christenkirchen, die im Süden Britanniens zahlreich und mächtig waren, denselben Kirchen, die Naburs und Sansums Umsturzversuche unterstützt hatten. Die Abgaben wurden schließlich gezahlt, und sie schützten die Christen vor der gefürchteten Aufmerksamkeit der sächsischen Heiden; aber die Christen verziehen Arthur nie und berücksichtigten auch nicht, daß den wenigen heidnischen Schreinen, die noch ein paar Reichtümer besaßen, dieselben Abgaben auferlegt wurden.

Nicht alle Christen waren Arthurs Feinde. Mindestens ein Drittel seiner Speerkämpfer waren Christen, und diese Männer waren ihm ebenso treu ergeben wie die Heiden. Viele andere Christen billigten seine Herrschaft, aber die meisten Kirchenführer ließen sich in ihrer Treue von ihrer Habgier beeinflussen, und das waren jene, die gegen ihn opponierten. Sie glaubten, ihr Gott werde eines Tages auf die Erde zurückkehren und wie ein Sterblicher unter ihnen wandeln, aber das würde nicht eher geschehen, als bis alle Heiden zu seinem Glauben bekehrt waren. Die Prediger, die wußten, daß Arthur ein Heide war, zischten ihm Flüche zu, doch Arthur ignorierte ihre Worte, wenn er seine unaufhörlichen Rundreisen durch den Süden Britanniens machte. An einem Tag war er bei Sagramor an Aelles Grenze, am nächsten schon bekämpfte er eine von Cerdics Kriegshorden, die tief in die Flußtäler im Süden vorgedrungen waren; dann wieder ritt er durch Dumnonia und quer durch Gwent nach Isca, wo er mit den einheimischen Häuptlingen über die Anzahl der Speerkämpfer verhandelte, die im westlichen Gwent oder im östlichen Siluria aufgebracht werden konnten. Durch Lugg Vale war Arthur weit mehr als Dumnonias oberster Lord und Mordreds Protektor geworden – er war Britanniens Kriegsherr und unbestrittener Führer all unserer Heere, und kein König wagte es, ihm etwas zu verweigern. Und keiner *wollte* ihm in jenen Tagen etwas verweigern.

Das alles aber verpaßte ich, denn ich war in Caer Sws, ich war bei Ceinwyn, ich war verliebt.

Und ich wartete auf Merlin.

Merlin und Nimue kamen ein paar Tage vor der Wintersonnenwende nach Cwm Isaf. Dunkle Wolken lasteten schwer über den kahlen Eichenwipfeln auf den Bergrücken, und der Morgenfrost hielt sich bis weit in den Nachmittag hinein. Der Bach war ein Flickenteppich von Eisplatten und rieselndem Wasser, das herabgefallene Laub war brüchig und der Erdboden im Tal so hart wie Stein. Da wir im mittleren Raum ein Feuer unterhielten, war es einigermaßen warm im Haus, allerdings auch voll Rauch, der um die unbehauenen Balken wogte, bevor er die kleine Öffnung im Dachfirst fand. Der Rauch weiterer Feuer stieg aus den Unterkünften auf, die sich meine Speerkämpfer im Tal gebaut hatten: niedrige, kleine Hütten mit Wänden aus Erde und Stein und einem Dach aus Holz und Farnwedeln. Hinter dem Haus hatten wir einen Stall errichtet, in dem bei Nacht ein Stier, zwei Kühe, drei Sauen, ein Eber, ein Dutzend Schafe und zwanzig Hühner eingesperrt wurden, um sie vor den Wölfen zu schützen. In unseren Wäldern wimmelte es von Wölfen. Allabendlich ertönte ihr Geheul in der Dämmerung, und bei Nacht hörten wir sie zuweilen hinter dem Viehstall umherstreichen. Dann blökten die Schafe ganz jämmerlich, und die Hennen brachen in gackernde Panik aus, bis Issa, oder wer gerade Wache hatte, ein lautes Gebrüll ausstieß und einen Feuerbrand zum Waldrand hinüberschleuderte, woraufhin die Wölfe sich dann davonmachten. Eines Morgens, als ich am Bach Wasser holte, stand ich plötzlich einem riesigen, alten Wolf gegenüber. Er hatte getrunken, doch als ich aus den Büschen trat, hob er die graue Schnauze, starrte mich an und wartete auf meinen Gruß, bevor er lautlos bachaufwärts davontrottete. Das war, fand ich, ein gutes Zeichen, und in jenen Tagen, da wir auf Merlin warteten, achteten wir aufmerksam auf alle Zeichen.

Aber wir jagten die Wölfe auch. Cuneglas gab uns drei Paar Wolfshunde, die größer und zottiger waren als die berühmten Jagdhunde aus Powys, wie Guinevere sie in Dumnonia hielt. Dieser Sport verschaffte meinen Speerkämpfern Bewegung, und sogar Ceinwyn liebte die langen, kalten Tage im Hochwald. Sie trug eine lederne Hose, hohe Stiefel und ein Lederwams sowie einen langen Hirschfänger an der Seite. Die blonden Haare flocht sie zu einem Zopf, den sie im Nacken aufsteckte. Sie kletterte hinter ihren beiden Hunden, die an langen Roßhaarleinen liefen, über Felsbrocken, durch Wasserrinnen und über umgestürzte Bäume. Am einfachsten jagte man Wölfe mit Pfeil und Bogen; da jedoch nur wenige von uns über diese Fertigkeit verfügten, benutzten wir Hunde, Kampfspeere und Messer, und als Merlin schließlich wiederkehrte, hatten wir einen dicken Stapel von Fellen in Cuneglas' Vorratshalle gelagert. Der König wollte, daß wir nach Caer Sws zurückkehrten, aber Ceinwyn und ich waren so glücklich, wie es bei der Aussicht auf Merlins Feuerprobe nur möglich war, deswegen blieben wir in unserem kleinen Tal und zählten die Zeichen.

Und wir waren wirklich glücklich in Cwm Isaf. Ceinwyn bereitete es unglaublich viel Freude, all die Dinge in die Hand zu nehmen, die bis jetzt ihre Dienstboten für sie erledigt hatten. Seltsamerweise aber brachte sie es nicht übers Herz, einem Huhn den Hals umzudrehen. Wenn sie ein Huhn schlachtete, mußte ich immer lachen. Sie hätte es nicht zu tun brauchen, einer unserer Dienstboten hätte das Federvieh töten können, und meine Speerkämpfer hätten für Ceinwyn alles getan, doch sie bestand darauf, ihren Anteil an der Hausarbeit zu übernehmen. Wenn es allerdings daran ging, Hühner, Enten oder Gänse zu töten, fand sie es unmöglich, die Sache so zu erledigen, wie es sich gehörte. Die einzige Methode, die sie je anwendete, bestand darin, das arme Tier auf den Boden zu legen, ihm ihren kleinen Fuß in den Nacken zu stemmen und mit fest geschlossenen Augen einmal kräftig am Kopf zu ziehen.

Mit der Spindel hatte sie mehr Erfolg. Mit Ausnahme der Allerreichsten trug jede Frau von Britannien ständig Spinnrocken und Spindel mit sich herum; denn das Spinnen der Wolle war eine jener niemals endenden Pflichten, die vermutlich erhalten bleiben werden, bis die Sonne ihre letzte Kreisbahn um die Erde gezogen hat. Sobald alle Schafsvliese des einen Jahres versponnen waren, kamen die Vliese des nächsten in die Vorratshäuser, und die Frauen holten sich ihre Schürzen voll, wuschen und kämmten die Wolle und begannen wieder von neuem, den Faden zu spinnen. Sie spannen beim Gehen, sie spannen beim Reden, sie spannen, wann immer sie die Hände nicht für eine andere Arbeit benötigten. Es war eine monotone Arbeit, die zwar keinen Verstand, aber Geschick erforderte. Anfangs produzierte Ceinwyn nur jämmerliche, kleine Wollzotteln, aber mit der Zeit wurde sie besser, obwohl sie nie so schnell arbeitete wie jene Frauen, die seit dem Tag spannen, da ihre Hände groß genug waren, den Rocken zu halten. Abends saß sie da, berichtete mir von ihrem Tag und zog mit der Linken die Fasern aus dem Rocken, während sie mit der Rechten die mit einem Gewicht beschwerte Spindel drehte, die vom Rocken herabhing, um den entstehenden Faden zu längen und zu zwirnen. Wenn die Spindel den Boden erreichte, wickelte sie den Faden auf, fixierte das aufgespulte Garn mit der Knochenspange am oberen Ende der Spindel und begann von neuem. Die Wolle, die sie in jenem Winter herstellte, war häufig klumpig oder zu dünn, aber ich trug getreulich eins der Hemden, die sie aus diesem Garn herstellte, bis es mir vom Körper fiel.

Cuneglas kam uns oft besuchen, während Helledd, seine Gemahlin, niemals auftauchte. Königin Helledd war von Grund auf konservativ und mißbilligte das, was Ceinwyn getan hatte, aus tiefstem Herzen. »Sie glaubt, daß es Schande über die Familie bringt«, erklärte uns Cuneglas munter. Er wurde, genau wie Arthur und Galahad, einer meiner besten Freunde. Ich glaube, er fühlte sich einsam in Caer Sws, denn außer Iorweth und ein paar jüngeren Druiden gab es dort nur wenige Männer, mit denen er sich über etwas anderes unterhalten konnte als über die Jagd und den Krieg, und so kam es, daß ich ihm die Brüder ersetzte, die er verloren hatte. Sein älterer Bruder, der eigentlich König werden sollte, war bei einem Sturz vom Pferd umgekommen, der nächste war am Fieber gestorben, der jüngste im Kampf gegen die Sachsen gefallen. Cuneglas war, genau wie ich, entschieden gegen Ceinwyns Vorhaben, uns auf der Dunklen Straße zu begleiten, aber er machte mir auch klar, daß man sie höchstens durch einen Schwertstreich davon abhalten könnte. »Alle Welt hält sie für unendlich lieb und freundlich«, sagte er, »aber sie hat einen eisernen Willen. Stur wie ein Esel.«

»Sie kann kein Huhn schlachten.«

»Nicht im Traum könnte ich mir vorstellen, daß sie das versucht«, gab er lachend zurück. »Aber sie ist glücklich, Derfel, dafür danke ich Euch.«

Es war eine glückliche Zeit, eine der glücklichsten all unserer glücklichen Zeiten, aber sie wurde stets von dem Bewußtsein überschattet, daß Merlin kommen und verlangen würde, daß wir unseren Eid einlösten.

Er kam an einem frostkalten Nachmittag. Ich war draußen und spaltete mit einer sächsischen Streitaxt frisch zurechtgehauene Holzklötze, die unser Haus mit Rauch füllen würden, und Ceinwyn war drinnen, um einen Streit zwischen ihren Dienerinnen und der hitzigen Scarach zu schlichten, als auf der anderen Talseite ein Horn erklang. Der Hornstoß war ein Signal meiner Speerkämpfer und bedeutete, daß sich ein Fremder Cwm Isaf näherte. Als ich die Axt sinken ließ, entdeckte ich Merlins hochgewachsene Gestalt, die unter den Bäumen hervortrat. Nimue begleitete ihn. Sie war nach dem Abend von Lancelots Verlöbnis eine Woche bei uns geblieben und dann eines Nachts ohne ein Wort der Erklärung verschwunden. Nun kehrte sie zurück, ganz in Schwarz neben ihrem Lord in seinem langen weißen Gewand.

Ceinwyn kam aus dem Haus. Ihr Gesicht war rußverschmiert und ihre Hände blutig von dem Hasen, den sie zerteilt hatte. »Ich dachte, er wollte eine Kriegshorde mitbringen«, sagte sie, den Blick der blauen Augen auf Merlin gerichtet. Das hatte uns Nimue damals gesagt, bevor sie uns verließ: daß Merlin jene Streitmacht aufstellen wolle, die ihn auf der Dunklen Straße beschützen sollte.

»Vielleicht hat er sie am Fluß zurückgelassen«, entgegnete ich.

Sie strich sich eine Locke aus dem Gesicht und fügte den Rußflecken einen Streifen Blut hinzu. »Ist dir nicht kalt?« erkundigte sie sich, denn ich hatte mit nacktem Oberkörper Holz gehackt.

»Noch nicht.« Ich zog ein Wollhemd über, während Merlin mit seinen langen Beinen über den Bach sprang. Meine Speerkämpfer, die sich darauf freuten, Neuigkeiten zu hören, kamen aus ihren Hütten und folgten ihm, blieben aber vor dem Haus, als er durch unsere niedrige Tür schlüpfte.

Er entbot uns seinen Gruß, ging aber an uns vorbei ins Haus. Nimue folgte ihm, und als Ceinwyn und ich eintraten, hockten sie bereits am Feuer. Merlin hielt seine mageren Hände an die Flammen und schien einen langgezogenen Seufzer auszustoßen. Er sagte kein Wort, und keiner von uns wollte ihn nach dem Stand der Dinge fragen. Ich setzte mich zu ihm vor das Feuer, während Ceinwyn den halb zerteilten Hasen in eine Schüssel legte und ihre Hände sodann vom Blut säuberte. Sie winkte Scarach mit den Dienerinnen zum Haus hinaus und setzte sich neben mich.

Merlin erschauerte und schien sich dann zu entspannen. Sein langer Rücken krümmte sich, als er sich mit geschlossenen Augen vornüberbeugte. So blieb er lange Zeit sitzen. Sein braunes Gesicht war von tiefen Falten durchzogen, sein Bart von einem erstaunlichen Weiß. Wie alle Druiden rasierte er sich den vorderen Teil des Schädels, jetzt aber war die Tonsur von einer dünnen Schicht weißer Haare bedeckt – Beweis dafür, daß er sehr lange ohne Rasiermesser und Bronzespiegel unterwegs gewesen war. Er sah sehr alt aus an jenem Tag, und wie er da so geduckt am Feuer saß, wirkte er sogar gebrechlich.

Nimue saß ihm schweigend gegenüber. Einmal erhob sie sich, um Hywelbane von seinen Haken am Hauptbalken zu nehmen, und ich sah sie lächeln, als sie die beiden Knochenstreifen entdeckte, die in den Griff eingelassen waren. Sie zog die Klinge heraus, hielt sie in den rauchigsten Teil des Feuers, und als der Stahl mit Ruß bedeckt war, kratzte sie mit einem Strohhalm sorgfältig eine Inschrift in den Ruß. Die Buchstaben glichen nicht etwa jenen, die ich jetzt schreibe, die sowohl wir als auch die Sachsen benutzen, sondern es waren Runen, alte, magische Lettern, einfache Striche mit Querbalken, die nur die Druiden und Hexenmeister verwendeten. Sie lehnte die Scheide an die Wand und hängte das Schwert an seine Nägel zurück, ohne die Bedeutung der Inschrift zu erklären. Merlin beachtete sie nicht.

Plötzlich öffnete er die Augen, und nun wirkte er nicht mehr gebrechlich, sondern furchtbar wild. »Ich belege alle Kreaturen Silurias mit einem Fluch«, sagte er langsam. Dann schnalzte er mit den Fingern in Richtung Feuer, und eine hellere Flamme verpuffte zischend im Holz. »Möge ihre Ernte verfaulen«, grollte er, »mögen ihre Tiere unfruchtbar, ihre Kinder verkrüppelt, ihre Schwerter stumpf und ihre Feinde siegreich sein!« Das war für ihn ein recht milder Fluch, in seinem Ton lag jedoch eine zischelnde Bösartigkeit. »Und Gwent wünsche ich die Viehseuche, Frost im Sommer und Schöße, die zu vertrockneten Hülsen werden.« Er spie in die Flammen. »In Elmet«, fuhr er dann fort, »werden die Tränen Seen bilden, Seuchen werden Gräber füllen, und in den Häusern werden die Ratten herrschen.« Abermals spie er aus. »Wie viele Männer wirst du mitbringen, Derfel?«

»Alle, die ich habe, Lord.« Ich wagte kaum zu sagen, wie wenige das waren. Schließlich gab ich ihm die gewünschte Antwort. »Zwanzig Schilde.«

»Und jene deiner Männer, die noch bei Galahad sind?« Unter seinen buschigen Brauen hervor warf er mir einen kurzen Blick zu. »Wie viele von ihnen werden kommen?«

»Ich habe nichts von ihnen gehört, Lord.«

Er lachte höhnisch. »Sie dienen Lancelot als Palastwache. Er besteht darauf. Er macht seinen Bruder zum Türsteher.« Galahad war Lancelots Halbbruder, ihm aber so unähnlich, wie es ein Mann nur sein konnte. »Wie gut, Lady«, wandte sich Merlin an Ceinwyn, »daß Ihr Euch nicht mit Lancelot vermählt habt.«

Sie lächelte mir zu. »Das denke ich auch, Lord.«

»Er findet Siluria langweilig. Das kann ich ihm nicht verdenken, aber er wird die Bequemlichkeit von Dumnonia suchen und eine Schlange in Arthurs Bauch sein.« Er lächelte. »Ihr, Lady, wart als sein Spielzeug vorgesehen.«

»Ich bin weit lieber hier«, gab Ceinwyn zurück und deutete auf unsere Wände aus unbehauenen Steinen und die rußgeschwärzten Dachbalken.

»Aber er wird versuchen, es Euch heimzuzahlen«, warnte Merlin. »Sein Stolz steigt höher als Lleullaws Adler, Lady, und Guinevere hat Euch verflucht. Sie hat in ihrem Isistempel einen Hund getötet und sein Fell einer verkrüppelten Hündin umgehängt, der sie Euren Namen gab.«

Ceinwyn erbleichte, machte das Zeichen gegen das Böse und spie ins Feuer.

Merlin zuckte die Achseln. »Ich habe den Fluch aufgehoben, Lady«, erklärte er. Er streckte die langen Arme aus und legte den Kopf so weit zurück, daß seine bändergeschmückten Zöpfe fast den mit Binsenstroh bedeckten Boden hinter ihm berührten. »Isis ist eine fremde Göttin«, sagte er, »deren Macht in diesem Land keine Kraft besitzt.« Er hob den Kopf wieder, dann rieb er sich mit den langen, schmalen Fingern die Augen. »Ich bin mit leeren Händen gekommen«, berichtete er bedrückt. »Weder in Elmet noch anderswo wollte ein einziger Mann vortreten. Ihre Speere, behaupten sie, seien für die Leiber der Sachsen bestimmt. Ich habe ihnen kein Geld geboten, ich habe ihnen kein Silber geboten, nichts als einen Kampf im Namen der Götter, und sie haben mir ihre Gebete geboten; dann ließen sie sich von ihren Weibern über Kinder, Küchen, Vieh und Land berichten und machten sich nach und nach davon. Achtzig Mann! Mehr wollte ich nicht. Diwrnach kann zweihundert Mann aufbringen, möglicherweise eine Handvoll mehr, doch achtzig hätten genügt, aber nicht einmal acht Mann wollten mitkommen. Ihre Lords haben sich Arthur verschworen. Der Kessel, erklärten sie, könne warten, bis Lloegyr wieder unser ist. Sie wollen sächsisches Land und sächsisches Gold, und alles, was ich ihnen bieten kann, ist Blut und Eiseskälte auf der Dunklen Straße.«

Alle schwiegen. Im Feuer brach ein Stück Holz in sich zusammen und schickte einen Funkenregen zur rußgeschwärzten Decke empor. »Kein einziger Mann hat Euch seinen Speer angeboten?« fragte ich erschrocken.

»Ein paar«, sagte er wegwerfend, »aber keiner, dem ich vertrauen könnte. Keiner, der des Kessels würdig wäre.« Er hielt inne; er wirkte jetzt wieder sehr müde. »Ich kämpfe gegen die Verlockungen des sächsischen Goldes und gegen Morgan. Sie ist gegen mich.«

»Morgan?« Ich konnte mein Erstaunen nicht verbergen. Morgan, Arthurs älteste Schwester, war Merlins engste Vertraute gewesen, bis Nimue sie verdrängte, und obwohl Morgan Nimue haßte, konnte ich mir doch nicht vorstellen, daß sich ihr Haß auch auf Merlin erstreckte.

»Ja, Morgan«, sagte er tonlos. »Sie hat ein Gerücht in Britannien verbreitet. Sie erzählt, die Götter seien gegen meine Suche, ich werde besiegt werden, und mein Tod werde all meine Begleiter in den Abgrund reißen. Das hat sie geträumt, und die Menschen glauben ihren Träumen. Ich sei alt, behauptet sie, und schwach und geistig krank.«

»Aber sie hat auch gesagt«, widersprach Nimue leise, »daß eine Frau Euch töten wird, nicht Diwrnach.«

Merlin zuckte die Achseln. »Morgan treibt ihr eigenes Spiel, und ich verstehe es noch nicht.« Er wühlte in einer Tasche seines Gewandes und holte eine Handvoll getrockneter, verknoteter Grashalme heraus. Jeder verknotete Stengel sah genauso aus wie der andere, er aber sortierte sie geschickt und wählte einen, den er Ceinwyn reichte. »Ich entbinde Euch von Eurem Eid, Lady.«

Ceinwyn warf mir einen Blick zu und betrachtete dann wieder den verknoteten Halm. »Wollt Ihr immer noch über die Dunkle Straße gehen, Lord?« fragte sie Merlin.

»Ja.«

»Aber wie werdet Ihr ohne mich den Kessel finden?«

Ohne zu antworten, zuckte er die Achseln.

»Wie werdet Ihr ihn mit ihr finden?« fragte ich ihn, denn ich begriff noch immer nicht, warum nur eine Jungfrau den Kessel finden konnte, und warum diese Jungfrau Ceinwyn sein mußte.

Wieder zuckte Merlin die Achseln. »Der Kessel«, antwortete er, »stand immer unter dem Schutz einer Jungfrau. Wenn meine Träume mich nicht täuschen, wird er auch jetzt von einer Jungfrau bewacht, und nur eine weitere Jungfrau kann das Versteck entdecken. Falls Ihr«, wandte er sich an Ceinwyn, »bereit seid, mitzukommen, werdet Ihr es erträumen.«

»Ich werde mitkommen«, versicherte Ceinwyn. »Wie ich es Euch versprochen habe.«

Merlin steckte den Grasknoten wieder in die Tasche und rieb sich mit den langen, schmalen Händen noch einmal das Gesicht. »Wir brechen in zwei Tagen auf«, verkündete er entschieden. »Ihr müßt Brot backen, Dörrfleisch und -fisch einpacken, eure Waffen schärfen und dafür sorgen, daß genügend Pelze gegen die Kälte vorhanden sind.« Er sah zu Nimue hinüber. »Wir werden in Caer Sws schlafen. Komm mit.«

»Ihr könnt hierbleiben«, bot ich ihm an.

»Ich muß mit Iorweth sprechen.« Er stand auf. Sein Kopf reichte bis an die Dachbalken. »Ich entbinde euch beide von eurem Eid«, verkündete er feierlich, »bete aber darum, daß ihr dennoch mitkommt. Es wird allerdings schwerer werden, als ihr es euch vorstellt, und härter, als ihr in euren schlimmsten Träumen befürchtet, denn ich habe mein Leben dem Kessel geweiht.« Als er zu uns herabblickte, war seine Miene unendlich traurig. »An dem Tag, da wir die Dunkle Straße betreten«, erklärte er uns, »werde ich zu sterben beginnen, denn so lautet mein Eid, und ich habe keinerlei Garantie, daß dieser Eid mir Erfolg beschert. Wenn die Suche fehlschlägt, werde ich tot sein, und ihr werdet allein in Lleyn zurückbleiben.«

»Wir werden Nimue haben«, wandte Ceinwyn ein.

»Und sie ist alles, was Ihr haben werdet«, verkündete Merlin unheildrohend. Dann duckte er sich und schritt durch unsere Tür hinaus. Nimue folgte ihm.

Wir blieben schweigend sitzen. Ich legte noch ein Scheit aufs Feuer. Es war grün, denn unser gesamtes Feuerholz bestand aus frisch geschlagenem, nicht abgelagertem Holz, und deswegen rauchte es auch so stark. Ich sah zu, wie der Rauch dichter wurde und um die Dachbalken wirbelte. Dann ergriff ich Ceinwyns Hand. »Möchtest du in Lleyn sterben?« schalt ich sie.

»Nein«, antwortete sie, »aber ich möchte den Kessel sehen.«

Ich starrte in die Flammen. »Er wird ihn mit Blut füllen«, prophezeite ich leise.

Ceinwyns Finger liebkosten die meinen. »Als ich noch ein Kind war«, sagte sie, »habe ich all die Erzählungen vom alten Britannien gehört, als die Götter noch unter uns wohnten und alle Menschen glücklich waren. Damals gab es keine Hungersnöte und keine Seuchen, nur uns, und die Götter, und Frieden. Ich wünsche mir dieses Britannien zurück, Derfel.«

»Arthur sagt, es wird nie wiederkehren. Wir sind, was wir sind, und nicht, was wir einst waren.«

»Wem glaubst du?« fragte sie mich. »Arthur oder Merlin?«

Ich dachte lange nach. »Merlin«, antwortete ich schließlich, und vielleicht tat ich das, weil ich an dieses Britannien glauben wollte, in dem all unsere Sorgen auf wunderbare Weise von uns genommen werden würden. Mir lag auch die Vorstellung von Arthurs Britannien am Herzen; aber die erforderte Krieg, schwere Arbeit und ein festes Vertrauen darauf, daß die Menschen sich anständig verhalten würden, wenn sie anständig behandelt wurden. Merlins Traum forderte weniger und verhieß mehr.

»Dann werden wir mit Merlin gehen«, sagte Ceinwyn. Sie zögerte, musterte mich aufmerksam. »Machst du dir Sorgen wegen Morgans Weissagung?« fragte sie.

Ich schüttelte den Kopf. »Sie besitzt Macht«, sagte ich, »aber nicht so viel wie er. Und auch nicht so viel wie Nimue.« Nimue und Merlin hatten beide die drei Wunden der Weisheit erlitten, Morgan dagegen hatte lediglich die Wunde des Körpers erlitten, weder die Wunde des Geistes noch die Wunde des Stolzes. Morgans Weissagung war ein geschickt ausgedachtes Märchen, denn in gewisser Weise trotzte Merlin den Göttern. Er wollte ihre Launen zähmen und ihnen dafür ein geeintes Land schenken, das sie aus ganzem

Herzen verehrte – doch warum sollten die Götter gezähmt werden wollen? Vielleicht hatten sie Morgans geringere Macht zum Werkzeug gegen Merlins Einmischung erkoren, denn wie sonst ließ sich Morgans Feindseligkeit erklären? Oder vielleicht hielt Morgan Merlins Suche, genau wie Arthur, für baren Unsinn, für die hoffnungslose Suche eines alten Mannes nach einem Britannien, das mit der Ankunft der Legionen versunken war. Für Arthur gab es nur einen Kampf, und der galt der Vertreibung der Sachsenkönige aus Britannien; und wenn Morgans Gerüchte dafür sorgten, daß keine britannischen Speere gegen Diwrnachs blutbemalte Schilde verschwendet wurden, hätte Arthur seine Schwester unterstützt. Also benutzte Arthur möglicherweise seine Schwester, um sicherzustellen, daß kein kostbares Dumnonierleben in Lleyn vergeudet wurde. Bis auf das meine, das meiner Männer und das meiner geliebten Ceinwyn. Denn wir hatten einen Eid geleistet.

Aber Merlin hatte uns von diesem Eid entbunden, daher versuchte ich Ceinwyn noch ein letztes Mal zu überreden, in Powys zu bleiben. Ich erklärte ihr, daß Arthur nicht mehr an die Existenz des Kessels glaube, daß er der Ansicht sei, er müsse von den Römern gestohlen und in die große Sammelstelle für Schätze, Rom, gebracht worden sein, um dort eingeschmolzen und zu Haarkämmen, Mantelfibeln, Münzen oder Broschen verarbeitet zu werden. Das alles erklärte ich ihr, und als ich endete, lächelte sie und fragte mich abermals, wem ich nun glaube, Merlin oder Arthur.

»Merlin«, antwortete ich abermals.

»Ich ebenfalls«, gab Ceinwyn zurück. »Deswegen werde ich mit ihm gehen.«

Also backten wir Brot, packten Lebensmittel ein und schärften unsere Waffen. Und am nächsten Abend, dem Vorabend unserer Suche, fiel der erste Schnee.

Cuneglas gab uns zwei Pferde, die wir mit Lebensmitteln und Pelzen beluden. Dann banden wir uns die mit dem Stern bemalten Schilde auf den Rücken und schlugen die nördliche Straße ein. Iorweth erteilte uns seinen Segen, und Cuneglas' Speerkämpfer begleiteten uns die ersten paar Meilen; aber sobald wir die große Eiswüste des Dugh-Sumpfes jenseits der Hügel im Norden von Caer Sws hinter uns gelassen hatten, kehrten die Speerkämpfer um, und wir waren allein. Ich hatte Cuneglas versprochen, das Leben seiner Schwester mit meinem eigenen zu schützen. Daraufhin hatte er mich umarmt und mir ins Ohr geflüstert: »Tötet sie, Derfel, bevor sie Diwrnach in die Hände fällt.«

Tränen standen ihm in den Augen, und er hätte es fast geschafft, mich umzustimmen. »Wenn Ihr Ceinwyn befehlt hierzubleiben, Lord König«, sagte ich, »könnte es sein, daß sie gehorcht.«

»Niemals«, widersprach er, »aber sie ist jetzt glücklicher als je zuvor. Außerdem hat Iorweth mir erklärt, daß ihr alle zurückkehren werdet. Geht nur, mein Freund.« Er trat zurück. Sein Abschiedsgeschenk war ein Beutel Goldbarren, den wir auf einem der Pferde verstauten.

Die schneebedeckte Straße führte nordwärts nach Gwynedd hinein. Ich war bisher noch nie in diesem Königreich gewesen und sah, daß es ein primitives, hartes Land war. Die Römer waren zwar hierhergekommen, aber nur, um nach Blei und Gold zu graben. Sie hatten wenige Spuren hinterlassen und dem Land kein Gesetz gegeben. Das Volk wohnte in niedrigen, dunklen Hütten, die dicht gedrängt innerhalb runder Steinmauern standen. Die Mauern wurden von knurrenden Hunden bewacht und waren mit Schädeln von Wölfen und Bären geschmückt, um die Geister abzuwehren. Steinhaufen markierten die Berggipfel, und alle paar Meilen stießen wir auf einen Pfahl am Straßenrand, an dem das Gerippe eines Toten und Fetzen zerrissener Gewänder hingen. Es gab nur wenige Bäume, die Bäche waren zugefroren, und einige Pässe waren völlig zugeschneit. Bei Nacht suchten wir in den engen Hütten Unterschlupf, wo wir mit Goldspänen, die wir von Cuneglas' Barren raspelten, für ein bißchen Wärme bezahlten.

Wir kleideten uns in Pelze. Wie meine Mannen waren auch Ceinwyn und ich in von Läusen wimmelnde Wolfsfelle und Hirschdecken gewickelt. Merlin dagegen trug einen Umhang, der aus dem Pelz eines großen Schwarzbären gefertigt war. Nimues graue Otterfelle waren zwar viel leichter als unsere Pelze, doch sie schien die Kälte bei weitem nicht so zu spüren wie wir. Nimue trug als einzige keine Waffen. Merlin hatte seinen schwarzen Stab, eine furchtbare Waffe im Kampf, während meine Männer Speere und Schwerter mitgenommen hatten und sogar Ceinwyn einen leichten

Speer sowie ihren Hirschfänger mit der langen Klinge in einer Scheide am Gürtel mitführte. Sie trug kein Gold, und die Menschen, die uns Obdach boten, hatten keine Ahnung von ihrem Rang. Nur ihr helles Haar bemerkten sie und nahmen an, daß sie, wie Nimue, eine von Merlins Schülerinnen sei. Merlin liebten sie, denn sie alle hatten von ihm gehört, und viele brachten ihre verkrüppelten Kinder zu ihm, damit er ihnen die Hand auflege.

Sechs Tage brauchten wir, um Caer Gei zu erreichen, wo Cadwallon, König von Gwynedd, den Winter verbrachte. Der Caer selbst war eine Hügelfestung, unterhalb der Festungsmauern jedoch lag ein tiefes Tal, an dessen steilen Hängen mächtige Bäume wuchsen. Im Tal selbst standen eine aus Holz erbaute Halle, ein paar Vorratsräume und zwanzig Schlafhütten, alle geisterhaft weiß verschneit und mit langen Eiszapfen an den Traufen. Die Gebäude waren von einer hohen Holzpalisade umgeben. Cadwallon entpuppte sich als griesgrämiger alter Mann. Die Halle war nur ein Drittel so groß wie die von Cuneglas, und der unerwartete Andrang von Kriegern bedeutete, daß ihr Erdboden schon jetzt dicht mit Schlaflagern bedeckt war. Widerwillig wurde für uns ein wenig Platz gemacht, sowie für Nimue und Ceinwyn eine Ecke abgeteilt. An jenem Abend gab Cadwallon ein Festessen für uns, eine armselige Angelegenheit mit gepökeltem Hammelfleisch und gedünsteten Karotten, aber immerhin das Beste, was seine Vorräte hergaben. Großzügig erbot er sich, uns Ceinwyn abzunehmen und sie zu seiner achten Gemahlin zu machen, schien aber weder beleidigt noch enttäuscht zu sein, als sie dankend ablehnte. Seine bereits existierenden sieben Gemahlinnen waren dunkle, mürrische Frauen, die in einer Rundhütte zusammenlebten, sich ständig stritten und die Kinder der jeweils anderen mißhandelten.

Caer Gei war ein armseliger Ort, wenn auch ein Königssitz, und es war kaum zu glauben, daß Cunedda, Cadwallons Vater, vor Uther von Dumnonia Großkönig gewesen sein sollte. Für Gwynedds Speerkämpfer herrschten seit jenen großen Tagen magere Zeiten. Ebenso schwer zu glauben war, daß hier, am Fuß dieser hohen Gipfel, die jetzt von Eis und Schnee glitzerten, Arthur aufgewachsen sein sollte. Ich ging mir das Haus ansehen, in dem seine Mutter Zuflucht gefunden hatte, nachdem sie von Uther verstoßen worden war, und entdeckte, daß es sich um eine Halle mit Erdwänden handelte, die ungefähr so groß wie unser Haus in Cwm Isaf war. Sie stand unter hohen Tannen, deren Zweige unter der Last des Schnees herabhingen, und blickte nordwärts zur Dunklen Straße hinüber. Das Haus beherbergte jetzt drei Speerkämpfer mitsamt ihren Familien und ihrem Vieh. Arthurs Mutter war eine Halbschwester König Cadwallons gewesen, der also Arthurs Onkel sein mußte, obwohl Arthur unehelich geboren war und man aufgrund dieser Verwandtschaft kaum erwarten konnte, daß er für Arthurs Frühlingsfeldzug gegen die Sachsen viele Speere abstellen würde. Cadwallon hatte sogar Krieger nach Lugg Vale geschickt, die gegen Arthur kämpfen sollten; doch diese Geste war weniger als ein Zeichen dafür zu werten, daß der König von Gwynedd Dumnonia haßte, sondern eher als eine reine Vorsichtsmaßnahme, weil Cadwallon sich die Freundschaft von Powys erhalten wollte. Normalerweise waren Cadwallons Speere fast immer nach Norden gegen Lleyn gerichtet.

Auch Byrthig, seinen Edling, ließ der König an dem Festmahl teilnehmen, damit er uns von Lleyn berichten konnte. Prinz Byrthig war ein kleiner, gedrungener Mann mit einer Narbe, die von seiner linken Schläfe quer über die gebrochene Nase bis in seinen dichten Bart hinab verlief. Da er nur drei Zähne hatte, fielen seine Anstrengungen, Fleisch zu zerkauen, endlos und ziemlich unappetitlich aus: Mit den Fingern rieb er das Fleisch gegen den Vorderzahn, um es solchermaßen zu raspeln und anschließend mit Met hinunterzuspülen. Die mühsame Arbeit hinterließ in seinem borstigen schwarzen Bart Fleischsaft und halb zerkaute Fleischbrocken. Ohne große Hoffnung bot Cadwallon ihn Ceinwyn als Gemahl an und schien auf ihre höfliche Ablehnung wiederum kaum zu reagieren.

Wie Prinz Byrthig uns berichtete, hauste Diwrnach in Boduan, einer Festung, die weit im Westen auf der Halbinsel Lleyn zu liegen schien. Der König war einer der irischen Lords von jenseits des Meeres, doch seine Kriegshorde bestand – im Gegensatz zu Oengus' Schwarzschilden – nicht aus Männern eines einzigen Irenstammes, sondern aus einem Sammelsurium von Flüchtlingen aller Stämme. »Er nimmt auf, was immer übers Wasser kommt, und je mörderischer sie sind, desto besser«, erzählte uns Byrthig. »Die Iren benutzen ihn, um sich ihrer Ausgestoßenen zu entledigen, und von denen hat es in letzter Zeit viele gegeben.«

»Die Christen«, knurrte Cadwallon als Erklärung und spie dann aus.

»Lleyn ist christlich?« fragte ich überrascht.

»Nein«, fuhr Cadwallon auf, als müßte ich es besser wissen. »Aber die Iren beugen sich dem Christengott. Sie beugen sich in Scharen, und jene, die diesen Gott nicht ausstehen können, fliehen nach Lleyn.« Er pulte einen Knochensplitter aus seinem Mund und begutachtete ihn finster. »Wir werden bald gegen sie kämpfen müssen«, ergänzte er.

»Die Zahl von Diwrnachs Kriegern wächst?« erkundigte sich Merlin.

»Das hörten wir, obwohl wir wenig genug hörten«, erwiderte Cadwallon. Als die Hitze in der Halle einen Batzen Schnee auf dem Schrägdach schmolz, hob er den Blick. Es gab ein schleifendes Rumpeln und dann, als die Masse von den Strohbündeln glitt, ein sattes Plumpsen.

»Diwrnach«, erklärte Byrthig, dessen Stimme durch die verfaulten Zähne eher wie ein Zischen klang, »Diwrnach will in Ruhe gelassen werden. Wenn wir ihn nicht stören, wird er uns nur ab und zu belästigen. Seine Männer kommen her, um sich Sklaven zu holen, aber es leben jetzt nur noch wenige unserer Leute im Norden, und seine Männer sind nicht bereit, weit zu marschieren. Doch wenn seine Kriegshorde zu groß wird für Lleyns Ernte, wird er sich anderswo neues Land suchen.«

»Ynys Mon ist für seine guten Ernten berühmt«, sagte Merlin. Ynys Mon war die Insel, die Lleyns Nordküste vorgelagert war.

»Ynys Mon könnte tausend Mann ernähren«, stimmte ihm Cadwallon zu, »aber nur, wenn seine Bewohner verschont werden, damit sie pflügen und ernten können, und diese Bewohner werden nicht verschont. Niemand wird verschont. Jeder Britannier, der Verstand besitzt, hat Lleyn bereits vor Jahren verlassen, und jene, die noch übrig sind, verkriechen sich vor Angst und Schrecken. Genau wie Ihr es tun würdet, wenn Diwrnach käme, um sich zu holen, was er sucht.«

»Und das wäre?« fragte ich.

Cadwallon sah mich an und zögerte; dann zuckte er die Achseln. »Sklaven«, antwortete er.

»Mit denen Ihr«, fragte Merlin samtig, »ihm Tribut leistet?«

»Ein geringer Preis für den Frieden«, wehrte Cadwallon die Beschuldigung ab.

»Wie viele?« fragte Merlin weiter.

»Vierzig im Jahr«, gestand Cadwallon schließlich ein. »Zumeist Waisenkinder und vielleicht auch ein paar Gefangene. Am liebsten hat er junge Mädchen.« Nachdenklich musterte er Ceinwyn. »Richtig gierig ist er auf junge Mädchen.«

»Das sind viele Männer, Lord König«, gab Ceinwyn trocken zurück.

»Aber nicht so sehr wie Diwrnach«, widersprach Cadwallon warnend. »Seine Hexenmeister haben ihm versichert, ein Mann mit einem Schild, das mit der gegerbten Haut einer Jungfrau bezogen ist, sei unbesiegbar in der Schlacht.« Er zuckte die Achseln. »Ich selbst hab's noch nicht ausprobiert.«

»Ihr schickt ihm also Kinder?« fragte Ceinwyn anklagend.

»Kennt Ihr etwa andere Jungfrauen«, konterte Cadwallon.

»Wir glauben, daß er von den Göttern berührt ist«, sagte Byrthig, als erklärte das Diwrnachs Gier auf jungfräuliche Sklavinnen, »denn er scheint wahnsinnig zu sein. Eins von seinen Augen ist rot.« Er hielt inne, um an seinem Vorderzahn ein Stück graues Hammelfleisch zu zerreiben. »Er bezieht seine Schilde mit Menschenhaut«, fuhr er fort, als das Fleisch zermahlen war, »dann bemalt er sie mit Blut. Deswegen nennen sich seine Männer Blutschilde.« Cadwallon machte das Zeichen gegen das Böse. »Und manche Männer behaupten, daß er das Fleisch der Mädchen frißt«, fuhr Byrthig fort, »aber das wissen wir nicht genau. Wer weiß schon, was die Wahnsinnigen tun?«

»Die Wahnsinnigen sind den Göttern nahe«, knurrte Cadwallon. Er hatte eindeutig große Angst vor seinem nördlichen Nachbarn. Kein Wunder, dachte ich.

»Manche Wahnsinnigen sind den Göttern nahe«, entgegnete Merlin, »aber nicht alle.«

»Diwrnach schon«, sagte Cadwallon warnend. »Er tut, was er

will, mit wem er will und wie er es will, und die Götter schützen ihn, während er es tut.« Ich machte das Zeichen gegen das Böse, und plötzlich wünschte ich mir, weit weg im fernen Dumnonia zu sein, wo es Gerichte und Paläste und lange römische Landstraßen gab.

»Mit zweihundert Speeren«, sagte Merlin, »könntet Ihr Diwrnach aus Lleyn verjagen. Könntet Ihr ihn ins Meer scheuchen.«

»Das haben wir einmal versucht«, antwortete Cadwallon, »und dann sind fünfzig unserer Männer innerhalb einer Woche an der Ruhr gestorben, weitere fünfzig haben fieberschüttelnd in ihren eigenen Exkrementen gelegen, und dabei wurden wir ständig von diesen heulenden Kriegern auf ihren kleinen Pferden umkreist und während der Nacht mit ganzen Schauern von ihren Speeren überschüttet. Als wir Boduan erreichten, gab es da nur eine große Mauer, behängt mit sterbenden Wesen, die bluteten und schrien und sich an ihren Haken wanden, und keiner meiner Männer wollte über diese entsetzliche Mauer klettern. Auch ich nicht«, gestand er. »Und wenn ich es getan hätte – was dann? Dann wäre er nach Ynys Mon geflohen, und es hätte mich Tage und Wochen gekostet, Schiffe zu finden und ihn übers Wasser zu verfolgen. Da ich aber weder die Zeit noch die Speerkämpfer, noch das Gold habe, um Diwrnach ins Meer zu jagen, gebe ich ihm statt dessen die Kinder. Das ist billiger.« Er rief einem Sklaven zu, ihm noch einmal Fleisch zu bringen; dann schenkte er Ceinwyn einen griesgrämigen Blick. »Gebt ihm die da«, sagte er zu Merlin, »dann könnte es sein, daß er Euch den Kessel gibt.«

»Gar nichts werde ich ihm für den Kessel geben«, fuhr Merlin ihn an. »Außerdem weiß er nicht einmal, daß der Kessel existiert.«

»Jetzt weiß er es«, warf Byrthig ein. »Ganz Britannien weiß, warum Ihr gen Norden zieht. Glaubt Ihr, daß seine Hexenmeister den Kessel nicht finden wollen?«

Merlin lächelte. »Gebt mir Eure Speerkämpfer mit, Lord König, und wir werden uns beides holen, den Kessel und Lleyn.«

Cadwallon quittierte den Vorschlag mit einem verächtlichen Schnaufen. »Diwrnach, Merlin, lehrt einen, sich gutnachbarlich zu betragen. Ich werde Euch durch mein Land ziehen lassen, denn ich fürchte Euren Fluch, wenn ich es nicht tue; aber kein einziger meiner Männer wird Euch begleiten, und wenn Eure Knochen in Lleyns Sand vergraben liegen, werde ich Diwrnach erklären, daß Ihr mein Land ohne meine Erlaubnis betreten habt.«

»Werdet Ihr ihm verraten, welchen Weg wir nehmen?« erkundigte sich Merlin, denn wir standen jetzt vor der Wahl zwischen zwei Routen. Die eine führte an der Küste entlang und war die übliche Winterroute nach Norden, die andere war die Dunkle Straße, die man im Winter generell für unpassierbar hielt. Merlin hoffte nun, daß wir, wenn wir im Winter die Dunkle Straße nahmen, Diwrnach überrumpeln könnten und von Ynys Mon wieder zurück sein würden, bevor er noch richtig bemerkt hatte, daß wir gekommen waren.

Zum ersten und letzten Mal an jenem Abend lächelte Cadwallon. »Er weiß es bereits«, sagte der König. Dann sah er Ceinwyn an, die bei weitem angenehmste Gestalt in dieser rauchdunklen Halle. »Und freut sich zweifellos schon auf Eure Ankunft.«

Wußte Diwrnach tatsächlich, daß wir die Dunkle Straße benutzen wollten? Oder hatte Cadwallon nur geraten? Vorsichtshalber spie ich aus, um uns alle vor dem Bösen zu beschützen. Die Wintersonnenwende stand bevor, die längste Nacht des Jahres, in der das Leben verebbt, kaum Hoffnung ist und die Dämonen die Luft beherrschen. Und ausgerechnet dann würden wir uns auf der Dunklen Straße befinden.

Cadwallon hielt uns für töricht, Diwrnach wartete auf uns, und wir selbst wickelten uns in Pelze und schliefen.

Am nächsten Morgen schien die Sonne und verwandelte die Gipfel ringsum in so blendend weiße Spitzen, daß es den Augen weh tat. Der Himmel war fast klar, ein kräftiger Wind wirbelte den Schnee vom Boden auf und blies ihn in glitzernden Wolken über das weiße Land. Wir beluden die Pferde, nahmen dankend ein Schaffell entgegen, das Cadwallon uns widerwillig schenkte, und machten uns zur Dunklen Straße auf, die unmittelbar nördlich von Caer Gei begann. Es war eine Straße ohne Ansiedlungen, ohne Bauernhöfe, ohne eine Menschenseele, die uns Obdach gewährt hätte: nichts als ein unwegsamer Pfad durch die wilde Barriere der Berge, die Cadwallons Kernland vor Diwrnachs Blutschilden schützte. Den Anfang der Straße markierten zwei Stangen, beide von einem mit Stoffetzen umwundenen Menschenschädel gekrönt, von dem lange Eiszapfen herabhingen. Die Schädel waren gen Norden gerichtet, wo Diwrnach saß, zwei Talismane, die das Böse hinter den Bergen zurückhalten sollten. Ich sah, daß Merlin ein eisernes Amulett an seinem Hals berührte, als wir zwischen den Zwillingsschädeln hindurchzogen, und dachte an seine furchtbare Voraussage, daß er in dem Augenblick zu sterben beginnen werde, da wir die Dunkle Straße betraten. Als unsere Stiefel nun knirschend über die unberührte Schneedecke der Straße stapften, wußte ich, daß sein Todesschwur zu wirken begonnen hatte. Ich beobachtete ihn, konnte aber keinerlei Anzeichen von Unwohlsein entdecken, obwohl wir den ganzen Tag lang bergauf kletterten, immer wieder auf Schneeflächen ausrutschten und in einer Wolke des eigenen Atems dahintrotteten. Die Nacht verbrachten wir in einer verlassenen Schäferhütte, die zum Glück noch ein löchriges Dach aus alten Holzschindeln und faulendem Stroh hatte; denn mit diesem Material konnten wir ein Feuer machen, das in der schneeigen Finsternis müde flackerte.

Am folgenden Morgen hatten wir höchstens eine Viertelmeile zurückgelegt, als über und hinter uns ein Hornruf ertönte. Wir blieben stehen, wandten uns um und beschatteten die Augen mit der Hand. Auf dem Kamm eines Hanges, den wir am Abend zuvor herabgerutscht waren, entdeckten wir eine Reihe von Männern. Es waren fünfzehn, alle mit Schilden, Schwertern und Speeren bewaffnet. Als sie sahen, daß sie unsere Aufmerksamkeit erregt hatten, kamen sie halb laufend, halb rutschend den unsicheren Schneehang herabgehastet. Dabei lösten sie dicke, wolkige Schneefahnen aus, die vom Wind nach Westen davongetragen wurden.

Ohne auf meinen Befehl zu warten, formierten sich meine Männer zu einer Reihe, nahmen ihre Schilde vom Rücken und senkten die Speere, so daß sie einen Schildwall quer über die Straße bildeten. Ich hatte Cavans Verantwortung auf Issa übertragen, der den Männern jetzt befehlend zurief, fest standzuhalten; aber kaum hatte er ausgesprochen, da erkannte ich das seltsame Symbol auf einem der sich nähernden Schilde. Es war ein Kreuz, und dieses

Christensymbol trug nur ein einziger Mann, den ich kannte: Galahad.

»Freunde!« rief ich Issa zu, dann stürmte ich den Männern entgegen. Inzwischen konnte ich sie deutlich ausmachen und sah, daß es sich um jene meiner Männer handelte, die in Siluria zurückgeblieben und von Lancelot gezwungen worden waren, als seine Palastwache zu dienen. Ihre Schilde trugen das Abbild von Arthurs Bären, doch angeführt wurden sie von Galahads Kreuz. Er winkte und schrie, und ich tat es ihm gleich, so daß keiner von uns die Worte des anderen verstand, bis wir uns endlich trafen und uns umarmten. »Lord Prinz«, begrüßte ich ihn und umarmte ihn abermals, denn von allen Freunden, die ich jemals auf dieser Welt gehabt habe, war er der beste.

Er war blond, und sein Gesicht war so breit und kraftvoll, wie das seines Halbbruders Lancelot schmal und feingeschnitten war. Genau wie Arthur flößte er einem auf Anhieb Vertrauen ein, und wenn alle Christen wie Galahad gewesen wären, hätte ich das Kreuz vermutlich schon in jenen frühen Tagen genommen. »Wir haben die ganze Nacht da oben auf dem Grat verbracht«, sagte er und deutete zurück, »und sind halb erfroren, während ihr vermutlich dort gerastet habt – oder?« Er deutete auf ein Rauchwölkchen, das noch immer von unserem Feuer aufstieg.

»Warm und trocken«, bestätigte ich, und nachdem die Neuankömmlinge ihre alten Kameraden begrüßt hatten, umarmte ich sie alle nacheinander und stellte sie meiner Ceinwyn vor. Einer nach dem anderen kniete nieder und schwor ihr Treue. Sie alle hatten gehört, daß sie das Fest ihres Verlöbnisses verlassen hatte, um mit mir zu gehen. Dafür liebten sie sie, und nun reichten sie ihr die blanken Schwertklingen für eine königliche Berührung. »Was ist mit den anderen?« fragte ich Galahad.

»Die sind zu Arthur gegangen.« Er verzog das Gesicht. »Von den Christen ist leider keiner mitgekommen. Außer mir.«

»Glaubst du, daß sich dies alles für einen heidnischen Kessel lohnt?« fragte ich ihn und deutete auf die kalte Straße, die vor uns lag.

»Am Ende der Straße wartet Diwrnach, mein Freund«, entgegnete Galahad, »und wie ich höre, ist er ein König, der so böse ist wie alles, was jemals aus dem Höllenpfuhl gekrochen ist. Und weil es die Aufgabe eines Christen ist, das Böse zu bekämpfen, bin ich hier.« Er begrüßte Merlin und Nimue, und da er ein Prinz und daher von gleichem Stande war wie sie, umarmte er Ceinwyn. »Ihr seid eine beneidenswerte Frau«, hörte ich ihn flüstern.

Sie lächelte und küßte ihn auf die Wange. »Um so beneidenswerter nun, da Ihr hier seid, Lord Prinz.«

»Das trifft natürlich zu.« Galahad trat zurück, um von ihr zu mir und dann wieder von mir zu ihr zu blicken. »Ganz Britannien spricht von euch beiden!«

»Weil Britannien voll müßiger Zungen ist«, fuhr Merlin mit überraschender Boshaftigkeit auf. »Und wir müssen einen langen Marsch antreten, sobald ihr beiden mit eurem Gewäsch endlich fertig seid.« Seine Miene war verkniffen, seine Laune gereizt. Ich schrieb es seinem Alter und der beschwerlichen Straße zu, die wir in dieser Kälte zu bewältigen hatten, und versuchte, nicht an seinen Todesschwur zu denken.

Der Marsch über die Berge kostete uns zwei weitere Tage. Die Dunkle Straße war nicht lang, aber sehr schwierig; sie stieg an steilen Bergen empor und führte durch klaffende Abgründe, in denen auch das kleinste Geräusch ein hohles Echo erzeugte und die eisbedeckten Wände Kälte ausströmten. Wir fanden eine verlassene Ansiedlung, wo wir die zweite Nacht auf der Straße verbringen konnten, einen Ort mit runden Steinhütten, die sich hinter eine mannshohe Mauer duckten. Auf dieser Mauer postierten wir drei Wachen, die die mondbeschienenen, glitzernden Hänge beobachten sollten. Da wir keinen Brennstoff für ein Feuer hatten, rückten wir ganz dicht zusammen, sangen Lieder, erzählten Geschichten und versuchten nicht an die Blutschilde zu denken. Galahad hatte Nachrichten aus Siluria mitgebracht. Sein Bruder, berichtete er, habe sich geweigert, sich in Gundleus' alter Hauptstadt Nidum niederzulassen, weil sie zu weit von Dumnonia entfernt sei und außer einem verfallenen römischen Kasernenblock keinerlei Annehmlichkeiten aufzuweisen habe; deswegen habe er den Regierungssitz von Siluria kurzerhand nach Isca verlegt, der riesigen römischen Festung am Usk, fast an der Grenze des silurischen Territoriums und nur einen Steinwurf von Gwent entfernt. Dort war

Lancelot so nahe an Dumnonia, wie es nur möglich war, ohne silurischen Boden zu verlassen. »Er liebt Mosaikböden und Marmorwände«, sagte Galahad, »und in Isca gibt es gerade genug davon, um ihn zufriedenzustellen. Er hat dort alle Druiden von Siluria versammelt.«

»Es gibt keine Druiden in Siluria«, brummte Merlin. »Jedenfalls keine, die was taugen.«

»Dann eben Männer, die sich als Druiden bezeichnen«, lenkte Galahad geduldig ein. »Zwei von ihnen schätzt er besonders. Er bezahlt sie, damit sie Verwünschungen aussprechen.«

»Gegen mich?« fragte ich und berührte Hywelbanes Heft.

»Unter anderem«, sagte Galahad, blickte Ceinwyn an und bekreuzigte sich. »Mit der Zeit wird er es vergessen«, setzte er hinzu, um uns zu beruhigen.

»Ja, wenn er tot ist«, warf Merlin ein. »Und selbst dann wird er seinen Groll über die Schwerterbrücke mitnehmen.« Er erschauerte – nicht, weil er Lancelots Feindschaft fürchtete, sondern weil er fror. »Wer sind diese sogenannten Druiden, die er so sehr schätzt?«

»Tanaburs' Enkel«, sagte Galahad, und ich spürte, wie sich eine eisige Hand um mein Herz schloß. Ich hatte Tanaburs getötet, und obwohl ich das Recht gehabt hatte, seine Seele zu nehmen, war doch derjenige, der einen Druiden tötete, ein mutiger Narr, und Tanaburs' Todesfluch schwebte immer noch über mir.

Am folgenden Tag marschierten wir nur langsam, weil Merlins Zustand uns behinderte. Er behauptete zwar, es gehe ihm gut, und schlug jegliche Hilfe aus, doch seine Beine versagten ihm zu oft den Dienst, sein Gesicht war gelblich und eingefallen, und sein Atem ging in kurzen, rauhen Stößen. Wir hatten gehofft, den Paß bis zum Abend bewältigt zu haben, doch als das Licht des kurzen Tages schwächer wurde, hatten wir ihn noch immer nicht erreicht. Den ganzen Nachmittag hatte sich die Dunkle Straße bergaufwärts gewunden, obwohl es wie Hohn klang, jetzt noch von einer Straße zu sprechen; denn inzwischen war es ein steiniger, gefährlicher Pfad, der kreuz und quer über einen eiserstarrten Bach führte, wo dickes Eis am Rand zahlreicher kleiner Stromschnellen hing. Immer wieder rutschten die Pferde aus, und zuweilen wollten sie sich überhaupt nicht mehr von der Stelle rühren; es schien uns, als verschwendeten wir mehr Zeit darauf, sie zu stützen, als sie zu führen. Doch als auch der letzte Lichtschimmer eiskalt im Westen verschwunden war, hatten wir den Paß erreicht, und es war genau so, wie ich es in meinem schaurigen Traum auf dem Gipfel des Dolforwyn gesehen hatte. Genauso trostlos war es, genauso kalt, nur der schwarze Dämon fehlte, der die Dunkle Straße versperrte. Vor uns senkte sich die Straße steil bis zu Lleyns schmalem Küstenstreifen hinab und führte dann an der Küste entlang nach Norden.

Hinter dieser Küste lag Ynys Mon.

Ich hatte die heilige Insel noch nie gesehen. Gehört hatte ich mein Leben lang von ihr, ich wußte von ihrer großen Macht und beklagte die Verwüstungen, die die Römer im Schwarzen Jahr dort angerichtet hatten, aber gesehen hatte ich sie nur im Traum. Jetzt, in der winterlichen Abenddämmerung, sah sie ganz anders aus als in jener bezaubernden Vision. Sie war nicht sonnenbeschienen, sondern wolkenverhangen, so daß die große Insel dunkel und bedrohlich wirkte, ein Eindruck, der vom matten Glanz der schwarzen Teiche auf den niedrigen Hügeln noch verstärkt wurde. Die Insel war nahezu schneefrei, aber an den felsigen Ufern sprühte weiß die Gischt des grauen, trostlosen Meeres. Beim Anblick der Insel sank ich auf die Knie – wir alle sanken auf die Knie, bis auf Galahad, aber selbst er ließ sich als Zeichen des Respekts schließlich auf ein Knie nieder. Als Christ träumte er zuweilen davon, nach Rom zu ziehen oder vielleicht sogar ins ferne Jerusalem, falls dieser Ort tatsächlich existierte; unser Rom und unser Jerusalem war jedoch Ynys Mon, und wir befanden uns nun in Sichtweite dieses geheiligten Bodens.

Außerdem befanden wir uns jetzt in Lleyn. Wir hatten die unmarkierte Grenze überschritten, und die wenigen Ansiedlungen auf der Küstenebene unter uns gehörten Diwrnach. Die Felder trugen eine leichte Schneedecke, aus den Hütten stieg Rauch, aber kein Mensch schien sich in dieser dunklen Weite zu regen, und wir alle fragten uns, glaube ich, wie wir vom Festland auf die Insel gelangen sollten. »An der Meerenge muß es Fähren geben«, sagte Merlin, der unsere Gedanken las. Er war der einzige von uns, der Ynys Mon schon einmal betreten hatte, aber das war vor vielen

Jahren gewesen, lange bevor er überhaupt wußte, daß der Kessel noch existierte. Als er die Insel aufsuchte, hatte noch Leodegan, Guineveres Vater, das Land regiert. Kurze Zeit später waren Diwrnachs primitive Schiffe von Irland herübergekommen, um Leodegan mitsamt seinen mutterlosen Töchtern aus seinem Königreich zu vertreiben. »Morgen früh«, sagte Merlin, »werden wir zur Küste marschieren und die Fährleute bezahlen. Bis Diwrnach erfährt, daß wir sein Land erreicht haben, werden wir längst wieder verschwunden sein.«

»Er wird uns nach Ynys Mon folgen«, gab Galahad beunruhigt zu bedenken.

»Und wir werden die Insel dann schon wieder verlassen haben«, behauptete Merlin. Er nieste. Er sah aus, als fröre er jämmerlich. Seine Nase lief, seine Wangen waren fahl, und von Zeit zu Zeit zitterte er unkontrolliert; aber er holte ein paar verstaubte Kräuter aus einem kleinen Lederbeutel, schluckte sie mit einer Handvoll geschmolzenem Schnee und behauptete, es gehe ihm gut.

Am folgenden Morgen sah er noch weit elender aus. Wir hatten die Nacht in einer Felsspalte verbracht, wo wir kein Feuer zu machen wagten, obwohl Nimue mit einem Iltisschädel, den wir weiter oben auf der Straße gefunden hatten, einen Tarnzauber über uns gelegt hatte. Unsere Wachtposten hatten die Küstenebene beobachtet, auf der drei kleine Feuer die Anwesenheit von Menschen verrieten, während wir übrigen uns eng zusammengedrängt in die Felsen duckten, wo wir zitternd die Kälte verfluchten und uns fragten, ob jemals der Morgen dämmern würde. Endlich sickerte träges, lepröses Licht über den Horizont, das die ferne Insel dunkler und bedrohlicher denn je aussehen ließ. Aber Nimues Zauber schien gewirkt zu haben, denn kein Speerkämpfer bewachte das Ende der Dunklen Straße.

Merlin wurde jetzt vom Fieber geschüttelt, und da er inzwischen viel zu schwach war, um gehen zu können, trugen ihn vier meiner Speerkämpfer auf einer Bahre, die wir aus Mänteln und Speeren gefertigt hatten. So suchten wir uns rutschend und schlitternd einen Weg bis zu den ersten kleinen, windgebeugten Hecken von Lleyn. Hier lag die Straße tiefer als ihre Umgebung, und die Spur war eisverkrustet, wo sie sich zwischen buckligen Eichen, mageren

Steineichen und vernachlässigten Feldern hindurchschlängelte. Da Merlin stöhnte und zitterte, fragte mich Issa, ob wir nicht lieber umkehren sollten. »Wenn wir noch einmal über diese Berge marschieren, würde ihn das mit Sicherheit umbringen«, entschied Nimue. »Wir gehen weiter.«

Als wir an eine Weggabelung kamen, fanden wir das erste Zeichen von Diwrnach. Es war ein Skelett, das, zusammengebunden mit Roßhaarstricken, an einem Pfahl hing, so daß die trockenen Knochen im frischen Westwind klapperten. Unter den menschlichen Knochen waren drei Krähen an den Pfahl genagelt, an deren Kadavern Nimue sofort schnupperte, um zu erfahren, welche Art von Magie mit ihrem Tod bewirkt werden sollte. »Pissen! Pissen!« stieß Merlin auf seiner Bahre hervor. »Schnell, Mädchen! Pissen!« Ein gräßlicher Husten schüttelte ihn, und er wandte den Kopf, um in Richtung Straßenrand auszuspucken. »Ich werde nicht sterben«, redete er sich selber zu. »Ich werde nicht sterben!« Als Nimue sich neben dem Pfahl niederhockte, legte er sich zurück. »Er weiß, daß wir hier sind«, warnte er mich noch.

»Ist er hier?« fragte ich, mich zu seiner Bahre hinabbeugend.

»Irgend jemand ist hier. Sei vorsichtig, Derfel.« Er schloß die Augen und seufzte. »Ich bin so alt«, sagte er leise, »so furchtbar alt. Und hier ist etwas Böses, rings um uns herum ist es.« Er schüttelte den Kopf. »Bringt mich auf die Insel, das ist alles, nur bis auf die Insel. Der Kessel wird dann alles heilen.«

Nimue war fertig, wartete aber noch, um zu sehen, wohin der Dampf ihres Urins wehte. Der Wind trieb ihn zum rechten Zweig der Gabelung hinüber, und dieses Zeichen bestimmte unseren weiteren Weg. Bevor wir aufbrachen, trat Nimue an eins der Pferde heran und holte einen Lederbeutel heraus, aus dem sie eine Handvoll Donnerkeile und Adlersteine schüttelte, die sie unter die Speerkämpfer verteilte. »Zum Schutz«, erklärte sie, als sie einen Schlangenstein auf Merlins Trage legte. »Vorwärts!« befahl sie uns dann.

Wir marschierten den ganzen Vormittag, kamen aber nur langsam voran, weil wir Merlin tragen mußten. Wir sahen niemanden, und dieser Mangel an jeglichem Leben senkte eine schreckliche Angst in die Herzen meiner Männer, denn es schien, als wären wir in ein Land der Toten gekommen. In den Hecken wuchsen Vogelbeeren und Stechpalmen, in den Zweigen hüpften Drosseln und Rotkehlchen, aber nirgendwo waren Rinder, Schafe oder Menschen zu sehen. Eine Ansiedlung sahen wir, aus der ein Rauchwölkchen in den Wind aufstieg, aber die lag weit entfernt, und von der Ringmauer aus schien uns niemand zu beobachten.

Dennoch gab es Menschen in diesem toten Land. Das merkten wir, als wir in einem kleinen Tal rasteten, in dem unter schwarzen, windgebeugten Eichen ein Bach träge zwischen eiserstarrten Ufern dahinplätscherte. Die verschlungenen Zweige waren mit weißem Rauhreif bedeckt, und wir ruhten uns unter ihnen aus, bis mich Gwilym, einer der wachhabenden Speerkämpfer, zu sich rief.

Als ich an den Rand des Eichenwäldchens kam, entdeckte ich, daß an der unteren Flanke der Berge ein Feuer entzündet worden war. Flammen waren nicht zu sehen, nur ein dichter Vorhang aus grauem Rauch, der sich heftig aufblähte, bevor er vom Westwind davongetragen wurde. Mit seiner Speerspitze deutete Gwilym auf den Rauch und spie dann aus, um das Böse abzuwenden.

Galahad kam mir nach und trat neben mich. »Ein Signal?« erkundigte er sich.

»Vermutlich.«

»Dann wissen sie also, daß wir hier sind?« Er bekreuzigte sich.

»Sie wissen es.« Das kam von Nimue, die uns ebenfalls nachgekommen war. Sie trug Merlins schweren schwarzen Stab und war die einzige unter uns, die an diesem eiskalten, toten Ort noch Energie ausstrahlte. Merlin war krank, wir anderen waren vor Angst wie gelähmt, aber je tiefer wir in Diwrnachs schwarzes Land vorstießen, desto wilder wurde Nimue. Sie näherte sich dem Kessel, und sein Zauber schien wie Feuer in ihren Knochen zu brennen. »Sie beobachten uns«, verkündete sie.

»Kannst du uns verstecken?« fragte ich sie und sehnte mich nach einem weiteren Tarnzauber.

Sie schüttelte den Kopf. »Dies ist ihr Land, Derfel, und hier herrschen ihre Götter.« Sie grinste höhnisch, weil Galahad zum zweiten Mal das Kreuzeszeichen machte. »Euer angenagelter Gott wird gegen Crom Dubh nichts ausrichten können«, sagte sie.

»Ist er hier?« fragte ich ängstlich.

»Er oder ein Ähnlicher«, antwortete sie. Crom Dubh war der

Schwarze Gott, ein verkrüppelter, bösartiger Horror, der den Menschen finsterste Alpträume schickte. Die anderen Götter, so hieß es, gingen Crom Dubh aus dem Weg, und das ließ darauf schließen, daß wir allein in seiner Macht waren.

»Dann sind wir also zum Tode verurteilt«, stellte Gwilym rundweg fest.

»Narr!« zischte Nimue ihn erbost an. »Zum Tode verurteilt sind wir nur, wenn wir den Kessel nicht finden. Dann wären wir ohnehin allesamt zum Tode verurteilt. Willst du den ganzen Vormittag lang den Rauch da beobachten?« fragte sie mich.

Wir marschierten weiter. Merlin konnte nicht mehr sprechen, und seine Zähne klapperten, obwohl wir Pelze auf ihn häuften. »Er liegt im Sterben«, erklärte mir Nimue gelassen.

»Dann sollten wir einen Unterschlupf suchen und Feuer machen«, entgegnete ich.

»Damit wir's schön warm haben, wenn Diwrnachs Speerkämpfer uns abschlachten?« fragte sie höhnisch. »Er liegt im Sterben, Derfel«, erklärte sie mir dann, »weil er seinem Traum ganz nahe gekommen ist und weil er einen Handel mit den Göttern geschlossen hat.«

»Sein Leben für den Kessel?« Diese Frage kam von Ceinwyn, die an meiner anderen Seite ging.

»Nicht ganz«, räumte Nimue ein. »Aber während ihr beide euer kleines Haus eingerichtet habt« – sie legte eine ironische Betonung auf ihre Worte – »sind wir nach Cadair Idris gegangen. Dort haben wir ein Opfer dargebracht, das alte Opfer, und Merlin hat sein Leben verpfändet – nicht für den Kessel, sondern für die Suche. Wenn wir den Kessel finden, wird er am Leben bleiben, wenn wir aber versagen, muß er sterben, und die Schattenseele des Opfers kann Merlins Seele für alle Zeiten beanspruchen.«

Ich wußte, was das alte Opfer war, obwohl ich noch nie gehört hatte, daß es in unserer Zeit dargebracht worden war. »Wer war das Opfer?« wollte ich wissen.

»Du kennst ihn nicht. Wir kannten ihn auch nicht. Einfach ein Mann«, erklärte Nimue wegwerfend. »Doch seine Schattenseele ist hier. Sie beobachtet uns und will, daß wir versagen. Sie verlangt Merlins Leben.«

»Und wenn Merlin ohnehin stirbt?« fragte ich sie.

»Das wird er nicht, du Narr. Nicht, wenn wir den Kessel finden.«

»Falls ich ihn finde«, warf Ceinwyn beunruhigt ein.

»Das werdet Ihr«, meinte Nimue zuversichtlich.

»Und wie?«

»Ihr werdet träumen«, antwortete Nimue, »und Euer Traum wird uns zum Kessel führen.«

Als wir die Meerenge erreichten, die das Festland von der Insel trennte, ging mir auf, daß es durchaus in Diwrnachs Sinn war, daß wir den Kessel fanden. Das Signalfeuer sagte uns, daß seine Männer uns beobachteten, aber bisher hatten sie sich uns weder gezeigt noch versucht, unseren Marsch zu behindern; und das ließ darauf schließen, daß Diwrnach von unserer Suche wußte und sogar wollte, daß wir Erfolg hatten, damit er uns den Kessel anschließend abnehmen konnte. Einen anderen Grund, warum er es uns so leicht machte, Ynys Mon zu erreichen, konnte es nicht geben.

Die Meerenge war nicht sehr breit, aber das graue Wasser wirbelte und schäumte, während es durch den schmalen Kanal schoß. Das Meer jagte durch die Enge, drehte sich zu Strudeln oder brach sich schaumig-weiß an verborgenen Felsen; aber das Meer war nicht so beängstigend wie die gegenüberliegende Küste, die absolut leer, dunkel und öde dalag und aussah, als warte sie nur darauf, uns die Seelen aus dem Leib zu reißen. Ich erschauerte, als ich den fernen, grasbewachsenen Hang betrachtete, und dachte unwillkürlich an den weit zurückliegenden schwarzen Tag, da die Römer an dieser Felsenküste gestanden hatten und es an jenem fernen Ufer von Druiden gewimmelt hatte, die den fremden Soldaten ihre furchterregenden Flüche entgegenschleuderten. Die Flüche hatten versagt, die Römer waren übergesetzt, und Ynys Mon war gestorben; und nun standen wir an demselben Ort, um einen letzten verzweifelten Versuch zu wagen, die Zeit zurückzudrehen, die Jahrhunderte der Trauer und Bedrängnis ungeschehen zu machen und Britannien in den gesegneten Zustand vor Ankunft der Römer zurückzuversetzen. Dann wäre es Merlins Britannien, ein Britannien der Götter, ein Britannien ohne Sachsen, ein Britannien voller Gold und Festhallen und Wunder.

Wir marschierten ostwärts bis zur schmalsten Stelle der Meerenge, und nachdem wir eine Felsnase umrundet hatten, fanden wir unter dem drohend aufragenden Erdwall einer verlassenen Festung zwei Boote auf dem Kieselstrand einer winzigen Bucht. Ein Dutzend Männer warteten bei den Booten; fast schien es, als hätten sie uns erwartet. »Die Fährleute?« fragte mich Ceinwyn.

»Diwrnachs Bootsleute«, sagte ich und berührte das Eisen an Hywelbanes Heft. »Sie wollen, daß wir übersetzen«, erklärte ich und fürchtete mich, weil der König es uns so leicht machte.

Die Fährleute schienen keine Angst vor uns zu haben. Es waren gedrungene, hart wirkende Gestalten, denen Fischschuppen in den Bärten und in der dicken, wollenen Kleidung hingen. An Waffen trugen sie nur ihre Ausweidemesser und Fischspeere. Galahad fragte, ob sie etwas von Diwrnachs Speerkämpfern gesehen hätten, aber sie zuckten nur die Achseln, als wäre ihnen seine Sprache fremd. Als Nimue sie dann in ihrer Muttersprache Irisch anredete, antworteten sie ihr recht höflich. Sie behaupteten, keine Blutschilde gesehen zu haben, erklärten ihr aber auch, wir müßten warten, bis die Flut voll hereingekommen sei, bevor wir übersetzen könnten, denn erst dann sei die Meerenge sicher genug für Boote.

In einem der Boote bereiteten wir ein Lager für Merlin, dann kletterten Issa und ich zu dem verlassenen Fort hinauf und blickten landeinwärts. Aus dem Tal der verkrüppelten Eichen stieg eine zweite Rauchsäule auf, aber sonst hatte sich nichts verändert, und keine Feinde waren in Sicht. Aber sie waren da. Man brauchte nicht ihre mit Blut bemalten Schilde zu sehen, um zu wissen, daß sie ganz in der Nähe lauerten. Issa berührte seine Speerspitze. »Mir scheint, Lord«, sagte er, »daß Ynys Mon ein guter Platz zum Sterben wäre.«

Ich lächelte. »Es wäre ein besserer Platz zum Leben, Issa.«

»Aber wenn wir auf der heiligen Insel sterben, sind unsere Seelen doch bestimmt in Sicherheit?« fragte er besorgt.

»Sie werden in Sicherheit sein«, beruhigte ich ihn. »Du und ich, wir werden die Schwerterbrücke gemeinsam überschreiten.« Und Ceinwyn, das nahm ich mir vor, wäre uns ein oder zwei Schritte voraus, denn ich würde sie eigenhändig töten, bevor Diwrnachs Männer Hand an sie legen konnten. Ich zog Hywelbane, dessen lange Klinge noch mit dem Ruß beschmiert war, in den Nimue ihren Zauber gemalt hatte, und richtete die Spitze auf Issas Gesicht. »Leiste mir einen Eid«, befahl ich ihm.

Er sank auf ein Knie. »Sprecht ihn mir vor, Lord.«

»Wenn ich sterbe, Issa, und Ceinwyn noch lebt, mußt du sie mit einem Schwertstreich töten, bevor Diwrnachs Männer sie ergreifen können.«

Er küßte die Schwertspitze. »Ich schwöre es, Lord.«

Als die Flut ihren Höchststand erreichte, verschwanden die wirbelnden Strömungen, und das Meer lag bis auf die windgekräuselten Wellen, die die beiden Boote vom Kieselstrand hoben, ruhig da. Wir schafften die Pferde an Bord, und sobald wir uns inmitten klebriger Fischernetze niedergelassen hatten, bedeuteten uns die Bootsleute, daß wir das Wasser auspützen sollten, das zwischen den geteerten Planken hereindrang. Also schöpften wir mit unseren Helmen das schwarze Meer wieder an seinen Platz zurück, und während die Bootsleute die langen Riemen durch die Dollen schoben, betete ich zu Manawydan, dem Meeresgott, er möge uns beschützen. Merlin zitterte. Sein Gesicht war bleicher, als ich es je gesehen hatte, aber mit einem Hauch von kränklichem Gelb und fleckig vom Schaum, der ihm aus den Mundwinkeln rann. Er war bewußtlos, murmelte im Delirium jedoch vor sich hin.

Die Bootsleute stimmten seltsame Gesänge an, als sie sich in die Riemen legten, wurden aber still, als wir die Mitte der Meerenge erreichten. Hier hielten sie inne, und in jedem Boot zeigte ein Mann zum Festland zurück.

Wir wandten uns um. Anfangs konnte ich nur den dunklen Streifen der Küste unter den schneeweiß und pechschwarz aufragenden Bergen erkennen – dann entdeckte ich jedoch, daß sich unmittelbar hinter dem steinigen Strand etwas Fetzenähnliches bewegte. Es war ein Banner, nichts weiter als flatternde Lumpen an einer Stange, aber unmittelbar danach tauchte oberhalb des Ufers eine Reihe von Kriegern auf. Sie lachten uns aus. Ihr Kichern drang trotz der klatschenden Meereswellen klar und deutlich durch den eiskalten Wind. Sie saßen alle auf zottigen Pferden und schienen in zerfetzte Streifen schwarzer Lumpen gekleidet zu sein, die in der Brise wie Fähnchen flatterten. Sie führten Schilde mit sich und jene überlangen Kampfspeere, die von den Iren bevorzugt wurden. Weder Schilde noch Speere konnten mir angst machen, in ihrer zerlumpten, langhaarigen, wilden Erscheinung lag jedoch etwas, was mir einen eisigen Schauer über den Rücken jagte. Aber vielleicht kam dieser Kälteschauer auch von dem Schneeregen, den der Westwind mitbrachte und der die graue Fläche des Meeres kräuselte.

Die zerlumpten, dunklen Reiter sahen zu, wie unsere Boote auf Ynys Mon landeten. Die Bootsleute halfen uns, Merlin und die Pferde sicher an Land zu bringen, dann schoben sie ihre Boote ins Wasser zurück.

»Sollten wir die Boote nicht hierbehalten?« fragte mich Galahad.

»Wie denn?« entgegnete ich. »Dann müßten wir die Männer aufteilen, damit die eine Hälfte die Boote bewacht, während die andere Ceinwyn und Nimue begleitet.«

»Und wie wollen wir von der Insel wieder herunterkommen?« wollte Galahad wissen.

»Mit dem Kessel wird alles möglich sein.« Ich borgte mir Nimues Zuversicht aus, weil ich keine andere Antwort wußte und es nicht wagte, ihm die Wahrheit zu sagen. Die Wahrheit war, daß ich mich verloren wähnte. Ich fühlte mich, als begännen sich die Flüche jener uralten Druiden schon um unsere Seelen zu schließen.

Vom Strand aus marschierten wir nach Norden. Möwen umkreisten uns kreischend im peitschenden Schneeregen, als wir von den Felsen zu einer öden Moorlandschaft hinabkletterten, die nur von einzelnen, aus dem Boden ragenden Felsbrocken unterbrochen wurde. In der alten Zeit, bevor die Römer Ynys Mon zerstörten, war das Land dicht mit heiligen Eichen bestanden gewesen, unter denen die größten Mysterien Britanniens vollzogen wurden. Die Nachricht von diesen Ritualen beherrschte die Jahreszeiten in Britannien, Irland und sogar Gallien: denn hier waren die Götter auf die Erde herabgekommen, hier war das Band zwischen Menschen und Göttern am stärksten, bevor es von den Kurzschwertern der Römer durchschnitten wurde. Dies war geheiligter Boden, aber es war auch ein schwieriger Boden, denn nach einem nur einstündigen Marsch kamen wir an einen riesigen Sumpf, der uns den Weg ins Innere der Insel zu versperren schien. Auf der Suche nach einem

Pfad zogen wir am Rand des Sumpfes entlang, konnten aber keinen finden. Als das Tageslicht dann allmählich verblaßte, benutzten wir unsere Speerschäfte, um die sicherste Route durch die stachligen Grasbüschel und die saugenden, gefährlichen Sumpflöcher zu ertasten. Unsere Beine waren voll eiskaltem Schlamm, und der Schneeregen drang bis unter unsere Pelze. Als eins der Pferde plötzlich steckenblieb und das andere in Panik geriet, luden wir beide ab, verteilten die Lasten auf uns selbst und ließen die Tiere stehen.

Wir stapften weiter. Hin und wieder rasteten wir auf unseren Rundschilden, die unser Gewicht wie flache runde Boote aufnahmen, bis das brackige Wasser schließlich über ihren Rand schwappte und uns zum Aufstehen zwang. Der Schneeregen wurde dichter und schwerer, gepeitscht von einem auffrischenden Wind, der das Sumpfgras flachpreßte und uns die Kälte in die Knochen trieb. Merlin stieß seltsame Worte aus und warf den Kopf von einer Seite zur anderen, während einige meiner Männer Anzeichen von Schwäche zeigten, weil sowohl die Kälte als auch die Bosheit irgendwelcher Götter, die in diesem verwüsteten Land herrschten, an ihren Kräften zehrten.

Nimue war die erste, die das andere Ende des Sumpfes erreichte. Von Grasbüschel zu Grasbüschel springend, wies sie uns einen Pfad, und schließlich erreichte sie festen Boden, auf dem sie heftig auf und ab hüpfte, um uns zu beweisen, daß wir bald in Sicherheit seien. Anschließend erstarrte sie ein paar Sekunden, bevor sie mit Merlins Stab in die Richtung zeigte, aus der wir gekommen waren.

Als wir uns umdrehten, sahen wir, daß die dunklen Reiter uns gefolgt waren, nur waren sie inzwischen mehr geworden; eine ganze Horde zerlumpter Blutschilde beobachtete uns vom anderen Ufer des Sumpfes aus. Drei zerfetzte Banner flatterten über ihnen, und eins dieser Banner wurde in ironischem Salut gehoben, bevor die Reiter ihre Pferde nach Osten wandten. »Ich hätte dich niemals mitnehmen dürfen«, sagte ich zu Ceinwyn.

»Du hast mich nicht mitgenommen, Derfel«, widersprach sie. »Ich bin von selbst mitgekommen.« Mit einem behandschuhten Finger berührte sie mein Gesicht. »Und genauso werden wir auch wieder zurückkehren, mein Liebster.«

Vom Sumpf aus kletterten wir bergauf und fanden hinter dem Grat lauter kleine Felder, die zwischen zähem Morast und verstreuten Felsbrocken lagen. Wir brauchten einen Unterschlupf für die Nacht und fanden ihn in einer Ansiedlung von acht Steinhütten, die von einer speerhohen Mauer umgeben waren. Der Ort lag verlassen, obwohl dort eindeutig Menschen lebten, denn die kleinen Steinhütten waren sauber gefegt worden, und die Asche in den Feuerstellen war noch warm. Wir rissen das Grasdach von einer der Hütten und schnitten das Holz der Dachbalken zurecht, um damit ein Feuer für Merlin zu machen, der wieder vom Fieber geschüttelt wurde und phantasierte. Wir stellten Wachen auf, dann warfen wir die Pelze ab und versuchten unsere triefenden Stiefel und Beinbinden zu trocknen.

Als schließlich der allerletzte Lichtschimmer vom grauen Himmel verschwunden war, stieg ich auf die Mauer und spähte suchend ins Land hinaus. Ich sah nichts.

Während der ersten Hälfte der Nacht standen vier Mann von uns Wache, dann übernahmen Galahad und drei seiner Speerkämpfer den Rest der Wache in der regennassen Finsternis, und kein einziger von uns vernahm etwas anderes als den Wind und das Prasseln des Feuers in der Hütte. Wir hörten nichts, wir sahen nichts, und doch tropfte im ersten, matten Morgenlicht der frisch abgeschlagene Kopf eines Schafes sein Blut auf einen Teil der Mauer.

Wütend stieß Nimue den Schafskopf von der Mauerkrone, dann schrie sie eine Herausforderung gen Himmel. Sie zog einen Beutel mit einem grauen Pulver heraus, das sie auf das frische Blut streute, dann klopfte sie mit Merlins Stab an die Wand und erklärte uns, sie habe den Fluch abgewehrt. Wir glaubten ihr, weil wir ihr glauben wollten, genauso wie wir glauben wollten, daß Merlin nicht im Sterben lag. Aber er war totenbleich, atmete flach und gab keinen Laut von sich. Wir versuchten ihm die letzten Brocken Brot in den Mund zu stecken, aber er spie die Krumen ungeschickt aus. »Wir müssen noch heute den Kessel finden«, stellte Nimue ruhig fest, »sonst wird er sterben.« Also suchten wir unsere Lasten zusammen, nahmen die Schilde auf den Rücken, griffen uns die Speere und folgten ihr nordwärts.

Nimue führte uns. Merlin hatte ihr alles über die heilige Insel erzählt, was er wußte, und dieses Wissen führte uns den ganzen Vormittag hindurch nach Norden. Kurz nachdem wir unser Obdach verlassen hatten, tauchten die Blutschilde auf. Nun, da wir uns endlich dem Ziel näherten, wurden sie immer frecher, so daß jederzeit mindestens zwanzig von ihnen zu sehen waren, und zuweilen sogar dreimal soviel. Sie bildeten einen lockeren Ring um uns, achteten aber sorgfältig darauf, sich außerhalb der Reichweite unserer Speere zu halten. Der Schneeregen hatte bei Tagesanbruch aufgehört. Es blies nur noch ein kalter, feuchter Wind, der das Gras auf den Mooren peitschte und die schwarzen Fetzen an den Mänteln der dunklen Reiter flattern ließ.

Kurz nach Mittag erreichten wir den Ort, den Nimue als Llyn Cerrig Bach bezeichnete. Der Name bedeutet »See der kleinen Steine«. Es handelte sich um eine dunkle, seichte Wasserfläche, die rings von Sumpflöchern umgeben war. Hier, sagte Nimue, hätten die alten Britannier ihre heiligsten Riten abgehalten, und hier werde nun auch unsere Suche beginnen; uns aber erschien es ein recht öder Ort, um nach dem kostbarsten Kleinod Britanniens zu suchen. Im Westen lag ein schmaler, seichter Meeresarm, dahinter kam eine weitere Insel, im Süden und Norden gab es nur Felder und Felsen, und im Osten erhob sich ein sehr kleiner, steiler Hügel, gekrönt von einer Gruppe grauer Felsen, die aussah wie mindestens zwanzig ähnliche Felsformationen, an denen wir an jenem Vormittag vorbeigekommen waren. Merlin lag da wie tot. Ich mußte neben ihm niederknien und das Ohr fast auf seinen Mund legen, um das leise Rasseln seiner mühsamen Atemzüge zu vernehmen. Als ich ihm die Hand auf die Stirn legte, war diese kalt. Ich küßte ihn auf die Wange. »Lebt weiter, Lord«, flüsterte ich ihm zu. »Lebt!«

Nimue wies einen meiner Männer an, einen Speer in den Boden zu stoßen. Er zwang die Spitze tief in den harten Boden. Nimue nahm ein halbes Dutzend Mäntel, hängte sie an den Griff des Speeres und beschwerte die Säume mit kleineren Steinen, so daß sie eine Art Zelt bildeten. Die dunklen Reiter formierten sich zu einem Ring um uns, hielten sich aber so weit entfernt, daß weder sie uns noch wir sie stören konnten.

Nimue kramte unter ihren Otterfellen herum und holte jenen Silberbecher hervor, aus dem ich auf dem Dolforwyn getrunken hatte, sowie eine kleine Tonflasche, die mit Wachs versiegelt war. Sie schlüpfte in das Zelt hinein und winkte Ceinwyn, ihr zu folgen.

Ich wartete und wachte, während der Wind kleine schwarze Wellen über den See trieb. Dann hörte ich plötzlich, wie Ceinwyn aufschrie. Und wieder schrie sie, schrie ganz fürchterlich, so daß ich unwillkürlich zum Zelt laufen wollte, aber Issas Speer hinderte mich daran. Galahad, der als Christ an all das eigentlich nicht glauben durfte, stand achselzuckend neben Issa. »Nachdem wir's bis hierher geschafft haben«, sagte er, »sollten wir's auch zu Ende bringen.«

Wieder schrie Ceinwyn, und dieses Mal reagierte Merlin auf den Laut, indem er ein schwaches, mitleiderregendes Stöhnen ausstieß. Ich kniete mich neben ihn, streichelte ihm die Stirn und versuchte nicht daran zu denken, von welchen Schrecken Ceinwyn in dem schwarzen Zelt wohl träumte.

»Lord?« rief Issa zu mir herüber.

Ich drehte mich um und sah, daß er südwärts blickte, wo sich eine neue Reitergruppe in den Ring der Blutschilde eingereiht hatte. Die meisten Neuankömmlinge kamen auf Ponys, nur ein Mann saß auf einem mageren, großen Rappen. Dieser Mann mußte Diwrnach sein, soviel war mir klar. Hinter ihm wehte sein Banner: eine Stange, an die ein Querstück genagelt war, und an diesem Querstück hingen zwei Schädel und eine Handvoll schwarzer Bänder. Der König war ganz in Schwarz gekleidet, sein Rappe war mit einer schwarzen Schabracke bedeckt, und in der Hand trug er einen großen schwarzen Speer, den er waagerecht in die Luft hob, bevor er langsam vorwärts ritt. Er kam allein. Als er noch fünfzig Schritt von uns entfernt war, nahm er den Rundschild vom Rücken und drehte ihn demonstrativ um, damit wir sahen, daß er nicht kam, um Kampf zu suchen.

Ich trat vor und ging ihm entgegen. Hinter mir keuchte und stöhnte Ceinwyn in ihrem Zelt, um das meine Männer einen Schutzring bildeten.

Unter seinem Mantel trug der König eine schwarze Lederrüstung, aber er hatte keinen Helm auf dem Kopf. Sein Schild wirkte, als wäre er schuppig vor Rost, doch ich vermutete, daß diese Schuppen aus getrocknetem Blut bestanden und daß der Lederbezug die abgezogene Haut eines Sklavenmädchens war. Er hängte den gräßlichen Schild neben seine lange schwarze Schwertscheide, zügelte sein Roß und stützte das Ende des langen Speers auf den Boden. »Ich bin Diwrnach«, erklärte er.

Ich neigte den Kopf vor ihm. »Ich bin Derfel, Lord König.«

Er lächelte. »Willkommen auf Ynys Mon, Lord Derfel Cadarn«, gab er zurück. Offensichtlich wollte er mich damit beeindrucken, daß er meinen vollen Namen und Titel kannte; doch er überraschte mich weit mehr mit seinem Anblick, denn er war ein gutaussehender Mann. Ich hatte einen hakennasigen Dämon erwartet, eine Gestalt aus einem Alptraum, aber Diwrnach war im frühen mittleren Alter, hatte eine hohe Stirn, einen breiten Mund und einen kurzgeschnittenen, schwarzen Bart, der seine kraftvolle Kinnlinie betonte. An seiner Erscheinung war nichts, was auf Wahnsinn schließen ließ, aber er hatte tatsächlich ein rotes Auge, und das reichte, um ihn furchteinflößend wirken zu lassen. Er lehnte den Speer an die Flanke seines Pferdes und zog einen Haferkuchen aus seinem Beutel. »Ihr seht aus, als wärt Ihr hungrig, Lord Derfel.«

»Der Winter ist die Zeit für den Hunger, Lord König.«

»Aber Ihr werdet meine Gabe doch sicher nicht zurückweisen, oder?« Er brach den Haferkuchen durch und warf die eine Hälfte zu mir herüber. »Eßt!«

Ich fing den Kuchen auf, zögerte aber. »Ich habe geschworen, nichts zu essen, bis ich mein Ziel erreicht habe, Lord König.«

»Euer Ziel?« spöttelte er und schob sich seine Hälfte des Haferkuchens gemächlich in den Mund. »Er ist nicht vergiftet, Lord Derfel«, sagte er, nachdem er sie gegessen hatte.

»Warum sollte er, Lord König?«

»Weil ich Diwrnach bin und meine Feinde auf vielfältige Weise töte.« Abermals lächelte er. »Erzählt mir von Eurem Ziel, Lord Derfel.«

»Ich bin gekommen, um zu beten, Lord König.«

»Aha!« sagte er und zog den Vokal so in die Länge, als wolle er andeuten, damit hätte ich jedwedes Rätsel gelöst. »Sind Gebete, die in Dumnonia gesprochen werden, so wenig wirksam?«

»Dies ist geheiligter Boden, Lord König«, erwiderte ich.

»Es ist außerdem mein Boden, Lord Derfel Cadarn«, stellte er fest. »Und ich denke, Fremde sollten meine Erlaubnis einholen, bevor sie seine Erde düngen oder an seine Mauern pissen.«

»Sollten wir Euch eine Kränkung angetan haben, Lord König«, entgegnete ich, »so bitten wir Euch um Vergebung.«

»Zu spät«, sagte er freundlich. »Ihr seid jetzt hier, Lord Derfel, und ich rieche Euren Dung. Zu spät. Also, was soll ich mit Euch anfangen?« Er sagte es leise, nahezu sanft, wollte wohl andeuten, daß er ein Mann sei, mit dem man verhandeln könne. »Was soll ich nur mit Euch anfangen?« fragte er abermals, aber ich schwieg. Der Ring der dunklen Reiter verhielt sich still, am Himmel türmten sich bleigrau die Wolken, und Ceinwyns Stöhnen war einem leisen Wimmern gewichen. Der König hob seinen Schild – nicht bedrohlich, sondern weil das Gewicht schwer auf seiner Hüfte lastete, und als er das tat, erkannte ich voller Entsetzen, daß vom Rand dieses Schildes die Haut eines menschlichen Arms mitsamt der Hand herabhing. Diwrnach, der mein Entsetzen sah, lächelte. »Sie war meine Nichte«, erklärte er. Dann starrte er an mir vorbei, und wieder erschien ein träges Lächeln auf seinem Gesicht. »Die Hexe ist aus dem Loch gekrochen, Lord Derfel«, stellte er fest.

Als ich mich umwandte, sah ich, daß Ceinwyn aus dem Zelt hervorgekommen war. Sie hatte ihren Wolfspelz abgelegt und war in das elfenbeinweiße Gewand gekleidet, das sie zu ihrem Verlöbnis getragen hatte. Die Säume waren noch immer mit dem Schmutz besudelt, mit dem sie im Laufen das Leinen bespritzt hatte, als sie damals aus Caer Sws floh. Sie war barfuß, ihr goldblondes Haar war gelöst, und ich hatte den Eindruck, daß sie sich in Trance befand. »Prinzessin Ceinwyn, wenn ich mich nicht irre«, sagte Diwrnach.

»In der Tat, Lord König.«

»Und immer noch Jungfrau, wie ich höre?« fuhr der König fort. Ich antwortete nicht. Diwrnach beugte sich vor und liebkoste die Ohren seines Pferdes. »Meint Ihr nicht auch«, fuhr er fort, »es wäre eine höfliche Geste gewesen, wenn sie mich begrüßt hätte, als sie den Boden meines Landes betrat?«

»Auch sie hat hier Gebete zu sprechen, Lord König.«

»Dann wollen wir hoffen, daß sie wirken.« Er lachte laut auf. »Gebt sie mir, Lord Derfel, sonst werdet Ihr einen der langsamsten Tode sterben, die Ihr Euch vorstellen könnt. Ich habe Männer, die einem Menschen die Haut Zoll für Zoll abziehen können, bis er nichts mehr ist als rohes Fleisch und Blut und trotzdem noch aufrecht stehen kann. Ja, sogar gehen!« Mit seiner schwarzbehandschuhten Hand tätschelte er seinem Rappen den Hals. Dann lächelte er mir abermals zu. »Ich habe Männer im eigenen Dung ersticken lassen, Lord Derfel, ich habe sie unter Steine gedrückt, ich habe sie verbrannt, ich habe sie lebendig begraben, ich habe sie mit Nattern zusammengelegt, ich habe sie ertränkt, ich habe sie verhungern lassen, und ich habe sie zu Tode erschreckt. Es gibt so viele interessante Möglichkeiten, aber wenn Ihr mir Prinzessin Ceinwyn gebt, Lord Derfel, verspreche ich Euch, daß Euer Tod so schnell erfolgt wie der Fall eines hellen Sterns.«

Ceinwyn hatte sich in Bewegung gesetzt und ging jetzt nach Westen. Meine Männer hoben Merlins Trage auf, rafften Mäntel, Waffen und Bündel zusammen und folgten ihr. Ich sah zu Diwrnach empor. »Eines Tages, Lord König«, sagte ich, »werde ich Euer Haupt in eine Grube stecken und es unter Sklavendung begraben.« Damit kehrte ich ihm den Rücken und ging davon.

Er lachte. »Blut, Lord Derfel!« rief er mir nach. »Blut! Das ist es, wovon sich die Götter nähren, und das Eure wird ein kräftiges Gebräu hergeben! Ich werde Eure Frau zwingen, es in meinem Bett zu trinken!«

Er rammte seinem Pferd die gespornten Stiefel in die Flanken und drehte es zu seinen Männern um.

»Vierundsiebzig sind es«, berichtete mir Galahad, als ich ihn erreichte. »Vierundsiebzig Männer und Speere. Und wir sind sechsunddreißig Speere ohne den Sterbenden und die beiden Frauen.«

»Vorerst werden sie noch nicht angreifen«, versicherte ich ihm. »Sie werden warten, bis wir den Kessel gefunden haben.«

Ceinwyn hätte in ihrem dünnen Gewand und ohne Stiefel frieren müssen, aber als sie über das Gras dahinwankte, schwitzte sie, als wäre es ein warmer Sommertag. Es schien ihr schwerzufallen, sich aufrecht zu halten, und noch schwerer vorwärts zu gehen, und sie zuckte genauso krampfhaft wie ich auf Dolforwyns Gipfel, nachdem ich den Silberbecher geleert hatte; aber Nimue ging neben ihr, redete ihr gut zu und stützte sie fürsorglich, zog sie seltsamerweise aber immer wieder in eine andere Richtung als jene, die Ceinwyn einschlagen wollte. Diwrnachs dunkle Reiter hielten mit uns Schritt, ein wandelnder Ring von Blutschilden, der sich als lockerer, weiter Kreis mit unserer kleinen Gruppe als Mittelpunkt über die Insel bewegte.

Trotz ihrer Benommenheit begann Ceinwyn jetzt beinahe zu rennen. Sie schien kaum bei Bewußtsein zu sein und formte mit den Lippen Worte, die ich nicht verstand. Ihre Augen blickten leer. Nimue zerrte sie beharrlich in eine Richtung, so daß sie einem schmalen Pfad folgen mußte, der sich nördlich um den von grauen Steinen gekrönten Hügel herumwand; aber je näher wir den hohen, flechtenbedeckten Felsen auf der Kuppe kamen, desto stärker wurde Ceinwyns Gegenwehr. Schließlich mußte Nimue ihre ganze Kraft aufwenden, um sie auf dem Pfad zu halten. Der vordere Teil des Reiterringes war bereits am Steilhang des Hügels vorbeigetrabt, so daß sich dieser, wie wir, innerhalb des Kreises befand. Ceinwyn wimmerte und wehrte sich, dann begann sie, auf Nimues Hände einzuschlagen, doch diese hielt sie mit eisernem Griff fest und zog sie weiter, während Diwrnachs Männer sich ständig mit uns fortbewegten.

Nimue wartete, bis der Pfad die Stelle erreicht hatte, wo er den steilen Felsklippen am nächsten war, dann ließ sie Ceinwyn endlich freien Lauf. »Zu den Felsen!« kreischte sie. »Alle Mann! Zu den Felsen! Lauft!«

Wir liefen. Und ich begriff, was Nimue getan hatte. Diwrnach hatte es nicht gewagt, uns anzurühren, bis er wußte, wohin wir wollten, und hätte er gesehen, daß Ceinwyn dem steilen Felsenhügel zustrebte, hätte er sofort ein Dutzend Speerkämpfer ausgeschickt, den Gipfel zu erklimmen, und den Rest seiner Männer auf unsere Spur gesetzt, damit sie uns alle einfingen. So aber würde uns das Gewirr an gewaltigen Felsbrocken dank Nimues Voraussicht als Schutz dienen können – dieselben Felsen, die, wenn Ceinwyn recht hatte, den Kessel von Clyddno Eiddyn über viereinhalb Jahrhunderte zunehmend düsterer Zeiten behütet hatten. »Lauft!«

schrie Nimue, und rings um uns herum wurden die Pferde kreiseinwärts gepeitscht, so daß sich der Ring der dunklen Reiter immer enger um uns zog, um uns möglichst den Weg abzuschneiden.

»Lauft!« kreischte Nimue abermals. Ich half mit, Merlin zu tragen, Ceinwyn kletterte bereits die Felsen empor, und Galahad rief seinen Männern zu, sich im Gewirr der Felsen Positionen zu suchen, von denen aus sie ihre Speere einsetzen konnten. Issa blieb bei mir, stets bereit, mit seinem Speer jeden dunklen Reiter niederzumachen, der sich uns näherte. Gerade als Gwilym und drei andere uns Merlin abnahmen und ihn zum Fuß der Felsen trugen, erreichten uns die ersten beiden Blutschilde. Während sie ihre Pferde bergauf spornten, kreischten sie herausfordernd, ich aber schlug den Speer des ersten Mannes mit meinem Schild beiseite und schwang dann meinen eigenen Speer so, daß seine Stahlspitze wie ein Prügel auf den Schädel des Pferdes hinunterdonnerte. Das Tier schrie auf, fiel auf die Seite, und Issa stieß dem Reiter seinen Speer in den Bauch, während ich meinen Speer zurückzog und auf den zweiten Reiter einstieß. Sein Speerschaft schlug krachend gegen den meinen, dann war er an mir vorbei. Dennoch gelang es mir, eine Handvoll seiner langen, zerfetzten Bänder zu greifen, so daß ich ihn rücklings von seinem kleinen Pferd zerren konnte. Im Fallen schlug er heftig nach mir. Ich setzte ihm einen Stiefel auf die Kehle, hob den Speer und stieß ihm die Waffe mit aller Kraft ins Herz. Zwar trug er unter seiner zerlumpten Tunika einen Lederharnisch, aber der Speer durchschnitt mühelos beide, und blutiger Schaum ergoß sich über seinen schwarzen Bart.

»Zurück!« rief Galahad uns zu, also warfen Issa und ich unsere Speere und Schilde den Männern zu, die sich bereits auf den Gipfel der hohen Felsen gerettet hatten, und kletterten dann selbst hinauf. Ein schwarzer Speer fiel klappernd auf die Felsen neben mir, dann streckte sich mir eine starke Hand entgegen, packte mich am Handgelenk und zog mich hoch. Merlin war ganz ähnlich auf die Felsen heraufgezogen worden. Anschließend hatte man ihn kurzerhand in der Mitte der Kuppe abgelegt, wo sich, umringt von den riesigen Steinen, eine weite, felsige Vertiefung befand. In dieser Vertiefung hockte Ceinwyn und scharrte wie ein hektischer Hund in den kleinen Steinen herum, die dort lagen. Sie hatte sich erbrochen und wühlte mit den Händen selbstvergessen in der Mischung aus Erbrochenem und kleinen, kalten Steinchen.

Die Hügelkuppe eignete sich hervorragend zur Verteidigung. Unsere Feinde konnten die Felsen nur mit Hilfe von Händen und Füßen erklimmen, während wir uns in den Spalten der Kuppe verstecken und sie bekämpfen konnten, sobald sie auftauchten. Einige versuchten sich zu uns durchzuschlagen, schrien aber laut auf, als unsere Speerspitzen ihre Gesichter zerschnitten. Wir wurden mit einem Schauer von Speeren überschüttet, aber wir brauchten unsere Schilde nur in die Höhe zu halten und die Waffen fielen, ohne Schaden anzurichten, klappernd zu Boden. Ich schickte sechs Mann in die Vertiefung hinab, damit sie mit ihren Schilden Merlin, Nimue und Ceinwyn schützten, während die übrigen Schwertkämpfer den äußeren Rand der Hügelkuppe verteidigten. Die Blutschilde ließen ihre Pferde zurück, um einen letzten Angriff zu unternehmen, und eine Zeitlang hieben und stachen wir wütend auf sie ein. Bei diesem kurzen Angriff trug einer meiner Männer eine Speerwunde am Arm davon, alle anderen blieben unversehrt, während die dunklen Reiter vier Tote und sechs Verwundete zum Fuß des Hügels zurücktrugen. »Soviel«, sagte ich zu meinen Männern, »zu Schilden aus der Haut von Jungfrauen.«

Wir erwarteten einen weiteren Angriff, doch es erfolgte keiner. Statt dessen kam Diwrnach hoch zu Roß allein bis an die Felsen. »Lord Derfel?« rief er mit seiner trügerisch angenehmen Stimme, und als ich mich zwischen zwei Felsen zeigte, schenkte er mir sein gelassenes Lächeln. »Der Preis ist gestiegen«, sagte der König. »Jetzt verlange ich als Gegenleistung für Euren schnellen Tod Prinzessin Ceinwyn und den Kessel. Es ist doch der Kessel, den Ihr holen wollt, oder?«

»Der Kessel gehört ganz Britannien, Lord König«, gab ich zurück.

»Ach! Und Ihr meint wohl, ich wäre ein unwürdiger Hüter.« Traurig schüttelte er den Kopf. »Ihr seid schnell bei der Hand, einen anderen Menschen zu kränken, Lord Derfel. Wie war das noch? Mein Kopf in einem Loch voller Sklavendung? Welch eine armselige Phantasie Ihr doch habt! Meine dagegen kommt, fürchte ich, zuweilen sogar mir recht übertrieben vor.« Er hielt inne und blickte gen Himmel, als wolle er abschätzen, wieviel Tageslicht noch blieb. »Ich habe nur noch wenige Krieger, Lord Derfel«, fuhr er sachlichen Tones fort, »und möchte keine weiteren an Eure Speere verlieren. Früher oder später müßt Ihr aus den Steinen hervorkommen, und dann werde ich Euch erwarten. Und während ich warte, werde ich meine Phantasie zu neuen Höhen der Vollendung aufsteigen lassen. Überbringt Prinzessin Ceinwyn meinen Gruß und richtet ihr aus, wie sehr ich mich auf eine nähere Bekanntschaft freue.« In spöttischem Salut hob er den Speer und ritt zu dem Ring der dunklen Reiter zurück, der den Hügel jetzt ganz eingeschlossen hatte.

Als ich in die Senke in der Mitte der Hügelkuppe hinabstieg, erkannte ich, daß alles, was wir möglicherweise noch fanden, für Merlin zu spät kommen würde, denn sein Gesicht war deutlich vom Tod gezeichnet. Sein Mund stand offen, seine Augen waren so leer wie der Raum zwischen den Welten. Seine Zähne klapperten einmal kurz, um anzuzeigen, daß er noch lebte, doch dieses Leben hing jetzt an einem hauchdünnen Faden, der sehr schnell immer schwächer wurde. Nimue hatte Ceinwyns Messer genommen und kratzte und scharrte zwischen den kleinen Steinen in der Vertiefung herum, während Ceinwyn, die völlig erschöpft zu sein schien, an einem Felsblock zusammengesunken war und zitternd zusah, wie Nimue grub. Was es auch war, von dem Ceinwyn besessen war, es war verschwunden. Ich war ihr behilflich, ihre Hände vom Schmutz zu säubern, holte ihren Wolfspelz und deckte sie damit zu.

Sie zog ihre Handschuhe an. »Ich habe etwas geträumt«, flüsterte sie mir zu. »Ich habe das Ende gesehen.«

»Unser Ende?« fragte ich sie beunruhigt.

Sie schüttelte den Kopf. »Ynys Mons Ende. Ich habe Reihen von Soldaten gesehen, Derfel, Soldaten in römischen Röcken und Brustpanzern und Bronzehelmen. Lange, jagende Reihen von Soldaten, deren Schwertarm bis zu den Schultern blutverschmiert war, weil sie nur noch getötet und getötet hatten. In einer langen Reihe gingen sie durch die Wälder und taten nichts als töten. Auf und nieder gingen die Arme, und alle Frauen und Kinder liefen davon, aber es gab keinen Zufluchtsort, und so holten die Soldaten sie schnell ein und schlugen sie nieder. Kleine Kinder, Derfel!«

»Und die Druiden?«

»Alle tot. Alle, bis auf drei, und die brachten den Kessel hierher. Die Grube dafür hatten sie schon ausgehoben, bevor die Römer übers Wasser kamen, weißt du, und nun vergruben sie ihn hier. Dann bedeckten sie ihn mit Steinen vom See, und danach streuten sie Asche auf die Steine und legten mit bloßen Händen Feuer, damit die Römer dachten, hier könne nichts vergraben sein. Als das getan war, schritten sie singend in die Wälder, um dort zu sterben.«

Nimue zischte erschrocken, und als ich mich umdrehte, sah ich, daß sie ein kleines Skelett freigelegt hatte. Sie wühlte in ihren Otterfellen und holte einen Lederbeutel heraus, den sie aufriß, um zwei getrocknete Pflanzen herauszuholen. Sie hatten stachelige Blätter und kleine, verblaßte, goldgelbe Blüten. Wie ich wußte, versuchte sie die toten Knochen mit einer Gabe Asphodill zu beschwichtigen. »Hier wurde ein Kind begraben«, erklärte Ceinwyn die geringe Größe der Knochen, »Hüterin des Kessels und Tochter des einen der drei Druiden. Sie hatte kurze Haare und trug ein Armband aus Fuchsfell am Handgelenk, und sie begruben sie lebendig, damit sie den Kessel hütete, bis wir ihn fanden.«

Nachdem sie die tote Seele der Hüterin des Kessels mit dem Asphodill beschwichtigt hatte, holte Nimue die Mädchenknochen zwischen den kleinen Steinen hervor und machte sich daran, mit ihrem Messer das Loch zu vertiefen. Sie rief mir zu, ich solle ihr dabei helfen. »Grab mit dem Schwert, Derfel!« befahl sie mir, und ich stieß gehorsam Hywelbanes Spitze in die Grube.

Und fand den Kessel.

Anfangs war es nur ein Aufblitzen von schmutzigem Gold, dann fegte Nimue mit der Hand die Erde von einem schweren Goldrand. Weil der Kessel viel größer war als das Loch, das wir gegraben hatten, halfen Issa und ein weiterer Mann uns auf meinen Befehl, es zu vergrößern. Wir schöpften die Steine mit den Helmen heraus, wir arbeiteten in verzweifelter Hast, denn Merlins Seele war nur noch ein allerletztes Aufflackern seines langen Lebens. Nimue keuchte und weinte, als sie sich auf die fest hineingepackten Steine stürzte, die vom heiligen See Llyn Cerrig Bach hier heraufgebracht worden waren.

»Er ist nicht tot!« rief Ceinwyn, die neben Merlin kniete.

»Er ist nicht tot!« stieß Nimue zwischen zusammengebissenen Zähnen hervor. Sie packte den goldenen Rand mit beiden Händen und begann mit aller Kraft am Kessel zu zerren. Ich tat es ihr nach, aber es schien einfach unmöglich, das riesige Gefäß mit dem Gewicht der vielen Steine, die noch in seinem tiefen Bauch lasteten, von der Stelle zu bewegen; letztlich gelang es uns mit Hilfe der Götter dann doch, das riesige Ding aus Gold und Silber aus seiner tiefen Grube herauszustemmen.

So brachten wir den verlorenen Kessel von Clyddno Eiddyn wieder ans Licht.

Er glich einer immensen Schale, so breit wie die ausgestreckten Arme eines Mannes und so tief wie die Klinge eines Jagdmessers. Er war aus dickem, unebenem Silber gefertigt, stand auf drei kurzen goldenen Beinen und war mit reichen Goldornamenten geschmückt. An seinem Rand waren drei goldene Henkel befestigt, damit man ihn über ein Feuer hängen konnte. Es war der kostbarste Schatz von ganz Britannien, und wir hatten ihn seinem Grab entrissen. Wie ich entdeckte, waren die goldenen Ornamente in Form von Kriegern, Göttern und Hirschen gearbeitet; aber wir hatten keine Zeit, den Kessel zu bewundern, denn Nimue schaufelte hektisch die letzten Steine aus seinem Bauch und stellte ihn in die Grube zurück, bevor sie die schwarzen Pelze von Merlins Körper nahm. »Helft mir!« rief sie. Gemeinsam rollten wir den Alten in die Grube und in die riesige Silberschale hinein. Nimue schob seine Beine unter den goldenen Rand und bedeckte ihn mit einem Mantel. Erst dann lehnte sich Nimue an die Felsen zurück. Es war eisig kalt, und dennoch glänzte ihr Gesicht schweißnaß.

»Er ist tot«, sagte Ceinwyn mit leiser, verängstigter Stimme.

»Nein«, widersprach Nimue müde. »Ist er nicht.«

»Er war kalt«, protestierte Ceinwyn. »Er war kalt, und er atmete nicht mehr.« Leise weinend klammerte sie sich an mich. »Er ist tot.«

»Er lebt«, sagte Nimue rauh.

Es hatte wieder zu regnen begonnen: Ein feiner, stechender, windiger Sprühregen näßte die Steine und bildete Perlen auf unseren blutigen Speerspitzen. Merlin lag zugedeckt und reglos in der Grube mit dem Kessel, meine Männer beobachteten den Feind über die grauen Steine hinweg, die dunklen Reiter umringten uns, und ich fragte mich, welcher Wahnsinn uns an diesen elenden Ort am dunklen, kalten Ende von Britannien getrieben hatte.

»Und was tun wir jetzt?« fragte Galahad.

»Wir warten«, fuhr Nimue ihn an. »Wir warten einfach!«

Niemals werde ich die Kälte dieser Nacht vergessen. Der Frost überzog die Felsen mit Rauhreif, und wenn man eine Speerspitze berührte, fürchtete man fast, man würde daran klebenbleiben. So bitterkalt war es. Als es dunkel wurde, verwandelte sich der Regen in Schnee, dann hörte es auf zu schneien, und nachdem es aufgehört hatte, ließ der Wind nach, und die Wolken, die nach Osten davonsegelten, gaben einen riesengroßen Vollmond frei, der über dem Meer aufstieg. Es war ein Mond voller Vorbedeutung: ein großer, dicker Silberball, umhüllt vom schimmernden Dunst ferner Wolken, über einem schwarz-silbern wogenden Ozean. Die Sterne schienen noch niemals so hell gefunkelt zu haben. Bels großer Wagen strahlte über uns und jagte auf ewig dem Sternbild nach, das wir die Forelle nannten. Ich schickte ein Gebet durch die eisige Luft zu den Göttern empor, die bei den Sternen wohnten, und hoffte, daß es jene fernen, hellen Feuer erreichte.

Einige von uns schliefen ein, aber es war der leichte Schlummer müder, frierender, verängstigter Männer. Unsere Feinde, die mit ihren Speeren den Hügel umringten, hatten überall Feuer gemacht. Die Pferde brachten den Blutschilden Brennholz, die Flammen stiegen hoch in die Luft und spien Funken in den klaren Himmel.

Nichts regte sich in der Senke mit dem Kessel, wo Merlins pelzbedeckter Körper im Mondschatten des hohen Felsens lag, auf dem wir uns bei der Wacht ablösten. Wir konnten die Umrisse der Reiter im Feuerschein erkennen, und gelegentlich kam ein Langspeer aus der Nacht geflogen, dessen Spitze im Mondlicht funkelte, bevor die Waffe harmlos klappernd auf die Steine fiel.

»Was sollen wir mit dem Kessel machen?« fragte ich Nimue.

»Bis Samhain gar nichts«, antwortete sie tonlos. Sie lag zusammengerollt neben den abgelegten Bündeln, die wir in die Senke geworfen hatten. Ihre Füße ruhten auf den Steinen, die wir in so verzweifelter Hast aus dem Loch geklaubt hatten. »Alles muß seine

Richtigkeit haben, Derfel. Es muß Vollmond sein, das Wetter muß stimmen und alle dreizehn Kleinodien müssen zusammensein.«

»Erzählt mir von den Kleinodien«, bat Galahad von der anderen Seite der Senke her.

Nimue spie aus. »Damit Ihr uns verspotten könnt, Christ?« gab sie herausfordernd zurück.

Galahad lächelte. »Es gibt Tausende, Nimue, die Euch verspotten. Die Götter seien tot, sagen sie, wir sollten lieber an die Menschen glauben. Wir sollten Arthur folgen, sagen sie, und sind der Meinung, daß Eure Suche nach Kesseln und Mänteln und Messern und Hörnern lauter Unsinn ist, der mit Ynys Mon gestorben ist. Wie viele Könige von Britannien haben Euch Männer für diese Suche mitgegeben?« Er regte sich, suchte es sich in dieser kalten Nacht etwas bequemer zu machen. »Keiner, Nimue, kein einziger, weil sie sich über Euch lustig machen. Zu spät, sagen sie. Die Römer haben alles verändert, und die vernünftigen Menschen sagen, daß Euer Kessel ebenso tot ist wie Ynys Trebes. Ihr verrichtet das Werk des Teufels, behaupten die Christen, ich aber, Nimue, bin Christ und kam dennoch mit meinem Schwert an diesen Ort, und dafür, meine gute Lady, schuldet Ihr mir wenigstens ein bißchen Höflichkeit.«

Nimue war es nicht gewohnt, daß man sie zurechtwies, außer vielleicht von Merlin, daher erstarrte sie bei Galahads sanftem Vorwurf, gab aber letztlich nach. Sie zog sich Merlins Bärenfell um die Schultern und beugte sich vor. »Die Kleinodien«, sagte sie, »wurden uns von den Göttern hinterlassen. Das war vor langer Zeit, als Britannien noch ganz allein auf der Welt war. Andere Länder gab es nicht, nur Britannien und ein weites Meer, das von grauem Nebel bedeckt war. Damals gab es zwölf britannische Stämme und zwölf Könige und zwölf Festhallen und nur zwölf Götter. Diese Götter wandelten auf der Erde, wie wir es tun, und Bel, einer von ihnen, vermählte sich sogar mit einer Menschenfrau. Von dieser Verbindung stammt auch unsere Lady hier ab.« Sie deutete zu Ceinwyn hinüber, die genauso aufmerksam lauschte wie die Speerkämpfer.

Sie hielt inne, weil von dem Ring der Feuer um uns ein Ruf herüberklang; da aber der Ruf keine Gefahr nach sich zog, legte sich wieder Stille über die Nacht, und Nimue fuhr mit ihrer Erzählung fort. »Doch andere Götter, die eifersüchtig auf die zwölf waren, die in Britannien herrschten, kamen von den Sternen herab und versuchten, Britannien den zwölf Göttern wegzunehmen. Und unter diesen Kämpfen hatten die zwölf Stämme sehr zu leiden. So ein Gott konnte mit einem Speerstoß hundert Menschen töten, und kein irdischer Schild konnte das Schwert eines Gottes abwehren; also gaben die zwölf Götter, die Britannien ja liebten, den zwölf Stämmen zwölf Kleinodien. Jedes Kleinod sollte in einer Königshalle verwahrt werden, und das Vorhandensein des Kleinods würde verhindern, daß die Speere der Götter auf die Halle oder einen ihrer Leute fielen. Es waren keine großartigen Dinge. Hätten die zwölf Götter uns prächtige Dinge gegeben, wäre das den fremden Göttern aufgefallen, sie hätten ihren Zweck erraten und sie zu ihrem eigenen Schutz gestohlen. Deswegen waren die zwölf Göttergeschenke nur ganz gewöhnliche Gegenstände: ein Schwert, ein Korb, ein Horn, ein Streitwagen, ein Halfter, ein Dolch, ein Schleifstein, ein Mantel mit Ärmeln, ein Umhang, eine Tonschale, ein Wurfbrett und ein Kriegerring. Zwölf ganz gewöhnliche Gegenstände, und alles, was die Götter von uns verlangten, war, daß wir diese zwölf Kleinodien zu schätzen wußten, sie gut bewahrten und in Ehren hielten; dafür genoß jeder Stamm den Schutz des Kleinods und durfte es außerdem dazu benutzen, seinen Gott zu rufen. Einmal im Jahr durften sie das tun, nur ein einziges Mal, doch diese Anrufung verlieh den Stämmen eine gewisse Macht in jenem schrecklichen Krieg der Götter.«

Sie hielt inne, um sich die Pelze fester um die mageren Schultern zu ziehen. »Also besaßen die Stämme ihre Kleinodien«, fuhr sie fort, »aber weil Bel sein Erdenmädchen so sehr liebte, schenkte er ihr ein dreizehntes Kleinod. Er schenkte ihr den Kessel und erklärte ihr, daß sie, sobald sie alt wurde, den Kessel nur mit Wasser füllen und darin untertauchen müsse, um wieder jung zu sein. So konnte sie Bel in all ihrer Schönheit auf ewig begleiten. Und der Kessel ist wundervoll, das habt Ihr gesehen: Er besteht aus Gold und Silber und ist über jedes menschliche Maß hinaus schön. Als die anderen Stämme ihn sahen, wurden sie eifersüchtig, und so begannen die Kriege von Britannien. Die Götter bekämpften sich in den Lüften, die zwölf Stämme bekämpften sich auf der Erde, und die Kleinodien wurden eins nach dem anderen erobert oder gegen Speerkämpfer eingetauscht, bis die Götter in ihrem Zorn den Menschen jeglichen Schutz verweigerten. Der Kessel wurde gestohlen, Bels Geliebte wurde alt und starb, und Bel belegte uns mit einem Fluch. Dieser Fluch war die Existenz anderer Länder und anderer Völker, aber eins versprach uns Bel: Wenn wir eines Samhains die zwölf Kleinodien der zwölf Stämme wieder zusammenbringen und die dazugehörigen Riten vollziehen würden, sowie das dreizehnte Kleinod mit dem Wasser, das kein Mensch trinkt, ohne das aber kein Mensch leben kann, füllen würden – dann kämen uns die zwölf Götter wieder zu Hilfe.« Sie brach ab, zuckte die Achseln und sah Galahad an. »Das also, Christenmann«, sagte sie, »das ist der Grund, warum Euer Schwert hierherkam.«

Ein langes Schweigen entstand. Das Mondlicht glitt von den Felsen herunter und kroch immer näher auf die Grube zu, in der Merlin unter einem dünnen Mantel lag.

»Und Ihr habt alle zwölf Kleinodien?« fragte Ceinwyn.

»Die meisten«, antwortete Nimue ausweichend. »Aber selbst ohne die zwölf besitzt der Kessel große Macht. Eine unendlich große Macht. Mehr Macht als all die anderen Kleinodien zusammen.« Sie warf Galahad auf der anderen Seite der Grube einen kampflustigen Blick zu. »Und was werdet Ihr tun, Christ, wenn Ihr diese Macht erkennt?«

Galahad lächelte. »Ich werde Euch daran erinnnern, daß ich Eure Suche mit meinem Schwert begleitet habe«, antwortete er sanft.

»Das haben wir alle getan. Wir sind die Krieger des Kessels«, sagte Issa ruhig. Ich hatte nicht gewußt, daß er eine poetische Ader hatte. Die anderen Speerkämpfer lächelten. Ihre Bärte waren weiß überfrostet, ihre Hände waren mit Tuch- und Pelzstreifen umwickelt, und ihre Gesichter waren eingefallen; aber sie hatten den Kessel gefunden und waren stolz auf diesen Erfolg, selbst wenn sie sich bei Tagesanbruch den Blutschilden und der aufdämmernden Erkenntnis stellen mußten, daß wir alle zum Tode verurteilt waren.

Ceinwyn schmiegte sich an mich, teilte sich meinen Wolfspelzmantel mit mir. Sie wartete, bis Nimue schlief; dann hob sie ihr Gesicht zu dem meinen. »Merlin ist tot, Derfel«, sagte sie mit ganz leiser, trauriger Stimme.

»Ich weiß«, entgegnete ich, denn in der Senke hatte ich weder eine Regung noch einen Laut wahrnehmen können.

»Ich habe sein Gesicht und seine Hände angefaßt«, berichtete sie flüsternd, »und beide sind so kalt wie Eis. Ich habe meine Messerklinge an seinen Mund gehalten, und sie ist nicht beschlagen. Er ist tot.«

Ich schwieg. Ich liebte Merlin, weil er wie ein Vater für mich gewesen war, und konnte einfach nicht glauben, daß er im Augenblick seines Triumphs gestorben sein sollte, aber ich fand auch keine Hoffnung in mir, die Seele seines Lebens wiederzusehen. »Wir sollten ihn hier begraben«, fuhr Ceinwyn fort, »hier in seinem geliebten Kessel.« Wiederum schwieg ich. Ihre Hand tastete nach der meinen. »Was sollen wir tun?« fragte sie mich.

Sterben, dachte ich, sprach es aber nicht aus.

»Du wirst bestimmt nicht zulassen, daß man mich gefangennimmt?« fragte sie flüsternd.

»Niemals«, antwortete ich.

»Der Tag, an dem ich dich kennenlernte, Lord Derfel Cadarn«, fuhr sie fort, »war der schönste Tag meines Lebens.« Da kamen mir die Tränen, doch ob es Tränen der Freude waren oder Tränen der Trauer um alles, was ich beim kalten Tagesanbruch verlieren würde, wußte ich nicht.

Ich fiel in einen leichten Schlaf und träumte, ich sei in einem Sumpf gefangen und von dunklen Reitern umgeben, die sich mit Hilfe von Magie über den trügerischen Boden bewegen konnten. Dann stellte ich fest, daß ich den Schildarm nicht heben konnte. Ich sah das Schwert, das auf meine rechte Schulter herabsauste, fuhr voll Entsetzen aus dem Schlaf und griff nach meinem Speer, sah aber, daß es nur Gwilym war, der unbeabsichtigt meine Schulter berührt hatte, als er auf den Felsen kletterte, um seine Wachrunde anzutreten. »Verzeiht mir, Lord«, flüsterte er mir zu.

Ceinwyn schlief in meinem Arm, und Nimue schmiegte sich auf der anderen Seite an mich. Galahad, dessen blonder Bart vom Eis weiß war, schnarchte leise, und meine anderen Speerkämpfer schlummerten entweder, oder sie lagen in frierender Verzweiflung da. Der Mond stand jetzt fast senkrecht über mir. Seine schrägen Strahlen beleuchteten die gemalten Sterne auf den zusammengestellten Schilden meiner Männer und die steinige Seite der Grube, die wir in der Senke auf der Kuppe gegraben hatten. Der Dunst, der das runde Gesicht des Mondes verschleiert hatte, als er noch über dem Meer stand, hatte sich verzogen, so daß jetzt eine reine, harte, klare, kalte Scheibe am Himmel stand. Dunkel erinnerte ich mich daran, daß mir meine Mutter den Namen des Mannes im Mond verraten hatte, konnte mich aber nicht deutlicher erinnern. Meine Mutter war eine Sächsin. Ich war noch in ihrem Bauch gewesen, als sie bei einem Überfall der Dumnonier gefangengenommen wurde. Man hatte mir mitgeteilt, daß sie heute in Siluria lebte, aber ich hatte sie seit jenem Tag nicht mehr gesehen, da der Druide Tanaburs mich aus ihren Armen gerissen und versucht hatte, mich in der Todesgrube zu vernichten. Anschließend hatte mich Merlin aufgezogen, und ich war Britannier geworden, ein Freund Arthurs und der Mann, der den Stern von Powys aus der Halle ihres Bruders entführt hatte. Welch ein ungewöhnlicher Lebenslauf, dachte ich, und wie traurig, daß mein Lebensfaden hier, auf Britanniens heiliger Insel, so unvermittelt abgeschnitten werden sollte!

»Es steht wohl zu vermuten«, hörte ich Merlins Stimme, »daß es hier keinen Käse gibt?«

Ich starrte ihn an und glaubte zu träumen.

»Ich meine den weißen, Derfel«, fuhr er eifrig fort, »der immer so krümelt. Nicht den harten dunkelgelben. Den harten dunkelgelben Käse kann ich nicht ausstehen.«

Er stand in der Grube und spähte mit tiefernster Miene zu mir herüber. Der Mantel, der seinen Körper bedeckt hatte, lag nun wie ein Umhang um seine Schultern.

»Lord?« sagte ich mit ganz winziger Stimme.

»Käse, Derfel! Hast du mich nicht verstanden? Ich habe Hunger auf Käse! Ich bin sicher, daß wir Käse hatten. Er war in Leinen eingepackt. Und wo ist mein Stab? Man legt sich hin, um ein bißchen zu schlafen, und sofort wird einem der Stab gestohlen! Gibt es keine ehrlichen Menschen mehr? Wir leben in einer schrecklichen Welt. Kein Käse, keine Ehrlichkeit und kein Stab.«

»Lord!«

»Hör auf, so laut zu schreien, Derfel! Ich bin nicht taub. Ich bin nur hungrig!«

»O Lord!«

»Jetzt plärrst du auch noch! Ich hasse es, wenn jemand greint. Ich will nichts weiter als ein Stück Käse, und du fängst an zu weinen wie ein Kind! Ah, da ist ja mein Stab. Gut.« Er holte ihn sich von Nimues Seite und benutzte ihn, um aus der Grube zu steigen. Inzwischen waren die anderen Speerkämpfer erwacht und starrten ihn offenen Mundes an. Dann regte sich Nimue, und ich hörte, wie Ceinwyn nach Luft schnappte. »Wie ich vermute, Derfel«, sagte Merlin, der in dem Berg von Bündeln zu wühlen begann, um zu seinem Käse zu gelangen, »hast du uns in diese peinliche Lage gebracht, wie? Vom Feind umzingelt, oder?«

»Ja, Lord.«

»Von einem übermächtigen Feind?«

»Ja, Lord.«

»Du liebe Zeit, Derfel, du liebe Zeit! Und du willst Krieger befehligen? Käse! Ha, hier ist er! Ich wußte doch, daß wir Käse haben. Hmm, köstlich!«

Mit bebendem Finger zeigte ich auf die Grube. »Der Kessel, Lord.« Ich wollte unbedingt wissen, ob der Kessel dieses Wunder vollbracht hatte, war aber noch zu überwältigt von Staunen und Erleichterung, um etwas Zusammenhängendes von mir zu geben.

»Ein überaus hübscher Kessel, was, Derfel? Hat alles, was man sich von einem Kessel erwartet.« Er biß in ein dickes Stück Käse. »Ich sterbe vor Hunger!« Er biß abermals ab, machte es sich bei den Felsen bequem und strahlte uns alle an. »Von einem übermächtigen Feind umzingelt! Was sagt man dazu! Und was nun?« Er stopfte sich den Rest des Käses in den Mund und wischte sich mit den Händen die Krumen ab. Er schenkte Ceinwyn ein ganz spezielles Lächeln und streckte den langen, dürren Arm nach Nimue aus. »Alles in Ordnung?« fragte er sie.

»Alles in Ordnung«, antwortete sie gelassen, während sie sich in seine Arme schmiegte. Sie allein schien weder von seiner Auferstehung noch von seiner offensichtlichen Gesundheit beeindruckt zu sein.

»Bis auf die Tatsache, daß wir von einem mächtigen Feind umzingelt sind«, sagte er spöttisch. »Was machen wir nun? Das beste in einem solchen Notfall ist es gewöhnlich, jemanden zu opfern.« Erwartungsvoll musterte er die fassungslosen Männer um sich herum. Sein Gesicht hatte wieder Farbe bekommen, und seine altgewohnte boshafte Energie war offenbar in voller Kraft zurückgekehrt. »Derfel, vielleicht?«

»Lord!« protestierte Ceinwyn.

»O Lady! Nicht Ihr! Nein, nein, nein, nein, nein! Ihr habt schon genug getan.«

»Bitte kein Opfer, Lord«, flehte Ceinwyn.

Merlin lächelte. Nimue schien in seinem Arm eingeschlafen zu sein, für uns andere gab es in dieser Nacht keinen Schlaf mehr. Als plötzlich ein Speer weiter unten klappernd auf die Steine fiel, reichte Merlin mir seinen Stab. »Du kletterst jetzt ganz oben hinauf, Derfel, und hältst meinen Stab genau nach Westen. Nach Westen, merk dir das, und nicht nach Osten! Nimm dich zusammen und versuche, endlich mal etwas richtig zu machen, hörst du? Gewiß, wenn man will, daß etwas richtig gemacht wird, sollte man es selber tun, aber ich möchte Nimue nicht wecken. Also los, ab mit dir!«

Ich nahm den Stab, kletterte auf die Felsen und stellte mich auf den höchsten Punkt des Hügels. Von da aus richtete ich den Stab dann, Merlins Anweisungen folgend, aufs ferne Meer.

»Nicht stoßen!« rief Merlin zu mir herauf. »Nur damit zeigen! Versuch seine Macht zu spüren. Das ist kein Ochsentreiber, mein Junge, das ist der Stab eines Druiden!«

Ich hielt den Stab nach Westen. Diwrnachs dunkle Reiter schienen seine Magie zu wittern, denn ihre Hexenmeister begannen plötzlich zu heulen, und eine Rotte von Speerkämpfern kletterte den Hang herauf, um ihre Waffen nach mir zu werfen.

»Jetzt!« rief Merlin, als die Speere weiter unten zu Boden fielen. »Jetzt gib ihm Kraft, Derfel, gib ihm Kraft!« Ich konzentrierte mich auf den Stab, in Wahrheit aber spürte ich gar nichts, obwohl Merlin mit meinen Bemühungen zufrieden zu sein schien. »Jetzt bring ihn herunter«, wies er mich an, »und ruh dich aus. Morgen früh haben wir einen anstrengenden Marsch vor uns. Gibt es vielleicht irgendwo noch ein bißchen Käse? Ich könnte einen ganzen Sackvoll davon verdrücken.«

Wir lagen in der Kälte. Merlin weigerte sich, über den Kessel und seine Krankheit zu sprechen, aber ich spürte, wie sich unsere Stimmung veränderte. Wir hatten plötzlich wieder Hoffnung geschöpft. Wir würden nicht sterben, und schließlich entdeckte Ceinwyn, was zu unserer Rettung führen konnte. Sie stieß mich an und zeigte dann auf den Mond, und ich sah, daß das, was bisher ein klares, deutliches Rund gewesen war, von einem Kranz schimmernden Dunstes umgeben wurde. Dieser Nebelkranz wirkte wie ein Ring aus überpuderten Edelsteinen, so hart und hell strahlten die winzigen Punkte rings um den vollen Silbermond.

Merlin kümmerte sich nicht um den Mond, sondern redete noch immer von Käse. »Da war mal eine Frau in Dun Seilo, die hat den köstlichsten Weichkäse gemacht«, erzählte er uns. »Wenn ich mich recht erinnere, hat sie ihn in Brennesselblätter gewickelt und dann sechs Monate lang in einer Holzschüssel ruhen lassen, die zuvor mit Widderurin getränkt worden war. Widderurin! Manche Leute hegen den absurdesten Aberglauben, aber der Käse war trotzdem ganz köstlich.« Er kicherte. »Sie hat ihren bedauernswerten Gemahl gezwungen, den Widderurin zu sammeln. Wie er das wohl gemacht hat? Ich habe nie danach fragen mögen. Hat er ihn bei den Hörnern gepackt und gekitzelt? Oder hat er seinen eigenen Urin genommen, ohne es ihr zu sagen? Das hätte ich jedenfalls getan. Es wird wärmer, meint ihr nicht?«

Der glitzernde Eisnebel um den Mond war verblaßt, aber das hatte die Umrisse des Mondes nicht weicher werden lassen. Nein, sie wurden von einem dünneren Nebel umflossen, der nunmehr von einem leichten Westwind davongetrieben wurde, der tatsächlich ein wenig wärmer war. Die strahlenden Sterne waren auf einmal verschwommen, der kristallharte Frost auf den Felsen schmolz zu nassem Glanz, und wir alle hörten auf zu zittern. Auch unsere Speerspitzen konnten wir wieder berühren. Allmählich bildete sich Nebel.

»Die Dumnonier behaupten natürlich, ihr Käse sei der beste von ganz Britannien«, erklärte Merlin mit ernster Miene, als hätte keiner von uns Besseres zu tun, als einem Vortrag über Käse zu lauschen. »Und ich muß zugeben, daß er sehr gut sein kann, aber er ist viel zu oft ganz einfach zu hart. Einmal hat sich Uther an einem Stück Käse von einer Farm in der Nähe von Lindinis einen Zahn ausgebrochen. Mitten durchgebrochen! Wochenlang hat der arme Kerl Schmerzen gelitten. Er konnte es einfach nicht ertragen, sich einen Zahn ziehen zu lassen. Statt dessen verlangte er von mir, daß ich meine Magie einsetze, aber seltsam, bei Zähnen wirkt Magie nicht. Bei Augen, ja, bei Eingeweiden unfehlbar und manchmal sogar beim Hirn, obwohl es Hirne in Britannien heutzutage kaum noch gibt. Aber bei Zähnen? Kein einziges Mal. Sobald ich Zeit habe, muß ich an diesem Problem arbeiten. Allerdings macht es mir großen Spaß, Zähne zu ziehen!« Er lächelte breit, um uns seine eigenen, noch völlig intakten Zähne zu zeigen. Auch Arthur war mit perfekten Zähnen gesegnet, wir anderen aber wurden ständig von Zahnschmerzen geplagt.

Als ich aufblickte, waren die obersten Felsen schon fast ganz von Nebel umhüllt, der von Minute zu Minute dichter wurde. Es war ein Druidennebel, dicht und weiß unter dem vollen Mond, ein Nebel, der ganz Ynys Mon in seinen undurchdringlichen Mantel hüllte.

»In Siluria«, sagte Merlin, »tischen sie den Leuten eine Schüssel mit weißlichem Brei auf und nennen es Käse. Das Zeug ist so widerlich, daß es nicht einmal die Mäuse fressen wollen, aber was kann man schon von Siluria erwarten? Wolltest du mir etwas sagen, Derfel? Du wirkst so aufgeregt.«

»Nebel, Lord«, sagte ich.

»Wie aufmerksam von dir«, sagte er bewundernd. »Vielleicht könntest du dann auch den Kessel aus der Grube holen, ja? Es wird Zeit, daß wir aufbrechen, Derfel, es wird Zeit, daß wir endlich aufbrechen.«

Und genau das taten wir.

ZWEITER TEIL

# Der unterbrochene Krieg

»Nein!« protestierte Igraine, als sie einen neugierigen Blick auf das letzte Pergament des neuen Stapels warf.

»Nein?« fragte ich höflich.

»Ihr könnt die Geschichte nicht einfach hier enden lassen!« behauptete sie. »Wie ging es weiter?«

»Wir sind natürlich abmarschiert.«

»Ach, Derfel!« Verärgert warf sie das Blatt auf den Tisch. »Sogar die Küchenjungen kennen die Geschichte besser als Ihr! Erzählt mir genau, wie es geschehen ist. Ich bestehe darauf!«

Also erzählte ich es ihr.

Es war kurz vor Morgengrauen, und der Nebel lag wie ein Vlies auf uns. Er war so dicht, daß wir, nachdem wir die Felsen hinabgeklettert waren und uns auf dem Gras der Hügelkuppe versammelt hatten, Gefahr liefen, einander zu verlieren, wenn wir auch nur einen einzigen Schritt allein taten. Merlin forderte uns auf, eine Kette zu bilden, indem ein jeder den Mantel des vor ihm Gehenden packte. Dann banden sie mir den Kessel auf den Rücken, und wir schlichen uns im Gänsemarsch hügelabwärts. Merlin, der seinen Stab in Armeslänge ausgestreckt hielt, führte uns mitten durch den Ring der Blutschilde, und keiner von ihnen entdeckte uns. Ich hörte, wie Diwrnach ihnen zurief, sie sollten sich verteilen, aber die dunklen Reiter wußten, daß es ein Zaubernebel war, und zogen es vor, an ihren Feuern sitzen zu bleiben. Dennoch waren diese ersten paar Schritte der gefährlichste Teil unseres Marschs.

»Aber in den Erzählungen heißt es, daß Ihr alle verschwunden seid«, wandte meine Königin ein. »Ihr wärt von der Insel geflogen, haben Diwrnachs Männer behauptet. Die Geschichte ist berühmt!

Schon meine Mutter hat sie mir erzählt. Ihr könnt nicht einfach behaupten, daß Ihr so mir nichts, dir nichts davonmarschiert seid!«

»Aber so war es«, entgegnete ich.

»Derfel!« sagte sie vorwurfsvoll.

»Wir sind weder verschwunden«, erklärte ich ihr geduldig, »noch sind wir geflogen, egal, was Eure Mutter Euch erzählt hat.«

»Und was ist dann geschehen?« fragte sie, von meiner Fußgängerversion noch immer enttäuscht.

Stundenlang sind wir marschiert, immer auf Nimues Fersen, denn Nimue verfügte über die unheimliche Fähigkeit, stets auch im Dunkeln oder in dichtem Nebel den Weg zu finden. Nimue war es auch gewesen, die mir und meiner Kriegshorde in der Nacht von Lugg Vale den Weg gewiesen hatte, und nun führte sie uns in diesem dichten Winternebel auf Ynys Mon zu einem der großen, grasbewachsenen Hügel, die noch vom Alten Volk stammten. Merlin kannte den Ort, er behauptete sogar, vor Jahren einmal dort geschlafen zu haben. Jetzt befahl er einigen meiner Männer, die Steine am Eingang wegzuräumen, der zwischen zwei geschwungenen, grasbewachsenen, wie Hörner nach vorn ragenden Erdböschungen lag. Dann krochen wir einer nach dem anderen auf allen vieren ins tiefschwarze Innere des Hügels hinein.

Der Hügel, ein Grabmal, war entstanden, indem riesige Felsblöcke zu einem Mittelgang aufeinandergetürmt wurden, von dem sechs kleinere Kammern abgingen, und als das Ganze fertig war, hatte das Alte Volk Gang und Kammern mit Steinplatten abgedeckt und anschließend Erde auf die Platten gehäuft. Die Alten verbrannten ihre Toten nicht wie wir und begruben sie auch nicht in der kalten Erde wie die Christen, sondern bestatteten sie in den Steinkammern, in denen sie auch damals noch lagen, jeder mit seinen persönlichen Schätzen: Trinkhörnern, Hirschgeweihen, Speerspitzen aus Stein, Messern aus Feuerstein, einer Bronzeschale und einer Halskette aus kostbaren Jettstückchen, die auf eine verfaulende Sehne gefädelt waren. Merlin ermahnte uns, die Ruhe der Toten nicht zu stören, denn wir seien hier Gäste, also kauerten wir uns alle in den Hauptgang und mieden die Grabkammern. Wir stimmten Gesänge an und erzählten Geschichten. Merlin erklärte uns, die Alten seien die Hüter Britanniens gewesen, bevor die Britannier kamen, und es gebe Orte, an denen sie noch immer lebten. Er war in den tiefen, vergessenen Tälern der Wildnis gewesen und hatte dort einiges von ihrer Magie gelernt. Wie er uns erzählte, nahmen sie in jedem Jahr das erstgeborene Lamm, fesselten es mit Weidenruten und vergruben es auf einer Weide, damit die übrigen Lämmer alle gesund und stark geboren wurden.

»Das tun wir immer noch«, warf Issa ein.

»Weil eure Vorfahren es vom Alten Volk gelernt haben«, erklärte Merlin.

»In Benoic«, sagte Galahad, »haben wir das Fell des ersten Lamms an einen Baum genagelt.«

»Das hilft auch.« Hohl echote Merlins Stimme durch den dunklen, kalten Gang.

»Die armen Lämmchen«, sagte Ceinwyn, und alle lachten.

Der Nebel lichtete sich, aber tief drinnen im Hügel konnten wir Tag und Nacht nicht unterscheiden – solange wir nicht den Eingang öffneten, damit einige von uns hinauskriechen konnten. Das mußte immer wieder einmal sein, wenn wir nicht im eigenen Dung leben wollten, und falls draußen Tag war, wenn wir die Steine entfernten, versteckten wir uns zwischen den beiden Hörnern des Hügels und sahen zu, wie die dunklen Reiter die Felder absuchten, die Höhlen, Moore, Felsen, Hütten und Wäldchen aus windgebeugten Bäumen. Fünf lange Tage suchten sie uns, während wir in dieser Zeit die letzten Reste unseres Proviants verzehrten und das Wasser tranken, das durch die Hügeldecke hereinsickerte. Dann gelangte Diwrnach endlich zu der Erkenntnis, daß unsere Magie der seinen überlegen sei, und ließ die Suche abbrechen. Vorsichtshalber warteten wir noch zwei Tage, um sicherzugehen, daß dies nicht nur ein Versuch war, uns aus unserem Versteck zu locken, dann machten wir uns auf den Heimweg. Als eine Art Miete legten wir ein wenig Gold zu den Schätzen der Toten, blockierten den Eingang hinter uns und marschierten unter der fahlen Wintersonne nach Osten. An der Küste angelangt, setzten wir unsere Schwerter ein, um zwei Fischerboote zu beschlagnahmen, ließen die heilige Insel hinter uns und segelten gen Osten. Solange ich lebe, werde ich mich daran erinnern, wie die Sonne auf den goldenen Ornamenten und dem silbernen Bauch des Kessels glitzerte, während die Segel uns in Sicherheit brachten. Unterwegs dachten wir uns einen Gesang aus, das Lied des Kessels, das auch heute zuweilen noch gesungen wird, obwohl es, an den Liedern der Barden gemessen, ein armseliger Gesang ist. Wir landeten in Cornovia und marschierten von dort aus südwärts durch Elmet ins freundlich gesinnte Powys. »Und deswegen, Lady«, schloß ich meine Schilderung, »behaupten die Sagen, daß Merlin verschwand.«

Igraine krauste die Stirn. »Haben die dunklen Reiter den Hügel denn nicht durchsucht?«

»Zweimal«, antwortete ich, »aber entweder wußten sie nicht, daß man den Eingang öffnen kann, oder sie fürchteten die Geister der Toten. Und außerdem hatte uns Merlin natürlich durch einen Tarnzauber geschützt.«

»Ich wünschte, Ihr wärt davongeflogen«, grollte sie. »Es wäre eine so viel schönere Erzählung geworden.« Sie seufzte, weil sie um ihren verlorenen Traum trauerte. »Aber die Geschichte vom Kessel ist damit doch noch nicht beendet, oder?«

»Aber nein!«

»Also ...«

»Also werde ich sie Euch an der entsprechenden Stelle erzählen«, fiel ich ihr ins Wort.

Sie zog einen Schmollmund. Heute trägt sie den Umhang aus grauer Wolle, dessen Säume mit Otterfell besetzt sind, und in dem sie besonders hübsch aussieht. Sie ist immer noch nicht schwanger, deswegen glaube ich, daß es ihr entweder nicht bestimmt ist, Kinder zu bekommen, oder daß König Brochvael, ihr Gemahl, zu viel Zeit mit Nwylle, seiner Geliebten, verbringt. Es ist kalt heute, der Wind rüttelt an meinem Fenster und zerrt an den kleinen Flammen in der Feuerstelle, die mit Leichtigkeit ein Feuer beherbergen könnte, das zehnmal so groß ist wie jenes, das Bischof Sansum mir zubilligt. Ich höre, wie der Heilige Bruder Arun schilt, unseren Klosterkoch. Der Haferbrei war heute morgen so heiß, daß sich der heilige Tudwal die Zunge verbrannt hat. Tudwal ist ein Kind in unserem Kloster und des Bischofs inniger Gefährte in Christo. Im vergangenen Jahr hat ihn der Bischof zum Heiligen erklärt. Der Teufel legt viele Fallstricke in den Weg des wahren Glaubens.

»Dann wart es also Ihr und Ceinwyn«, warf Igraine mir vor.

»Was waren wir?« fragte ich zurück.

»Ihr wart ihr Liebster«, sagte Igraine.

»Ein Leben lang, Lady«, gestand ich.

»Aber Ihr habt Euch nie mit ihr vermählt?«

»Niemals. Sie hatte einen Eid geschworen, das wißt Ihr doch.«

»Aber sie ist auch nicht von einem Kind zerrissen worden«, stellte Igraine fest.

»Das dritte Kind hätte sie fast umgebracht«, antwortete ich, »doch bei den anderen war es leichter.«

Igraine kauerte vor dem Feuer und hielt ihre bleichen Hände an die kärglichen Flammen. »Ihr könnt Euch glücklich schätzen, Derfel.«

»Kann ich das?«

»Eine solche Liebe kennengelernt zu haben...« Sie sagte es sehnsüchtig. Die Königin ist so alt wie Ceinwyn damals, als ich sie zum erstenmal sah, und wie Ceinwyn ist sie sehr schön und verdient eine Liebe, von der die Barden singen.

»Ja, ich kann mich glücklich schätzen«, räumte ich ein. Draußen vor meinem Fenster stapelt Bruder Maelgwyn den Holzstoß des Klosters auf, zerkleinert die Holzstücke mit Hammer und Keil und singt dabei. Sein Gesang erzählt die Liebesgeschichte von Rhydderch und Morag, und das bedeutet, daß er getadelt werden wird, sobald der heilige Sansum Arun genügend gedemütigt hat. Wir sind alle Brüder in Christo, erklärt uns der Heilige immer wieder, und vereint in unserer Liebe.

»War Cuneglas nicht verärgert darüber, daß seine Schwester mit Euch durchgebrannt ist?« fragte mich Igraine. »Auch nicht das allerkleinste bißchen?«

»Nicht im geringsten«, antwortete ich. »Er wollte sogar, daß wir wieder nach Caer Sws zurückkehrten, aber wir blieben lieber in Cwm Isaf. Und ihre Schwägerin hat Ceinwyn im Grunde nie so recht gemocht. Helledd war eine ewige Nörglerin, wißt Ihr, und hatte zwei Tanten, die sehr streng waren. Sie haben Ceinwyn stets mißbilligt, und sie waren es auch, die die Skandalgeschichten verbreitet haben, aber wir selbst haben uns nie skandalös verhalten.« Der alten Zeiten gedenkend, hielt ich inne. »Im Grunde waren die meisten Leute sehr freundlich zu uns«, fuhr ich fort. »Ihr müßt wissen, daß es in Powys immer noch einigen Groll wegen Lugg Vale gab. Zu viele Menschen hatten Väter, Brüder, Ehemänner verloren, und Ceinwyns Aufbegehren war eine Art Vergeltung für sie. Die Leute genossen es, Arthur und Lancelot in Verlegenheit zu sehen, deswegen war außer Helledd und ihren fürchterlichen Tanten kein Mensch unfreundlich zu uns.«

»Und Lancelot hat nicht mit Euch um sie gekämpft?« fragte Igraine entgeistert.

»Ich wünschte, er hätte es getan«, entgegnete ich ironisch. »Es wäre mir eine Wonne gewesen.«

»Und Ceinwyn hat das einfach selbst entschieden?« erkundigte sich Igraine, die allein die Vorstellung, daß eine Frau so etwas sagen konnte, in Erstaunen versetzte. Sie erhob sich und trat ans Fenster, wo sie eine Weile lauschte, während Maelgwyn sang. »Arme Gwenhwyvach«, sagte sie unvermittelt. »Ihr schildert sie als sehr unscheinbar, dick und langweilig.«

»Genau das war sie leider auch.«

»Nicht jeder Mensch kann schön sein«, erwiderte sie mit der Selbstsicherheit eines sehr schönen Menschen.

»Nein«, stimmte ich zu, »aber Ihr wollt sicher keine Erzählungen über Alltägliches hören. Ihr wollt, daß es in Arthurs Britannien Leidenschaft gibt, und ich konnte keine Leidenschaft für Gwenhwyvach empfinden. Liebe kann man nicht herbeibefehlen, Lady, das können nur Schönheit oder Wollust. Wollt Ihr, daß die Welt fair sei? Dann stellt Euch eine Welt ohne Krieg vor, ohne Königinnen, Lords, Leidenschaft und Magie. Wollt Ihr in einer so langweiligen Welt leben?«

»Das hat nichts mit Schönheit zu tun«, protestierte Igraine.

»Es hat sehr wohl mit Schönheit zu tun. Woher habt Ihr Euren Rang, wenn nicht durch den Zufall Eurer Geburt? Und woher habt Ihr Eure Schönheit, wenn nicht durch Zufall? Wenn die Götter …« Ich hielt inne, um mich zu korrigieren. »Wenn Gott wollte, daß wir alle gleich sind, hätte er uns gleich geschaffen, und wenn wir alle gleich wären – wo bliebe dann Eure Romantik?«

Sie ließ das Thema fallen. »Glaubt Ihr an Magie, Bruder Derfel?« forderte sie mich statt dessen heraus.

Ich überlegte einen Moment. »Ja«, antwortete ich dann. »Selbst als Christen können wir daran glauben. Denn was sind Wunder, wenn nicht Magie?«

»Und Merlin konnte wirklich einen Nebel herzaubern?«

Ich krauste die Stirn. »Alles, was Merlin tat, Lady, war auf andere Weise zu erklären. Nebel steigen vom Meer auf, und Verlorenes wird tagtäglich wiedergefunden.«

»Und die Toten erwachen zum Leben?«

»Lazarus schon«, entgegnete ich. »Und unser Heiland.« Ich bekreuzigte mich.

Pflichtschuldigst schlug auch Igraine das Kreuz. »Aber ist Merlin von den Toten auferstanden?« fragte sie mich sodann.

»Ich bin nicht sicher, ob er tot war«, antwortete ich vorsichtig.

»Aber Ceinwyn war sicher?«

»Bis an ihr Lebensende, Lady.«

Igraine wickelte sich den goldgeflochtenen Gürtel ihres Gewands um die Finger. »Aber bestand denn nicht genau darin die Magie des Kessels? Daß er Tote auferwecken konnte?«

»Das hat man uns erzählt.«

»Und daß Ceinwyn den Kessel fand, war doch auch Magie«, fuhr Igraine fort.

»Vielleicht«, räumte ich ein, »aber vielleicht war es auch nur der gesunde Menschenverstand. Merlin hatte viele Monate damit zugebracht, jede kleinste Erinnerung an Ynys Mon zu sammeln. Er wußte, wo die Druiden ihr heiliges Zentrum hatten, am Llyn Cerrig Bach, und Ceinwyn hat uns lediglich zum nächsten Ort geführt, an dem der Kessel sicher versteckt werden konnte. Allerdings hatte sie ihren Traum.«

»Aber Ihr auch«, wandte Igraine ein. »Auf dem Dolforwyn. Was war das, was Merlin Euch zu trinken gab?«

»Das gleiche, was Nimue Ceinwyn am Llyn Cerrig Bach zu trinken gab«, antwortete ich. »Vermutlich ein Gebräu aus Fliegenpilzen.«

»Aber die sind doch giftig!« rief Igraine entgeistert.

Ich nickte. »Deswegen hatte ich auch Zuckungen und konnte nicht aufstehen.«

»Aber Ihr hättet sterben können!« rief sie protestierend.

Ich schüttelte den Kopf. »An Fliegenpilzen stirbt kaum jemand, und außerdem war Nimue in diesen Dingen erfahren.« Ich entschied, ihr nicht zu verraten, wie man jemandem den Fliegenpilz am sichersten beibringt: indem man dem Träumer einen Becher mit dem Urin des Zauberers zu trinken gibt, der zuvor etwas von dem Giftpilz gegessen hat. »Vielleicht hat sie auch Mutterkorn verwendet«, fuhr ich fort. »Aber ich glaube, daß es Fliegenpilze waren.«

Igraines Miene wurde finster, weil der heilige Sansum Bruder Maelgwyn befahl, mit seinen heidnischen Gesängen innezuhalten. Der Heilige ist in letzter Zeit reizbarer als sonst. Er hat beim Wasserlassen starke Schmerzen, möglicherweise wegen eines Steins. Wir beten für ihn.

»Und wie geht es weiter?« fragte Igraine, Sansums Schelte nicht beachtend.

»Wir gingen nach Hause«, antwortete ich. »Nach Powys zurück.«

»Und zu Arthur?« fragte sie eifrig.

»Auch zu Arthur«, bestätigte ich, denn dies ist seine Geschichte: die Geschichte unseres geliebten Kriegsherrn, unseres Gesetzgebers, unseres Arthur.

Der Frühling war wundervoll in Cwm Isaf – aber vielleicht ist es ja so, daß einem, wenn man verliebt ist, alle Dinge üppiger und strahlender erscheinen –, jedenfalls schien es mir, als wäre die Welt noch nie so voller Schlüsselblumen gewesen, so voller Bingelkraut, Glockenblumen und Veilchen, Lilien und dicken Kissen von Wiesenkerbel. Blaue Schmetterlinge betupften die Wiese, wo wir unter rosa blühenden Apfelbäumen große, dicht verflochtene Queckenbüschel aus der Erde zogen. Wendehälse sangen im Blütenmeer, am Bach fanden wir Uferläufer, und unter Cwm Isafs Reetdach baute eine Bachstelze ihr Nest. Wir hatten fünf Kälber, allesamt gesund, hungrig und sanftäugig, und Ceinwyn war schwanger.

Nach der Rückkehr aus Ynys Mon hatte ich für uns beide Liebesringe angefertigt. Sie trugen ein eingeritztes Kreuz, aber es war nicht das Christenkreuz. Frauen, die ihre Jungfernschaft hinter sich gelassen hatten, trugen oft solche Ringe. Die meisten Frauen nahmen ein paar zusammengedrehte Strohhalme von ihren Liebhabern und trugen sie als Abzeichen; die Frauen der Speerkämpfer trugen gewöhnlich einen Kriegerring, in den ein Kreuz geritzt worden war, während die Damen von höchstem Rang fast niemals einen Ring trugen, weil sie das als vulgäres Symbol verachteten. Aber auch Männer trugen sie manchmal. Valerin, ein Häuptling aus Powys, hatte so einen Liebesring getragen, als er im Lugg Vale fiel. Valerin war Guineveres Verlobter gewesen, bevor sie Arthur kennenlernte.

Unsere Ringe waren beide Kriegerringe, geschmiedet aus einem sächsischen Streitaxtblatt, und bevor ich Merlin verließ, der nach Ynys Wydryn im Süden weiterreiste, brach ich heimlich ein Stückchen von den Verzierungen des Kessels ab; es handelte sich um einen winzigen goldenen Speer, den ein Krieger trug und der sich leicht entfernen ließ. Ich verwahrte das Gold in meinem Beutel, und sobald ich wieder in Cwm Isaf war, brachte ich das Bruchstück mitsamt den beiden Kriegerringen zu einem Metallverarbeiter dort und sah zu, wie er das Gold einschmolz und zu zwei Kreuzen formte, die er auf das Eisen schmiedete. Ich stand daneben, um mich zu vergewissern, daß er das Gold nicht mit fremdem Gold vertauschte. Ich überreichte Ceinwyn den einen Ring und trug den anderen an meiner Hand. Ceinwyn lachte, als sie den Ring sah. »Ein Strohhalm hätte auch gereicht, Derfel«, sagte sie.

»Gold vom Kessel wird uns bessere Dienste leisten«, widersprach ich. Sehr zu Königin Helledds Mißfallen trugen wir die Ringe ständig.

In jenem zauberhaften Frühling kam Arthur uns besuchen. Er traf mich an, als ich gerade mit nacktem Oberkörper Quecken herauszog, eine Arbeit, die genauso endlos war wie das Spinnen. Vom Bachufer aus rief er mir schon etwas entgegen und kam dann bergauf, um mich zu begrüßen. Er war in ein graues Leinenhemd und eine lange, dunkle Hose gekleidet und trug kein Schwert. »Ich sehe gern zu, wenn ein Mann arbeitet«, neckte er mich.

»Quecken jäten ist anstrengender als kämpfen«, knurrte ich und drückte mir beide Hände ins Kreuz. »Seid Ihr gekommen, um mir zu helfen?«

»Ich bin gekommen, um Cuneglas aufzusuchen«, berichtigte er

und setzte sich auf einen Felsblock in der Nähe eines der Apfelbäume, die auf der Wiese standen.

»Krieg?« fragte ich, als könnte Arthur etwas anderes nach Powys geführt haben.

Er nickte. »Es wird Zeit, die Speere zusammenzurufen, Derfel. Vor allem« – er lächelte – »die Krieger des Kessels.« Dann bestand er darauf, die ganze Geschichte von mir zu hören. Als ich endete, war er so höflich, sich für seine Zweifel an der Existenz des Kessels zu entschuldigen. Ich bin überzeugt, daß Arthur das Ganze noch immer für Unsinn hielt, sogar für gefährlichen Unsinn; denn unsere erfolgreiche Suche hatte Dumnonias Christen verärgert, die, wie Galahad mir berichtet hatte, der Meinung waren, daß wir das Werk des Teufels verrichteten. Merlin hatte den kostbaren Kessel nach Ynys Wydryn mitgenommen, wo er in seinem Turm verwahrt werden sollte. Zur rechten Zeit, erklärte Merlin, werde er die mächtigen Kräfte des Kessels rufen, vorerst aber verlieh der Kessel Dumnonia durch seine bloße Anwesenheit neue Zuversicht – trotz der Feindseligkeit der Christen. »Obwohl ich gestehen muß«, behauptete Arthur, »daß mir der Anblick versammelter Speerkämpfer mehr Zuversicht verleiht. Wie Cuneglas mir sagt, wird er nächste Woche marschieren, Lancelots Silurier versammeln sich in Isca, und Tewdrics Männer sind ebenfalls marschbereit. Außerdem wird es ein trockenes Jahr werden, Derfel, also ein gutes Jahr für den Kampf.«

Ich stimmte ihm zu. Die Eschen hatten vor den Eichen ausgeschlagen, und das bedeutete einen trockenen Sommer, und ein trockener Sommer bedeutete festen Boden für Schildwälle. »Und wo wollt Ihr meine Männer haben?« erkundigte ich mich.

»Bei mir, natürlich«, antwortete er. Dann hielt er inne, um mir ein verschmitztes Lächeln zu schenken. »Wollt Ihr mir denn gar nicht gratulieren, Derfel?«

»Euch, Lord?« fragte ich, Unwissenheit vortäuschend, damit er mir die große Neuigkeit selbst mitteilen konnte.

Sein Lächeln wurde breiter. »Guinevere ist vor einem Monat niedergekommen. Es ist ein Sohn, ein prächtiger Knabe!«

»Lord!« rief ich und heuchelte Überraschung, obwohl wir schon vor einer Woche von der Geburt erfahren hatten.

»Er ist gesund und hat mächtigen Hunger! Ein gutes Zeichen.« Daß er sich freute, war nicht zu übersehen, aber er hatte stets Freude an den alltäglichen Dingen des Lebens. Er sehnte sich nach einer starken Familie in einem fest gebauten Haus, umgeben von sorgsam gepflegten Feldern. »Wir haben ihn Gwydre genannt«, sagte er und wiederholte den Namen liebevoll. »Gwydre.«

»Ein guter Name, Lord«, sagte ich. Dann unterrichtete ich ihn von Ceinwyns Schwangerschaft, und Arthur bestimmte augenblicklich, daß unser Kind eine Tochter werden und, wenn die Zeit gekommen sei, natürlich mit seinem Gwydre vermählt werden müsse. Er legte mir den Arm um die Schulter und ging mit mir gemeinsam zum Haus hinauf, wo wir Ceinwyn antrafen, die gerade Sahne von einer Schale Milch schöpfte. Arthur umarmte sie herzlich und bestand darauf, daß sie das Buttern den Mägden überlassen und in die Sonne herauskommen müsse, um sich mit uns zu unterhalten.

Wir setzten uns auf eine Bank, die Issa unter dem Apfelbaum neben der Haustür gezimmert hatte. Ceinwyn erkundigte sich nach Guinevere. »War es eine leichte Geburt?« fragte sie ihn.

»Das war es.« Flüchtig berührte er ein eisernes Amulett an seinem Hals. »Das war es tatsächlich, und es geht ihr gut!« Er verzog das Gesicht. »Sie macht sich Sorgen, daß sie alt aussehen wird, nachdem sie ein Kind geboren hat, aber das ist Unsinn. Meine Mutter hat nie alt ausgesehen. Und ein Kind wird Guinevere guttun.« Er lächelte, weil er sich vorstellte, daß Guinevere den Sohn ebenso lieben würde wie er selbst. Gwydre war natürlich nicht sein erstes Kind. Ailleann, seine irische Geliebte, hatte ihm Zwillingssöhne geboren, Amhar und Loholt, die inzwischen alt genug waren, um ihren Platz im Schildwall einzunehmen, doch Arthur freute sich keineswegs auf ihre Gesellschaft. »Sie mögen mich nicht«, gestand er uns, als ich mich nach den Zwillingen erkundigte, »aber sie mögen unseren alten Freund Lancelot.« Als er diesen Namen erwähnte, warf er uns einen entschuldigenden Blick zu. »Also werden sie mit seinen Männern kämpfen«, ergänzte er.

»Kämpfen?« fragte Ceinwyn argwöhnisch.

Arthur sah sie lächelnd an. »Ich bin gekommen, um Euch Derfel wegzunehmen, Lady.«

»Bringt ihn mir bitte wieder zurück, Lord«, lautete ihre einzige Antwort.

»Mit Schätzen für ein Königreich«, versicherte Arthur. Dann wandte er sich um und musterte Cwm Isafs niedrige Mauern mit dem dicken Reetdach, das uns warm hielt, und dem dampfenden Misthaufen, der hinter der Giebelwand lag. Es war zwar nicht so groß wie die meisten Farmhäuser von Dumnonia, aber es war jene Art Haus, wie sie den wohlhabenden Freien in Powys gehörten, und wir liebten es. Ich dachte, Arthur werde einen Vergleich zwischen meinem gegenwärtigen bescheidenen Leben und meinem zukünftigen Reichtum ziehen, und war bereit, Cwm Isaf gegen derartige Vergleiche zu verteidigen. Statt dessen war seine Miene wehmütig. »Ich beneide Euch um das hier, Derfel.«

»Ein Wort, und es gehört Euch, Lord«, gab ich zurück, weil ich die Sehnsucht in seiner Stimme hörte.

»Ich bin zu Marmorsäulen und himmelhohen Giebeln verdammt.« Dann lachte er seine Stimmung davon. »Morgen werde ich aufbrechen«, sagte er. »Cuneglas wird mir innerhalb von zehn Tagen folgen. Würdet Ihr mit ihm kommen? Oder auch früher, falls Ihr könnt. Und bringt so viel Proviant wie nur möglich mit.«

»Wohin?« fragte ich ihn.

»Nach Corinium«, antwortete er. Dann erhob er sich und blickte das Tal entlang, bevor er lächelnd zu mir heruntersah. »Ein letztes Wort?« bat er mich.

»Ich muß aufpassen, daß Scarach die Milch nicht kochen läßt«, sagte Ceinwyn, die seinen allzu eindeutigen Wink verstand. »Ich wünsche Euch Sieg, Lord«, sagte sie zu Arthur. Dann stand sie auf und umarmte ihn zum Abschied.

Arthur und ich schlenderten das Tal entlang, wo er die frisch verflochtenen Hecken bewunderte, die sauber beschnittenen Apfelbäume und den kleinen Fischteich, den wir im Bach aufgestaut hatten. »Schlagt nicht zu tief Wurzeln in diesem Boden, Derfel«, riet er mir. »Ich möchte Euch wieder bei mir in Dumnonia haben.«

»Nichts wäre mir eine größere Freude, Lord«, gab ich zurück, weil ich wußte, daß es nicht Arthur war, der mich von meiner Heimat fernhielt, sondern seine Gemahlin und ihr Verbündeter Lancelot.

Arthur lächelte, sagte aber kein weiteres Wort über meine Heimkehr. »Ceinwyn«, bemerkte er statt dessen, »scheint sehr glücklich zu sein.«

»Das ist sie. Das sind wir.«

Er zögerte einen Moment. »Ihr werdet möglicherweise feststellen«, teilte er mir mit der Autorität eines frischgebackenen Vaters mit, »daß die Schwangerschaft sie gereizt werden läßt.«

»Bis jetzt nicht, Lord«, antwortete ich, »obwohl wir erst in den ersten Wochen sind.«

»Ihr habt großes Glück mit ihr«, sagte er leise, und rückblickend denke ich, daß ich damals zum ersten Mal eine ganz leichte Andeutung von Kritik an Guinevere von ihm gehört habe. »Die Schwangerschaft ist eine anstrengende Zeit«, setzte er hastig als Erklärung hinzu, »und diese Kriegsvorbereitungen tun das ihre. Leider kann ich nicht so oft zu Hause sein, wie ich gern möchte.« Er machte bei einer uralten Eiche halt, die von einem Blitzschlag getroffen war; der brandgeschwärzte Stamm war in der Mitte gespalten, aber selbst jetzt noch brachte der alte Baum neue grüne Schößlinge hervor. »Ich muß Euch um einen Gefallen bitten«, sagte er leise.

»Was immer Ihr wollt, Lord.«

»Nicht so voreilig, Derfel, Ihr wißt noch nicht, worum es sich handelt.« Als er innehielt, ahnte ich, daß es eine Bitte war, die auszusprechen ihn in Verlegenheit brachte. Ein oder zwei Sekunden lang konnte er gar nichts sagen. Statt dessen starrte er zu den Wäldern am südlichen Ende des Tals hinüber und murmelte etwas über Rotwild und Glockenblumen.

»Glockenblumen?« fragte ich erstaunt und glaubte mich verhört zu haben.

»Ich habe mich nur gefragt, warum das Rotwild niemals Glockenblumen frißt«, antwortete er ausweichend. »Die fressen doch sonst immer alles.«

»Ich weiß es nicht, Lord.«

Er zögerte einen Herzschlag lang. Dann blickte er mir in die Augen. »Ich habe um eine Versammlung der Mithrasjünger in Corinium gebeten«, gestand er schließlich ein.

Da begriff ich, was kommen würde, und wappnete mich. Der

Krieg hatte mir so manchen Lohn eingebracht, doch keiner war mir so wertvoll wie die Bruderschaft des Mithras. Er war der Soldatengott der Römer gewesen und war, als die Römer abzogen, in Britannien geblieben. Die Männer, die in die Mysterien eingewiesen werden sollten, wurden von den Eingeweihten sorgfältig ausgesucht. Diese Eingeweihten kamen aus allen Königreichen und kämpften ebenso oft gegeneinander wie Seite an Seite, doch wenn sie sich in der Halle des Mithras trafen, kamen sie in Frieden. Sie wählten nur die Tapfersten der Tapferen zu ihren Brüdern. Ein Mithrasbruder zu werden bedeutete, das Lob der besten Krieger Britanniens zu empfangen, und war eine Ehre, die ich keinem Mann leichtfertig zuteil werden lassen würde. Frauen waren beim Mithraskult natürlich nicht zugelassen. Ja, sollte eine Frau jemals die Mysterien sehen, würde sie auf der Stelle getötet werden.

»Ich habe die Versammlung einberufen«, fuhr Arthur fort, »weil ich möchte, daß wir Lancelot zu den Mysterien zulassen.« Ich hatte geahnt, daß dies der Grund war. Guinevere hatte mir diesen Wunsch schon im letzten Jahr vorgetragen, aber ich hatte in den darauffolgenden Monaten gehofft, daß sie diese Idee wieder aufgeben werde. Nun war sie hier, am Vorabend des Krieges, plötzlich wieder aufgetaucht.

Ich suchte nach einer diplomatischen Antwort. »Wäre es nicht besser, Lord«, begann ich, »wenn König Lancelot warten würde, bis die Sachsen endgültig besiegt sind? Dann werden wir ihn doch bestimmt im Kampf gesehen haben.« Bis jetzt hatte keiner von uns Lancelot je in einem Schildwall angetroffen, und es würde mich, ehrlich gesagt, wundern, ihn im kommenden Sommer kämpfen zu sehen. Ich hoffte, mein Vorschlag würde den schrecklichen Moment der Wahl um einige Monate hinausschieben.

Arthur reagierte mit einer unbestimmten Geste, als wäre mein Vorschlag irgendwie irrelevant. »Wir stehen unter einem gewissen Zeitdruck«, erklärte er, »der es erfordert, ihn sofort zu wählen.«

»Was für ein Druck?« fragte ich erstaunt.

»Seine Mutter ist krank.«

Ich lachte. »Kaum ein Grund, einen Mann in den Mithrasbund zu wählen, Lord.«

Arthur zog finster die Brauen zusammen, da er wußte, daß seine

Argumente schwach waren. »Er ist ein König, Derfel«, sagte er, »und er führt ein königliches Heer in unsere Schlachten. Er mag Siluria nicht, und das kann ich verstehen. Er sehnt sich nach den Dichtern, Harfenistinnen und Hallen von Ynys Trebes; aber er hat jenes Königreich verloren, weil ich meinen Eid nicht erfüllen konnte und seinem Vater mit meinen Truppen nicht zu Hilfe kam. Wir sind ihm etwas schuldig, Derfel.«

»Ich nicht, Lord.«

»Wir sind ihm etwas schuldig«, wiederholte Arthur.

»Dennoch sollte er auf Mithras warten«, erklärte ich energisch. »Wenn Ihr seinen Namen jetzt vorbringt, Lord, bin ich sicher, daß er zurückgewiesen wird.«

Er hatte gefürchtet, daß ich das sagen werde, wollte aber nicht nachgeben. »Ihr seid mein Freund«, fuhr er fort und winkte jede Bemerkung fort, die ich vielleicht machen wollte. »Und es würde mich freuen, Derfel, wenn mein Freund in Dumnonia genauso geehrt werden würde wie in Powys.« Er hatte auf den Stamm der sturmversehrten Eiche gestarrt, nun aber hob er den Blick und sah mich an. »Ich möchte Euch in Lindinis sehen, mein Freund, und wenn Ihr, Ihr vor allen anderen, Lancelots Aufnahme in der Mithrashalle unterstützt, wäre seine Wahl besiegelt.«

Darin lag weit mehr, als Arthur mit Worten gesagt hatte. Er hatte mir unterschwellig bestätigt, daß es Guinevere war, die wegen Lancelots Kandidatur Druck ausübte, und daß mir in Guineveres Augen alle Vergehen vergeben wären, wenn ich ihr diesen einen Wunsch erfüllte. Wenn ich Lancelot in die Mithrasbruderschaft wählen würde, wollte er sagen, könnte ich mit Ceinwyn nach Dumnonia zurückkehren und das ehrenvolle Amt als Mordreds Champion antreten, mit all dem Reichtum, dem Landbesitz und dem Rang, die diese hohe Position mit sich brachte.

Ich beobachtete, wie eine Gruppe meiner Speerkämpfer vom hohen Berg im Norden herabkam. Einer von ihnen hielt ein Lamm auf den Armen, das, wie ich vermutete, ein Waisenkind war und von Ceinwyn aufgezogen werden mußte. Das war eine mühsame Arbeit, denn das Lamm mußte mit einer in Milch getauchten Stoffzitze gesäugt werden, und in den meisten Fällen starben diese Winzlinge schon bald; aber Ceinwyn bestand darauf, wenigstens zu versuchen, ihnen das Leben zu retten. Sie hatte allen strikt verboten, eins der Lämmer in Weiden gebunden zu vergraben oder ihr Fell an einen Baum zu nageln, und trotz dieser Versäumnisse schien die Herde zu gedeihen. Ich seufzte. »Ihr wollt Lancelot also in Corinium zur Wahl vorschlagen«, sagte ich.

»Ich nicht, nein. Das wird Bors übernehmen. Bors hat gesehen, wie er kämpft.«

»Dann wollen wir hoffen, Lord, daß Bors eine goldene Zunge besitzt.«

Arthur lächelte. »Wollt Ihr mir jetzt keine Antwort geben?«

»Keine, die Ihr gern hören würdet, Lord.«

Achselzuckend ergriff er meinen Arm und kehrte mit mir zusammen zurück. »Ich hasse diese Geheimbruderschaften«, sagte er milde, und ich glaubte ihm, denn ich hatte Arthur noch niemals bei einem Mithrastreffen gesehen, obwohl ich wußte, daß er vor vielen Jahren aufgenommen worden war. »Kulte wie der Mithraskult«, sagte er, »sollen die Männer zusammenschweißen, aber sie dienen nur dazu, sie auseinanderzutreiben. Sie wecken Neid. Manchmal aber, Derfel, muß man ein Übel mit einem anderen bekämpfen, deswegen erwäge ich, einen neuen Kriegerbund zu gründen. Einen Bund, dem alle Männer angehören werden, die ihre Waffen gegen die Sachsen erhoben haben, alle. Ich werde diesen Bund zum ehrenhaftesten von ganz Britannien machen.«

»Und zum größten, hoffentlich«, gab ich zurück.

»Ohne die Landwehr«, sagte er und beschränkte seinen ehrenvollen Bund dadurch auf jene, die ihren Speer auf Grund eines Schwurs trugen, statt auf Grund von Besitzverpflichtungen. »Die Männer werden lieber zu meinem Bund gehören wollen als zu einem mysteriösen Geheimkult.«

»Wie werdet Ihr ihn nennen?« wollte ich wissen.

»Keine Ahnung. Krieger Britanniens? Die Kameraden? Die Speere von Cadarn?« Er sagte es leichthin, aber es war deutlich, daß er es ernst meinte.

»Und Ihr meint, wenn Lancelot zu diesen ›Kriegern Britanniens‹ gehört, wird es ihm nichts ausmachen, nicht in die Mithrasbruderschaft aufgenommen zu werden?« fragte ich ihn.

»Es könnte helfen«, gab er zu, »aber es ist nicht mein eigentlicher Grund. Ich werde diesen Kriegern eine Verpflichtung auferlegen. Wenn sie sich uns anschließen wollen, werden sie einen Blutseid leisten müssen, nie wieder gegeneinander zu kämpfen.« Er warf mir ein flüchtiges Lächeln zu. »Wenn sich die Könige von Britannien zanken, werde ich es ihren Kriegern unmöglich machen, gegeneinander zu kämpfen.«

»Nicht unmöglich«, stellte ich nüchtern fest. »Ein Königseid ist stärker als alle anderen, stärker sogar als Euer Blutseid.«

»Dann werde ich es ihnen schwermachen«, erwiderte er, »denn ich werde Frieden schaffen, Derfel, ich werde Frieden schaffen. Und Ihr, mein Freund, werdet ihn in Dumnonia mit mir teilen.«

»Das hoffe ich, Lord.«

Er umarmte mich. »Wir treffen uns in Corinium«, sagte er. Mit erhobener Hand grüßte er meine Speerkämpfer. Dann wandte er sich zu mir zurück. »Denkt an Lancelot, Derfel. Und denkt über die Tatsache nach, daß wir zuweilen ein wenig von unserem Stolz aufgeben müssen, um einen großen Frieden zu schließen.«

Mit diesen Worten schritt er davon, während ich zu meinen Männern ging, um ihnen mitzuteilen, daß die Zeit des Ackerns vorbei sei. Jetzt mußten wir Speerspitzen schärfen, Schwerter schleifen und Schilde frisch bemalen, lackieren und beziehen. Wir waren wieder einmal im Krieg.

Wir brachen zwei Tage vor Cuneglas auf, der noch wartete, bis seine Häuptlinge mit ihren in rauhe Pelze gekleideten Kriegern aus Powys' Bergfestungen im Westen eintrafen. Er trug mir auf, Arthur zu versprechen, daß die Männer aus Powys innerhalb einer Woche in Corinium sein würden. Dann umarmte er mich und schwor mir bei seinem Leben, daß Ceinwyn in Sicherheit sein würde. Sie hielt mit einer kleinen Truppe wieder in Caer Sws Einzug. Die Truppe sollte Cuneglas' Familie bewachen, während er selbst sich im Krieg befand. Ceinwyn zögerte, in die Frauenhalle zurückzukehren, in der Helledd und deren Tanten regierten; da ich jedoch Merlins Geschichte von dem Hund, der im Isistempel getötet und dessen Fell einer verkrüppelten Hündin umgelegt worden war, nicht vergessen konnte, flehte ich Ceinwyn so lange an, mir zuliebe in Caer Sws Zuflucht zu suchen, bis sie schließlich doch nachgab.

Ich verstärkte Cuneglas' Palastwache um sechs meiner Männer und marschierte mit dem Rest, allesamt Krieger des Kessels, gen Süden. Wir alle hatten Ceinwyns fünfzackigen Stern auf unsere Schilde gemalt. Wir trugen jeder zwei Speere, unsere Schwerter sowie riesige Bündel mit zwiegebackenem Brot, Pökelfleisch, hartem Käse und Stockfisch auf dem Rücken. Es tat gut, wieder zu marschieren, obwohl unser Weg durch Lugg Vale führte, wo die Toten von Wildschweinen ausgegraben worden waren, so daß der Talgrund wie ein Beinhaus wirkte. Da ich befürchtete, der Anblick der Knochen könnte Cuneglas' Männer an ihre Niederlage erinnern, bestand ich darauf, daß wir einen halben Tag damit verbrachten, die Leichen wieder einzugraben. Allen Leichen fehlte ein Fuß. Da nach Lugg Vale nicht jeder Tote verbrannt werden konnte, wie es uns am liebsten gewesen wäre, hatten wir den größten Teil unserer Toten begraben, ihnen jedoch einen Fuß genommen, um zu verhindern, daß ihre Seele umherirrte. Jetzt brachten wir die einfüßigen Toten zum zweitenmal unter die Erde, doch selbst nach einem halben Tag Arbeit war es nicht möglich, die Metzelei, die an diesem Ort stattgefunden hatte, zu verbergen. Ich legte eine Arbeitspause ein, um den römischen Schrein aufzusuchen, an dem mein Schwert den Druiden Tanaburs getötet und wo Nimue Gundleus' Seele vernichtet hatte, und legte mich dort flach auf den noch immer blutbesudelten Boden zwischen die aufgetürmten, mit Spinnweben überzogenen Totenschädel, um darum zu beten, daß ich unversehrt zu meiner Ceinwyn zurückkehren dürfe.

Die folgende Nacht verbrachten wir in Magnis, einer Stadt, die Welten von nebelumwogten Kesseln und nächtlichen Erzählungen über die Kleinodien Britanniens trennten. Wir waren in Gwent, auf christlichem Territorium, und alles hier war mit grimmigen Aufgaben beschäftigt. Die Schmiede stellten Speerspitzen her, die Gerber fertigten Schildüberzüge, Schwertscheiden, Schwertgurte und Stiefel, während die Frauen der Stadt jene harten, dünnen Brotlaibe backten, die sich in Feldzügen wochenlang hielten. König Tewdrics Männer steckten in ihren römischen Uniformen mit Brustharnischen aus Bronze, Lederröcken und langen Mänteln. Einhundert dieser Männer waren bereits nach Corinium abmarschiert, und weitere zweihundert sollten ihnen folgen, allerdings nicht unter dem Oberbefehl ihres Königs, denn Tewdric war krank. Meurig, der Edling von Gwent, würde ihr nomineller Befehlshaber sein, tatsächlich aber übernahm Agricola den Befehl. Agricola war ein alter Mann geworden, aber sein Rücken war kerzengerade, und sein vernarbter Arm konnte immer noch ein Schwert führen. Er sei römischer als die Römer, hieß es, und ich hatte mich immer ein wenig vor seiner finsteren Miene gefürchtet, aber an diesem Frühlingstag vor den Toren von Magnis begrüßte er mich wie einen Gleichgestellten. Er duckte seinen grauen Schädel mit dem kurzgeschorenen Haar unter dem Eingang seines Zeltes hindurch, dann kam er mir in seiner römischen Uniform entgegen und empfing mich zu meinem größten Erstaunen mit einer Umarmung.

Dann inspizierte er meine vierunddreißig Speerkämpfer. Die wirkten neben seinen glattrasierten Männern zwar zottig und ungepflegt, aber er lobte ihre Waffen und vor allem die Menge an Proviant, die wir mitbrachten. »Ich habe Jahre damit verbracht, den Leuten klarzumachen, daß es sinnlos ist, einen Speerkämpfer ohne eine Packladung Lebensmittel in den Krieg zu schicken«, grollte er, »aber was macht Lancelot von Siluria? Er schickt mir einhundert Speerkämpfer ohne einen einzigen Bissen Brot.« Er bat mich in sein Zelt, wo er mir einen sauren, blassen Wein servierte. »Ich muß mich bei Euch entschuldigen, Lord Derfel«, begann er.

»Das möchte ich bezweifeln, Lord«, gab ich zurück. Es brachte mich in Verlegenheit, allein mit einem so berühmten Krieger zu sprechen, der alt genug war, mein Großvater zu sein.

Mit einer Handbewegung tat er meine Bescheidenheit ab. »Wir hätten im Lugg Vale dabeisein müssen.«

»Es schien ein hoffnungsloser Kampf zu sein, Lord«, wandte ich ein, »und wir waren verzweifelt. Ihr dagegen nicht.«

»Aber Ihr habt gesiegt, oder?« knurrte er. Dann wandte er sich um, weil ein leichter Wind eine hauchdünne Holzspanplatte von seinem Tisch zu wehen drohte, der mit einer ganzen Anzahl weiterer solcher Spanplatten bedeckt war, auf denen Männer und Rationen aufgelistet waren. Er beschwerte das hauchdünne Holz mit einem Tintenhorn, dann wandte er sich zu mir zurück. »Wie ich hörte, wurden wir zu einem Treffen mit dem Stier gerufen.«

»In Corinium«, bestätigte ich. Im Gegensatz zu seinem Herrn Tewdric war Agricola kein Christ, gab sich aber nicht mit den britannischen Göttern ab, sondern widmete sich ausschließlich Mithras.

»Um Lancelot zum Mitglied zu wählen«, sagte Agricola verdrossen. Er lauschte, weil ein Mann in seinem Lager Befehle schrie, hörte nichts, was ihn nötigte, das Zelt zu verlassen, und wandte sich wieder zu mir um. »Was wißt Ihr über Lancelot?« erkundigte er sich.

»Genug, um gegen ihn zu stimmen«, antwortete ich.

»Ihr würdet Arthur beleidigen?« Das klang überrascht.

»Entweder beleidige ich Arthur«, sagte ich erbittert, »oder Mithras.« Dabei machte ich das Zeichen gegen das Böse. »Aber Mithras ist ein Gott.«

»Arthur hat auf seinem Rückweg von Powys mit mir gesprochen«, sagte Agricola. »Wie er mir erklärte, würde Lancelots Aufnahme Britanniens Einheit stärken.« Mit grämlicher Miene hielt er inne. »Er hat angedeutet, daß ich ihm meine Stimme schulde, weil wir nicht im Lugg Vale dabei waren.«

Arthur sammelte offenbar Stimmen, wo immer er konnte. »Dann stimmt für ihn, Lord«, sagte ich, »denn um ihn abzulehnen, ist nur eine einzige Stimme nötig, also wird die meine genügen.«

»Ich belüge Mithras nicht«, fuhr Agricola auf. »Und Lancelot mag ich nicht. Er war vor zwei Monaten hier, um Spiegel zu kaufen.«

»Spiegel?« Ich mußte lachen. Lancelot hatte schon immer Spiegel gesammelt. In seines Vaters hohem, luftigen Meerespalast in Ynys Trebes hatte er einen ganzen Raum mit römischen Spiegeln ausgekleidet. Sie alle mußten in den Flammen geschmolzen sein, als die Franken in Scharen über die Palastmauern kletterten, doch offensichtlich wollte Lancelot mit seiner Sammlung von neuem beginnen.

»Tewdric hat ihm einen schönen Electrumspiegel verkauft«, erzählte mir Agricola. »So groß wie ein Schild und höchst außergewöhnlich. Er war so klar, daß es schien, als sehe man an einem schönen Tag in einen dunklen Teich. Und er hat reichlich dafür bezahlt.« Das muß er wohl, dachte ich mir, denn Spiegel aus Electrum, einer Legierung aus Silber und Gold, waren außerordentlich selten. »Spiegel«, wiederholte Agricola bissig. »Er sollte lieber seine Pflichten in Siluria erfüllen, statt Spiegel zu kaufen.« Als von der Stadt her ein Horn ertönte, griff er sofort nach Schwert und Helm. Das Horn rief zweimal, ein Signal, das Agricola offensichtlich vertraut war. »Der Edling«, knurrte er und nahm mich mit ins Sonnenlicht hinaus, wo wir entdeckten, daß Meurig tatsächlich aus den Römerwällen von Magnis hervorgeritten kam. »Ich kampiere hier draußen«, erklärte mir Agricola, während wir beobachteten, wie seine Ehrengarde in zwei Reihen Aufstellung nahm, »um mir ihre Priester vom Hals zu halten.«

Prinz Meurig kam in Begleitung von vier Christenpriestern, die laufen mußten, um mit dem Pferd des Edlings Schritt zu halten. Der Prinz war ein junger Mann – tatsächlich war er noch ein Kind gewesen, als ich ihm zum erstenmal begegnete, und das war noch gar nicht so lange her –, doch er kaschierte seine Jugend mit mürrischem und gereiztem Verhalten. Er war klein, blaß und mager und trug einen strähnigen, braunen Bart. Er war berüchtigt als kleinlicher Querulant, der die Spitzfindigkeiten der Gerichte und das Gezänk der Kirche liebte. Seine Gelehrsamkeit war berühmt; er war, wie man uns versicherte, höchst findig, wenn es galt, den ketzerischen Pelagianismus zu widerlegen, der der Kirche in Britannien so große Sorgen machte. Er kannte die achtzehn Kapitel der britischen Stammesgesetze auswendig und konnte sowohl die Genealogie der letzten zwanzig Generationen von zehn britischen Königreichen als auch den Stammbaum all ihrer Clans und Stämme aufzählen. Und das sei, wie uns seine Bewunderer erklärten, erst der Anfang von Meurigs ungeheurem Wissen. Für seine Bewunderer war er ein jugendliches Vorbild an Gelehrsamkeit und der beste Rhetoriker von Britannien; ich dagegen hatte den Eindruck, daß der Prinz zwar die große Intelligenz seines Vaters geerbt hatte, nicht aber dessen Weisheit. Es war vor allem Meurig gewesen, der Gwent überredet hatte, Arthur vor Lugg Vale im Stich zu lassen, und das allein schon war Grund genug für mich, Meurig nicht zu mögen, doch ich sank pflichtschuldigst auf ein Knie, als der Prinz absaß.

»Derfel«, sagte er mit seiner seltsam hohen Stimme, »ich erinnere mich an Euch.« Er bat mich nicht aufzustehen, sondern drängte sich an mir vorbei ins Zelt.

Agricola winkte mir, hereinzukommen, so daß mir die Gesellschaft der vier keuchenden Priester erspart blieb, die hier nichts zu suchen hatten, aber wohl in der Nähe ihres Prinzen bleiben mußten. Dieser war in eine Toga gekleidet, hatte ein schweres Holzkreuz an einer silbernen Kette um den Hals und schien irritiert von meiner Gegenwart. Er musterte mich finster und wandte sich dann klagend mit einer Beschwerde an Agricola, doch da sich die beiden auf lateinisch unterhielten, hatte ich keine Ahnung, wovon sie sprachen. Meurig stützte seine Argumente mit einem Pergament, das er vor Agricolas Nase schwenkte, der diese Belästigung geduldig ertrug.

Schließlich stellte Meurig seine Tirade ein, rollte das Pergament zusammen und schob es in seine Toga zurück. Dann wandte er sich an mich. »Ihr werdet doch wohl nicht von uns verlangen«, sagte er, wieder auf britannisch, »daß wir Eure Männer durchfüttern – oder?«

»Wir haben unseren eigenen Proviant mitgebracht, Lord Prinz«, erklärte ich und erkundigte mich nach dem Gesundheitszustand seines Vaters.

»Der König leidet an einer Fistel in der Leiste«, erklärte mir Meurig mit seiner quäkenden Stimme. »Wir haben sie mit Breiumschlägen behandelt, und die Medici lassen meinen Vater regelmäßig zur Ader; aber leider hat es Gott nicht gefallen, seinen Zustand zu bessern.«

»Laßt Merlin kommen, Lord Prinz«, schlug ich vor.

Meurig sah mich mit zusammengekniffenen Augen an. Er war stark kurzsichtig, und seine schwachen Augen waren es wohl auch, die seinem Gesicht den übellaunigen Ausdruck verliehen. Er stieß ein kurzes, spöttisches Lachen aus. »Ihr, wenn ich mir die Bemerkung erlauben darf«, sagte er boshaft, »seid natürlich als einer der Narren berühmt, die einen Kampf mit Diwrnach riskiert haben, nur um eine Schüssel nach Dumnonia zurückzuholen. Vermutlich eine Salatschüssel, ja?«

»Einen Kessel, Lord Prinz.«

Meurigs schmale Lippen verzogen sich zu einem flüchtigen

Grinsen. »Ihr habt wohl nicht bedacht, Lord Derfel, daß unsere Schmiede Euch ein Dutzend Kessel in ebenso vielen Tagen anfertigen hätten können, wie?«

»Wenn ich das nächstemal Kochtöpfe brauche, weiß ich, wohin ich mich wenden muß, Lord Prinz«, entgegnete ich. Meurig erstarrte bei dieser Beleidigung; Agricola dagegen lächelte.

»Habt Ihr irgend etwas verstanden?« fragte mich Agricola, als Meurig gegangen war.

»Ich kann kein Latein, Lord.«

»Er hat sich beschwert, daß ein Häuptling seine Steuern nicht bezahlt hat. Der arme Mann schuldet uns dreißig Räucherlachse und zwanzig Wagenladungen Holz. Aber was Meurig nicht begreifen will, ist die Tatsache, daß das Volk des armen Cyllig im letzten Winter von einer Seuche heimgesucht wurde, daß der Wye leergewildert wurde und daß Cyllig mir trotzdem zwei Dutzend Speerkämpfer bringt.« Angewidert spie Agricola aus. »Zehnmal am Tag!« sagte er. »Zehnmal am Tag kommt dieser Prinz mit einem Problem zu mir heraus, das jeder schwachsinnige Amtsschreiber in zwanzig Herzschlägen lösen könnte. Ich wünschte, sein Vater würde einfach seine Leiste einbinden und sich wieder auf den Thron setzen.«

»Wie krank ist Tewdric wirklich?«

Agricola zuckte die Achseln. »Er ist müde, nicht krank. Er möchte seinen Thron aufgeben. Er will sich eine Tonsur schneiden lassen und Priester werden, behauptet er.« Wieder spie er auf den Zeltboden. »Aber ich werde schon mit unserem Edling fertig. Ich werde dafür sorgen, daß seine Damen mit in den Krieg ziehen.«

»Seine Damen?« fragte ich, neugierig geworden durch den ironischen Tonfall, mit dem Agricola diese Worte ausgesprochen hatte.

»Er ist zwar blind wie ein Maulwurf, Derfel, aber ein junges Mädchen kann er immer noch so sicher ausmachen wie ein Falke eine Spitzmaus. Er liebt die Damen, dieser Meurig, und zwar jede Menge von ihnen. Warum auch nicht? So sind die Fürsten nun mal, nicht wahr?« Er legte den Schwertgurt ab und hängte ihn an einen Nagel in einem der Zeltpfosten. »Ihr werdet morgen abmarschieren?«

»Ja, Lord.«

»Dann kommt heute abend zu mir zum Essen«, sagte er. Damit begleitete er mich zum Zelt hinaus und spähte in den Himmel empor. »Es wird ein trockener Sommer werden, Lord Derfel. Ein Sommer, so recht, um Sachsen zu töten.«

»Ein Sommer, so recht, um Heldenlieder zu dichten«, sagte ich begeistert.

»Oftmals habe ich das Gefühl«, fuhr Agricola nachdenklich fort, »das Problem für uns Britannier besteht darin, daß wir zuviel Zeit damit verbringen, Lieder zu singen, und zuwenig, Sachsen zu töten.«

»Aber nicht in diesem Jahr«, entgegnete ich. »Bestimmt nicht in diesem Jahr.« Denn dieses Jahr war Arthurs Jahr, war das Jahr, in dem wir die Sachsen töten würden. Das Jahr, betete ich, des endgültigen, des letzten Sieges.

Sobald wir Magnis verlassen hatten, marschierten wir auf den schnurgeraden römischen Straßen weiter, die Britanniens Kernland durchzogen. Da wir ein gutes Tempo vorlegen konnten, erreichten wir Corinium in nur zwei Tagen. Wir waren froh, wieder in Dumnonia zu sein. Der fünfzackige Stern auf meinem Schild mochte für viele ein seltsames Symbol gewesen sein, aber sobald die Menschen auf dem Land meinen Namen hörten, knieten sie nieder, um meinen Segen zu empfangen; denn ich war Derfel Cadarn, Sieger von Lugg Vale und Krieger des Kessels, und mein Ruf schien in meinem Heimatland unendliche Höhen erreicht zu haben. Jedenfalls bei den Heiden. In den Städten und den größeren Dörfern, wo die Christen in der Überzahl waren, wurden wir weit eher mit Predigten empfangen. Man sagte uns, daß wir Gottes Wille erfüllten, wenn wir marschierten und die Sachsen bekämpften, doch solange wir noch unsere alten Götter anbeteten, werde unsere Seele in die Hölle hinabfahren, wenn wir in diesem Kampf fielen.

Ich selbst fürchtete die Sachsen weit mehr als die Hölle der Christen. Die Sais waren ein furchterregender Feind, arm, verzweifelt und sehr zahlreich. In Corinium hörten wir bedrohliche Geschichten von neuen Schiffen, die fast täglich an Britanniens Ostküste landeten: Schiffen, die ganze Ladungen wilder Krieger mit ihren hungrigen Familien brachten. Die Eindringlinge wollten unser Land, und um es zu erobern, konnten sie Hunderte von Speeren, Schwertern und Doppeläxten aufbieten. Dennoch waren wir zuversichtlich. Narren, die wir waren, zogen wir fast fröhlich in diesen Krieg. Ich vermute, nach den Schrecken von Lugg Vale glaubten wir, unbesiegbar zu sein. Wir waren jung, wir waren stark, wir wurden von den Göttern geliebt. Und wir hatten Arthur.

In Corinium traf ich auch wieder auf Galahad. Nachdem wir uns in Powys getrennt hatten, hatte er Merlin geholfen, den Kessel nach Ynys Wydryn zurückzuschaffen. Den Frühling hatte er in Caer Ambra verbracht, von dessen wiederaufgebauter Festung aus er mit Sagramors Truppen Angriffe bis tief nach Lloegyr hinein geführt hatte. Die Sachsen, warnte er mich, seien auf unseren Vormarsch gefaßt und hätten auf jedem Berg Leuchtfeuer vorbereitet, die vor unserem Eindringen warnen sollten. Galahad war zu dem großen Kriegsrat nach Corinium gekommen, den Arthur zusammengerufen hatte, und brachte Cavan und die anderen meiner Männer mit, die sich geweigert hatten, nordwärts nach Lleyn zu marschieren. Cavan ließ sich auf ein Knie nieder und bat mich, ihn und die anderen Männer den alten Eid erneuern zu lassen. »Wir habe keinem anderen Lord einen Eid geleistet«, versicherte er mir, »nur Arthur, und der sagt, wenn Ihr uns haben wollt, sollten wir Euch dienen.«

»Ich dachte, du wärst inzwischen längst reich geworden«, sagte ich zu Cavan, »und nach Irland zurückgekehrt.«

Er grinste. »Ich habe das Wurfbrett immer noch, Lord.«

Ich hieß ihn wieder in meinen Diensten willkommen. Er küßte Hywelbanes Klinge. Dann fragte er mich, ob er und seine Männer den weißen Stern auf ihre Schilde malen dürften.

»Das dürft ihr«, antwortete ich, »aber nur mit vier Zacken.«

»Vier, Lord?« Cavan warf einen Blick auf meinen Schild. »Der Eure hat fünf.«

»Die fünfte Spitze ist den Kriegern des Kessels vorbehalten«, erklärte ich ihm. Er schien enttäuscht zu sein, willigte aber ein. Auch Arthur wäre nicht einverstanden gewesen, denn wie er – ganz richtig – sofort gemerkt hätte, ließ diese fünfte Spitze deutlich erkennen, daß ein paar meiner Männer den anderen überlegen waren. Doch Krieger lieben derartige Unterscheidungen, und die Männer, die die Dunkle Straße so tapfer bezwungen hatten, verdienten diese Auszeichnung.

Ich ging die Männer begrüßen, die mit Cavan gekommen waren, und fand sie in ihrem Lager am Churn-Fluß östlich von Corinium. Mindestens einhundert Mann kampierten am Ufer dieses kleinen Flusses, denn in der Stadt gab es bei weitem nicht genug Platz für all die Krieger, die sich rings um die römischen Mauern eingefunden hatten. Das Heer selbst sammelte sich bei Caer Ambra, aber jeder Heerführer, der zum Kriegsrat kam, brachte Gefolge mit; und jene Männer allein genügten schon, um den Eindruck zu erwecken, als läge eine kleine Armee auf den Flußwiesen des Churn. Ihre aufgestellten Schilde bewiesen, wie erfolgreich Arthurs Strategie war, denn auf den ersten Blick schon erkannte ich den schwarzen Stier von Gwent, den roten Drachen von Dumnonia, den Fuchs von Siluria, Arthurs Bären und die Schilde der Männer, die wie ich die Ehre hatten, eigene Symbole auf den Schilden tragen zu dürfen: Sterne, Falken, Adler, Eber, Sagramors schreckenerregenden Totenschädel und Galahads einsames Christenkreuz.

Culhwch, Arthurs Cousin, kampierte bei seinen eigenen Speerkämpfern, kam aber sofort herbeigeeilt, um mich zu begrüßen. Es tat gut, ihn wiederzusehen. Ich hatte in Benoic mit ihm zusammen gekämpft und liebte ihn wie einen Bruder. Er war vulgär, komisch, fröhlich, bigott, unwissend und primitiv, aber in der Schlacht hätte man sich keinen Besseren an der Seite wünschen können. »Ich hörte, Ihr habt der Prinzessin ein Brot in den Ofen geschoben«, sagte er, nachdem er mich umarmt hatte. »Ein glücklicher Hund seid Ihr. Habt Ihr Euch von Merlin einen Zauberspruch erbeten?«

»Tausend.«

Er lachte. »Ich kann mich nicht beklagen. Ich habe jetzt drei Frauen, die sich gegenseitig die Augen auskratzen und alle drei schwanger sind.« Er grinste, dann kratzte er sich zwischen den Beinen. »Läuse«, erklärte er. »Ich kann sie einfach nicht loswerden. Aber wenigstens plagen sie auch Mordred, das kleine Ungeheuer!«

»Ihr sprecht von unserem Lord König?« neckte ich ihn.

»Das kleine Ungeheuer«, wiederholte er rachsüchtig. »Ich sage Euch, Derfel, blutig geschlagen hab' ich den Bastard, aber er will einfach nicht lernen. Hinterhältige, kleine Kröte!« Er spie aus. »Ihr wollt also morgen gegen Lancelot stimmen?«

»Woher wißt Ihr das?« Ich hatte nur Agricola von meinem festen Vorsatz erzählt, doch irgendwie schienen die Nachrichten mir nach Corinium vorausgeeilt zu sein, oder meine Antipathie gegen den König von Siluria war so bekannt, daß man von mir nichts anderes erwartete.

»Das wissen doch alle«, sagte Culhwch, »und alle unterstützen Euch.« Er blickte an mir vorbei und spie plötzlich aus. »Krähen!« knurrte er aufgebracht.

Als ich mich umwandte, entdeckte ich eine Gruppe Christenpriester, die am anderen Ufer des Churn dahinzog. Es waren zwölf, alle schwarz gewandet, alle bärtig, und sie sangen eins der jämmerlichen Klagelieder ihrer Religion. Den Priestern folgten zwanzig Speerkämpfer, deren Schilde, wie ich mit Erstaunen sah, entweder den silurischen Fuchs oder Lancelots Seeadler trugen. »Ich dachte, die Riten fänden erst in zwei Tagen statt«, sagte ich zu Galahad, der mich hierher begleitet hatte.

»Tun sie auch«, gab er zurück. Die Riten waren der Auftakt zum Krieg und sollten den Segen der Götter auf unsere Männer herabflehen, und dieses Mal sollte der Segen sowohl vom Gott der Christen als auch von den heidnischen Göttern erbeten werden. »Das hier sieht eher nach einer Taufe aus«, setzte Galahad hinzu.

»Was in Bels Namen ist eine Taufe?« erkundigte sich Culhwch.

Galahad seufzte. »Sie ist das äußere Zeichen dafür, daß ein Mensch durch Gottes Gnade von seinen Sünden reingewaschen wird, mein lieber Culhwch.«

Bei dieser Erklärung wieherte Culhwch vor Lachen und handelte sich dadurch von einem der Priester, der sich den Saum seines Gewandes in den Gürtel gestopft hatte und in den seichten Fluß hineinwatete, ein finsteres Stirnrunzeln ein. Mit einem Stab ertastete der Priester eine Stelle, die für das Taufritual tief genug war, und seine Untersuchungen weckten das Interesse einer Schar gelangweilter Speerkämpfer, die auf dem binsenbestandenen Ufer direkt gegenüber dem christlichen Aufgebot lagerten.

Eine Zeitlang geschah fast gar nichts. Die silurischen Speerkämpfer standen verlegen Wache, während die tonsurierten Priester ihre Lieder plärrten und der einsame Wasserwater mit dem unteren Ende seines langen, mit einem Silberkreuz gekrönten Stabes, im Flüßchen herumstocherte. »So wirst du nie eine Forelle fangen«, rief Culhwch, »du solltest es mal mit 'nem Fischspeer versuchen!« Die zuschauenden Speerkämpfer lachten, während die Priester finstere Mienen zogen und monoton weiterleierten. Ein paar Frauen aus der Stadt waren zum Fluß heruntergekommen und stimmten in den Singsang ein. »Weiberreligion!« Culhwch spie aus.

»Es ist meine Religion, mein lieber Culhwch«, sagte Galahad leise. Er und Culhwch hatten während des ganzen langen Krieges in Benoic darüber gestritten, und diese Diskussion schien, genau wie ihre Freundschaft, niemals ein Ende zu nehmen.

Der Priester hatte anscheinend eine Stelle gefunden, die tief genug war, so tief sogar, daß ihm das Wasser bis zur Taille reichte. Dort versuchte er den Stab in den Boden des Flußbetts zu stoßen, doch die gewaltige Strömung warf das Kreuz immer wieder um, und jeder Mißerfolg löste bei den Speerkämpfern einen wahren Jubelchor aus. Einige Zuschauer waren selber Christen, machten aber dennoch keinerlei Anstalten, dem Hohn und Spott Einhalt zu gebieten.

Endlich gelang es dem Priester, den Stab, wenn auch reichlich wackelig, in den Boden zu rammen. Er stieg ans Ufer. Beim Anblick seiner mageren, weißen Waden pfiffen und johlten die Speerkämpfer, bis er hastig den klatschnassen Saum des Gewandes fallen ließ, um seine Beine zu verstecken.

Gleich darauf tauchte ein weiterer Zug auf, und sein Anblick genügte, um unser Flußufer zum Schweigen zu bringen. Es war eine respektvolle Stille, denn ein Dutzend Speerkämpfer eskortierten einen mit weißem Leinen drapierten Ochsenkarren, in dem zwei Frauen und ein Priester saßen. Die eine der beiden Frauen war Guinevere, die andere Königin Elaine, Lancelots Mutter, aber das Verblüffendste war die Identität des Priesters: Es war Bischof Sansum. Er war im vollen Ornat eines Bischofs erschienen, in einem Haufen bunter, weiter Chormäntel und bestickter Schals, und trug ein schweres rotgoldenes Kreuz um den Hals. Die Tonsur auf seinem Kopf war von der Sonne rot verbrannt, das schwarze Haar darüber stand ihm wie Mäuseohren vom Schädel ab. Lughtigern hatte Nimue ihn immer genannt, Mäuselord. »Ich dachte, Guinevere könnte ihn nicht ausstehen«, sagte ich, denn Guinevere und Sansum waren von jeher erbitterte Feinde gewesen, dennoch saß der Mäuselord nun hier und fuhr in Guineveres Karren zum Fluß. »Und ist er nicht in Ungnade gefallen?« ergänzte ich.

»Zuweilen schwimmt Scheiße oben«, grollte Culhwch.

»Dabei ist Guinevere nicht einmal Christin«, sagte ich protestierend.

»Und seht Euch mal die andere Scheiße an, die bei ihr ist«, sagte Culhwch und zeigte auf eine Gruppe von sechs Reitern, die dem schwerfälligen Gefährt folgten. Sie wurden von Lancelot angeführt. Er saß auf einem Rappen und trug nichts weiter als eine schlichte enge Hose und dazu ein weißes Hemd. Flankiert wurde er von Arthurs Söhnen Amhar und Loholt, die in voller Kriegsrüstung erschienen, mit Federbusch auf dem Helm, Kettenhemd und langen Stiefeln. Hinter ihnen kamen noch drei weitere Reiter, der eine in Rüstung, die anderen beiden in langen weißen Druidengewändern.

»Druiden?« fragte ich. »Bei einer Taufe?«

Galahad zuckte die Achseln. Er wußte dafür genausowenig eine Erklärung wie ich. Die beiden Druiden waren muskulöse junge Männer mit hübschen, dunklen Gesichtern, dichten, schwarzen Bärten und langem, sorgfältig gebürstetem schwarzen Haar, das vorn eine schmale Tonsur freiließ. In der Hand trugen sie einen schwarzen, mit Mistelzweigen gekrönten Stab und außerdem – für Druiden ungewöhnlich – Schwerter in Scheiden an der Hüfte. Bei dem Krieger, der sie begleitete, handelte es sich, wie ich feststellte, nicht um einen Mann, sondern um eine Frau: eine hochgewachsene, kerzengerade sitzende rothaarige Frau, deren außergewöhnlich lange Locken unter dem Silberhelm hervorquollen und bis auf den Rücken ihres Pferdes hingen. »Sie heißt Ade«, erklärte mir Culhwch.

»Und wer ist sie?«

»Was glaubt Ihr wohl? Seine Küchenmagd? Sie wärmt ihm das Bett.« Culhwch grinste. »Erinnert sie Euch nicht an jemanden?«

Sie erinnerte mich an Ladwys, Gundleus' Geliebte. Wieso ist es das Schicksal der silurischen Könige, fragte ich mich, stets eine Geliebte zu haben, die wie ein Mann zu Pferde sitzt und ein Schwert trägt? Ade trug ein Langschwert an der Hüfte, einen Speer in der Hand und den Seeadler-Schild am Arm. »Gundleus' Geliebte?« antwortete ich.

»Mit diesen roten Haaren?« fragte Culhwch wegwerfend zurück.

»Guinevere«, berichtigte ich mich, und tatsächlich bestand eindeutig Ähnlichkeit zwischen Ade und der hochmütigen Guinevere, die neben Königin Elaine in dem Ochsenkarren saß. Elaine war bleich, abgesehen davon konnte ich jedoch kein Zeichen der schweren Krankheit entdecken, an der sie angeblich dahinsiechte. Guinevere sah so schön aus wie immer und ließ sich nichts von den Qualen der kürzlich erfolgten Geburt anmerken. Sie hatte das Kind nicht mitgebracht, aber das hätte ich auch nicht von ihr erwartet. Gwydre war zweifellos in Lindinis, wohlbehütet in den Armen seiner Amme und so weit entfernt, daß er Guineveres Schlaf nicht mit seinem Geschrei stören konnte.

Hinter Lancelot saßen Arthurs Zwillinge ab. Sie waren immer noch sehr jung, gerade alt genug, um mit einem Speer in den Kampf zu ziehen. Ich war ihnen viele Male begegnet und mochte sie nicht, denn sie hatten nichts von Arthurs pragmatischem Sinn geerbt. Sie waren von klein auf verwöhnt worden, und das Ergebnis waren zwei aufbrausende, ichsüchtige, habgierige junge Männer, die ihren Vater verabscheuten, ihre Mutter Ailleann verachteten und sich für ihre illegitime Geburt an Menschen rächten, die es nicht wagten, sich gegen Arthurs Sprößlinge zu wehren. Sie waren widerwärtig. Die beiden Druiden stiegen vom Pferd und nahmen neben dem Ochsenkarren Aufstellung.

Es war Culhwch, der als erster begriff, was Lancelot plante. »Wenn er getauft ist«, flüsterte er mir grollend zu, »kann er nicht dem Mithrasbund beitreten, stimmt's?«

»Bedwin hat es getan«, widersprach ich, »und Bedwin war sogar Bischof.«

»Der gute Bedwin«, erklärte mir Culhwch, »hat immer auf beiden Seiten des Wurfbretts gespielt. Als er starb, fanden wir ein Abbild von Bel in seinem Haus, und seine Gemahlin berichtete uns, er habe davor geopfert. Nein, Ihr werdet schon sehen, daß ich recht habe. Auf diese Tour will Lancelot verhindern, daß er vom Mithrasbund abgelehnt wird.«

»Aber vielleicht ist er von Gott berührt worden«, protestierte Galahad.

»Dann muß Euer Gott jetzt schmutzige Hände haben«, erwiderte Culhwch. »Ich bitte um Vergebung, wo er doch Euer Bruder ist.«

»Halbbruder«, sagte Galahad, der nicht allzu eng mit Lancelot in Verbindung gebracht zu werden wünschte.

Der Wagen hatte jetzt dicht am Flußufer gehalten. Sansum stieg aus, marschierte, ohne seine kostbaren Gewänder zu raffen, durch die Binsen und watete in den Fluß hinaus. Lancelot saß ab und wartete am Ufer, bis der Bischof das Kreuz erreicht und gepackt hatte. Da Sansum ein kleiner Mann ist, ging ihm das Wasser bis an das schwere Kreuz auf seiner schmächtigen Brust. Er wandte sich uns, seiner unfreiwilligen Gemeinde, zu und hub mit seiner kraftvollen Stimme an: »In dieser Woche werdet ihr eure Speere gegen den Feind erheben, und Gott wird euch segnen. Gott wird euch helfen! Und heute werdet ihr hier in diesem Fluß ein Zeichen der Macht unseres Gottes erleben.« Die Christen auf der Wiese bekreuzigten sich, während einige Heiden wie Culhwch und ich ausspien, um das Böse abzuwehren.

»Hier seht ihr König Lancelot!« rief Sansum und wies mit der Hand auf Lancelot, als hätte ihn keiner von uns erkannt. »Den Helden von Benoic, König von Siluria und Lord der Adler!«

»Der Lord von was?« fragte Culhwch.

»In dieser Woche«, fuhr Sansum fort, »in dieser Woche hätte er in den widerlichen Bund des Mithras aufgenommen werden sollen, dieses falschen Gottes des Blutes und des Zorns.«

»Sollte er nicht«, knurrte Culhwch inmitten des allgemeinen Protestgemurmels jener Männer auf der Wiese, die Mithrasanhänger waren.

»Aber gestern«, dröhnte Sansums Stimme den Protesten entgegen, »hatte dieser edle König eine Vision. Eine Vision! Nicht irgendeinen von einem berauschten Hexenmeister ausgelösten Alptraum, sondern einen reinen, wunderschönen Traum, auf goldenen Schwingen vom Himmel herabgesandt. Eine heilige Vision!«

»Ade hat ihre Röcke gelupft«, murmelte Culhwch.

»Die heilige, gebenedeite Mutter Gottes erschien König Lancelot«, rief Sansum. »Die Jungfrau Maria persönlich war es, die Leidensmutter, aus deren unberührten Lenden das Christuskind geboren wurde, der Heiland der gesamten Menschheit. Gestern erschien sie König Lancelot in einem hellen Licht, in einer Wolke aus goldenen Sternen, und berührte mit ihrer schönen Hand Tanlladwyr!« Wieder zeigte er hinter sich, wo Ade feierlich Lancelots Schwert aus der Scheide zog, das Tanlladwyr genannt wurde. »Strahlender Töter«, und es emporhielt. Die Sonne, die von der Stahlklinge zurückgeworfen wurde, blendete mich für einen Moment.

»Mit diesem Schwert«, rief Sansum weiter, »verhieß unsere gebenedeite Muttergottes dem König, werde er Britannien den Sieg bringen. Dieses Schwert, sagte Unsere Liebe Frau, sei von der durch Nägel verwundeten Hand des Sohnes berührt und von der liebevollen Berührung seiner Mutter gesegnet worden. Von diesem Tag an, erklärte unsere Liebe Frau, solle dieses Schwert als Christenklinge bekannt sein, denn es ist heilig.«

Lancelot, das muß man ihm lassen, sah aus, als hätte ihn dieser Sermon in höchste Verlegenheit gebracht. Die ganze Zeremonie war ihm wohl wirklich peinlich, denn er war ein sehr stolzer Mann mit einem feinen Gespür für Würde; aber von Sansums Hand in den Fluß getunkt zu werden, muß ihm immer noch gnädiger vorgekommen sein, als bei der Mithraswahl durchzufallen und dadurch öffentlich gedemütigt zu werden. Die Gewißheit, abgelehnt zu werden, hatte ihn wahrscheinlich zu dieser öffentlichen Absage an sämtliche Heidengötter veranlaßt. Guinevere wandte den Blick betont von der Szene am Fluß ab und sah zu den Kriegsbannern hinüber, die auf Coriniums Boden und den hölzernen Wällen aufgepflanzt worden waren. Sie selbst war Heidin und betete Isis an; ja, sie war für ihren Haß auf das Christentum bekannt, doch dieser Haß hatte anscheinend vor der Notwendigkeit kapituliert, dieser öffentlichen Zeremonie beizuwohnen, die Lancelot vor der Mithras-Demütigung bewahrte. Die beiden Druiden unterhielten sich leise mit ihr und brachten sie gelegentlich sogar zum Lachen.

Sansum wandte sich um und sah Lancelot an. »Lord König«, rief er so laut, daß auch wir am anderen Flußufer ihn hören konnten, »kommt zu mir! Kommt her zum Wasser des Lebens, kommt her zu mir wie ein Kindlein und nehmt die Taufe in Empfang, durch die Ihr in die heilige Kirche des einzigen, wahren Gottes aufgenommen werdet!«

Langsam wandte auch Guinevere sich um und beobachtete, wie Lancelot in den Fluß hinabstieg. Galahad bekreuzigte sich. Die Christenpriester am anderen Ufer hatten die Arme zum Gebet ausgebreitet, während die Frauen aus der Stadt auf die Knie gefallen waren und völlig verzückt den schönen, hochgewachsenen König anstarrten, der zu Bischof Sansum hinauswatete. Die Sonne glitzerte auf dem Wasser und blinkte golden auf Sansums Kreuz. Lancelot hielt den Blick gesenkt, als wollte er nicht wissen, wer Zeuge dieser demütigenden Zeremonie wurde.

Sansum streckte den Arm aus und legte Lancelot die Hand auf den Kopf. »Wollt Ihr«, rief er so laut, daß es auch bestimmt alle hören konnten, »den einzig wahren Glauben annehmen, den einzigen Glauben, den Glauben an Christus, der für unsere Sünden gestorben ist?«

Lancelot muß ja gesagt haben, obwohl keiner von uns seine Antwort vernahm.

»Und wollt Ihr«, brüllte Sansum nun noch lauter, »hiermit allen anderen Göttern und allem anderen Glauben abschwören und allen bösen Geistern, Dämonen, Götzen und aller Teufelsbrut, deren widerliche Taten diese Welt irreführen?«

Lancelot nickte und murmelte leise seine Zustimmung.

»Und wollt Ihr«, fuhr Sansum genußvoll fort, »den Praktiken des Mithras entsagen und erklären, daß sie das sind, was sie in Wahrheit sind, der Auswurf des Satans und der Schrecken unseres Herrn Jesus Christus?«

»Das will ich«, antwortete Lancelot nunmehr klar und deutlich.

»Dann erkläre ich Euch«, schrie Sansum, »im Namen des Vaters, des Sohnes und des Heiligen Geistes zum Christen.« Damit drückte er mit aller Kraft auf Lancelots geöltes Haar und zwang den König tief ins kalte Wasser des Churn hinab. So lange hielt er Lancelot dort unten fest, daß ich schon dachte, der Bastard werde ertrinken, doch dann ließ Sansum ihn wieder hochkommen. »Und hiermit«, setzte Sansum noch hinzu, während Lancelot hustete und keuchte und Wasser spie, »erkläre ich Euch für gesegnet, ernenne ich Euch zum Christen und nehme Euch auf ins heilige Heer der christlichen Krieger.« Guinevere, die nicht wußte, wie sie reagieren sollte, applaudierte höflich. Die Frauen und Priester stimmten einen weiteren Gesang an, der für Christenmusik überraschend lebhaft war.

»Was im heiligen Namen der heiligen Hure«, wandte sich Culhwch an Galahad, »ist ein heiliger Geist?«

Aber Galahad hatte keine Zeit, ihm zu antworten. Er war vor lauter Freude über die Taufe seines Bruders in den Fluß gesprungen und watete nun so hastig hinaus, daß er zur selben Zeit wie sein errötender Halbbruder auftauchte. Lancelot hatte ihn nicht erwartet und erstarrte einen kurzen Moment – vermutlich, weil er an Galahads Freundschaft mit mir dachte; doch plötzlich erinnerte er sich an die Pflicht der christlichen Liebe, die ihm vor kurzem erst auferlegt worden war, und schickte sich ergeben in Galahads begeisterte Umarmung.

»Sollen wir den Bastard ebenfalls küssen?« fragte mich Culhwch grinsend.

»Laßt ihn in Ruhe«, beschwichtigte ich ihn. Lancelot hatte mich nicht gesehen, und ich hielt es nicht für nötig, daß er mich sah; in diesem Moment jedoch entdeckte mich Sansum, der aus dem Fluß gekommen war und nun versuchte, das Wasser aus seinen schweren Gewändern zu wringen. Der Mäuselord hatte der Verlockung, einen Feind zu provozieren, noch nie widerstehen können, und brachte es auch diesmal nicht fertig.

»Lord Derfel!« rief der Bischof laut.

Ich beachtete ihn nicht. Als Guinevere meinen Namen hörte, hob sie überrascht den Kopf. Sie hatte sich mit Lancelot und seinem Halbbruder unterhalten, nun aber rief sie dem Ochsentreiber einen Befehl zu, woraufhin dieser den Tieren seinen Stachelstock so tief in die Flanken stieß, daß der Karren einen Satz nach vorn machte. Hastig sprang Lancelot auf den fahrenden Wagen und ließ seine Begleiter am Flußufer stehen. Ade folgte ihm mit seinem Pferd am Zügel.

»Lord Derfel!« rief Samsun abermals.

Widerwillig wandte ich mich zu ihm um. »Bischof?« gab ich fragend zurück.

»Dürfte ich Euch bitten, König Lancelot in den Fluß des Heils zu folgen?«

»Ich habe beim letzten Vollmond gebadet, Bischof«, rief ich ihm zu und löste damit bei den Kriegern auf unserer Flußseite Gelächter aus.

Sansum schlug das Kreuz. »Ihr solltet im heiligen Blut vom Lamm Gottes baden«, erwiderte er, »nur damit könnt Ihr die Schande des Mithras abwaschen! Ihr seid ein böser Mensch, Derfel, ein Sünder, ein Gotteslästerer, eine Ausgeburt des Satans, ein Abkömmling der Sachsen und ein Hurenbock!«

Bei der letzten Beleidigung kochte die Wut in mir hoch. Die anderen Beleidigungen waren nur Worte, aber Sansum, der zwar schlau, bei öffentlichen Konfrontationen aber niemals vorsichtig war, konnte diese letzte Beleidigung für Ceinwyn nicht unterdrücken – eine Provokation, bei der ich mich unter dem Jubel der Krieger in den Fluß stürzte, während Sansum in Panik kehrtmachte und floh. Er hatte reichlich Vorsprung vor mir und war ein wendiger, flinker Mann, aber die triefenden Schichten seiner schweren Gewänder wickelten sich um seine Beine, so daß ich ihn ein paar Schritt vom anderen Churn-Ufer entfernt erwischte. Mit meinem Speer schlug ich ihm die Füße weg, so daß er der Länge nach in die Gänseblümchen und Schlüsselblumen fiel.

Dann zog ich Hywelbane und setzte ihm die Schwertspitze an die Kehle. »Den letzten Namen, bei dem Ihr mich genannt habt, Bischof«, sagte ich, »den hab' ich nicht richtig verstanden.«

Er sagte kein Wort, sondern sah zu Lancelots vier Begleitern hinüber, die jetzt in unserer Nähe standen. Amhar und Loholt hatten ihr Schwert gezogen, die beiden Druiden dagegen ließen es in der Scheide stecken und beobachteten mich mit unergründlichen Mienen. Inzwischen war auch Culhwch über den Fluß gekommen und stand ebenso neben mir wie Galahad, während Lancelots verunsicherte Speerkämpfer uns aus der Ferne beobachteten.

»Welches Wort hattet Ihr gewählt, Bischof?« fragte ich ihn und kitzelte seine Kehle mit Hywelbane.

»Die Hure von Babylon!« brabbelte er verzweifelt. »Die von allen Heiden verehrt wird. Das scharlachrote Weib, Lord Derfel, das Untier! Den Antichristen!«

Ich lächelte. »Und ich dachte, Ihr hättet Prinzessin Ceinwyn beleidigen wollen.«

»O nein, Lord, nein!« Er faltete die Hände. »Niemals!«

»Versichert Ihr mir das hier und jetzt?« herrschte ich ihn an.

»Ich schwöre es, Lord! Ich schwöre es beim Heiligen Geist!«

»Ich weiß nicht, wer der Heilige Geist ist, Bischof«, sagte ich, während ich seinem Adamsapfel mit Hywelbanes Spitze einen leichten Stoß versetzte. »Schwört es mir auf mein Schwert«, verlangte ich. »Küßt die Klinge, und ich werde Euch glauben.«

Jetzt haßte er mich. Er hatte mich noch nie gemocht, aber jetzt haßte er mich, und dennoch drückte er die Lippen auf Hywelbanes Stahl und küßte die Klinge. »Ich wollte die Prinzessin nicht beleidigen«, sagte er. »Das schwöre ich.«

Ich hielt ihm Hywelbane einen Herzschlag lang an die Lippen, zog dann mein Schwert zurück und ließ ihn aufstehen. »Ich dachte, Ihr müßtet den heiligen Dornbusch in Ynys Wydryn hüten, Bischof«, sagte ich.

Er klopfte sich das Gras von den nassen Gewändern. »Gott hat mich zu Höherem berufen«, fuhr er mich an.

»Erzählt mir davon.«

Mit Haß in den Augen blickte er zu mir empor, doch seine Angst war größer als sein Haß. »Gott hat mich an König Lancelots Seite gerufen, Lord Derfel«, erklärte er, »und Seine Gnade hat Prinzessin Guineveres Herz erweicht. Ich hege die Hoffnung, daß auch sie noch Sein ewiges Licht erblicken wird.«

Ich lachte laut auf. »Die hat das Licht der Isis erblickt, Bischof, das wißt Ihr genau. Und sie haßt Euch, Ihr Widerling. Was habt Ihr ihr gegeben, damit sie ihre Meinung ändert?«

»Ihr gegeben, Lord?« fragte er verschlagen. »Was hätte ich einer Prinzessin zu bieten? Ich habe nichts, ich bin in Gottes Diensten verarmt, ich bin nichts als ein bescheidener Priester.«

»Eine Kröte seid Ihr, Sansum«, entgegnete ich, während ich Hywelbane in die Scheide zurückschob. »Dreck unter meinen Stiefeln seid Ihr.« Um das Böse abzuwenden, spie ich aus. Aus seinen

Worten schloß ich, daß es seine Idee gewesen war, Lancelot die Taufe vorzuschlagen, und diese Idee hatte es dem silurischen König erspart, bei der Mithras-Wahl eine peinliche Abfuhr zu erfahren. Ich bezweifelte allerdings, daß dieser Vorschlag genügt haben sollte, um Guinevere mit Sansum und seiner Religion zu versöhnen. Er mußte ihr irgend etwas gegeben oder versprochen haben, doch mir war klar, daß er mir das nie eingestehen würde. Abermals spie ich aus, und Sansum, der meinen Speichel als Entlassung auffaßte, eilte in Richtung Stadt davon.

»Eine reizende Szene«, sagte einer der Druiden sarkastisch.

»Dabei ist Lord Derfel Cadarn«, ergänzte der andere, »nicht gerade bekannt dafür, reizend zu sein.« Als ich ihn aufgebracht anfunkelte, nickte er. »Dinas«, stellte er sich vor.

»Und ich bin Lavaine«, sagte sein Begleiter. Beide waren hochgewachsene junge Männer, beide gebaut wie Krieger, und beide hatten harte, selbstbewußte Züge. Ihre Gewänder leuchteten in blendendem Weiß, ihre langen, schwarzen Haare waren sorgfältig frisiert und kündeten von einer Ordnungsliebe, die durch ihre Gelassenheit beängstigend wirkte. Es war die gleiche Gelassenheit, die Männern wie Sagramor eigen war, Arthur dagegen nicht. Der war zu rastlos, doch Sagramor besaß, wie einige andere große Krieger, eine Ruhe, die in der Schlacht furchteinflößend wirkte. Vor lärmenden Männern hatte ich im Kampf niemals Angst, aber vor einem Feind, der ruhig und gelassen ist, hütete ich mich; denn das sind die gefährlichsten Männer, und diese beiden Druiden verfügten über jene ruhige Selbstsicherheit. Außerdem sahen sie sich so ähnlich, daß ich vermutete, sie seien Brüder.

»Wir sind Zwillinge«, erklärte Dinas, der möglicherweise meine Gedanken las.

»Wie Amhar und Loholt«, ergänzte Lavaine und zeigte zu Arthurs Söhnen hinüber, die noch immer die Schwerter gezogen hatten. »Aber Ihr könnt uns auseinanderhalten. Ich habe hier eine Narbe.« Lavaine berührte seine rechte Wange, wo eine weiße Narbe in seinem borstigen Bart verborgen war.

»Die er sich im Lugg Vale geholt hat«, sagte Dinas. Auch er besaß, genau wie sein Bruder, eine außerordentlich tiefe Stimme, eine rauhe Stimme, die nicht zu seiner Jugend paßte.

»Ich habe Tanaburs im Lugg Vale gesehen«, sagte ich, »und ich weiß, daß Iorweth dort war, aber an andere Druiden in Gorfyddyds Heer kann ich mich nicht erinnern.«

Dinas lächelte. »Im Lugg Vale«, sagte er, »haben wir als Krieger gekämpft.«

»Und einen guten Teil Dumnonier getötet«, setzte Lavaine hinzu.

»Wir haben uns die Tonsuren erst nach der Schlacht rasiert«, erklärte Dinas. Er verfügte über einen starren, beunruhigenden Blick. »Und nun«, fuhr er leise fort, »dienen wir König Lancelot.«

»Seine Schwüre sind unsere Schwüre«, sagte Lavaine. Es lag eine gewisse Drohung in seinen Worten, aber es war eine vage Drohung, keine herausfordernde.

»Wie können Druiden einem Christen dienen?« versuchte ich sie zu provozieren.

»Indem wir neben der ihren eine ältere Magie einsetzen, natürlich«, antwortete Lavaine.

»Und wir setzen unsere Magie ein, Lord Derfel«, versicherte Dinas. Dabei hielt er die leere Hand empor, schloß sie zur Faust, drehte sie um, öffnete sie wieder, und auf seiner Handfläche lag ein Drosselei. Lässig warf er das Ei beiseite. »Wir dienen König Lancelot aus freiem Willen«, erklärte er, »und seine Freunde sind unsere Freunde.«

»Und seine Feinde sind unsere Feinde«, ergänzte Lavaine.

»Und Ihr« – Arthurs Sohn Loholt konnte es sich nicht verkneifen, in die Provokation einzustimmen – »seid ein Feind unseres Königs.«

Ich musterte die jüngeren Zwillinge: unreife, linkische Knaben, die an einem Übermaß an Stolz und einem Mangel an Weisheit litten. Beide hatten das lange, knochige Gesicht ihres Vaters geerbt, aber es wurde von Verdrossenheit und Groll entstellt. »Inwiefern bin ich ein Feind Eures Königs, Loholt?« fragte ich ihn.

Er wußte nicht, was er sagen sollte, und keiner der anderen wollte an seiner Stelle antworten. Dinas und Lavaine waren zu klug, um hier und jetzt einen Kampf zu beginnen, nicht einmal in Gegenwart von Lancelots Speerkämpfern; denn Culhwch und Galahad waren auf meiner Seite, und meine Anhänger warteten nur wenige Meter entfernt am anderen Ufer des träge dahinfließenden Churn. Loholt errötete, sagte aber kein Wort.

Mit Hywelbane schlug ich sein Schwert beiseite und trat dicht an ihn heran. »Ich werde Euch einen guten Rat geben, Loholt«, sagte ich leise. »Wählt Eure Feinde mit mehr Klugheit, als Ihr Eure Freunde wählt. Ich habe keinen Streit mit Euch, doch wenn Ihr einen solchen Streit sucht, verspreche ich Euch, daß meine Liebe zu Eurem Vater und meine Freundschaft mit Eurer Mutter mich nicht davon abhalten wird, Euch Hywelbane in den Bauch zu rammen und Eure Seele in einem Dunghaufen zu vergraben.« Damit stieß ich mein Schwert in die Scheide zurück. »Und nun geht.«

Wütend starrte er mich an, fand aber nicht den Mut zum Kampf. Statt dessen ging er sein Pferd holen, und Amhar folgte ihm. Dinas und Lavaine lachten, und Dinas verneigte sich sogar vor mir. »Was für ein Sieg!« lobte er mich.

»Wir haben eine Schlappe erlitten«, sagte Lavaine, »aber das kann man von einem Krieger des Kessels ja wohl erwarten, oder?« Den Titel betonte er spöttisch.

»Und von einem Druidentöter«, ergänzte Dinas alles anderes als spöttisch.

»Tanaburs war unser Großvater«, sagte Lavaine, und da fiel mir ein, daß Galahad mich auf der Dunklen Straße vor der Feindschaft dieser beiden Druiden gewarnt hatte.

»Es gilt als äußerst unklug, einen Druiden zu töten«, stellte Lavaine mit seiner rauhen Stimme fest.

»Vor allem unseren Großvater«, setzte Dinas hinzu, »der für uns wie ein Vater war.«

»Nachdem unser eigener Vater starb«, sagte Lavaine.

»Als wir noch sehr jung waren.«

»An einer schweren Krankheit«, erklärte Lavaine.

»Auch er war ein Druide«, sagte Dinas, »und hat uns die Magie gelehrt. Wir können Getreide faulen lassen.«

»Wir können Frauen stöhnen lassen«, sagte Lavaine.

»Wir können Milch sauer machen.«

»Während sie noch in der Mutterbrust ist«, erläuterte Lavaine. Dann wandte er sich unvermittelt ab und sprang mit eindrucksvoller Gelenkigkeit in den Sattel.

Sein Bruder sprang ebenfalls aufs Pferd und ergriff die Zügel. »Aber wir können noch mehr, als Milch zu säuern«, sagte Dinas. Boshaft sah er mich von seinem Roß herab an, dann streckte er, genau wie zuvor, die leere Hand aus, ballte sie zur Faust, drehte sie um, öffnete sie wieder, und auf seiner Handfläche lag ein Pergamentstern mit fünf Zacken. Lächelnd zerriß er das Pergament in winzige Fetzen, die er ins Gras fallen ließ. »Wir können Sterne zum Verschwinden bringen«, sagte er zum Abschied. Dann gab er seinem Pferd die Sporen.

Beide Brüder galoppierten davon. Ich spie aus. Culhwch holte meinen zu Boden gefallenen Speer zurück und reichte ihn mir. »Wer in aller Welt sind die beiden?« fragte er mich.

»Tanaburs' Enkel.« Ein zweites Mal spie ich aus, um das Böse abzuwenden. »Die Bälger eines schlechten Druiden.«

»Und sie können wirklich die Sterne verschwinden lassen?« fragte er zweifelnd.

»Nur einen.« Ich blickte zu den beiden Reitern hinüber. Ich wußte, daß Ceinwyn in der Halle ihres Bruders in Sicherheit war; aber ich wußte auch, daß ich die silurischen Zwillinge töten mußte, wenn ich wollte, daß sie weiterhin ungefährdet blieb. Tanaburs' Fluch lag auf mir, und dieser Fluch hieß Dinas und Lavaine. Ich spie ein drittes Mal aus und berührte Hywelbanes Heft, um mein Glück zu beschwören.

»Wir hätten Euren Bruder in Benoic töten sollen«, sagte Culhwch grollend zu Galahad.

»Gott vergebe mir, aber Ihr habt recht«, antwortete Galahad.

Zwei Tage später traf Cuneglas ein, am selben Abend noch trat der Kriegsrat zusammen, und nach dem Kriegsrat verschworen wir unsere Speere unter dem abnehmenden Mond und im Schein der flammenden Fackeln dem Krieg gegen die Sachsen. Wir Mithraskrieger tauchten unsere Schwertklingen ins Blut des Stiers, versammelten uns aber nicht zur Wahl neuer Mitglieder. Das war auch nicht nötig, denn Lancelot hatte sich einer demütigenden Ablehnung durch die Taufe entzogen, obwohl es mir immer noch ein Rätsel war, wie ein Christ Druiden in seinem Dienst halten konnte, ein Rätsel, das mir niemand erklären konnte.

An jenem Tag tauchte Merlin auf, und er war es auch, der die heidnischen Riten leitete. Iorweth von Powys half ihm dabei, von Dinas und Lavaine war jedoch nirgends etwas zu sehen. Wir sangen den Kriegsgesang von Beli Mawr, wir wuschen unsere Speere in Blut, wir verschworen uns dem Tod aller Sachsen, und am folgenden Tag marschierten wir ab.

In Lloegyr herrschten zwei bedeutende Sachsenführer. Wie wir hatten auch die Sachsen Häuptlinge, Kleinkönige und Stämme, und einige dieser Stämme bezeichneten sich selbst nicht einmal als Sachsen, sondern behaupteten, Angeln oder Jüten zu sein, aber für uns waren sie alle Sachsen. Wir wußten, daß sie nur zwei wirklich wichtige Könige hatten, daß diese Aelle und Cerdic hießen und daß sie einander bis aufs Blut haßten.

Aelle war damals natürlich berühmt. Er nannte sich der *Bretwalda*, das hieß auf sächsisch »Herrscher von Britannien«; sein Reich erstreckte sich von südlich der Themse bis zur Grenze des fernen Elmet. Sein Rivale war Cerdic, dessen Territorium an der Südküste Britanniens lag und nur von Aelles Gebiet und unserem Dumnonia begrenzt wurde. Aelle war der ältere der beiden Könige, und da er über mehr Land und mehr Krieger verfügte, machte ihn das zu unserem Hauptfeind: Wenn wir Aelle besiegten, glaubten wir, würde Cerdic unmittelbar danach ebenfalls stürzen.

Prinz Meurig von Gwent, angetan mit seiner Toga und einem albernen Bronzekranz auf dem dünnen, hellbraunen Haar, hatte beim Kriegsrat eine andere Strategie vorgeschlagen. Mit seiner gewohnten Zaghaftigkeit und vorgetäuschten Bescheidenheit hatte er ein Bündnis mit Cerdic vorgeschlagen. »Lassen wir ihn für uns kämpfen!« sagte Meurig. »Lassen wir ihn Aelle von Süden her angreifen, während wir von Westen aus zuschlagen. Ich bin, wie Ihr wißt, kein guter Stratege...« Hier hielt er inne, um einfältig zu lächeln und uns sozusagen aufzufordern, ihm zu widersprechen, aber wir bissen uns alle auf die Zunge. »Es muß jedoch auch dem Geistesschwächsten klar sein, daß es besser ist, gegen einen Feind zu kämpfen als gegen zwei.«

»Aber wir haben zwei Feinde«, sagte Arthur schlicht.

»Die haben wir allerdings, in dieser Hinsicht habe ich mich gründlich informiert, Lord Arthur. Aber mein Plan wäre, falls Ihr wiederum mich versteht, einen dieser beiden Feinde zu unserem Freund zu machen.« Er legte die Hände zusammen und sah Arthur blinzelnd an. »Einen Verbündeten«, setzte Meurig für den Fall hinzu, daß Arthur ihn noch immer nicht verstand.

»Cerdic«, knurrte Sagramor in seinem gräßlichen Britannisch, »hat keine Ehre. Er würde jeden Eid so mühelos brechen wie eine Elster das Ei eines Sperlings. Ich werde keinen Frieden mit ihm schließen.«

»Aber Ihr begreift nicht«, protestierte Meurig.

»Ich werde keinen Frieden mit ihm schließen«, fiel Sagramor dem Prinzen ins Wort und betonte dabei nachdrücklich jedes Wort, als spräche er mit einem Kind. Meurig errötete und verstummte. Der Edling von Gwent fürchtete sich vor dem hochgewachsenen numidischen Krieger halb zu Tode, was kein Wunder war, da Sagramors Ruf ebenso furchteinflößend war wie sein Aussehen. Der Lord der Steine war ein hochgewachsener Mann, sehr dünn und so schnell wie eine Peitsche. Seine Haare und sein Gesicht waren pechschwarz, und das lange, schmale Gesicht kreuz und quer von den Narben eines kampfreichen Lebens durchzogen. Er trug ständig eine finstere Miene zur Schau, hinter der sich ein fröhlicher, ja sogar großzügiger Charakter verbarg. Obwohl er unsere Sprache nur unzulänglich beherrschte, konnte Sagramor eine Runde am Lagerfeuer stundenlang mit seinen Erzählungen von fernen Ländern in Bann schlagen, aber die meisten Männer kannten ihn nur als den grimmigsten von Arthurs Kriegern, den unerbittlichen Sagramor, der in der Schlacht schrecklich und vor und nach der Schlacht finster war. Die Sachsen hielten ihn für einen schwarzen Dämon aus der Unterwelt. Ich kannte ihn recht gut und mochte ihn sehr. Es war Sagramor gewesen, der mich in den Mithrasbund eingeführt hatte, und Sagramor, der im Lugg Vale den ganzen langen Tag an meiner Seite gekämpft hatte. »Er hat sich jetzt ein kräftiges Sachsenmädchen genommen«, hatte Culhwch mir beim Kriegsrat zugeflüstert, »so groß wie ein Baum und mit Haaren wie ein Strohhaufen. Kein Wunder, daß er so mager ist.«

»Eure drei Frauen halten Euch gut im Futter«, gab ich zurück und stieß ihn in die gut gepolsterten Rippen.

»Ich wähle sie nach ihrer Kochkunst aus, Derfel, nicht nach ihrem Aussehen.«

»Habt Ihr etwas zur Debatte beizutragen, Lord Culhwch?« erkundigte sich Arthur.

»Nichts, Cousin«, antwortete Culhwch munter.

»Dann wollen wir fortfahren«, sagte Arthur. Er fragte Sagramor, welche Chance bestehe, daß Cerdics Männer für Aelle kämpften, woraufhin der Numidier, der den ganzen Winter über die sächsische Grenze bewacht hatte, die Achseln zuckte und antwortete, bei Cerdic sei alles möglich. Er habe gehört, erklärte er, die beiden Sachsen hätten sich getroffen und Geschenke ausgetauscht, doch niemand habe von einem tatsächlichen Bündnis berichtet. Sagramor vermutete, daß es Cerdic durchaus zufrieden wäre, Aelle von uns geschwächt zu sehen, und während das dumnonische Heer mit dieser Aufgabe beschäftigt war, würde er entlang der Küste angreifen, um Durnovaria zu erobern.

»Wenn wir Frieden mit ihm schließen würden…«, meldete sich Meurig abermals zu Wort.

»Das werden wir nicht«, unterbrach ihn König Cuneglas kurz und bündig, und Meurig, vom einzigen König im Kriegsrat zurechtgewiesen, verstummte wieder.

»Ein letztes noch«, sagte Sagramor warnend. »Die Sais haben jetzt Hunde. Riesige Hunde.« Er breitete die Hände aus, um uns die Größe der sächsischen Kampfhunde zu demonstrieren. Wir hatten alle von diesen Tieren gehört und fürchteten sie. Wie es hieß, ließen die Sachsen ihre Hunde erst los, kurz bevor die Schildwälle aufeinanderstießen, und angeblich waren diese Tiere dazu fähig, breite Breschen in den Wall zu reißen, durch welche die feindlichen Speerkämpfer dann nachstoßen konnten.

»Um die Hunde werde ich mich kümmern«, erbot sich Merlin. Das war sein einziger Beitrag zu diesem Kriegsrat, doch seine Worte beruhigten einige der besorgten Männer. Merlins unerwartetes Auftauchen war als Beitrag schon genug, denn die Tatsache, daß der Kessel in seinem Besitz war, machte ihn sogar für viele Christen zu einer Macht, die einschüchternder wirkte denn je.

Nicht etwa, daß viele die Bedeutung des Kessels verstanden hätten, aber sie waren froh, daß der Druide sich bereit erklärt hatte, das Heer zu begleiten. Mit Arthur vor uns und Merlin an unserer Seite – wie konnten wir den Kampf da noch verlieren?

Arthur erklärte uns seine Pläne. König Lancelot, sagte er, werde mit den Speerkämpfern von Siluria und einem Aufgebot der Männer aus Dumnonia die südliche Grenze gegen Cerdic bewachen. Wir anderen sollten uns in Caer Ambra sammeln und das Themsetal entlang nach Osten marschieren. Lancelot tat großmäulig so, als wäre es ihm nicht recht, vom Hauptheer, das gegen Aelle kämpfen sollte, getrennt zu werden; aber als Culhwch die Befehle hörte, schüttelte er verwundert den Kopf. »Er drückt sich schon wieder vor der Schlacht, Derfel!« flüsterte er mir zu.

»Nicht, wenn Cerdic ihn angreift«, widersprach ich.

Culhwch warf einen Blick zu Lancelot hinüber, der in Begleitung der Zwillinge Dinas und Lavaine erschienen war. »Und außerdem bleibt er in der Nähe seiner Protektorin, eh?« sagte er. »Bloß nicht zu weit von Guinevere entfernen, sonst würde er ja allein dastehen.«

Mich kümmerte das nicht. Ich war nur erleichtert, daß Lancelot und seine Männer nicht zum Hauptheer gehörten; mir reichte es schon, gegen die Sachsen zu ziehen, auch ohne mich vor Tanaburs' Enkeln oder einem silurischen Messer im Rücken fürchten zu müssen.

Also marschierten wir. Es war ein zusammengewürfeltes Heer mit Kontingenten aus drei britannischen Königreichen. Einige unserer fernen Verbündeten waren noch nicht eingetroffen. Man hatte uns Truppen aus Elmet und sogar aus Kernow zugesichert, die uns jedoch über die römische Straße folgen würden, die von Corinium südöstlich verlief und anschließend ostwärts nach London führte.

London. Die Römer hatten es Londinium genannt, davor hatte es schlicht Londo geheißen, und das bedeutete, wie Merlin mir einmal erklärte, »wilder Ort«. Jetzt war sie unser Ziel, diese einstmals grandiose Stadt, die größte im römischen Britannien, die nun in der Mitte von Aelles gestohlenen Landen lag und langsam immer mehr zerfiel. Sagramor hatte einmal einen berühmten Überfall auf die alte Stadt angeführt und festgestellt, daß die britannischen Bewohner von ihren neuen Herren völlig eingeschüchtert waren. Nun aber hofften wir, sie zurückholen zu können. Diese Hoffnung verbreitete sich wie ein Lauffeuer durchs ganze Heer, obwohl Arthur diese Absicht immer wieder leugnete. Unsere Aufgabe, erklärte er, sei es, die Sachsen zum Kampf zu fordern, nicht aber, uns von den Ruinen einer toten Stadt verlocken zu lassen. In diesem Punkt widersprach ihm Merlin. »Ich bin nicht gekommen, um mir eine Handvoll toter Sachsen anzusehen«, erklärte er mir verächtlich. »Was soll ich beim Töten von Sachsen?«

»Alles, Lord«, widersprach ich ihm. »Eure Magie versetzt die Feinde in Angst und Schrecken.«

»Mach dich nicht lächerlich, Derfel! Jeder Idiot kann vor einem Heer einherhüpfen, Grimassen schneiden und Flüche ausstoßen. Den Sachsen Angst einzujagen ist nicht weiter schwer. Selbst diese albernen Druiden von Lancelot könnten das gerade noch fertigbringen! Obwohl die gar keine echten Druiden sind.«

»Sind sie nicht?«

»Natürlich nicht! Wenn man ein echter Druide werden will, muß man studieren. Man muß eine Prüfung ablegen, anderen Druiden beweisen, daß man sich auf seine Kunst versteht; aber ich habe von keinem Druiden gehört, der Dinas und Lavaine examiniert hätte. Es sei denn Tanaburs, aber was für eine Art Druide war der schon? Kein besonders guter, das ist ja wohl klar, sonst hätte er dich nicht am Leben gelassen. Ich kann Unfähigkeit nicht ausstehen.«

»Sie können zaubern, Lord«, wandte ich ein.

»Zaubern?« Er wollte sich schier ausschütten vor Lachen. »Einer dieser Narren bringt ein Drosselei hervor, und du nennst das Zaubern? Drosseln tun so was dauernd. Ja, wenn er ein Schafsei aus dem Ärmel geschüttelt hätte, würde ich vielleicht Notiz davon nehmen!«

»Aber er hat auch einen Stern herbeigezaubert, Lord!«

»Derfel! Was bist du doch für ein leichtgläubiger Mensch!« rief er aus. »Ein mit Pergament und Schere gefertigter Stern? Keine Angst, ich hab' von diesem Stern gehört, und deine kostbare Ceinwyn ist nicht in Gefahr. Dafür haben Nimue und ich gesorgt, indem wir drei Totenschädel vergraben haben. Die Einzelheiten brauchst du nicht zu erfahren, aber du kannst sicher sein, daß diese Scharlatane sofort in Ringelnattern verwandelt werden, wenn sie sich in Ceinwyns Nähe wagen. Dann können sie bis in alle Ewigkeit Eier legen.« Dafür bedankte ich mich bei ihm. Dann fragte ich ihn, warum er denn das Heer begleite, wenn nicht, um uns gegen Aelle zu helfen. »Wegen der Schriftrolle natürlich«, antwortete er und klopfte zum Beweis dafür, daß die Schriftrolle in Sicherheit war, auf eine Tasche seines schmutzigen, schwarzen Gewandes.

»Caleddins Schriftrolle?« fragte ich erstaunt.

»Welche denn sonst?« gab er zurück.

Caleddins Schriftrolle war der Schatz, den Merlin aus Ynys Trebes mitgebracht hatte und der in seinen Augen nicht weniger wertvoll war als die Kleinodien Britanniens. Das war kein Wunder, denn das Geheimnis jener Kleinodien wurde in diesem uralten Dokument eingehend beschrieben. Druiden war es verboten, irgend etwas niederzuschreiben, denn sie glaubten, daß der Druide, der einen Zauberbann aufschrieb, die Fähigkeit, ebenjenen Zauberbann zu wirken, verlieren werde. Deswegen gaben sie all ihre Bräuche, Riten und Weisheiten mündlich weiter. Aber die Römer hatten, bevor sie Ynys Mon angriffen, die britannische Religion so sehr gefürchtet, daß sie einen Druiden names Caleddin bestachen und überredeten, alles, was er wußte, einem römischen Schreiber zu diktieren: daher enthielt Caleddins Verräterschriftrolle das gesamte uralte Wissen von Britannien. Vieles davon war, wie Merlin mir einmal erzählte, im Laufe der Jahrhunderte vergessen worden, denn die Römer hatten die Druiden grausam verfolgt, und ein großer Teil des alten Wissens war in der Tiefe der Zeit versunken; mit dieser Schriftrolle jedoch vermochte er die alte Macht wiederherzustellen. »Und in der Schriftrolle«, mutmaßte ich, »steht etwas von London?«

»Du liebe Zeit, wie neugierig du bist«, spöttelte Merlin, gab dann aber nach, vielleicht, weil es ein schöner Tag und er sonniger Stimmung war. »Das letzte Kleinod Britanniens befindet sich in London«, gestand er. »Oder vielmehr, es befand sich dort«, ergänzte er hastig. »Es ist dort vergraben. Ich wollte dir eigentlich einen Spaten in die Hand drücken und dich das Ding ausgraben lassen, aber du hättest bestimmt alles vermurkst. Sieh dir doch nur an, was du auf Ynys Mon gemacht hast! Zahlenmäßig unterlegen und umzingelt, in der Tat! Unverzeihlich! Daher habe ich beschlossen, es selbst zu machen. Zunächst muß ich natürlich herausfinden, wo es vergraben ist, und das könnte schwierig werden.«

»Habt Ihr deswegen die Hunde mitgebracht, Lord?« fragte ich ihn. Denn Merlin und Nimue hatten ein Rudel ziemlich räudiger Köter um sich versammelt, das nun das Heer begleitete.

Merlin seufzte. »Ich möchte dir einen guten Rat geben, Derfel«, sagte er. »Man kauft sich keinen Hund, um dann doch selber zu bellen. Ich weiß, welchem Zweck die Hunde dienen, Nimue weiß es, und du weißt es nicht. So haben es die Götter bestimmt. Hast du noch weitere Fragen? Oder darf ich jetzt endlich diesen Morgenspaziergang genießen?« Unversehens machte er längere Schritte und stieß bei jedem nachdrücklichen Schritt seinen großen, schwarzen Stab ins Gras.

Sobald wir Calleva hinter uns gelassen hatten, empfing uns der Rauch großer Leuchtfeuer. Das war das Zeichen der Feinde, daß wir in Sicht gekommen waren, und jeder Sachse, der eine solche Rauchsäule entdeckte, hatte Befehl, sein Land zu verwüsten. Die Getreidespeicher wurden geleert, die Häuser niedergebrannt, das Vieh davongetrieben. Und immer wieder zog sich Aelle so weit zurück, daß er uns einen Tagesmarsch voraus war und uns auf diese Art tiefer in das verwüstete Land hineinlocken konnte. Überall dort, wo die Straße durch Wälder führte, war sie mit gefällten Bäumen verbarrikadiert, und während unsere Männer damit beschäftigt waren, die Stämme aus dem Weg zu räumen, kam immer wieder ein Pfeil oder ein Speer durchs Laub geflogen, um ein Leben zu nehmen; oder einer der riesigen sächsischen Kampfhunde kam geifernd aus dem Unterholz geschossen, aber das waren die einzigen Angriffe, die Aelle unternahm, und seinen Schildwall bekamen wir kein einziges Mal zu sehen. Er wich zurück, wir stießen vor, und Tag für Tag töteten die feindlichen Speere oder die Hunde einen oder zwei unserer Männer.

Weit mehr zu schaffen machten uns Krankheiten. Dasselbe hatten wir vor Lugg Vale erlebt: Sobald sich ein großes Heer versammelte, schlugen die Götter es mit Krankheit. Die Kranken hielten uns schrecklich auf, denn diejenigen, die nicht marschieren konnten, mußten an einem sicheren Ort zurückgelassen und, damit sie nicht den sächsischen Kriegshorden in die Hände fielen, die sich an unseren Flanken herumtrieben, von Speerkämpfern bewacht werden. Bei Tag sahen wir diese feindlichen Horden als ferne, zerlumpte Gestalten, während nachts ihre Feuer am Horizont flackerten. Dennoch waren es nicht die Kranken, die uns am nachhaltigsten behinderten, sondern das schwerfällige Tempo, mit dem sich eine so große Masse Menschen fortbewegt. Mir war es schleierhaft, wieso dreißig Speerkämpfer an einem Tag mühelos zwanzig Meilen zurücklegen konnten, ein Heer, das zwanzigmal so groß war, jedoch von Glück sagen konnte, wenn es acht oder neun Meilen schaffte, auch wenn es sich noch so sehr anstrengte. Unsere Wegzeichen waren die Steine, die die Römer am Wegrand aufgestellt hatten und die die Anzahl der Meilen bis London anzeigten. Nach einer Weile beachtete ich sie nicht mehr, weil ich mich vor ihrer deprimierenden Aussage fürchtete.

Auch die Ochsenkarren behinderten uns. Wir hatten vierzig geräumige Bauernwagen im Troß, die unseren Proviant und unsere Ersatzwaffen mit sich führten, und diese Wagen rumpelten im Schneckentempo hinter unserer Marschkolonne einher. Das Kommando über diese Nachhut war Prinz Meurig übertragen worden, der ein großes Theater um die Wagen machte, sie zwanghaft immer wieder zählte und sich ständig beschwerte, die Speerkämpfer vorn marschierten zu schnell.

Angeführt wurde das Heer von Arthurs berühmten Reitern. Es waren inzwischen fünfzig, alle auf großen, zottigen Pferden, die tief im Innern Dumnonias gezüchtet wurden. Andere Reiter, die nicht die Kettenhemden von Arthurs Truppe trugen, ritten als Späher voraus, und manchmal kehrten diese Männer nicht mehr zurück, und wir fanden beim Weitermarschieren ihre abgeschlagenen Köpfe am Straßenrand.

Der Hauptteil des Heeres bestand aus fünfhundert Speerkämpfern. Da Arthur beschlossen hatte, keine Landwehr mitzunehmen, weil diese bäuerlichen Soldaten nur selten wirkungsvolle Waffen besaßen, waren wir alle eidlich verschworene Krieger mit Speeren und Schilden, und die meisten verfügten sogar über ein Schwert.

Weil sich nicht jeder Mann ein Schwert leisten konnte, hatte Arthur befohlen, daß jeder dumnonische Haushalt, in dem es ein Schwert gab, das dem Dienst im Heer noch nicht verschworen war, diese Waffe abzuliefern hatte, und die auf diese Weise gesammelten achtzig Waffen waren an die Krieger verteilt worden. Einige wenige Männer trugen eroberte sächsische Streitäxte, während andere, wie auch ich selbst, diese Waffen wegen ihrer Unhandlichkeit ablehnten.

Und wer bezahlte das alles? Wer bezahlte die Schwerter, die neuen Speere, die neuen Schilde und Wagen und Ochsen, das Mehl, die Stiefel, die Banner, das Zaumzeug, die Kochtöpfe, die Helme, die Mäntel, die Messer, die Hufeisen, das Pökelfleisch? Arthur lachte, als ich ihm diese Frage stellte. »Bedankt Euch bei den Christen, Derfel«, sagte er.

»Haben sie wirklich noch mehr gegeben?« fragte ich ihn. »Ich dachte, dieses Euter wäre längst ausgetrocknet.«

»Ist es jetzt auch«, gab er grimmig zurück. »Aber es war erstaunlich, wieviel ihre Schreine herausgaben, als wir ihren Hütern das Märtyrertum anboten, und noch erstaunlicher ist es, wieviel wir ihnen zurückzuzahlen versprochen haben.«

»Haben wir unsere Schulden bei Bischof Sansum jemals beglichen?« erkundigte ich mich. Sein Kloster in Ynys Wydryn hatte das Vermögen herausgerückt, mit dem Aelle der Friede während des Herbstfeldzugs abgekauft worden war, der im Lugg Vale endete.

Arthur schüttelte den Kopf. »Doch er erinnert mich immer wieder daran.«

»Der Bischof«, sagte ich vorsichtig, »scheint neue Freunde gefunden zu haben.«

Arthur lachte über meinen Versuch, Takt zu beweisen. »Er ist Lancelots Kaplan. Wie es scheint, ist es unmöglich, unseren lieben Bischof untenzuhalten. Wie ein Apfel in einer Wassertonne kommt er immer wieder nach oben.«

»Und er hat Frieden mit Eurer Gemahlin geschlossen«, stellte ich fest.

»Ich finde es schön, mit anzusehen, wie Menschen ihren Streit beilegen«, sagte er nachsichtig, »aber Bischof Sansum hat in letzter Zeit tatsächlich seltsame Verbündete. Guinevere duldet ihn, Lancelot befördert ihn, und Morgan verteidigt ihn. Wie findet Ihr das? Morgan!« Er liebte seine Schwester, und es schmerzte ihn, daß sie sich Merlin so sehr entfremdet hatte. Sie herrschte mit so grimmiger Tatkraft in Ynys Wydryn, als wollte sie Merlin beweisen, daß sie eine bessere Partnerin für ihn sei als Nimue, doch Morgan hatte den Kampf um den Posten als Merlins erste Priesterin längst verloren. Merlin schätze sie, sagte Arthur, sie aber wolle geliebt werden, und wer, fragte Arthur mich traurig, könne eine Frau lieben, die vom Feuer so verbrannt, verhutzelt und verunstaltet worden sei? »Merlin war niemals ihr Liebhaber«, erklärte mir Arthur, »sie hat nur vorgegeben, daß er es sei, während er nichts gegen diese Behauptung einzuwenden hatte, denn je mehr Menschen ihn seltsam finden, desto glücklicher ist er; in Wirklichkeit aber kann er Morgans Anblick ohne ihre Maske nicht ertragen. Sie ist einsam, Derfel.« Also war es kein Wunder, daß Arthur sich über die Freundschaft seiner verkrüppelten Schwester mit Bischof Sansum freute, obwohl es mir heute noch ein Rätsel ist, wie der eifrigste Verfechter des Christentums in ganz Dumnonia so eng mit Morgan befreundet sein konnte, einer Heidenpriesterin, die für ihre Macht berühmt war. Der Mäuselord, dachte ich, gleicht einer Spinne, die ein sehr merkwürdiges Netz spinnt. Mit seinem letzten Netz hatte er Arthur einfangen wollen, aber der Plan war fehlgeschlagen; für wen also mochte Sansum jetzt spinnen?

Nachdem der letzte unserer Verbündeten zu uns gestoßen war, bekamen wir keine Nachrichten mehr aus Dumnonia. Wir waren abgeschnitten, von den Sachsen umzingelt, aber die letzten Nachrichten von zu Hause waren ermutigend gewesen. Cerdic hatte nichts gegen Lancelots Truppen unternommen und war vermutlich auch nicht nach Osten marschiert, um Aelle zu unterstützen. Die letzte verbündete Truppe, die sich uns anschloß, war eine Kriegshorde aus Kernow, angeführt von einem alten Freund, der die Marschkolonne entlanggaloppiert kam, um mich zu suchen. Dann sprang er vom Pferd, stolperte und schlug vor meinen Füßen der Länge nach zu Boden. Es war Tristan, Prinz und Edling von Kernow, der sich jetzt aufrappelte, sich den Staub vom Mantel klopfte und mich umarmte. »Ihr könnt Euch entspannen, Derfel«, verkündete er, »die Krieger von Kernow sind angekommen. Alles wird gut werden.«

Ich lachte. »Ihr seht gut aus, Lord Prinz.« Das tat er wirklich.

»Ich bin meinen Vater los«, erklärte er mir. »Er hat mich aus dem Käfig geholt. Vermutlich hofft er, daß mir ein Sachse seine Axt über den Schädel zieht.« Mit einer grotesken Fratze mimte er einen Sterbenden, während ich ausspie, um das Böse abzuwehren.

Tristan war ein gutaussehender, gutgebauter Mann mit schwarzen Haaren, Gabelbart und langen Schnurrbartenden. Seine Haut war fahl, und sein Gesicht wirkte häufig bedrückt, heute aber strahlte es vor Freude. Er hatte sich dem Befehl seines Vaters widersetzt, war mit einer kleinen Schar Krieger zum Lugg Vale gekommen und dafür, wie wir hörten, den ganzen Winter lang in eine weit entfernte Festung an Kernows Nordküste verbannt worden. Jetzt aber hatte König Mark eingelenkt und seinen Sohn für diesen Feldzug freigegeben. »Wir sind jetzt verwandt«, erklärte Tristan.

»Verwandt?«

»Mein lieber Vater«, erläuterte er ironisch, »hat sich wieder mal eine junge Frau genommen. Ialle von Broceliande.« Broceliande war das letzte britannische Königreich in Armorica und wurde von Budic ap Camran regiert, der mit Arthurs Schwester Anna verheiratet war, und das bedeutete, daß Ialle Arthurs Nichte war.

»Die wievielte Stiefmutter ist sie für Euch?« erkundigte ich mich. »Die sechste?«

»Die siebte«, berichtete Tristan, »und sie ist erst fünfzehn Sommer alt, während Vater mindestens fünfzig zählt. Ich selbst bin ja inzwischen schon dreißig«, ergänzte er deprimiert.

»Und immer noch nicht verheiratet?«

»Noch nicht. Aber mein Vater heiratet oft genug für uns beide. Arme Ialle. Vier Jahre gebe ich ihr, mehr nicht, Derfel, dann wird sie genauso tot sein wie die anderen. Er wird sie verschleißen, wie er sie alle verschlissen hat.« Er legte mir den Arm um die Schultern. »Und Ihr seid, wie ich vernahm, inzwischen verheiratet?«

»Nicht verheiratet, aber fest im Geschirr.«

»Mit der sagenhaften Ceinwyn!« Er lachte. »Gut gemacht, mein Freund, gut gemacht! Eines Tages werde auch ich meine Ceinwyn finden.«

»Vielleicht schon bald, Lord Prinz.«

»Ich muß! Ich werde alt! Uralt! Neulich hab' ich ein weißes Haar in meinem Bart gefunden!« Er zeigte auf sein Kinn. »Seht Ihr es?« fragte er mich besorgt.

»Es?« spöttelte ich. »Wie ein Dachs seht Ihr aus.« Es mochte drei oder vier graue Strähnen inmitten der schwarzen Haare geben, aber das war auch alles.

Tristan lachte. Dann betrachtete er einen Sklaven, der mit einem Dutzend angeleinter Hunde neben der Straße einherlief. »Notrationen?« fragte er mich.

»Merlins Magie, aber er will mir nicht sagen, wofür er sie braucht.« Die Hunde des Druiden waren lästig – sie brauchten Futter, das wir nicht erübrigen konnten, hielten uns bei Nacht mit ihrem Gejaule wach und rauften sich wie die Wilden mit den anderen Hunden, die unsere Männer begleiteten.

Am Tag nach Tristans Ankunft erreichten wir Pontes, wo die Straße auf einer erstaunlichen Steinbrücke, die von den Römern gebaut worden war, über die Themse führte. Wir hatten erwartet, daß die Brücke zerstört war, doch unsere Späher berichteten, sie sei noch ganz, und zu unserer Überraschung war sie sogar noch ganz, als unsere Speerkämpfer sie erreichten.

Es war der heißeste Tag des Marsches. Da Arthur allen verbot, die Brücke zu überqueren, bevor die Wagen zum Hauptteil des Heeres aufgeschlossen hatten, streckten sich unsere Männer während des Wartens am Flußufer aus. Die Brücke bestand aus elf Bogen: zwei auf jedem Ufer trugen eine Rampe, welche die Straße auf die Höhe der sieben Bogen hob, die den Fluß selbst überspannten. Durch Baumstämme und anderes Treibgut, das sich auf der stromaufwärts gewandten Seite der Brücke verkeilt hatte, war das Wasser so aufgestaut worden, daß der Fluß im Westen breiter und tiefer war als im Osten, und dieser zufällige Damm ließ das Wasser zwischen den Steinpfeilern tosen und schäumen. Am anderen Ufer lag eine römische Siedlung, eine Gruppe von Steingebäuden, die von den Resten eines Erdwalls umgeben war, während auf unserer Seite der Brücke ein riesiger Turm die Straße bewachte, die unter seinem zerfallenen Tor hindurchführte, auf dem sogar noch eine römische Inschrift zu lesen war. Arthur übersetzte mir den Text: Diese Brücke sei auf Kaiser Hadrians Befehl erbaut worden. *»Imperator«,* sagte ich, zu der Steintafel emporspähend. »Heißt das Kaiser?«

»So ist es.«

»Und steht ein Kaiser über einem König?«

»Ein Kaiser ist ein Lord der Könige«, erklärte mir Arthur. Die Brücke hatte ihn deprimiert. Er kletterte auf ihren landwärtigen Bogen herum, dann trat er an den Turm und legte die Hand an die Steine, während er zu der Inschrift hinaufblickte. »Angenommen, Ihr und ich, wir wollten eine solche Brücke bauen«, fragte er mich. »Wie würden wir das anfangen?«

Ich zuckte die Achseln. »Mit Holz, Lord. Starke Ulmenpfeiler, alles andere aus Eichenbohlen.«

Er verzog das Gesicht. »Und würde sie noch stehen, wenn unsere Ururenkel leben?«

»Die können sich eigene Brücken bauen«, entgegnete ich.

Er streichelte den Turm. »Wir haben keinen, der Steine so zu bearbeiten vermag. Keinen, der es versteht, einen Steinpfeiler in einem Flußbett zu versenken. Keinen, der sich auch nur erinnert, wie man das macht. Wir sind wie Männer mit einem kostbaren Hort, Derfel, der von Tag zu Tag weniger wird, und wir wissen nicht, wie wir dem Einhalt gebieten oder mehr daraus machen sollen.« Er warf einen Blick zurück und sah, daß in der Ferne die ersten von Meurigs Wagen auftauchten. Unsere Späher, die tief in die Wälder zu beiden Seiten der Straße vorgedrungen waren, hatten uns berichtet, daß sie von den Sachsen weder etwas gesehen noch etwas gerochen hätten, doch Arthur war und blieb mißtrauisch. »An ihrer Stelle würde ich unser Heer hinübermarschieren lassen und dann die Wagen angreifen«, sagte er. Infolgedessen hatte er beschlossen, eine Vorhut über die Brücke zu schicken, die Wagen in den Schutz des alten, zerfallenden Erdwalls hinüberzubringen, und erst dann den Hauptteil seines Heeres über den Fluß nachkommen zu lassen.

Meine Männer bildeten die Vorhut. Das Gelände hinter dem Fluß war weniger dicht bewaldet, aber obwohl ein paar Baumgruppen dicht genug waren, um eine kleine Armee zu verbergen, kam niemand daraus hervor, um uns anzugreifen. Einziger Hinweis auf die Anwesenheit der Sachsen war ein abgeschlagener Pferdekopf, der in der Mitte der Brücke wartete. Keiner meiner Männer wagte sich an ihm vorbei, bis Nimue vortrat, um den Fluch, der auf ihm lastete, zu lösen. Sie spie den Kopf an, weiter nichts. Die sächsische Magie, erklärte sie, sei eher schwächlich. Nachdem der Fluch aufgehoben worden war, stemmten Issa und ich das Ding übers Geländer ins Wasser hinab.

Während die Wagen mitsamt ihren Begleitern den Fluß überquerten, hielten meine Männer auf dem Erdwall Wache. Galahad war mit mir gekommen, und zusammen durchsuchten wir die Gebäude innerhalb des Schutzwalls. Die Sachsen ließen sich aus irgendeinem Grund nur höchst ungern in römischen Siedlungen nieder: Sie bevorzugten ihre eigenen Hallen aus Holz und Reet. Hier mußten jedoch bis vor kurzem noch Menschen gelebt haben, denn der Herd enthielt noch Asche, und einige Fußböden waren sauber gefegt. »Könnten unsere Leute gewesen sein«, meinte Galahad, denn unter den Sachsen lebten zahlreiche Britannier, viele von ihnen als Sklaven, einige aber auch als Freie, die sich der Fremdherrschaft gebeugt hatten.

Die Gebäude schienen früher einmal Kasernen gewesen zu sein, aber es gab auch zwei Wohnhäuser sowie etwas, was ich für einen riesigen Kornspeicher hielt, der sich allerdings, als ich die zerbrochene Tür aufstieß, als Stall entpuppte, in den über Nacht die Rinder eingesperrt wurden, um sie vor den Wölfen zu schützen. Der Boden war von einer dicken Schlammschicht aus Stroh und Dung bedeckt, die so gräßlich stank, daß ich das Gebäude stehenden Fußes verlassen hätte – da Galahad in den Schatten am anderen Ende jedoch etwas entdeckt zu haben schien, stapfte ich ihm durch den nassen, schlüpfrigen Mist hinterdrein.

Das andere Ende des Gebäudes bestand nicht etwa aus einer geraden Giebelwand, sondern wurde von einer runden Apsis durchbrochen. Hoch oben auf dem verdreckten Gips der Apsis und in dem Staub und Schmutz der Jahre kaum noch zu sehen, befand sich ein gemaltes Symbol, das aussah wie ein riesiges X, über das ein P gemalt worden war. Zu diesem Symbol blickte Galahad empor und schlug das Kreuz. »Dies war früher einmal eine Kirche, Derfel«, sagte er ehrfürchtig.

»Es stinkt«, gab ich zurück.

Mit frommem Blick sah er zu dem Symbol empor. »Es hat Christen hier gegeben.«

»Jetzt nicht mehr.« Ich schüttelte mich, weil der Gestank so übel war, und schlug hilflos nach den Fliegen, die um meinen Kopf summten.

Galahad schien der Gestank nichts auszumachen. Er stieß seine Speerstange so lange in die kompakte Masse aus Kuhmist und verfaulendem Stroh, bis es ihm schließlich gelang, einen kleinen Teil des Bodens freizulegen. Was er dort fand, schien ihn nur noch anzuspornen, denn er arbeitete fieberhaft, bis er den oberen Teil eines Mannes vom Schmutz befreit hatte, ein Bild aus kleinen Mosaiksteinchen. Der Mann trug Gewänder wie ein Bischof, sein Kopf war von Sonnenstrahlen umrahmt, und auf der erhobenen Hand trug er ein kleines Tier mit magerem Körper und einem großen, zottigen Kopf. »Der Evangelist Markus mit seinem Löwen«, erklärte mir Galahad.

»Ich dachte, Löwen wären riesige Biester«, sagte ich enttäuscht. »Sagramor sagt, sie wären größer als Pferde und wilder als Bären.« Ich spähte auf das dungverschmutzte Tier hinab. »Das hier ist ja höchstens ein Kätzchen.«

»Es ist ein symbolischer Löwe«, behauptete er. Dann versuchte er noch mehr von dem Fußboden freizulegen, aber der Dreck war zu alt, zu kompakt und zu zäh. »Eines Tages«, sagte er, »werde ich auch eine so große Kirche bauen. Eine riesige Kirche. Einen Ort, an dem sich ein ganzes Volk vor seinem Gott versammeln kann.«

»Und wenn du tot bist«, sagte ich, während ich ihn zur Tür zurückzog, »wird irgendein Bastard zehn Rinderherden darin überwintern lassen und dir ungeheuer dankbar sein.«

Er bestand darauf, noch eine Minute zu verweilen, und während ich seinen Schild und seinen Speer hielt, breitete er die Arme aus, um an diesem alten Ort ein neues Gebet zu sprechen. »Ein Zeichen Gottes«, verkündete er aufgeregt, als er mir schließlich wieder in den Sonnenschein hinausfolgte. »Wir werden das Christentum nach Lloegyr zurückbringen, Derfel. Es ist ein Zeichen für unseren Sieg!«

Für Galahad mochte es ein Zeichen für unseren Sieg sein, für uns wäre die alte Kirche jedoch um ein Haar zum Auslöser einer Niederlage geworden. Als wir am Tag darauf ostwärts gen London weiterzogen, das jetzt so aufregend nahe war, blieb Prinz Meurig in Pontes zurück. Die Wagen schickte er mit dem größten Teil ihrer Eskorte voraus und blieb selbst mit fünfzig Mann zurück, um die Kirche von ihrer dicken Dreckschicht zu befreien. Genau wie Galahad war auch Meurig tief bewegt von der Existenz dieser uralten Kirche und beschloß, das Heiligtum seinem Gott zurückzugeben. Deswegen befahl er seinen Speerkämpfern, sich ihrer Waffen zu entledigen und das Gebäude von Dung und Stroh zu reinigen, damit die Priester, die ihn begleiteten, alle Gebete sprechen konnten, die nötig waren, um das verschmutzte Gebäude neu zu weihen.

Doch während die Nachhut Kuhmist schaufelte, rückten die Sachsen, die uns gefolgt waren, über die Brücke vor.

Meurig entkam: Er hatte ein Pferd. Die meisten seiner Dungschaufler starben jedoch ebenso wie zwei seiner Priester. Dann stürmten die Sachsen die Straße entlang und erreichten die lange Reihe der Wagen. Der Rest der Nachhut wehrte sich tapfer, war aber hoffnungslos unterlegen: Die Sachsen umgingen sie, überrannten sie und begannen die dahinstapfenden Ochsen abzuschlachten, so daß die Wagen einer nach dem anderen stehenblieben und dem Feind in die Hände fielen.

Inzwischen hatten auch wir den Lärm gehört. Das Heer machte halt, während Arthurs Reiter dorthin zurückgaloppierten, von wo der Lärm des Tötens kam. Keiner der Reiter war richtig für den Kampf gerüstet, denn es war so heiß, daß die Männer nicht den ganzen Tag lang in ihrer Rüstung reiten konnten; dennoch genügte ihr plötzliches Auftauchen, um die Sachsen in die Flucht zu schlagen. Aber der Schaden war längst angerichtet. Achtzehn der vierzig Wagen waren bewegungsunfähig und würden, da ohne Ochsen, zurückgelassen werden müssen. Die meisten der achtzehn waren geplündert und die Fässer mit unserem kostbaren Mehl auf die Straße geleert worden. Wir retteten alles, was wir an Mehl noch finden konnten, und sammelten es in unsere Mäntel, aber das Brot, das man daraus backen konnte, würde minderwertig und mit Staub und Zweigen durchsetzt sein. Schon vor dem Überfall hatten wir die Rationen gekürzt und errechnet, daß wir Proviant für etwa zwei weitere Wochen hatten. Da sich der größte Teil des Proviants in den hintersten Wagen befunden hatte, standen wir nun vor der Frage, ob wir den Marsch nach nur einer Woche abbrechen sollten; aber selbst dann hätten wir kaum genug Proviant übrig, um heil nach Calleva oder Caer Ambra zurückzukehren.

»Im Fluß gibt's Fische«, sagte Meurig.

»O ihr Götter, nicht schon wieder Fische«, stöhnte Culhwch, der an die Entbehrungen während der letzten Tage von Ynys Trebes dachte.

»Die reichen bei weitem nicht, um ein ganzes Heer zu ernähren«, gab Arthur zornig zurück. Am liebsten hätte er Meurig angeschrien und seine Dummheit offengelegt, aber Meurig war ein Prinz, und Arthurs Gefühl für Anstand würde nie zulassen, daß er einen Prinzen demütigte. Wäre es Culhwch gewesen oder auch ich, der die Nachhut teilte und die Wagen der Gefahr preisgab, hätte Arthur die Beherrschung verloren, die hohe Geburt jedoch schützte Meurig vor seinem Zorn.

Wir waren nördlich der Straße zu einem Kriegsrat zusammengekommen, an einer Stelle, wo sie schnurgerade über eine langweilige, grasbewachsene Ebene führte, auf der sich Baumgruppen, vereinzelte Stechginster- und Weißdornbüsche erhoben. Alle Befehlshaber waren anwesend, während sich Dutzende von rangniederen Männern um uns drängten, um unseren Diskussionen zuzuhören. Meurig wies natürlich jegliche Schuld weit von sich. Hätte man ihm mehr Männer gegeben, behauptete er, wäre es nie dazu gekommen. »Außerdem«, sagte er, »und vergebt mir, wenn ich Euch darauf hinweise – obwohl ich es für einen Punkt halte, der auf der Hand liegt und keinerlei Erklärung benötigt –, daß ein Heer, das Gott ignoriert, niemals den Sieg davontragen kann.«

»Und warum hat Gott dann *uns* ignoriert?« wollte Sagramor wissen.

Arthur beschwichtigte den Numidier. »Was geschehen ist, ist geschehen«, sagte er. »Wir müssen uns überlegen, was wir jetzt tun wollen.«

Aber das hing von Aelle ab, nicht von uns. Er hatte den ersten Sieg errungen, obwohl ihm das Ausmaß seines Triumphes möglicherweise nicht bewußt war. Wir waren meilenweit auf sein Gebiet vorgedrungen, und uns drohte der Hungertod, wenn wir sein Heer nicht in eine Falle locken, es überwältigen und dadurch in ein Gebiet ausbrechen konnten, dessen Vorräte noch nicht vernichtet worden waren. Unsere Späher brachten uns Rotwild, und gelegentlich stießen sie auf ein paar Rinder oder Schafe; aber derartige Delikatessen waren selten und reichten bei weitem nicht aus, um das verlorene Mehl und Dörrfleisch zu ersetzen.

»Er muß doch sicher London verteidigen, oder?« warf Cuneglas ein.

Sagramor schüttelte den Kopf. »In London leben lauter Britannier«, antwortete er. »Die Sachsen mögen dort nicht leben. Er wird uns London überlassen.«

»In London gibt es bestimmt Proviant«, meinte Cuneglas.

»Aber wie lange wird der reichen, Lord König?« fragte Arthur. »Und wenn wir ihn mitnehmen – was tun wir dann? Wollen wir ewig einfach umherziehen und hoffen, daß Aelle angreifen wird?« Nachdenklich starrte er zu Boden; sein langes, schmales Gesicht war hart geworden. Aelles Taktik war jetzt nicht mehr zu verkennen: Der Sachse würde uns immer weitermarschieren lassen, seine Männer würden uns stets voraus sein, um alles Eßbare auf unserem Weg zu vernichten, und wenn wir geschwächt und entmutigt waren, würden die Sachsenhorden über uns herfallen. »Wir müssen ihn«, sagte Arthur schließlich, »zu uns heranlocken.«

Meurig blinzelte hektisch. »Und wie?« fragte er in einem Ton, der andeuten sollte, Arthur mache sich lächerlich.

Die Druiden in unserer Begleitung, Merlin, Iorweth und zwei weitere aus Powys, saßen in einer Gruppe neben dem Rat und hörten zu. Merlin, der sich einen Ameisenhaufen zum Sitz erkoren hatte, forderte nun unsere Aufmerksamkeit, indem er seinen Druidenstab hob. »Was tut Ihr, wenn Ihr etwas Wertvolles begehrt?« fragte er sanft.

»Ich nehm's mir«, antwortete Agravain grimmig. Agravain war der Befehlshaber von Arthurs Reitern und ermöglichte es Arthur dadurch, das gesamte Heer zu führen.

»Und wenn Ihr etwas Wertvolles von den Göttern begehrt«, ergänzte Merlin seine Frage, »was tut Ihr dann?«

Agravain zuckte die Achseln, und auch von uns anderen konnte keiner darauf eine Antwort geben.

Merlin erhob sich, so daß seine hochgewachsene Gestalt die Ratsversammlung überragte: »Wenn Ihr euch etwas wünscht«, erklärte er mit einfachen Worten, als wäre er unser Lehrer und wir seine Schüler, »müßt Ihr etwas dafür geben. Ihr müßt ein Opfer darbringen, etwas opfern. Das, was ich mir von allem auf der Welt am innigsten wünschte, war der Kessel, also bot ich mein Leben als Opfer dar, und mein Wunsch wurde mir erfüllt; hätte ich dafür aber nicht meine Seele geboten, wäre mir der Wunsch nicht gewährt worden. Wir müssen also etwas opfern.«

Meurig fühlte sich in seinem Christentum beleidigt und konnte der Versuchung nicht widerstehen, den Druiden zu reizen. »Euer Leben vielleicht, Lord Merlin? Das hat das letzte Mal doch auch geklappt.« Er lachte und forderte seine überlebenden Priester mit einem Blick auf, in sein Gelächter einzustimmen.

Aber das Lachen erstarb, als Merlin mit seinem schwarzen Stab auf den Prinzen wies. Er hielt den Stab ganz still, die Spitze nur wenige Zoll von Meurigs Gesicht entfernt, und hielt ihn so noch lange, nachdem das Lachen ganz verstummt war. Immer weiter hielt Merlin den Stab, bis sich das Schweigen ins Unerträgliche dehnte. Agricola, der das Gefühl hatte, seinem Prinzen helfen zu müssen, räusperte sich, aber ein kurzes Zucken des schwarzen Stabes erstickte jeden Protest. Meurig wand sich voll Unbehagen, schien aber kein Wort herausbringen zu können. Er errötete, zwinkerte nervös und zappelte. Arthur krauste die Stirn, äußerte sich jedoch nicht. Nimue lächelte voll Vorfreude auf das Schicksal des Prinzen, während wir anderen schweigend warteten und einige von uns vor Furcht erzitterten. Und noch immer rührte Merlin sich nicht, bis Meurig die Anspannug nicht mehr ertragen konnte. »War doch nur ein Scherz!« Vor Verzweiflung schrie er es fast heraus. »Ich wollte Euch nicht kränken.«

»Habt Ihr etwas gesagt, Lord Prinz?« erkundigte sich Merlin interessiert. Er tat, als hätten ihn Meurigs angstvolle Worte aus einem Traum gerissen, und senkte den Stab. »Ich muß mit offenen Augen geträumt haben. Was sagte ich gerade? Ach ja, ein Opfer. Haben wir nicht etwas, was uns besonders kostbar ist, Arthur?«

Arthur überlegte ein paar Sekunden. »Wir haben Gold«, antwortete er, »Silber, meine Rüstung.«

»Tand«, gab Merlin geringschätzig zurück.

Eine Zeitlang herrschte Schweigen, dann meldeten sich Männer außerhalb des Kriegsrats zu Wort. Einige lösten Torques von ihrem Hals und schwenkten sie in der Luft. Andere erboten sich, ihre Waffen zu opfern, ein Mann rief sogar den Namen von Arthurs Schwert Excalibur. Von den Christen kam kein einziger Vorschlag, denn dies war ein heidnischer Vorgang. Sie hatten nichts weiter anzubieten als ihre Gebete; aber ein Mann aus Powys schlug vor, einen Christen zu opfern, und erntete dafür lauten Jubel. Meurig errötete abermals.

»Manchmal denke ich«, sagte Merlin, als keine Vorschläge mehr kamen, »daß ich dazu verdammt bin, unter Idioten zu leben. Ist denn die ganze Welt verrückt außer mir? Kann nicht ein einziger armer, blinder Narr unter Euch sehen, was ganz eindeutig das Kostbarste ist, das wir besitzen? Nicht einer?«

»Proviant«, sagte ich.

»Aha!« rief Merlin erfreut. »Gut gemacht, du armer, blinder Narr! Proviant, Ihr Idioten!« Er spie dem Rat die Beleidigung ins Gesicht. »Aelles Pläne fußten auf der Überzeugung, daß es uns an Proviant mangelt, also müssen wir ihm das Gegenteil beweisen. Wir müssen Proviant verschwenden, wie die Christen ihre Gebete verschwenden, müssen ihn bis in den leeren Himmel hinauf verstreuen, müssen ihn vergeuden, wegwerfen, müssen ihn« – er hielt inne, um auf das nun folgende Wort eine besondere Betonung zu legen – »opfern.« Er wartete, ob sich eine Stimme des Protestes erheben würde, aber niemand äußerte ein Wort. »Sucht Euch hier in der Nähe einen Platz«, wandte Merlin sich an Arthur, »auf dem Ihr Aelle die Schlacht anbieten wollt. Zeigt Euch nicht zu stark, denn Ihr wollt ja nicht, daß er sich dem Kampf verweigert. Ihr müßt ihn in Versuchung führen, vergeßt das nicht, und Ihr müßt ihn glauben machen, daß er Euch besiegen kann. Wie lange wird er brauchen, seine Streitkräfte zur Schlacht zu sammeln?«

»Drei Tage«, antwortete Arthur. Er nahm an, daß Aelles Männer sich innerhalb des Ringes, der uns begleitete, weit verteilt hatten, und daß es die Sachsen mindestens zwei Tage kosten würde, diesen Ring zu einem kompakten Heer zusammenzuziehen, sowie einen weiteren Tag, um es in Schlachtordnung aufzustellen.

»Ich werde zwei Tage brauchen«, sagte Merlin. »Also backt Euch genug hartes Brot, um fünf Tage knapp zu überstehen«, befahl er. »Keine großzügigen Rationen, Arthur, denn es muß ein echtes Opfer für uns sein. Dann sucht Euch Euer Schlachtfeld und wartet. Alles andere überlaßt Ihr mir, aber ich brauche Derfel mit einem Dutzend seiner Männer, um einige schwere Arbeiten zu verrichten. Und gibt es unter uns welche« – er hob die Stimme, damit ihn alle Männer, die den Rat umringten, deutlich verstehen konnten – »die sich aufs Holzschnitzen verstehen?«

Er wählte sechs Mann aus. Zwei kamen aus Powys, einer trug den Falken von Kernow auf seinem Schild, die übrigen stammten aus Dumnonia. Sie erhielten Äxte und Messer, aber nichts zum Schnitzen, bis Arthur sein Schlachtfeld gefunden hatte.

Er fand es auf einer weiten Heide, die zu einer runden, von einem Gehölz aus Eiben und Mehlbeerbäumen gekrönten Kuppe anstieg. Der Hang war an keiner Stelle steil, aber wir würden dennoch den Vorteil der höheren Position genießen. Hier pflanzte Arthur seine Banner auf, und rings um die Banner errichteten wir mit Ästen, die wir im Gehölz schnitten, ein paar Unterstände. Unsere Speerkämpfer sollten einen Kreis um die Banner bilden und Aelle dort, so hofften wir jedenfalls, entgegentreten. Das Brot, das uns am Leben erhalten sollte, während wir auf die Sachsen warteten, wurde in Torföfen gebacken.

Merlin wählte seinen Platz im Norden der Heide. Dort gab es eine Wiese, einen Ort, wo Krüppelerlen und dichtes Gras einen kleinen Bach säumten, der auf die ferne Themse zumäanderte. Meine Männer erhielten Befehl, drei Eichen zu fällen, die Stämme von Ästen und Rinde zu befreien und anschließend drei Gruben zu schaufeln, in die die Eichen wie Säulen gesetzt werden sollten, nachdem er zuvor seinen sechs Schnitzern befohlen hatte, die Stämme in drei abstoßend häßliche Götzenbilder zu verwandeln. Iorweth half Nimue und Merlin, und die drei genossen diese Aufgabe, denn sie erlaubte ihnen, sich höchst grausige, abschreckende Gestalten auszudenken, die keinerlei Ähnlichkeit mit irgendeinem Gott hatten, den ich kannte, aber das war Merlin gleichgültig. Die

Götzen, erklärte er, seien nicht für uns, sondern für die Sachsen, also fertigte er mit seinen Holzschnitzern drei Horrorfiguren mit Tierfratzen, Frauenbrüsten und männlichen Genitalien. Als die Säulen fertig waren, hielten die Männer mit ihren anderen Arbeiten inne und stellten die drei Stämme in die entsprechenden Gruben, während Merlin mit seinen Holzschnitzern die Erde um sie herum festtrat, bis die Säulen endlich senkrecht standen. »Der Vater« – Merlin hüpfte vor den Idolen umher – »der Sohn und der Heilige Geist!« rief er lachend.

Mittlerweile hatten meine Männer vor den Gruben einen riesigen Holzstoß aufgeschichtet, auf den wir nunmehr alles häuften, was von unserem Proviant übrig war. Wir schlachteten die letzten Ochsen und hievten ihre schweren Kadaver auf den Haufen, so daß das frische Blut durch die Holzschichten tropfte, und auf die Ochsen schichteten wir alles, was sie zuvor gezogen hatten: Dörrfleisch, Dörrfisch, Käse, Äpfel, Korn und Bohnen, und oben auf diesen kostbaren Proviant legten wir die Kadaver von zwei kürzlich gefangenen Hirschen und einem frisch geschlachteten Widder. Der Schafskopf mit seinen beiden Hörnern wurde abgeschnitten und an die mittlere Säule genagelt.

Die Sachsen beobachteten uns bei der Arbeit. Sie warteten am anderen Bachufer und schickten am ersten Tag gelegentlich ein paar Speere zu uns herüber, gaben sich jedoch nach den ersten erfolglosen Störmanövern damit zufrieden, uns einfach zuzusehen und abzuwarten, was da für seltsame Dinge im Gange waren. Ich spürte, daß ihre Zahl zunahm. Am ersten Tag hatten wir unter den fernen Bäumen höchstens ein Dutzend Mann gesehen, am zweiten Abend dagegen brannten hinter der grünen Laubwand mindestens zwanzig Lagerfeuer.

»Jetzt«, sagte Merlin an jenem Abend, »werden wir ihnen ein Schauspiel bieten!«

In zwei Kochtöpfen holten wir von der niedrigen Hügelkuppe der Heide Feuer, trugen es zu dem riesigen Holzstoß und stießen es tief in das Gewirr der Zweige. Das Holz war grün, aber wir hatten haufenweise trockenes Gras und zerbrochene Zweige in die Mitte gestopft, so daß das Feuer gegen Abend hell aufloderte. Die Flammen warfen einen unheimlichen Schein auf unsere primitiven Götzen, der Rauch wallte in einer dicken Säule empor, die in Richtung London trieb, und der Duft von gebratenem Fleisch wehte aufreizend zu unserem hungrigen Lager hinüber. Als das Feuer knisterte und in sich zusammenfiel, schickte es explodierende Funkensäulen in die Luft, während die Tierkadaver in dieser starken Hitze zuckten und sich wanden, weil die Flammen ihre Sehnen schrumpfen und ihre Schädel platzen ließen. Schmelzendes Fett zischte in der Glut, flammte weißglühend auf, so daß schwarze Schatten auf die drei gräßlichen Götzen fielen. Die ganze Nacht hindurch loderte das Feuer. Es verbrannte unsere letzte Hoffnung, Lloegyr ohne Sieg verlassen zu können, und bei Tagesanbruch beobachteten wir, wie die Sachsen hervorgekrochen kamen, um die rauchenden Aschenreste zu untersuchen.

Dann warteten wir. Ganz und gar passiv waren wir allerdings nicht. Unsere Reiter trabten gen Osten, um die Straße nach London auszukundschaften, und kamen mit Berichten über Horden marschierender Sachsen zurück. Andere von uns schnitten Holz und begannen neben dem ausgeplünderten Gehölz auf der Hügelkuppe eine Halle zu bauen. Zwar brauchten wir dort keine Halle, aber Arthur wollte den Eindruck erwecken, daß wir tief in Lloegyr einen Stützpunkt errichteten, von dem aus wir Aelles Territorium heimsuchen konnten. Falls wir Aelle damit überzeugten, würde ihn das zweifellos zu einer Schlacht provozieren. Wir legten die Anfänge eines Erdwalls an, da uns jedoch die entsprechenden Werkzeuge fehlten, brachten wir nur einen armseligen Versuch zustande, obwohl auch dieser der Täuschung förderlich gewesen sein muß.

Wir waren ausreichend beschäftigt, aber das verhinderte nicht, daß unser Heer sich in zwei erbitterte Fraktionen teilte. Einige Männer, wie etwa Meurig, waren der Ansicht, daß wir von Anfang an eine falsche Strategie verfolgt hatten. Es wäre besser gewesen, erklärte Meurig nun, wenn wir drei oder mehr kleinere Heere ausgesandt hätten, um die Sachsenfestungen an der Grenze zu stürmen. Wir hätten angreifen und provozieren müssen, statt dessen wurden wir in dieser selbsterdachten Falle mitten in Lloegyr nur immer hungriger.

»Vielleicht hat er ja recht«, gestand mir Arthur am dritten Morgen.

»Nein, Lord«, protestierte ich heftig, und um meinen Standpunkt zu unterstreichen, zeigte ich nach Norden auf die dicke Rauchwolke, die uns verriet, daß sich auf der anderen Bachseite immer mehr Sachsen versammelten.

Arthur schüttelte den Kopf. »Aelles Heer ist hier, das stimmt«, sagte er, »aber das muß nicht heißen, daß er angreifen wird. Sie werden uns beobachten, doch wenn er klug ist, wird er uns hier versauern lassen.«

»Wir könnten ihn angreifen«, schlug ich vor.

Er schüttelte den Kopf. »Ein Heer durch Baumbestand und über einen Bach zu führen ist ein sicheres Rezept für eine Katastrophe. Das ist unser letzter Ausweg, Derfel. Betet einfach darum, daß er heute kommt.«

Aber er kam nicht. Fünf Tage waren nun vergangen, seit die Sachsen unsere Vorräte vernichtet hatten. Morgen würden wir nur noch Krumen zu essen haben, in zwei weiteren Tagen wären wir ausgehungert, und in drei Tagen müßten wir der Niederlage ins gräßliche Auge sehen. Arthur tat unbesorgt und achtete nicht auf das, was die Schwarzseher im Heer befürchteten; und als die Sonne an jenem Abend über dem fernen Dumnonia unterging, winkte mir Arthur, zu ihm auf die allmählich wachsende Mauer unserer primitiv konstruierten Halle zu steigen. Ich kletterte an den Holzbalken empor und zog mich mit einem Klimmzug auf die Oberkante der Mauer hinauf. »Seht«, sagte er und zeigte nach Osten, wo ich ganz hinten am Horizont eine weitere graue Rauchsäule entdeckte. Und unter diesem Rauch lag, beleuchtet von schrägen Sonnenstrahlen, eine Stadt, die größer war als alle, die ich jemals gesehen hatte, größer als Glevum oder Corinium, größer sogar als Aquae Sulis. »London«, sagte Arthur mit Ehrfurcht in der Stimme. »Hättet Ihr jemals daran geglaubt, die Stadt zu sehen?«

»Doch, Lord.«

Er lächelte. »Mein zuversichtlicher Derfel Cadarn.« Er saß auf der Mauer, hielt sich an einer unbehauenen Säule fest und starrte unentwegt auf die Stadt. Hinter uns, im hölzernen Rechteck der Halle, waren die Pferde des Heeres untergebracht. Die armen Tiere waren jetzt schon hungrig, denn es gab wenig Gras auf der dürren Heide, und wir hatten kein Futter für sie mitgebracht. »Seltsam, nicht wahr«, fuhr Arthur fort, den Blick immer noch auf London gerichtet, »daß Lancelot und Cerdic jetzt schon eine Schlacht hinter sich haben könnten, ohne daß wir etwas davon erfahren.«

»Betet, daß Lancelot den Sieg errungen hat«, gab ich zurück.

»Das tue ich, Derfel, das tue ich.« Mit den Fersen schlug er gegen die halbfertige Mauer. »Welch eine günstige Gelegenheit für Aelle!« sagte er plötzlich. »Er könnte hier die besten Krieger Britanniens niedermachen. Bis Jahresende könnten seine Männer unsere Hallen besetzt halten. Ein Spaziergang wäre es für sie zum Severn-Meer. Alles dahin. Ganz Britannien! Aus und vorbei.« Er schien den Gedanken belustigend zu finden. Dann wandte er sich um und blickte auf die Pferde hinab. »Die könnten wir natürlich noch essen«, sagte er. »Ein bis zwei Wochen würde uns ihr Fleisch schon am Leben erhalten.«

»Lord!« protestierte ich gegen seinen Pessimismus.

»Keine Angst, Derfel.« Er lachte. »Ich habe unserem alten Freund Aelle eine Nachricht geschickt.«

»Ach, wirklich?«

»Sagramors Frau, Malla heißt sie. Was für seltsame Namen diese Sachsen haben. Kennt Ihr sie?«

»Ich habe sie gesehen, Lord.« Malla war eine hochgewachsene Frau mit langen, muskulösen Beinen und Schultern, die breit wie ein Faß waren. Sagramor hatte sie Ende des vergangenen Jahres gefangengenommen, und sie hatte sich mit einer Passivität in ihr Schicksal gefügt, die sich in ihrem flachen, so gut wie leeren, von goldfarbenen Haaren umrahmten Gesicht widerspiegelte. Außer diesem Haar gab es nichts an Malla, das besonders attraktiv gewesen wäre, und dennoch war sie irgendwie anziehend: ein großes, starkes, robustes Geschöpf, mit einer gelassenen Grazie und einem Verhalten, das nicht weniger wortkarg war als das ihres numidischen Liebsten.

»Sie gibt vor, uns entkommen zu sein«, erklärte Arthur, »und eben jetzt, in diesem Augenblick, müßte sie Aelle verraten, daß wir den kommenden Winter hier zu verbringen gedenken. Lancelot werde sich uns mit weiteren dreihundert Speeren anschließen, und wir brauchten ihn auch hier, weil eine Menge von unseren Männern durch Krankheiten geschwächt seien, obwohl wir unsere Vorratsgruben mit gutem Proviant gefüllt hätten.« Er lächelte. »Sie tischt ihm endlosen Unsinn auf, das heißt, ich hoffe es wenigstens.«

»Aber vielleicht verrät sie ihm auch die Wahrheit«, gab ich deprimiert zurück.

»Mag sein.« Er klang unbesorgt. Jetzt beobachtete er, wie eine Reihe von Männern mit Schläuchen Wasser aus einer Quelle heraufholten, die am Fuß des Südhangs sprudelte. »Aber Sagramor vertraut ihr«, ergänzte er, »und ich habe schon vor langer Zeit gelernt, Sagramor zu vertrauen.«

Ich machte das Zeichen gegen das Böse. »Ich würde meine Frau nicht in ein feindliches Lager gehen lassen.«

»Sie hat sich freiwillig gemeldet«, entgegnete Arthur. »Die Sachsen würden ihr nichts zuleide tun, sagt sie. Wie es scheint, ist einer der Häuptlinge ihr Vater.«

»Hoffen wir, daß sie ihn nicht genauso liebt wie Sagramor.«

Arthur zuckte die Achseln. Er war dieses Risiko eingegangen, und jetzt darüber zu diskutieren, würde die Gefahr nicht bannen. Er wechselte das Thema. »Ich möchte Euch in Dumnonia haben, wenn all das hier vorüber ist.«

»Von Herzen gern, Lord. Wenn Ihr mir versprecht, daß Ceinwyn nichts geschehen wird«, antwortete ich, und als er meine Befürchtungen mit einer Handbewegung abzutun versuchte, stieß ich nach. »Ich habe Geschichten von einem Hund gehört, der getötet und dessen blutiges Fell einer verkrüppelten Hündin umgehängt wurde.«

Arthur wandte sich um, schwang die Beine über den Wall und ließ sich in die behelfsmäßigen Ställe fallen. Er schob ein Pferd zur Seite und winkte mir, ihm zu folgen, da uns dort niemand sehen oder hören konnte. Er war zornig. »Erzählt mir noch einmal, was Ihr gehört habt!« befahl er.

»Ein Hund wurde getötet«, sagte ich, als ich hinuntergesprungen war, »und sein blutiges Fell wurde einer verkrüppelten Hündin umgehängt.«

»Und wer hat das getan?« wollte er wissen.

»Jemand, der mit Lancelot befreundet ist«, antwortete ich, weil ich den Namen seiner Gemahlin nicht preisgeben wollte.

Mit der Hand schlug er so hart gegen die primitive Holzwand, daß die Pferde daneben erschraken. »Meine Gemahlin«, sagte er, »ist mit König Lancelot befreundet.« Ich schwieg. »Genau wie ich«, forderte er mich heraus, aber ich schwieg immer noch. »Er ist ein stolzer Mann, Derfel, und hat das Königreich seines Vaters verloren, weil ich meinen Eid nicht gehalten habe. Ich bin ihm etwas schuldig.« Die letzten Worte klangen eiskalt.

Ich begegnete dieser Kälte ebenso eisig. »Wie ich hörte, wurde die verkrüppelte Hündin Ceinwyn genannt.«

»Genug!« Abermals schlug er gegen die Wand. »Gerüchte! Nichts als Gerüchte! Niemand leugnet, daß das, was Ihr und Ceinwyn getan habt, nicht überall gebilligt wird, Derfel. Ich bin kein Narr, aber ich werde mir Euren Unsinn nicht anhören! Guinevere zieht diese Gerüchte förmlich an. Die Menschen ärgern sich über sie, jede Frau, die schön ist, die klug ist, die eine eigene Meinung hat und sich nicht scheut, sie auszusprechen, fordert den Groll ihrer Mitmenschen heraus; aber wollt Ihr wirklich behaupten, daß sie einen so widerlichen Zauber gegen Ceinwyn einsetzen würde? Glaubt Ihr das wirklich?«

»Ich würde es lieber nicht glauben«, antwortete ich.

»Guinevere ist meine Gemahlin!« Er hatte zwar die Stimme gesenkt, aber sein Ton war immer noch erbittert. »Ich habe keine anderen Gemahlinnen, ich hole keine Sklavinnen zu mir ins Bett, ich gehöre ihr, und sie gehört mir, Derfel, und ich werde nicht dulden, daß etwas gegen sie gesagt wird. Nichts!« Das letzte Wort schrie er förmlich heraus, und ich fragte mich, ob er an die schmutzigen Beleidigungen dachte, die ihm Gorfyddyd im Lugg Vale ins Gesicht geschleudert hatte. Gorfyddyd hatte behauptet, bei Guinevere gelegen zu haben, und hatte weiterhin behauptet, eine ganze Legion anderer Männer habe das ebenfalls getan. Ich dachte an Valerins Liebesring mit dem eingeritzten Kreuz und Guineveres Symbol, schob diese Erinnerung jedoch beiseite.

»Ich habe den Namen Eurer Gemahlin nicht erwähnt, Lord«, gab ich ihm ruhig zu bedenken.

Er starrte mich an, und sekundenlang dachte ich, er würde mich schlagen. Dann schüttelte er den Kopf. »Sie kann sehr schwierig sein, Derfel. Es gibt Zeiten, da wünschte ich, sie zeigte nicht immer gleich Verachtung, aber ich kann mir nicht vorstellen, ohne ihren Rat zu leben.« Er hielt inne und schenkte mir ein reuiges Lächeln. »Ich kann mir nicht vorstellen, ohne *sie* zu leben. Sie hat keine Hunde getötet, Derfel, sie hat keine Hunde getötet. Vertraut mir doch! Diese Göttin, die sie anbetet, Isis, verlangt keine Opfer, jedenfalls nicht in Gestalt von Lebewesen. In Form von Gold, o ja!« Er grinste; auf einmal war er wieder guter Laune. »Isis verschlingt das Gold geradezu.«

»Ich glaube Euch, Lord«, versicherte ich, »aber das heißt nicht, daß Ceinwyn in Sicherheit ist. Dinas und Lavaine haben sie ebenfalls bedroht.«

Er schüttelte den Kopf. »Ihr habt Lancelot gekränkt, Derfel. Das kann ich Euch nicht verübeln, denn ich weiß, was Euch dazu getrieben hat, aber könnt Ihr ihm verübeln, daß er Euch grollt? Und Dinas und Lavaine dienen Lancelot, und es ist nur recht, wenn Männer den Groll ihres Herrn teilen.« Er hielt inne. »Wenn dieser Krieg vorüber ist, Derfel«, fuhr er dann fort, »werden wir Versöhnung feiern. Wir alle. Wenn ich das Heer meiner Krieger zu Brüdern mache, wird zwischen uns allen Frieden herrschen. Das gilt für Euch, Lancelot und alle anderen. Und bis es soweit ist, Derfel, schwöre ich Euch, Ceinwyn zu schützen. Auf mein Leben, wenn Ihr das wollt. Ihr könnt die Eidesformel bestimmen, Derfel. Ihr könnt jedweden Preis verlangen, den Ihr wollt, mein Leben, das Leben meines Sohnes sogar, denn ich brauche Euch, Dumnonia braucht Euch. Culhwch ist ein guter Mann, aber er kann Mordred nicht bändigen.«

»Kann ich das?«

»Mordred ist eigensinnig.» Arthur ignorierte meine Frage. »Aber was können wir von ihm erwarten? Er ist Uthers Enkel, in seinen Adern fließ das Blut von Königen, und wir wollen nicht, daß er eine Memme wird, aber er braucht Disziplin. Er braucht eine starke Hand. Culhwch glaubt, es reiche aus, wenn er ihn schlägt, aber das macht ihn nur noch widerborstiger. Ich möchte, daß Ihr und Ceinwyn ihn großzieht.«

Ich schüttelte mich. »Ihr macht die Heimkehr für mich immer verlockender, Lord.«

Er krauste die Stirn über meine Ironie. »Vergeßt niemals, Derfel, daß wir geschworen haben, Mordred den Thron zu sichern. Deswegen bin ich nach Britannien zurückgekommen. Das ist meine oberste Pflicht in Britannien, und alle, die mir Treue geschworen haben, sind diesem Eid ebenfalls verschworen. Keiner hat behauptet, daß es leicht werden würde, aber wir werden es schaffen. In neun Jahren werden wir Mordred auf Caer Cadarn zum König ausrufen. An jenem Tag, Derfel, werden wir alle von unserem Eid entbunden, und ich bete zu jedem Gott, der mich erhören will, daß ich an jenem Tag Excalibur an die Wand hängen und nie wieder kämpfen werde. Aber bis dieser wundervolle Tag kommt, werden wir, so schwer es uns auch fallen mag, unserem Eid treu bleiben. Versteht Ihr das?«

»Ja, Lord«, sagte ich demütig.

»Gut.« Arthur schob ein Pferd beiseite. »Aelle wird morgen kommen«, verkündete er voll Zuversicht, während er davonging. »Also schlaft gut.«

Die Sonne sank über Dumnonia und übergoß es mit rotem Feuer. Im Norden stimmten unsere Feinde Kampfgesänge an, während wir an unseren Lagerfeuern von der Heimat sangen. Unsere Wachen spähten ins Dunkel hinein, die Rosse wieherten. Merlins Hunde heulten, und einige von uns schliefen.

Bei Morgengrauen entdeckten wir, daß Merlins drei Säulen während der Nacht umgestürzt worden waren. Ein sächsischer Zauberer, die Haare mit Dung zu Stacheln geformt, der nackte Körper kaum verhüllt von den zerfetzten Resten eines Wolfsfells, das mit einem Band an seinem Hals befestigt war, tanzte wirbelnd auf der Stelle, an der die Säulen gestanden hatten. Beim Anblick des Zauberers war Arthur überzeugt, daß Aelle jetzt seinen Angriff plante.

Wir ließen bewußt kein Zeichen der Kampfbereitschaft erkennen. Unsere Posten standen Wache, andere Speerkämpfer faulenzten auf dem vorderen Hügelhang, als erwarteten sie nichts weiter als einen weiteren ereignislosen Tag; doch hinter ihnen, im Schatten der Unterstände, unter den restlichen Mehlbeerbäumen und Eiben, und innerhalb der Mauern der halb errichteten Halle machten sich unsere Männer zur Schlacht bereit.

Wir zogen Schildgurte fest, schliffen Schwerter und Klingen, die ohnehin schon tödlich scharf waren, noch einmal und trieben die Speerspitzen fest auf ihre Schäfte. Wir berührten unsere Amulette, wir umarmten einander, wir aßen das wenige Brot, das uns noch geblieben war, und jeder bat seinen Gott, er möge uns diesen Tag überstehen lassen. Merlin, Iorweth und Nimue wanderten zwischen den Unterständen umher, berührten Klingen und verteilten getrocknete Eisenkrautzweige, die uns zum Schutz dienen sollten.

Ich legte meine Kampfmontur an. Ich hatte schwere, kniehohe Stiefel, auf die Eisenstreifen genäht waren, um meine Unterschenkel vor dem Speerstoß zu schützen, der unter dem Rand des Schildes hindurch geführt wird. Ich trug das Wollhemd, das aus Ceinwyns ungeschickt gesponnener Wolle gefertigt war, und darüber ein Lederwams, an das ich Ceinwyns kleine Goldbrosche gesteckt hatte, die all die langen Jahre hindurch mein schützender Talisman gewesen war. Über das Leder zog ich ein Kettenhemd, das ich im Lugg Vale einem gefallenen Häuptling aus Powys abgenommen hatte. Es war ein uraltes Hemd römischer Herkunft und mit einer Geschicklichkeit geschmiedet worden, die heute kein Mensch mehr besitzt; oft fragte ich mich, welcher Speerkämpfer dieses knielange Hemd aus Eisenringen zuvor getragen haben mochte. Der powysische Krieger war darin gestorben, von Hywelbane mit einem Hieb durch den Kopf niedergemacht, doch ich vermutete, daß mindestens ein weiterer Besitzer des Kettenhemdes umgekommen sein mußte, während er es trug: denn seine Ringe hatten auf der linken Brustseite einen tiefen Riß. Das zerfetzte Geflecht war mit eisernen Kettengliedern grob repariert worden.

An der Linken trug ich Kriegerringe, denn sie schützten im Kampf die Finger; an der Rechten dagegen trug ich keine, denn die Eisenringe waren hinderlich, wenn man ein Schwert oder einen Speer fest packen wollte. An die Unterarme schnallte ich mir Armschienen. Mein Helm war aus Eisen und geformt wie eine schlichte Schüssel. Er war mit stoffgepolstertem Leder gefüttert, im Nacken hing eine Lasche aus Schweinsleder herab, die meinen Hals schützen sollte, und im Frühjahr hatte ich in Caer Sws einen Schmied beauftragt, an die Seiten zwei Wangenstücke zu nieten. Der Helm war von einem Eisenknauf gekrönt, an dem eine in den Wäldern von Benoic erjagte Wolfsrute hing. Ich gürtete mich mit Hywelbane, schob die Linke durch die Lederschlingen meines Schildes und hob meinen Kampfspeer. Der Speer war übermannshoch, der Schaft so dick wie Ceinwyns Handgelenk, die Spitze eine lange, schwere, blattförmige Klinge. Die Klinge war rasiermesserscharf, und die dicken Enden des Stahls waren glatt gerundet, damit die Klinge leichter aus dem Bauch oder der Rüstung eines Feindes gezogen werden konnte. Einen Mantel trug ich nicht.

Cavan kam in seiner Rüstung zu mir und kniete nieder. »Wenn ich gut kämpfe, Lord«, fragte er mich, »darf ich dann einen fünften Zacken auf meinen Schild malen?«

»Ich erwarte von meinen Männern, daß sie gut kämpfen«, entgegnete ich. »Warum sollte ich sie für etwas belohnen, was ich ohnehin von ihnen erwarte?«

»Und wenn ich Euch eine Trophäe bringe, Lord?« gab er zurück. »Die Streitaxt eines Häuptlings? Oder Gold?«

»Bring mir einen sächsischen Häuptling, Cavan«, sagte ich, »und du kannst dir hundert Spitzen an deinen Stern malen.«

»Fünf reichen schon, Lord«, entgegnete er.

Der Vormittag verging nur langsam. Jene von uns, die eine Metallrüstung trugen, schwitzten sehr stark in der Hitze. Von der anderen Seite des Baches aus, wo die Sachsen im Schatten der Bäume lagen, muß es so ausgesehen haben, als wäre unser ganzes Lager eingeschlafen oder von kranken, reglosen Männern bewohnt, aber auch diese Illusion konnte die Sachsen nicht unter den Bäumen hervorlocken. Die Sonne stieg höher. Unsere Späher, die leicht bewaffneten Reiter, die nur einen Köcher voll Wurfspeere bei sich trugen, trabten zum Lager hinaus. Da zwischen den Schildwällen einer Schlacht kein Platz für sie war, brachten sie ihre nervösen Rosse südwärts in Richtung Themse in Sicherheit. Von dort konnten sie schnell wieder zurückkehren, obwohl sie für den Fall, daß es zu einer Katastrophe kam, Befehl hatten, nach Westen zu reiten und die Nachricht von unserer Niederlage ins ferne Dumnonia zu tragen. Arthurs eigene Reiter legten ihre schweren Rüstungen aus Leder und Eisen an, und befestigten dann die klobigen Lederschilde, die die Brustpartie ihrer Reittiere schützen sollten, mit Riemen, die sie über den Widerrist der Pferde warfen.

Arthur, der sich mit seinen Reitern innerhalb der halbfertigen Halle verbarg, trug seine berühmte Schuppenrüstung, einen römischen Panzer aus Tausenden von winzigen Eisenplättchen, mit denen ein Lederhemd so besetzt worden war, daß sich die Plättchen wie Fischschuppen überlappten. Unter die eisernen waren Silberplättchen gemischt, so daß die Rüstung bei jeder Bewegung zu schimmern schien. Er trug einen weißen Mantel, und an seiner Hüfte hing Excalibur in der kreuzweise verzierten Zauberscheide, die ihren Träger vor allem Schaden schützen sollte. Hygwydd, sein Schildknappe, hielt seinen langen Speer bereit, seinen silbergrauen Helm mit der Helmzier aus Gänsefedern und den runden Schild mit dem spiegelnden Silberüberzug. In Friedenszeiten kleidete sich Arthur lieber bescheiden, im Krieg aber verbreitete er Glanz. Zwar zog er vor zu glauben, sein Ruf beruhe auf einer guten Regierung, aber die strahlende Rüstung und der polierte Schild verrieten, daß er sich keine Illusionen über die wahre Quelle seines Ruhms machte.

Culhwch, der früher mit Arthurs schweren Reitern geritten war, jetzt aber, genau wie ich, eine Horde Speerkämpfer führte, kam gegen Mittag zu mir und legte sich neben mich in den schmalen Schatten meines Unterstands. Er trug einen eisernen Brustpanzer, ein Lederwams und an den nackten Unterschenkeln römische Beinschienen aus Bronze. »Der Hund kommt nicht«, knurrte er.

»Vielleicht morgen?« gab ich zurück.

Er schnaubte verächtlich; dann sah er mich ernst an. »Ich weiß, was Ihr sagen werdet, Derfel, aber ich werde Euch dennoch fragen, und bevor Ihr antwortet, möchte ich, daß Ihr folgendes bedenkt: Wer hat in Benoic an Eurer Seite gekämpft? Wer hat Schild an Schild mit Euch in Ynys Trebes gestanden? Wer hat sein Ale mit Euch geteilt und sogar zugelassen, daß Ihr das Fischermädchen verführt? Wer hat in Lugg Vale Eure Hand gehalten? Nun, das war ich. Denkt daran, wenn Ihr mir Eure Antwort gebt. Also, wieviel Proviant habt Ihr versteckt?«

Ich lächelte. »Keinen.«

»Ihr seid ein großer, sächsischer Sack voll nutzloser Innereien«, sagte er. »Das seid Ihr.« Er blickte Galahad an, der bei meinen Männern ruhte. »Habt Ihr vielleicht etwas zu essen, Lord Prinz?« erkundigte er sich.

»Ich habe meine letzte Brotkruste Tristan gegeben«, antwortete Galahad.

»Eine wahrhaft christliche Tat, eh?« fragte Culhwch verächtlich.

»Das hoffe ich«, entgegnete Galahad.

»Kein Wunder, daß ich ein Heide bin«, sagte Culhwch. »Ich brauche was zu essen. Mit leerem Bauch kann man keine Sachsen töten.« Finster musterte er meine Männer, aber keiner bot ihm etwas an, denn sie hatten einfach nichts anzubieten. »Da werdet Ihr mir diesen kleinen Mistkerl Mordred also abnehmen?« fragte er mich, nachdem er jede Hoffnung auf einen Brosamen aufgegeben hatte.

»Das ist Arthurs Wunsch.«

»Es ist mein Wunsch!« versicherte er mir nachdrücklich. »Hätte ich jetzt etwas zu essen, Derfel, ich würde Euch alles geben, wenn Ihr mir nur diesen Gefallen tut. Ich werde Euch diesen miesen, kleinen Bastard mit Handkuß überlassen. Soll er doch Euch das Leben schwermachen statt mir, aber ich warne Euch, Ihr werdet Euren Gurt auf seiner verdammten Haut in Fransen schlagen.«

»Es dürfte nicht gerade klug sein«, antwortete ich vorsichtig, »meinen zukünftigen König zu verprügeln.«

»Es dürfte nicht gerade klug sein, aber es ist ein Vergnügen. Häßliche, kleine Kröte!« Er wandte sich um und spähte an dem Unterstand vorbei. »Was ist nur los mit diesen Sachsen? Haben sie keine Lust auf eine Schlacht?«

Die Antwort darauf erfolgte umgehend. Plötzlich drang ein tiefer, klagender Hornruf herüber, dann hörten wir den dumpfen Klang einer der großen Trommeln, welche die Sachsen in die Schlacht mitnahmen, und als wir alle gleichzeitig hinüberblickten, sahen wir Aelles Heer zwischen den Bäumen hinter dem Bach hervorbrechen. Eben noch hatten wir ein menschenleeres Gelände mit grünem Laub und Frühlingssonne vor uns gehabt, und plötzlich wimmelte es da drüben von Feinden.

Sie kamen zu Hunderten. Es waren pelzbekleidete, eisenbewehrte Männer mit Äxten, Hunden, Speeren und Schilden. Als Feldzeichen trugen sie mit Lumpen behängte Stierschädel auf langen Stangen mit sich, und ihre Vorhut bestand aus einer Truppe von Zauberern mit dungstacheligen Haaren, die vor dem Schildwall einhertanzten und uns ihre Flüche entgegenschleuderten.

Merlin und die anderen Druiden gingen den Hang hinab den Zauberern entgegen. Das heißt, sie gingen nicht, sondern hüpften wie alle Druiden vor der Schlacht auf einem Bein, hielten mit ihrem Stab das Gleichgewicht und streckten die freie Hand hoch in die Luft. Einhundert Schritt vor den ersten Zauberern blieben sie stehen und erwiderten deren Flüche, während unsere Christenpriester auf der Hügelkuppe standen, die Arme ausbreiteten, gen Himmel blickten und den Beistand ihres Gottes erflehten.

Wir anderen formierten uns zur Schlachtreihe. Agricola hielt mit seinen römisch uniformierten Truppen die linke Flanke, wir übrigen bildeten die Mitte, und Arthurs Reiter, die vorerst noch in der primitiven Halle warteten, würden schließlich den rechten Flügel bilden. Arthur setzte seinen Helm auf, kletterte mühsam auf Llamreis Rücken und breitete den Mantel über die Kruppe des Pferdes; dann nahm er von Hygwydd seinen schweren Speer und den glänzenden Schild entgegen.

Sagramor, Cuneglas und Agricola führten die Fußsoldaten. Vorläufig – nur bis Arthurs Reiter kamen – übernahmen meine Männer die rechte Flanke der Reihe, wo ich entdeckte, daß wir vermutlich überflügelt wurden, denn die Reihe der Sachsen war wesentlich länger als die unsere. Sie waren uns zahlenmäßig überlegen. Die Barden werden Euch erzählen, es habe in jener Schlacht Tausende von diesem Ungeziefer gegeben, aber ich vermute, daß Aelle nicht mehr als sechshundert Mann hatte. Der Sachsenkönig verfügte natürlich über weit mehr Speerkämpfer als jene, die wir vor uns sahen, war aber wohl, genau wie wir, gezwungen gewesen, starke Garnisonen in seinen Grenzfestungen zurückzulassen. Immerhin bildeten auch sechshundert Speerkämpfer ein großes Heer. Und hinter dem Schildwall gab es noch einen fast ebenso großen Troß, zumeist Frauen und Kinder, die an der Schlacht selbst zwar nicht teilnahmen, mit Sicherheit aber darauf hofften, nach dem Kampf unsere Leichen fleddern zu können.

Unsere Druiden kamen den Hang mühsam wieder emporgehüpft. Über Merlins Gesicht strömte der Schweiß bis in die geflochtenen Zöpfe seines langen Bartes. »Keine Magie«, erklärte er uns, »diese Zauberer verstehen nichts von echter Magie. Für euch besteht keine Gefahr.« Er drängte sich zwischen unseren Schilden hindurch und begab sich auf die Suche nach Nimue. Die Sachsen marschierten langsam auf uns zu. Ihre Zauberer spien und kreischten, einige Männer befahlen ihren Untergebenen laut schreiend, die Reihe geradezuhalten, während andere uns mit Beschimpfungen überschütteten.

Unsere Kriegshörner hatten begonnen, ihre Herausforderung hinauszuschmettern, und nun stimmten unsere Männer ihre Gesänge an. An unserem Ende des Schildwalls sangen wir den großen Kriegsgesang von Beli Mawr, ein triumphierendes Schlachtgeheul, das Männern Feuer ins Herz senkt. Zwei meiner Männer tanzten vor dem Schildwall; sie hüpften und sprangen über ihre Schwerter und Speere, die kreuzweise auf dem Boden lagen. Ich rief sie in die Reihe zurück, denn ich dachte, die Sachsen würden geradenwegs den flachen Hügel empormarschieren und damit einen überstürzten blutigen Zusammenstoß auslösen. Statt dessen machten sie einhundert Schritt von uns entfernt halt und richteten ihre Schilde zu einer geschlossenen Mauer aus lederverstärktem Holz aus. Sie verstummten, während ihre Zauberer in unsere Richtung pißten. Ihre riesigen Hunde bellten und zerrten an ihren Leinen, die Kriegstrommeln dröhnten, und gelegentlich ließ ein Horn seine traurige Klage hören; davon abgesehen aber verhielten sich die Sachsen still und hämmerten lediglich im Takt der schweren Trommelschläge mit den Speerschäften auf ihre Schilde.

»Die ersten Sachsen, die ich sehe.« Tristan war neben mich getreten und beobachtete das Sachsenheer, die Männer mit ihren dicken Fellpanzern, ihren Doppeläxten, Hunden und Speeren.

»Auch die sterben schnell«, sagte ich zu ihm.

»Mir gefallen die Äxte nicht«, gestand er und berührte schnell den eisenbewehrten Rand seines Schildes.

»Sie sind sehr schwerfällig«, versuchte ich ihn zu beruhigen. »Ein Hieb, und sie sind nicht mehr zu gebrauchen. Seht zu, daß Ihr ihn mit dem Schild auffangt und dann tief mit dem Schwert zustoßt. Das funktioniert immer.« Oder fast immer.

Das Trommeln der Sachsen brach plötzlich ab, die feindliche Schlachtreihe öffnete sich in der Mitte, als Aelle persönlich erschien. Er blieb dort mehrere Sekunden lang stehen und sah uns an. Dann spie er aus und warf demonstrativ Speer und Schild auf die Erde, um uns zu zeigen, daß er mit uns reden wolle. Gleich darauf kam er auf uns zu: ein mächtiger, hochgewachsener, dunkelhaariger Mann in einem dicken, schwarzen Bärenpelz. Zwei Zauberer begleiteten ihn zusammen mit einem mageren, fast kahlköpfigen Mann, den ich für den Dolmetscher hielt.

Cuneglas, Meurig, Agricola, Merlin und Sagramor gingen ihm entgegen. Arthur hatte beschlossen, bei seinen Reitern zu bleiben, und da Cuneglas der einzige König auf unserer Seite des Schlachtfeldes war, war es richtig, daß er für uns sprach; er aber forderte die anderen auf, ihn zu begleiten, und winkte mich als seinen Dolmetscher zu sich. So kam es, daß ich Aelle zum zweiten Mal begegnete. Er war ein hochgewachsener Mann mit breiter Brust, einem flachen, harten Gesicht und dunklen Augen. Sein Bart war voll und schwarz, seine Wangen waren zernarbt, die Nase gebrochen, und an der rechten Hand fehlten ihm zwei Finger. Er trug Kettenhemd, Lederstiefel und einen Eisenhelm, auf dem zwei Stierhörner befestigt waren. An seiner Kehle und an den Handgelenken glänzte britannisches Gold. Das Bärenfell, das seine Rüstung bedeckte, muß fürchterlich unbequem gewesen sein an diesem heißen Tag, aber der dicke Pelz konnte einen Schwertstreich genausogut abhalten wie eine Eisenrüstung. Finster funkelte er mich an. »Ich erinnere mich an dich, du Wurm«, sagte er. »Ein sächsischer Abtrünniger.«

Ich neigte flüchtig den Kopf. »Seid gegrüßt, Lord König.«

Er spie aus. »Glaubst du, nur weil du höflich bist, wird dein Tod leicht sein?«

»Mein Tod hat nichts mit Euch zu tun, Lord König«, entgegnete ich. »Aber ich werde meinen Enkeln von dem Euren erzählen können.«

Er lachte und warf einen spöttischen Blick auf die fünf Heerführer. »Ihr seid zu fünft und ich bin allein! Und wo ist Arthur? Entleert er seinen Darm vor Angst?«

Ich nannte Aelle die Namen unserer Führer, dann übernahm Cuneglas den Dialog, den ich für ihn übersetzte. Er begann, wie üblich, mit der Aufforderung an Aelle, sofort zu kapitulieren. Wir wollten Gnade walten lassen, erklärte Cuneglas. Wir würden Aelles Leben verlangen, all seine Schätze, all seine Waffen, all seine Frauen und all seine Sklaven, doch seinen Speerkämpfern würden wir freien Abzug gewähren – ohne ihre rechte Hand.

Aelle lächelte, wie üblich, höhnisch über diese Forderung und zeigte uns dabei einen Mund voll faulender, verfärbter Zähne. »Glaubt Arthur«, fragte er, »nur weil er in seinem Versteck bleibt, wüßten wir nicht, daß er mit seinen Pferden hier ist? Sag ihm, du Wurm, daß ich meinen Kopf heute nacht auf seinen Leichnam betten werde. Sag ihm, daß ich seine Gemahlin zu meiner Hure machen werde und daß sie, wenn ich mit ihr fertig bin, dem Vergnügen meiner Sklaven dienen wird. Und sag diesem schnauzbärtigen Narren« – er deutete auf Cuneglas – »daß dieser Ort von heute abend an Grab der Britannier genannt werden wird. Sag ihm«, fuhr er fort, »daß ich ihm den Bart abschneiden und ein Spielzeug für die Katzen meiner Tochter daraus machen werde. Sag ihm, daß ich aus seinem Schädel eine Trinkschale machen und seinen Bauch meinen Hunden vorwerfen werde. Und sag diesem Dämonen da« – mit dem bärtigen Kinn zeigte er auf Sagramor – »daß seine schwarze Seele heute in Thors Schrecken eingehen und sich auf ewig im Kreis der Schlangen winden wird. Und was den da angeht« – er blickte zu Agricola hinüber – »auf seinen Tod warte ich schon lange, und die Erinnerung daran wird mich in den bevorstehenden langen Nächten erheitern. Und sag diesem Schwächling« – er spie in Richtung Meurig aus – »daß ich ihm die Eier abschneiden und ihn zu meinem Mundschenk machen werde. Sag es ihnen allen, du Wurm.«

»Er sagt nein«, erklärte ich Cuneglas.

»Aber er hat doch mehr gesagt als das!« beschwerte sich Meurig, der nur auf Grund seines Ranges anwesend war, voll Pedanterie.

»Das werdet Ihr nicht hören wollen«, sagte Sagramor müde.

»Jede Information ist wichtig«, protestierte Meurig.

»Was reden die da, du Wurm?« fragte mich Aelle, seinen eigenen Dolmetscher ignorierend.

»Sie besprechen, wer von ihnen das Vergnügen haben wird, Euch zu töten, Lord König«, antwortete ich.

Aelle spie aus. »Sag Merlin« – der Sachsenkönig warf dem Druiden einen Blick zu – »daß ich ihn nicht beleidigt habe.«

»Das weiß er bereits, Lord König«, sagte ich, »denn er spricht Eure Sprache.« Die Sachsen fürchteten Merlin und wollten ihn selbst jetzt nicht verärgern. Die beiden sächsischen Zauberer zischten ihm ihre Flüche zu, aber das war ihre Aufgabe, und Merlin scherte sich nicht darum. Ebensowenig schien er sich für die Besprechung zu interessieren, denn er starrte erhaben in die Ferne, obwohl er Aelle nach seinem Kompliment ein Lächeln zuteil werden ließ.

Ein paar Herzschläge lang starrte Aelle mich an. Schließlich fragte er mich: »Wie heißt dein Stamm?«

»Die Dumnonier, Lord König.«

»Davor, du Dummkopf! Deine Geburt!«

»Euer Volk, Lord«, sagte ich. »Aelles Volk.«

»Dein Vater?« wollte er wissen.

»Ich habe ihn nicht gekannt, Lord. Meine Mutter wurde von Uther gefangengenommen, als ich noch in ihrem Bauch war.«

»Und ihr Name?«

Sekundenlang mußte ich überlegen. »Erce, Lord König.« Endlich fiel mir ihr Name ein.

Als er diesen Namen hörte, lächelte Aelle. »Ein guter sächsischer Name! Erce, Göttin der Erde und unser aller Mutter. Wie geht es deiner Erce?«

»Seit ich ein Kind war, habe ich sie nicht mehr gesehen, Lord, aber ich hörte, daß sie noch leben soll.«

Nachdenklich starrte er mich an. Meurig verlangte ungeduldig zu wissen, was wir da sprachen, beruhigte sich aber schließlich, als er von niemandem beachtet wurde. »Es ist nicht gut, wenn ein Mann seine Mutter ignoriert«, sagte Aelle schließlich. »Wie heißt du?«

»Derfel, Lord König.«

Er spie auf mein Kettenhemd. »Dann solltest du dich schämen, Derfel, deine Mutter zu ignorieren. Würdest du heute auf unserer Seite kämpfen? Für das Volk deiner Mutter?«

Ich lächelte. »Nein, Lord König, aber Ihr ehrt mich sehr.«

»Möge dein Tod leicht werden, Derfel. Aber sag diesem Dreck

dort« – mit dem Kopf deutete er auf die vier bewaffneten Heerführer – »daß ich kommen werde, um ihre Herzen zu verschlingen.« Ein letztes Mal spie er aus, dann machte er kehrt und schritt zu seinen Männern zurück.

»Also, was hat er gesagt?« wollte Meurig wissen.

»Er hat mit mir über meine Mutter gesprochen, Lord Prinz«, antwortete ich. »Und mich an meine Sünden erinnert.« Gott helfe mir, aber an jenem Tag war mir Aelle sympathisch.

Wir gewannen die Schlacht.

Igraine wird wollen, daß ich Näheres erzähle. Sie wünscht sich große Helden, und die gab es, aber es waren auch Feiglinge dabei, und dann gab es Männer, die vor Angst ihre Hosen beschmutzten, aber trotzdem im Schildwall standhielten. Es gab Männer, die nicht töteten, sondern sich nur verzweifelt verteidigten, und es gab Männer, die die Dichter wieder einmal vor die Herausforderung stellten, neue Worte zu finden, um ihre Taten zu besingen. Es war, mit einem Wort, eine Schlacht. Freunde starben, Cavan gehörte zu ihnen, Freunde wurden verwundet, unter ihnen Culhwch, und andere Freunde, wie Galahad, Tristan und Arthur, überlebten unversehrt. Ich steckte einen Axthieb in die linke Schulter ein, und obwohl mein Kettenhemd den Schlag größtenteils abfing, brauchte die Wunde Wochen, um zu verheilen, und ich trage bis heute eine gezackte Narbe, die schmerzt, wenn es draußen kalt wird.

Wichtig aber war nicht die Schlacht, sondern das, was anschließend geschah. Zunächst jedoch werde ich die Geschichte kurz berichten, weil meine liebe Königin Igraine darauf bestehen wird, daß ich von König Cuneglas' Heldentaten schreibe, da Cuneglas der Großvater ihres Ehegemahls war.

Die Sachsen griffen uns an. Über eine Stunde brauchte Aelle, bis er seine Männer überreden konnte, gegen unseren Schildwall vorzugehen, und während der ganzen Zeit kreischten uns die dungstacheligen Zauberer ihre Flüche entgegen, dröhnten die Trommeln und kreisten in den Reihen der Sachsen die Aleschläuche. Viele von unseren Männern tranken Met, denn wir hatten zwar kaum noch etwas zu essen, aber der Met schien einem britannischen Heer niemals auszugehen. Mindestens die Hälfte der Männer in dieser Schlacht waren betrunken, aber so war es bei jeder Schlacht – kaum etwas anderes ist so gut geeignet, den Kriegern Mut zu machen, damit sie den Versuch zum fürchterlichsten aller Manöver wagten, dem direkten Angriff auf einen wartenden Schildwall. Ich selbst blieb nüchtern, denn das tat ich immer, doch die Verlockung, etwas zu trinken, war stark. Einige Sachsen versuchten uns zu einem voreiligen Angriff zu provozieren, indem sie dicht an unsere Schlachtreihe herankamen und ohne Schilde und Helme umherstolzierten; doch das einzige, was sie für ihre Mühe erhielten, waren ein paar schlecht gezielte Speere. Einige Speere wurden zu uns zurückgeschleudert, aber die meisten schlugen harmlos gegen unsere Schilde. Dann wurden wir von zwei nackten Männern angegriffen, die durch Ale oder Magie in einen Blutrausch geraten waren. Culhwch erschlug den ersten, Tristan den zweiten. Wir bejubelten beide Siege. Die Sachsen, deren Zungen vom Ale gelöst worden waren, schrien uns Beschimpfungen zu.

Als Aelles Angriff begann, lief alles furchtbar falsch. Die Sachsen verließen sich darauf, daß ihre Kampfhunde unsere Reihe durchbrachen; aber Merlin und Nimue standen mit ihren eigenen Hunden bereit, nur waren das keine Hunde, sondern Hündinnen, und die meisten von ihnen waren läufig und machten die sächsischen Tiere rasend. Statt uns anzugreifen, jagten die riesigen Kampfhunde geradewegs auf die Hündinnen zu, und dann gab es ein wildes Knurren, Beißen, Bellen und Jaulen. Plötzlich waren überall sich paarende Hunde und andere Hunde, die die glücklicheren zu verdrängen suchten, aber kein einziger Hund biß einen Britannier, und die Sachsen, die auf dem Sprung gewesen waren, ihren tödlichen Angriff vorzutragen, ließen sich vom Mißerfolg ihrer Hunde aus dem Gleichgewicht bringen. Sie zögerten, während Aelle, der fürchtete, daß wir zuerst angreifen würden, sie brüllend vorwärts zu treiben trachtete, und so begannen sie gegen uns zu marschieren. Aber sie marschierten ungeordnet statt in einer disziplinierten Reihe.

Kopulierende Hunde jaulten, als sie zertrampelt wurden, dann krachten die Schilde mit jenem schrecklichen, dumpfen Lärm aufeinander, der durch die endlosen Jahre herüberhallt. Das ist der Schlachtenlärm, das Schmettern der Kriegshörner, das Geschrei der Männer, das splitternde, dumpfe Krachen von Schild auf Schild, und nach dem Zusammenprall die Schreie, als Speerspitzen die Lücken zwischen den Schilden fanden und Äxte sausend herabschwangen. An jenem Tag steckten die Sachsen am meisten ein. Die Hunde zwischen den Schildwällen hatten ihre schnurgerade Aufstellung durcheinandergebracht, und überall, wo ihrem vorrückenden Schildwall das passiert war, fanden unsere Speerkämpfer die Lücken und stießen in sie hinein, und die Reihen dahinter schoben sich in die Lücken und bildeten schildgewappnete Keile, die immer tiefer in die Sachsenmenge eindrangen. Cuneglas führte einen dieser Keile und wäre fast bis zu Aelle vorgedrungen. Ich selbst sah Cuneglas nicht beim Kampf, aber die Barden sangen später von seinen Taten, und er versicherte mir bescheiden, daß sie nicht allzusehr übertrieben.

Ich wurde ziemlich früh verwundet. Mein Schild lenkte den Axthieb ab und fing den größten Teil der Schlagwucht auf; aber das Blatt traf dennoch meine Schulter und lähmte meinen linken Arm, obwohl mich die Wunde nicht daran hinderte, dem Axtkämpfer mit dem Speer die Kehle zu durchtrennen. Als dann das Gedränge der Männer zu dicht wurde, um den Speer zu benutzen, zog ich Hywelbane und stieß und hieb mit der Klinge in die stöhnende, schwankende Masse der Krieger. Das Ganze artete zu einem Schiebekampf aus, aber das geht bei allen Schlachten so, bis die eine Seite endlich nachgibt. Nichts als ein schweißtreibendes, heißes, dreckiges Geschiebe.

Diesmal wurde der Kampf dadurch erschwert, daß die Sachsenreihe, die überall ungefähr fünf Mann tief war, unseren Schildwall überflügelte. Um einer Umzingelung vorzubeugen, hatten wir unsere eigene Reihe an den Enden nach hinten gezogen, so daß wir den Angreifern zwei kleinere Schildwälle präsentierten. Eine Zeitlang zögerten die beiden sächsischen Flanken noch, vielleicht weil sie hofften, die Männer im Zentrum würden zuerst durchbrechen. Dann kam ein sächsischer Häuptling an mein Ende der Reihe und beschämte seine Männer durch seinen Mut, bis sie endlich angriffen. Ganz allein stürmte er vorwärts, fegte mit seinem Schild zwei Speere beiseite und stürzte sich mitten in die kurze Reihe unseres Flügels. Dort starb Cavan, durchbohrt von einem Schwertstoß des sächsischen Häuptlings, und der Anblick dieses tapferen Mannes, der unseren Flügelwall ohne fremde Hilfe durchbrach, veranlaßte seine Männer zu einem wilden, begeisterten Angriff.

In diesem Moment preschte Arthur aus der Halle hervor. Ich persönlich sah die Attacke nicht, aber hören konnte ich sie. Die Barden singen, das Donnern der Hufe seiner Rösser habe die Welt erschüttert, und tatsächlich schien die Erde zu beben, obwohl das vermutlich nur vom Dröhnen jener riesigen Pferde kam, denen man flache Eisenplatten unter die Hufe geschnallt hatte. Die kraftvollen Tiere prallten auf das ungeschützte Ende der sächsischen Schlachtreihe, und mit diesem schrecklichen Zusammenprall war die Schlacht eigentlich beendet. Aelle hatte angenommen, daß seine Männer unseren Wall mit den Hunden durchstoßen könnten und daß seine hinteren Reihen unsere Reiter mit ihren Schilden und Speeren abschrecken würden, denn er wußte recht gut, daß kein Pferd einen gut bewehrten Speerwall direkt angreift. Außerdem hatte man ihm gewiß erzählt, wie Gorfyddyds Speerkämpfer Arthur im Lugg Vale auf diese Art abgewehrt hatten. Aber die ungeschützte Flanke der Sachsen war beim Angriff in katastrophale Unordnung geraten, und Arthur hatte für sein Eingreifen den perfekten Zeitpunkt gewählt. Er wartete nicht ab, bis sich seine Reiter formierten, sondern sprengte einfach aus dem Schatten hervor, befahl seinen Männern, ihm zu folgen, und spornte Llamrei in vollem Tempo ins offene Ende der sächsischen Reihen.

Ich spie gerade einen bärtigen, zahnlosen Sachsen an, der mich über den Rand unserer beiden Schilde hinweg beschimpfte, als Arthur zuschlug. Sein weißer Mantel wehte hinter ihm her, die weißen Federn ragten hoch in die Luft, und sein glänzender Schild schlug das Feldzeichen des sächsischen Häuptlings herunter, einen blutbemalten Stierschädel, während er seinen Speer vorwärtsstieß. Er ließ den Speer im Bauch eines Sachsen stecken, riß Excalibur aus der Scheide und teilte Hiebe nach allen Seiten aus, während er tiefer in die Reihen des Feindes vordrang. Hinter ihm kam Agravain, der mit seinem Pferd entsetzte Sachsen auseinandertrieb, dann stürmten Lanval und die anderen mit Schwertern und Speeren durch die sich auflösenden Reihen der Feinde.

Aelles Männer zerbrachen wie Eier unter einem Hammer. Sie liefen davon. Ich glaube kaum, daß die Schlacht – begonnen von den Hunden, beendet von den Pferden – mehr als zehn Minuten dauerte, aber unsere Reiter brauchten über eine Stunde, bis sie mit dem Töten fertig waren. Unsere leichten Reiter, die brüllend über die Heide herbeigaloppiert kamen, richteten ihre Speere gegen den fliehenden Feind, während Arthurs schwere Schlachtrösser mitten zwischen die aufgelösten Kampfreihen sprengten und töteten, töteten, töteten. Die Speerkämpfer, begierig auf jedes kleinste bißchen Beute, hasteten hinter ihnen her.

Die Sachsen liefen wie die Hirsche. Um schneller fliehen zu können, warfen sie Felle, Rüstungen und Waffen von sich. Aelle versuchte noch einen Moment lang, sie aufzuhalten, dann mußte er einsehen, daß es aussichtslos war. Er warf sein Bärenfell ab, schloß sich seinen fliehenden Männern an und entkam gerade noch zwischen den Bäumen, bevor unsere leichten Reiter ihn erreichten.

Ich blieb bei den Verwundeten und Toten. Verletzte Hunde jaulten vor Schmerz. Culhwch hinkte mit blutendem Oberschenkel herum, doch da er nicht tödlich verwundet war, ignorierte ich ihn und kniete neben Cavan nieder. Ich hatte ihn noch nie weinen sehen, doch diese Schmerzen waren zu gräßlich, denn das Schwert des Sachsenhäuptlings war ihm mitten durch den Bauch gedrungen. Ich hielt seine Hand, wischte ihm die Tränen ab und erklärte ihm, er habe seinen Feind mit einem Gegenstoß niedergestreckt. Ob das zutraf, wußte ich nicht, und es war mir auch gleichgültig; ich wollte nur, daß Cavan es glaubte, deswegen versicherte ich ihm, er werde die Schwerterbrücke mit einem fünften Zacken an seinem Schild überqueren. »Du wirst der erste von uns sein, der in der Anderwelt eintrifft«, sagte ich, »deswegen bitte ich dich, uns einen Platz freizuhalten.«

»Das werde ich, Lord.«

»Und wir werden dir nachfolgen.«

Um einen Schrei zu unterdrücken, biß er die Zähne zusammen und bog den Rücken durch. Ich legte ihm den rechten Arm um den Hals und preßte meine Wange an die seine. Ich weinte. »Sag denen in der Anderwelt«, flüsterte ich ihm ins Ohr, »daß Derfel Cadarn dich als einen tapferen Mann grüßt.«

»Der Kessel«, keuchte er. »Ich hätte …«

»Nein«, fiel ich ihm ins Wort, »nein!« Dann stieß er einen wimmernden Laut aus und starb.

Ich blieb neben seinem Leichnam sitzen und wiegte mich wegen der Schmerzen in meiner Schulter und der Trauer in meiner Seele unablässig vor und zurück. Tränen rannen mir über die Wangen. Issa, der neben mir stand, wußte nicht, was er sagen sollte, also sagte er nichts. »Er wollte immer zum Sterben nach Hause zurückkehren«, sagte ich, »nach Irland.« Und nach dieser Schlacht, dachte ich, hätte er das mit hohen Ehren und großem Reichtum tun können.

»Lord«, sagte Issa zu mir.

Ich dachte, er versuche mich zu trösten, aber ich wollte keinen Trost: Der Tod eines tapferen Mannes hat unsere Tränen verdient. Deswegen ignorierte ich Issa und hielt Cavans Leichnam im Arm, während seine Seele ihre letzte Reise zur Schwerterbrücke hinter Cruachans Höhle antrat.

»Lord!« wiederholte Issa, und irgend etwas in seinem Ton veranlaßte mich aufzublicken.

Wie ich sah, deutete er nach London, doch als ich mich in jene Richtung wandte, konnte ich nichts erkennen, weil mir vor Tränen alles vor den Augen verschwamm. Wütend wischte ich sie ab.

Da entdeckte ich, daß ein weiteres Heer auf dem Schlachtfeld erschienen war. Ein weiteres pelzverhülltes Heer unter Feldzeichen von Schädeln und Stierhörnern. Ein weiteres Heer mit Hunden und Äxten. Eine weitere sächsische Horde.

Cerdic war gekommen.

Später wurde mir klar, daß all diese Listen, die wir erdacht hatten, damit Aelle uns angriff, und all das gute Essen, das wir verbrannt hatten, um ihn zum Angriff herauszufordern, verschwendet gewesen waren, denn der Bretwalda mußte gewußt haben, daß Cerdic kommen würde und daß er nicht kam, um gegen uns, sondern um gegen seinen sächsischen Mitkonkurrenten zu kämpfen. Tatsächlich hatte Cerdic den Wunsch, sich uns anzuschließen, und

Aelle hatte erkannt, daß seine beste Chance, die vereinigten Heere zu überleben, darin bestand, zuerst Arthur zu schlagen und sich anschließend mit Cerdic zu befassen.

Aelle verlor das Spiel. Arthurs Reiter besiegten ihn. Cerdic erschien zu spät, um in den Kampf einzugreifen, obwohl der verräterische Cerdic wenigstens einen Moment lang versucht gewesen sein muß, Arthur anzugreifen. Eine kurze, schnelle Attacke hätte uns niedergeworfen, ein Feldzug von einer Woche hätte Aelles auseinandergetriebenes Heer mit Sicherheit vernichtet, und dann wäre Cerdic Herrscher über das ganze südliche Britannien gewesen. Cerdic muß sich versucht gefühlt haben, aber er zögerte. Er hatte weniger als dreihundert Mann – genug, um alles zu überwältigen, was an Britanniern auf dem niedrigen Heidehügel übrig war –; doch Arthurs Silberhorn schmetterte immer und immer wieder, und diese Hornrufe genügten, um so viele der schweren, bewaffneten Reiter aus dem Wald herbeizurufen, daß sie an Cerdics Nordflanke einen tapferen Auftritt inszenieren konnten. Cerdic war diesen riesigen Pferden in der Schlacht noch nie begegnet, und ihr Anblick ließ ihn lange genug innehalten, um Sagramor, Agricola und Cuneglas auf der Hügelkuppe einen Schildwall zusammenstellen zu lassen. Allerdings einen gefährlich kleinen Wall, denn die meisten von uns waren zu sehr damit beschäftigt, Aelles Krieger zu verfolgen oder sein Lager auf der Suche nach Eßbarem zu durchwühlen.

Wir auf der niedrigen Hügelkuppe machten uns zur Schlacht bereit, und die drohte gefährlich zu werden, denn unser hastig zusammengetrommelter Schildwall war wesentlich kleiner als Cerdics Schlachtreihe. Zu jenem Zeitpunkt wußten wir natürlich noch nicht, daß es sich um Cerdics Heer handelte, sondern vermuteten, daß es sich bei diesen neuen Sachsen um Aelles Verstärkung handelte, die zu spät zur Schlacht kam. Das Feldzeichen, das sie mit sich trugen – ein rot bemalter Wolfsschädel, an dem die gegerbte Haut eines Toten hing –, sagte uns nichts. Cerdics Banner bestand eigentlich aus zwei Pferdeschweifen, die kreuzweise an einem Oberschenkelknochen auf einer Stange befestigt waren; doch seine Zauberer hatten dieses neue Symbol für ihn erdacht, das uns vorübergehend verwirrte. Weitere Männer, die nach der Verfolgung von Aelles besiegtem Restheer zurückkehrten, verstärkten unseren Wall, während Arthur seine Reiter auf den Hügel zurückführte. Auf Llamrei trabte er unsere Reihen ab, und ich erinnere mich, daß sein weißer Mantel voll Blutflecken und -streifen war. »Sie werden sterben wie die anderen!« ermutigte er uns, als er, den blutigen Excalibur in der Hand, an unserem Wall entlangritt. »Sie werden sterben wie die anderen.«

Doch dann teilte sich diese neue sächsische Streitmacht, genau wie es Aelles Heer getan hatte, um ihre Führer durchzulassen, die nun auf uns zukamen. Drei von ihnen gingen zu Fuß, sechs dagegen kamen zu Pferde und zügelten ihre Tiere, um mit den anderen drei Schritt zu halten. Einer der Männer zu Fuß trug das grausige Wolfsschädelfeldzeichen, dann hob einer der Reiter ein zweites Banner, und ein verblüfftes Aufkeuchen ging durch unsere Reihen. Daraufhin riß Arthur sein Pferd herum und starrte entgeistert auf die sich nähernden Männer.

Denn dieses neue Banner zeigte einen Seeadler mit einem Fisch in den Klauen: Lancelots Feldzeichen. Und jetzt sah ich auch, daß Lancelot selbst zu den sechs Reitern gehörte. Er war prächtig gekleidet in seine weißemaillierte Rüstung und den Schwanenhelm. Neben ihm ritten Arthurs Zwillingssöhne Amhar und Loholt, ihnen folgten Dinas und Lavaine in ihren Druidengewändern. Ade, Lancelots rothaarige Geliebte, trug das Banner des silurischen Königs.

Sagramor war zu mir getreten und schaute mich an, um sich zu vergewissern, daß ich dasselbe sah wie er. Dann spie er verächtlich auf die Heide. »Ist Malla in Sicherheit?« fragte ich ihn.

»In Sicherheit und unverletzt«, gab er zurück, erfreut darüber, daß ich gefragt hatte. Er wandte sich zu dem näher kommenden Lancelot um. »Versteht Ihr, was da passiert?«

»Nein.« Das tat keiner von uns.

Arthur steckte Excalibur in die Scheide und wandte sich an mich. »Derfel!« rief er, weil er mich als Dolmetscher brauchte, und winkte die anderen Anführer zu sich. Lancelot löste sich aus der herannahenden Delegation und spornte sein Pferd freudig erregt unseren Hang empor.

»Verbündete!« hörte ich Lancelot rufen. Dann winkte er den

Sachsen zu. »Verbündete!« rief er abermals und zügelte sein Pferd direkt neben Arthur.

Arthur schwieg. Er saß still auf seinem Pferd, während Lancelot Mühe hatte, seinen mächtigen Rappen zu bändigen. »Verbündete!« sagte Lancelot ein drittes Mal. »Es ist Cerdic!« setzte er erregt hinzu und deutete auf den Sachsenkönig, der gemächlich auf uns zugeschritten kam.

»Was habt Ihr getan?« fragte Arthur ruhig.

»Ich habe Euch Verbündete gebracht!« verkündete Lancelot munter. Sein Blick fiel auf mich. »Cerdic hat einen eigenen Dolmetscher«, sagte er wegwerfend.

»Derfel bleibt!« fuhr Arthur unvermittelt und mit furchtbarem Zorn in der Stimme auf. Dann fiel ihm ein, daß Lancelot ein König war, und er seufzte. »Was habt Ihr getan, Lord König?« fragte er abermals.

Dinas, der mit den anderen Reitern vorausgeritten kam, war töricht genug, an Lancelots Stelle zu antworten. »Wir haben Frieden geschlossen, Lord!« sagte er mit seiner dunklen Stimme.

»Fort!« brüllte Arthur. Mit seinem Zorn erschreckte und verwirrte er das Druidenpaar. Die beiden hatten Arthur immer nur als gelassenen, geduldigen, friedliebenden Menschen erlebt und niemals vermutet, daß er einen so heftigen Zorn in sich bergen könnte. Dieser Zorn war zwar nichts gegen die Wut, von der er im Lugg Vale besessen war, als der sterbende Gorfyddyd seine Guinevere als Hure bezeichnete, war aber dennoch fürchterlich. »Fort!« schrie er Tanaburs' Enkel an. »Dieses Treffen ist nur für Lords. Und ihr ebenfalls!« Damit zeigte er auf seine Söhne. »Fort!« Er wartete, bis sich sämtliche Gefolgsleute Lancelots zurückgezogen hatten, und wandte sich dann wieder dem Silurierkönig zu. »Was habt Ihr getan?« fragte er zum dritten Mal in verbittertem Ton.

Lancelot erstarrte vor beleidigter Würde. »Ich habe Frieden geschlossen«, antwortete er scharf. »Ich habe verhindert, daß Cerdic Euch angreift. Ich habe getan, was ich konnte, um Euch zu helfen.«

»Ihr habt etwas anderes getan«, sagte Arthur mit zorniger Stimme, aber so leise, daß niemand von Cerdics näher kommendem Gefolge ihn hören konnte. »Ihr habt Cerdics Schlacht geschlagen. Wir haben Aelle fast vollständig besiegt, und was bedeutet das für Cerdic? Es bedeutet, daß er doppelt so mächtig ist wie zuvor. Das bedeutet es! Die Götter mögen uns helfen!« Damit warf er Lancelot seine Zügel zu – eine unterschwellige Beleidigung –, sprang vom Rücken seines Pferdes, zog seinen blutbesudelten Mantel zurecht und trat den Sachsen hoheitsvoll gegenüber.

Ich begegnete Cerdic zum ersten Mal, aber obwohl ihn alle Barden als einen Teufel mit gespaltenen Hufen und dem Biß einer Schlange hingestellt hatten, war er in Wirklichkeit ein kleiner, zierlicher Mann mit schütterem, blondem Haar, das er aus der Stirn gekämmt und im Nacken zum Knoten geschürzt trug. Er war sehr hellhäutig, hatte eine breite Stirn, eine scharfe Nase und ein schmales, glattrasiertes Kinn. Seine Lippen waren schmal und seine Augen blaß wie morgendunstiges Wasser. Aelle konnte man jedes Gefühl vom Gesicht ablesen, aber bei Cerdic war ich auf den ersten Blick überzeugt, daß seine Selbstbeherrschung es ihm nicht gestatten würde, seine Gedanken zu verraten. Er trug einen römischen Brustpanzer, eine enge, karierte Hose aus Wolle und einen Umhang aus Fuchspelz. Er wirkte sauber und adrett, und ohne das Gold an Hals und Handgelenken hätte ich ihn für einen Schreiber gehalten. Nur seine Augen paßten nicht zum Bild eines Beamten, denn diesen Augen entging nicht das geringste, während sie selbst nichts verrieten. »Ich bin Cerdic«, stellte er sich mit sanfter Stimme vor.

Arthur trat einen Schritt beiseite, damit Cuneglas sich vorstellen konnte, dann verlangte Meurig, ebenfalls an der Konferenz teilzunehmen. Cerdic warf einen Blick auf die beiden Männer, stufte sie als unwichtig ein und richtete den Blick wieder auf Arthur. »Ich bringe Euch ein Geschenk«, sagte er und streckte die Hand nach dem Häuptling aus, der ihn begleitete. Der Mann zog einen Dolch mit goldenem Griff hervor, den Cerdic Arthur überreichte.

»Dieses Geschenk«, übersetzte ich Arthurs Erwiderung, »sollte unserem Lord König Cuneglas zukommen.«

Cerdic legte die blanke Klinge in seine Linke und schloß die Finger darum. Sein Blick ließ Arthurs keine Sekunde los, und als er die Hand wieder öffnete, befand sich Blut auf der Klinge. »Dieses Geschenk ist für Arthur bestimmt«, erklärte er.

Arthur nahm es an. Er war ungewohnt nervös. Möglicherweise befürchtete er, daß der blutige Stahl irgendeinen Zauber barg oder daß ihn die Annahme des Geschenks zum Komplizen von Cerdics Ambitionen machte. »Sagt dem König«, wies er mich an, »daß ich kein Geschenk für ihn habe.«

Cerdic lächelte. Es war ein frostiges Lächeln, und ich stellte mir vor, daß so wohl ein Wolf auf ein verirrtes Lamm wirken müsse. »Sagt Lord Arthur, daß er mir das Geschenk des Friedens gemacht hat«, forderte er mich auf.

»Aber angenommen, ich wähle den Krieg?« fragte Arthur trotzig. »Hier und jetzt?« Er deutete auf die Hügelkuppe, wo sich noch mehr von unseren Speerkämpfern versammelt hatten, so daß sich ihre Anzahl mit Cerdics jetzt zumindest messen konnte.

»Sagt ihm«, befahl mir Cerdic, »daß dies nicht alle meine Männer sind.« Er wies auf seinen Schildwall, dessen Männer uns beobachteten. »Und sagt ihm auch, daß König Lancelot mir in Arthurs Namen Frieden gebracht hat.«

Als ich Arthur dies erklärte, sah ich in seiner Wange einen Muskel zucken. »In zwei Tagen«, befahl Arthur – es war ein Befehl, kein Vorschlag –, »treffen wir uns in London. Dort werden wir über unseren Frieden sprechen.« Er schob den blutigen Dolch in seinen Gurt, und als ich seine Worte übersetzt hatte, winkte er mich zu sich. Er wartete Cerdics Antwort nicht ab, sondern führte mich den Hang hinauf, bis wir außer Hörweite der beiden Delegationen waren. Hier nahm er erstmals Notiz von meiner Schulter. »Wie schlimm ist es mit Eurer Wunde?« erkundigte er sich.

»Sie wird heilen«, antwortete ich.

Er blieb stehen, schloß die Augen und atmete tief durch. »Was Cerdic will«, erklärte er mir, als er die Augen wieder öffnete, »ist die Herrschaft über ganz Lloegyr. Aber wenn wir sie ihm überlassen, haben wir statt zwei schwächeren einen schrecklichen Feind gegen uns.« Schweigend ging er ein paar Schritte weiter, trat vorsichtig zwischen den Toten von Aelles Angriff hindurch. »Vor diesem Krieg«, fuhr er dann bitter fort, »war Aelle mächtig und Cerdic lästig, aber nachdem wir Aelle besiegt haben, hätten wir uns gegen Cerdic wenden können. Nun ist es genau anders herum. Aelle ist geschwächt, Cerdic dagegen mächtig.«

»Dann sollten wir jetzt gegen ihn antreten«, sagte ich.

Er sah mich aus müden, braunen Augen an. »Seid ehrlich, Derfel«, sagte er leise, »ohne zu prahlen. Werden wir diesen Kampf gewinnen?«

Ich musterte Cerdics Heer. Es war in dichten Reihen aufmarschiert und schlachtbereit, während unsere Männer erschöpft und hungrig waren; aber Cerdics Männer hatten Arthurs Reiter noch nicht erlebt. »Ich glaube, wir würden gewinnen, Lord«, sagte ich aufrichtig.

»Ich auch«, stimmte mir Arthur zu, »aber es würde ein schwerer Kampf werden, Derfel, und danach hätten wir mindestens einhundert Verwundete, die wir mit uns nach Hause zurücktragen müßten, und die Sachsen würden alle Garnisonen in Lloegyr zusammentrommeln, damit sie sich uns entgegenstellen. Möglich, daß wir Cerdic hier besiegen, aber wir würden niemals lebend nach Hause zurückkehren. Dafür sind wir viel zu tief drin in Lloegyr.« Bei dieser Vorstellung verzog er das Gesicht. »Und wenn wir uns noch weiter schwächen, indem wir gegen Cerdic kämpfen, glaubt Ihr, Aelle würde uns auf dem Heimweg keinen Hinterhalt legen?« Er wurde von plötzlich aufsteigendem Zorn geschüttelt. »Was hat sich Lancelot eigentlich gedacht? Ich kann mich nicht mit Cerdic verbünden! Er wird halb Britannien erobern, sich gegen uns wenden, und wir werden einen sächsischen Feind haben, der doppelt so schrecklich ist wie zuvor.« Er stieß einen seiner seltenen Flüche aus und rieb sich mit der behandschuhten Hand über das knochige Gesicht. »Nun ja, die Suppe ist verschüttet«, fuhr er verbittert fort, »aber wir werden sie dennoch auslöffeln müssen. Die einzige Lösung wäre, Aelle so viel Stärke zu lassen, daß er noch immer einschüchternd auf Cerdic wirkt, also nehmt Euch sechs von meinen Reitern und sucht ihn mir. Sucht ihn, Derfel, und macht ihm dieses verdammte Ding zum Geschenk.« Damit reichte er mir Cerdics Dolch. »Aber reinigt ihn zuvor«, sagte er gereizt. »Und sein Bärenfell könnt Ihr ihm auch mitbringen. Agravain hat es gefunden. Gebt ihm das als zweites Geschenk und sagt ihm, er soll nach London kommen. Sagt ihm, ich schwöre ihm eidlich Sicherheit, und sagt ihm, das sei seine einzige Chance, ein Stück Land zu behalten. Ihr habt zwei Tage, Derfel.«

Ich zögerte – nicht, weil ich anderer Meinung war, sondern weil ich nicht begriff, warum Aelle nach London kommen sollte. »Weil ich«, antwortete Arthur müde, »nicht ruhig in London verweilen kann, solange Aelle in Lloegyr frei herumläuft. Er mag sein Heer hier verloren haben, aber er hat genügend Garnisonen, um ein neues aufzustellen – und während wir uns noch aus der Verstrickung mit Cerdic lösen, könnte er halb Dumnonia in Schutt und Asche legen.« Er wandte sich um und starrte böse zu Lancelot und Cerdic hinunter. Ich dachte schon, er werde wieder fluchen, aber er stieß nur einen resignierten Seufzer aus. »Ich werde Frieden schließen, Derfel. Die Götter wissen, daß es nicht der Friede ist, den ich wollte, aber wir sollten ihn dennoch in angemessener Form schließen. Und jetzt geht, mein Freund, geht.«

Ich blieb noch lange genug, um sicherzustellen, daß Issa sich gebührend um die Verbrennung von Cavans Leichnam kümmern und das Schwert des toten Iren in einem See versenken würde. Dann ritt ich auf den Spuren des geschlagenen Heeres gen Norden.

Während Arthur, dessen Traum von einem Narren zunichte gemacht worden war, nach London marschierte.

Ich hatte lange davon geträumt, London zu sehen, doch selbst in meinen wildesten Phantasien hätte ich mir nicht vorstellen können, wie die Stadt wirklich war. Ich hatte gedacht, sie wäre wie Glevum, ein bißchen größer vielleicht, aber immer noch ein Ort, an dem hohe Gebäude einen zentralen, offenen Platz umstanden, während sich weiter hinten Straßen und Gassen drängten, und das Ganze von einem Erdwall umgeben war. Aber in London gab es sechs dieser offenen Plätze, alle mit eigenen Säulenhallen, Arkadentempeln und Palästen aus Backstein. Die gewöhnlichen Häuser, die in Glevum und Durnovaria niedrig und strohgedeckt waren, ragten hier zwei oder drei Stockwerke hoch auf. Einige dieser Häuser waren im Laufe der Jahre eingestürzt, aber viele hatten noch ihr Ziegeldach, und die Leute stiegen immer noch die steilen Holztreppen hinauf. Da die meisten unserer Männer noch nie eine Treppe in einem Haus gesehen hatten, waren sie an ihrem ersten Tag in London wie aufgeregte Kinder losgerannt, um herauszufinden, wie die Welt vom obersten Stock aus wirkte. Schließlich war eins dieser Häuser unter ihrem Gewicht zusammengebrochen, und Arthur hatte weiteres Treppensteigen verboten.

Die Festung von London war größer als Caer Sws, dabei war diese Festung lediglich die nordwestliche Bastion des Stadtwalls. Es gab Dutzende von Kasernen in der Festung, jede größer als eine Festhalle und jede aus kleinen, roten Backsteinen erbaut. Neben der Festung lagen ein Amphitheater, ein Tempel und eins der zehn Badehäuser der Stadt. Natürlich gab es derartige Dinge auch in anderen Städten, aber hier war alles höher und größer. Durnovarias Amphitheater war eine Anlage aus grasbewachsener Erde, aber ich hatte es immer für höchst eindrucksvoll gehalten – bis ich die Arena in London sah, die mühelos fünf Amphitheater wie das von Durnovaria hätte aufnehmen können. Der Wall um die Stadt war aus Steinen statt aus Erde, und obwohl Aelle die Mauern hatte verfallen lassen, waren sie doch ein recht einschüchterndes Hindernis. Jetzt saßen Cerdics triumphierende Männer dort oben. Cerdic hatte die Stadt erobert, und seine Totenkopfbanner auf den Wällen verkündeten, daß er sie zu halten gedachte.

Auch am Flußufer stand eine Mauer, die zunächst als Schutz gegen die sächsischen Piraten gedient hatte. Öffnungen in dieser Mauer führten zu Kais, und eine Lücke ging auf einen Kanal hinaus, der ins Zentrum eines großen Gartens führte, um den herum ein Palast erbaut worden war. Damals gab es immer noch Büsten und Statuen in diesem Palast, lange geflieste Korridore sowie eine weite Säulenhalle, in der die römischen Herrscher, wie ich vermutete, früher zum Regieren zusammengekommen waren. Jetzt lief Regenwasser an den bemalten Wänden herab, die Bodenfliesen waren zerborsten, und der Garten war ein wuchernder Unkrautwald; aber ein Schatten des ursprünglichen Glanzes war noch vorhanden. Das galt übrigens für die ganze Stadt. Keins der Badehäuser in der Stadt funktionierte noch. Die Becken waren zerbrochen und leer, die Heizöfen kalt, die Mosaikböden unter dem Einfluß von Frost und Unkraut zerborsten. Die Steinstraßen waren zu schlammigen Wegen verkommen, und doch war die Stadt trotz dieses Verfalls noch immer kraftvoll und prächtig. Ich fragte mich, wie es in Rom wohl aussehen mochte. Galahad hatte mir erzählt, daß London im Vergleich zu Rom ein Dorf sei und daß

Roms Amphitheater zwanzigmal so groß sei wie Londons Arena, aber das konnte ich nicht glauben. Ich konnte ja kaum an London glauben, obwohl es direkt vor meinen Augen lag. Es sah aus wie das Werk von Riesen.

Da Aelle die Stadt nie gemocht hatte und auch nicht dort leben wollte, waren die einzigen Einwohner eine Handvoll Sachsen und jene Britannier, die Aelle als Herrscher akzeptiert hatten. Einigen dieser Britannier ging es noch immer gut. Die meisten waren Kaufherren, die mit Gallien Handel trieben; ihre prächtigen Häuser lagen am Fluß, während ihre Speicher von eigenen Wällen und Speerkämpfern bewacht wurden. Aber der größte Teil der übrigen Stadt war verlassen. Es war ein dahinsiechender Ort, eine Stadt, die den Ratten überlassen worden war, eine Stadt, die einstmals den Titel Augusta getragen hatte. Das Prächtige London hatte man sie genannt, und auf dem Fluß hatten dicht an dicht die Masten der Galeeren gestanden. Jetzt war es eine Geisterstadt.

Aelle kam mit mir zusammen nach London. Ich hatte ihn einen halben Tagesmarsch nördlich der Stadt entdeckt. Er hatte in einem römischen Fort Zuflucht gefunden, wo er ein neues Heer aufzustellen versuchte. Anfangs mißtraute er meiner Nachricht. Er schrie mich an, beschuldigte uns, ihn mit Hexerei besiegen zu wollen, drohte sogar, mich und meine Eskorte zu töten; aber ich war so vernünftig gewesen, geduldig abzuwarten, bis sich sein Zorn legte, und nach einer Weile beruhigte er sich. Cerdics Dolch warf er zornentbrannt von sich, freute sich aber, sein dickes Bärenfell zurückzubekommen. Ich glaube nicht, daß ich mich je in ernsthafter Gefahr befand, denn ich spürte, daß er mich mochte. Als sein Zorn verraucht war, legte er mir tatsächlich den schweren Arm um die Schultern und ging mit mir auf den Wällen auf und ab. »Was will Arthur wirklich?« fragte er mich.

»Frieden, Lord König.« Das Gewicht seines Armes tat meiner verletzten Schulter weh, aber ich wagte nicht zu protestieren.

»Frieden!« Er spie das Wort heraus wie einen Bissen fauliges Fleisch, aber ohne jene Verachtung, die er bei Arthurs Friedensangebot vor Lugg Vale zur Schau getragen hatte. Damals war Aelle stärker gewesen und konnte es sich leisten, einen höheren Preis zu fordern. Jetzt war er gedemütigt worden und wußte es. »Wir

Sachsen«, sagte er, »sind nicht für den Frieden geschaffen. Wir nähren uns vom Getreide unserer Feinde, wir kleiden uns in ihre Wolle, wir vergnügen uns mit ihren Weibern. Was hätte ein Frieden uns zu bieten?«

»Die Chance, Eure Stärke zurückzugewinnen, Lord König, sonst wird Cerdic sich von Eurem Getreide ernähren und sich in Eure Wolle kleiden.«

Aelle grinste. »Und die Weiber würde er ebenfalls wollen.« Er hatte den Arm von meiner Schulter genommen und blickte nordwärts über die Felder. »Ich werde Land abtreten müssen«, knurrte er mißmutig.

»Aber wenn Ihr den Krieg wählt, Lord König«, gab ich zu bedenken, »wird der Preis höher sein. Ihr werdet Arthur und Cerdic gegen Euch haben und letztlich vielleicht sogar ganz ohne Land dastehen – bis auf das Gras auf Eurem Grab.«

Er wandte sich um und warf mir einen listigen Blick zu. »Arthur will den Frieden nur, damit ich für ihn gegen Cerdic kämpfe.«

»Selbstverständlich, Lord König«, antwortete ich.

Er lachte über meine Aufrichtigkeit. »Und wenn ich nicht nach London mitkomme«, fuhr er fort, »werdet Ihr mich wie einen Hund jagen.«

»Wie einen mächtigen Keiler, Lord König, dessen Hauer noch gefährlich scharf sind.«

»Ihr redet, wie Ihr kämpft, Derfel. Also gut.« Er befahl seinen Zauberern, einen Umschlag aus Moos und Spinnweben zu machen, den sie mir auf die verletzte Schulter legten, während er Rat hielt. Die Beratung dauerte nicht lange, denn Aelle war sich im klaren darüber, daß er kaum eine Wahl hatte. Also marschierte ich am folgenden Morgen die römische Straße entlang, die in die Stadt führte. Er bestand darauf, eine Eskorte von sechzig Speerkämpfern mitzunehmen. »Ihr mögt Cerdic trauen«, sagte er zu mir, »aber er hat noch nie ein Versprechen gegeben, das er auch gehalten hat. Sagt das Arthur.«

»Sagt Ihr es ihm, Lord König.«

In der Nacht vor den Verhandlungen mit Cerdic trafen sich Aelle und Arthur in aller Heimlichkeit und diskutierten über ihren eigenen, separaten Frieden. Aelle gab eine Menge auf. Er gab die weiten Landstriche an seiner Westgrenze auf und erklärte sich einverstanden, das gesamte Gold zurückzugeben, das Arthur ihm im Jahr zuvor gebracht hatte, und darüber hinaus noch etliches Gold mehr. Dafür sicherte Arthur ihm vier ganze Jahre des Friedens zu sowie seine Unterstützung, falls Cerdic am folgenden Tag nicht in die Bedingungen einwilligte. Als der Friede geschlossen war, umarmten sie sich; doch als wir später zu unserem Lager vor der Westmauer der Stadt zurückkehrten, schüttelte Arthur bedrückt den Kopf. »Man sollte einem Feind niemals von Angesicht zu Angesicht gegenübertreten«, riet er mir, »jedenfalls nicht, wenn man weiß, daß man ihn eines Tages vernichten muß. Entweder das, oder die Sachsen müssen sich unserer Herrschaft beugen, und das werden sie niemals tun. *Niemals.*«

»Vielleicht doch.«

Er schüttelte den Kopf. »Sachsen und Briten, Derfel, passen nicht zusammen.«

»Ich passe zu Euch, Lord«, widersprach ich.

Er lachte. »Aber wenn Eure Mutter nicht in Gefangenschaft geraten wäre, Derfel, wärt Ihr als Sachse aufgewachsen und dientet jetzt vermutlich in Aelles Heer. Ihr wärt ein Feind. Ihr würdet die Götter der Feinde anbeten, Ihr würdet ihre Träume träumen, und Ihr würdet unser Land begehren. Sie brauchen eine Menge Raum, diese Sachsen.«

Aber wir hatten wenigstens Aelle festgenagelt, und am Tag darauf kamen wir in dem großen Palast am Fluß mit Cerdic zusammen. An jenem Tag schien die Sonne und funkelte auf dem Kanal, wo der Gouverneur von Britannien einst sein Flußboot verankert hatte. Die glitzernden Sonnenstäubchen kaschierten den Schmutz, den Schlamm und den Unrat, die den Kanal jetzt verstopften, doch nichts konnte den Gestank dieser Abwässer überdecken.

Cerdic wollte zunächst eine Ratsversammlung einberufen, und während er diskutierte, kamen wir Britannier in einem Raum zusammen, der über der Flußmauer lag und aufs Wasser hinausging, so daß die Decke, an der sich seltsame Wesen, halb Frau, halb Fisch, tummelten, mit schimmerndem Licht betupft war. Um sicherzustellen, daß man uns nicht belauschte, wurde jede Tür und jedes Fenster von unseren Speerkämpfern bewacht.

Lancelot war auch erschienen und hatte Dinas und Lavaine mitbringen dürfen. Die drei Männer behaupteten immer noch, ihr Friedensschluß mit Cerdic sei ein kluger Schachzug gewesen, aber Meurig war der einzige, der sie darin bestärkte. Wir anderen waren angesichts ihres mürrischen Trotzes sehr zornig. Arthur hörte sich unsere Proteste ein Weilchen an und unterbrach uns dann mit den Worten, daß man mit Streit über Vergangenes keine Probleme lösen könne. »Was geschehen ist, ist geschehen«, sagte er, »aber wir brauchen noch eine Sicherheit.« Er sah Lancelot an. »Schwört mir«, sagte er, »daß Ihr Cerdic keine Versprechungen gemacht habt.«

»Ich habe ihm Frieden gebracht«, betonte Lancelot, »und ihm vorgeschlagen, Euch beim Kampf gegen Aelle zu unterstützen. Das ist alles.«

Merlin saß am Fenster über dem Fluß. Er hatte eine der streunenden Palastkatzen auf den Schoß genommen und streichelte sie. »Was hat Cerdic verlangt?« erkundigte er sich freundlich.

»Aelles Unterwerfung.«

»Das ist alles?« fragte Merlin, ohne seine Zweifel zu verbergen.

»Das ist alles«, versicherte Lancelot, »weiter nichts.« Wir alle beobachteten ihn: Arthur, Merlin, Cuneglas, Meurig, Agricola, Sagramor, Galahad, Culhwch und ich. Keiner von uns sagte ein Wort, wir alle beobachteten ihn schweigend. »Er hat wirklich nichts weiter verlangt!« beteuerte Lancelot, aber für mich wirkte er dabei wie ein Kind, das faustdicke Lügen auftischt.

»Wie bemerkenswert«, sagte Merlin gelassen, »daß ein König so geringe Forderungen stellt.« Damit begann er die Katze zu necken, indem er ihre Pfoten mit einem seinen Bartzöpfe kitzelte. »Und was wolltet Ihr?« fragte er, immer noch sehr sanft.

»Arthurs Sieg«, behauptete Lancelot.

»Weil Ihr dachtet, Arthur könne ihn nicht allein erringen?« fragte Merlin, weiterhin mit der Katze spielend.

»Ich wollte ganz sichergehen«, erwiderte Lancelot. »Ich wollte doch nur helfen!« Suchend sah er sich nach Verbündeten um, fand aber niemanden außer dem jugendlichen Meurig. »Wenn Ihr keinen Frieden mit Cerdic wollt«, fuhr er schmollend fort, »warum kämpft Ihr dann nicht jetzt mit ihm?«

»Weil Ihr, Lord König, meinen Namen benutzt habt, um diesen Waffenstillstand zu besiegeln«, erklärte Arthur ihm geduldig. »Und weil unser Heer jetzt viele Tagesmärsche von zu Hause entfernt ist und seine Männer an unserem Weg lauern. Wenn Ihr keinen Frieden geschlossen hättet«, fuhr er immer noch höflich fort, »wäre die Hälfte seines Heeres jetzt an der Grenze, um Eure Männer zu beobachten, und ich könnte nach Süden marschieren und die andere Hälfte angreifen. Aber so?« Er zuckte die Achseln. »Was wird Cerdic heute von uns verlangen?«

»Land«, antwortete Agricola energisch. »Das ist alles, was die Sachsen wollen. Immer nur Land, Land und noch mehr Land. Die sind nicht eher glücklich, bis sie jedes letzte Zipfelchen Land auf der Welt besitzen, und dann werden sie nach anderen Welten suchen, um deren Land ebenfalls unter den Pflug zu nehmen.«

»Er wird sich mit dem Land zufriedengeben müssen, das er Aelle abgenommen hat«, sagte Arthur. »Von uns wird er keins bekommen.«

»Wir sollten ihm etwas abnehmen«, meldete ich mich zum ersten Mal zu Wort. »Das Land, das er im letzten Jahr gestohlen hat.« Dabei handelte es sich um eine schöne Flußlandschaft an unserer südlichen Grenze, ein fruchtbares, üppiges Terrain, das sich von den Hochmooren bis zum Meer erstreckte. Dieses Land hatte Melwas gehört, dem belgischen Vasallenkönig, den Arthur zur Strafe nach Isca verbannt hatte. Der Verlust des Territoriums traf uns hart, denn dadurch gelangte Cerdic in die Nähe der reichen Landgüter um Durnovaria, und seine Schiffe waren nur wenige Minuten von Ynys Wit entfernt, der großen Insel unmittelbar vor unserer Küste, die die Römer Vectis genannt hatten. Seit einem Jahr überfielen Cerdics Sachsen nun Ynys Wit immer wieder gnadenlos, und die Bewohner der Insel baten Arthur dauernd um mehr Speerkämpfer, um ihre Besitzungen zu verteidigen.

»Dieses Land sollten wir zurückfordern«, bestätigte Sagramor. Er hatte Mithras für die gesunde Rückkehr seiner jungen Sächsin gedankt, indem er im Londoner Tempel des Gottes ein erobertes Schwert niederlegte.

»Ich möchte bezweifeln, daß Cerdic Frieden geschlossen hat, um Land abzugeben«, warf Meurig ein.

»Und wir sind nicht ausgezogen, um Land abzugeben«, gab Arthur sehr verärgert zurück. »Bitte, vergebt mir«, fuhr Meurig fort, und ein leises Aufstöhnen ging durch den Raum, weil er unbedingt weiterdiskutieren wollte, »aber ich dachte, Ihr hättet gesagt, nicht wahr, daß Ihr den Krieg nicht weiterführen könnt. Weil wir so weit von zu Hause entfernt sind. Und dennoch wollt Ihr für einen Landstreifen unser aller Leben aufs Spiel setzen? Ihr werdet mich hoffentlich nicht für einfältig halten« – hier kicherte er, um zu zeigen, daß er einen Scherz gemacht hatte – »aber ich begreife nicht, warum wir das einzige Risiko eingehen müssen, das einzugehen wir uns nicht leisten können.«

»Durchaus möglich, Lord Prinz«, gab Arthur ruhig zurück, »daß wir schwach sind. Aber wenn wir unsere Schwäche zeigen, werden wir hier sterben. Wenn wir heute vormittag zu Cerdic gehen, haben wir nicht vor, auch nur eine einzige Ackerfurche abzugeben. Wir werden unsere Forderungen stellen.«

»Und wenn er sich weigert?« fragte Meurig entrüstet.

»Dann wird es für uns ein schwieriger Rückzug werden«, räumte Arthur gelassen ein. Er schaute durch ein Fenster, das auf den Innenhof führte. »Wie es scheint, sind unsere Feinde für uns bereit. Wollen wir gehen?«

Merlin scheuchte die Katze von seinem Schoß und nahm seinen Stab zu Hilfe, um aufzustehen. »Es stört Euch doch nicht, wenn ich nicht mitkomme?« fragte er. »Ich bin zu alt, um einen Tag voller Verhandlungen durchzustehen. All dieses großmäulige Gerede und dieser Zorn.« Er klopfte sich die Katzenhaare vom Gewand und wandte sich dann plötzlich an Dinas und Lavaine. »Seit wann«, fragte er sie mißbilligend, »tragen Druiden Schwerter und dienen Christenkönigen?«

»Seit wir beschlossen haben, das zu tun«, antwortete Dinas. Die Zwillinge, die fast so hochgewachsen waren wie Merlin, aber wesentlich kräftiger, forderten ihn mit ihren starren Blicken heraus.

»Wer hat euch zu Druiden gemacht?« fragte Merlin.

»Dieselbe Macht, die Euch zum Druiden gemacht hat«, sagte Lavaine.

»Und welche Macht ist das?« fragte Merlin. Als die Zwillinge nicht antworteten, lachte er höhnisch. »Wenigstens wißt ihr, wie man Drosseleier legt. Wie ich vermute, lassen die Christen sich von diesem Trick beeindrucken. Könnt ihr auch Wein in Blut verwandeln und Brot in Fleisch?«

»Wir benutzen unsere Magie und auch die ihre«, gab Dinas zurück. »Wir leben nicht mehr im alten Britannien, sondern in einem neuen Britannien, mit neuen Göttern. Wir verschmelzen ihre Magie mit der alten. Ihr könntet von uns lernen, Lord Merlin.«

Merlin äußerte seine Meinung über diesen guten Rat, indem er ausspie. Dann stelzte er ohne ein weiteres Wort aus dem Raum. Dinas und Lavaine zeigten sich nicht beunruhigt wegen seiner Feindseligkeit. Sie hatten wirklich ein außergewöhnliches Selbstvertrauen.

Wir folgten Arthur in die große Säulenhalle hinunter, wo wir, wie Merlin vorausgesagt hatte, großtaten, posierten, einander niederschrien und beschwatzten. Anfangs waren es Aelle und Cerdic, die den größten Lärm machten, während Arthur sich immer wieder als Mittler zwischen den beiden betätigte. Aber selbst Arthur konnte nicht verhindern, daß Cerdic sich auf Aelles Kosten an Land bereicherte. Er behielt London und gewann das Themsetal sowie weite, fruchtbare Landstriche nördlich der Themse hinzu. Aelles Königreich schrumpfte um ein Viertel, doch er verfügte immer noch über ein Königreich, und das verdankte er einzig Arthur. Aber er bedankte sich nicht, sondern marschierte, als die Diskussionen beendet waren, schnurstracks zum Raum hinaus und verließ London noch am selben Tag wie ein großer, verwundeter Keiler, der sich in seine Höhle zurückzieht.

Es war Nachmittag, als Aelle abzog. Mit mir als Dolmetscher brachte Arthur nunmehr die Frage des Belgenlandes, das Cerdic im Jahr zuvor an sich gerissen hatte, zur Sprache, und er verlangte die Rückgabe des Landes auch noch, nachdem wir anderen längst aufgegeben hätten. Er drohte nicht, er wiederholte seine Forderung einfach immer wieder, bis Culhwch einschlief, Agricola gähnte und ich es müde war, Cerdics ablehnenden Entgegnungen die Schärfe zu nehmen. Und noch immer stieß Arthur nach. Er spürte, daß Cerdic Zeit brauchte, um die neuen Territorien zu sichern, die er Aelle abgenommen hatte, und drohte, Cerdic keine Ruhe zu lassen, bis die Flußlandschaften zurückgegeben waren. Cerdic konterte, indem er drohte, in London gegen uns zu kämpfen, aber Arthur erklärte schließlich, daß er bei einem solchen Kampf Aelles Hilfe suchen würde, und Cerdic wußte, daß er gegen unsere vereinten Heere nicht ankommen konnte.

Es war fast dunkel, als Cerdic endlich nachgab. Er erklärte zähneknirschend, er werde das Problem mit seinem persönlichen Rat besprechen. Also weckten wir Culhwch, verließen den Innenof und traten durch ein kleines Tor in der Flußmauer auf einen Kai hinaus, wo wir zusahen, wie die Themse dunkel vorüberfloß. Die meisten von uns sagten wenig, Meurig jedoch belehrte Arthur gereizt, es sei Zeitverschwendung, unmögliche Forderungen zu stellen; aber als Arthur sich weigerte, mit ihm zu streiten, verstummte auch der Prinz. Sagramor saß mit dem Rücken an der Mauer und strich unaufhörlich mit dem Schleifstein über seine Schwertklinge. Lancelot stand mit den silurischen Druiden ein Stück von uns entfernt: drei hageren, hochgewachsenen, gutaussehenden Männer, die vor lauter Stolz fast steif wirkten. Dinas starrte zu den in Dunkelheit versinkenden Bäumen am anderen Flußufer hinüber, während sein Bruder mir lange, nachdenkliche Blicke zuwarf.

Eine Stunde warteten wir, dann kam Cerdic endlich ans Flußufer herunter. »Meldet Arthur folgendes«, befahl er mir ohne einleitende Worte. »Ich traue keinem von euch, ich mag keinen von euch und wünsche mir nichts sehnlicher, als euch alle zu töten. Aber ich werde ihm die belgischen Ländereien abtreten – unter einer Bedingung: daß Lancelot zum König über dieses Land erhoben wird. Nicht zum Vasallenkönig«, setzte er hinzu, »sondern zum König mit allen Rechten eines unabhängigen Königtums.«

Ich starrte dem Sachsen in die graublauen Augen. Seine Bedingung überraschte mich so sehr, daß ich kein Wort herausbrachte, nicht einmal, um seine Worte zu bestätigen. Es war plötzlich alles so klar: Lancelot hatte einen Handel mit dem Sachsen geschlossen, und Cerdic hatte diese geheime Übereinkunft hinter einem ganzen Nachmittag verächtlicher Ablehnungen versteckt. Dafür hatte ich natürlich keine Beweise, aber ich wußte genau, daß es so war, und als ich den Blick von Cerdic wandte, entdeckte ich, daß Lancelot mich erwartungsvoll ansah. Er sprach kein Sächsisch, aber er wußte genau, was Cerdic soeben zu mir gesagt hatte.

»Sagt es ihm!« befahl mir Cerdic.

Ich übersetzte für Arthur. Agricola und Sagramor spien angewidert aus, und Culhwch ließ ein kurzes, verärgertes Lachen hören, aber Arthur sah mir ein paar Sekunden lang tiefernst in die Augen, bevor er mir resigniert zunickte. »Einverstanden«, sagte er.

»Ihr werdet diese Stadt bei Tagesanbruch verlassen«, verlangte Cerdic unvermittelt.

»Wir werden in zwei Tagen abziehen«, gab ich zurück, ohne Arthur zu fragen.

»Einverstanden«, sagte Cerdic und wandte sich ab.

So schlossen wir Frieden mit den Sachsen.

Es war nicht der Friede, den Arthur sich gewünscht hatte. Er hatte gedacht, wir könnten die Sachsen so sehr schwächen, daß ihre Schiffe nicht mehr über das Germanische Meer kämen und daß wir in ein bis zwei Jahren den Rest aus Britannien vertrieben haben würden. Aber es herrschte Frieden.

»Das Schicksal ist unerbittlich«, sagte Merlin am folgenden Morgen zu mir. Ich traf ihn in der Mitte des römischen Amphitheaters, wo er den Blick langsam von den nackten Steinbänken wandte, die im Kreis rings um die Arena emporstiegen. Er hatte vier meiner Speerkämpfer mitgenommen, die am Rand der Arena saßen und ihn beobachteten, obwohl sie genausowenig wie ich wußten, was von ihnen verlangt werden würde. »Sucht Ihr immer noch das letzte Kleinod?« fragte ich ihn.

»Es gefällt mir hier wirklich gut«, antwortete er, meine Frage ignorierend. Er wandte sich wieder ab, um die Arena einer weiteren Inspektion zu unterziehen. »Wirklich gut.«

»Ich dachte, Ihr haßt die Römer.«

»Ich? Die Römer hassen?« fragte er mit vorgetäuschter Empörung. »Ich bete darum, Derfel, daß meine Lehren der Nachwelt nicht durch das fehlerhafte Sieb dessen übermittelt werden, was du dein Gehirn zu nennen beliebst. Ich liebe die gesamte Menschheit!« behauptete er großspurig. »Und selbst die Römer sind durchaus akzeptabel, solange sie in Rom bleiben. Ich habe dir erzählt, daß ich einmal in Rom war, nicht wahr? Es wimmelt dort von Priestern und Lustknaben. Sansum würde sich da sofort heimisch fühlen. Nein, Derfel, die Römer haben zwar den Fehler gemacht, zu kommen und alles zu verderben, aber nicht alles, was sie hier getan haben, war schlecht.«

»Sie haben uns das hier hinterlassen«, sagte ich und wies auf die zwölf Sitzreihen sowie den hochgelegenen Balkon, von dem aus die römischen Herren die Vorgänge in der Arena zu beobachten pflegten.

»Ach bitte, erspar mir Arthurs langweilige Vorträge über Straßen, Gerichte, Brücken und Strukturen.« Letzteres spie er fast heraus. »Struktur! Was ist die Struktur von Gesetzen, Straßen und Festungen, wenn nicht ein Zaum? Die Römer haben uns gezähmt, Derfel. Sie haben Steuerzahler aus uns gemacht und gingen dabei so schlau vor, daß wir tatsächlich glaubten, sie täten uns einen Gefallen! Früher einmal wandelten wir mit den Göttern, waren wir ein freies Volk, dann aber haben wir unseren dämlichen Schädel ins Joch der Römer gesteckt und wurden zu Steuerzahlern.«

»Und was haben die Römer dann getan, was so gut war?« fragte ich ihn geduldig.

Er grinste wölfisch. »Sie haben diese Arena mit Christen vollgestopft, Derfel, und dann die Hunde auf sie gehetzt. In Rom, wohlgemerkt, haben sie es richtig gemacht und Löwen benutzt. Auf lange Sicht haben die Löwen allerdings verloren.«

»Ich hab' mal ein Bild von einem Löwen gesehen«, berichtete ich voll Stolz.

»Na, das ist ja faszinierend!« sagte Merlin, ohne sein Gähnen zu unterdrücken. »Erzähl mir bitte alles darüber.« Nachdem er mich derart zum Schweigen gebracht hatte, lächelte er. »Ich habe sogar einen lebendigen Löwen gesehen. Es war ein ziemlich unscheinbares, schäbiges Ding. Vermutlich hat man es falsch ernährt. Vielleicht hat man es mit Mithrasjüngern gefüttert statt mit Christen! Das war natürlich in Rom. Ich hab' ihm mit meinem Stab einen Stoß versetzt, aber der Löwe hat nur gegähnt und sich einen Flohstich gekratzt. Ein Krokodil habe ich da auch gesehen, aber das war tot.«

»Was ist ein Krokodil?«

»Etwas Ähnliches wie Lancelot.«

»König der Belgen«, ergänzte ich bissig.

Merlin lachte. »Das war schlau, meinst du nicht auch? Er hat Siluria gehaßt, und wer kann ihm das verdenken? All diese tristen Leute in ihren langweiligen Tälern. Ganz und gar nicht Lancelots Geschmack. Aber das Belgenland wird ihm gefallen. Da scheint die Sonne, es gibt überall römische Gutshöfe und vor allem ist er nicht weit von seiner lieben Freundin Guinevere entfernt.«

»Ist das wichtig?«

»Sei nicht so phantasielos, Derfel.«

»Ich weiß nicht, was das heißen soll.«

»Es heißt, mein unwissender Krieger, daß Lancelot sich Arthur gegenüber verhält, wie es ihm beliebt. Er nimmt sich, was er will, er tut, was er will, und das alles kann er unbeschadet tun, weil Arthur diese lächerliche Eigenschaft besitzt, die man Gewissen nennt. Darin ist er überaus christlich. Kannst du eine Religion verstehen, die einem Schuldgefühle einflößt? Eine wahrhaft absurde Idee, aber Arthur würde einen sehr guten Christen abgeben. Er glaubt, daß er sich mit einem Eid verpflichtet hat, Benoic zu retten, und als ihm das nicht gelang, hatte er das Gefühl, Lancelot im Stich gelassen zu haben. Und solange das schlechte Gewissen an Arthur nagt, so lange wird Lancelot tun und lassen können, was ihm beliebt.«

»Mit Guinevere auch?« fragte ich, neugierig gemacht durch seine Bemerkung über Lancelot und Guineveres Freundschaft, eine Bemerkung, hinter der mehr als nur eine Andeutung schmutziger Gerüchte steckte.

»Ich erkläre niemals, was ich nicht genau weiß«, entgegnete Merlin von oben herab. »Aber ich nehme an, daß Arthur Guinevere langweilt, und das wundert mich nicht. Sie ist eine kluge Frau und will kluge Menschen um sich haben, aber so sehr wir alle Arthur auch lieben, er ist kein komplizierter Mensch. Die Dinge, die er sich wünscht, sind rührend simpel: Gesetze, Gerechtigkeit, Ordnung, Sauberkeit. Er wünscht sich aufrichtig, daß alle glücklich sind, und das ist schlechthin unmöglich. Guinevere ist nicht annähernd so simpel. Du natürlich schon.«

Ich ignorierte diese Beleidigung. »Und was wünscht sich Guinevere?«

»Daß Arthur König von Dumnonia wird, natürlich, und daß sie

die eigentliche Herrscherin von Britannien wird, indem sie ihn beherrscht. Aber bis das geschieht, Derfel, wird sie sich so gut wie möglich amüsieren.« Er blickte ein wenig boshaft drein – offenbar war ihm etwas eingefallen. »Wenn Lancelot König der Belgen wird«, sagte er vergnügt, »wirst du schon sehr bald erleben, daß Guinevere erklärt, sie wolle ihren neuen Palast in Lindinis nun doch nicht mehr. Dann wird sie sich etwas suchen, was näher bei Venta liegt. Warte nur ab, du wirst sehen, daß ich recht behalte.« Bei dieser Vorstellung kicherte er. »Sie waren beide ja so schlau«, setzte er bewundernd hinzu.

»Guinevere und Lancelot?«

»Sei nicht so beschränkt, Derfel! Wer, in aller Welt, hat von Guinevere geredet? Ich meine natürlich Cerdic und Lancelot. Das war ein äußerst gerissenes Stück Diplomatie. Arthur übernimmt das Kämpfen, Aelle gibt den größten Teil seines Landes auf, Lancelot schnappt sich ein weit angenehmeres Königreich, und Cerdic verdoppelt die eigene Macht und erhält als Nachbar an der Küste Lancelot statt Arthur. Klug eingefädelt! Wie gut es die Bösen doch immer treffen! Das gefällt mir.« Er lächelte. Dann wandte er sich um, weil aus einem der beiden Tunnel, die unter den Bänken hindurch in die Arena führten, Nimue auftauchte. Mit aufgeregter Miene eilte sie über den überwucherten Rasen. Ihr goldenes Auge, vor dem sich die Sachsen so sehr fürchteten, glänzte in der Morgensonne.

»Derfel!« rief sie. »Was macht Ihr mit dem Stierblut?«

»Bring ihn nicht durcheinander«, warnte Merlin. »Er ist heute vormittag noch dümmer als sonst.«

»Bei Mithras«, fuhr sie aufgeregt fort. »Was macht Ihr da mit dem Blut?«

»Gar nichts«, antwortete ich bestürzt.

»Sie mischen es mit Hafer und Fett«, sagte Merlin, »und machen Pudding davon.«

»Sag's mir!« verlangte Nimue.

»Das ist geheim«, erklärte ich verlegen.

Merlin lachte höhnisch. »Geheim? Geheim? ›O großer Mithras!‹« donnerte er mit einer Stimme, die von den aufsteigenden Bankreihen widerhallte, »›der sein Schwert an den Berggipfeln schärft, dessen Speerspitze in den Tiefen des Ozeans geschmiedet wurde, und dessen Schild die hellsten Sterne überstrahlt, höre uns an!‹ Soll ich weitermachen, mein lieber Junge?« fragte er mich. Er hatte die Anrufung zitiert, mit der wir unsere Versammlungen einleiteten und die eigentlich zu unseren geheimen Ritualen gehörte. Verächtlich wandte er sich von mir ab. »Sie haben eine Grube, liebe Nimue«, erklärte er, »die mit einem Eisenrost abgedeckt ist. Das arme Tier ergießt sein Leben in die Grube, sie tauchen alle ihre Speere in das Blut, betrinken sich und sind überzeugt, etwas Bedeutendes geleistet zu haben.«

»Das dachte ich mir«, sagte Nimue. Dann lächelte sie. »Es gibt keine Grube.«

»Ach, mein liebes Mädchen!« sagte Merlin bewundernd. »Mein liebes Mädchen! Auf! An die Arbeit!« Er eilte davon.

»Wo wollt Ihr hin?« rief ich ihm nach, aber er wedelte nur mit der Hand, während er weiterlief und meine herumlungernden Speerkämpfer zu sich winkte. Ich folgte ihm dennoch, und er machte keine Anstalten, mich daran zu hindern. Wir gingen durch den Tunnel und gelangten auf eine jener seltsamen Straßen mit hohen Gebäuden hinaus. Dann wandten wir uns westwärts zu der großen Festung, welche die nordwestliche Bastion der Stadtmauer bildete. Unmittelbar neben dem Fort, direkt an der Stadtmauer, lag ein Tempel.

Ich folgte Merlin hinein.

Es war ein wunderschönes Gebäude, langgestreckt, dunkel, schmal und hoch. Die bemalte Decke wurde von einer Doppelreihe von je sieben Säulen getragen. Der Schrein wurde jetzt offenbar als Speicher benutzt, denn auf einer Seite des Mittelgangs türmten sich Wollballen und Lederhäute; doch einige Anhänger schienen noch immer hier zu beten, denn an einem Ende des Gebäudes stand eine Statue des Mithras mit seiner seltsamen weichen Mütze, und vor den kanellierten Säulen waren kleinere Statuen aufgestellt. Ich nahm an, daß jene, die hier beteten, Nachkommen der römischen Siedler waren, die in Britannien geblieben waren, als die Legionen abzogen, und wie es schien, hatten sie die meisten Götter ihrer Vorfahren, darunter auch Mithras, inzwischen aufgegeben, denn die kleinen Opfergaben, die aus Blumen, Lebensmitteln und erloschenen Binsenfackeln bestanden, lagen nur vor drei Götterbildern. Zwei davon waren elegant geschnitzte römische Götter, aber das dritte war britannisch: ein glatter, phallischer Stumpf aus Stein mit einer brutalen, glotzäugigen Fratze im oberen Teil. Nur diese Statue war mit altem, getrocknetem Blut bedeckt, während die einzige Opfergabe vor der Mithrasstatue jenes Sachsenschwert war, das Sagramor zum Dank für Mallas Rückkehr hierhergebracht hatte. Draußen schien die Sonne, doch das einzige Licht im Tempel fiel durch ein großes Loch im Dach, wo es keine Ziegel mehr gab. Im Tempel hätte es eigentlich dunkel sein müssen, denn Mithras war in einer Höhle geboren, und wir beteten im Dunkel einer Höhle zu ihm.

Merlin stieß seinen Stab immer wieder auf die Fliesen des Tempelbodens und entschied sich schließlich für eine Stelle am Ende des Schiffs, unmittelbar unterhalb der Mithrasstatue. »Taucht ihr hier eure Speere ein, Derfel?« fragte er mich.

Ich trat in jenen Seitengang, in dem die Felle und Wollballen gestapelt waren. »Hier«, verkündete ich, indem ich auf eine flache Vertiefung wies, die halb unter einem der Stapel verborgen war.

»Mach dich nicht lächerlich!« fuhr Merlin mich an. »Das hat irgend jemand später gemacht! Glaubst du wirklich, du müßtest die Geheimnisse deiner armseligen Religion schützen?« Wieder stieß er den Stab auf den Boden neben der Statue. Dann versuchte er es an einer wenige Fuß entfernten Stelle und entschied, daß die beiden Stellen unterschiedlich klangen, also klopfte er ein drittes Mal zu Füßen der Statue. »Hier graben!« befahl er meinen Speerkämpfern.

Bei diesem Sakrileg lief es mir kalt über den Rücken. »Sie dürfte nicht hier sein, Lord.« Ich deutete auf Nimue.

»Noch ein einziges Wort von dir, Derfel, und ich werde dich in einen lahmen Igel verwandeln. Hebt die Steine auf!« fuhr er meine Männer an. »Setzt eure Speere als Hebel ein, ihr Dummköpfe. Los doch! Packt an!«

Ich hockte neben dem britannischen Götterbild, schloß die Augen und betete zu Mithras, er möge mir das Sakrileg vergeben. Dann betete ich, daß Ceinwyn in Sicherheit und das Kind in ihrem Leib noch am Leben sein möge, und während ich noch für mein ungeborenes Kind betete, wurde scharrend die Tempeltür aufgestoßen, und schwere Stiefel hallten auf dem Steinboden. Als ich die Augen öffnete und mich umwandte, sah ich, daß Cerdic den Tempel betreten hatte.

Er war mit zwanzig Speerkämpfern gekommen, mit seinem Dolmetscher und, weit überraschender, mit Dinas und Lavaine.

Während der Sachsenkönig langsam den Mittelgang entlangschritt, rappelte ich mich auf und berührte meinen Glücksbringer, die Knochen in Hywelbanes Griff. »Dies ist meine Stadt«, verkündete Cerdic leise, »und alles innerhalb ihrer Mauern gehört mir.« Eine Weile starrte er Merlin und Nimue an, dann blickte er zu mir herüber. »Sagt ihnen, sie sollen erklären, was sie hier tun«, befahl er mir.

»Sag dem Idioten, er soll abziehen und sich den Kopf in einem Eimer abkühlen«, fuhr Merlin mich an. Er sprach gut Sächsisch, zog es aber vor, so zu tun, als verstehe er kein Wort.

»Das da ist sein Dolmetscher, Lord«, warnte ich Merlin und zeigte auf den Mann neben Cerdic.

»Dann kann ja er dem König sagen, er soll sich den Kopf in einem Eimer abkühlen«, schlug Merlin vor.

Das tat der Übersetzer, und auf Cerdics Gesicht flammte ein gefährliches Lächeln auf.

»Lord König«, begann ich in dem Versuch, den Schaden, den Merlin angerichtet hatte, ungeschehen zu machen, »mein Lord Merlin möchte nur den Tempel wiederherstellen.«

Cerdic dachte über diese Behauptung nach, während er sich unsere Arbeit ansah. Meine vier Speerkämpfer hatten die Pflastersteine hochgehebelt und eine feste Schicht Sand und Schotter freigelegt. Sie waren gerade dabei, diese Schicht herauszuschaufeln. Darunter wurde eine Plattform aus geteertem Holz sichtbar. Der König starrte in die Grube und bedeutete meinen Männern, sie sollten weitermachen. »Aber wenn Ihr Gold findet«, sagte er zu mir, »so ist es meins.« Ich begann für Merlin zu übersetzen, doch Cerdic unterbrach mich mit einer Geste. »Er spricht unsere Sprache«, sagte er und sah Merlin an. »Sie haben es mir erzählt«, fügte er mit einer Kopfbewegung in Richtung der silurischen Druiden hinzu.

Ich schaute die üblen Zwillinge an, dann wieder Cerdic. »Ihr pflegt einen seltsamen Umgang, Lord König«, meinte ich.

»Auch nicht seltsamer als Ihr«, gab Cerdic mit einem Blick auf Nimue und ihr goldenes Auge zurück. Die nahm ihr Auge heraus und ließ ihn den furchtbaren Anblick der leeren Höhle spüren, aber Cerdic machte sich nichts aus dieser Drohung. Statt dessen bat er mich, ihm zu erzählen, was ich über die verschiedenen Gottheiten im Tempel wußte. Ich entsprach seinem Wunsch, so gut ich konnte, aber es war recht offensichtlich, daß es ihn gar nicht interessierte. Er schaute Merlin an und fiel mir ins Wort. »Wo ist der Kessel, Merlin?« wollte er wissen.

Merlin warf den Druidenzwillingen einen mörderischen Blick zu und spie auf den Boden. »Verborgen«, bellte er.

Die Antwort schien Cerdic nicht weiter zu überraschen. Er schlenderte an der Grube vorbei und hob das Sachsenschwert auf, das Sagramor Mithras geopfert hatte. Prüfend ließ er die Klinge durch die Luft sausen und schien zufrieden festzustellen, wie gut sie in der Hand lag. »Dieser Kessel«, fragte er Merlin, »besitzt er große Macht?«

Da Merlin schwieg, antwortete ich an seiner Statt. »So sagt man, Lord König.«

»Genug Macht, um Britannien von uns Sachsen zu befreien?«

Cerdic starrte mich mit seinen blassen Augen an.

»Darum beten wir, Lord König«, gab ich zurück.

Dies entlockte ihm ein Lächeln. Er wandte sich wieder an Merlin. »Was verlangt Ihr für den Kessel, alter Mann?«

Merlin warf ihm einen wütenden Blick zu. »Eure Leber, Cerdic.«

Cerdic trat dicht an Merlin heran und starrte dem Druiden direkt in die Augen. Ich entdeckte keinerlei Furcht in Cerdic. Merlins Götter waren nicht die seinen. Aelle mochte sich vor Merlin fürchten, aber Cerdic hatte noch nie unter der Magie des Druiden leiden müssen, deswegen war Merlin für Cerdic nichts weiter als ein alter, britannischer Priester mit einem viel zu hoch bewerteten Ruf. Plötzlich streckte er die Hand aus und packte einen der schwarz umwickelten Zöpfe von Merlins Bart. »Ich biete Euch einen hohen Goldpreis, alter Mann«, sagte er.

»Ich habe meinen Preis genannt«, antwortete Merlin. Er wollte von Cerdic zurücktreten, aber der König packte den Bartzopf des Druiden noch fester.

»Ich werde Euch Euer Gewicht in Gold zahlen«, sagte Cerdic.

»Eure Leber«, verlangte Merlin statt dessen.

Cerdic hob die Sachsenklinge, begann mit der Schneide schnell zu sägen und trennte so den Bartzopf ab. Dann trat er zurück. »Spielt nur mit Eurem Kessel, Merlin von Avalon«, sagte er und warf das Schwert beiseite, »doch eines Tages werde ich Eure Leber darin kochen und sie meinen Hunden vorwerfen.«

Mit schneeweißem Gesicht starrte Nimue den König an. Merlin war zu schockiert, um sich rühren oder ein Wort herausbringen zu können, während meine vier Speerkämpfer nur dastanden und glotzten. »Macht weiter, ihr Dummköpfe!« fuhr ich sie an. »An die Arbeit!« Ich war zutiefst erschüttert. Noch nie hatte ich gesehen, daß Merlin gedemütigt wurde, und hatte es auch nie sehen wollen. Ja, nicht mal für möglich gehalten hätte ich es.

Merlin rieb sich den verstümmelten Bart. »Eines Tages, Lord König«, sagte er ruhig, »werde ich mich dafür rächen.«

Cerdic zuckte die Achseln über diese schwächliche Drohung und kehrte zu seinen Männern zurück. Den abgeschnittenen Bartzopf gab er Dinas, der sich dankend dafür verneigte. Ich spie aus, denn mir war klar, daß die beiden Silurier von jetzt an sehr viel Böses bewirken konnten. Es gab wenig, was bei der Zusammenstellung eines Zauberfluchs so wirkungsvoll war wie die abgeschnittenen Haare oder Nägel eines Feindes; und um zu verhindern, daß diese Dinge in böswillige Hände fallen, sorgen wir alle gewissenhaft dafür, daß sie verbrannt werden. Mit einer Haarlocke kann selbst ein Kind Böses bewirken. »Soll ich Euch den Zopf zurückholen, Lord?« fragte ich Merlin.

»Sei nicht albern, Derfel«, antwortete er müde und wies auf Cerdics zwanzig Speerkämpfer. »Glaubst du, du könntest sie alle töten?« Er schüttelte den Kopf; dann lächelte er Nimue zu. »Siehst du, wie weit wir hier von unseren Göttern entfernt sind?« sagte er, um seine Hilflosigkeit zu erklären.

»Grabt!« fauchte Nimue meine Männer an, obwohl das Graben inzwischen erledigt war und sie versuchten, den ersten der dicken Holzbalken hochzustemmen. Cerdic, der offensichtlich in den

Tempel gekommen war, weil Dinas und Lavaine ihm erzählt hatten, Merlin suche nach einem Schatz, befahl dreien seiner eigenen Speerkämpfer, den meinen zu helfen. Die drei sprangen in die Grube, rammten ihre Speere unter den Rand des Balkens und drückten ihn langsam, ganz langsam hoch, bis meine Männer ihn packen und herausziehen konnten.

Bei der Grube handelte es sich um die Blutgrube der Mithrasjünger, den Ort, an dem das Leben des sterbenden Stiers in Mutter Erde versickerte, doch irgendwann war diese Grube geschickt mit Holz, Sand, Kies und Stein getarnt worden. »Das geschah«, erklärte mir Merlin außer Hörweite von Cerdics Leuten, »als die Römer abzogen.« Wieder rieb er sich den Bart.

»Lord«, begann ich unbeholfen, bedrückt von der Demütigung, die ihm widerfahren war.

»Keine Sorge, Derfel.« Beruhigend berührte er meine Schulter. »Meinst du, ich sollte Feuer von den Göttern herabbefehlen? Bewirken, daß sich die Erde auftut und ihn verschlingt? Eine Schlange aus der Geisterwelt hierherkommandieren?«

»Ja, Lord«, antwortete ich voller Elend.

Mit noch leiserer Stimme sagte er: »Magie befiehlt man nicht herbei, Derfel, man benutzt sie, und hier gibt es keine, die man benutzen könnte. Deswegen brauchen wir die Kleinodien. An Samhain, Derfel, werde ich die Kleinodien zusammenholen und den Kessel aufdecken. Wir werden Feuer entzünden, und dann einen Zauber wirken, der den Himmel kreischen und die Erde stöhnen läßt. Das verspreche ich dir. Mein ganzes Leben habe ich diesem Moment gewidmet, und er wird die Magie nach Britannien zurückbringen.« Er lehnte sich an die Säule und strich sich die Stelle, an der sein Bart abgeschnitten worden war. »Unsere Freunde aus Siluria«, sagte er, zu den schwarzbärtigen Zwillingen hinüberblickend, »glauben anscheinend, sie könnten mich herausfordern, aber der gestohlene Zopf vom Bart eines alten Mannes ist nichts gegen die große Macht des Kessels, Derfel. Der abgeschnittene Zopf kann nur mir allein schaden, aber der Kessel wird ganz Britannien erschüttern, und diese beiden Hochstapler werden auf den Knien gekrochen kommen und um Gnade winseln. Aber bis dahin, Derfel, bis dahin mußt du zusehen, wie unsere Feinde erfolgreich sind. Die Götter ziehen sich immer weiter zurück. Sie werden schwach, und wir, die wir sie lieben, werden ebenfalls schwach, aber das wird nicht immer so sein. Wir werden sie zurückrufen, und die Magie, die in Britannien jetzt so schwach ist, wird so stark und dicht sein wie jener Nebel auf Ynys Mon.« Wieder berührte er meine verletzte Schulter. »Das verspreche ich dir.«

Cerdic beobachtete uns. Zwar konnte er uns nicht hören, doch seine Miene verriet Belustigung. »Er wird sich das nehmen, was in dieser Grube liegt, Lord«, murmelte ich.

»Ich bete darum, daß er seinen Wert nicht erkennt«, gab Merlin leise zurück.

»Die beiden werden ihn erkennen, Lord«, sagte ich mit einem Blick auf die beiden weißgekleideten Druiden.

»Das sind Verräter und Schlangen», zischelte mir Merlin leise zu, während er Dinas und Lavaine beobachtete, die jetzt näher an die Grube herangetreten waren. »Aber selbst, wenn sie behalten, was wir hier finden, werde ich immer noch elf der dreizehn Kleinodien besitzen, Derfel, und ich weiß, wo das zwölfte zu finden ist. Seit tausend Jahren hat kein Mensch in Britannien eine so große Macht auf sich vereint.« Er stützte sich auf seinen Stab. »Dieser König wird leiden müssen, das versichere ich dir.«

Der letzte Holzbalken wurde aus dem Loch geholt und donnernd auf die Bodenfliesen geworfen. Die schwitzenden Speerkämpfer wichen zurück, während Cerdic und die silurischen Druiden langsam vortraten und in die Grube blickten. Cerdic schaute ziemlich lange hinab. Dann begann er laut zu lachen. Sein Lachen hallte von der hohen, bemalten Decke wider und lockte seine Speerkämpfer an den Rand der Grube, wo sie in sein Lachen einstimmten. »Feinde, die so großen Glauben in schlichten Müll setzen, gefallen mir«, sagte Cerdic. Damit stieß er seine Speerkämpfer beiseite und winkte uns zu sich. »Kommt her und seht, was Ihr entdeckt habt, Merlin von Avalon.«

Mit Merlin trat ich an den Rand der Grube. Was ich dort sah, war ein Durcheinander von altem, dunklem, nassem Holz, ein wirrer Haufen Zunder, teils verfault aufgrund der Feuchtigkeit, die in eine Ecke der gepflasterten Grube gesickert war, und im übrigen so alt und zerbrechlich, daß er innerhalb von Sekunden aufgeflammt und zu Asche verbrannt wäre. »Was ist das?« fragte ich Merlin.

»Wie es scheint«, antwortete Merlin mir auf sächsisch, »haben wir am falschen Platz gesucht. Kommt mit«, sagte er wieder auf britannisch, während er meine Schulter berührte. »Ich habe nur unsere Zeit verschwendet.«

»Aber nicht die unsere«, sagte Dinas rauh.

»Ich sehe ein Rad«, erklärte Lavaine.

Langsam wandte sich Merlin zurück. Sein Gesicht wirkte verwüstet. Er hatte versucht, Cerdic und die silurischen Zwillinge irrezuführen, und seine Täuschung war gescheitert.

»Zwei Räder«, sagte Dinas.

»Und eine Deichsel«, setzte Lavaine hinzu. »In drei Teile zerschnitten.«

Wieder starrte ich auf das schmutzige Durcheinander, und wieder sah ich nichts als Holzreste. Auf einmal entdeckte ich jedoch, daß einige Teile gebogen waren, und daß man, wenn man die gebogenen Teile ineinanderfügte und sie mit den vielen kurzen Stäben verband, tatsächlich zwei Räder erhielt. Unter den Trümmern der Räder lagen einige dünne Platten und ein langer Schaft, so dick wie mein Handgelenk, aber so lang, daß er in drei Stücke zerbrochen worden war, damit er in die Grube paßte. Außerdem war ein Achsgelenk zu erkennen, mit einem Schlitz in der Mitte, in das eine lange Messerklinge paßte. Dieser Holzhaufen war das, was von einem kleinen, antiken Streitwagen übriggeblieben war, einem Wagen, wie er einst Britanniens Krieger in die Schlacht getragen hatte.

»Modrons Streitwagen«, sagte Dinas ehrfürchtig.

»Modron«, sagte Lavaine, »die Mutter der Götter.«

»Deren Streitwagen«, ergänzte Dinas, »Himmel und Erde verbindet.«

»Und Merlin will ihn nicht«, sagte Dinas verächtlich.

»Dann werden wir eben den Streitwagen mitnehmen«, verkündete Lavaine.

Cerdics Dolmetscher hatte nach besten Kräften versucht, dies alles seinem König verständlich zu machen, doch Cerdic ließ sich offensichtlich von diesem traurigen Haufen zerbrochener und faulender Holzstücke nicht beeindrucken. Dennoch befahl er seinen

Speerkämpfern, die Bruchstücke einzusammeln und in einen Umhang zu packen, den Lavaine zusammenraffte. Nimue zischte ihnen einen Fluch entgegen, Lavaine aber lachte sie einfach aus. »Wollt Ihr mit uns um den Streitwagen kämpfen?« fragte er mit einer Handbewegung zu Cerdics Speerkämpfern hinüber.

»Ihr könnt Euch nicht ewig hinter den Sachsen verstecken«, sagte ich. »Es wird die Zeit kommen, da Ihr kämpfen müßt.«

Dinas spie in die leere Grube. »Wir sind Druiden, Derfel. Ihr könnt uns nicht einfach das Leben nehmen, ohne Eure eigene Seele und jede Seele, die Ihr liebt, zu ewigem Schrecken zu verdammen.«

»Ich kann Euch töten!« Nimue spie sie an.

Dinas starrte sie an und streckte ihr dann die Faust entgegen. Nimue spie auf die Faust, um das Böse darin abzuwenden, aber Dinas drehte sie nur um, öffnete sie und zeigte ihr ein Drosselei. Er warf es ihr zu. »Damit könnt Ihr Eure Augenhöhle füllen, Weib!« sagte er verächtlich, wandte sich ab und folgte seinem Bruder und Cerdic zum Tempel hinaus.

»Es tut mir leid, Lord«, sagte ich zu Merlin, als wir allein waren.

»Was tut dir leid, Derfel?« gab er zurück. »Glaubst du etwa, du hättest zwanzig Speerkämpfer besiegen können?« Seufzend rieb er sich den gestutzten Bart. »Siehst du, wie sich die Mächte der neuen Götter wehren? Aber solange wir den Kessel besitzen, besitzen wir die Macht. Komm mit!« Er streckte den Arm nach Nimue aus – nicht um bei ihr Trost zu finden, sondern weil er sie als Stütze brauchte. Als er mit ihr den Mittelgang entlangging, wirkte er auf einmal sehr alt und müde.

»Was sollen wir tun, Lord?« fragte mich einer meiner Speerkämpfer.

»Macht euch bereit, wir gehen«, gab ich zurück. Ich beobachtete Merlins gebeugten Rücken. Der Verlust seines Bartzopfes, dachte ich, ist eine größere Tragödie für ihn, als er zugeben will. Aber ich tröstete mich damit, daß er noch immer den Kessel von Clyddno Eiddyn besaß. Seine Macht war immer noch groß, aber in diesem gebeugten Rücken und den schlurfenden Schritten lag etwas unendlich Trauriges. »Wir gehen«, sagte ich abermals.

Am folgenden Tag marschierten wir ab. Zwar waren wir noch

immer hungrig, aber wir gingen nach Hause. Und hatten – wenigstens annähernd – Frieden geschaffen.

Unmittelbar nördlich des zu Ruinen zerfallenen Calleva, auf einem Territorium, das früher Aelle gehört hatte und nunmehr wieder uns gehörte, fanden wir den Tribut. Aelle hatte sich an die Abmachung gehalten.

Kein einziger Posten hielt dort Wache, wo am Wegrand Berge von Gold auf uns warteten: Becher, Kreuze, Ketten, Barren, Broschen und Torques. Wir hatten keine Möglichkeit, das Gold zu wiegen, und sowohl Arthur als auch Cuneglas argwöhnten, daß nicht der ganze Tribut bezahlt worden war, auf den man sich geeinigt hatte. Aber es war genug. Es war ein Schatz.

Wir packten das Gold in Mäntel, legten die schweren Bündel auf die Rücken der Schlachtrösser und zogen weiter. Arthur ging mit uns, und je mehr wir uns der Heimat näherten, desto besser wurde seine Laune, obwohl die Enttäuschung noch immer zu spüren war. »Erinnert Ihr Euch an den Eid, den ich hier in der Nähe geschworen habe?« fragte er mich, kurz nachdem wir Aelles Gold eingesammelt hatten.

»Ich erinnere mich, Lord.« Der Eid war in der Nacht geschworen worden, nachdem wir Aelle im vergangenen Jahr eine große Menge ebendieses Goldes übergeben hatten. Mit dem Gold hatten wir Aelle damals bestochen, damit er sich von unserer Grenze zurückzog und sich auf Ratae stürzte, die Festung von Powys. Arthur hatte in jener Nacht geschworen, daß er Aelle töten werde. »Statt dessen unterstütze ich ihn jetzt«, sagte er wehmütig.

»Cuneglas hat Ratae zurückerhalten«, wandte ich ein.

»Aber der Schwur ist nicht gehalten worden, Derfel. So viele gebrochene Eide.« Er spähte zu einem Sperber empor, der vor einer weißen Wolkenwand einhersegelte. »Ich habe Cuneglas und Meurig vorgeschlagen, sich Siluria zu teilen, und Cuneglas meinte, Ihr könntet König seines Anteils werden. Wäre Euch das recht?«

Ich war so verblüfft, daß ich kaum antworten konnte. »Wenn Ihr es wünscht, Lord«, brachte ich schließlich heraus.

»Nun, eigentlich nicht. Ich möchte, daß Ihr Mordreds Vormund werdet.«

Mit dieser Enttäuschung im Herzen legte ich einige Schritte zurück. »Es könnte sein, daß es Siluria nicht gefällt, geteilt zu sein«, wandte ich ein.

»Siluria wird tun, was ihm befohlen wird«, entgegnete Arthur energisch. »Und Ihr werdet mit Ceinwyn in Mordreds Palast in Dumnonia leben.«

»Wenn Ihr es so wollt, Lord.« Plötzlich hatte ich gar keine Lust, Cwm Isafs bescheidene Freuden aufzugeben.

»Kopf hoch, Derfel«, sagte Arthur. »Ich bin kein König, warum also solltet Ihr einer sein?«

»Ich bedaure nicht den Verlust eines Königreichs, Lord, sondern den Einzug eines Königs in meinem Haus.«

»Ihr werdet schon mit ihm fertig werden, Derfel. Ihr werdet stets mit allem fertig.«

Am Tag darauf teilten wir das Heer. Sagramor hatte unsere Reihen bereits verlassen, um mit seinen Speerkämpfern die neue Grenze zu Cerdics Königreich zu schützen, und nun schlugen wir übrigen getrennte Wege ein: Arthur, Merlin, Tristan und Lancelot zogen nach Süden, während Cuneglas und Meurig westwärts in ihre Heimat zurückkehrten. Ich umarmte Arthur und Tristan und kniete vor Merlin nieder, um ihn um seinen Segen zu bitten, den er mir gnädig erteilte. Er selbst hatte während des Rückmarschs ein wenig von seiner alten Kraft zurückgewonnen, konnte jedoch die Tatsache nicht verbergen, daß ihn die Demütigung im Mithrastempel hart getroffen hatte. Er mochte zwar noch den Kessel besitzen, doch seine Feinde besaßen einen Zopf aus seinem Bart. Er würde seine gesamte Magie aufbieten müssen, um ihre Zaubersprüche abwehren zu können. Er umarmte mich, ich küßte Nimue, dann sah ich ihnen traurig nach, bevor ich Cuneglas nach Westen folgte. Ich wollte nach Powys, um meine Ceinwyn wiederzusehen, und brachte sogar einen Anteil von Aelles Gold mit nach Hause, doch als Triumph vermochte ich dies nicht zu empfinden. Wir hatten Aelle besiegt und den Frieden gesichert, die eigentlichen Sieger dieses Feldzugs aber waren Cerdic und Lancelot. Nicht wir.

In jener Nacht rasteten wir in Corinium, doch leider störte ein Mitternachtsgewitter meine Nachtruhe. Das Unwetter tobte weit unten im Süden, aber der ferne Donner war so heftig, und die

Blitze, die an den Wänden des Innenhofs flackerten, in dem ich schlief, waren so grell, daß ich von ihnen geweckt wurde. Ailleann, Arthurs ehemalige Geliebte und die Mutter seiner Zwillinge, die mir Unterkunft geboten hatte, kam mit besorgter Miene aus ihrem Schlafgemach. Ich wickelte mich in meinen Mantel und ging mit ihr zum Stadtwall, wo ich die Hälfte meiner Männer antraf, die ebenfalls den fernen Aufruhr beobachteten. Auch Cuneglas und Agricola standen auf den Wällen, nur Meurig nicht, denn er weigerte sich, dem Wetter irgendeine Vorbedeutung zuzumessen.

Wir wußten es jedoch besser. Gewitter sind Botschaften der Götter, und dieses Gewitter war ein gewaltiger Ausbruch. Kein Regentropfen fiel in Corinium, und keine Sturmböen blähten unsere Mäntel, aber weit entfernt im Süden, irgendwo in Dumnonia, geißelten die Götter das Land. Blitze rissen die Dunkelheit aus dem Himmel und stießen ihre gezackten Dolche in die Erde. Donner rollte unaufhörlich, Schlag um Schlag, und bei jedem nachhallenden Ausbruch flackerten die Blitze, blendeten uns und spien ihr gezacktes Licht durch die erschauernde Nacht.

Issa stand dicht neben mir. Die fernen Feuerkeile beleuchteten sein ehrliches Gesicht. »Ist jemand gestorben?«

»Das wissen wir nicht, Issa.«

»Sind wir verflucht, Lord?« fragte er mich.

»Nein«, antwortete ich mit einer Zuversicht, die ich nicht unbedingt empfand.

»Aber ich habe gehört, daß Merlin der Bart abgeschnitten wurde.«

»Nur ein paar Haare«, entgegnete ich wegwerfend, »mehr nicht. Warum fragst du?«

»Wenn Merlin keine Macht besitzt, Lord, wer dann?«

»Merlin besitzt Macht«, suchte ich ihn zu beruhigen. Und ich besaß ebenfalls Macht, denn bald würde ich Mordreds Champion sein und auf einem großen Landgut wohnen. Ich würde den Knaben selbst formen, während Arthur das Königreich des Knaben formen würde.

Dennoch machte ich mir Sorgen wegen des Donners. Und ich hätte mir noch größere Sorgen gemacht, wenn ich gewußt hätte, was er bedeutete. Denn in jener Nacht war tatsächlich Unglück über uns gekommen. Zwar hörten wir erst drei Tage später davon, dann aber wurde uns endlich bewußt, warum der Donner gesprochen und der Blitz zugeschlagen hatte.

Er hatte auf dem Tor eingeschlagen, in Merlins Halle, wo die Winde um seinen hohlen Traumturm tosten. Dort hatte der Blitz in unserer Stunde des Sieges den hölzernen Turm in Brand gesteckt, und die Flammen hatten bis in die Nacht hinein gelodert, gesengt und geheult. Und als die Glut am frühen Morgen vom Regen des abziehenden Gewitters bespritzt und gelöscht worden war, gab es in Ynys Wydryn keine Kleinodien mehr. Es gab keinen Kessel mehr in der Asche, nur einen leeren, unausgefüllten Raum in Dumnonias brandvernarbtem Herzen.

Die neuen Götter schienen zurückzuschlagen. Oder die silurischen Zwillinge hatten mit Hilfe des abgeschnittenen Zopfes aus Merlins Bart einen mächtigen Zauber gewirkt, denn der Kessel war verschwunden, und mit ihm alle Kleinodien.

Ich zog gen Norden, zu meiner Ceinwyn.

## DRITTER TEIL

# Camelot

Alle Kleinodien verbrannt?« fragte mich Igraine.

»Sie sind allesamt verschwunden«, antwortete ich.

»Armer Merlin«, sagte Igraine. Sie hat ihren gewohnten Platz auf meiner Fensterbank eingenommen, sich aber wegen der Kälte in einen dicken Umhang aus Biberpelz gepackt. Den braucht sie auch, denn es ist heute bitter kalt. Heute morgen sind schon Schneeflocken gefallen, und am Himmel im Westen dräuen bleigraue Wolken. »Ich kann nicht lange bleiben«, verkündete sie, als sie hereinkam und es sich bequem machte, um die fertigen Pergamente durchzusehen. »Falls es schneien sollte.«

»Es wird schneien. Die Hecken sind voller Beeren, und das bedeutet immer einen harten Winter.«

»Das behaupten die alten Männer jedes Jahr«, stellte Igraine bissig fest.

»Wenn man alt ist«, entgegnete ich, »ist jeder Winter hart.«

»Wie alt war Merlin?«

»Zu der Zeit, als er den Kessel verlor? Fast achtzig. Aber er hat danach noch lange gelebt.«

»Seinen Traumturm hat er aber nicht wieder aufgebaut?« fragte Igraine.

»Nein.«

Sie seufzte und zog den dicken Pelzumhang fester um sich. »So ein Traumturm würde mir gefallen. Ich hätte auch gern einen Traumturm.«

»Dann laßt Euch einen bauen«, antwortete ich. »Ihr seid die Königin. Gebt einfach den Befehl und macht einiges Aufhebens darum. Es ist ganz einfach; nichts weiter als ein viereckiger Turm ohne Dach, mit einer Plattform auf halber Höhe. Wenn er fertig ist, darf niemand anders als Ihr ihn betreten, und der Trick besteht darin, auf der Plattform zu schlafen und darauf zu warten, daß die Götter einem eine Botschaft senden. Merlin hat immer gesagt, im Winter sei es ganz furchtbar kalt da oben.«

»Und den Kessel«, erriet Igraine, »hatte er auf der Plattform versteckt?«

»Ja.«

»Aber er ist nicht verbrannt, nicht wahr, Bruder Derfel?« bohrte sie weiter.

»Die Geschichte des Kessels geht weiter«, räumte ich ein, »aber ich werde sie jetzt nicht erzählen.«

Sie streckte mir die Zunge heraus. Erstaunlich schön sieht sie heute aus. Vielleicht hat ja die Kälte die Farbe auf ihre Wangen und das Funkeln in ihre dunklen Augen gezaubert, doch ich vermute, sie ist schwanger. Ich hatte es jedesmal sofort gewußt, wenn Ceinwyn guter Hoffnung war, und an Igraine erkenne ich jetzt das gleiche Aufblühen des Lebens. Da mir Igraine jedoch nichts gesagt hat, werde ich sie nicht danach fragen. Sie hat, weiß Gott, inbrünstig genug um ein Kind gebetet; vielleicht erhört unser Christengott unsere Gebete ja doch. Etwas anderes haben wir nicht, das uns Hoffnung geben könnte, denn unsere eigenen Götter sind tot oder geflohen, oder sie kümmern sich nicht um uns.

»Die Barden sagen«, fuhr Igraine fort, und an ihrem Ton erkannte ich, daß gleich wieder eine meiner Unzulänglichkeiten als Geschichtenerzähler zur Sprache kommen würde, »daß die Schlacht bei London gräßlich war. Den ganzen Tag lang habe Arthur gekämpft, sagen sie.«

»Zehn Minuten«, gab ich geringschätzig zurück.

»Und alle behaupten, Lancelot habe ihn gerettet, weil er im letzten Moment mit einhundert Speerkämpfern eintraf.«

»Das sagen sie«, entgegnete ich, »weil die Lieder von Lancelots Dichtern geschrieben wurden.«

Traurig schüttelte sie den Kopf. »Wenn das hier« – sie schlug mit der Hand auf den großen Lederbeutel, in dem sie die fertigen Pergamente zum Caer bringt – »der einzige Bericht über Lancelot ist, Derfel, was werden dann die Leute denken? Daß die Dichter lügen?«

»Wen kümmert's, was die Leute denken?« antwortete ich gereizt. »Außerdem lügen die Dichter immer. Dafür werden sie bezahlt. Ihr habt mich nach der Wahrheit gefragt, und wenn ich sie Euch erzähle, beschwert Ihr Euch.«

»›Lancelots Krieger‹«, zitierte sie, »›Speerkämpfer, so kühn, Witwenmacher und Goldbringer. Sachsenschlächter, von den Sais gefürchtet …‹«

»Würdet Ihr bitte aufhören?« fiel ich ihr ins Wort. »Ich habe das Lied gehört, eine Woche, nachdem es geschrieben war!«

»Aber wenn die Lieder lügen«, wandte sie ein, »warum hat Arthur dann nicht protestiert?«

»Weil ihn die Lieder nicht kümmerten. Warum sollten sie auch? Er war ein Krieger, kein Barde, und solange seine Männer vor der Schlacht sangen, war er's zufrieden. Außerdem konnte er selbst nicht singen. Er glaubte, eine Stimme zu haben, aber Ceinwyn hat immer gesagt, er klinge wie eine Kuh mit Blähungen.«

Igraine krauste die Stirn. »Ich begreife immer noch nicht, warum es so schlecht war, daß Lancelot Frieden gebracht hat.«

»Das ist doch nicht schwer zu verstehen«, gab ich zurück. Ich glitt vom Hocker und ging zum Kamin, wo ich mit einem Stecken glühende Kohlestückchen aus dem winzigen Feuer holte. Auf dem Fußboden ordnete ich sechs Kohlestückchen zu einer Reihe, dann teilte ich sie in vier und zwei. »Die vier Kohlestücke«, erklärte ich ihr, »sind Aelles Truppen. Die zwei dort sind Cerdics. Nun müßt Ihr wissen, daß wir die Sachsen nie hätten schlagen können, wenn alle sechs Stücke zusammen gekämpft hätten. Sechs hätten wir niemals besiegen können, aber vier, die konnten wir schlagen. Arthur hatte vor, diese vier zu schlagen und sich anschließend gegen die zwei zu wenden. Auf diese Weise hätten wir Britannien von den Sais befreien können. Lancelots Friedensschluß stärkte jedoch Cerdics Macht.« Ich legte ein drittes Kohlestück zu den zweien, so daß die vier jetzt einer Dreiergruppe gegenüberstanden, und schüttelte dann die Glut von dem brennenden Stecken. »Wir hatten Aelle geschwächt«, erklärte ich, »aber wir hatten auch uns selbst geschwächt, denn nun fehlten uns Lancelots dreihundert Speerkämpfer, die dem Frieden verschworen waren. Das machte Cerdic noch stärker.« Ich schob zwei von Aelles Kohlestückchen in Cerdics Lager hinüber und teilte die Reihe somit in fünf und zwei. »Also hatten wir Aelle zwar geschwächt, Cerdic aber gestärkt. Das ist es, was Lancelot mit seinem Friedensschluß erreicht hat.«

»Gebt Ihr unserer Lady Unterricht im Rechnen?« Mit argwöhnischer Miene kam Sansum zu uns hereingeschlichen. »Ich dachte, Ihr schreibt an einem Evangelium«, ergänzte er verschlagen.

»Das Gleichnis von den fünf Broten und den zwei Fischen«, behauptete Igraine rasch. »Bruder Derfel dachte, es wären möglicherweise fünf Fische und zwei Brote gewesen, aber ich weiß, daß ich recht habe. Nicht wahr, Lord Bischof?«

»Ihr, Lady, habt recht«, bestätigte Sansum, »und Bruder Derfel ist ein armseliger Christ. Wie kann ein so unwissender Mann ein Evangelium für die Sachsen schreiben?«

»Nur mit Eurer liebevollen Unterstützung, Lord Bischof«, antwortete Igraine, »und natürlich mit Unterstützung meines Gemahls. Oder soll ich dem König mitteilen, daß Ihr ihm in diesem geringfügigen Punkt zuwiderhandelt?«

»Wenn Ihr das tätet, würdet Ihr Euch einer groben Unwahrheit schuldig machen«, log Sansum ihr ins Gesicht, nachdem er von meiner klugen Königin solchermaßen ausmanövriert worden war. »Ich bin gekommen, um Euch zu berichten, daß Eure Speerkämpfer finden, Ihr solltet aufbrechen, Lady. Der Himmel droht mit weiteren Schneefällen.«

Sie nahm ihren Beutel mit den Pergamenten und schenkte mir ein Lächeln. »Wir sehen uns, sobald es aufgehört hat zu schneien, Bruder Derfel.«

»Ich werde für diesen Augenblick beten, Lady.«

Abermals lächelte sie und schritt an dem Heiligen vorbei, der eine Verbeugung andeutete. Sobald sie verschwunden war, richtete er sich jedoch wieder auf und starrte mich an. Die Haarbüschel über seinen Ohren, um derentwillen wir ihn den Mäuselord genannt hatten, sind jetzt weiß, aber das Alter hat den Heiligen keineswegs milder gemacht. Er kann noch immer in Schimpfkanonaden ausbrechen, und die Schmerzen, die ihn noch immer quälen, wenn er Wasser lassen muß, machen seine Wut noch schlimmer. »In der Hölle, Bruder Derfel«, zischte er mich aufgebracht an, »gibt es einen besonderen Platz für Menschen, die Lügen verbreiten.«

»Ich werde für diese armen Seelen beten, Lord«, versicherte ich. Ich kehrte ihm den Rücken und tauchte meinen Federkiel in die Tinte, um mit der Geschichte von Arthur fortzufahren, meinem Kriegsherrn, meinem Friedensbringer und meinem Freund.

Die folgenden Jahre waren wundervoll. Igraine, die viel zu sehr auf die Dichter hört, nennt sie Camelot. Wir nicht. Es waren die schönsten Jahre von Arthurs Herrschaft, die Jahre, in denen er das Land nach seinen Wünschen formte, und in denen Dumnonia seiner Idealvorstellung von einer Nation, die im Frieden mit sich selbst und ihren Nachbarn lebt, am nächsten kam. Aber erst rückblickend wirken jene Jahre so viel besser, als sie waren, und zwar, weil die darauffolgenden Jahre so viel schlimmer waren. Wenn man so hört, was zur Abendzeit an den Kaminen erzählt wird, könnte man meinen, wir hätten ein ganz neues Land in Britannien geschaffen, es Camelot genannt und mit strahlenden Helden bevölkert. In Wahrheit aber haben wir Dumnonia nur so gut regiert, wie wir konnten, wir haben gerecht regiert, und wir haben es niemals Camelot genannt. Ja, diesen Namen habe ich vor zwei Jahren zum ersten Mal gehört. Camelot existiert nur in den Träumen der Dichter, während in unserem Dumnonia selbst in jenen guten Jahren noch immer Mißernten vorkamen, Seuchen wüteten und Kriege ausgefochten wurden.

Ceinwyn kam nach Dumnonia, und in Lindinis wurde unser erstes Kind geboren. Es war ein Mädchen, das wir nach Ceinwyns Mutter Morwenna nannten. Sie wurde mit schwarzen Haaren geboren, die nach einer Weile jedoch genauso goldblond wie die ihrer Mutter wurden. Bezaubernde Morwenna!

Was Guinevere betraf, behielt Merlin recht, denn sobald Lancelot seine neue Regierung in Venta zusammengestellt hatte, erklärte sie, daß sie ihres nagelneuen Palastes in Lindinis überdrüssig sei. Er sei zu feucht, behauptete sie, sei den Winden, die von den Sümpfen rings um Ynys Wydryn herüberwehten, viel zu stark ausgesetzt und im Winter zu kalt, und plötzlich fiel ihr nichts Besseres ein, als in Uthers alten Winterpalast von Durnovaria umzuziehen. Da Durnovaria jedoch genausoweit von Venta entfernt war wie Lindinis, überzeugte Guinevere Arthur davon, daß sie für jenen fernen Tag, da Mordred König werden und mit dem Recht des Königs den Winterpalast zurückfordern würde, ein Haus vorbereiten müßten. Also überließ Arthur seiner Gemahlin die Wahl. Arthur selbst träumte von einer soliden Halle mit Palisade, Viehstall und Kornspeichern, aber Guinevere wählte eine römische Villa unmittelbar südlich der Festung von Vindocladia, die, wie Merlin vorausgesagt hatte, an der Grenze zwischen Dumnonia und Lancelots neuem Belgenreich lag. Da die Villa auf einer Anhöhe über einer schmalen Meeresbucht erbaut worden war, bezeichnete Guinevere sie als ihren Seepalast. Von einem Schwarm Bauarbeitern ließ sie die Villa renovieren und mit all den Statuen ausstatten, die zuvor Lindinis geschmückt hatten. Selbst den Mosaikboden der Eingangshalle von Lindinis ließ sie hinüberschaffen. Eine Zeitlang machte sich Arthur Sorgen, weil der Seepalast gefährlich nah an Cerdics Land lag; aber Guinevere behauptete, der in London ausgehandelte Frieden werde halten, und als Arthur merkte, wie sehr sie die Villa liebte, gab er nach. Ihm selbst war es gleichgültig, welchen Ort er als sein Zuhause bezeichnete, denn er war nur selten daheim. Er war lieber unterwegs, um irgendeinem Winkel von Mordreds Königreich einen Besuch abzustatten.

Mordred bezog den ausgeplünderten Palast in Lindinis, und da Ceinwyn und ich seine Vormunde waren, wohnten auch wir dort, und mit uns sechzig Speerkämpfer, zehn Reiter, die Botendienste verrichteten, sechzehn Küchenmägde und achtundzwanzig Haussklaven. Wir hatten einen Hausverwalter, einen Haushofmeister, einen Barden, zwei Jäger, einen Metbrauer, einen Falkner, einen Medikus, einen Torwächter, einen Kerzenmacher und sechs Köche, die allesamt wiederum Sklaven hatten; und außer diesen Haussklaven gab es noch eine kleine Armee anderer Sklaven, die den Boden bearbeiteten, die Bäume stutzten und die Gräben sauberhielten. Eine richtige kleine Stadt wuchs um den Palast herum, in der Töpfer, Schuhmacher und Schmiede wohnten, kurzum Handwerker, die durch uns zu Reichtum gelangten.

Es schien alles so weit entfernt von Cwm Isaf. Jetzt schliefen wir in einer gefliesten Kammer mit glatt verputzten Wänden und säulengerahmten Türen. Die Mahlzeiten nahmen wir in einer Speisehalle ein, in der einhundert Mann Platz gehabt hätten; aber wir ließen sie oft genug leerstehen und aßen in einer kleinen Kammer direkt neben den Küchen, denn ich konnte es nicht ausstehen, wenn Speisen kalt aufgetragen wurden, die heiß sein sollten. Wenn es regnete, konnten wir in den überdachten Arkaden des äußeren Hofs lustwandeln, so daß wir im Trockenen blieben, und wenn die Sonne im Sommer auf die Fliesen brannte, gab es im inneren Hof ein von einer Quelle gespeistes Becken, in dem wir schwimmen konnten. Nichts von alldem gehörte natürlich uns; der Palast mit seinen weiten Ländereien gebührte einem König, und alles gehörte dem sechsjährigen Mordred.

Ceinwyn war an Luxus gewöhnt, wenn auch nicht unbedingt in diesem verschwenderischen Maße, und die ständige Gegenwart von Sklaven und Dienern bereitete ihr niemals so großes Unbehagen wie mir. Sie ging ihren Pflichten mit einem routinierten Mangel an Aufhebens nach, der dem Palast Ruhe und Frieden bescherte. Es war Ceinwyn, welche die Diener befehligte, die Küchen beaufsichtigte und die Rechnungen prüfte, aber ich wußte, daß sie sich nach Cwm Isaf zurücksehnte; und auch jetzt noch saß sie abends zuweilen mit ihrer Spindel da und spann bei unseren Gesprächen Wolle.

Häufig sprachen wir von Mordred. Wir hatten beide gehofft, daß die Berichte von seinen Missetaten übertrieben waren, aber das waren sie leider nicht, denn wenn es je ein boshaftes Kind gab, dann Mordred. Vom allerersten Augenblick an, da er mit einem Ochsenwagen von Culhwchs Halle bei Durnovaria bei uns eintraf, verhielt er sich ungebührlich. Und Gott möge mir helfen, ich lernte ihn hassen. Er war noch ein Kind, aber ich haßte ihn.

Der König war klein für sein Alter, von seinem Klumpfuß abgesehen aber kräftig gebaut, mit harten Muskeln und wenig Fett. Sein Gesicht war sehr rund und wurde von einer seltsamen Knollennase verunstaltet, die das arme Kind häßlich machte. Sein dunkelbraunes Haar war naturgelockt und stand ihm in zwei dicken Büscheln zu beiden Seiten seines Mittelscheitels ab, weswegen die anderen Kinder in Lindinis ihn Bürstenkopf nannten, wenn auch nicht in seiner Gegenwart. Er hatte merkwürdig alte Augen, denn sie blickten schon damals, im Alter von sechs Jahren, lauernd und mißtrauisch drein und wurden auch nicht freundlicher, als sein Gesicht sich männlich verhärtete. Er war ein intelligentes Bürschchen, obwohl er sich hartnäckig weigerte, etwas zu lernen. Der Barde unseres Hauses, ein ernster junger Mann namens Pyrlig, der Mordred lesen, rechnen, singen und Harfe spielen, die Namen der Götter und die Genealogie seiner königlichen Ahnen beibringen sollte, war ihm schon bald nicht mehr gewachsen. »Er will nichts lernen, Lord!« beschwerte sich Pyrlig bei mir. »Gebe ich ihm ein Pergament, zerreißt er es; gebe ich ihm einen Federkiel, zerbricht er ihn. Schlage ich ihn, beißt er mich. Seht nur!« Er streckte mir ein mageres, mit Flohstichen bedecktes Handgelenk entgegen, auf dem rot und entzündet die Abdrücke der königlichen Zähne prangten.

Erst als ich Eachern, einen zähen, kleinen irischen Speerkämpfer, ins Schulzimmer setzte und ihm befahl, dem König Zucht und Ordnung beizubringen, ging es ein wenig besser. Eine Tracht Prügel von Eachern zeigte dem Knaben, daß er seinen Meister gefunden hatte, so daß er sich mürrisch in die Disziplin fügte, aber lernen wollte er immer noch nicht. Wie es schien, konnte man ein Kind zwar zur Ruhe bringen, nicht aber zum Lernen zwingen. Mordred versuchte Eachern einzuschüchtern, indem er ihm sagte, sobald er König sei, werde er sich an dem Krieger für die häufigen Prügel rächen, aber Eachern verabreichte ihm einfach eine weitere Tracht und versicherte ihm, daß er, wenn Mordred großjährig sei, längst wieder nach Irland heimgekehrt sein werde. »Wenn Ihr Euch also rächen wollt, Lord König«, sagte Eachern und versetzte dem Knaben eine weitere heftige Kopfnuß, »kommt mit Eurem Heer nach Irland, da werden wir Euch zeigen, wie man Erwachsenen mit Prügeln einheizt.«

Mordred war nicht einfach ein ungebärdiger Knabe – damit wären wir fertig geworden –, sondern richtiggehend bösartig. Er war darauf aus, zu verletzen, ja sogar zu töten. Einmal, als er zehn war, fanden wir fünf Nattern in dem dunklen Keller, in dem die Metfässer lagerten. Niemand außer Mordred konnte sie dort hingebracht haben, und das hatte er zweifellos in der Hoffnung getan, daß ein Sklave oder Diener gebissen wurde. Die Kälte, die in dem Keller herrschte, hatte die Schlangen jedoch schläfrig gemacht, so daß wir sie mühelos töten konnten. Einen Monat später aber starb eine Dienerin, nachdem sie Pilze gegessen hatte, bei denen es sich, wie wir anschließend feststellten, um Giftpilze handelte. Niemand wußte, wer die Pilze ausgetauscht hatte, aber alle waren überzeugt, daß es nur Mordred gewesen sein konnte. Es war, wie Ceinwyn sagte, als sitze ein berechnendes Erwachsenenhirn in diesem kampflustigen kleinen Körper. Ich glaube, sie mochte ihn ebensowenig wie ich, aber sie gab sich die größte Mühe, freundlich zu dem Knaben zu sein, und haßte die Prügel, die wir ihm alle verabreichten. »Die machen ihn nur noch bösartiger«, warnte sie mich.

»Das fürchte ich auch«, mußte ich eingestehen.

»Und warum tut ihr es dann?«

Ich zuckte die Achseln. »Weil er es sich sofort zunutze macht, wenn wir ihm mit Freundlichkeit begegnen.« Anfangs, als Mordred nach Lindinis kam, hatte ich mir vorgenommen, den Knaben niemals zu schlagen, doch dieser edle Vorsatz war innerhalb von wenigen Tagen vergessen; und am Ende des ersten Jahres brauchte ich nur sein häßliches, mürrisches, knollennasiges Gesicht zu sehen, um ihn am liebsten übers Knie legen und blutig schlagen zu wollen.

Und schließlich schlug selbst Ceinwyn zu. Sie hatte es wirklich nicht gewollt, aber eines Tages hörte ich sie schreien. Mordred hatte eine Nadel gefunden und stieß sie immer wieder in Morwennas Kopfhaut. Gerade wollte er ausprobieren, was geschähe, wenn er dem Baby die Nadel in die Augen stieß, als Ceinwyn herbeigelaufen kam, um nachzusehen, warum ihre Tochter schrie. Sie riß Mordred hoch in die Luft und versetzte ihm einen so heftigen Schlag, daß er halbwegs durch die Kammer flog. Von da an schliefen unsere Kinder nie mehr allein und wurden ständig von einer Dienerin begleitet – und Mordred hatte Ceinwyns Namen auf die Liste seiner Feinde gesetzt.

»Er ist ganz einfach böse«, erklärte mir Merlin. »Du erinnerst dich doch sicher noch an die Nacht, in der er geboren wurde?«

»Ganz genau«, antwortete ich, denn im Gegensatz zu Merlin war ich wirklich dabeigewesen.

»Sie haben die Christen ans Kreißlager gelassen, oder?« fragte er mich. »Und Morgan erst geholt, als alles schiefging. Welche Vorsichtsmaßnahmen haben die Christen getroffen?«

Ich zuckte die Achseln. »Gebetet. Ich erinnere mich an ein Kruzifix.« Am Kreißlager war ich natürlich nicht gewesen, denn kein Mann durfte eine Gebärkammer betreten, aber ich hatte von Caer Cadarns Wällen aus zugesehen.

»Kein Wunder, daß alles danebenging«, sagte Merlin. »Gebete! Was nützen Gebete gegen einen bösen Geist? Es muß Urin auf der Türschwelle sein, Eisen im Bett, Beifuß im Feuer.« Traurig schüttelte er den Kopf. »Ein böser Geist ist in den Knaben gefahren, bevor Morgan ihm helfen konnte, und deswegen ist auch sein Fuß mißgestaltet. Vermutlich hat sich der Geist an seinen Fuß geklammert, als er merkte, daß Morgan kam.«

»Und wie kriegen wir den Geist heraus?« wollte ich wissen.

»Mit einem Schwert durchs Herz des unglückseligen Kindes«, antwortete er lächelnd und lehnte sich in seinem Sessel zurück.

»Bitte, Lord«, drängte ich ihn. »Wie?«

Merlin zuckte die Achseln. »Der alte Balise meinte, es könnte gelingen, wenn man die besessene Person zwischen zwei Jungfrauen ins Bett legte. Alle drei natürlich nackt.« Er kicherte. »Armer, alter Balise! Er war ein guter Druide, aber bei der überwältigenden Mehrheit seiner Zaubereien mußten sich junge Mädchen ausziehen. Er glaubte nämlich, daß der Geist lieber in einer Jungfrau wohnen wolle, weißt du. Also bot er ihm gleich zwei Jungfrauen an, damit der Geist nicht so recht wußte, welche er wählen sollte; und der Trick dabei war, sie alle in genau dem Moment aus dem Bett zu holen, in dem der Geist aus der besessenen Person kam und sich noch nicht entschieden hatte, in welche Jungfrau er fahren sollte. Und in diesem Moment mußte man sie alle drei aus dem Bett holen und einen Feuerbrand ins Bettstroh werfen. Der sollte den Geist zu Rauch verbrennen, weißt du, aber mir kam das eigentlich nie sehr sinnvoll vor. Ich muß gestehen, daß ich mich einmal an dieser Methode versucht habe. Ich wollte einen armen alten Narren namens Malldyn heilen; aber alles, was ich damit erreicht habe, war ein Verrückter, der immer noch total durchgedreht war, zwei verschreckte Sklavenmädchen und alle drei ein bißchen angeschmort.« Er seufzte. »Wir haben Malldyn auf die Toteninsel geschickt. Dort war er am besten aufgehoben. Könntest du Mordred nicht dahin bringen?«

Auf die Toteninsel schickten wir unsere unheilbar Verrückten. Auch Nimue war einst dortgewesen, aber ich hatte sie aus diesem Grauen gerettet. »Das würde Arthur niemals zulassen«, sagte ich.

»Vermutlich nicht. Ich werde es mit einem Zauber für dich versuchen, aber ich kann nichts versprechen.« Merlin lebte inzwischen bei uns. Er war ein alter Mann geworden, der langsam dahinsiechte, das heißt, uns kam es jedenfalls so vor; denn der Brand, der Der Tor vernichtete, hatte ihm auch all seine Energie geraubt, und mit der Energie hatte sich sein Traum, die Kleinodien Britanniens zusammenzubringen, verflüchtigt. Alles, was jetzt noch blieb, war eine ausgetrocknete Hülle, die immer älter wurde. Stundenlang saß er in der Sonne oder im Winter zusammengesunken vor einem Feuer. Seine Druidentonsur behielt er bei, aber er flocht seinen Bart nicht mehr, sondern ließ ihn wild und weiß wuchern. Er aß sehr wenig, war aber immer zu einem Gespräch bereit, obwohl er weder über Dinas und Lavaine noch über jenen schrecklichen Moment reden wollte, als Cerdic ihm den Bartzopf abgeschnitten hatte. Meiner Ansicht nach war es ebensosehr diese Schändung wie der Blitzeinschlag in seinem Turm, der Merlin das Leben aus dem Leib sog, und dennoch bewahrte er sich einen winzigen, flackernden Funken Hoffnung. Er war überzeugt, daß der Kessel nicht verbrannt, sondern gestohlen worden war, und zu Beginn unseres Aufenthalts in Lindinis bewies er mir das in unserem Garten. Er baute einen kleinen Turm aus Feuerholz, stellte einen goldenen Becher hinein, legte eine Handvoll Zunder um den Fuß und ließ sich sodann aus den Küchen Feuer bringen.

Selbst Mordred benahm sich an jenem Nachmittag. Feuer pflegte den König zu faszinieren, und so sah er mit großen Augen zu, wie das Turmmodell im Sonnenschein brannte. Das aufgestapelte Feuerholz brach zum Innenraum hin zusammen, aber die Flammen loderten weiter, und es war schon fast dunkel, als Merlin sich eine Gartenharke holte, damit in der Asche stocherte – und den goldenen Becher herausholte, der zwar so zerschmolzen war, daß man ihn nicht mehr als Becher erkennen konnte, aber immer noch Gold war. »Ich bin am Morgen nach dem Brand auf Der Tor eingetroffen, Derfel«, erklärte er mir, »und habe die Asche immer wieder durchwühlt. Ich habe jedes verkohlte Stück Holz per Hand entfernen lassen, ich habe die Asche gesiebt, ich habe die Reste durchgeharkt, aber ich habe kein Gold gefunden. Keinen einzigen Tropfen. Der Kessel wurde gestohlen und anschließend der Turm in Brand gesetzt. Wie ich vermute, wurden die Kleinodien zum selben Zeitpunkt gestohlen, denn sie lagerten alle zusammen dort, das heißt, bis auf den Streitwagen und das andere.«

»Welches andere?«

Einen Moment sah es aus, als wollte er nicht antworten. Dann zuckte er die Achseln, als spielte es jetzt auch keine Rolle mehr. »Rhydderchs Schwert. Du kennst es als Caledfwlch.« Er sprach von Arthurs Schwert. Excalibur.

»Ihr habt es ihm gegeben, obwohl es eins der Kleinodien ist?« fragte ich ihn verblüfft.

»Warum nicht? Er hat geschworen, es mir zurückzugeben, sobald ich es brauche. Er weiß nicht, daß es Rhydderchs Schwert ist, Derfel, und du mußt mir versprechen, daß du es ihm nicht sagst. Wenn er es erfährt, wird er nur irgendwas Dummes tun, es zum Beispiel einschmelzen lassen, um zu beweisen, daß er sich nicht vor den Göttern fürchtet. Arthur ist manchmal so beschränkt, aber er ist der beste Regent, den wir haben. Deswegen habe ich mich entschlossen, ihm ein bißchen geheime Extra-Macht zu verleihen, indem ich ihn Rhydderchs Schwert benutzen lasse. Er würde natürlich verächtlich lachen, wenn er davon wüßte, aber eines Tages wird sich die Klinge in eine Flamme verwandeln, und dann wird er ganz bestimmt nicht mehr lachen.«

Ich wollte mehr über das Schwert wissen, aber er wollte mir nichts erzählen. »Es ist nicht mehr wichtig«, behauptete er, »es ist alles vorbei. Die Kleinodien sind verschwunden. Nimue wird vermutlich nach ihnen suchen, aber ich selbst bin zu alt, viel zu alt.«

Ich mochte es nicht, wenn er so redete. Erst hatte er so viel Mühe darauf verwendet, die Kleinodien zu sammeln, und nun schien er sie ganz einfach abgeschrieben zu haben. Selbst der Kessel, für den wir die Dunkle Straße auf uns genommen hatten, schien ihm nicht mehr wichtig zu sein. »Wenn die Kleinodien noch existieren, Lord«, wandte ich ein, »ist es auch möglich, sie zu finden.«

Er lächelte nachsichtig. »Sie werden gefunden werden«, versicherte er. »Selbstverständlich werden sie gefunden werden.«

»Und warum sucht Ihr dann nicht nach ihnen?«

Er seufzte, als wären ihm meine Fragen lästig. »Weil sie versteckt worden sind, Derfel, und weil ihr Versteck mit einem Tarnzauber belegt wurde. Das weiß ich. Ich kann es spüren. Also müssen wir warten, bis jemand versucht, den Kessel zu benutzen. Sobald das geschieht, werden wir es erfahren, denn nur ich weiß, wie man den Kessel richtig benutzt. Sobald ein anderer seine Kräfte herbeiruft, werden sie Grauen über Britannien verbreiten.« Er zuckte die Achseln. »Wir werden auf das Grauen warten, Derfel. Dann begeben wir uns mitten hinein, und dort werden wir den Kessel finden.«

»Und wer, glaubt Ihr, hat ihn Euch gestohlen?« wollte ich wissen.

Er breitete hilflos die Hände aus. »Lancelots Männer? Möglicherweise für Cerdic. Aber vielleicht auch für diese beiden Silurier-Zwillinge. Ich hatte sie wohl unterschätzt. Nun, das spielt jetzt keine Rolle mehr. Nur die Zeit wird erweisen, wer ihn hat, Derfel, nur die Zeit wird es erweisen. Warten wir ab, bis das Grauen zutage tritt, dann werden wir ihn finden.« Er schien es zufrieden, warten zu müssen. Während er wartete, erzählte er alte Geschichten und ließ sich neue erzählen. Von Zeit zu Zeit schlurfte er in seine Kammer am äußeren Hof, um irgendeinen Zauber zu wirken, gewöhnlich zu Morwennas Schutz. Er sagte noch immer die Zukunft voraus, gewöhnlich, indem er eine dünne Schicht kalter Asche auf die Steinplatten im Hof streute und eine Ringelnatter durch den Staub schlängeln ließ, damit er ihre Spur lesen konnte; wie ich jedoch bemerkte, waren seine Weissagungen stets schmeichelhaft und optimistisch. Er hatte keine Freude an dieser Aufgabe. Zwar verfügte er immer noch über einige Macht, denn als Morwenna an einem Fieber erkrankte, machte er einen Talisman aus Wolle und Bucheckernschalen und gab ihr anschließend ein Gebräu aus zerquetschten Bohrasseln, das das Fieber sofort verschwinden ließ. Wenn Mordred krank wurde, ersann er jedesmal Zaubersprüche, die die Krankheit verschlimmern sollten, aber sie schwächten den König niemals so sehr, daß er starb. »Der Dämon beschützt ihn«, erklärte Merlin, »und ich bin inzwischen zu schwach, um es mit jungen Dämonen aufzunehmen.« Dann lehnte er sich in seine Kissen zurück und lockte eine der Katzen auf seinen Schoß. Er hat Katzen immer geliebt, und in Lindinis hatten wir eine Menge davon. Merlin fühlte sich recht wohl in unserem Palast. Er und ich, wir waren Freunde, Ceinwyn und unsere wachsende Töchterschar liebte er heiß und innig, und versorgt wurde er von Gwlyddyn, Ralla und Caddwg, seinen alten Dienern vom Tor. Gwlyddyn und Rallas Kinder wuchsen mit den unsrigen auf, und alle verbündeten sich gegen Mordred. Als der König zwölf Jahre alt war, hatte Ceinwyn bereits fünfmal geboren. Die drei Mädchen blieben am Leben, die beiden Knaben starben jedoch innerhalb einer Woche nach der Geburt, und Ceinwyn machte Mordreds bösen Geist für ihren Tod verantwortlich. »Der will keine anderen Knaben im Palast«, sagte sie traurig, »nur Mädchen.«

»Mordred wird bald nicht mehr da sein«, tröstete ich sie, denn ich zählte die Tage bis zu seinem fünfzehnten Geburtstag, an dem er zum König ausgerufen werden sollte.

Arthur zählte die Tage ebenfalls, wenn auch mit einiger Besorgnis, denn er fürchtete, daß Mordred alles zunichte machen würde, was er aufgebaut hatte. Er kam in jenen Jahren häufig nach Lindinis. Wir hörten Hufschlag im äußeren Hof, die Tür flog auf, und seine Stimme hallte durch die riesigen, halbleeren Räume des Palastes. »Morwenna! Seren! Dian!« rief er, und schon kamen unsere drei goldhaarigen Töchter herbeigelaufen oder -getippelt, um sich von ihm in die Arme nehmen und sodann mit Geschenken verwöhnen zu lassen: mit einer Wabe voll Honig, kleinen Broschen oder dem zarten, spiralförmigen Haus einer Schnecke. Dann kam er, behängt mit Töchtern, in den Raum, in dem wir uns gerade aufhielten, und brachte uns die neuesten Nachrichten: eine wiederaufgebaute Brücke, ein neuer Gerichtshof, ein ehrlicher Beamter, den er gefunden hatte, ein Straßenräuber, der hingerichtet worden war. Oder er erzählte von Naturwundern: einer Seeschlange, die vor der Küste gesichtet worden war, einem neugeborenen Kalb mit fünf Beinen oder – einmal – von einem Gaukler, der Feuer fraß. »Wie geht es dem König?« fragte er jedesmal, nachdem er uns all diese Wunderdinge berichtet hatte.

»Der König wächst«, antwortete Ceinwyn unfehlbar und nichtssagend, und Arthur stellte keine weiteren Fragen.

Dann erzählte er uns von Guinevere, und diese Neuigkeiten waren ausnahmslos gut, obwohl Ceinwyn und ich argwöhnten, daß sich hinter seiner Begeisterung eine seltsame Einsamkeit verbarg. Er war zwar nie allein, aber ich glaube, daß er jene verwandte Seele, nach der er sich so sehr sehnte, niemals fand. Früher hatte sich Guinevere ebenso eifrig für die Aufgabe des Regierens interessiert wie Arthur, richtete ihre Energie inzwischen aber fast nur noch auf ihren Isiskult. Arthur, dem religiöser Eifer stets Unbehagen bereitete, gab vor, sich für die Göttin seiner Gemahlin zu interessieren, in Wahrheit jedoch fand er wohl, daß Guinevere ihre Zeit mit der Suche nach einer Macht, die gar nicht existierte, nur verschwende, genau wie wir einst unsere Zeit mit der Suche nach dem Kessel verschwendet hatten.

Guinevere schenkte ihm nur den einen Sohn. Entweder, meinte Ceinwyn, schliefen sie getrennt, oder Guinevere verwendete weibliche Magie, um eine Empfängnis zu verhindern. In jedem Dorf gab es eine weise Frau, die wußte, welche Kräuter dazu nötig waren, genauso, wie sie wußte, mit welchen Substanzen man ein Kind abtreiben oder eine Krankheit heilen konnte. Arthur hätte gern mehr Kinder gehabt, das wußte ich, denn er liebte Kinder und war fast immer am glücklichsten, wenn er Gwydre zu einem längeren Besuch in unseren Palast mitbrachte. Arthur und sein Sohn vergnügten sich mit der wilden Horde zerlumpter, filzhaariger Kinder, die unbeschwert in Lindinis herumtobten, aber sorgsam den mürrischen, finsteren Mordred mieden. Gwydre spielte mit unseren dreien, mit Rallas dreien und mit den zwei Dutzend Sklaven- oder Dienerkindern, die sich für Kampfspiele zu Miniaturarmeen formierten oder sich Kriegsmäntel ausliehen, die sie im Garten über den niedrigen Ast eines Birnbaums drapierten, um dort Haushalt zu spielen und die Vorgänge im großen Palast zu imitieren. Mordred hatte seine eigenen Kumpane, allesamt Knaben, allesamt Sklavensöhne, und da sie schon älter waren, unternahmen sie weiträumigere Ausflüge. Wir hörten von einer Sichel, die aus einer Hütte gestohlen, einem Stroh- oder Heuhaufen, der in Brand gesteckt, einem Sieb, das zerrissen oder einer frisch gepflanzten Hecke, die niedergetrampelt worden war, und in späteren Jahren hörten wir von Schäfers- oder Bauerntöchtern, die attackiert worden waren.

Arthur hörte sich das alles an, erschauerte und ging, um mit dem König zu reden, aber es half alles nichts.

Guinevere kam selten nach Lindinis, während mich meine Pflichten, die mich in Arthurs Diensten in ganz Dumnonia herumreisen ließen, ziemlich oft in den Winterpalast von Durnovaria führten, wo ich recht häufig auch Guinevere begegnete. Sie war höflich zu mir, aber schließlich waren wir in jenen Tagen alle höflich zueinander, denn Arthur hatte seinen großen Kriegerbund gegründet. Mir hatte er seine Idee damals in Cwm Isaf geschildert, und in den Friedensjahren nach der Schlacht bei London hatte er seine Speerkämpfergilde Realität werden lassen.

Bis heute erinnern sich alte Männer, wenn man die Tafelrunde erwähnt, an damals und kichern über jenen uralten Versuch, Rivalität, Feindseligkeit und Ehrgeiz zu bannen. Die Tafelrunde – das war natürlich nicht der richtige, sondern eher ein Spitzname. Arthur hatte beschlossen, die Vereinigung »Bruderschaft von Britannien« zu benennen, und das klang weitaus eindrucksvoller, aber niemand benutzte diesen Namen. Wenn überhaupt jemand an den Schwur dachte, dachten sie an ihn als den Eid der Tafelrunde, und vermutlich vergaßen sie sogar, daß er uns Frieden bringen sollte. Armer Arthur. Er glaubte wirklich an Brüderlichkeit, und wenn Küsse Frieden schaffen könnten, würden tausend tote Männer auch heute noch leben. Arthur versuchte die Welt zu verbessern, und das Mittel, mit dem er dies bewerkstelligen wollte, war die Liebe.

Die Bruderschaft von Britannien hätte im Winterpalast von Durnovaria gegründet werden sollen – in dem Sommer, nachdem Guineveres Vater Leodegan, vertriebener König von Henis Wyren, an einer Seuche gestorben war. Aber in jenem Juli, da wir uns alle versammeln sollten, kehrte die Seuche nach Durnovaria zurück, so daß Arthur das große Treffen in den Seepalast verlegte, der inzwischen fertig war und schimmernd auf einem Hügel über der kleinen Bucht lag. Lindinis hätte sich für die Einführungsriten besser geeignet, denn der Palast dort war weit größer, aber Guinevere schien ihr neues Zuhause herzeigen zu wollen. Es verschaffte ihr zweifellos Befriedigung, Britanniens grobe, langhaarige, rauhbärtige Krieger durch die zivilisierten Gänge und schattigen Arkaden streifen zu sehen. Diese Schönheit, schien sie uns sagen zu wollen, diese Schönheit ist es, die ihr zu schützen habt. Allerdings sorgte sie vorsichtshalber dafür, daß nur wenige von uns innerhalb der Mauern der ausgebauten Villa nächtigten. Wir schliefen draußen, und es war uns, ehrlich gesagt, auch lieber so.

Ceinwyn begleitete mich. Sie fühlte sich nicht wohl, denn die Zeremonie fand kurz nach der Geburt unseres dritten Kindes statt, eines Knaben, und es war ein schwieriges Wochenbett gewesen, nach dem Ceinwyn unendlich geschwächt und das Kind tot war, aber Arthur hatte sie gebeten, mitzukommen. Er wollte, daß sich alle Lords von Britannien dort versammelten, und obzwar niemand aus Gwynedd, Elmet und den anderen nördlichen Reichen kam, nahmen viele andere die lange Reise auf sich. Aus Dumnonia waren praktisch alle mächtigen Herren anwesend. Cuneglas von Powys kam, Meurig von Gwent war dort, Prinz Tristan von Kernow nahm teil, und natürlich Lancelot; und all diese Könige brachten Lords, Druiden, Bischöfe und Häuptlinge mit, so daß die Zelte und Unterstände einen weiten Halbkreis um den Hügel des Seepalastes bildeten. Mordred, der damals neun Jahre alt war, kam mit uns beiden, und zu Guineveres Mißvergnügen wurden ihm, wie den anderen Königen, Räume innerhalb des Palastes zugewiesen. Merlin verweigerte die Teilnahme. Er sei zu alt für solch einen Unsinn, behauptete er. Galahad wurde zum Marschall der Bruderschaft ernannt und saß der Versammlung gemeinsam mit Arthur vor, und genau wie Arthur glaubte auch er von ganzem Herzen an die Idee.

Ich gestand es Arthur nie, aber mir war das Ganze peinlich. Er hatte sich vorgestellt, daß wir einander alle Frieden und Freundschaft schworen, all unsere Feindseligkeiten begruben und einen Eid ablegten, der es jedem Mitglied der Bruderschaft von Britannien verbot, den Speer gegen ein anderes Mitglied zu erheben. Doch selbst die Götter schienen sich über diese hochfliegenden Ambitionen lustig zu machen, denn der Tag der Zeremonie zog kalt und düster herauf – aber es begann nicht richtig zu regnen, und das war, wie Arthur behauptete, der das Ganze fast lächerlich optimistisch betrachtete, ein äußerst vielversprechendes Zeichen.

Weder Schwerter noch Speere, noch Schilde wurden während der Zeremonie getragen. Die Feierlichkeiten fanden im großen Lustgarten des Seepalastes statt, zwischen zwei neu erbauten Arkaden, die sich auf Graswällen bis zum Wasser hinabzogen. Von den Arkaden, in denen zwei Chöre festliche Melodien sangen, um der Zeremonie die entsprechende Würde zu verleihen, hingen lange Banner herab. Am Nordende des Gartens, dicht neben einer großen Bogentür, die in den Palast führte, war ein Tisch aufgestellt worden. Zufällig war es ein runder Tisch. Der Form wurde jedoch keinerlei Bedeutung beigemessen – es war eben der Tisch gewesen, der am einfachsten in den Garten geschafft werden konnte. Der Tisch war nicht sehr groß, im Durchmesser vielleicht so breit wie die ausgestreckten Arme eines Mannes, doch ich erinnere mich, daß er sehr schön war. Natürlich stammte er von den Römern und war aus einem weißen, durchsichtigen Stein, in den jemand ein wunderliches Pferd mit großen, ausgebreiteten Schwingen geschnitzt hatte. Eine der Schwingen durchzog ein tiefer Riß, aber der Tisch war dennoch ein eindrucksvolles Objekt und das geflügelte Pferd ein echtes Wunder. Sagramor sagte, auf all seinen Reisen habe er nirgendwo ein solches Tier gesehen, behauptete aber, solche Pferde gebe es in den geheimnisvollen Ländern, die hinter den Meeren aus Sand lagen, wo immer das sein mochte. Sagramor hatte Malla, seine stämmige Sächsin, inzwischen geheiratet und war Vater von zwei Söhnen geworden.

Die einzigen, die bei der Zeremonie Schwerter tragen durften, waren die Könige und Prinzen. Mordreds Schwert lag auf dem Tisch, kreuzweise darüber die Klingen von Lancelot, Meurig, Cuneglas, Galahad und Tristan. Einer nach dem anderen traten wir vor, Könige, Prinzen, Häuptlinge und Lords, und legten die Hand auf den Punkt, an dem sich die sechs Klingen berührten, um Arthurs Eid zu schwören, der uns zu Frieden und Freundschaft verpflichtete. Ceinwyn hatte den neunjährigen Mordred neu eingekleidet und ihm die Haare geschnitten und gekämmt, um die beiden lockigen Bürsten zu bändigen, die von seinem Schädel abstanden; aber trotz all ihrer Bemühungen war er eine unbeholfene Gestalt, als er auf seinem Klumpfuß herbeigehinkt kam, um kaum vernehmbar den Eid zu murmeln. Wie ich gestehen muß, war der

Moment, da ich die Hand auf die sechs Klingen legte, überaus feierlich; wie die meisten der anwesenden Herren hegte ich die feste Absicht, den Eid zu halten. Natürlich galt der Eid nur für Männer, denn in Arthurs Augen ging die Frauen das alles nichts an, obwohl zahlreiche Damen auf der Terrasse über der Bogentür standen und der endlosen Zeremonie beiwohnten. Und endlos war sie, die Zeremonie. Ursprünglich hatte Arthur die Bruderzugehörigkeit auf jene verschworenen Krieger beschränken wollen, die gegen die Sachsen gekämpft hatten, sie aber inzwischen auf jeden großen Mann ausgedehnt, den er in den Palast locken konnte. Und als die Schwüre geleistet waren, schwor er seinen eigenen Eid und stellte sich anschließend auf die Terrasse, um uns zu erklären, daß der Eid, den wir soeben abgelegt hatten, ebenso heilig sei wie jeder andere Eid, und daß wir versprochen hätten, Frieden in Britannien zu halten, und falls einer von uns diesen Frieden bräche, sei es die Eidespflicht der anderen Mitglieder der Bruderschaft, den Übeltäter zu bestrafen. Dann forderte er uns auf, einander zu umarmen, und anschließend begann natürlich das Trinkgelage.

Doch die Feierlichkeiten des Tages waren damit noch nicht beendet. Arthur hatte genau beobachtet, welche Männer Umarmungen gewisser anderer Männer mieden, und befahl diese Widerwilligen dann nacheinander in die große Palasthalle, wo Arthur darauf bestand, daß sie sich miteinander versöhnten. Arthur selbst ging mit gutem Beispiel voran, indem er zuerst Sansum und dann Melwas umarmte, den entthronten König der Belgen, den Arthur nach Isca ins Exil geschickt hatte. Melwas ergab sich mit polternder Gutmütigkeit in den Friedenskuß, starb aber einen Monat später, nachdem er zum Frühstück verdorbene Austern gegessen hatte. Das Schicksal, wie Merlin uns genüßlich zu belehren pflegte, ist unerbittlich.

Diese intimeren Versöhnungen verzögerten natürlich das Festmahl, das in der großen Halle stattfinden sollte, in der Arthur gerade Feinde miteinander aussöhnte; daher wurde immer mehr Met in den Garten hinausgetragen, wo die gelangweilten Krieger warteten und zu erraten suchten, welche von ihnen als nächste zu Arthurs Friedensstiftung gerufen werden würden. Daß man mich rufen würde, wußte ich, denn ich war Lancelot während der gesamten Zeremonie absichtlich aus dem Weg gegangen, und tatsächlich hatte mich Hygwydd, Arthurs Schildknappe, bald gefunden und bestand darauf, daß ich ihn in die große Halle begleitete, wo mich, wie befürchtet, Lancelot mit seinen Höflingen erwartete. Arthur hatte Ceinwyn überredet, ebenfalls anwesend zu sein, und, um es ihr angenehmer zu machen, außerdem ihren Bruder Cuneglas dazugebeten. Also standen wir zu dritt auf einer Seite der Halle, und auf der anderen wartete Lancelot mit seinen Männern, während Arthur, Galahad und Guinevere auf dem Podium saßen, wo die Hohe Tafel für das Festmahl bereit stand. Arthur strahlte uns wohlwollend an. »In diesem Raum«, erklärte er, »habe ich einige meiner liebsten Freunde zusammengerufen. König Cuneglas, den besten Verbündeten, den ein Mann in Krieg oder Frieden haben kann, König Lancelot, dem ich wie ein Bruder verschworen bin, Lord Derfel Cadarn, den tapfersten all meiner tapferen Männer, und die liebe Prinzessin Ceinwyn.« Er lächelte.

Ich stand so steif wie eine Vogelscheuche im Erbsenfeld. Ceinwyn blickte anmutig drein, Cuneglas starrte zur bemalten Decke der Halle empor, Lancelot verzog finster das Gesicht, Amhar und Loholt versuchten eine kriegerische Miene aufzusetzen, während Dinas und Lavaine nichts als Verachtung auf ihren harten Gesichtern erkennen ließen. Guinevere beobachtete uns aufmerksam, aber ihr eindrucksvolles Gesicht verriet nicht das geringste – obwohl ich argwöhnte, daß sie für diese erfundene Zeremonie, die ihrem Gemahl so am Herzen lag, nicht weniger Verachtung übrig hatte als Dinas und Lavaine. Arthur wünschte sich inbrünstig Frieden, und nur ihm und Galahad schien die Situation kein Unbehagen zu bereiten.

Als keiner von uns sprach, breitete Arthur die Arme aus und kam vom Podium herab. »Ich verlange, daß das böse Blut, das zwischen Euch herrscht, jetzt sofort vergossen wird«, sagte er. »Einmal vergossen und dann vergessen.«

Abermals wartete er. Ich scharrte mit den Füßen, während Cuneglas an seinen langen Schnauzbartenden zupfte.

»Bitte«, sagte Arthur.

Ceinwyn zuckte ganz leicht die Achseln. »Es tut mir leid, daß ich König Lancelot verletzt habe«, sagte sie.

Hocherfreut, daß das Eis zu schmelzen begann, lächelte Arthur dem Belgenkönig zu. »Lord König?« versuchte er Lancelot eine Reaktion zu entlocken. »Werdet Ihr ihr vergeben?«

Lancelot, an diesem Tag ganz in Weiß, warf ihr einen flüchtigen Blick zu und verneigte sich vor ihr.

»Soll das eine Vergebung sein?« knurrte ich bissig.

Lancelot errötete, riß sich aber sofort zusammen und tat Arthur den Gefallen. »Ich hege keinen Groll gegen Prinzessin Ceinwyn«, erklärte er steif.

»Na also!« Arthur freute sich über die widerwillig hervorgestoßenen Worte und breitete wieder die Arme aus – ein Zeichen, daß sich die beiden zu ihm bemühen sollten. »Umarmt Euch«, sagte er. »Ich bestehe auf meinem Frieden!«

Beide traten vor, küßten einander auf die Wange und zogen sich wieder zurück. Diese Geste war in etwa so warm wie jene sternklare Nacht, in der wir zwischen den Felsen am Llyn Cerrig Bach rings um den Kessel gewartet hatten, aber sie stellte Arthur zufrieden. »Derfel« – dabei sah er mich an – »werdet Ihr den König ebenfalls umarmen?«

Ich stählte mich für die Auseinandersetzung. »Ich werde ihn umarmen, Lord«, erklärte ich, »sobald seine Druiden ihre Drohungen gegen Prinzessin Ceinwyn zurückgenommen haben.«

Alle schwiegen. Guinevere seufzte und klopfte mit der Fußspitze auf die Mosaiken des Podiums, die Mosaiken, die sie aus Lindinis mitgenommen hatte. Sie sah hinreißend wie immer aus. Sie trug ein schwarzes Gewand, das mit Dutzenden von kleinen, silbernen Halbmonden bestickt war. Ihr rotes Haar war zu Zöpfen geflochten, die sie sich um den Kopf gelegt und mit zwei drachenförmigen goldenen Spangen befestigt hatte. Um den Hals trug sie jene barbarische sächsische Goldkette, die Arthur ihr nach einer längst vergangenen Schlacht gegen Aelle übersandt hatte. Damals hatte sie mir erklärt, die Kette gefalle ihr nicht, aber sie stand ihr hervorragend. Möglich, daß sie die Zeremonien dieses Tages verachtete, aber sie gab sich trotz allem größte Mühe, ihrem Gemahl zur Seite zu stehen. »Welche Drohungen?« fragte sie mich eiskalten Tones.

»Die beiden wissen, welche«, sagte ich und starrte die Zwillinge an.

»Wir haben keine Drohungen geäußert«, erklärte Lavaine rundweg.

»Aber Ihr könnt Sterne verschwinden lassen«, warf ich ihm vor.

Dinas gestattete sich ein träges Lächeln, das auf seinem brutalen, doch hübschen Gesicht erschien. »Der kleine Papierstern, Lord Derfel?« fragte er mit gespielter Überraschung. »Ist es das, wodurch Ihr Euch beleidigt fühlt?«

»Es war Eure Drohung.«

»Mein Lord!« wandte sich Dinas an Arthur. »Das war ein Kindertrick. Und hatte nichts zu bedeuten.«

Arthur blickte von mir zu den Druiden. »Seid Ihr bereit, das zu beschwören?« wollte er wissen.

»Beim Leben meines Bruders«, antwortete Dinas.

»Und Merlins Bart?« fragte ich ihn. »Habt Ihr den denn immer noch?«

Guinevere seufzte, als wollte sie andeuten, daß ich sie allmählich langweile. Galahad krauste die Stirn. Draußen vor dem Palast wurden die Stimmen der Krieger vom Met immer lauter und heiserer.

Lavaine sah Arthur an. »Es stimmt, Lord«, sagte er ehrerbietig, »wir hatten tatsächlich eine Strähne von Merlins Bart in unserem Besitz. Man hatte sie ihm abgeschnitten, als er König Cerdic beleidigte. Aber wir haben sie verbrannt, Lord. Das schwöre ich bei meinem Leben.«

»Wir kämpfen nicht gegen alte Männer«, knurrte Dinas und warf dann einen Blick zu Ceinwyn hinüber. »Oder gegen Frauen.«

Arthur lächelte erfreut. »Kommt, Derfel«, sagte er, »umarmt Euch. Ich wünsche mir Frieden zwischen meinen besten Freunden.«

Ich zögerte immer noch, doch Ceinwyn und ihr Bruder drängten mich vorwärts, und so kam es, daß ich Lancelot zum zweiten und letzten Mal in meinem Leben umarmte. Dieses Mal flüsterten wir uns keine Beleidigungen ins Ohr, wie wir es beim ersten Mal getan hatten, sondern sagten gar nichts. Wir küßten uns einfach und traten auseinander.

»Zwischen Euch wird von nun an Frieden herrschen«, verlangte Arthur.

»Ich schwöre es, Lord«, antwortete ich zähneknirschend.

»Ich hege keinen Groll gegen ihn«, antwortete Lancelot nicht weniger eisig.

Mit dieser halbherzigen Versöhnung mußte sich Arthur zufriedengeben, und dennoch stieß er einen tiefen Seufzer der Erleichterung aus, als hätte er den schwierigsten Teil dieses Tages hinter sich gebracht. Er umarmte uns beide und bestand darauf, daß Guinevere, Galahad, Ceinwyn und Cuneglas herbeikamen und ebenfalls Küsse austauschten.

Unsere Feuerprobe war vorüber. Arthurs letzte Opfer waren seine eigene Gemahlin und Mordred, und da ich das nicht mit ansehen wollte, zog ich Ceinwyn zur Tür hinaus. Auf Arthurs Bitte blieb ihr Bruder jedoch zurück, so daß wir beide endlich allein waren. »Es tut mir leid«, sagte ich zu ihr.

Ceinwyn zuckte die Achseln. »Es war unvermeidlich.«

»Aber ich traue dem Bastard immer noch nicht«, sagte ich rachsüchtig.

Sie lächelte. »Du, Derfel Cadarn, bist ein großer Krieger, und er ist Lancelot. Fürchtet der Wolf etwa den Hasen?«

»Er fürchtet die Schlange«, sagte ich bedrückt. Da ich im Moment keine Lust hatte, meinen Freunden gegenüberzutreten und die Versöhnung mit Lancelot zu beschreiben, führte ich Ceinwyn durch die bezaubernden Räume des Seepalastes mit ihren Säulenwänden, verzierten Böden und schweren Bronzelampen, die an langen Eisenketten von den mit Jagdszenen bemalten Decken herabhingen. Ceinwyn fand den Palast unermeßlich prächtig, aber auch kalt. »Genau wie die Römer«, sagte sie.

»Genau wie Guinevere«, gab ich zurück. Wir entdeckten eine Treppe, die in einige von Geschäftigkeit erfüllte Küchen hinabführte, und von dort aus eine Tür zu den hinteren Gärten, in denen in wohlgeordneten Beeten Obst und Kräuter gediehen. Als wir an der frischen Luft waren, gestand ich ihr: »Ich kann mir nicht vorstellen, daß diese Bruderschaft von Britannien jemals etwas bewirken wird.«

»Doch, das wird sie«, sagte Ceinwyn. »Solange nur möglichst viele von euch den Eid ernst nehmen.«

»Mag sein.« Ich war unvermittelt stehengeblieben, denn zu meiner Verlegenheit sah ich vor mir eine Gestalt, die sich von einem Petersilienbeet aufrichtete: Guineveres jüngere Schwester Gwenhwyvach.

Ceinwyn begrüßte sie voll Freude. Ich hatte vergessen, daß sie in den langen Jahren von Guineveres und Gwenhwyvachs Exil in Powys Freundinnen geworden waren. Nachdem sie sich umarmt und geküßt hatten, kamen Ceinwyn und Gwenhwyvach zu mir herüber. Ich dachte, sie könnte es mir übelnehmen, daß ich sie nicht geheiratet hatte, aber sie schien keinen Groll zu hegen. »Ich bin jetzt die Gärtnerin meiner Schwester«, erklärte sie mir.

»Ich hoffe nicht, Lady«, entgegnete ich.

»Nicht offiziell«, sagte sie trocken, »und meine hohen Ämter als Oberhaushälterin oder Hundeaufseherin habe ich auch nicht offiziell inne, aber irgend jemand muß diese Aufgaben übernehmen; und als Vater starb, hat er Guinevere das Versprechen abgenommen, sich um mich zu kümmern.«

»Es tut mir leid, daß dein Vater verstorben ist«, sagte Ceinwyn.

Gwenhwyvach zuckte die Achseln. »Er ist einfach immer mehr abgemagert, bis eines Tages nichts mehr von ihm da war.« Gwenhwyvach selbst war keineswegs abgemagert, sondern im Gegenteil sehr fett geworden, eine dicke, rotgesichtige Frau, die in ihrem erdverschmierten Gewand und der schmutzigen weißen Schürze eher wie eine Bauersfrau wirkte denn wie eine Prinzessin. »Ich wohne dort drüben.« Sie deutete auf ein solides Holzhaus, das etwa hundert Schritt vom Palast entfernt stand. »Meine Schwester gestattet mir, jeden Tag zu arbeiten, erwartet aber, daß ich beim Abendläuten aus ihrem Blickfeld verschwunden bin. Weil kein Schandfleck den Seepalast verunstalten darf.«

»Aber Lady!« protestierte ich gegen ihre Selbstherabwürdigung.

Gwenhwyvach winkte ab. »Ich bin glücklich«, sagte sie trübe. »Ich führe die Hunde zu weiten Spaziergängen aus und unterhalte mich mit den Bienen.«

»Komm zu uns nach Lindinis«, schlug Ceinwyn vor.

»Das würde man mir niemals gestatten!« antwortete Gwenhwyvach in gespieltem Entsetzen.

»Warum denn nicht?« wollte Ceinwyn wissen. »Wir haben genügend Räume übrig. Bitte!«

Gwenhwyvach lächelte verschmitzt. »Ich weiß zuviel, Ceinwyn, darum. Ich weiß, wer kommt, wer bleibt und was sie treiben.« Da keiner von uns Lust hatte, diesen Andeutungen nachzugehen, schwiegen wir, aber Gwenhwyvach hatte das Bedürfnis zu reden. Sie muß sehr einsam gewesen sein, und Ceinwyn war ein freundliches, liebevolles Gesicht aus der Vergangenheit. Unvermittelt warf Gwenhwyvach die Kräuter hin, die sie eben erst geerntet hatte, und drängte uns eifrig zum Palast hinüber. »Wartet, ich zeig's euch«, sagte sie.

»Ich bin sicher, daß das nicht nötig ist«, wehrte Ceinwyn ab, die sich vor dem fürchtete, was dort eventuell ans Licht kommen würde.

»Du darfst es sehen«, wandte sich Gwenhwyvach an Ceinwyn, »Derfel aber nicht. Oder sollte es nicht sehen. Männer dürfen den Tempel nicht betreten.«

Sie führte uns zu einer Tür am Fuß einer kleinen Backsteintreppe, die, nachdem sie sie aufgestoßen hatte, in ein großes, von riesigen Bogen aus römischem Backstein getragenes Kellergewölbe führte. »Hier lagert der Wein«, erklärte Gwenhwyvach und zeigte auf die Krüge und Schläuche in den Regalen. Sie hatte die Tür offengelassen, damit ein Schimmer Tageslicht das staubige, düstere Gewirr der Bogen durchdringen konnte. »Hier entlang«, sagte sie und verschwand zwischen ein paar Säulen zu unserer Rechten.

Wir folgten ihr ein wenig langsamer. Je weiter wir uns vom Tageslicht an der Kellertür entfernten, desto vorsichtiger tasteten wir uns voran. Wir hörten, daß Gwenhwyvach einen Türriegel hob, und als sie eine Tür öffnete, wehte ein kalter Lufthauch an uns vorüber. »Ist das der Isistempel?« fragte ich sie.

»Ihr habt davon gehört?« Gwenhwyvach schien enttäuscht zu sein.

»Guinevere hat mir ihren Tempel in Durnovaria gezeigt«, sagte ich. »Vor Jahren schon.«

»Den hier würde sie Euch nicht zeigen«, behauptete Gwenhwyvach und zog die dicken, schwarzen Vorhänge beiseite, die einige Fuß weit innerhalb der Tempeltür hingen. Ceinwyn und ich standen vor Guineveres persönlichem Schrein. Aus Angst vor dem Zorn ihrer Schwester wollte Gwenhwyvach mich nicht weiter gehen lassen als bis zu der kleinen Vorhalle, die zwischen der Tür und den dicken Vorhängen lag. Ceinwyn führte sie jedoch zwei Stufen hinab in den langgestreckten Raum, der einen Fußboden aus poliertem, schwarzen Stein besaß, Wände und eine gewölbte Decke, die mit Pech bestrichen waren, ein schwarzes Steinpodium mit einem schwarzen Steinthron darauf und hinter dem Thron einen weiteren schwarzen Vorhang. Vor dem niedrigen Podium befand sich eine flache Grube, die, wie ich wußte, während der Isis-Zeremonien mit Wasser gefüllt wurde. Tatsächlich war dieser Tempel fast das genaue Gegenstück zu jenem, den Guinevere mir vor vielen Jahren gezeigt hatte, und auch dem verlassenen Schrein, den wir im Palast von Lindinis gefunden hatten, sehr ähnlich. Der einzige Unterschied war – abgesehen davon, daß dieser Keller größer und niedriger war als die beiden anderen Tempel –, daß man hier Tageslicht hereinließ, denn direkt über der flachen Vertiefung befand sich ein großes Loch in der gewölbten Decke. »Da oben gibt es eine Mauer«, flüsterte Gwenhwyvach und zeigte zu dem Loch hinauf, »die ist übermannshoch, damit das Mondlicht durch den Schacht hereinfallen, aber niemand hereinsehen kann. Klug ausgedacht, findet Ihr nicht?«

Die Existenz des Mondschachtes ließ darauf schließen, daß der Keller sich bis unter den Seitengarten des Palastes erstreckte. Gwenhwyvach bestätigte diese Vermutung. »Dort drüben hat es mal einen Eingang gegeben«, sagte sie und zeigte auf eine gezackte Linie in dem pechverstrichenen Mauerwerk auf halber Länge des Tempels, »damit die Vorräte direkt von draußen in den Keller gebracht werden konnten, aber Guinevere hat das Gewölbe erweitert. Seht Ihr? Und es mit Rasen abgedeckt.«

Der Tempel schien nichts übermäßig Unheimliches an sich zu haben, höchstens seine recht bösartige Schwärze, denn es gab kein Götzenbild, kein Opferfeuer und keinen Altar. Falls überhaupt, wirkte er auf mich eher enttäuschend, denn das Kellergewölbe besaß nichts von der vornehmen Würde der Räume oben. Es wirkte billig, sogar ein wenig schmuddelig. Die Römer, dachte ich, hätten diesen Raum ausgestattet, wie es sich für eine Göttin gehört, aber Guineveres Bemühungen hatten einen gemauerten Keller einfach in eine schwarze Höhle verwandelt, obwohl der niedrige, aus einem einzigen schwarzen Steinblock geschnittene Thron durchaus eindrucksvoll war. Vermutlich war es derselbe Thron, den ich in Durnovaria gesehen hatte. Gwenhwyvach schritt an dem Thron vorbei und zog den schwarzen Vorhang beiseite, damit Ceinwyn eintreten konnte. Die beiden verweilten lange hinter dem Vorhang, doch als wir die Kellerräume verließen, berichtete Ceinwyn, es gäbe dort wirklich nicht viel zu sehen. »Es war einfach ein kleiner schwarzer Raum«, erzählte sie, »mit einem großen Bett und einer Unmenge Mäusekot.«

»Einem Bett?« fragte ich sie argwöhnisch.

»Einem Traumlager«, erklärte Ceinwyn energisch. »Genau wie jenes, das sich auf halber Höhe von Merlins Turm befand.«

»Ist das alles?« fragte ich, immer noch argwöhnisch.

Ceinwyn zuckte die Achseln. »Gwenhwyvach wollte andeuten, daß es auch für andere Zwecke benutzt werde«, antwortete sie mißbilligend, »aber sie hatte keine Beweise und hat schließlich auch zugegeben, daß ihre Schwester dort schläft, um Träume zu empfangen.« Sie lächelte bedrückt. »Die arme Gwenhwyvach scheint mir nicht ganz richtig im Kopf. Sie glaubt, daß Lancelot eines Tages kommen und sie holen wird.«

»Wie bitte?« fragte ich verblüfft.

»Sie ist verliebt in ihn, die Ärmste«, antwortete Ceinwyn. Wir hatten Gwenhwyvach überreden wollen, mit uns an den Festlichkeiten im vorderen Garten teilzunehmen, aber sie weigerte sich. Sie werde dort nicht willkommen sein, vertraute sie uns an und lief unter mißtrauischen Blicken nach rechts und links eilig davon. »Arme Gwenhwyvach«, sagte Ceinwyn und lachte. »Typisch Guinevere, nicht wahr?«

»Was?«

»Einer so exotischen Religion beizutreten! Warum kann sie nicht, wie wir anderen auch, die Götter Britanniens verehren? Aber nein, sie muß sich etwas Fremdes und Kompliziertes aussuchen.« Sie seufzte und schob ihren Arm durch den meinen. »Müssen wir zum Festmahl wirklich bleiben?«

Sie fühlte sich ermüdet, denn sie hatte sich von der Geburt noch nicht erholt. »Arthur wird es verstehen, wenn wir nicht teilnehmen«, sagte ich.

»Aber Guinevere nicht«, gab sie seufzend zurück. »Also sollte ich es lieber durchstehen.«

Wir waren an der langgestreckten Westseite des Palastes entlanggeschlendert, vorbei an der hohen Holzpalisade des Tempel-Mondschachtes, und hatten jetzt das Ende der langen Arkade erreicht. Bevor wir jedoch um die Ecke bogen, hielt ich sie an und legte ihr beide Hände auf die Schultern. »Ceinwyn von Powys«, sagte ich und blickte ihr in das verwunderte, liebliche Gesicht, »ich liebe dich.«

»Ich weiß«, antwortete sie lächelnd, stellte sich auf die Zehenspitzen und küßte mich, bevor wir ein paar Schritte weitergingen, bis wir den Lustgarten des Seepalastes in seiner ganzen Länge vor uns hatten. »Da hast du«, sagte Ceinwyn belustigt zu mir, »Arthurs Bruderschaft von Britannien.«

Der Garten wimmelte von betrunkenen Männern. Man hatte sie zu lange auf das Festmahl warten lassen, daher verabreichten sie einander ausholende Umarmungen und blumige Schwüre ewiger Freundschaft. Einige Umarmungen waren in Ringkämpfe ausgeartet, die rücksichtslos über Guineveres Blumenbeete hinwegrollten. Die Chöre hatten ihre feierliche Musik längst aufgegeben, und einige der Sängerinnen tranken inzwischen mit den Kriegern. Natürlich waren nicht alle Männer betrunken, aber die nüchternen Gäste hatten sich auf die Terrasse zurückgezogen, um die Frauen zu beschützen, von denen viele zu Guineveres Hofdamen gehörten – unter anderem Lunete, meine erste und längst verflossene Geliebte. Auch Guinevere stand auf der Terrasse und starrte voller Entsetzen auf die Trümmerstätte, die aus ihrem Garten gemacht wurde; doch schließlich war es ihre eigene Schuld, denn sie hatte besonders starken Met brauen lassen. Mindestens fünfzig Mann lärmten und zechten jetzt in den Gärten. Einige hatten Blumenstecken aus der Erde gezogen, um damit Scheinschwertkämpfe auszufechten, und mindestens einer hatte Blut im Gesicht, während ein anderer an einem lockeren Zahn herumfingerte und den eidverschworenen Bruder von Britannien, der ihn geschlagen hatte, ausgiebig verfluchte. Irgend jemand hatte sich auf den runden Tisch erbrochen.

Ich half Ceinwyn in die Sicherheit der Arkade hinauf, während unter uns die Bruderschaft von Britannien fluchte und kämpfte und sich gründlich um den Verstand trank.

So begann, obwohl Igraine mir das niemals glauben wird, die Geschichte von Arthurs Bruderschaft von Britannien, die Unwissende noch immer die Tafelrunde nennen.

Ich würde gern sagen, daß der neue Geist des Friedens, den der Eid von Arthurs Tafelrunde gebar, das ganze Königreich glücklich machte; aber der größte Teil der einfachen Leute wußte nicht einmal, daß ein Eid abgelegt worden war. Die meisten Menschen wußten weder, was die Lords taten, noch kümmerte es sie – solange man ihre Felder und Familien in Ruhe ließ. Arthur maß dem Eid natürlich großen Wert bei. Für einen Mann, der behauptete, Eide zu hassen, war er, wie Ceinwyn häufig bemerkte, ganz außerordentlich begierig darauf, sie zu schwören.

Aber wenigstens wurde der Eid damals gehalten, und Britannien gedieh in jenen Jahren des Friedens. Aelle und Cerdic kämpften um die Herrschaft über Lloegyr, und ihr erbitterter Streit verschonte die Britannier von den sächsischen Speeren. Die irischen Könige im westlichen Britannien erprobten, wie immer, ihre Waffen an britannischen Schilden, doch diese Kämpfe waren unbedeutend und sehr vereinzelt, so daß die meisten von uns eine lange Friedenszeit genießen konnten. Mordreds Kronrat, zu dem nun auch ich gehörte, konnte sich mit Gesetzen, Steuern und Gebietsstreitigkeiten befassen, statt sich über Feinde den Kopf zu zerbrechen.

Arthur saß dem Kronrat vor, nahm seinen Platz am Kopfende des Tisches jedoch nie ein, denn dort stand der Thron, der dem König vorbehalten war. Er blieb leer, bis Mordred volljährig wurde. Merlin war zwar offiziell der Hauptberater des Königs, kam aber niemals nach Durnovaria und sagte bei den wenigen Gelegenheiten, da der Rat in Lindinis zusammentrat, nur wenig. Ein halbes Dutzend Ratsmitglieder waren Krieger, von denen die meisten allerdings nie erschienen. Agravain behauptete, diese Geschäfte langweilten ihn, während Sagramor es vorzog, den Frieden an der sächsischen Grenze zu schützen. Die übrigen Ratsmitglieder waren zwei Barden, die sich mit den Gesetzen und Genealogien Britanniens auskannten, zwei hohe Beamte, ein Kaufherr und zwei christliche Bischöfe. Einer der Bischöfe war ein ernster, älterer Mann namens Emrys, der Bedwins Nachfolge in Durnovaria angetreten hatte, der andere war Sansum.

Sansum hatte einst an einer Verschwörung gegen Arthur teilgenommen, und nur wenige waren nicht der Meinung, daß es ihn den Kopf hätte kosten müssen, als diese Verschwörung aufgedeckt wurde – doch irgendwie hatte sich Sansum herausgewunden. Er lernte weder lesen noch schreiben, aber er war ein schlauer Mann und über alle Maßen ehrgeizig. Er kam aus Gwent, wo sein Vater Gerber gewesen war, und hatte es bis zu einem von Tewdrics Priestern gebracht; doch wirklich bekannt wurde er erst dadurch, daß er Arthur und Guinevere vermählte, als sie Caer Sws wie Flüchtlinge hinter sich ließen. Für diesen Dienst wurde er mit dem Posten eines dumnonischen Bischofs und dem Amt als Mordreds Kaplan belohnt, obwohl ihm letzteres wieder abgesprochen wurde, nachdem er mit Nabur und Melwas konspiriert hatte. Eigentlich hätte er von da an als Hüter des Schreins zum heiligen Dornbusch in Bedeutungslosigkeit versinken sollen, aber Sansum konnte Bedeutungslosigkeit nicht ertragen. Er hatte Lancelot vor der Demütigung bewahrt, von den Mithrasanhängern zurückgewiesen zu werden, und sich dadurch Guineveres widerwillige Dankbarkeit gesichert; aber weder die Freundschaft mit Lancelot noch der Waffenstillstand mit Guinevere hätten genügt, ihn in Dumnonias Kronrat aufzunehmen.

Diese Würde hatte er durch seine Vermählung erreicht, und die Frau, die er sich zur Gemahlin nahm, war Arthurs ältere Schwester Morgan – Morgan, Merlins Priesterin und Meisterin der Mysterien, Morgan, die Heidin. Mit dieser Heirat hatte Sansum sämtliche Spuren der Unehre getilgt und war zu den höchsten Höhen der Macht in Dumnonia aufgestiegen. Er war in den Kronrat aufgenommen, zum Bischof von Lindinis ernannt und als Mordreds Kaplan wiedereingesetzt worden. Glücklicherweise hielt ihn seine Abneigung gegen den jungen König vom Palast in Lindinis fern. Er übernahm die Herrschaft über alle Kirchen im nördlichen Dumnonia, während Emrys alle Kirchen im südlichen Teil in der Hand hielt. Für Sansum war es eine glanzvolle Heirat, für uns andere eine verwunderliche.

Die Vermählung selbst fand in Ynys Wydryn in der Kirche zum Heiligen Dornbusch statt. Arthur und Guinevere wohnten bei uns in Lindinis, und als der große Tag anbrach, ritten wir alle zusammen zum Heiligtum hinüber. Die Zeremonie begann mit Morgans Taufe im schilfgesäumten See Issa's Mere. Die Goldmaske mit dem Bild des gehörnten Gottes Cernunnos hatte sie abgelegt und sich statt dessen eine neue anfertigen lassen, eine Maske, die mit dem Christenkreuz verziert war. Außerdem hatte sie zur Feier des Tages ihr gewohntes schwarzes Gewand gegen ein weißes eingetauscht. Arthur hatte vor Freude geweint, als er zusah, wie seine Schwester in den Weiher hinkte, wo Sansum sie mit sichtlicher Zärtlichkeit rücklings ins Wasser tauchte. Ein Chor sang das Halleluja. Wir warteten, während Morgan sich abtrocknete und in ein frisches weißes Gewand schlüpfte, und sahen dann zu, wie sie vor den Altar hinkte, wo Bischof Emrys die beiden miteinander vermählte.

Ich glaube, ich hätte nicht noch mehr staunen können, wenn Merlin höchstpersönlich die alten Götter geleugnet hätte, um das Christenkreuz anzunehmen. Für Sansum war es natürlich ein doppelter Triumph, denn durch diese Vermählung gelang ihm nicht nur der Sprung in den Kronrat des Reiches, er versetzte auch den Heiden einen berühmten Schlag, indem er Morgan zum Christentum bekehrte. Manche Leute warfen ihm verbittert Opportunismus vor; aber, um ihm Gerechtigkeit widerfahren zu lassen, ich glaube, daß er Morgan auf seine persönliche, berechnende Art liebte und daß sie ihn zweifellos verehrte. Die beiden waren zwei intelligente Menschen, die durch ihre Ressentiments zusammengefunden hatten.

Sansum hatte schon immer geglaubt, daß er zu Höherem berufen sei als zu dem, was er gerade tat, während Morgan, die einmal wunderschön gewesen war, das Feuer haßte, das ihren Körper verunstaltet und ihr Gesicht in eine Maske des Schreckens verwandelt hatte. Auch Nimue haßte sie, denn Morgan war einst Merlins Vertraute und Priesterin gewesen – bis die jüngere Nimue sie von diesem Platz verdrängte. Morgan rächte sich, indem sie eine der fanatischsten Christinnen wurde, die ich kannte. In ihrem Bekenntnis zu Christus war sie nicht weniger leidenschaftlich als im Dienst der älteren Götter, und nach der Vermählung richtete sie ihre beachtliche Willenskraft ganz auf Sansums Missionsarbeit.

Merlin nahm an ihrer Trauung nicht teil, doch die Vorstellung belustigte ihn sehr. »Sie ist einsam«, erklärte er, als er die Neuigkeit erfuhr, »und der Mäuselord bedeutet wenigstens ein bißchen Gesellschaft für sie. Du glaubst doch wohl nicht, daß die beiden es miteinander treiben, oder? Ihr Götter, Derfel, wenn sich die arme Morgan vor Sansum entkleidet, wird er sich erbrechen! Außerdem weiß der doch gar nicht, wie man es macht. Jedenfalls nicht mit Frauen.«

Die Ehe ließ Morgan nicht weicher werden. In Sansum hatte sie einen Mann gefunden, der sich willig von ihren scharfsinnigen Ratschlägen leiten ließ und dessen Ehrgeiz sie mit all ihrer grimmigen Energie fördern konnte; doch für den Rest der Welt blieb sie die böse, bittere Frau hinter der einschüchternden Goldmaske. Sie lebte weiterhin in Ynys Wydryn, wenn auch nicht mehr auf Merlins Tor, sondern im Haus des Bischofs auf dem Gelände des Heiligtums, von dem aus sie den brandgeschwärzten Tor sehen konnte, wo ihre Feindin Nimue wohnte.

Nimue, jetzt ohne Merlins Schutz, war überzeugt, daß Morgan die Kleinodien Britanniens gestohlen hatte. Soweit ich sehen konnte, stützte sich diese Überzeugung ausschließlich auf Nimues Haß auf Morgan. Nimue betrachtete sie als größte Verräterin Britanniens. Schließlich war Morgan die heidnische Priesterin, die sich von den Göttern abgewandt hatte, um Christin zu werden; deswegen spie Nimue, wann immer sie Morgan begegnete, heftig aus und schleuderte ihr Flüche entgegen, die Morgan umgehend erwiderte: heidnische Drohungen im Kampf gegen christliche Verdammnis. Sie würden niemals höflich miteinander umgehen können. Einmal stellte ich Morgan auf Nimues Drängen wegen des verlorenen Kessels zur Rede. Das war ein Jahr nach ihrer Vermählung, und obwohl ich inzwischen ein Lord war und zu den wohlhabendsten Männern Dumnonias zählte, hatte ich immer noch ein wenig Angst vor Morgan. In meiner Kinderzeit war sie eine Persönlichkeit mit ehrfurchtheischender Autorität und schreckenerregendem Äußeren gewesen und hatte den Tor mit übellauniger Barschheit und einem stets einsatzbereiten Stab regiert, mit dem wir allesamt bestraft wurden. Und selbst jetzt, nach so vielen Jahren, fand ich sie noch genauso einschüchternd wie damals.

Ich begegnete ihr in einem von Sansums neuen Gebäuden in Ynys Wydryn. Das größte, so groß wie eine königliche Festhalle, war die Schule, in der Dutzende von Priestern zu Missionaren getrimmt wurden. Diese Priester begannen ihre Ausbildung im Alter von sechs Jahren, wurden mit sechzehn zu Heiligen erklärt und anschließend auf Britanniens Straßen geschickt, um die Menschen zu bekehren. Auf meinen Reisen war ich diesen Fanatikern oft genug begegnet. Sie waren stets zu zweit und trugen nichts bei sich als einen kleinen Beutel und einen Stab. In ihrer Begleitung befanden sich nicht selten ganze Scharen von Frauen, die sich seltsamerweise zu diesen Missionaren hingezogen fühlten. Sie kannten keine Furcht. Jedesmal, wenn ich ihnen begegnete, forderten sie mich auf, ihren Gott zu leugnen, wenn ich das wage, und jedesmal erkannte ich die Existenz ihres Gottes höflich an, um anschließend zu verkünden, daß meine Götter ebenfalls lebten. Daraufhin schleuderten sie mir Flüche ins Gesicht, während ihre Weiber laut zu klagen begannen und mich mit Beleidigungen überschütteten. Einmal, als zwei dieser Fanatiker meine Töchter einschüchterten, ging ich mit dem Griffende meines Speers auf sie los, und ich muß zugeben, daß ich zu hart zustieß; denn nach dem Streit gab es einen gebrochenen Schädel und ein zerschmettertes Handgelenk, und keins von beiden gehörte mir. Um zu beweisen, daß selbst die privilegiertesten Dumnonier nicht über dem Gesetz standen, verlangte Arthur, daß ich vor Gericht gestellt wurde, und so begab ich mich ins Gerichtsgebäude von Lindinis, wo ein christlicher Friedensrichter mich mit einem Bußgeld in Höhe der Hälfte meines Körpergewichts in Silber bestrafte.

»Auspeitschen hätte man Euch sollen!« Offensichtlich erinnerte Morgan sich an dieses Ereignis und fauchte mir ihr Urteil entgegen, als ich bei ihr vorgelassen wurde. »Bis aufs Blut. Öffentlich!«

»Ich denke, sogar Euch würde das heutzutage Schwierigkeiten bereiten, Lady«, gab ich gelassen zurück.

»Gott würde mir die erforderliche Kraft verleihen«, zischte sie hinter ihrer neuen Goldmaske mit dem Christenkreuz hervor. Sie saß an einem Tisch, auf dem sich Pergamente und tintenbeschriebene Holzspantafeln türmten, denn sie leitete nicht nur Sansums Schule, sondern kontrollierte auch die Schatzkammern jeder einzelnen Kirche und jedes einzelnen Klosters von Nord-Dumnonia. Besonders stolz war sie jedoch auf ihre Gemeinschaft frommer Frauen, die in einer eigenen Halle, zu der die Männer keinen Zutritt hatten, psalmodierten und beteten. Während Morgan mich durchdringend von oben bis unten musterte, hörte ich die süßen Stimmen singen. Morgan gefiel offenbar nicht, was sie sah. »Wenn Ihr kommt, um wieder einmal Geld zu fordern«, fuhr sie mich an, »so bekommt Ihr keins. Nicht, bevor die ausstehenden Darlehen zurückgezahlt sind.«

»Soweit mir bekannt ist, gibt es keine ausstehenden Darlehen«, antwortete ich höflich.

»Unsinn!« Sie griff nach einer der Spantafeln und las mir eine fiktive Liste nicht zurückgezahlter Darlehen vor.

Ich ließ sie ausreden und erklärte dann geduldig, daß der Kronrat nicht die Absicht hege, sich von der Kirche Geld zu leihen. »Und falls doch«, setzte ich hinzu, »hätte Euer Gemahl Euch das bestimmt längst mitgeteilt.«

»Ich hingegen bin sicher«, sagte sie, »daß ihr Heiden im Kronrat hinter dem Rücken des Heiligen Komplotte schmiedet.« Sie schniefte. »Wie geht's meinem Bruder?«

»Er ist sehr beschäftigt, Lady.«

»Zu beschäftigt offenbar, um herzukommen und mich zu besuchen.«

»Und Ihr seid zu beschäftigt, um ihn zu besuchen«, konterte ich liebenswürdig.

»Ich? Nach Durnovaria reisen? Und dieser Hexe Guinevere gegenübertreten?« Schnell schlug sie das Kreuz, tauchte die Hand in eine Schale voll Wasser und machte abermals das Kreuzeszeichen. »Lieber würde ich zur Hölle fahren und Satan persönlich gegenübertreten«, zischte sie, »als dieser Isis-Hexe zu begegnen!« Unwillkürlich wollte sie ausspucken, um das Böse abzuwehren, besann sich dann aber und schlug statt dessen wieder das Kreuz. »Wißt Ihr, was die Isisriten verlangen?« fragte sie mich aufgebracht.

»Nein, Lady«, bekannte ich.

»Schmutz, Derfel, Schmutz! Isis ist das scharlachrote Weib! Die Hure von Babylon. Es ist ein Teufelsglaube, Derfel. Sie wohnen einander bei, Mann und Frau.« Bei dieser grauenhaften Vorstellung erschauerte sie. »Reinster Schmutz!«

»Männern ist das Betreten des Tempels nicht gestattet, Lady«, wandte ich zu Guineveres Verteidigung ein. »Genau wie bei Eurer Frauenhalle.«

»Nicht gestattet?« Morgan lachte höhnisch. »Die kommen in der Nacht, Narr, der Ihr seid, und beten ihre schmutzige Göttin splitternackt an! Männer und Frauen gemeinsam, schwitzend wie die Säue! Glaubt Ihr, das wüßte ich nicht? Ich, die früher selbst eine Sünderin war? Wollt Ihr behaupten, mehr über heidnischen Glauben zu wissen als ich? Ich sage Euch, Derfel, sie wohnen einander bei in ihrem Schweiß, nackte Frau mit nacktem Mann. Isis und Osiris, Frau und Mann, und die Frau gibt dem Mann das Leben, und wie, Ihr Narr, glaubt Ihr wohl, daß das geschieht? Durch den schmutzigen Akt des Beischlafs natürlich, wie sonst!« Sie tauchte die Finger in die Wasserschale und schlug wieder das Kreuz, wobei ein Tropfen des geweihten Wassers auf der Stirnplatte ihrer Maske zurückblieb. »Ihr seid ein unwissender, gutgläubiger Narr«, fuhr sie mich an. Ich weigerte mich, den Streit fortzusetzen. Die verschiedenen Glaubensrichtungen beleidigten sich immer wieder auf diese Art. Viele Heiden warfen den Christen ein ähnliches Verhalten bei ihren sogenannten »Festen der Liebe« vor, und viele Landbewohner glaubten, die Christen entführten, töteten und äßen Kinder. »Auch Arthur ist ein Narr«, grollte Morgan. »Weil er Guinevere vertraut.« Mit ihrem einen Auge warf sie mir einen unfreundlichen Blick zu. »Was also wollt Ihr von mir, Derfel, wenn es kein Geld ist?«

»Ich will wissen, Lady, was in der Nacht geschah, in der der Kessel verschwand.«

Sie lachte. Es war ein Echo ihres alten Lachens, der grausam-kichernde Laut, der auf dem Tor stets Unheil verheißen hatte. »Ihr elender, kleiner Narr!« schimpfte sie. »Auf diese Art meine Zeit zu verschwenden!« Damit kehrte sie zu ihrem Arbeitstisch zurück. Ich wartete, während sie Kerben in ihre Kerbhölzer schnitt oder

Zeichen auf den Rand der Pergamentrollen machte und mich zu ignorieren versuchte. »Immer noch hier, Ihr Narr?« fragte sie nach einer Weile.

»Immer noch hier, Lady«, gab ich zurück.

Sie drehte sich auf ihrem Schemel um. »Was wollt Ihr wissen? Hat Euch die boshafte kleine Hure vom Hügel geschickt?« Sie zeigte durchs Fenster zum Tor hinüber.

»Merlin schickt mich, Lady.« Das war natürlich gelogen. »Er interessiert sich für die Vergangenheit, aber seine Erinnerungen wandern.«

»Und bald werden sie in die Hölle wandern«, verkündete sie rachsüchtig. Dann richtete sie sich auf und dachte über meine Frage nach, bevor sie schließlich die Achseln zuckte. »Ich werde Euch sagen, was in jener Nacht geschah«, erklärte sie schließlich. »Aber ich werde es Euch nur einmal erzählen, und wenn es gesagt ist, werdet Ihr mich nie wieder danach fragen!«

»Einmal reicht, Lady.«

Sie erhob sich und hinkte zum Fenster, von dem aus sie zum Tor hinaufblicken konnte. »Gott, der Allmächtige«, begann sie, »der eine, wahre Gott, unser aller Vater, schickte Feuer vom Himmel herab. Ich war dort, daher weiß ich, was geschah. Er schickte den Blitz, der ins Strohdach der Halle fuhr und es in Brand setzte. Ich schrie, denn ich habe guten Grund, das Feuer zu fürchten. Ich kenne das Feuer. Ich bin ein Kind des Feuers. Das Feuer hat mein Leben zerstört, doch dies war ein anderes Feuer. Dies war das läuternde Feuer unseres Gottes, das Feuer, das meine Sünden hinwegbrannte. Das Feuer verbreitete sich vom Strohdach bis zum Turm und verbrannte alles. Ich beobachtete das Feuer und wäre sogar darin gestorben, wäre Sansum, der Gesegnete, Sansum, der Heilige, nicht gekommen, um mich in Sicherheit zu bringen.« Sie schlug das Kreuz und wandte sich an mich. »Das ist es, Narr«, fuhr sie mich an, »was damals geschehen ist.«

Dann war Sansum also in jener Nacht auf dem Tor gewesen? Das war interessant, aber ich sprach sie nicht darauf an. Statt dessen sagte ich leise: »Das Feuer hat den Kessel mitnichten verschlungen, Lady. Merlin kam am Tag darauf, durchsuchte die Asche und fand kein Gold.«

»Narr!« spie Morgan mich durch den Mundschlitz ihrer Maske an. »Glaubt Ihr, Gottes Feuer brennt wie Eure schwächlichen Flammen? Der Kessel war ein Topf des Bösen, die widerlichste Pestbeule auf Gottes Erde. Des Teufels Pißpott war er, und unser Herrgott hat ihn vernichtet, Derfel, ganz und gar vernichtet! Ich hab's mit diesem Auge gesehen!« Dabei tippte sie unter dem gesunden Auge auf ihre Maske. »Ich hab' ihn brennen sehen, und es war ein greller, lodernder, zischender Kern im innersten Herzen des Feuers, es war eine Flamme wie die heißesten Höllenflammen, und ich hörte, wie die Dämonen vor Qual kreischten, als ihr Kessel in Rauch aufging. Gott hat ihn verbrannt! Hat ihn verbrannt und in die Hölle zurückgeschickt, wo er auch hingehört!« Sie hielt inne, und ich spürte, wie sich ihr flammenversehrtes, verunstaltetes Gesicht hinter der Maske schmerzhaft zu einem Lächeln verzog. »Er ist verschwunden, Derfel«, setzte sie ruhigeren Tones hinzu. »Und nun dürft auch Ihr verschwinden!«

Ich verließ sie, verließ das Heiligtum und stieg auf den Tor, wo ich die halb zerbrochene Wasserpforte aufstieß, die schief in ihrer Seilangel hing. Die schwarze Asche von Halle und Turm wurde von der Erde allmählich verschlungen, um sie herum aber stand mindestens ein Dutzend verdreckter Hütten, in denen Nimue und ihre Anhänger hausten. Diese Menschen waren die Unerwünschten unserer Welt: Krüppel und Bettler, Obdachlose und Verrückte, die sich von den Lebensmitteln ernährten, die Ceinwyn und ich allwöchentlich von Lindinis herüberschickten. Nimue behauptete, ihre Leute redeten mit den Göttern, doch alles, was ich jemals von ihnen vernahm, war irres Gekicher oder verzweifeltes Stöhnen. »Sie leugnet alles«, berichtete ich Nimue.

»Natürlich.«

»Ihr Gott habe alles niedergebrannt, sagt sie.«

»Ihr Gott könnte nicht mal ein weiches Ei kochen«, behauptete Nimue rachsüchtig. Sie war in den Jahren seit dem Verschwinden des Kessels, und seit Merlin sich sanft in sein Alter ergeben hatte, grauenhaft verkommen. Nimue war schmutzig geworden, verdreckt, mager und fast so verrückt wie damals, als ich sie von der Toteninsel gerettet hatte. Immer wieder begann sie zu zittern, immer wieder verzerrte sich ihr Gesicht zu unkontrollierten Grimassen. Ihr Goldauge hatte sie längst verkauft oder weggeworfen, statt dessen verdeckte sie die Höhle mit einer einfachen Lederklappe. Die ganze faszinierende Schönheit, die sie einstmals besessen hatte, verbarg sich jetzt unter einer Kruste von Dreck und Geschwüren, verbarg sich unter ihrem verfilzten, schwarzen Haarwust, der so abstoßend wirkte, daß sogar die Bauern, die kamen, um sich von ihr segnen oder heilen zu lassen, nicht selten vor ihrem Gestank zurückzuckten. Selbst ich, der ihr doch eidverschworen war und sie früher einmal geliebt hatte, konnte es kaum ertragen, in ihrer Nähe zu sein.

»Der Kessel lebt noch«, erklärte mir Nimue an jenem Tag.

»Das behauptet Merlin.«

»Und Merlin lebt auch noch, Derfel.« Sie legte mir ihre Hand mit den abgekauten Nägeln auf den Arm. »Er wartet, mehr nicht. Sammelt Kräfte.«

Wartet auf sein Totenfeuer, dachte ich, sprach es aber nicht aus.

Nimue drehte sich in Sonnenlaufrichtung um sich selbst, um den gesamten Horizont zu umfassen. »Irgendwo da draußen ist der Kessel versteckt, Derfel«, sagte sie. »Und irgend jemand versucht herauszufinden, wie er ihn benutzen muß.« Sie lachte leise. »Und wenn er es herausfindet, Derfel, wirst du erleben, wie das Land sich vom vielen Blut rot färbt.« Sie richtete ihr gesundes Auge auf mich. »Blut!« zischte sie. »Die ganze Welt wird Blut speien an jenem Tag, Derfel. Und Merlin wird wieder die Oberhand gewinnen.«

Möglich, dachte ich, aber es war ein sonniger Tag, und in Dumnonia herrschte Frieden. Es war Arthurs Frieden, erlangt durch sein Schwert, erhalten durch seine Gerichte, gestärkt durch seine Straßen und besiegelt durch seine Bruderschaft. Das alles schien endlos weit entfernt von der Welt des Kessels und der verschwundenen Kleinodien; aber Nimue glaubte immer noch an ihre Magie, und ihr zuliebe behielt ich meinen Unglauben für mich, obwohl ich an jenem strahlenden Tag in Arthurs Dumnonia den Eindruck hatte, daß Britannien sich den Weg von der Dunkelheit ins Licht erkämpfte, vom Chaos in die Ordnung, und von der Barbarei in die Gesetzmäßigkeit. Das war Arthurs Verdienst. Es war sein Camelot.

Aber Nimue hatte recht. Der Kessel war nicht verloren, und sie wartete, genau wie Merlin, auf seinen Schrecken.

Unsere Hauptaufgabe bestand in jenen Jahren darin, Mordred auf den Thron vorzubereiten. Unser König war er bereits, weil er als Säugling auf dem Gipfel des Caer Cadarn dazu ausgerufen worden war; aber Arthur hatte beschlossen, die Proklamation zu wiederholen, sobald Mordred großjährig wurde. Ich glaube, Arthur hoffte, irgendeine geheimnisvolle Macht werde Mordred anläßlich dieser zweiten Ernennung mit Verantwortungsbewußtsein und Weisheit ausstatten, denn alle Erziehungsversuche prallten an dem Knaben einfach ab. Wir versuchten es. Wir versuchten es wirklich, aber Mordred blieb stets derselbe mürrische, reizbare, flegelhafte Jüngling. Arthur mochte ihn nicht, stellte sich Mordreds schwerwiegenderen Fehlern gegenüber jedoch blind, denn wenn Arthur eins heilig war, dann der Glaube an die göttliche Berufung der Könige. Die Zeit sollte kommen, da Arthur sich gezwungen sah, der Wahrheit über Mordred ins Gesicht zu sehen; doch in jenen Jahren pflegte Arthur, sobald die Frage von Mordreds Eignung im Kronrat angeschnitten wurde, immer wieder dasselbe zu sagen: Mordred sei, das müsse er zugeben, ein höchst unangenehmes Kind, aber wie wir alle wüßten, wüchsen solche Knaben zu anständigen Männern heran, und die Feierlichkeit der Ausrufung sowie die Verantwortung des Königtums würden den Knaben mit Sicherheit mäßigen. »Ich selbst war weiß Gott kein Musterknabe«, fuhr er dann fort, »aber ich habe mich, glaube ich, ganz gut entwickelt. Setzt doch ein wenig Vertrauen in den Knaben!« Außerdem, ergänzte er jedesmal mit leichtem Lächeln, werde Mordred von klugen und erfahrenen Ratgebern unterstützt. »Er wird seinen eigenen Kronrat ernennen«, wandte einer von uns dann ein, aber Arthur winkte ab. Alles, versicherte er uns optimistisch, werde gut ausgehen.

Guinevere hegte keine derartigen Illusionen. In den Jahren nach dem Eid der Tafelrunde schien sie von Mordreds Schicksal förmlich besessen zu sein. An den Sitzungen des Kronrats nahm sie nicht teil – das war keiner Frau gestattet –, aber ich hatte sie im Verdacht, daß sie, wenn sie in Durnovaria war, hinter dem Vorhang eines Bogengangs saß, der in die Beratungskammer mündete. Vieles von dem, was wir diskutierten, muß sie unendlich gelangweilt haben. Stundenlang debattierten wir über die Frage, ob eine Furt mit neuen Steinen versehen oder ob Geld für eine Brücke ausgegeben werden sollte, ob ein Richter sich bestechen ließ oder wem wir die Vormundschaft über einen verwaisten Erben oder eine verwaiste Erbin zuteilen sollten. Derartige Probleme waren unsere Alltagsgeschäfte, und ich bin sicher, daß Guinevere sie ermüdend fand, aber wie interessiert muß sie aufgehorcht haben, sobald wir über Mordred sprachen!

Guinevere kannte Mordred kaum, haßte ihn aber nichtsdestoweniger. Sie haßte ihn, weil er und nicht Arthur König war, und versuchte die Mitglieder des Kronrats der Reihe nach zu ihrer Sichtweise zu bekehren. Sogar zu mir war sie freundlich, denn sie schien in meine Seele zu schauen und zu wissen, daß ich insgeheim ihrer Meinung war. Im Anschluß an die erste Ratssitzung nach dem Tafelrundeneid ergriff sie meinen Arm und schlenderte mit mir durch Durnovarias Arkaden, wo die Luft vom Rauch der Kräuter vernebelt war, die in Kohlepfannen verbrannt wurden, um zu verhindern, daß die Seuche wiederkehrte. Möglicherweise war es der Rauch, der mir zu Kopf stieg, aber vielleicht war es auch Guineveres Nähe. Sie trug ein sehr starkes Parfüm, ihr rotes Haar war voll und wild, ihr Körper kerzengerade und schlank und ihr Gesicht fein geschnitten und voller Lebenslust. Ich sprach ihr mein Beileid zum Tod ihres Vaters aus. »Armer Vater«, sagte sie. »Er träumte immer davon, nach Henis Wyren zurückzukehren.« Sie hielt inne, und ich fragte mich, ob sie Arthur Vorwürfe gemacht hatte, weil er sich nicht größere Mühe gegeben hatte, Diwrnach zu vertreiben. Ich bezweifelte, daß Guinevere sich nach Henis Wyrens wilder Küste sehnte, ihr Vater aber hatte stets ins Land seiner Ahnen zurückkehren wollen. »Ihr habt mir nie von Eurer Reise nach Henis Wyren erzählt«, beschwerte sich Guinevere. »Wie ich hörte, habt Ihr dort Diwrnach kennengelernt?«

»Und ich hoffe, ihm nie wieder begegnen zu müssen, Lady.«

Sie zuckte die Achseln. »Manchmal kann es einem König nützlich sein, im Ruf des Barbarentums zu stehen.« Sie fragte mich über die Zustände in Henis Wyren aus, aber ich spürte, daß sie meine Antworten nicht wirklich interessierten – genausowenig wie die Antwort auf ihre Frage, wie Ceinwyn sich befinde.

»Sie befindet sich wohl, Lady«, antwortete ich. »Danke.«

»Ist sie wieder schwanger?« erkundigte sie sich ein wenig belustigt.

»Wir vermuten es, Lady.«

»Wie fleißig ihr beiden doch seid, Derfel!« sagte sie mit freundschaftlichem Spott. Ihr Ärger über Ceinwyn hatte sich im Laufe der Jahre gelegt, aber Freundinnen waren sie nie geworden. Guinevere pflückte ein Blatt von einem Lorbeerbaum, der in einer mit nackten Nymphen verzierten römischen Vase wuchs, und rieb das Blatt zwischen den Fingern. »Und wie geht's unserem Lord König?« fragte sie säuerlich.

»Er ist schwierig, Lady.«

»Taugt er zum König?« Das war charakteristisch für Guinevere: eine offene Frage, brutal und ehrlich.

»Er wurde dazu geboren, Lady«, gab ich abwehrend zurück, »und wir sind durch einen Eid gebunden.«

Sie stieß ein verächtliches Lachen aus. Ihre goldverzierten Sandalen klapperten auf den Steinplatten, an ihrem Hals klirrte eine Goldkette mit Perlen. »Vor vielen Jahren, Derfel«, sagte sie, »haben wir beiden, Ihr und ich, über ebendieses Thema gesprochen, und Ihr habt mir erklärt, daß von allen Männern Dumnonias Arthur am besten zum König geeignet sei.«

»Das sagte ich«, räumte ich ein.

»Und jetzt findet Ihr, daß Mordred noch geeigneter ist?«

»Nein, Lady.«

»Und?« Sie wandte sich um und sah mich an. Nur wenige Frauen können mir direkt in die Augen sehen, sie aber konnte es ohne Mühe. »Und?« wiederholte sie.

»Und ich habe einen Eid geleistet, Lady. Genau wie Euer Gemahl.«

»Eid!« fauchte sie und ließ meinen Arm los. »Arthur hat einen Eid geleistet, Aelle zu töten, aber Aelle lebt immer noch. Er hat einen Eid geleistet, Henis Wyren zurückzuerobern, aber Diwrnach regiert dort immer noch. Eid! Ihr Männer versteckt euch hinter euren Eiden wie Dienstboten hinter ihrer Dummheit – aber kaum wird euch ein Eid unbequem, da habt ihr ihn bereits vergessen. Meint Ihr, der Eid, den Ihr Uther geleistet habt, könnte nicht ebenfalls vergessen werden?«

»Mein Eid gilt Prinz Arthur«, berichtigte ich sie, darauf bedacht, Arthur, wie immer vor Guinevere, mit Prinz zu betiteln. »Wünscht Ihr, daß ich diesen Eid vergesse?« fragte ich sie.

»Ich wünsche, daß Ihr ihn zur Vernunft bringt, Derfel«, entgegnete sie. »Er hört auf Euch.«

»Er hört auf Euch, Lady.«

»Nicht, wenn es um Mordred geht«, widersprach sie. »In allen anderen Dingen – mag sein. Doch darin nicht.« Sie erschauerte, vielleicht, weil sie sich daran erinnerte, wie sie Mordred im Seepalast umarmen mußte. Dann zerdrückte sie das Lorbeerblatt zornig in ihrer Hand und warf es achtlos auf die Steinplatten. Innerhalb weniger Minuten würde eine Dienerin herbeieilen und es schweigend entfernen. In Durnovarias Winterpalast herrschte stets peinliche Ordnung, während in unserem Palast in Lindinis so viele Kinder herumwimmelten, daß es einfach unmöglich war, Ordnung zu halten, und Mordreds Flügel war ein einziger Misthaufen. »Arthur«, betonte Guinevere jetzt müde, »ist Uthers ältester, noch lebender leiblicher Sohn. Eigentlich müßte er König sein.«

Das müßte er, dachte ich, aber wir alle hatten geschworen, Mordred auf den Thron zu setzen, und im Lugg Vale waren Männer für diesen Eid gestorben. Mögen die Götter mir verzeihen, aber zuweilen wünschte ich, Mordred würde sterben und das Problem auf diese Art lösen; doch, abgesehen von seinem Klumpfuß und den schlechten Zeichen bei seiner Geburt, schien er sich einer bärenstarken Gesundheit zu erfreuen. Ich blickte in Guineveres grüne Augen. »Ich erinnere mich, Lady«, begann ich vorsichtig, »daß Ihr mich vor Jahren durch jene Tür dort« – ich zeigte auf einen niedrigen Durchlaß, der von den Arkaden ausging – »geführt und mir Euren Isistempel gezeigt habt.«

»Habe ich das? Na und?« Sie sagte es abwehrend. Möglicherweise bedauerte sie den damaligen Moment der Intimität. An jenem fernen Tag hatte sie versucht, mich zu ihrem Verbündeten in ebenjener Sache zu machen, die sie jetzt veranlaßt hatte, meinen Arm zu ergreifen und mit mir unter den Arkaden zu wandeln. Sie wollte, daß Mordred vernichtet wurde, damit ihr Gemahl Arthur regieren konnte.

»Ihr habt mir den Thron der Isis gezeigt«, fuhr ich fort, ohne zu erwähnen, daß ich den schwarzen Sitz im Seepalast wiedergesehen hatte, »und mir erklärt, daß Isis die Göttin sei, die darüber bestimmen kann, welcher Mann auf dem Thron eines Königreichs sitzen dürfe. War es nicht so?«

»Das liegt in ihrer Macht, ja«, antwortete Guinevere obenhin.

»Dann müßt Ihr zu der Göttin beten, Lady«, erklärte ich.

»Glaubt Ihr, das täte ich nicht, Derfel?« fragte sie mich. »Glaubt Ihr, ich hätte ihr nicht schon ständig mit meinen Gebeten in den Ohren gelegen? Ich will, daß Arthur König wird und daß unser Sohn Gwydre nach ihm König wird. Aber man kann einen Mann nicht auf den Thron zwingen. Bevor mir Isis diesen Wunsch erfüllt, muß Arthur selbst es wünschen.«

Das hielt ich für eine schwache Verteidigung. Wenn Isis Arthur nicht zu überzeugen vermochte, wie sollten wir armen Sterblichen das schaffen? Versucht hatten wir es oft genug, doch Arthur weigerte sich strikt, über dieses Thema zu diskutieren. Genau wie Guinevere unser Gespräch unter den Arkaden beendete, sobald ihr klar wurde, daß sie mich für ihr Vorhaben, Mordred durch Arthur zu ersetzen, nie und nimmer gewinnen konnte.

Ich wünschte mir Arthur zwar als König, aber in all den Jahren hatte ich seine verbindlich vorgetragenen Versicherungen nur ein einziges Mal durchbrechen können, um ernsthaft mit ihm über seinen Anspruch auf den Königsthron zu sprechen, und dieses Gespräch fand ganze fünf Jahre nach dem Tafelrundeneid statt. Es war im Sommer vor dem Jahr, in dem Mordred zum König ausgerufen werden sollte, und das feindselige Gewisper war inzwischen zum ohrenbetäubenden Gebrüll angeschwollen. Nur die Christen unterstützten noch Mordreds Anspruch, aber selbst sie taten es nur zögernd. Da aber bekannt war, daß seine Mutter Christin gewesen und das Kind selbst ebenfalls getauft worden war, genügte das, die Christen glauben zu lassen, Mordred werde ihren Ambitionen ein geneigtes Ohr leihen. Alle anderen in Dumnonia setzten ihre Hoffnung darauf, daß Arthur sie vor dem Knaben rettete, doch Arthur ignorierte sie gelassen. Jener Sommer – inzwischen haben wir gelernt, die Sonnenzyklen zu zählen, es war 495 Jahre nach Christi Geburt – war wunderschön und sonnenwarm. Arthur stand auf dem Höhepunkt seiner Macht, Merlin sonnte sich in unserem Garten, während meine drei kleinen Töchter ihm ständig neue Geschichten abverlangten, Ceinwyn war glücklich, Guinevere vergnügte sich in ihrem bezaubernden neuen Seepalast mit seinen Arkaden, Galerien und dem finsteren, verborgenen Isistempel, Lancelot schien in seinem Königreich am Meer glücklich zu sein, die Sachsen bekämpften sich gegenseitig, und in Dumnonia herrschte Frieden. Aber es war auch, wie ich mich erinnere, ein Sommer voll unendlichem Leid.

Denn es war der Sommer von Tristan und Iseult.

Kernow ist das wilde Königreich, das sich wie eine Klaue um Dumnonias Westspitze legt. Die Römer kamen zwar dorthin, aber nur wenige ließen sich in dieser Wildnis nieder, und als die Römer Britannien verließen, lebten die Menschen von Kernow einfach so weiter, als hätte es die Eindringlinge niemals gegeben. Sie pflügten ihre kleinen Felder, fischten in rauher See und förderten das kostbare Zinn. Nach Kernow reisen, erklärte man mir, hieße, Britannien erleben, bevor die Römer gekommen waren. Aber ich selbst unternahm nie eine Reise dorthin, und Arthur auch nicht.

Soweit ich zurückdenken kann, wurde Kernow von König Mark regiert. Er störte uns kaum, obwohl er – vor allem, wenn Dumnonia mit einem stärkeren Feind im Osten beschäftigt war – zuweilen beschloß, ein Teil unseres westlichen Territoriums müsse von jetzt an ihm gehören. Dann kam es zu kurzen Grenzkriegen und an unserer Küste zu wüsten Überfällen durch Kernows Kampfschiffe. Aus diesen Kriegen gingen wir regelmäßig als Sieger hervor – wer denn auch sonst? Dumnonia war groß, und Kernow war klein, und wenn die Kriege vorüber waren, schickte uns Mark einen Boten, der uns erklärte, das Ganze sei ein Versehen gewesen. Als sich Cadwy von Isca zu Beginn von Arthurs Regentschaft gegen den Rest von Dumnonia erhob, war es Mark für kurze Zeit tatsächlich gelungen, ein großes Stück Land jenseits seiner Grenze zu erobern; aber Culhwch hatte diesem Aufstand ein Ende gemacht, und als Arthur König Mark ein Geschenk in Gestalt von Cadwys Kopf übersandte, kehrten die Speerkämpfer von Kernow friedlich zu ihren alten Festungen zurück.

Derartige Unruhen waren jedoch selten, denn seine berühmtesten Kampagnen focht König Mark im eigenen Ehelager aus. Er war bekannt für die Zahl seiner Gemahlinnen, doch während sich andere Männer mehrere Frauen auf einmal hielten, nahm Mark sie eine nach der anderen zur Gemahlin. Diese Frauen starben mit erschreckender Regelmäßigkeit, und zwar, wie es schien, immer vier Jahre, nachdem die Eheschließung von Kernows Druiden vollzogen worden war. Und obwohl Mark stets eine Erklärung für diese tragischen Todesfälle hatte – etwa ein Fieber, ein Unfall oder auch eine schwere Geburt –, argwöhnten die meisten von uns, daß die Langeweile des Königs der Grund für die Totenfeuer auf Caer Dore, der Festung des Königs, war. Die siebte Gemahlin, die den Tod fand, war Ialle gewesen, Arthurs Nichte, woraufhin Mark uns einen Boten mit einem traurigen Bericht von giftigen Pilzen und Ialles hemmungslosem Appetit schickte. Um einem eventuellen Zornesausbruch Arthurs vorzubeugen, hatte er dem Boten außerdem ein mit Zinnbarren und kostbaren Walknochen beladenes Packmuli mitgegeben.

Der Tod der Gemahlinnen schien weitere Prinzessinnen nicht davon abzuhalten, die Seereise übers Meer zu wagen, um König Marks Ehelager zu teilen. Vielleicht war es besser, Königin von Kernow zu sein, und sei es auch nur für kurze Zeit, als in der Frauenhalle endlos auf einen Freier zu warten, der möglicherweise niemals erschien. Außerdem klangen die Erklärungen für die Todesfälle stets plausibel. Es waren schlicht und einfach Unfälle gewesen.

Nach Ialles Tod gab es eine lange Zeit keine neue Vermählung. Mark wurde alt, und die Männer vermuteten, daß er das Ehespiel aufgegeben hatte. Dann aber, in jenem wunderschönen Sommer vor Mordreds Thronbesteigung, nahm sich der alternde König Mark doch noch einmal eine Frau: eine Tochter unseres alten Verbündeten Oengus Mac Airem. Er war der irische König von Demetia, der uns im Lugg Vale den Sieg gebracht hatte und dem Arthur deswegen die unzähligen Grenzverletzungen gegen Cuneglas' Land nachsah. Oengus' gefürchtete Schwarzschildkrieger überfielen Powys und das ehemalige Siluria immer wieder, und während all dieser Jahre war Cuneglas gezwungen, kostspielige Kriegshorden an seiner Westgrenze zu unterhalten. Oengus leugnete hartnäckig, für diese Überfälle verantwortlich zu sein. Er behauptete, seine Häuptlinge nicht im Zaum halten zu können, und versprach, daß einige Köpfe rollen würden. Aber es rollten keine Köpfe, und jedesmal zur Erntezeit kehrten die ausgehungerten Schwarzschilde nach Powys zurück. Arthur schickte einige unserer jungen Speerkämpfer aus, damit sie erste Erfahrungen auf dem Schlachtfeld sammeln konnten; denn diese Erntekriege boten uns eine Gelegenheit, sowohl die unerfahrenen Krieger zu trainieren als auch den Instinkt der älteren nicht abstumpfen zu lassen. Cuneglas wollte Demetia ein für allemal erledigen, doch Arthur mochte Oengus und wandte ein, diese Raubzüge seien die Erfahrung wert, die unsere Speerkämpfer durch sie erwarben – und so blieben uns die Schwarzschilde erhalten.

Die Vermählung des alternden Königs Mark mit seiner Kindbraut aus Demetia war ein Bündnis zweier kleiner Königreiche, das niemanden störte, und außerdem glaubte kein Mensch, daß Mark die Prinzessin ehelichte, um sich einen politischen Vorteil zu verschaffen. Er heiratete sie nur, weil seine Gier nach jungem, königlichem Fleisch offenbar unersättlich war. Er war damals fast sechzig Jahre alt, sein Sohn Tristan schon nahezu vierzig, während Iseult, die neue Königin, eben erst fünfzehn geworden war.

Das Elend begann, als Culhwch uns eine Nachricht schickte, daß Tristan mit der Kindfrau seines Vaters nach Isca gekommen sei. Culhwch, der zum Gouverneur von Dumnonias Westprovinz ernannt wurde, nachdem Melwas an seiner Austernvöllerei gestorben war, teilte uns mit, daß Tristan und Iseult vor König Mark geflohen seien. Culhwch selbst war über ihre Ankunft eher belustigt als beunruhigt, denn er hatte, genau wie ich, mit Tristan im Lugg Vale und bei London gekämpft und mochte den Prinzen gern. »Wenigstens wird diese Braut überleben«, ließ Culhwch dem Kronrat durch seinen Schreiber mitteilen, »und das hat sie verdient. Ich habe den beiden eine alte Halle sowie ein paar Speerkämpfer als Wache zur Verfügung gestellt.« Weiter wurde in der Nachricht ein Überfall durch irische Piraten von jenseits des Meeres vermeldet, und sie endete mit Culhwchs üblicher Bitte um Steuernachlaß und der – ebenfalls üblichen – Warnung, daß die Ernte in diesem Jahr mager ausfallen werde. Kurz gesagt, es war eine ganz normale Nachricht, die nichts enthielt, was dem Kronrat hätte Sorgen bereiten müssen; denn wir alle wußten genau, daß die Ernte reich ausfallen würde und daß Culhwch sich nur auf seinen gewohnten Kampf um die Abgaben vorbereitete. Was Tristan und Iseult betraf, so war ihre Geschichte nichts weiter als eine Belustigung, und keiner von uns sah eine Gefahr darin. Arthurs Beamte legten die Nachricht zu den Akten, und der Rat machte sich daran, über Sansums Forderung zu diskutieren, der Kronrat müsse eine große Kirche bauen, um das fünfhundertjährige Jubiläum von Christi Geburt zu feiern. Ich stimmte gegen diesen Vorschlag, Bischof Sansum fauchte, spie und brüllte, die Kirche sei unerläßlich, wenn der Teufel nicht die Welt zerstören solle, und dieses muntere Hin und Her beschäftigte den Kronrat bis zum Mittagsmahl, das im Innenhof des Palastes serviert wurde.

Die Sitzung fand in Durnovaria statt, und Guinevere war, wie üblich, aus ihrem Seepalast gekommen, um in der Stadt zu sein, wenn der Rat zusammentrat, so daß sie uns beim Mittagsmahl Gesellschaft leisten konnte. Sie saß neben Arthur, den ihre Nähe, wie immer, strahlend glücklich machte. Er war so stolz auf sie. Die Ehe mochte ihm einige Enttäuschungen bereitet haben, vor allem, was die Anzahl der Kinder betraf, aber es war nicht zu übersehen, daß er sie immer noch liebte. Jeder Blick, den er ihr schenkte, drückte sein Staunen darüber aus, daß eine solche Frau ihn geheiratet hatte. Es kam Arthur nie in den Sinn, daß er selbst die Trophäe sein könnte, daß er ein überaus tüchtiger Regent und ein guter Mensch war. Er betete sie an, und an jenem Tag, als wir im warmen Sonnenschein Obst, Brot und Käse aßen, war leicht zu sehen, warum. Sie konnte geistreich und bissig sein, amüsant und klug, und ihre äußere Erscheinung erregte immer noch Aufmerksamkeit. Die Jahre schienen Guinevere nichts anhaben zu können. Ihre Haut war so klar wie entrahmte Milch, und an ihren Augen war nichts von den feinen Lachfältchen zu sehen, die Ceinwyn in letzter Zeit bekommen hatte; ja, es schien, als wäre sie seit jenem weit zurückliegenden Tag, da Arthur sie am anderen Ende von Gorfyddyds überfüllter Halle zum ersten Mal gesehen hatte, nicht um einen Moment gealtert. Und ich glaube, daß Arthur jedesmal, wenn er von einer langen Arbeitsreise quer durch Mordreds Reich nach Hause zurückkehrte und Guinevere erblickte, noch immer dasselbe Glücksgefühl durchfuhr wie damals am ersten Tag. Und Guinevere wußte, wie sie ihn in ihrem Bann halten konnte, indem sie ihm nämlich stets einen geheimnisvollen Schritt voraus war und Arthur dadurch immer tiefer in seine Leidenschaft hineinlockte. Ein, wie ich annehme, unfehlbares Mittel, sich einer Liebe zu versichern.

An jenem Tag war Mordred bei uns. Arthur hatte darauf bestanden, daß der König an den Kronratssitzungen teilzunehmen begann, bevor er in seine volle Macht eingesetzt wurde. Deswegen forderte er Mordred immer wieder auf, sich an unseren Diskussionen zu beteiligen, doch Mordreds einziger Beitrag bestand darin, stumm dazusitzen und den Dreck unter seinen Fingernägeln hervorzuholen oder ausgiebig zu gähnen, während die langweilige Tagesordnung abgespult wurde. Arthur hoffte, er werde durch seine Teilnahme an den Ratssitzungen lernen, was Verantwortung bedeutete, aber ich fürchte, der König lernte nur, sich vor den Einzelheiten des Regierens zu drücken. An jenem Tag saß er, wie es sich gehörte, am Mittelpunkt der Speisetafel und unternahm nicht den geringsten Versuch, Interesse an Bischof Emrys Erzählung von einer Quelle vorzutäuschen, die auf wunderbare Weise entsprungen sein sollte, als ein Priester den Hügelhang segnete.

»Diese Quelle, Bischof«, mischte sich Guinevere ins Gespräch, »könnte es sein, daß sie in den Hügeln nördlich von Dunum liegt?«

»Aber ja, Lady!« antwortete Emrys, der sich freute, trotz des teilnahmslosen Mordred eine Zuhörerin gefunden zu haben. »Ihr habt von dem Wunder gehört?«

»Lange bevor Eure Priester hierher kamen«, sagte Guinevere. »Diese Quelle entspringt und versiegt, Bischof, je nach der gefallenen Regenmenge. Und dieses Jahr waren, wie Ihr Euch sicher erinnern werdet, die Regenfälle im Spätwinter besonders ergiebig.«

Sie lächelte triumphierend. Ihr Widerstand gegen die Kirche war noch immer vorhanden, wenn auch inzwischen weniger herausfordernd.

»Dies ist eine neue Quelle«, behauptete Emrys. »Die Leute auf dem Land draußen versichern uns, daß sie bis dahin nicht existiert hat!« Er wandte sich wieder an Mordred. »Ihr solltet die Quelle aufsuchen, Lord König. Es ist wirklich ein echtes Wunder.«

Mordred gähnte und starrte leeren Blickes zu den Tauben auf dem fernen Palastdach empor. Auf seinem Wams prangten Metflecken, in seinem neu erworbenen lockigen Bart nisteten Krumen. »Sind wir fertig mit der Tagesordnung?« fragte er plötzlich.

»Weit gefehlt, Lord König«, antwortete Emrys begeistert. »Wir müssen uns noch über den Bau der Kirche einigen, und außerdem stehen drei Vorschläge für das Richteramt an. Die Herren sind doch hoffentlich anwesend, um von uns befragt zu werden?« wandte er sich an Arthur.

»Das sind sie, Bischof«, bestätigte Arthur.

»Eine schöne Tagesordnung für uns!« verkündete Emrys hocherfreut.

»Nicht für mich«, widersprach Mordred. »Ich gehe jetzt auf die Jagd.«

»Aber, Lord König…«, protestierte Emrys milde.

»Auf die Jagd«, fiel Mordred dem Bischof ins Wort. Er stieß sein Sitzpolster von dem niedrigen Tisch zurück und hinkte quer über den Hof hinaus.

Rings um die Tafel herrschte Schweigen. Wir alle wußten, was die anderen dachten, aber keiner sprach es aus, bis ich versuchte, Optimismus zu verbreiten. »Er kümmert sich gut um seine Waffen«, sagte ich.

»Weil er das Töten liebt«, sagte Guinevere eisig.

»Ich wünschte, der Knabe würde wenigstens manchmal reden!« beschwerte sich Emrys. »Er sitzt einfach da und zieht ein mürrisches Gesicht. Und knibbelt an seinen Nägeln.«

»Nun, wenigstens bohrt er nicht in der Nase«, gab Guinevere bissig zurück. Dann blickte sie auf, weil Arthurs Schildknappe Hygwydd einen Fremden in den Hof führte. Es war Cyllan, der Champion von Kernow, und er bot wirklich den Anblick eines

Champions: ein riesiger, schwarzhaariger, wildbärtiger Barbar mit einer blau tätowierten Axt auf der Stirn. Er verneigte sich vor Guinevere, zog ein barbarisch wirkendes Langschwert aus der Scheide und legte es so auf die Steinplatten, daß die Spitze auf Arthur zeigte – ein Zeichen dafür, daß Unfriede zwischen unseren Ländern herrschte.

»Setzt Euch, Lord Cyllan.« Arthur deutete auf Mordreds verlassenes Sitzpolster. »Es gibt noch Käse und etwas Wein. Das Brot ist frisch gebacken.«

Cyllan nahm den Eisenhelm ab, dessen Zier die fauchende Maske einer Wildkatze war. »Lord«, verkündete er mit grollender Stimme, »ich komme mit einer Beschwerde …«

»Und mit leerem Magen, nehme ich an«, fiel Arthur ihm ins Wort. »Setzt Euch, Mann! Eure Eskorte wird in den Küchen verköstigt werden. Und nehmt dieses Schwert bitte wieder an Euch.«

Cyllan beugte sich Arthurs Zwanglosigkeit. Er brach einen Brotlaib in zwei Hälften und schnitt sich ein dickes Stück Käse ab. »Tristan«, erklärte er wortkarg, als Arthur ihn fragte, welche Beschwerde er vorzutragen habe. Guinevere schüttelte sich angewidert, weil Cyllan mit vollem Mund redete. »Der Edling ist außer Landes geflohen, Lord«, fuhr Kernows Champion fort, »und hat die Königin mitgenommen.« Er griff nach dem Wein und schüttete ein ganzes Horn in sich hinein. »König Mark verlangt, daß die beiden zurückkommen.«

Arthur antwortete nicht, sondern trommelte mit den Fingern auf der Tischkante. Cyllan schlang noch mehr Brot und Käse in sich hinein und schenkte sich noch einmal Wein ein. »Schlimm genug«, sagte er nach einem ausgiebigen Rülpser, »daß der Edling mit seiner Stiefmutter« – er hielt inne, warf Guinevere einen Blick zu und veränderte seinen Satz – »zusammen ist.«

Guinevere übernahm es, das Wort auszusprechen, das Cyllan in ihrer Gegenwart nicht auszusprechen wagte. Er nickte, errötete und fuhr dann fort: »Das ist nicht gut, Lady. Nicht mit der eigenen Stiefmutter. Aber er hat seinem Vater auch die Hälfte des Kronschatzes gestohlen. Zwei Eide hat der Edling gebrochen, Lord. Den Eid, den er seinem königlichen Vater geschworen hat.

Und den Eid, den er seiner Königin geschworen hat. Und nun hören wir, daß man ihm in Isca Zuflucht gewährt.«

»Ich habe gehört, daß der Prinz in Dumnonia ist«, sagte Arthur ruhig.

»Und mein König will, daß er zurückkommt. Daß sie beide zurückkommen.« Nachdem Cyllan seine Botschaft an den Mann gebracht hatte, widmete er sich wiederum dem Käse.

Der Kronrat versammelte sich von neuem, während Cyllan sich die Zeit im warmen Sonnenschein vertrieb. Die drei Kandidaten für das Richteramt wurden angewiesen, ein wenig zu warten, das vertrackte Problem von Sansums großer Kirche wurde ad acta gelegt, und wir besprachen Arthurs Antwort an König Mark.

»Tristan«, sagte ich, »war schon immer ein Freund unseres Landes. Als niemand für uns kämpfen wollte, war er zur Stelle. Er ist mit seinen Männern ins Lugg Vale gekommen. Er war mit uns in London. Er hat unsere Hilfe verdient.«

»Er hat Eide gebrochen, die er einem König geleistet hat«, wandte Arthur besorgt ein.

»Heidnische Eide«, verkündete Sansum, als könnte das Tristans Vergehen abschwächen.

»Aber er hat Geld gestohlen«, sagte Bischof Emrys darauf.

»Von dem er hofft, daß es ihm schon bald rechtmäßig gehören wird«, gab ich zur Verteidigung meines alten Schlachtgefährten zurück.

»Und genau das ist es, was König Mark Sorge macht«, entgegnete Arthur. »Versetzt Euch in seine Lage, Derfel. Was würdet Ihr am meisten fürchten?«

»Einen Mangel an Prinzessinnen?« antwortete ich fragend.

Arthur quittierte meine Leichtfertigkeit mit einem Stirnrunzeln. »Er fürchtet, daß Tristan mit Speerkämpfern nach Kernow zurückkehrt. Er fürchtet den Bürgerkrieg. Er fürchtet, daß sein Sohn genug davon hat, auf seinen Tod zu warten, und er tut recht daran, sich davor zu fürchten.«

Ich schüttelte den Kopf. »Tristan ist nicht berechnend, Lord«, sagte ich. »Er handelt impulsiv. Er hat sich Hals über Kopf in die junge Frau seines Vaters verliebt. An den Thron verschwendet er keinen Gedanken.«

»Noch nicht«, entgegnete Arthur düster, »aber bald.«

»Wenn wir nun Tristan Zuflucht gewähren – was wird König Mark dann tun?« fragte Sansum schlau.

»Überfälle inszenieren«, antwortete Arthur. »Bauernhöfe verbrennen, Vieh stehlen. Oder er schickt seine Speerkämpfer aus, damit sie Tristan lebend fangen. Seinen Bootsfahrern könnte das durchaus gelingen.« Die Männer von Kernow waren die einzigen erfahrenen Seeleute von allen britannischen Königreichen, und die Sachsen hatten bei ihren ersten Überfällen die Langboote von Marks Speerkämpfern fürchten gelernt. »Es wird ständigen, niemals endenden Ärger geben«, gab Arthur zurück. »Jeden Monat ein Dutzend tote Bauern und Bäuerinnen. Bis alles erledigt ist, werden wir hundert Speerkämpfer an die Grenze schicken müssen.«

»Kostspielig«, warf Sansum ein.

»Viel zu kostspielig«, bestätigte Arthur grimmig.

»Sein Geld muß König Mark auf jeden Fall zurückerhalten«, mahnte Emrys.

»Mitsamt der Königin, vermutlich«, warf Cythryn ein, einer der Richter, die Mitglied des Kronrats waren. »Ich kann mir nicht vorstellen, daß König Marks Stolz diese Demütigung ungeahndet hinnimmt.«

»Und was wird aus dem Mädchen, wenn sie zu ihm zurückgeschickt wird?« fragte Emrys.

»Das«, entgegnete Arthur energisch, »ist einzig und allein König Marks Entscheidung. Nicht die unsere.« Mit beiden Händen rieb er sich das lange, knochige Gesicht. »Ich nehme an«, sagte er müde, »daß wir in dieser Angelegenheit vermitteln sollten.« Er lächelte. »Es ist lange her, daß ich mich in jenen Teil der Welt begeben habe. Vielleicht ist es an der Zeit, mich dort wieder einmal blicken zu lassen. Würdet Ihr mitkommen, Derfel? Ihr seid Tristans Freund. Möglich, daß er auf Euch hört.«

»Mit Vergnügen, Lord«, stimmte ich zu.

Der Kronrat einigte sich darauf, daß Arthur in der Angelegenheit vermitteln sollte, und schickte Cyllan mit einer Nachricht nach Kernow zurück, in der erklärt wurde, was Arthur vorhatte. Dann ritten wir mit einem Dutzend meiner Speerkämpfer nach Westen, um der flüchtigen Liebenden habhaft zu werden.

Es begann als eine fröhliche Reise – trotz der unangenehmen Probleme, die uns an ihrem Ende erwarteten. Neun Jahre Frieden hatten die Qualität des Erdbodens gesteigert, das warme Sommerwetter hielt an, und es schien trotz Culhwchs düsterer Voraussagen in diesem Jahr eine gute Ernte zu geben. Es machte Arthur aufrichtig Freude, die wohlbestellten Felder und neuen Kornspeicher zu sehen. In jeder Stadt, in jedem Dorf wurde er begrüßt, und die Begrüßung fiel jedesmal überaus herzlich aus. Kinderchöre sangen für ihn, und Geschenke wurden ihm zu Füßen gelegt: Korngarben, Körbe voll Obst oder auch ein Fuchspelz. Arthur erwiderte die Gaben mit Gold, besprach die jeweiligen Probleme, die das Dorf hatte, redete mit der Ortsverwaltung, und dann ritten wir weiter. Der einzige Mißton war die Feindseligkeit der Christen; denn in nahezu jedem Dorf gab es eine kleine Gruppe christlicher Fanatiker, die Arthur Flüche entgegenschleuderten, bis sie von ihren Nachbarn zur Ruhe gebracht oder kurzerhand aus dem Weg gestoßen wurden. Überall standen neue Kirchen, gewöhnlich an einem heiligen Quell oder Brunnen, wo man einst zu den alten Göttern gebetet hatte. Die Kirchen waren das Produkt von Bischof Sansums eifrigen Missionaren, und ich fragte mich, warum wir Heiden nicht ebenfalls Männer ausschickten, die über die Straßen zogen und den Bauern predigten. Zugegeben, die neuen Kirchen der Christen waren winzig – kleine Hütten aus Flechtwänden und Lehm, mit einem Kreuz vorn am Giebel –, aber sie vermehrten sich, und die bösartigeren unter ihren Priestern verfluchten Arthur, weil er ein Heide war, und verabscheuten Guinevere, weil sie dem Isisglauben anhing. Guinevere kümmerte es nicht, daß man sie haßte, Arthur aber war jeder religiöse Fanatismus zuwider. Auf der Reise nach Isca machte er immer wieder einmal halt, um sich mit den Christen zu unterhalten, die ihn bespien, doch seine Worte zeitigten keine Wirkung. Den Christen war es gleichgültig, daß er dem Land Frieden und ihnen selbst Wohlstand gebracht hatte; für sie zählte nur, daß Arthur ein Heide war. »Sie sind wie die Sachsen«, erklärte er mir bedrückt, als wir wieder einmal eine feindselige Gruppe hinter uns ließen. »Sie werden erst Ruhe geben, wenn ihnen endlich alles gehört.«

»Dann sollten wir mit ihnen das machen, was wir mit den Sachsen gemacht haben, Lord«, gab ich zurück. »Sie gegeneinander aufhetzen.«

»Sie liegen sich ja schon in den Haaren«, sagte Arthur. »Begreift Ihr, worum es bei diesem Streit um den Pelagianismus geht?«

»Ich würde es gar nicht begreifen wollen«, gab ich hochnäsig zurück, obwohl diese Auseinandersetzungen immer heftiger wurden, weil ein Teil der Christen den anderen der Ketzerei beschuldigte. »Begreift Ihr es denn?«

»Ich glaube schon. Pelagius weigerte sich zu glauben, daß der Mensch von Natur aus böse ist, während Sansum und Emrys behaupten, wir seien alle böse geboren.« Er hielt inne. »Falls ich ein Christ wäre«, fuhr er dann fort, »wäre ich bestimmt ein Pelagianer.« Ich dachte an Mordred und sagte mir, daß der Mensch durchaus von Natur aus böse sein könne, hielt aber wohlweislich den Mund. »Ich glaube mehr an die Menschheit als an irgendeinen Gott«, verkündete Arthur.

Ich spie an den Wegrand, um das Böse abzuwenden, das seine Worte heraufbeschwören konnten. »Ich frage mich oft«, sagte ich, »wie wohl alles verlaufen wäre, wenn Merlin seinen Kessel behalten hätte.«

»Den alten Topf?« Arthur lachte. »An den hab' ich seit Jahren nicht mehr gedacht!« Bei der Erinnerung an die alten Tage mußte er lächeln. »Gar nichts wäre anders geworden, Derfel«, fuhr er dann fort. »Ich denke manchmal, daß die Suche nach den Kleinodien Merlins ganzes Leben gewesen ist und daß es, sobald er sie alle gefunden hatte, nichts mehr gab, wofür es sich für ihn zu leben lohnte! Er wagte es nicht, ihre Magie einzusetzen, weil er befürchtete, daß gar nichts geschehen werde.«

Ich warf einen Blick auf das Schwert an seiner Seite, eins der dreizehn Kleinodien, sagte aber kein Wort, weil ich Merlin versprochen hatte, Arthur nichts von Excaliburs wahrer Macht zu verraten. »Meint Ihr, daß Merlin seinen Turm selbst in Brand gesteckt hat?« fragte ich ihn statt dessen.

»Ich habe daran gedacht«, räumte er ein.

»Nein«, versicherte ich vehement, »er hat geglaubt. Und manchmal denke ich, wagt er zu glauben, daß er die Kleinodien noch in diesem Leben wiederfinden wird.«

»Dann sollte er sich beeilen«, sagte Arthur scharf, »denn viel Zeit bleibt ihm nicht mehr.«

Diese Nacht verbrachten wir im alten römischen Gouverneurspalast von Isca, wo Culhwch jetzt lebte. Er war düsterer Laune – nicht etwa wegen Tristan, sondern weil die Stadt eine Brutstätte christlicher Fanatiker war. Erst eine Woche zuvor war eine Bande jugendlicher Christen in die Heidentempel der Stadt eingedrungen, hatte die Götterstatuen umgestürzt und die Wände mit Exkrementen beschmiert. Culhwchs Speerkämpfer hatten einige der Tempelschänder gefaßt und in den Kerker geworfen, aber Culhwch machte sich Sorgen um die Zukunft. »Wenn wir diese Bastarde jetzt nicht niederschlagen«, warnte er, »werden sie für ihren Gott sogar in den Krieg ziehen.«

»Unsinn«, entgegnete Arthur wegwerfend.

Culhwch schüttelte den Kopf. »Sie wollen einen christlichen König, Arthur.«

»Nächstes Jahr werden sie Mordred haben«, gab Arthur zurück.

»Ist der ein Christ?« erkundigte sich Culhwch.

»Wenn er überhaupt etwas ist«, sagte ich.

»Aber ihn wollen sie nicht«, wandte Culhwch niedergeschlagen ein.

»Wen dann?« Endlich zeigte sich Arthur an den Warnungen seines Cousins interessiert.

Culhwch zögerte und zuckte dann die Achseln. »Lancelot.«

»Lancelot!« Arthur schien belustigt zu sein. »Wissen sie denn nicht, daß der seine Heidentempel offenhält?«

»Sie wissen überhaupt nichts über ihn«, antwortete Culhwch, »aber das brauchen sie auch nicht. Sie sehen ihn so, wie die Menschen in Uthers letzten Lebensjahren Euch gesehen haben. Sie halten ihn für ihren Befreier.«

»Befreier – wovon?« fragte ich verächtlich.

»Von uns Heiden natürlich«, sagte Culhwch. »Sie bestehen darauf, daß Lancelot der christliche König ist, der sie alle in den Himmel führen wird. Und wißt Ihr, warum? Wegen dieses Seeadlers auf seinem Schild. Er hält einen Fisch in den Klauen, erinnert Ihr Euch? Und der Fisch ist das Symbol der Christen.« Angewidert spie er aus. »Über ihn wissen sie nichts«, fuhr er dann fort, »aber sie sehen den Fisch und halten ihn für ein Zeichen ihres Gottes.«

»Ein Fisch?« Arthur glaubte Culhwch offensichtlich kein Wort.

»Ein Fisch«, bestätigte Culhwch. »Vielleicht beten sie eine Forelle an. Was weiß ich? Bis jetzt verehren sie bereits einen heiligen Geist, eine Jungfrau und einen Zimmermann. Warum also nicht auch einen Fisch? Die sind doch alle zusammen verrückt.«

»Nicht verrückt«, berichtigte Arthur, »höchstens etwas erregt.«

»Etwas erregt? Habt Ihr in jüngster Zeit mal an ihren Ritualen teilgenommen?« fragte Culhwch seinen Cousin.

»Nicht seit Morgans Vermählung.«

»Dann kommt mit und seht es Euch an«, sagte Culhwch. Es war inzwischen dunkel geworden, und wir hatten die Abendmahlzeit beendet; aber Culhwch bestand darauf, daß wir uns dunkle Umhänge überwarfen und ihm durch eine Seitentür des Palastes ins Freie folgten. Durch eine finstere Gasse kamen wir zu dem Forum, wo die Christen ihre Kirche in einem alten römischen Tempel eingerichtet hatten, der einst Apoll gedient hatte, nun aber vom Heidentum gereinigt, frisch getüncht und dem Christentum geweiht worden war. Wir traten durch die Westtür ein und suchten uns eine dunkle Nische, in der wir, die dichtgedrängte Menge der Andächtigen imitierend, niederknieten.

Wie Culhwch uns erklärte, beteten die Christen hier jeden Abend, und auf die Gabe von Brot und Wein, die der Priester unter den Gläubigen verteilte, folgte allabendlich der gleiche Wahnsinn. Brot und Wein besäßen für sie magische Kräfte, erklärte er, und seien angeblich Blut und Fleisch ihres Gottes. Also beobachteten wir, wie sich die Gläubigen um den Altar drängten, um ihren Anteil zu ergattern. Mindestens die Hälfte der Gläubigen waren Frauen, und nachdem sie von den Priestern das Brot entgegengenommen hatten, steigerten sich diese Frauen in Ekstase. Ich hatte diese seltsame Inbrunst schon oft erlebt, denn Merlins alte Heidenriten endeten nicht selten damit, daß kreischende Weiber um die Feuer des Tor tanzten, und diese Frauen hier verhielten sich ganz genauso. Sie tanzten mit geschlossenen Augen und reckten die winkenden Hände hoch zu dem weißen Dach hinauf, wo sich der Qualm der Fackeln und des brennenden Weihrauchs zu einem dichten Nebel sammelte. Einige stießen seltsame Worte hervor, andere waren in Trance und hielten den Blick starr auf die Statue der Mutter ihres Gottes gerichtet, manche wanden sich auf dem Boden, aber die meisten tanzten zum rhythmischen Gesang der drei Priester. Die Männer in der Kirche sahen meist nur zu, einige aber gesellten sich zu den Tanzenden, und die waren es auch, die als erste ihren Oberkörper entblößten und zu verknoteten Riemen griffen, um sich damit den eigenen Rücken zu peitschen. Das verwunderte mich, denn so etwas hatte ich noch nie zuvor gesehen; doch meine Verwunderung verwandelte sich in Entsetzen, als einige Frauen sich den Männern anschlossen und vor ekstatischer Seligkeit kreischten, wenn sie sich den Rücken und die nackten Brüste endlich blutig gepeitscht hatten.

Arthur verabscheute das alles. »Das ist Wahnsinn«, flüsterte er uns zu, »der reine Wahnsinn!«

»Er verbreitet sich überall«, warnte ihn Culhwch finster. Eine der Frauen schlug sich mit einem Stück verrosteter Kette auf den nackten Rücken, und ihr wildes Heulen schallte durch die weite Halle aus Stein, während ihr Blut nur so auf die Bodenplatten tropfte. »So wird es die ganze Nacht weitergehen«, sagte Culhwch.

Da die Gläubigen sich langsam immer weiter nach vorn geschoben hatten und die ekstatischen Tänzerinnen umringten, blieben wir drei in unserer dunklen Nische allein. Ein Priester, der uns dort entdeckte, kam auf uns zugeeilt. »Habt Ihr das Fleisch Christi gegessen?« fragte er uns.

»Wir haben gebratene Gans gegessen«, antwortete Arthur höflich und stand auf.

Der Priester, der uns sprachlos anstarrte, erkannte Culhwch und spie ihm ins Gesicht. »Heide!« kreischte er. »Götzendiener! Du wagst es, Gottes Tempel zu entweihen?« Damit versetzte er Culhwch einen Schlag – aber das war ein Fehler, denn Culhwch erwiderte den Schlag mit einem mächtigen Hieb, der den Priester rückwärts zu Boden schickte. Der Zwischenfall hatte jedoch Aufmerksamkeit erregt, und bald stieg ein mächtiges Geheul von den Männern auf, die eben noch die sich geißelnden Tänzer beobachtet hatten.

»Wir sollten gehen«, sagte Arthur, also zogen wir drei uns eilig zur anderen Seite des Forums zurück, wo Culhwchs Speerkämpfer die Palastarkaden bewachten. Die Christen kamen aus ihrer Kirche geströmt, um uns zu verfolgen, aber die Speerkämpfer schlossen sich zu einem Schildwall zusammen und senkten die Klingen, so daß die Christen gar nicht erst den Versuch machten, den Palast zu stürmen.

»Kann sein, daß sie heute nacht nicht angreifen«, sagte Culhwch, »aber sie werden tagtäglich frecher.«

Arthur beobachtete die wutheulenden Christen von einem Palastfenster aus. »Was wollen die eigentlich?« fragte er verwundert. Er zog eine geziemendere Form von Religion vor. Wenn er nach Lindinis kam, nahm er stets an unseren Morgengebeten teil, für die wir vor unseren Hausgöttern niederknieten, ihnen ein Stück Brot opferten und sie um die Kraft baten, unsere täglichen Pflichten erfüllen zu können. Das war die Art Gottesdienst, die Arthur gefiel. Die Dinge, die er in der Kirche von Isca gesehen hatte, verwirrten ihn nur.

»Sie glauben«, versuchte Culhwch den Fanatismus zu erklären, dessen Zeugen wir geworden waren, »daß ihr Gott in fünf Jahren auf die Erde zurückkehrt, und sie glauben, daß es ihre Pflicht sei, die Erde auf seine Wiederkehr vorzubereiten. Die Priester sagen ihnen, die Heiden müßten ausgerottet werden, bevor ihr Gott zurückkehren könne, und predigen, daß Dumnonia einen christlichen König brauche.«

»Sie werden Mordred bekommen«, gab Arthur ingrimmig zurück.

»Dann solltet Ihr seinen Drachenschild lieber mit einem Fisch verzieren«, riet ihm Culhwch, »denn ich sage Euch, der Fanatismus wird immer schlimmer. Früher oder später wird es Probleme geben.«

»Wir werden sie beschwichtigen«, erklärte Arthur. »Wir werden ihnen mitteilen, daß Mordred ein Christ ist. Möglicherweise beruhigen sie sich dann ein wenig. Vielleicht sollten wir ihnen ja doch diese Kirche bauen, die Sansum verlangt«, wandte er sich an mich.

»Wenn wir damit einen Aufstand verhindern – warum nicht?« gab ich zurück.

Am folgenden Morgen verließen wir Isca – diesmal begleitet von

Culhwch und einem Dutzend seiner Männer. Wir überquerten den Exe auf der römischen Brücke und zogen sodann nach Süden tief in die Seengebiete hinein, die an Dumnonias fernster Küste lagen. Arthur verlor kein Wort mehr über die Raserei der Christen, der er beigewohnt hatte, aber er war merkwürdig schweigsam an jenem Tag. Ich schloß daraus, daß ihn die Riten zutiefst verstört hatten. Er haßte jede Art von Raserei, weil sie Männer und Frauen ihrer Vernunft beraubte, und muß sich wohl angstvoll gefragt haben, was ein derartiger Wahnsinn seinem sorgfältig konstruierten Frieden zufügen werde.

Vorerst aber waren nicht Dumnonias Christen unser Problem, sondern Tristan. Da Culhwch dem Prinzen eine Nachricht geschickt und ihn von unserem Kommen unterrichtet hatte, kam Tristan uns entgegengeritten, um uns zu begrüßen. Er kam allein; die Hufe seines Pferdes wirbelten Staubwolken auf, als er auf uns zugaloppiert kam. Er begrüßte uns freudig, schreckte aber vor Arthurs kalter Reserve zurück. Diese Zurückhaltung entsprang nicht etwa einer inneren Abneigung, die Arthur für Tristan hegte – im Gegenteil, er mochte den Prinzen sehr –, sondern eher Arthurs Erkenntnis, daß er nicht einfach gekommen war, um diesen Streit zu schlichten, sondern um über einen alten Freund zu richten. »Er hat Sorgen«, erklärte ich unbestimmt, da ich Tristan beruhigen wollte.

Ich führte mein Pferd am Zügel, denn ich fühlte mich stets wohler, wenn ich zu Fuß gehen konnte. Also saß Tristan, nachdem er Culhwch begrüßt hatte, ebenfalls ab und schritt an meiner Seite weiter. Ich schilderte ihm die enthemmte Raserei der Christen und schrieb Arthurs kühle Zurückhaltung den Sorgen zu, die er sich wegen dieser Ereignisse machte, aber Tristan wollte nichts davon hören. Er war verliebt und konnte, wie alle Liebenden, von nichts anderem reden als von seiner Liebsten. »Ein Juwel, Derfel«, sagte er, »genau das ist sie. Ein irisches Juwel!« Mit langen Schritten, den einen Arm um meine Schultern gelegt, ging er neben mir; in seinem langen, schwarzen Haar klirrten die Kriegerringe, die er in seine Zöpfe geflochten hatte. Sein Bart war inzwischen stärker von Weiß durchzogen, doch er war immer noch ein gutaussehender Mann mit knochiger Nase und dunklen, wachen Augen, die vor Leidenschaft brannten. »Iseult«, sagte er verträumt. »Iseult heißt sie.«

»Das hörten wir«, gab ich trocken zurück.

»Ein Kind Demetias«, fuhr er fort, »eine Tochter Oengus Mac Airems. Eine Prinzessin der Uí Liatháin. Fünfzehn Sommer alt und schön wie die Nacht.«

Ich dachte an Arthurs unbezähmbare Leidenschaft für Guinevere und mein eigenes Verlangen nach Ceinwyn, und mein Freund tat mir in der Seele leid. Er war blind vor Liebe, überwältigt von ihr, in den Wahnsinn getrieben von ihr. Tristan war immer schon ein leidenschaftlicher Mann gewesen, der zu finsteren Tiefen der Verzweiflung ebenso wie zu jubelnden Höhen des Glücks neigte – jetzt aber sah ich ihn zum ersten Mal, wie er vom Sturmwind der Liebe geschüttelt wurde. »Euer Vater«, versuchte ich ihn behutsam zu warnen, »verlangt Iseult zurück.«

»Mein Vater ist alt«, entgegnete er, jedes Hindernis beiseite fegend, »und wenn er stirbt, werde ich mit meiner Prinzessin der Uí Liatháin zu Tintagels Eisentoren segeln und ihr ein Schloß aus silbernen Türmen bauen, das zu den Sternen emporragen wird.« Er lachte über die eigene Extravaganz. »Anbeten werdet Ihr sie, Derfel!«

Ich antwortete nicht, sondern ließ ihn weiterreden. Für unsere Nachrichten hatte er kein Ohr, es interessierte ihn nicht, daß ich drei Töchter hatte und die Sachsen in der Defensive waren: In seiner Welt hatte nichts anderes mehr Platz als Iseult. »Wartet, bis Ihr sie seht, Derfel!« sagte er immer wieder, und je näher wir ihrem Zufluchtsort kamen, desto aufgeregter wurde er, bis er es schließlich nicht mehr ertragen konnte, von seiner Iseult getrennt zu sein, sich in den Sattel schwang und ungeduldig davonsprengte. Arthur sah mich fragend an. Ich verzog das Gesicht. »Er ist verliebt«, sagte ich, als müsse ich ihm das noch erklären.

»Mit der vom Vater ererbten Neigung für junge Mädchen«, setzte Arthur grimmig hinzu.

»Ihr und ich, wir kennen die Liebe, Lord«, wandte ich ein. »Seid freundlich zu ihnen.«

Tristan und Iseults Zufluchtsstätte war ein wunderschöner Ort, vielleicht der schönste, den ich jemals gesehen habe: Sanfte Hügel wurden von Bächen und dichten Wäldern durchschnitten, wasserreiche Flüsse strömten dem Meer entgegen, und hohe Klippen hallten vom Geschrei der Vögel wider. Ein wilder Ort, aber schön; ein Ort, der wie geschaffen war für die blinde Raserei der Liebe.

Und dort, in der kleinen, dunklen Halle mitten in den tiefen, grünen Wäldern, begegnete ich Iseult.

Klein, dunkel, zierlich und zerbrechlich, so habe ich Iseult in Erinnerung. Eigentlich war sie kaum mehr als ein Kind, obwohl man sie durch ihre Vermählung mit Mark in den Status einer erwachsenen Frau hineingezwungen hatte. Mir jedenfalls erschien sie wie ein scheues, kleines, mageres Mädchen, ein schmächtiges Wesen kurz vor dem Erwachsenwerden, das den Blick seiner riesigen, dunklen Augen nicht von Tristan wandte, bis er sie aufforderte, uns zu begrüßen. Sie verneigte sich vor Arthur. »Ihr dürft Euch nicht vor mir verneigen«, sagte Arthur, indem er sie sanft emporhob, »denn Ihr seid eine Königin.« Damit sank er auf ein Knie nieder und küßte ihre kleine Hand.

Ihre Stimme klang wispernd wie eine Schattenstimme. Sie hatte versucht, sich älter zu machen, indem sie ihre schwarzen Haare zu einer hohen Krone aufgesteckt und sich überall mit Juwelen behängt hatte; aber sie trug den Schmuck ungeschickt und erinnerte mich damit an Morwenna, wenn sie sich mit den Gewändern ihrer Mutter verkleidete. Sie musterte uns ängstlich. Ich glaube, Iseult wußte noch vor Tristan, daß dieser Aufmarsch bewaffneter Speerkämpfer kein zwangloser Besuch von Freunden war, sondern die Ankunft ihrer Richter.

Diesen Zufluchtsort hatte Culhwch den Liebenden zur Verfügung gestellt. Es war eine aus Holz errichtete Halle mit Roggenstrohdach, nicht groß, aber solide gebaut, und gehörte einem Häuptling, der Cadwys Aufstand unterstützt und dabei den Kopf verloren hatte. Die Halle, zu der noch drei Hütten und ein Speicher gehörten, war von einer Palisade umgeben und stand in einer waldigen Senke, wo die Seewinde das Dachstroh nicht zerzausen konnten. Dorthin hatten sich Tristan und Iseult mit sechs getreuen Speerkämpfern und einem Berg gestohlener Schätze zurückgezogen, um aus ihrer Liebe einen großen Gesang zu machen.

Arthur riß die Noten zu ihrem Lied in Fetzen. »Der Schatz«, erklärte er Tristan noch am selben Abend, »muß Eurem Vater zurückgegeben werden.«

»Den kann er haben, Lord!« entgegnete Tristan. »Ich hab' ihn nur mitgebracht, damit ich Eure Wohltätigkeit nicht in Anspruch nehmen muß.«

»Solange Ihr Euch in diesem Land aufhaltet, Lord Prinz«, sagte Arthur nachdrücklich, »werdet Ihr unsere Gäste sein.«

»Und wie lange wird das sein, Lord?« erkundigte sich Tristan.

Arthur krauste die Stirn und richtete den Blick ins dunkle Dachgebälk der Halle. »Ist das Regen? Mir scheint es lange her zu sein, daß es geregnet hat.«

Tristan wiederholte seine Frage, und wieder verweigerte Arthur die Antwort. Iseult griff nach der Hand ihres Prinzen, während Tristan Arthur an Lugg Vale erinnerte. »Als niemand sonst Euch zu Hilfe kommen wollte, Lord, bin ich gekommen«, sagte er.

»Das seid Ihr, Lord Prinz«, räumte Arthur ein.

»Und als Ihr mit Owain kämpfen mußtet, Lord, habe ich Euch da nicht beigestanden?«

»Das habt Ihr«, bekannte Arthur.

»Und ich bin mit meinen Falkenschilden nach London gekommen.«

»Das seid Ihr, Lord Prinz, und habt dort wohl gekämpft.«

»Und ich habe Euren Tafelrundeneid geschworen«, fuhr Tristan fort. Inzwischen benutzte niemand mehr die Bezeichnung Bruderschaft von Britannien.

»Das habt Ihr, Lord«, bestätigte Arthur.

»Und habe ich mir, Lord«, sagte Tristan bittend, »dadurch nicht Eure Hilfe verdient?«

»Ihr habt sehr viel verdient, Lord Prinz«, gab Arthur zurück, »und ich habe es nicht vergessen.« Das war eine ausweichende Antwort, aber die einzige, die Tristan an jenem Abend erhielt.

Wir ließen die Liebenden in der Halle zurück und machten uns selbst in einem der kleinen Vorratshäuser ein Schlaflager aus Stroh. Der Regen zog in der Nacht vorüber, so daß der folgende Morgen warm und schön heraufdämmerte. Ich erwachte ziemlich spät und entdeckte, daß Tristan und Iseult die Halle bereits verlassen hatten. »Wenn sie auch nur einen Funken Verstand haben«, vertraute mir Culhwch finster an, »sind sie so schnell und so weit gerannt, wie sie konnten.«

»Und – haben sie das?«

»Sie haben keinen Verstand, Derfel, sie lieben sich. Also glauben sie, die Welt existiert einzig zu ihrem Vergnügen.« Culhwch ging mit einem leichten Hinken, eine Folge der Wunde, die er in der Schlacht gegen Aelles Heer davongetragen hatte. »Sie sind zum Meer hinuntergegangen«, erklärte er mir, »um zu Manawydan zu beten.«

Culhwch und ich folgten den Liebenden und stiegen aus der bewaldeten Senke zu einem windzerzausten Hügel empor, der in einer hohen Klippe endete, wo die Seemöwen kreisten und wo sich der Ozean in weiß zerfetzten Gischtkronen brach. Culhwch und ich standen auf der Klippe und blickten auf eine kleine Bucht hinab, wo Tristan und Iseult sich auf dem Sandstrand ergingen. Als ich die schüchterne Königin am Abend zuvor beobachtete, hatte ich eigentlich nicht verstehen können, was der Grund für Tristans Liebeswahn war. An diesem windigen Morgen verstand ich ihn.

Ich beobachtete, wie sie sich plötzlich von Tristan löste und vorauslief, wie sie hüpfte, sich zu ihm umdrehte und über ihren Liebsten lachte, der ihr gemächlich folgte. Sie trug ein loses, weißes Gewand, und das lange, schwarze Haar, nun nicht mehr geflochten und aufgesteckt, wehte frei im salzigen Wind. Wie ein Geistwesen sah sie aus, wie eine der Wassernymphen, die in Britannien getanzt hatten, bevor die Römer kamen. Und dann – vielleicht um Tristan zu necken, vielleicht auch um ihre Gebete näher an Manawydan, den Meeresgott, heranzutragen – lief sie geradenwegs in die tosende Brandung hinein. Sie stürzte sich in die Wogen, so daß sie ganz und gar verschwand, während Tristan nur verzweifelt am Strand stehen und in die wirbelnde weiße Masse der sich brechenden Wellen starren konnte. Dann tauchte ihr Kopf plötzlich wieder auf – glatt wie ein Otter in einem Bach. Sie winkte, schwamm ein Stückchen und watete dann in ihrem nassen, weißen Gewand, das ihr am erbärmlich mageren Körper klebte, zum Strand zurück. Ich konnte nicht umhin zu vermerken, daß sie kleine, hohe Brüste und lange schlanke Beine hatte. Tristan verbarg sie vor unseren Blicken, indem er sie in die Schwingen seines weiten schwarzen Mantels hüllte, sie dort, am Rand des Wassers, eng an sich zog und die Wange an ihre salznassen Haare schmiegte. Culhwch und ich traten von der Klippe zurück und ließen die Liebenden allein im Meereswind, der vom sagenhaften Lyonesse herüberwehte.

»Er kann sie nicht zurückschicken«, knurrte Culhwch.

»Er darf es nicht«, stimmte ich zu. Gemeinsam starrten wir über das sich unablässig bewegende Meer hinaus.

»Warum will Arthur sie dann nicht beruhigen?« fragte mich Culhwch zornig.

»Ich weiß es nicht.«

»Ich hätte sie nach Broceliande schicken sollen«, sagte Culhwch. Der Wind blähte seinen Mantel, als wir westwärts um die Hügel über der Bucht wanderten. Unser Pfad führte zu einem erhöhten Punkt, von dem aus wir auf einen großen, natürlichen Hafen hinabsehen konnten, wo das Meer ein Flußtal überflutet und eine Kette großer, gutgeschützter Meeresteiche gebildet hatte. »Halcwm«, nannte Culhwch den Hafen, »und der Rauch kommt aus den Salzwerken.« Er zeigte auf einen grauen Schimmer am anderen Ende der Seenkette.

»Es muß hier doch Kapitäne geben, die sie nach Broceliande bringen können«, sagte ich, denn mindestens ein Dutzend Schiffe ankerten im Schutz des Hafens.

»Tristan wollte nicht«, gab Culhwch bedrückt zurück. »Ich habe es ihm vorgeschlagen, mehr als einmal, aber er glaubt, Arthur sei sein Freund. Er vertraut Arthur. Er kann's nicht erwarten, bis er König wird, denn dann wird er, wie er versichert, Arthur alle Speere Kernows zur Verfügung stellen.«

»Warum hat er seinen Vater nicht einfach getötet?« fragte ich bitter.

»Aus demselben Grund, aus dem keiner von uns diesen kleinen Bastard Mordred umbringt«, antwortete Culhwch. »Einen König zu töten ist keine Kleinigkeit.«

An jenem Abend aßen wir wieder in der Halle. Wieder drängte Tristan Arthur, ihm mitzuteilen, wie lange er mit Iseult in Dumnonia bleiben dürfe, und wieder ging Arthur einer Antwort aus dem Weg. »Morgen, Lord Prinz«, versicherte er Tristan, »morgen werden wir über alles entscheiden.«

Am nächsten Morgen kamen jedoch zwei dunkle Schiffe mit hohen Masten, zerfetzten Segeln und hochaufragendem Bug in

Form eines Falkenkopfes in Halcwms Seenkette hereingesegelt. Die Duchten beider Schiffe waren dicht mit Männern besetzt, die, sobald die hoch aufragenden Klippen den Schiffen den Wind aus den Segeln nahmen, die Riemen einlegten und die langen, dunklen Schiffe auf den Strand zuruderten. An den Hecks, wo die Steuerleute ihre schweren Ruder bedienten, waren Bündel von Speeren aufgestellt worden. Die Falkenköpfe am Bug beider Schiffe waren zum Zeichen, daß die Schiffe in friedlicher Absicht kamen, mit grünen Zweigen geschmückt.

Ich wußte nicht, wer in diesen beiden Schiffen kam, aber ich konnte es mir denken. König Mark von Kernow war eingetroffen.

König Mark war ein unförmiger Mann, der mich an den alternden Uther erinnerte. Er war so dick, daß er Halcwms Hügel nicht ohne Hilfe erklimmen konnte; deswegen mußten ihn vier Speerkämpfer in einem Sessel tragen, der mit zwei kräftigen Stangen versehen war. Weitere vierzig Speerkämpfer begleiteten den König. Cyllan, sein Champion, marschierte ihm voraus. Schwankend wurde der wuchtige Sessel hügelaufwärts gestemmt und anschließend in die bewaldete Senke hinabgetragen, in der Tristan und Iseult Zuflucht gefunden zu haben glaubten.

Iseult schrie auf, als sie den Zug sah, und rannte in panischer Angst und Verzweiflung davon, um ihrem Gemahl zu entkommen – aber die Palisade hatte nur einen Eingang, und der wurde von Marks mächtigem Tragsessel ausgefüllt. Also lief sie in die Halle zurück, in der ihr Liebster gefangen war. Die Hallentore wurden von Culhwchs Männern bewacht, die sowohl Cyllan als auch König Marks Speerkämpfern den Eintritt in das Gebäude verwehrten. Wir konnten Iseult weinen, Tristan wüten und Arthur bitten hören. König Mark ließ sich von den Trägern in seinem Sessel vor der Hallentür absetzen. Dann wartete er, bis Arthur mit bleichem, verkniffenem Gesicht herauskam und vor ihm niederkniete.

Der König von Kernow hatte ein hamsterbackiges Gesicht voll geplatzter Äderchen. Sein Bart war schütter und weiß, der flache Atem rasselte in seiner schwammigen Kehle, und aus seinen kleinen Augen rann Tränenflüssigkeit. Er winkte Arthur aufzustehen, stemmte sich aus seinem Sessel hoch und folgte Arthur auf dicken, unsicheren Beinen in die größte der umliegenden Hütten. Es war ein warmer Tag, aber Marks dicker Körper war dennoch in einen Mantel aus Seehundsfell gehüllt, als wäre ihm kalt. Er legte Arthur die Hand auf den Arm, damit dieser ihm in die Hütte helfe, in die zwei Sessel gebracht worden waren.

Culhwch baute seinen mächtigen Körper angewidert in der Türöffnung der Halle auf und blieb dort mit gezogenem Schwert stehen. Ich stellte mich neben ihn, während hinter uns die schwarzhaarige Iseult weinte.

Eine ganze Stunde lang blieb Arthur in der Hütte. Als er herauskam, warf er Culhwch und mir einen Blick zu. Er schien zu seufzen. Dann ging er an uns vorbei in die Halle. Was er sagte, hörten wir nicht, aber wir hörten Iseult schreien.

Culhwch funkelte Kernows Speerkämpfer aufgebracht an und forderte sie auf, doch herzukommen, aber keiner von ihnen rührte sich. Cyllan, der Champion, stand mit einem riesigen Kampfspeer und seinem mächtigen Langschwert regungslos am Tor.

Abermals schrie Iseult, dann kam Arthur plötzlich ans Tageslicht heraus und ergriff meinen Arm. »Kommt, Derfel!«

»Und was ist mit mir?« fragte Culhwch trotzig.

»Ihr bewacht die beiden, Culhwch«, befahl Arthur. »Niemand darf die Halle betreten.« Damit ging er davon, und ich begleitete ihn.

Er schwieg, während wir von der Halle aus hügelaufwärts stiegen, er schwieg, als wir den Hügelweg entlanggingen, und er schwieg immer noch, als wir auf die hohe Klippe hinaustraten. Unter uns ragte die Landspitze ins Meer, wo sich das Wasser in hohen, wilden Wogen brach und die Gischt ostwärts in den nie nachlassenden Wind sprühte. Die Sonne schien auf uns herab, doch draußen auf See stand eine dicke Wolke. Arthur starrte zu dem dunklen Regen hinüber, der auf die leeren Wogen fiel. Der Wind ließ seinen weißen Mantel flattern. »Kennt Ihr die Sage von Excalibur?« fragte er mich unvermittelt.

Besser als du, dachte ich, sagte jedoch kein Wort darüber, daß die Klinge zu den Kleinodien Britanniens zählte. »Ich weiß«, antwortete ich und fragte mich, warum er mir die Frage in einem solchen Moment stellte, »daß Merlin das Schwert in Irland bei einem

Traumwettbewerb gewonnen hat, Lord, und daß er es Euch bei den Steinen übergeben hat.«

»Und er hat mir gesagt, falls ich jemals in große Not geraten sollte, brauche ich nur dieses Schwert zu ziehen und es in den Boden zu stoßen, und Gofannon werde aus der Anderwelt kommen, um mir beizustehen. Ist das richtig?«

»Ja, Lord.«

»Dann, Gofannon«, schrie er in den Seewind hinaus, während er die breite Klinge zog, »komm!« Damit rammte er das Schwert mit aller Kraft in den Boden.

Eine Möwe schrie im Wind, das Meer sog an den Felsen, wenn es in seine Tiefen zurückwich, und der salzige Wind blähte unsere Mäntel, aber kein Gott erschien. »Die Götter mögen mir helfen«, sagte Arthur schließlich und starrte auf die schwankende Klinge hinab, »aber wie gern hätte ich dieses fette Ungeheuer getötet!«

»Warum habt Ihr es dann nicht getan?« fragte ich hart.

Er schwieg eine Weile, und ich sah, daß ihm Tränen über die schmalen, hohlen Wangen liefen. »Ich habe ihnen den Tod angeboten, Derfel«, sagte er. »Schnell und schmerzlos.« Mit den Fäusten rieb er sich die Wangen und trat dann in einem plötzlichen Wutanfall heftig gegen das Schwert. »Götter!« Er spie auf die bebende Klinge. »Welche Götter?«

Ich zog Excalibur aus dem Boden und wischte die Erde von seiner Spitze. Da Arthur das Schwert nicht zurücknehmen wollte, legte ich es ehrfurchtsvoll auf einen grauen Felsblock. »Was wird mit ihnen geschehen, Lord?« erkundigte ich mich besorgt.

Er ließ sich auf einem anderen Stein nieder. Eine Weile antwortete er nicht, sondern starrte zu dem Regen auf dem fernen Meer hinüber, während ihm Tränen die Wangen hinabliefen. »Ich habe mein Leben lang den Eiden entsprechend gelebt, Derfel«, sagte er schließlich. »Für mich gab es keine andere Möglichkeit. Ich hasse Eide, und das sollten alle Männer tun, denn Eide binden uns, sie legen unserer Freiheit Fesseln an, und wer unter uns will nicht frei sein? Aber wenn wir keine Eide mehr schwören, verzichten wir auf Führung. Wir stürzen ins Chaos. Wir fallen. Und sind nur noch Tiere.« Plötzlich konnte er nicht weitersprechen, sondern weinte nur noch.

Ich starrte auf die graue Dünung der See. Wo, fragte ich mich, beginnen diese großen Wogen, und wo enden sie? »Und wenn der Eid nun ein Fehler ist?« wandte ich ein.

»Ein Fehler?« Er sah mich an und blickte dann wieder aufs Meer hinaus. »Manchmal«, sagte er traurig, »kann ein Eid nicht gehalten werden. Ich konnte Bans Königreich nicht retten, obwohl die Götter wissen, daß ich's versucht habe, aber es war unmöglich. Deswegen habe ich jenen Eid gebrochen und werde dafür bezahlen müssen. Aber ich habe ihn nicht mutwillig gebrochen. Aelle werde ich noch töten müssen, diesen Eid muß ich halten, aber noch habe ich ihn nicht gebrochen, sondern nur aufgeschoben. Ich habe versprochen, Diwrnach Henis Wyren wieder abzunehmen, und das werde ich auch tun. Mag sein, daß jener Eid ein Fehler war, aber ich habe ihn nun mal geschworen. Da habt Ihr Eure Antwort: Wenn ein Eid sich als Fehler erweist, ist man dennoch daran gebunden, weil man ihn geschworen hat.« Er wischte sich die Wangen. »Also werde ich eines Tages meine Speere gegen Diwrnach führen müssen.«

»Mark seid Ihr nicht eidlich verpflichtet«, stellte ich verbittert fest.

»Nein«, räumte er ein, »aber Tristan ist es, und Iseult ist es.«

»Haben deren Eide etwas mit uns zu tun?« fragte ich ihn.

Er starrte auf sein Schwert hinab. Die graue Klinge war mit einem Muster aus verschlungenen Wirbeln und züngelnden Drachenköpfen verziert, in denen sich die fernen schiefergrauen Wolken spiegelten. »Ein Schwert und ein Stein«, sagte er leise und dachte dabei vielleicht an den Moment, da Mordred König werden würde. Unvermittelt erhob er sich, kehrte dem Schwert den Rücken und starrte landeinwärts zu den grünen Hügeln hinüber. »Angenommen«, sagte er dann zu mir, »zwei Eide stehen miteinander im Widerspruch. Angenommen, ich habe geschworen, für Euch zu kämpfen, und ich habe geschworen, für Euren Feind zu kämpfen. Welchen Eid muß ich halten?«

»Denjenigen, der zuerst abgelegt wurde.« Ich kannte das Gesetz genausogut wie er.

»Und wenn sie beide gleichzeitig abgelegt wurden?«

»Dann beugt Ihr Euch dem Richterspruch des Königs.«

»Warum des Königs?« Er fragte mich ab, als wäre ich ein junger Speerkämpfer, den er Dumnonias Gesetze lehren müsse.

»Weil der Eid, den Ihr dem König geschworen habt, über allen anderen Eiden steht und Ihr ihm verpflichtet seid«, antwortete ich gehorsam.

»Dann ist der König also der Hüter unserer Eide«, gab er betont zurück, »und ohne König gäbe es nichts als ein Gewirr einander widersprechender Eide. Ohne König gibt es nur Chaos. Alle Eide führen zum König, all unsere Pflichten liegen beim König, und all unsere Gesetze werden vom König bewahrt. Wenn wir uns gegen unseren König auflehnen, lehnen wir uns gegen die Ordnung auf. Wir dürfen gegen andere Könige kämpfen, wir dürfen sie sogar töten, aber nur, wenn sie unseren König und seine gute Ordnung bedrohen. Was immer Ihr oder ich auch tun mögen – den König müssen wir unterstützen.«

Ich wußte, daß er nicht von Tristan und Mark sprach. Er dachte an Mordred, deswegen wagte ich es, jenen unausgesprochenen Gedanken auszusprechen, der während so vieler Jahre so schwer auf Dumnonia gelastet hatte. »Es gibt Menschen, Lord«, sagte ich, »die finden, Ihr solltet der König sein.«

»Nein!« Laut schrie er das Wort in den Wind hinaus. »Nein!« wiederholte er ein wenig leiser und sah mich an.

Ich betrachtete das Schwert auf dem Stein. »Und warum nicht?«

»Weil ich Uther einen Eid geleistet habe.«

»Mordred«, widersprach ich, »taugt nicht zum König. Das wißt Ihr, Lord.«

Er wandte sich um und blickte wieder aufs Meer hinaus. »Mordred ist unser König, Derfel, mehr brauchen wir nicht zu wissen, Ihr und ich. Er hat unseren Eid. Wir können nicht über ihn richten, aber er wird über uns richten; und wenn Ihr oder ich beschließen, daß ein anderer König sein sollte – wo bliebe die Ordnung? Wenn ein Mann sich unrechtmäßig des Thrones bemächtigt, könnte jeder ihn sich nehmen. Wenn ich ihn mir nähme, warum sollte ihn mir ein anderer dann nicht wieder wegnehmen? Die Ordnung wäre aufgelöst. Es gäbe nur noch das Chaos.«

»Glaubt Ihr etwa, Mordred kümmert sich um Ordnung?« fragte ich ihn verbittert.

»Ich glaube, daß Mordred noch nicht richtig zum König ausgerufen wurde«, gab Arthur zurück. »Wenn ihm die hohen Pflichten auferlegt werden, wird er sich möglicherweise ändern. Ich glaube zwar eher, daß er sich nicht ändern wird, aber vor allem, Derfel, glaube ich, daß er unser König ist und daß wir ihn ertragen müssen, weil das unsere Pflicht ist, ob es uns nun gefällt oder nicht. Auf der ganzen Welt, Derfel«, sagte er, griff unvermittelt nach Excalibur und zog die Klinge in weitem Bogen den Horizont entlang, »auf der ganzen Welt gibt es nur eine einzige sichere Ordnung, und das ist die Ordnung der Könige. Nicht die der Götter. Die haben sich aus Britannien zurückgezogen. Merlin glaubte sie zurückholen zu können, aber seht Euch Merlin jetzt doch an. Sansum erklärt uns, sein Gott besitze Macht, und das mag sein, aber nicht für mich. Ich sehe nur Könige, und in den Königen konzentrieren sich unsere Eide und unsere Pflichten. Ohne sie wären wir nichts als Wilde, die um einen Platz auf Erden kämpfen.« Er schob Excalibur in die Scheide zurück. »Ich muß die Könige unterstützen, denn ohne sie gäbe es nur noch Chaos. Deswegen habe ich Tristan und Iseult erklärt, daß sie sich dem Gericht stellen müssen.«

»Gericht!« rief ich empört und spie auf die Erde.

Arthur funkelte mich böse an. »Sie werden des Diebstahls beschuldigt«, sagte er. »Des Eidbruchs. Der Unzucht.« Bei diesem letzten Wort verzog er den Mund und wandte sich von mir ab, um es aufs Meer hinauszuspucken.

»Aber die beiden lieben sich!« protestierte ich, und als er schwieg, griff ich ihn noch direkter an. »Habt Ihr vor einem Gericht gestanden, Arthur ap Uther, als Ihr einen Eid gebrochen habt? Ich meine nicht den Eid für Ban, sondern den Eid, den Ihr geschworen habt, als Ihr Euch Ceinwyn anverlobtet. Ihr habt einen Eid gebrochen, und niemand hat Euch vor einen Richter gestellt!«

In aufflammender Wut fuhr er zu mir herum, und ein paar Herzschläge lang dachte ich schon, er werde Excalibur ziehen und mich mit der Klinge angreifen; dann jedoch erschauerte er und wurde ganz still. In seinen Augen glitzerten wieder Tränen. Eine lange Zeit sagte er nichts. Schließlich nickte er. »Ich habe jenen Eid gebrochen, richtig. Aber glaubt ja nicht, daß ich das nicht bereut hätte.«

»Aber Tristan werdet Ihr keinen Eid brechen lassen?«

»Er ist ein Dieb!« fauchte Arthur wütend. »Findet Ihr, wir sollten jahrelange Grenzüberfälle für einen Dieb, der es mit seiner Stiefmutter treibt, riskieren? Könntet Ihr mit den Familien der toten Bauern an unserer Grenze reden und deren Tod im Namen von Tristans Liebe rechtfertigen? Meint Ihr, Frauen und Kinder könnten ruhig sterben, nur weil sich ein Prinz verliebt hat? Ist das Eure Gerechtigkeit?«

»Ich meine, daß Tristan unser Freund ist«, gab ich zurück. Und als er nicht antwortete, spie ich ihm vor die Füße. »Ihr habt Mark benachrichtigt, nicht wahr?« warf ich ihm vor.

Er nickte. »Ja. Ich habe ihm von Isca aus einen Boten geschickt.«

»Tristan ist unser Freund!« schrie ich ihn an.

Er schloß die Augen. »Er hat einen König bestohlen«, wiederholte er trotzig. »Er hat sein Gold, seine Gemahlin und seinen Stolz geraubt. Er hat Eide gebrochen. Sein Vater sucht Gerechtigkeit, und ich habe mich der Gerechtigkeit verschworen.«

»Er ist Euer Freund«, beharrte ich. »Und der meine!«

Er öffnete die Augen und starrte mich an. »Ein König kommt zu mir, Derfel, und verlangt Gerechtigkeit. Soll ich Mark Gerechtigkeit verweigern, weil er alt, fett und häßlich ist? Haben Jugend und Schönheit korrumpierte Gerechtigkeit verdient? Wofür habe ich all diese Jahre gekämpft, wenn nicht dafür, daß die Gerechtigkeit überall gleich ausgeteilt wird?« Jetzt sprach er fast bittend. »Auf der Reise hierher, als wir durch all diese Dörfer und Städte kamen – sind die Menschen etwa davongelaufen, als sie unsere Schwerter sahen? Nein! Und warum nicht? Weil sie wissen, daß in Mordreds Königreich Gerechtigkeit herrscht. Und weil ein Mann der Gemahlin seines Vaters beiliegt, soll ich diese Gerechtigkeit abwerfen wie eine lästige Bürde?«

»Ja«, sagte ich, »weil er ein Freund ist und weil er, wenn Ihr ihn zwingt, sich dem Gericht zu stellen, für schuldig befunden wird. Die beiden haben vor Gericht keine Chance«, warf ich ihm bitter vor, »weil Mark ein Sprechender ist.«

Bei der Erinnerung, die ich absichtlich heraufbeschworen hatte, lächelte Arthur traurig. Es war die Erinnerung an unsere erste Begegnung mit Tristan, und auch jene Begegnung hatte einen rechtlichen Hintergrund gehabt. Damals wäre fast ein großes Unrecht geschehen, weil der Beschuldigte ein Sprechender war. Nach unserem Gesetz war das Zeugnis eines Sprechenden unwiderlegbar. Tausend Personen konnten das Gegenteil beschwören, aber ihr Zeugnis galt nichts, wenn es von einem Lord bestritten wurde, von einem Druiden, einem Priester, einem Vater, der von seinen Kindern sprach, einem Schenker, der von seinen Geschenken sprach, einer Jungfrau, die von ihrer Jungfernschaft sprach, einem Hirten, der von seinen Tieren sprach, oder einem Verurteilten, der seine letzten Worte sprach. Mark war ein Lord, ein König, daher wog sein Wort schwerer als das eines Prinzen und einer Königin. Kein Gericht in ganz Britannien würde Tristan und Iseult freisprechen, das wußte Arthur. Aber Arthur hatte geschworen, das Gesetz zu befolgen.

An jenem fernen Tag jedoch, als Owain die Gerechtigkeit fast pervertiert hätte, indem er sein Privileg als Sprechender in Anspruch nahm, um eine Lüge vorzubringen, hatte sich Arthur an das Gericht des Schwertes gewandt. Für Tristan hatte Arthur persönlich mit Owain gekämpft und ihn besiegt. »Tristan«, sagte ich nun zu Arthur, »könnte das Gericht des Schwertes anrufen.«

»Dieses Privileg steht ihm zu«, gab Arthur zurück.

»Und ich bin sein Freund«, erklärte ich kalt, »und kann für ihn kämpfen.«

Arthur starrte mich an, als ginge ihm erst jetzt das ganze Ausmaß meiner Feindseligkeit auf. »Ihr, Derfel?« fragte er mich.

»Ich werde für Tristan kämpfen«, bestätigte ich eisig, »weil er mein Freund ist. Wie Ihr es ebenfalls einmal wart.«

Einige Herzschläge lang schwieg er. »Das ist Euer Privileg«, sagte er schließlich, »aber ich habe meine Pflicht getan.« Damit ging er davon. Ich folgte ihm in zehn Schritt Abstand. Wenn er langsamer wurde, wurde auch ich langsamer, und als er sich zu mir umdrehte, wandte ich mich von ihm ab. Ich war bereit, für einen Freund zu kämpfen.

Arthur befahl Culhwchs Speerkämpfern barsch, Tristan und Iseult nach Isca zu eskortieren. Dort, erklärte er, werde die Gerichtsverhandlung stattfinden. König Mark werde den einen Richter stellen, wir Dumnonier den anderen.

König Mark saß schweigend in seinem Sessel. Er hatte verlangt, daß die Gerichtsverhandlung in Kernow stattfinden solle, obwohl er gewußt haben muß, daß das im Grunde unerheblich war. Tristan würde sich keiner Verhandlung stellen, denn Tristan würde eine Verhandlung nicht überleben. Tristan konnte sich nur noch an das Schwert wenden.

Der Prinz kam an die Tür der Halle und trat vor seinen Vater. Marks Miene zeigte keine Regung. Tristan war bleich, und Arthur stand mit gesenktem Kopf, so daß er keinen der beiden Männer ansehen mußte.

Tristan trug keine Rüstung und keinen Schild. Sein schwarzes Haar mit den Kriegerringen war straff zurückgekämmt und mit einem Tuchstreifen aus weißem Leinen zusammengefaßt, den er von Iseults Gewand gerissen haben mußte. Er trug Hemd, enge Hose, Stiefel und Schwert. Er legte die halbe Entfernung zu seinem Vater zurück und blieb stehen. Er zog das Schwert, sah seinem Vater in die harten Augen und rammte die Klinge tief in die Erde. »Ich werde mich dem Gericht des Schwertes stellen«, verkündete er.

Mark zuckte die Achseln. Er machte eine träge Geste mit der Rechten, und Cyllan trat vor. Offensichtlich war Tristan sich über die Meisterschaft des Champions im klaren – denn er wirkte nervös, als der riesige Mann, dem der Bart bis zur Taille wuchs, den Mantel ablegte. Cyllan strich sich das schwarze Haar von der Axt-Tätowierung zurück und setzte sich den Eisenhelm aufs Haupt. Er spie in die Hände, zerrieb den Speichel in den Handflächen, schritt langsam vorwärts und schlug Tristans Schwert flach zu Boden. Mit dieser Geste akzeptierte er den Kampf.

Ich zog Hywelbane. »Ich werde für Tristan kämpfen«, hörte ich mich plötzlich sagen. Ich war merkwürdig nervös, aber es war nicht nur die Nervosität, die jeden Kampf begleitet. Es war die Angst vor der tiefen Kluft, die sich in meinem Leben auftat, der Kluft, die mich von Arthur trennte.

»Ich werde für Tristan kämpfen«, widersprach Culhwch. Er kam herzu und stellte sich neben mich. »Ihr habt Töchter, Ihr Narr«, murmelte er.

»Die habt Ihr auch.«

»Aber ich werde diese bärtige Kröte schneller erledigen als Ihr, Ihr sächsischer Sack voll Heldenmut«, sagte Culhwch freundschaftlich. Tristan trat zwischen uns und protestierte, er werde allein gegen Cyllan kämpfen, schließlich sei dies sein ganz persönlicher Kampf, der niemanden etwas anginge. Aber Culhwch forderte ihn grollend auf, sich in die Halle zurückzuziehen. »Ich habe Männer geschlagen, die zweimal so stark waren wie dieser bärtige Tölpel«, sagte er zu Tristan.

Cyllan zog sein Langschwert und ließ es durch die leere Luft sausen. »Einer von euch«, sagte er gleichmütig. »Egal welcher.«

»Nein!« brüllte Mark auf einmal dazwischen. Er rief Cyllan und zwei seiner Speerkämpfer zu sich. Die drei Männer knieten neben seinem Sessel nieder und lauschten den Anweisungen ihres Königs.

Culhwch und ich vermuteten, daß Mark seinen drei Männern befahl, gegen uns drei zu kämpfen. »Ich nehme den Bastard mit dem langen Bart und der dreckigen Stirn«, bestimmte Culhwch, »Ihr nehmt das rothaarige Stück Hundescheiße da, Derfel, und mein Lord Prinz kann den Kahlköpfigen aufspießen. Eine Sache von zwei Minuten!«

Iseult schlich sich aus der Halle zu uns heraus. Marks Gegenwart schien sie in Panik zu versetzen, aber sie kam herüber, um Culhwch und mich zu umarmen. Culhwch nahm sie in die Arme, während ich niederkniete und ihr die dünne, blasse Hand küßte. »Ich danke Euch«, sagte sie mit ihrer kleinen Schattenstimme. Ihre Augen waren rot vom Weinen. Sie stellte sich auf die Zehenspitzen, um Tristan zu küssen und floh mit einem ängstlichen Blick auf ihren Gemahl in den Schatten der Halle zurück.

Mark hob den schweren Schädel aus dem Kragen seines Seehundsfells. »Das Gericht des Schwertes«, verkündete er mit schleimbelegter Stimme, »verlangt den Kampf Mann gegen Mann. Das war schon immer so.«

»Dann schickt Eure Jungfrauen eine nach der anderen, Lord König«, rief Culhwch, »und ich werde sie eine nach der anderen töten.«

Mark schüttelte den Kopf. »Ein Mann, ein Schwert«, beharrte er, »und da mein Sohn sich auf dieses Privileg beruft, wird er auch kämpfen.«

»Lord König«, wandte ich ein, »der Brauch gestattet, daß vor dem Gericht des Schwertes ein Mann für seinen Freund kämpfen kann. Ich, Derfel Cadarn, bestehe auf diesem Vorrecht.«

»Ich weiß nichts von einem solchen Brauch«, log Mark unverfroren.

»Arthur weiß davon«, entgegnete ich schroff. »Er hat vor einem Schwertgericht für Euren Sohn gekämpft, und heute werde ich für ihn kämpfen.«

Mark richtete seinen trüben Blick auf Arthur, doch Arthur schüttelte den Kopf, als wollte er sagen, er wünsche nicht in diese Auseinandersetzung hineingezogen zu werden. Mark schaute wieder auf mich. »Mein Sohn hat sich eines üblen Verbrechens schuldig gemacht«, sagte er, »deswegen soll sich niemand außer ihm selbst dafür verteidigen.«

»Ich werde ihn verteidigen!« sagte ich. Dann trat Culhwch neben mich und bestand ebenfalls darauf, für Tristan kämpfen zu dürfen. Der König musterte uns, hob die Rechte und gab ein müdes Zeichen.

Daraufhin bildeten die Speerkämpfer von Kernow, von dem Rothaarigen und dem Kahlköpfigen befehligt, einen Schildwall. Es war ein zwei Mann tiefer Wall. Die Männer in der vorderen Reihe ordneten ihre Schilde zu einer geschlossenen Linie, während jene in der zweiten Reihe mit ihren Schilden die Köpfe der vorderen Krieger schützten. Dann warfen sie auf ein Kommando allesamt ihre Speere zu Boden.

»Diese Bastarde!« schimpfte Culhwch, denn er begriff, was nun kommen würde. »Sollen wir den Wall durchbrechen, Lord Derfel?« fragte er mich.

»Durchbrechen wir ihn, Lord Culhwch«, gab ich kampflustig zurück.

Es waren vierzig Mann aus Kernow, und wir waren zu dritt. Die vierzig schoben sich in ihrer fest geschlossenen Formation allmählich vor, während sie uns unter dem Rand ihrer Helme hervor genau beobachteten. Sie trugen keine Speere, und keiner hatte ein Schwert gezogen. Sie kamen nicht, um uns zu töten, sondern um uns bewegungsunfähig zu machen.

Culhwch und ich gingen zum Angriff über. Ich selbst hatte seit

Jahren keinen Schildwall mehr durchbrechen müssen, und dennoch tobte der alte Wahnsinn in mir, als ich laut Bels Namen brüllte. Dann rief ich Ceinwyns Namen, rammte einem Mann Hywelbanes Schwertspitze in die Augen und warf mich, als er sich seitwärts duckte, mit der Schulter in die Lücke zwischen seinem und dem Schild seines Nachbarn.

Der Wall brach, und ich schrie triumphierend auf, während ich einem Mann Hywelbanes Knauf auf den Hinterkopf hieb und mit dem Schwert sodann vorwärts stieß, um die Lücke zu vergrößern. In der Schlacht wären meine Männer jetzt hinter mir gewesen, um die Lücke zu erweitern und die Erde mit dem Blut des Feindes zu tränken; hier aber hatte ich keine Männer hinter und keine gegnerischen Waffen vor mir, sondern nur Schilde und nochmals Schilde. Obwohl ich mich wie wild im Kreis drehte, bis Hywelbane im Rundflug pfiff, drangen diese Schilde unerbittlich auf mich ein. Einen dieser Speerkämpfer zu töten wagte ich nicht, denn das wäre unehrenhaft gewesen, nachdem sie die eigenen Waffen so demonstrativ zu Boden geworfen hatten. Also blieb mir als einzige Möglichkeit der Versuch, sie einzuschüchtern. Da sie aber wußten, daß ich sie nicht töten konnte, umkreiste mich bald ein ganzer Ring von Schilden, der sich immer enger um mich zusammenzog, bis Hywelbane schließlich von einem eisernen Schildbuckel aufgehalten wurde und die Schilde von Kernow mich körperlich bedrängten.

Ich hörte Arthur ein barsches Kommando geben und vermutete, daß einige von Culhwchs und meinen Speerkämpfern ihrem Lord zu Hilfe eilen wollten, von Arthur jedoch zurückgehalten wurden. Er wollte keinen blutigen Kampf Kernow gegen Dumnonia. Er wollte nur eine grausame Pflicht erfüllen und sie möglichst schnell hinter sich bringen.

Culhwch war genauso eingeschlossen wie ich. Er wütete gegen seine Bedränger, nannte sie Wickelkinder, Hunde und Würmer, aber die Männer von Kernow hatten ihre Befehle. Keiner von uns durfte verletzt werden, wir sollten lediglich durch eine Vielzahl von Männern und dem Druck ihrer Schilde festgehalten werden, so daß wir, genau wie Iseult, hilflos zusehen mußten, wie der Champion von Kernow mit nach unten zeigendem Schwert vortrat und sich vor seinem Prinzen verneigte.

Tristan wußte, daß er sterben würde. Er hatte sich das Band aus dem Haar genommen und es um seine Schwertklinge gebunden. Nun küßte er den Leinenstreifen. Dann streckte er sein Schwert aus, berührte damit die Klinge des Champions und sprang mit einem gezielten, geraden Ausfall vor.

Cyllan parierte. Das Klirren der beiden Schwerter hallte von der Palisade wider. Wieder klirrte es, als Tristan zum zweiten Mal angriff und das Schwert mit einem schnellen Stoß nach unten führte. Cyllan parierte abermals. Er tat es lässig, fast gelangweilt. Zwei weitere Angriffe trug Tristan vor, danach schlug er immer wieder zu, hieb und stieß, so schnell er konnte, und versuchte Cyllans Abwehr zu schwächen. Aber er schwächte nur den eigenen Arm, und kaum hielt er inne, um Atem zu holen, und trat einen kleinen Schritt zurück, da ging der Champion zum Angriff über.

Dieser Ausfall wurde hervorragend geführt, war sogar ein Musterbeispiel, wenn man ein gut geführtes Schwert sehen wollte. Im Grunde war er sogar gnädig, denn Cyllan nahm Tristan die Seele innerhalb eines winzigen Augenblicks. Der Prinz hatte nicht einmal mehr Zeit, sich seiner Liebsten an der verschatteten Hallentür zuzuwenden. Er starrte nur seinen Gegner an, während das Blut aus seiner durchtrennten Kehle schoß und sein weißes Hemd rot färbte. Dann ließ er das Schwert fallen. Im Sterben stieß er einen gurgelnden, erstickten Laut aus, seine Seele floh, und er sank zu Boden.

»Der Gerechtigkeit ist Genüge getan, Lord König«, meldete Cyllan rauh, zog die Klinge aus Tristans Hals und ging davon. Die Speerkämpfer, die mich umringten und von denen keiner es gewagt hatte, mir in die Augen zu sehen, zogen sich zurück. Ich hob Hywelbane, aber der Anblick der grauen Klinge verschwamm mir vor den Augen. Ich hörte Iseult schreien, als die Männer ihres Gemahls die sechs Speerkämpfer töteten, die Tristan begleitet hatten, und sich anschließend ihre Königin griffen. Ich schloß die Augen.

Ich wollte Arthur nicht ansehen. Ich wollte nicht mit Arthur sprechen. Ich ging auf die Klippe hinaus. Dort betete ich zu meinen Göttern und flehte sie an, nach Britannien zurückzukehren. Und während ich betete, schleppten die Männer von Kernow Königin Iseult zum Hafen hinunter, wo die zwei dunklen Schiffe warteten. Aber sie brachten sie nicht heim nach Kernow. Statt dessen wurde die Prinzessin der Uí Liatháin, dieses Kind von fünfzehn Sommern, das barfuß durch die Wellen gehüpft war und dessen Stimme ein Schattenhauch war wie die Geister der Seeleute, die auf den langen Meereswinden reiten, an einen Pfahl gefesselt. Um sie herum wurden große Haufen Treibholz aufgeschichtet, das es an Halcwms Küste so reichlich gab, und dann wurde sie dort, vor den gnadenlosen Blicken ihres Gemahls, bei lebendigem Leibe verbrannt. Anschließend wurde der Leichnam ihres Liebsten auf demselben Scheiterhaufen eingeäschert.

Ich wollte den Ort nicht zusammen mit Arthur verlassen. Ich wollte nicht mit ihm reden. Ich ließ ihn gehen und schlief in dieser Nacht in der dunklen, alten Halle, in der die Liebenden genächtigt hatten. Dann reiste ich heim nach Lindinis, wo ich Ceinwyn das alte Massaker auf dem Moor beichtete, bei dem ich Unschuldige getötet hatte, um meinen Eid zu halten. Ich berichtete ihr von der brennenden Iseult. Die brannte und schrie, während ihr Gemahl mit steinerner Miene zusah.

Ceinwyn schloß mich in die Arme. »Wußtest du denn nichts von dieser Härte in Arthur?« fragte sie mich leise.

»Nein.«

»Er ist alles, was zwischen uns und dem Grauen steht«, fuhr Ceinwyn fort. »Wie könnte er da anders sein als hart?«

Selbst jetzt noch sehe ich, wenn ich die Augen schließe, zuweilen das Kind vor mir, wie es mit strahlendem Gesichtchen aus dem Meer steigt, sehe den mageren Körper, der sich unter dem weißen, anliegenden Gewand abzeichnet, und ihre Hände, die sich ihrem Liebsten entgegenstrecken. Ich kann keine Möwe schreien hören, ohne sie vor mir zu sehen, denn ihr Anblick wird mich bis zu meinem letzten Tag verfolgen, und wohin meine Seele nach dem Tod auch gehen mag, sie wird dort sein: ein Kind, das rechtmäßig für einen König getötet wurde. In Camelot.

Lancelot sah ich nach dem Tafelrundeneid viele Jahre lang nicht mehr, ebensowenig einen seiner Gefolgsleute. Amhar und Loholt, Arthurs Zwillinge, lebten in Lancelots Hauptstadt Venta, wo sie Horden von Speerkämpfern um sich scharten; aber die einzigen Kämpfe, die sie ausfochten, schienen in den Tavernen stattzufinden. Auch Dinas und Lavaine waren in Venta, wo sie einem Tempel vorstanden, der dem Merkur, einem römischen Gott, geweiht war, und ihre Zeremonien wetteiferten mit jenen, die in Lancelots Palastkapelle stattfanden. Bischof Sansum hatte diese Kapelle geweiht. Er war häufig in Venta zu Besuch, und seinen Berichten zufolge schienen die Belgen mit Lancelot durchaus zufrieden zu sein. Woraus wir schlossen, daß sie nicht offen rebellierten.

Lancelot und seine Kumpane statteten auch Dumnonia Besuche ab. Zumeist überschritten sie die Grenze nur bis zum Seepalast, gelegentlich aber reisten sie sogar bis nach Durnovaria, um an irgendeinem hohen Fest teilzunehmen. Wenn ich wußte, daß sie kommen würden, hielt ich mich von derartigen Feiern fern, und weder Arthur noch Guinevere verlangte jemals von mir, daß ich erschien. Auch zur feierlichen Beisetzung von Lancelots Mutter Elaine wurde ich nicht geladen.

Lancelot war, ehrlich gesagt, gar kein so schlechter Herrscher. Er war kein Arthur, ihn kümmerten weder die Gerechtigkeit noch die Fairneß der Steuern, noch der Zustand der Straßen, er ignorierte sie ganz einfach. Da sie auch vor seiner Herrschaft schon ignoriert worden waren, bemerkte niemand den Unterschied. Lancelot war, genau wie Guinevere, nur am eigenen Wohlergehen interessiert, und genau wie sie baute er sich einen prunkvollen Palast. Er war mit Statuen angefüllt, an den Wänden prangten Gemälde und natürlich beherbergte er seine extravagante Sammlung von Spiegeln, in denen er nach Herzenslust das eigene, vielfach reflektierte Bild betrachten konnte. Das Geld für diesen Luxus wurde als Steuern erhoben, und wenn diese Steuern auch schwer drückten, so blieb das Land der Belgen dafür von sächsischen Überfällen verschont. Cerdic hielt erstaunlicherweise sein Lancelot gegebenes Wort, und Lancelots fruchtbares Ackerland wurde niemals von den gefürchteten Speerkämpfern der Sais heimgesucht.

Aber sie brauchten das Land auch nicht zu überfallen, denn Lancelot hatte sie selbst aufgefordert, in sein Königreich zu kommen und dort zu leben. Da das Land durch die langen Kriegsjahre entvölkert war und guter Ackerboden über weite Strecken verwilderte, lud Lancelot Siedler aus Cerdics Volk ein, die brachliegenden Felder zu bestellen. Die Sachsen schworen Lancelot den Treueeid, rodeten das verwaldete Land, bauten neue Dörfer, bezahlten ihre Steuern, und ihre Speerkämpfer marschierten sogar in Lancelots Kriegshorden. Seine Palastwache bestand, wie wir hörten, nur noch aus Sachsen. Die Sachsengarde nannte er sie, und er hatte sie aufgrund ihrer Größe und Haarfarbe persönlich ausgewählt. Ich bekam sie in jenen Jahren nicht zu sehen, eines Tages aber begegnete ich ihnen doch noch und entdeckte, daß sie allesamt hochgewachsen und blond waren und Äxte mit sich trugen, die sie poliert hatten, bis sie spiegelten. Man munkelte, daß Lancelot Cerdic Tribut zahle, aber das wies Arthur zornig zurück, als unser Kronrat ihn fragte, ob es zutreffe. Arthur mißbilligte es, daß sächsische Siedler auf britannisches Land gesetzt wurden, aber das, erklärte er, sei Lancelots Sache, nicht die unsere, und das Land lebe wenigstens in Frieden. Frieden schien einfach alles zu rechtfertigen.

Lancelot prahlte sogar damit, daß er seine Sachsengarde zum Christentum bekehrt habe. Seine Taufe war, wie es schien, doch nicht nur Theater gewesen, sondern ehrlich und aufrichtig gemeint; das jedenfalls erklärte mir Galahad bei einem seiner häufigen Besuche in Lindinis. Er beschrieb die Kapelle, die Sansum im Palast von Venta gebaut hatte, und berichtete, daß dort täglich ein Chor singe und eine Schar von Priestern die christlichen Mysterien zelebriere. »Es ist alles wirklich sehr schön«, sagte Galahad wehmütig. Das war, bevor ich die Raserei in Isca sah und keine Ahnung von derartigen Auswüchsen hatte; deswegen fragte ich ihn auch nicht, ob so etwas in Venta auch vorkomme und ob sein Bruder Dumnonias Christen darin bestärke, in ihm einen Erlöser zu sehen.

»Hat das Christentum Euren Bruder verändert?« wollte Ceinwyn wissen.

Galahad beobachtete ihre flinken Hände, die einen Faden vom Rocken auf die Spindel drehten. »Nein«, räumte er ein. »Er glaubt, es reicht, wenn er einmal am Tag betet; danach benimmt er sich dann, wie es ihm paßt. Aber nun ja, so sind leider viele Christen.«

»Und wie benimmt er sich?« fragte Ceinwyn.

»Ziemlich schlecht.«

»Soll ich hinausgehen«, erkundigte sich Ceinwyn liebenswürdig, »damit Ihr Derfel alles haarklein erzählen könnt, ohne mich in Verlegenheit zu bringen? Und er es mir später erzählen kann, wenn wir uns zu Bett begeben?«

Galahad lachte. »Er langweilt sich, Lady, und vertreibt sich die Langeweile auf die übliche Art und Weise. Er geht auf die Jagd.«

»Das tun Derfel und ich auch. Jagen ist doch nicht schlimm.«

»Er jagt junge Mädchen«, erläuterte Galahad ausdruckslos. »Er behandelt sie nicht schlecht, aber er läßt ihnen kaum eine Wahl. Manche mögen das sogar, und sie alle werden reich. Aber sie werden auch seine Huren.«

»Da unterscheidet er sich kaum von anderen Königen«, stellte Ceinwyn trocken fest. »Ist das alles?«

»Er steckt stundenlang mit den beiden gräßlichen Druiden zusammen«, erzählte Galahad, »und kein Mensch weiß, warum ein christlicher König so etwas tut – er aber behauptet, es sei nur Freundschaft. Er unterstützt seine Dichter, er sammelt Spiegel, und er besucht Guinevere in ihrem Seepalast.«

»Wozu?« fragte ich ihn.

»Um Gespräche mit ihr zu führen, behauptet er.«

Galahad zuckte die Achseln. »Sie reden über Religion, sagt er. Oder vielmehr, sie diskutieren darüber. Sie ist inzwischen sehr fromm geworden.«

»Als Isisanhängerin«, warf Ceinwyn mißbilligend ein. In den Jahren nach dem Tafelrundeneid hatten wir alle gehört, daß Guinevere sich immer mehr auf die Ausübung ihrer Religion zurückzog, so daß der ganze Seepalast, wie es hieß, inzwischen ein gigantischer Isistempel zu sein schien, in dem Guineveres Hofdamen, allesamt nach Anmut und Schönheit ausgewählt, Priesterinnen der Isis waren.

»Die Oberste Göttin«, sagte Galahad wegwerfend. Dann bekreuzigte er sich gründlich, um das heidnische Böse fernzuhalten. »Guinevere ist offenbar überzeugt, daß die Göttin eine enorme

Macht besitzt, die man auf die Angelegenheiten der Menschen lenken kann. Ich glaube kaum, daß Arthur das billigt.«

»Den langweilt das alles«, erklärte Ceinwyn, spann den Rest des Fadens aus dem Rocken und legte ihn dann beiseite. »Arthur tut heutzutage doch nichts weiter, als sich ständig darüber zu beklagen, daß Guinevere von nichts anderem reden will als von ihrer Religion. Das muß furchtbar ermüdend für ihn sein.« Dieses Gespräch fand statt, lange bevor Tristan mit Iseult nach Dumnonia floh – als Arthur noch ein willkommener Gast in unserem Hause war.

»Mein Bruder behauptet, er sei fasziniert von ihren Ideen«, fuhr Galahad fort, »und das ist er möglicherweise auch. Sie sei die intelligenteste Frau von ganz Britannien, behauptet er und sagt, er werde nicht heiraten, bis er eine findet, die genauso ist wie sie.«

Ceinwyn lachte. »Dann kann er von Glück sagen, daß er mich nicht bekommen hat. Wie alt ist er jetzt?«

»Zweiundreißig, glaube ich.«

»So alt schon!« Ceinwyn sah mich lächelnd an, denn ich war nur ein Jahr jünger. »Was ist aus Ade geworden?«

»Sie hat ihm einen Sohn geschenkt und ist daran gestorben.«

»Nein!« sagte Ceinwyn, wie immer tief verstört, wenn sie hörte, daß eine Frau im Kindbett gestorben war. »Und Ihr sagt, er hat einen Sohn?«

»Einen Bastard«, berichtigte Galahad mißbilligend. »Peredur hat er ihn genannt. Vier Jahre ist er inzwischen und kein übler Bursche, der Kleine. Eigentlich habe ich ihn ziemlich gern.«

»Hat es jemals ein Kind gegeben, daß Ihr nicht mochtet?« fragte ich ihn trocken.

»Bürstenkopf«, antwortete er, und wir alle mußten bei diesem alten Spitznamen lächeln.

»Stellt euch bloß vor: Lancelot hat einen Sohn!« sagte Ceinwyn in jenem Ton tiefsten Erstaunens, mit dem die Frauen derartige Nachrichten quittieren. Mir selbst erschien die Existenz eines weiteren königlichen Bastards absolut unerheblich, doch Männer und Frauen reagieren, wie ich feststellte, auf diese Dinge höchst unterschiedlich.

Galahad war, genau wie sein Bruder, unvermählt geblieben. Und er besaß kein Land. Aber er war glücklich und vollauf damit beschäftigt, Arthur als Bevollmächtigter zu dienen. Er versuchte zwar, die Bruderschaft von Britannien am Leben zu erhalten, doch mir fiel auf, daß er diese Pflichten sehr schnell vernachlässigte und statt dessen durch alle britannischen Königreiche reiste, um Nachrichten zu überbringen, Streitfälle zu schlichten und seinen königlichen Rang in allen Angelegenheiten geltend zu machen, bei denen Dumnonia Probleme mit anderen Staaten hatte. Gewöhnlich war es Galahad, der nach Demetia reiste, um Oengus Mac Airems Überfällen auf Powys Einhalt zu gebieten, und es war Galahad, der nach Tristans Tod Iseults Vater die Nachricht von ihrem Schicksal brachte. Danach bekam ich ihn lange nicht mehr zu sehen, viele Monate nicht mehr.

Arthur versuchte ich aus dem Weg zu gehen. Ich war zu zornig auf ihn. Ich beantwortete weder seine Briefe, noch nahm ich an den Sitzungen des Kronrats teil. In den Monaten nach Tristans Tod kam er zweimal nach Lindinis, und beide Male gab ich mich ihm gegenüber höflich, aber kalt und zog mich beide Male so schnell wie möglich zurück. Er führte lange Gespräche mit Ceinwyn, und sie versuchte uns zu versöhnen, aber ich konnte das Bild des brennenden Kindes nicht aus meinem Gedächtnis löschen.

Ganz konnte ich Arthur jedoch nicht ignorieren. In wenigen Monaten stand Mordreds zweite Akklamation bevor, also mußte mit den Vorbereitungen begonnen werden. Da die Zeremonie auf Caer Cadarn stattfinden sollte, nur einen kurzen Fußmarsch von Lindinis entfernt, war nicht zu vermeiden, daß Ceinwyn und ich in die Planung mit einbezogen wurden. Selbst Mordred zeigte ein gewisses Interesse, vielleicht weil ihm klar wurde, daß diese Zeremonie ihn von jeglicher Disziplin befreien würde. »Ihr müßt Euch entscheiden«, erklärte ich ihm eines Tages, »wer Euch zum König ausrufen soll.«

»Das wird doch Arthur tun, oder?« fragte er verdrossen.

»Normalerweise geschieht das durch einen Druiden«, erklärte ich, »doch wenn Ihr eine christliche Zeremonie wollt, müßt Ihr zwischen Emrys und Sansum wählen.«

Er zuckte die Achseln. »Wohl eher Samsum, glaube ich.«

»Dann sollten wir ihn aufsuchen«, schlug ich vor.

An einem kalten Tag im Winter machten wir uns auf den Weg. Ich hatte noch anderes in Ynys Wydryn zu erledigen, aber zuerst begab ich mich mit Mordred zum Heiligtum der Christen, wo uns ein Priester sagte, Bischof Sansum lese gerade die Messe, wir müßten warten. »Weiß er, daß sein König hier ist?« fuhr ich den Mann an.

»Ich werd's ihm ausrichten, Lord«, gab der Priester zurück und trippelte über den gefrorenen Boden ins Haus.

Mordred war davongeschlendert und stand am Grab seiner Mutter, vor dem selbst an diesem eisigen Tag etwa ein Dutzend Pilger knieten und beteten. Es war ein sehr schlichtes Grab, nichts als ein flacher Erdhügel mit einem Steinkreuz, das neben der Bleiurne, die Sansum für die Gaben der Pilger aufgestellt hatte, winzig wirkte. »Der Bischof wird uns bald empfangen«, sagte ich zu ihm. »Wollen wir drinnen warten?«

Er schüttelte den Kopf und musterte stirnrunzelnd den flachen, grasbewachsenen Hügel. »Sie sollte ein schöneres Grab haben«, stellte er fest.

»Das ist wahr«, stimmte ich ihm zu. Ich war überrascht, daß er überhaupt etwas gesagt hatte. »Ihr könntet eins anlegen lassen.«

»Es wäre angemessener gewesen, wenn andere ihr diese Ehre erwiesen hätten«, entgegnete er scharf.

»Lord König«, erwiderte ich. »Wir waren so sehr damit beschäftigt, das Leben ihres Kindes zu verteidigen, daß uns keine Zeit blieb, uns auch noch um ihre Knochen zu kümmern. Doch Ihr habt recht, und wir waren nachlässig.«

Finster trat er gegen die Urne und spähte dann hinein, um die armseligen Schätze zu begutachten, die die Pilger hinterlassen hatten. Jene, die am Grab beteten, wichen zurück – nicht etwa aus Angst vor Mordred, den sie, wie ich vermutete, nicht einmal erkannten, sondern weil das eiserne Amulett, das ich um den Hals trug, weithin verkündete, daß ich ein Heide war. »Warum wurde sie beerdigt?« fragte mich Mordred plötzlich. »Warum wurde sie nicht verbrannt?«

»Weil sie eine Christin war«, antwortete ich und verbarg mein Erschrecken über seine Unwissenheit. Dann erklärte ich ihm, die Christen glaubten, ihre Körper bei der Wiederkehr Christi wiederverwenden zu müssen, während wir Heiden in der Anderwelt neue Schattenkörper annähmen und daher unseren Leichnam nicht brauchten. Dieser wurde dann, falls möglich, verbrannt, damit unser Geist nicht auf der Erde umherwanderte. Und wenn wir uns kein Totenfeuer leisten konnten, verbrannten wir wenigstens die Haare des Toten und schlugen ihm einen Fuß ab.

»Ich werde ihr ein Grabmal errichten«, verkündete er, als ich mit meiner Theologielektion fertig war. Als er mich fragte, wie seine Mutter gestorben sei, erzählte ich ihm die ganze Geschichte, wie Gundleus von Siluria sich auf hinterhältige Art und Weise mit Norwenna vermählt hatte, und sie dann, als sie vor ihm kniete, ermordete. Und ich erzählte ihm, wie Nimue sich an Gundleus gerächt hatte.

»Diese Hexe!« schimpfte Mordred. Er fürchtete Nimue, und das war nicht verwunderlich, denn sie wurde immer verbissener, immer magerer und immer schmutziger. Sie lebte inzwischen als Einsiedlerin und fristete ihr Leben von den Brosamen, die auf Merlins Grund und Boden abfielen. Dort murmelte sie ihre Zaubersprüche, entzündete ihren Göttern Feuer und empfing nur wenige Besucher. Sie selbst kam gelegentlich – und immer unangemeldet – nach Lindinis, um sich mit Merlin zu beraten. Ich versuchte sie bei diesen seltenen Gelegenheiten ein wenig herauszufüttern, die Kinder aber ergriffen vor ihr die Flucht, bis sie sich wieder davonmachte – unverständlich vor sich hin murmelnd, mit ihrem einen Auge wilde Blicke um sich werfend, in einem Gewand, das vor Schlamm und Asche starrte, und mit völlig verfilzten, verdreckten Haaren. Sie mußte mit ansehen, wie der christliche Schrein zu Füßen ihres Zufluchtsortes auf dem Tor immer größer, immer mächtiger und durchorganisierter wurde. Die alten Götter, dachte ich, verloren Britannien immer schneller. Sansum wartete natürlich verzweifelt darauf, daß Merlin starb, damit er den Tor für sich beanspruchen und auf seinem feuergeschwärzten Gipfel eine Kirche errichten konnte; aber Sansum hatte keine Ahnung davon, daß Merlin seinen gesamten Grundbesitz mir vermacht hatte.

Mordred, der am Grab seiner Mutter stand, staunte über die Ähnlichkeit der Namen meiner ältesten Tocher und seiner toten Mutter. Ich erklärte ihm, daß Ceinwyn Norwennas Cousine gewesen war. »Morwenna und Norwenna sind uralte powysische Namen«, ergänzte ich.

»Hat sie mich geliebt?« fragte Mordred, und dieses Wort aus seinem Mund ließ mich aufhorchen. Vielleicht, dachte ich, hat Arthur ja recht. Vielleicht wächst Mordred wirklich in seine Pflichten hinein. In all den Jahren, die wir uns nun kannten, hatten wir uns jedenfalls kein einziges Mal so höflich unterhalten.

»Sie hat Euch sehr geliebt«, beantwortete ich seine Frage wahrheitsgemäß. »Am glücklichsten habe ich Eure Mutter erlebt, wenn sie Euch in den Armen hielt«, fuhr ich fort. »Dort oben ist es geschehen.« Ich zeigte zu der schwarzen Narbe hinauf, wo Merlins Halle und sein Traumturm auf dem Tor gestanden hatten. Dort oben war Norwenna ermordet und Mordred aus ihren Armen gerissen worden. Damals war er ein Säugling gewesen, jünger sogar noch als ich selbst, als man mich meiner Mutter Erce entriß. Ob Erce noch lebte? Ich war noch immer nicht nach Siluria gereist, um sie zu suchen, und diese Unterlassung bereitete mir Schuldgefühle. Flüchtig berührte ich mein Eisenamulett.

»Wenn ich sterbe«, sagte Mordred, »möchte ich mit meiner Mutter in einem Grab liegen. Und ich werde mein Grabmal selber erbauen. Eine Gruft aus Stein«, verkündete er, »in der unsere Leichname auf einem Sockel ruhen.«

»Das müßt Ihr mit dem Bischof besprechen«, gab ich zurück. »Ich bin überzeugt, daß er mit Freuden alles tun wird, um Euch zu helfen.« Solange er nicht für die Gruft bezahlen muß, dachte ich zynisch.

Ich wandte mich um, weil Sansum über den Grasboden herbeigeeilt kam. Er verneigte sich vor Mordred und hieß auch mich in seinem Heiligtum willkommen. »Ihr kommt hoffentlich, weil Ihr die Wahrheit sucht, Lord Derfel?«

»Ich komme, um jenen Schrein dort oben zu besuchen.« Dabei deutete ich auf den Tor. »Aber mein Lord König hat etwas mit Euch zu besprechen.« Ich ließ die beiden allein und führte mein Pferd am Zügel zum Tor hinauf, dicht an der Gruppe der Christen vorbei, die Tag und Nacht am Fuß des Tor darum beteten, daß seine heidnischen Bewohner vertrieben wurden. Ich ließ ihre Beleidigungen über mich ergehen. Als ich den steilen Hang erklomm, entdeckte ich, daß die Wasserpforte aus ihrer letzten Angel gefallen war. Ich band mein Pferd im Innern dessen, was von der Palisade übriggeblieben war, an einen Pfosten, und trug das Bündel Kleider und Pelze hinein, das Ceinwyn gepackt hatte, damit die armen Leute, die Nimues Zuflucht teilten, in dieser bitteren Kälte nicht erfroren. Ich überreichte Nimue die Kleider, die sie achtlos in den Schnee fallen ließ. Dann zupfte sie mich am Ärmel und zog mich in ihre neue Hütte, die sie sich genau an der Stelle erbaut hatte, an der einst Merlins Traumturm gestanden hatte. In der Hütte stank so es ekelerregend, daß ich fast würgen mußte, sie aber war offenbar gefeit gegen den pestilenzartigen Gestank. Draußen war es eiskalt, und ein nasser Wind peitschte eisigen Schneeregen von Osten herüber, dennoch hätte ich lieber in der kalten Nässe gestanden, als die Luft in der stinkenden Hütte zu ertragen. »Sieh nur«, sagte sie stolz und zeigte mir einen Kessel – natürlich nicht *den* Kessel – sondern einen ganz gewöhnlichen, geflickten Eisenkessel, der an einem Dachbalken hing und mit einer dunklen Flüssigkeit gefüllt war. Ebenfalls an den Dachbalken hingen Mistelzweige, ein Paar Fledermausflügel, abgestreifte Schlangenhäute, ein zerbrochenes Geweih und Bündel von Heilkräutern. So niedrig waren diese Balken, daß ich mich fast zur Erde bücken mußte, um die Hütte betreten zu können. Sie war von augenbeißendem Qualm erfüllt. Auf einem Strohsack in den fernen Schatten lag ein nackter Mann, der sich über meine Anwesenheit beschwerte.

»Schweig!« fauchte Nimue ihn an, nahm einen Stecken und stocherte damit in dem dunklen, dünnflüssigen Kesselinhalt, der über einem kleinen Feuer dampfte. Das Feuer produzierte weitaus mehr Qualm als Hitze. Nimue fuhr fort, in ihrem Kessel zu rühren, fand endlich, was sie suchte, und hebelte es aus der Suppe heraus. Ich erkannte einen menschlichen Schädel. »Erinnerst du dich an Balise?« fragte mich Nimue.

»Selbstverständlich«, antwortete ich. Balise war ein Druide gewesen, ein alter Mann, als ich noch jung war, und inzwischen schon lange tot.

»Seinen Körper haben sie verbrannt«, erklärte mir Nimue, »den Kopf aber nicht. Und der Kopf eines Druiden, Derfel, birgt eine ungeheure Macht. Letzte Woche hat ihn mir ein Mann gebracht.

Er hatte ihn in einem Faß Bienenwachs verborgen. Ich habe ihn gekauft.«

Das bedeutete, daß ich den Kopf gekauft hatte. Nimue kaufte ständig Gegenstände, denen kultische Macht innewohnte: die Glückshaube eines toten Kindes, einen Drachenzahn, ein Stück des Zauberbrotes der Christen, Donnerkeile und nun einen Totenschädel. Sie pflegte in den Palast zu kommen und von mir das Geld für dieses wertlose Zeug zu verlangen; ich aber fand es einfacher, ihr ein wenig Gold dazulassen, selbst wenn das bedeutete, daß sie das kostbare Metall für jedwede Rarität verschwendete, die man ihr gerade anbot. Einmal bezahlte sie einen ganzen Goldbarren für den Kadaver eines Lammes, das mit zwei Köpfen geboren war, nagelte den Kadaver dort an die Palisade, wo er auf den Christenschrein hinabblickte und ließ ihn dort hängen, bis er verfaulte. Ich mochte nicht fragen, was sie für ein Faß Bienenwachs mit dem Kopf eines toten Mannes bezahlt hatte. »Ich habe das Wachs entfernt«, erklärte sie mir, »und in dem Kessel das Fleisch vom Schädel gekocht.« Das erklärte den unerträglichen Gestank in der Hütte wenigstens teilweise. »Es gibt kein wirksameres Omen als den Kopf eines Druiden, mit den zehn braunen Kräutern von Crom Dubh in einem Topf Urin gekocht«, behauptete sie, während ihr eines Auge im Dunkel der Hütte glänzte. Dann ließ sie den Schädel wieder in die dunkle Flüssigkeit sinken. »Und jetzt warte!« befahl sie mir.

Mir schwirrte der Kopf von Qualm und Gestank, aber ich wartete gehorsam, bis die Oberfläche der Flüssigkeit zu zittern und zu glitzern begann und sich schließlich wieder beruhigte, bis nichts mehr zu sehen war als ein dunkler Schimmer, glatt wie ein kostbarer Spiegel. Von der dunklen Fläche stieg nur noch ein Hauch von Dampf auf. Nimue beugte sich darüber und hielt den Atem an. Und da wußte ich, daß sie im Spiegel der Flüssigkeit Vorzeichen sah. Der Mann auf dem Strohsack hustete ganz schauerlich und tastete nach einer fadenscheinigen Decke, um seine Blöße zu bedecken. »Ich habe Hunger«, jammerte er. Nimue beachtete ihn nicht.

Ich wartete. »Du enttäuschst mich, Derfel«, sagte Nimue plötzlich, und ihr Atem kräuselte die Oberfläche der Flüssigkeit nur leicht.

»Wieso?«

»Ich sehe eine Königin, die an einer Küste verbrannt wurde. Ich hätte zu gern ihre Asche gehabt, Derfel«, setzte sie vorwurfsvoll hinzu. »Die Asche einer Königin hätte ich wahrlich gut gebrauchen können, und du hättest das wissen müssen.« Dann schwieg sie, und ich sagte auch nichts. Die Flüssigkeit kam wieder gänzlich zur Ruhe, und als Nimue dann zu sprechen begann, tat sie es mit einer fremden, tiefen Stimme, die die schwarze Flüssigkeit überhaupt nicht kräuselte. »Zwei Könige kommen nach Cadarn«, sagte sie, »aber regieren wird dort ein Mann, der kein König ist. Die Toten werden sich vermählen, die Verlorenen werden ans Licht kommen, und ein Schwert wird an den Hals eines Kindes gelegt.« Dann stieß sie einen so gräßlichen Schrei aus, daß der nackte Mann hochschreckte und hektisch in den hintersten Winkel der Hütte flüchtete, wo er sich niederkauerte und den Kopf mit beiden Händen bedeckte. »Sag das Merlin«, bat mich Nimue mit ihrer normalen Stimme. »Er wird wissen, was es bedeutet.«

»Ich werde ihm die Nachricht überbringen«, versicherte ich ihr.

»Und sag ihm«, fuhr sie mit verzweifelter Inbrunst fort, während sie mit einer schmutzverkrusteten Klaue meine Hand umklammerte, »daß ich in der Flüssigkeit den Kessel gesehen habe. Sag ihm, daß er schon bald benutzt werden wird. Bald, Derfel! Sag ihm das!«

»Das werde ich«, gab ich zurück. Dann konnte ich den Gestank nicht länger ertragen. Ich riß mich von ihr los und floh rückwärts in den Schneeregen hinaus.

Sie folgte mir und griff nach einem Zipfel meines Mantels, um sich vor dem Schneeregen zu schützen. Als sie mit mir zu dem zerbrochenen Wassertor ging, schien sie sonderbar fröhlich zu sein. »Alle glauben, daß wir verlieren, Derfel«, sagte sie. »Alle glauben, daß diese dreckigen Christen das Land übernehmen werden. Aber das wird nicht geschehen. Bald wird der Kessel aus seinem Versteck geholt werden, Merlin wird zurückkehren, und die Macht wird entfesselt werden.«

An der Wasserpforte machte ich halt und blickte auf die Christengruppe hinab, die wie stets am Fuß des Tor versammelt war, um mit ausgebreiteten Armen ihre seltsamen Gebete zu sprechen.

Sansum und Morgan sorgten dafür, daß sie dort standen, damit ihre ununterbrochenen Gebete die Heiden vom brandgeschwärzten Gipfel des Tor verjagten. Verächtlich starrte Nimue auf die Gruppe hinunter. Einige der Christen erkannten sie und schlugen das Kreuz. »Glaubst du auch, daß die Christen gewinnen werden, Derfel?« fragte sie mich.

»Ich fürchte, ja«, antwortete ich, während ich auf das wütende Geheul am Fuß des Tor lauschte. Ich mußte an die rasenden Gläubigen in Isca denken und fragte mich, wie lange dieser schreckliche Fanatismus unter Kontrolle gehalten werden könne. »Ich fürchte wirklich, daß es so kommt«, sagte ich bedrückt zu ihr.

»Niemals! Das Christentum wird niemals siegen!« erklärte Nimue voller Verachtung. »Paß auf.« Sie schlüpfte unter meinem Mantel hervor, hob ihr schmutziges Gewand und zeigte den Christen ihre jämmerliche Blöße. Danach stieß sie ihnen mit einer obszönen Geste die mageren Hüften entgegen und gab einen klagenden Schrei von sich, der im eiskalten Wind erstarb, als sie den Saum ihres Gewandes wieder fallen ließ. Einige Christen schlugen das Kreuz, die meisten aber machten, wie ich bemerkte, instinktiv mit der rechten Hand das Zeichen gegen das Böse und spien aus. »Siehst du?« wandte sie sich lächelnd an mich. »Sie glauben noch an die alten Götter. Sie glauben immer noch an sie. Und bald, Derfel, werden sie den Beweis haben. Sag das Merlin.«

Ich sagte es Merlin. Ich stand vor ihm und berichtete ihm, daß zwei Könige nach Cadarn kommen würden, daß aber ein Mann dort herrschen werde, der kein König sei, daß die Toten sich vermählen, die Verlorenen ans Licht kommen würden und ein Schwert an den Hals eines Kindes gelegt werden würde.

»Sag das noch einmal, Derfel«, verlangte er, sah blinzelnd zu mir empor und streichelte die alte, getigerte Katze, die auf seinem Schoß schnurrte.

Feierlich wiederholte ich die Botschaft und ergänzte sie noch durch Nimues Voraussage, der Kessel werde bald aus seinem Versteck geholt werden und seine Schrecken stünden unmittelbar bevor. Er lachte, schüttelte den Kopf und lachte abermals. Dann beruhigte er die Katze auf seinem Schoß. »Und sie hatte wirklich den Kopf eines Druiden, sagst du?« fragte er mich.

»Balises Kopf, Lord.«

Er kraulte die Katze unterm Kinn. »Balises Kopf wurde verbrannt, Derfel, vor Jahren schon. Er wurde verbrannt und anschließend zu Pulver zerstoßen. Zerstoßen, bis nichts mehr übrig war. Ich muß es wissen, denn ich war es, der ihn verbrannt hat.« Damit schloß er die Augen und schlief ein.

Im darauffolgenden Sommer, am Tag vor einer Vollmondnacht, als die Bäume am Fuß des Caer Cadarn schwer waren von saftigem, grünem Laub, an einem Morgen, da strahlender Sonnenschein auf den Rainhecken mit ihren Zaunrüben, Winden, Weidenröschen und Waldreben glänzte, riefen wir Mordred auf dem uralten Gipfel des Caer zu unserem König aus.

Caer Cadarns uralte Festung lag fast während des ganzen Jahres verlassen da, aber er war unser Königshügel, weihevoller Ort der Rituale in Dumnonias königlichem Herzen. Deswegen wurden die Wälle auch stets abwehrbereit gehalten, doch das Innere der Festung bot einen recht traurigen Anblick: Zerfallene Hütten drängten sich um die große, öde Festhalle, in der sich Vögel, Fledermäuse und Mäuse häuslich niedergelassen hatten. Die Halle nahm den unteren Teil von Caer Cadarns weitläufiger Kuppe ein, während nach Westen hin, auf dem höher gelegenen Teil, ein Kreis von flechtenüberzogenen Steinen jenen grauen, abgeplatteten Felsblock umstand, der Dumnonias uralter Krönungsstein war. Hier hatte der große Gott Bel seinen menschlichen Sohn Beli Mawr zum ersten unserer Könige gesalbt, und seit dieser Zeit, selbst in den Jahren der römischen Herrschaft, wurden unsere Könige hier an diesem Ort ausgerufen. Mordred war auf diesem Hügel geboren, und hier war er als Säugling auch zum König proklamiert worden, obwohl die Zeremonie damals nichts weiter als ein Symbol für seine Königswürde gewesen war und ihm keinerlei Pflichten aufgebürdet hatte. Nun aber stand er an der Schwelle zum Mannesalter und sollte von diesem Tag an nicht mehr nur dem Namen nach König sein. Mit dieser zweiten Ausrufung wäre Arthurs Eid erfüllt. Uthers Macht würde auf Mordred übergehen.

Die Teilnehmer versammelten sich zeitig. Die Festhalle war ausgefegt, mit Stoffbahnen behängt und mit grünen Zweigen geschmückt worden. Fässer voll Met und Töpfe voll Ale wurden auf dem Grasboden aufgebaut, und von den großen Feuern, an denen für das Festmahl Ochsen, Schweine und Wildbret gebraten wurden, stieg weißer Rauch auf. Tätowierte Stammesangehörige aus Isca mischten sich mit den eleganten, Toga tragenden Bürgern von Durnovaria und Corinium, und beide lauschten den weißgekleideten Barden, die eigens komponierte Lieder vortrugen, mit denen sie Mordreds Charakter priesen und glorreiche Zeiten für seine Herrschaft voraussagten. Diesen Barden war doch niemals zu trauen!

Da ich Mordreds Champion war, trug ich als einziger Lord auf dem Hügel die volle Kriegsrüstung. Das war nun nicht mehr jenes schäbige, mehr schlecht als recht geflickte Zeug, das ich in der Schlacht bei London getragen hatte, nein, inzwischen war ich stolzer Besitzer einer neuen, kostspieligeren Rüstung, die meinem hohen Rang entsprach. Ich trug ein prächtiges römisches Panzerhemd, das an Hals, Saum und Ärmeln mit goldenen Ringen besetzt war. An meinen Stiefeln glänzten Bronzestreifen, mit Eisenplättchen besetzte ellbogenlange Handschuhe schützten Unterarme und Finger, und ein prachtvoller Helm aus getriebenem Silber mit Nackenschutz bedeckte meinen Kopf. Der Helm hatte Wangenstücke, die sich vor dem Gesicht schließen ließen, sowie einen goldenen Knauf, an dem als Helmzier eine frisch gebürstete Wolfsrute hing. Ein grüner Mantel um die Schultern, Hywelbane an meiner Seite und ein Schild, der zu Ehren dieses Tages Mordreds roten Drachen statt meinen weißen Stern zeigte, ergänzten meine Rüstung.

Culhwch war aus Isca gekommen. Er umarmte mich freundschaftlich. »Dies ist eine Farce, Derfel«, grollte er.

»Ein großer, glücklicher Tag, Lord Culhwch«, entgegnete ich, ohne eine Miene zu verziehen.

Er lächelte nicht, sondern blickte sich mißmutig in der erwartungsvollen Menschenmenge um. »Christen!« Er spie aus.

»Es scheinen ziemlich viele von ihnen hierzusein.«

»Ist Merlin da?«

»Er war zu müde«, antwortete ich.

»Er war so vernünftig, nicht herzukommen, meint Ihr wohl«, widersprach Culhwch. »Also, wer leitet die Zeremonie?«

»Bischof Sansum.«

Wieder spie Culhwch aus. Sein Bart war in diesen letzten Monaten grau geworden, und obwohl er noch immer ein Bär von einem Mann war, bewegte er sich mit steifen Gliedern. »Habt Ihr schon mit Arthur gesprochen?« wollte er wissen.

»Wir reden nur miteinander, wenn's unbedingt nötig ist«, gab ich ausweichend zurück.

»Er möchte, daß Ihr wieder sein Freund seid«, erklärte mir Culhwch.

»Er springt recht seltsam mit seinen Freunden um«, sagte ich steif.

»Er braucht Freunde.«

»Dann kann er sich freuen, daß er Euch hat«, gab ich zurück und wandte mich um, weil ein Hornruf unser Gespräch unterbrach. Speerkämpfer bahnten sich eine Gasse durch die Menge, indem sie die Menschen behutsam mit ihren Schilden und Speerstangen zurückdrängten. Dann kam durch diesen Korridor ein ganzer Zug von Lords, Beamten und Priestern in gemessenem Tempo auf den Steinkreis zugeschritten. Ich reihte mich auf meinem Platz neben Ceinwyn und meinen Töchtern ein.

Die Versammlung an jenem Tag war eher ein Tribut an Arthur als an Mordred, denn Arthurs Verbündete waren vollzählig erschienen. Cuneglas war aus Powys gekommen und hatte ein Dutzend Lords sowie seinen Edling Prinz Perddel mitgebracht, inzwischen ein hübscher Knabe mit dem runden, ernsten Gesicht des Vaters. Agricola, alt und steif, begleitete König Meurig; beide Herren trugen Togen. Meurigs Vater Tewdric lebte zwar noch, aber der alte König hatte den Thron aufgegeben, sich eine Priestertonsur scheren lassen und sich in ein Kloster im Tal des Wye zurückgezogen, wo er geduldig eine Bibliothek christlicher Lehrbücher zusammentrug und es seinem pedantischen Sohn überließ, Gwent an seiner Statt zu regieren. Byrthig, der seinem Vater als König von Gwynedd nachgefolgt war und inzwischen nur noch zwei Zähne besaß, stand unruhig herum, als wären die Rituale ein notwendiges Übel, das er ertragen mußte, bevor er zu den wartenden Metfässern zurückkehren konnte. Oengus Mac Airem, Iseults Vater und König von Demetia, war mit einer Truppe seiner gefürchteten

Schwarzschilde gekommen, während Lancelot, König der Belgen, von einem Dutzend Riesen seiner Sachsengarde sowie den elendigen Zwillingspaaren Dinas und Lavaine und Amhar und Loholt begleitet wurde.

Wie ich bemerkte, begrüßte Arthur Oengus mit einer Umarmung – eine Geste, die der andere freudig erwiderte. Trotz Iseults gräßlichem Tod gab es hier anscheinend keinen Groll. Arthur trug einen braunen Mantel: Vielleicht wollte er dem Helden des Tages nicht mit einem seiner schneeweißen Mäntel die Schau stehlen. Guinevere sah hinreißend aus in ihrem rostfarbenem Gewand, das mit Silber besetzt und mit ihrem Symbol, dem mondgekrönten Hirschen, bestickt war. Sagramor, ganz in Schwarz, erschien mit seiner schwangeren sächsischen Gemahlin Malla und den beiden Söhnen. Aus Kernow kam niemand.

Die Banner der Könige, Häuptlinge und Lords wurden an die Wälle gehängt, wo ein Ring von Speerkämpfern, alle mit frisch bemalten Drachenschilden ausgerüstet, Wache stand. Wieder ertönte ein Hornruf, ein klagender Ton in der Morgensonne, und zwanzig weitere Speerkämpfer führten Mordred zum Steinkreis, wo wir ihn vor fünfzehn Jahren zum erstenmal zum König ausgerufen hatten. Jene erste Zeremonie hatte im Winter stattgefunden, und der Säugling Mordred war, in warme Pelze gehüllt, auf einem umgekehrten Kriegsschild um den Steinkreis getragen worden. Damals hatte Morgan die Zeremonie geleitet, die im Opfertod eines sächsischen Gefangenen gegipfelt hatte; doch diesmal würde es ein ganz und gar christlicher Ritus werden. Was immer Nimue sagen mochte, dachte ich ingrimmig, die Christen hatten gewonnen. Außer Dinas und Lavaine waren keine Druiden anwesend, und die beiden spielten keine Rolle. Merlin schlief im Garten von Lindinis, Nimue war auf dem Tor, und kein Gefangener würde abgeschlachtet werden, um die Zeichen für die Herrschaft des eben ausgerufenen Königs deuten zu können. Bei Mordreds erster Akklamation hatten wir den sächsischen Gefangenen getötet, indem wir ihm einen Speer in den Bauch stießen, damit sein Tod langsam und qualvoll sei, während Morgan jedes schmerzgepeinigte Taumeln und jeden vergossenen Blutstropfen auf irgendwelche Vorzeichen kontrollierte. Die Vorzeichen waren, wie ich mich erinnerte, nicht gut gewesen, obwohl sie Mordred eine lange Regierungszeit verhießen. Ich versuchte mich auf den Namen jenes armen Sachsen zu besinnen, aber ich erinnerte mich nur an sein verängstigtes Gesicht und daran, daß ich ihn gemocht hatte. Aber plötzlich fiel mir nach all den Jahren sein Name doch wieder ein. Wlenca! Der arme, angstzitternde Wlenca. Morgan hatte darauf bestanden, ihn zu töten, und jetzt, da ein Kruzifix unterhalb ihrer Maske baumelte, war sie nur in ihrer Eigenschaft als Sansums Gemahlin gekommen und spielte keine Rolle mehr bei den Riten.

Gedämpfter Jubel begleitete Mordreds Erscheinen. Die Christen applaudierten, während wir Heiden nur eben pflichtbewußt die Hände zusammenbrachten und verstummten. Der König war ganz in Schwarz gekleidet: schwarzes Hemd, schwarze, enganliegende Hose, schwarzer Mantel und schwarze Stiefel, von denen der linke ziemlich monströs geformt war, um auf seinen Klumpfuß zu passen. Um den Hals trug er ein goldenes Kruzifix, und ich hatte den Eindruck, daß ein hämisches Grinsen sein rundes, häßliches Gesicht verzog, aber vielleicht verriet diese Grimasse ja nur Nervosität. Er hatte sich einen Bart stehen lassen. Das Ergebnis war eher kläglich und diente kaum dazu, sein von wild wuchernden Haarzotteln umrahmtes Vollmondgesicht zu verschönen. Er schritt allein in den Königskreis und nahm neben dem Krönungsstein Aufstellung.

Sansum, prächtig in Weiß und Gold gewandet, eilte flugs an die Seite seines Königs. Ohne Vorwarnung hob er die Arme und begann zu beten. Seine Stimme, die schon immer kräftig war, trug über die vielköpfige Menge, die sich hinter den Lords drängte, bis hin zu den reglosen Speerkämpfern auf den Kampfplattformen der Wälle. »Lord Gott!« rief er. »Gieß deinen Segen aus auf diesen deinen Sohn Mordred, den gesegneten König, das Licht von Britannien, den Monarchen, der dein Reich Dumnonia in ein neues, gesegnetes Zeitalter führen wird!« Ich muß gestehen, daß ich dieses Gebet frei wiedergebe, denn in Wahrheit merkte ich kaum auf, während Sansum seinen Gott anflehte. Er war gut in derartigen Tiraden, aber sie klangen alle gleich; immer waren sie zu lang, immer voll Lob auf das Christentum und voll Spott über das Heidentum; statt ihm zuzuhören, beobachtete ich daher die Menge, denn ich wollte sehen, wer beim Beten die Arme ausbreitete und die Augen schloß. Es waren die meisten. Arthur, immer bereit, jeglicher Religion Respekt zu erweisen, stand einfach gesenkten Hauptes da. Er hielt seinen Sohn Gwydre an der Hand, an dessen anderer Seite Guinevere stand und mit einem rätselhaften Lächeln auf dem schönen Gesicht in den Himmel starrte. Amhar und Loholt, Arthurs Söhne von Ailleann, beteten mit den Christen, während Dinas und Lavaine nur dastanden, die Arme über den weißen Gewändern verschränkt, und Ceinwyn anstarrten, die an diesem Tag, genau wie damals, als sie ihrem Anverlobten davongelaufen war, weder Gold noch Silber trug. Ihre Haare glänzten noch immer fein und hell, und für mich blieb sie das schönste Wesen, das jemals auf Erden gewandelt war. König Cuneglas, ihr Bruder, stand neben ihr, und als ich während Sansums hochfliegender Ausführungen seinem Blick begegnete, schenkte er mir ein ironisches Lächeln. Mordred, der die Arme ausgebreitet hatte, beobachtete uns alle mit schiefem Grinsen.

Nachdem das Gebet beendet war, ergriff Bischof Sansum den Arm des Königs und führte ihn zu Arthur, der als Regent des Königreichs dem Volk seinen neuen Herrscher vorstellen sollte. Arthur lächelte Mordred an, als wollte er ihm Mut zusprechen, und führte ihn dann außen um den Steinkreis herum, und alle, die kein König waren, sanken auf die Knie, wenn Mordred an ihnen vorüberkam. Ich, als sein Champion, ging mit gezogenem Schwert hinter ihm. Wir schritten entgegen der Sonnenlaufrichtung, und dies war die einzige Gelegenheit, zu der ein Kreis derart umschritten wurde. Es sollte zeigen, daß unser neuer König von Beli Mawr abstammte und daher die natürliche Ordnung aller Lebewesen mißachten durfte. Obwohl Bischof Sansum natürlich behauptete, die Richtung gegen den Sonnenlauf beweise den Tod des heidnischen Aberglaubens. Culhwch gelang es, wie ich entdeckte, sich während des Kreisgangs zu verstecken, damit er vor Mordred nicht niederknien mußte.

Nachdem zwei Rundgänge um die Steine zurückgelegt waren, führte Arthur Mordred zum Krönungsstein und half ihm hinauf, so daß der König allein dort oben stand. Dann kam Dian, meine jüngste Tochter, mit einem Kornblumenkranz im Haar herbeigetrippelt und legte zum Zeichen, daß es seine Pflicht sei, sein Volk zu ernähren, einen Laib Brot zu Mordreds so verschiedenen Füßen nieder. Bei ihrem Anblick lief ein Gemurmel durch die Reihen der Frauen, denn Dian hatte, wie ihre Schwestern, die natürliche Schönheit der Mutter geerbt. Sie legte den Brotlaib nieder und sah sich dann suchend um, als wollte sie fragen, was sie denn nun tun solle. Da sie nirgendwo ein Zeichen erhielt, blickte sie tiefernst zu Mordreds Gesicht empor und brach sofort in Tränen aus. Die Frauen seufzten glücklich, als die Kleine weinend zu ihrer Mutter floh und Ceinwyn sie in die Arme nahm, um ihr fürsorglich die Tränen zu trocknen. Dann brachte Gwydre, Arthurs Sohn, eine Ledergeißel, die die Pflicht des Königs, dem Land Gerechtigkeit zu bringen, symbolisierte, und legte sie ebenfalls zu Mordreds Füßen nieder. Und schließlich kam ich mit dem neuen königlichen Schwert, geschmiedet in Gwent, mit einem Griff aus schwarzem, mit Golddraht umwickelten Leder, und legte es in Mordreds Rechte. »Lord König«, sagte ich und sah ihm dabei in die Augen, »dies soll Euch bei der Pflicht dienen, Euer Volk zu beschützen.« Mordred hatte aufgehört zu grinsen und starrte mich statt dessen mit einer eiskalten Würde an, die mich hoffen ließ, daß Arthur recht hatte mit seiner Meinung, die Feierlichkeit dieses Rituals werde Mordred die Kraft verleihen, ein guter König zu sein.

Dann überreichten wir einer nach dem anderen unsere Gaben. Ich schenkte ihm einen schönen, mit Gold besetzten Helm, in dessen Glocke ein roter Emaildrache eingelassen war. Arthur schenkte ihm einen Schuppenpanzer, einen Speer und eine Schatulle aus Elfenbein, die mit Goldmünzen gefüllt war. Cuneglas brachte ihm Goldbarren aus den Minen von Powys. Lancelot beschenkte ihn mit einem schweren Goldkreuz und einem kleinen, goldgerahmten Electrumspiegel. Oengus Mac Airem legte ihm zwei dicke Bärenfelle zu Füßen, während Sagramor die sächsische Goldplastik eines Stierkopfs auf den Stoß legte. Sansum hatte ein Stück jenes Kreuzes für den König, an dem, wie er lauthals erklärte, Christus gekreuzigt worden sei. Der dunkle Holzsplitter ruhte in einem römischen Glasflacon, der mit Gold versiegelt war. Nur Culhwch machte dem König kein Geschenk. Ja, nachdem alle Gaben überreicht worden waren und die Lords Schlange standen, um vor dem

König niederzuknien und ihm den Treueid zu leisten, war Culhwch nirgendwo zu sehen. Ich war der zweite, der den Eid leistete, nachdem ich Arthur zum Krönungsstein gefolgt war. Vor dem hohen Berg aus glänzendem Gold kniete ich nieder, drückte meine Lippen auf die Spitze von Mordreds neuem Schwert und schwor auf mein Leben, ihm treu zu dienen. Es war ein feierlicher Augenblick, denn dies war der Königseid, der Eid, der über allen anderen stand.

Eins war neu bei dieser Akklamation, ein Ritual, das Arthur sich ausgedacht hatte, um jenen Frieden zu wahren, den er so sorgfältig aufgebaut und über die Jahre hinweg erhalten hatte. Die neue Zeremonie war eine Ausweitung seiner Bruderschaft von Britannien, denn er hatte die Könige von Britannien – wenigstens die anwesenden – dazu überredet, Küsse mit Mordred zu tauschen und sich eidlich zu verpflichten, niemals gegeneinander zu kämpfen. Also umarmten sich Mordred, Meurig, Cuneglas, Byrthig, Oengus und Lancelot gegenseitig, legten ihre Schwertklingen aneinander und schworen, miteinander Frieden zu halten. Arthur strahlte, während Oengus Mac Airem, ein wahrer Schelm, mir nachdrücklich zuzwinkerte. Sobald die Erntezeit kam, würden seine Speerkämpfer, wie ich genau wußte, ohne Rücksicht auf irgendwelche Eide die Kornspeicher von Powys plündern.

Nachdem der Königseid geleistet war, begann ich mit dem letzten Teil der Zeremonie. Zuerst reichte ich Mordred meine behandschuhte Hand und half ihm vom Stein. Dann führte ich ihn zum nördlichsten Stein des äußeren Kreises, nahm sein Königsschwert und legte die blanke Klinge flach auf den Krönungsstein. Funkelnd lag sie da, ein Schwert auf einem Stein, das Wahrzeichen eines Königs, während ich die Pflichten des königlichen Champions erfüllte, indem ich den Kreis umschritt, die Zuschauer anspie und alle, die zuhörten, herausforderte, Mordred ap Mordred ap Uther das Recht streitig zu machen, als König zu herrschen. Im Vorüberschreiten zwinkerte ich meinen Töchtern zu, trug aufmerksam Sorge, daß mein Speichel auf Sansums kostbaren Roben landete, und sorgte ebenso gewissenhaft dafür, daß er Guineveres besticktes Gewand nicht beschmutzte. »Ich erkläre Mordred ap Mordred ap Uther zum König!« rief ich dabei immer wieder, »und wenn ihm ein Mann die Königswürde streitig macht, soll er hier und jetzt mit mir kämpfen.« Langsam, Hywelbanes blanke Klinge in der Hand, schritt ich einher und rief meine Herausforderung hinaus. »Ich erkläre Mordred ap Mordred ap Uther zum König, und wenn ihm ein Mann die Königswürde streitig macht, soll er hier und jetzt mit mir kämpfen!«

Ich hatte den Kreis beinah vollendet, als ich das schleifende Geräusch vernahm, mit dem eine Klinge aus ihrer Scheide gezogen wird. »Ich mache sie ihm streitig!« rief eine Stimme, ein Ruf, der von einem entsetzten Aufkeuchen der Zuschauer gefolgt wurde. Ceinwyn erbleichte, und meine Töchter, denen schon angst geworden war, als sie mich in meiner ihnen unvertrauten Rüstung aus Eisen, Stahl, Leder und Wolfsrute sahen, bargen das Gesicht in ihrem Leinenrock.

Als ich mich ganz langsam umwandte, sah ich, daß Culhwch in den Kreis zurückgekehrt war und mir mit gezogenem Schwert, einer riesigen Kampfwaffe, finster gegenüberstand. »Nein!« rief ich ihm zu. »Ich bitte Euch!«

Mit grimmiger Miene schritt Culhwch in die Mitte des Kreises und nahm das goldverzierte Königsschwert vom Stein. »Ich mache Mordred ap Mordred ap Uther die Königswürde streitig!« erklärte Culhwch feierlich. Dann warf er die Königsklinge ins Gras.

»Tötet ihn!« rief Mordred von seinem Platz neben Arthur. »Tut Eure Pflicht, Lord Derfel!«

»Ich bestreite, daß er zum Herrscher taugt«, rief Culhwch der Versammlung zu. Ein leichter Wind blähte die Banner an den Wänden und bewegte Ceinwyns goldenes Haar.

»Ich befehle Euch, ihn zu töten!« kreischte Mordred aufgeregt.

Ich trat in den Kreis vor Culhwch hin. Jetzt verlangte die Pflicht von mir, daß ich mit ihm kämpfte, und wenn er mich tötete, würde ein anderer Champion des Königs gewählt werden; und so würde diese dumme Geschichte weitergehen, bis Culhwch entweder blutig und zerschlagen sein Leben auf dem Boden von Caer Cadarn aushauchte, oder bis – was wahrscheinlicher war – eine regelrechte Schlacht auf der Hügelkuppe ausbrach, die entweder mit Culhwchs oder mit Mordreds Sieg enden würde. Ich nahm den Helm vom Kopf, schüttelte mir die Haare aus den Augen und hängte den

Helm über meine Schwertscheide, um Culhwch, immer noch mit dem Schwert in der Hand, brüderlich zu umarmen. »Ich bitte Euch, tut das nicht«, flüsterte ich ihm ins Ohr. »Ich kann Euch nicht töten, mein Freund, also müßt Ihr mich töten.«

»Er ist ein Bastard, eine Kröte, ein Wurm, aber kein König«, murmelte er.

»Bitte«, wiederholte ich leise, »ich kann Euch nicht töten. Das wißt Ihr genau.«

Er drückte mich fest an sich. »Schließt Frieden mit Arthur, mein Freund«, flüsterte er. Dann trat er zurück und schob sein Schwert wieder in die Scheide. Er hob Mordreds Schwert vom Grasboden auf, warf dem König einen finsteren Blick zu und legte die Klinge auf den Stein zurück. »Ich verzichte auf den Kampf«, rief er so laut, daß ihn alle auf der Hügelkuppe verstehen konnten. Dann ging er zu Cuneglas hinüber und kniete vor ihm nieder. »Wollt Ihr meinen Eid annehmen, Lord König?«

Es war ein peinlicher Moment, denn wenn der König von Powys Culhwchs Treueid akzeptierte, bestand die erste Handlung des Königreichs Powys in Dumnonias neuer Regierungszeit darin, einen Feind Mordreds willkommen zu heißen. Cuneglas zögerte jedoch keine Sekunde und reichte Culhwch seinen Schwertknauf zum Kuß. »Von Herzen gern, Lord Culhwch«, sagte er. »Von Herzen gern.«

Culhwch küßte Cuneglas' Schwert, erhob sich und schritt zum Westtor hinüber. Seine Speerkämpfer folgten ihm. Mit Culhwchs Abgang hatte Mordred doch noch die Macht in seinem Reich errungen. Eine Weile herrschte Stille. Dann begann Sansum zu jubeln, die Christen folgten seinem Beispiel und feierten damit ihren neuen Herrscher. Männer versammelten sich um den König und riefen ihm ihre Glückwünsche zu. Wie ich sah, stand Arthur an einer Seite allein. Er sah mich an und lächelte mir zu, aber ich wandte mich von ihm ab. Ich steckte Hywelbane in die Scheide, kauerte mich vor meinen immer noch verängstigten Töchtern nieder und erklärte ihnen, daß es nichts mehr zu fürchten gebe. Morwenna drückte ich meinen Helm in die Hand und zeigte ihr, wie man die Wangenstücke in ihren Scharnieren hin und her bewegen konnte. »Mach ihn aber nicht kaputt«, warnte ich sie.

»Der arme Wolf«, sagte Seren und streichelte die Wolfsrute.

»Er hat eine Menge Lämmer gerissen.«

»Hast du den Wolf deswegen getötet?«

»Selbstverständlich.«

»Lord Derfel!« hörte ich unvermittelt Mordreds Stimme. Als ich mich aufrichtete und umwandte, sah ich, daß der König seine Bewunderer abgeschüttelt hatte und quer durch den Königskreis auf mich zugehinkt kam.

Ich ging ihm entgegen und verneigte mich vor ihm. »Lord König.«

Die Christen scharten sich hinter Mordred. Hier waren sie jetzt die Herren, und der Triumph war ihnen deutlich von den Gesichtern abzulesen. »Ihr habt einen Eid geleistet, Lord Derfel«, sagte Mordred. »Ihr habt geschworen, mir zu gehorchen.«

»Das habe ich, Lord König.«

»Aber Culhwch lebt immer noch«, sagte er scheinbar verwirrt. »Das ist doch so, habe ich recht?«

»Er lebt, Lord König«, bestätigte ich.

Mordred lächelte. »Ein gebrochener Eid, Lord Derfel, muß bestraft werden. Habt Ihr mir das nicht immer wieder eingebleut?«

»Ja, Lord König.«

»Und diesen Eid, Lord Derfel, habt Ihr auf Euer Leben geschworen. Ist das richtig?«

»Ja, Lord König.«

Er kratzte sich den schütteren Bart. »Aber Ihr habt hübsche Töchter, Lord Derfel. Deswegen täte es mir leid, Euch hier in Dumnonia zu verlieren. Ich vergebe Euch, daß Culhwch noch am Leben ist.«

»Ich danke Euch, Lord König«, antwortete ich und nahm mich zusammen, um ihn nicht zu schlagen.

»Aber ein gebrochener Eid muß dennoch bestraft werden«, erklärte er aufgeregt.

»Ja, Lord König«, stimmte ich ihm zu.

Einen Herzschlag lang hielt er inne; dann schlug er mich mit der Ledergeißel der Gerechtigkeit heftig ins Gesicht. Dabei lachte er, und er genoß den Ausdruck sprachloser Überraschung auf meinem Gesicht offenbar so sehr, daß er mich ein zweites Mal schlug. »Bestrafung erfolgt, Lord Derfel«, erklärte er dann und wandte sich ab. Seine Anhänger lachten und applaudierten.

Wir blieben weder zum Festmahl noch zu den Ringkämpfen, noch zu den Schwertspielen, weder zu den Vorführungen der Jongleure noch zum Tanz eines gezähmten Bären, noch zum Wettstreit der Barden. Wir kehrten als Familie nach Lindinis zurück. Wir schritten an jenem Bach entlang, an dem die Weiden wuchsen und der Blutweiderich blühte. Wir gingen nach Hause.

Cuneglas folgte uns nach einer Stunde. Er wollte eine Woche bei uns verbringen und dann nach Powys heimkehren. »Kommt doch mit mir zusammen zurück«, bat er mich.

»Ich habe mich eidlich an Mordred gebunden, Lord König.«

»Ach, Derfel, Derfel!« Er legte mir den Arm um den Hals und schlenderte mit mir über den äußeren Hof. »Mein lieber Derfel, Ihr seid nicht weniger schlimm als Arthur! Glaubt Ihr wirklich, daß es Mordred kümmert, ob Ihr Euren Eid haltet oder nicht?«

»Ich hoffe, daß er mich nicht zum Feind haben will.«

»Wer weiß denn schon, was der will«, sagte Cuneglas wegwerfend. »Junge Mädchen vermutlich, und schnelle Pferde und flinkes Hochwild und starken Met. Kommt mit nach Hause, Derfel! Culhwch wird ebenfalls dort sein.«

»Er wird mir fehlen, Lord«, gestand ich ihm. Ich hatte gehofft, daß Culhwch uns bei unserer Rückkehr vom Caer Cadarn in Lindinis erwarten würde; aber er hatte offenbar keine Zeit verloren und jagte bereits gen Norden, um den Speerkämpfern zu entkommen, die man ihm zweifellos nachschicken würde, um ihn zu fassen, bevor er die Landesgrenze überschritt.

Cuneglas verzichtete auf weitere Versuche, mich zu sich in den Norden zu locken. »Was hatte Oengus, dieser Gauner, dort zu suchen?« fragte er mich verdrossen. »Und dann auch noch zu schwören, er würde den Frieden wahren!«

»Wenn er Arthurs Freundschaft verliert«, antwortete ich, »werden Eure Speere in sein Land vordringen, das ist ihm bewußt.«

»Er hat recht«, gab Cuneglas grimmig zurück. »Vielleicht werde ich Culhwch diesen Auftrag geben. Wird Arthur jetzt noch irgendwelche Macht besitzen?«

»Das hängt allein von Mordred ab.«

»Nehmen wir mal an, daß Mordred kein absoluter Dummkopf ist. Ich kann mir ein Dumnonia ohne Arthur nicht vorstellen.« Er wandte sich um, weil ein Ruf der Torwache weitere Besucher ankündigte. Fast erwartete ich, Drachenschilde und eine Abteilung von Mordreds Männern zu sehen, die hier nach Culhwch suchen wollten; statt dessen waren es Arthur und Oengus Mac Airem, die mit zwanzig Speerkämpfern eintrafen. Arthur zögerte am Tor. »Bin ich willkommen?« rief er mir zu.

»Natürlich, Lord«, antwortete ich, wenn auch ohne Herzlichkeit.

Kurz darauf kamen meine Töchter, die ihn von einem Fenster aus erspäht hatten, kreischend vor Freude herbeigelaufen, um ihn willkommen zu heißen. Cuneglas schloß sich ihnen an, übersah jedoch betont König Oengus Mac Airem, der zu mir herüberkam. Ich verneigte mich vor ihm, doch Oengus richtete mich sofort auf und schloß mich herzlich in die Arme. Sein Pelzkragen stank nach Schweiß und ranzigem Fett. »Wie Arthur mir sagte, habt Ihr seit zehn Jahren keinen anständigen Krieg mehr geführt«, begann er.

»So lange wird es wohl her sein, Lord.«

»Dann werdet Ihr aus der Übung sein, Derfel. Beim ersten richtigen Kampf wird so ein junger Grünschnabel daherkommen und Euch den Bauch aufschlitzen, um seine Hunde mit Euren Eingeweiden zu füttern. Wie geht es Euch?«

»Ich bin älter geworden, Lord. Aber es geht mir gut. Und Euch?«

»Ich lebe noch«, antwortete er. Dann warf er einen Blick zu Cuneglas hinüber. »Wie ich vermute, zieht es der König von Powys vor, mich zu ignorieren, wie?«

»Er hat den Eindruck, Lord König, daß Eure Speerkämpfer an seiner Grenze ein wenig zu eifrig sind.«

Oengus lachte. »Ich muß die Männer beschäftigen, Derfel, das wißt Ihr. Untätige Speerkämpfer bedeuten Ärger. Und außerdem habe ich heutzutage viel zu viele von diesen Kerlen. Irland wird christlich!« Er spie aus. »Irgendein dreister Brite namens Padraig hat sie in Schlappschwänze verwandelt. Ihr Leute habt es nie gewagt, uns mit Euren Speeren zu erobern; deswegen habt Ihr dieses

Stück Robbenscheiße geschickt, um uns zu schwächen, und jeder Ire mit ein bißchen Mumm in den Knochen kommt zu den irischen Königreichen in Britannien, um diesen Christen zu entfliehen. Mit einem Kleeblatt hat er ihnen gepredigt! Könnt Ihr Euch das vorstellen? Irland mit einem Kleeblatt zu erobern? Kein Wunder, daß alle anständigen Krieger zu mir herüberkommen. Aber was soll ich mit den Kerlen anfangen?«

»Schickt sie zurück, damit sie Padraig töten«, schlug ich vor.

»Der ist schon tot, Derfel, aber seine Anhänger sind um so lebendiger.« Oengus hatte mich in eine Ecke des Innenhofes gezogen, wo er stehenblieb und mir in die Augen sah. »Wie ich hörte, habt Ihr versucht, meine Tochter zu retten.«

»Das tat ich, Lord«, gab ich zurück. Ich sah, daß Ceinwyn aus dem Palast gekommen war und Arthur umarmte. Die beiden hielten einander umschlungen, während sie redeten, und Ceinwyn warf mir einen vorwurfsvollen Blick zu. Ich wandte mich wieder zu Oengus. »Ich habe das Schwert für sie gezogen, Lord König.«

»Das war nett von Euch, Derfel«, sagte er achtlos, »das war wirklich nett von Euch, aber es ist nicht weiter wichtig. Ich habe mehrere Töchter. Ich kann mich nicht einmal mehr genau erinnern, welche von ihnen Iseult war. Mageres, kleines Ding, oder?«

»Ein wunderschönes junges Mädchen, Lord König.«

Er lachte. »Wenn man alt wird, ist alles schön, was jung ist. Eine Schönheit habe ich allerdings in meiner Brut. Argante heißt sie und wird wohl einige Herzen brechen, bevor ihr Leben zu Ende geht. Euer neuer König wird vermutlich eine Braut suchen. Das stimmt doch – oder?«

»Das nehme ich an.«

»Argante wäre die richtige für ihn«, behauptete Oengus. Damit, daß er seine schöne Tochter als Königin von Dumnonia vorschlug, wollte er Mordred nicht etwa einen Gefallen tun, sondern sicherstellen, daß Dumnonia Demetia auch weiterhin vor den Männern aus Powys schützte. »Vielleicht bringe ich Argante ja mal auf einen Besuch hierher«, sagte er. Damit beendete er das Thema einer potentiellen Vermählung und stieß mich mit seiner narbigen Faust vor die Brust. »Hört zu, mein Freund«, sagte er nachdrücklich, »es lohnt sich nicht, sich wegen Iseult mit Arthur zu verfeinden.«

»Seid Ihr deswegen hergekommen, Lord?« fragte ich ihn argwöhnisch.

»Selbstverständlich, Ihr Narr!« antwortete Oengus munter. »Und weil ich all diese Christen auf dem Caer nicht ertragen kann. Schließt Frieden mit Arthur, Derfel. Britannien ist nicht so groß, daß anständige Männer es sich leisten könnten, einander ins Gesicht zu spucken. Wie ich hörte, lebt Merlin hier?«

»Ihr findet ihn dort drüben.« Ich zeigte auf den Torbogen zu einem Garten, in dem Ceinwyns Rosen blühten. »Jedenfalls das, was von ihm übriggeblieben ist.«

»Dann werde ich jetzt mal versuchen, dem alten Bastard ein bißchen Leben einzuhauchen. Vielleicht kann er mir ja erklären, was an einem Kleeblatt so Besonderes ist. Außerdem brauche ich einen Zauber, damit ich neue Töchter machen kann.« Lachend wandte er sich ab und ging davon. »Ich werde alt, Derfel, ich werde alt!«

Arthur übergab meine drei Töchter ihrer Mutter Ceinwyn und ihrem Onkel Cuneglas und kam langsam zu mir herüber. Ich zögerte und deutete dann auf das äußere Tor. Vor ihm trat ich auf die Wiesen hinaus, wo ich wartete und zu Caer Cadarns bannergeschmückten Wällen über den dazwischen wachsenden Bäumen emporblickte.

Er blieb hinter mir stehen. »Bei Mordreds erster Proklamation«, begann er leise, »sind wir beiden, Ihr und ich, Tristan zum erstenmal begegnet. Erinnert Ihr Euch?«

Ich wandte mich nicht um. »Ja, Lord.«

»Ich bin nicht mehr Euer Lord, Derfel«, widersprach er. »Der Eid, den wir Uther geleistet haben, ist erfüllt. Das ist abgeschlossen. Ich bin nicht Euer Lord, aber ich wäre gern Euer Freund.« Er zögerte. »Und das, was geschehen ist«, fuhr er dann fort, »tut mir von Herzen leid.«

Noch immer wandte ich mich nicht um. Nicht aus Stolz, sondern weil mir die Tränen in den Augen standen. »Mir tut es ebenfalls leid«, sagte ich.

»Wollt Ihr mir vergeben?« fragte er mich demütig. »Wollen wir wieder Freunde sein?«

Ich starrte auf den Caer hinüber und dachte an all die vielen

Dinge, die ich selbst getan hatte und die Vergebung erforderten. Ich dachte an die Toten im Moor. Damals war ich ein junger Speerkämpfer gewesen, aber Jugend ist keine Entschuldigung für Mord. Es ist nicht an mir, Arthur für seine Taten zu vergeben, dachte ich. Das muß er selber tun. »Wir werden wieder Freunde sein«, gab ich zurück. »Bis in den Tod.« Damit wandte ich mich zu ihm um.

Wir umarmten einander. Der Eid, den wir Uther geleistet hatten, war erloschen. Und Mordred war König.

VIERTER TEIL

# Die Mysterien der Isis

War Iseult schön?« fragte Igraine mich.

Ein paar Herzschläge lang dachte ich über ihre Frage nach. »Sie war jung«, antwortete ich schließlich, »und wie schon ihr Vater sagte … «

»Ich habe gelesen, was ihr Vater sagte«, fiel Igraine mir unwirsch ins Wort. Wenn sie nach Dinnewrac kommt, setzt sich Igraine jedesmal hin und liest die fertigen Pergamente durch, bevor sie auf dem Fenstersitz Platz nimmt, um sich mit mir zu unterhalten. Heute ist dieses Fenster mit einem Ledervorhang verhüllt, um die Kälte aus dem Raum fernzuhalten, den die Binsenfackeln auf meinem Schreibtisch nur unzulänglich erleuchten. Außerdem ist er voll Rauch, weil der Wind im Norden steht und der Rauch des Feuers den Weg nicht aus der Dachöffnung findet.

»Es ist schon lange her«, sagte ich müde, »und ich habe sie nur einen Tag und zwei Nächte lang gesehen. In meiner Erinnerung ist sie schön, vermutlich aber machen wir die Toten immer schön, wenn sie jung sterben.«

»In den Liedern heißt es, daß sie schön war«, gab Igraine wehmütig zurück.

»Ich habe die Barden für diese Lieder bezahlt«, sagte ich. Genau wie ich Männer dafür bezahlt hatte, daß sie Tristans Asche nach Kernow brachten. Es ist nur recht, hatte ich damals gedacht, daß Tristan im Tod in seine Heimat zurückkehrt. Ich hatte seine Knochen mit denen von Iseult vermischt und seine Asche mit der ihren – sowie zweifellos mit einer gehörigen Portion gewöhnlicher Holzasche –, und das Ganze in einem Krug versiegelt, den ich in jener Halle fand, in der sie ihren unerfüllbaren Liebestraum geteilt hatten. Damals war ich reich gewesen, ein großer Lord, Herr über

Sklaven, Diener und Speerkämpfer, reich genug, um ein Dutzend Lieder über Tristan und Iseult zu kaufen, die bis auf den heutigen Tag in allen Festhallen gesungen werden.

Außerdem hatte ich dafür gesorgt, daß die Schuld am Tod der beiden in diesen Liedern Arthur angelastet wurde.

»Aber warum hat Arthur das nur getan?« wollte Igraine wissen.

Mit meiner einen Hand rieb ich mir das Gesicht. »Für Arthur war die Ordnung eine Art Kult«, erklärte ich ihr. »Ich glaube sogar, daß er gar nicht wirklich an die Götter glaubte. O ja, an ihre Existenz glaubte er schon, er war nicht dumm – aber er glaubte nicht, daß sie sich für uns noch groß interessierten. Ich erinnere mich, daß er einmal lachte und behauptete, es sei arrogant von uns anzunehmen, die Götter hätten nichts Besseres zu tun, als sich Sorgen um uns zu machen. Verbringen wir schlaflose Nächte, nur weil eine Maus im Stroh raschelt, fragte er mich. Warum also sollten sich die Götter um uns kümmern? Daher war alles, was ihm noch blieb, wenn man die Götter ausnahm, die Ordnung, und das einzige, womit die Ordnung aufrechterhalten wurde, war das Gesetz, und das einzige, was die Mächtigen veranlaßte, das Gesetz zu befolgen, waren ihre Eide. So einfach war das.« Ich zuckte die Achseln. »Er hatte natürlich recht; er hatte eigentlich fast immer recht.«

»Er hätte sie am Leben lassen sollen«, beharrte Igraine.

»Er gehorchte dem Gesetz«, widersprach ich traurig. Ich habe es oft bedauert, dafür gesorgt zu haben, daß die Barden Arthur die Schuld gaben, er aber hatte es mir verziehen.

»Und Iseult wurde wirklich bei lebendigem Leibe verbrannt?« Igraine erschauerte. »Und Arthur hat das einfach zugelassen?«

»Er konnte sehr hart sein«, gab ich zurück. »Das mußte er sein, denn wir anderen konnten, weiß Gott, allesamt ziemlich weich sein.«

»Er hätte sie verschonen müssen«, beharrte Igraine.

»Dann hätte es weder Lieder noch Erzählungen gegeben«, sagte ich. »Sie wären alt, dick und streitsüchtig geworden und dann gestorben. Oder Tristan wäre nach dem Tod seines Vaters nach Kernow zurückgekehrt und hätte sich andere Frauen genommen. Wer weiß?«

»Wie lange hat Mark noch gelebt?« fragte Igraine.

»Nur noch ein Jahr«, antwortete ich. »Er starb an Strangurie.«

»Woran?«

Ich lächelte. »Einer üblen Krankheit, Lady, die sich Damen, glaube ich, nicht zuziehen können. Danach wurde ein Neffe König, aber ich kann mich nicht einmal an seinen Namen erinnern.«

Igraine verzog das Gesicht. »Aber daran, daß Iseult aus dem Meer gelaufen kam, daran könnt Ihr Euch erinnern, was?« warf sie mir vor. »Weil ihr Kleid naß war.«

Ich lächelte. »Als wäre es gestern gewesen, Lady.«

»Aus dem See Genezareth«, sagte Igraine strahlend, denn soeben hatte der heilige Tudwal unseren Raum betreten. Tudwal ist inzwischen zehn oder elf Jahre alt, ein mageres Bürschchen mit schwarzen Haaren und einem Gesicht, das mich an Cerdic erinnert. Ein Rattengesicht. Er teilt sowohl Sansums Zelle als auch dessen Autorität. Wie glücklich wir uns doch schätzen können, gleich zwei Heilige in unserer kleinen Gemeinschaft zu haben!

»Der Heilige wünscht, daß Ihr diese Pergamente entziffert«, sagte Tudwal und legte sie vor mich auf den Tisch. Igraine beachtete er nicht. Heilige dürfen sich Königinnen gegenüber offenbar unhöflich verhalten.

»Was ist das?« fragte ich ihn.

»Ein Händler will sie uns verkaufen«, sagte Tudwal. »Es seien Psalmen, behauptet er, aber die Augen des Heiligen sind so schwach, daß er sie nicht selbst lesen kann.«

»Aber natürlich«, gab ich zurück. In Wirklichkeit kann Sansum natürlich überhaupt nicht lesen, während Tudwal viel zu faul ist, es zu erlernen, obwohl wir uns alle bemüht haben, es ihm beizubringen. Inzwischen tun wir alle so, als beherrschte er dennoch diese Kunst. Behutsam entrollte ich das Pergament, das alt war, mürbe und dünn. Die benutzte Sprache war Latein, von dem ich selbst nur wenig verstehe, immerhin jedoch genug, um das Wort *Christus* zu entziffern. »Das sind keine Psalmen«, sagte ich, »aber es ist etwas Christliches. Vermutlich Fragmente aus den Evangelien.«

»Der Händler verlangt vier Goldstücke.«

»Zwei«, sagte ich, obwohl es mir im Grunde gleichgültig war, ob wir sie kauften oder nicht. Ich ließ die Pergamente wieder zusammenschnurren. »Hat der Mann gesagt, woher er sie hat?« erkundigte ich mich.

Tudwal zuckte die Achseln. »Von den Sachsen.«

»Wir sollten sie auf jeden Fall verwahren«, sagte ich pflichtschuldigst, als ich sie ihm zurückreichte. »Sie gehören in die Schatzkammer.« In der Hywelbane, dachte ich, mitsamt den vielen anderen kleinen Schätzen ruht, die ich aus meinem alten Leben mitgebracht habe. All meine Schätze liegen dort – bis auf Ceinwyns kleine goldene Brosche, die ich vor dem älteren Heiligen versteckt halte. Demütig dankte ich dem jüngeren Heiligen dafür, daß er mich um Rat gefragt hatte, und als er ging, neigte ich den Kopf.

»Eklige kleine Kröte!« sagte Igraine, als Tudwal verschwunden war. Dann spie sie in Richtung Feuer. »Seid Ihr ein Christ, Derfel?«

»Aber gewiß doch, Lady!« protestierte ich. »Was für eine Frage!«

Mit gekrauster Stirn sah sie mich fragend an. »Ich stelle sie«, gab sie zurück, »weil mir scheint, daß Ihr jetzt weniger christlich seid als damals, als Ihr mit der Niederschrift dieser Erzählung begonnen habt.«

Das, dachte ich, war eine kluge Beobachtung. Außerdem traf sie zu, was ich jedoch nicht offen einzugestehen wagte, weil Sansum zu gern einen Vorwand gehabt hätte, um mich der Ketzerei beschuldigen und bei lebendigem Leib verbrennen zu können. Und da würde er mit dem Feuerholz nicht geizen, dachte ich, obwohl er die Rationen, die wir in unseren Kaminen verbrennen durften, überaus gering bemaß. Ich lächelte. »Ihr weckt die Erinnerung an alte Dinge, Lady«, sagte ich, »das ist alles.« Es war nicht alles. Je öfter ich an die alten Zeiten denke, desto stärker kehrt so manches zu mir zurück. Ich berührte einen Eisennagel in meinem hölzernen Schreibtisch, um das Böse von Sansums Haß abzuwenden. »Das Heidentum habe ich längst abgelegt«, sagte ich.

»Ich wünschte, ich wäre eine Heidin«, sagte Igraine sehnsüchtig und zog sich den Umhang aus Biberpelz fester um die Schultern. Ihre Augen strahlen noch, und ihr Gesicht ist so voller Leben, daß ich fest überzeugt bin, sie ist schwanger. »Aber sagt das nicht den

Heiligen«, setzte sie hastig hinzu. »Und Mordred«, fragte sie mich weiter, »war er ein Christ?«

»Nein. Aber er wußte, daß die Christen in Dumnonia ihn unterstützen würden, deswegen tat er alles, um sie bei Laune zu halten. Er ließ Sansum eine große Kirche bauen.«

»Wo?«

»Auf dem Caer Cadarn.« Bei der Erinnerung daran mußte ich lächeln. »Sie wurde niemals fertiggestellt, aber sie sollte eine gewaltige Kirche in Form eines Kreuzes werden. Die Kirche werde die Wiederkehr Christi im Jahre 500 begrüßen, behauptete er stolz. Er ließ den größten Teil der Festhalle abreißen und nahm die Holzbalken, um die Außenwand zu bauen. Den Steinkreis benutzte er für die Fundamente der Kirche. Den Krönungsstein ließ er natürlich liegen. Dann brachte er die Hälfte der Ländereien an sich, die zum Palast von Lindinis gehörten, und unterhielt mit ihrem Reichtum die Mönche auf Caer Cadarn.«

»Eure Ländereien?«

Ich schüttelte den Kopf. »Es waren niemals meine, immer nur Mordreds. Und Mordred wollte uns natürlich aus Lindinis vertreiben.«

»Damit er in dem Palast wohnen konnte?«

»Nein, Sansum. Mordred bezog Uthers Winterpalast. Dort gefiel es ihm.«

»Und wohin seid Ihr gegangen?«

»Wir haben eine Zuflucht gefunden«, antwortete ich. Es war Ermids alte Halle, südlich von Issa's Mere. Der See war natürlich nicht nach meinem Issa benannt, sondern nach einem alten Häuptling, und Ermid war ein weiterer Häuptling gewesen, der an seinem Südufer gelebt hatte. Als er starb, hatte ich seine Ländereien gekauft, und nachdem Sansum und Morgan Lindinis übernommen hatten, zog ich dorthin um. Die Mädchen sehnten sich nach den weiten Korridoren und hallenden Räumen von Lindinis, mir aber gefiel Ermids Halle. Sie war alt, strohgedeckt, von Bäumen überschattet und voller Spinnen, bei deren Anblick Morwenna schrie. Deswegen wurde ich für meine älteste Tochter Lord Derfel Cadarn, der Spinnentöter.

»Hättet Ihr Culhwch getötet?« fragte mich Igraine.

»Natürlich nicht!«

»Ich hasse Mordred«, sagte sie.

»Da seid Ihr nicht die einzige.«

Einen Moment lang starrte sie ins Feuer. »Mußte er unbedingt König werden?«

»Solange Arthur darüber zu bestimmen hatte, ja. Wäre es nach mir gegangen, so hätte ich ihn mit Hywelbane erschlagen, selbst wenn das für mich bedeutet hätte, meinen Eid zu brechen. Er war eine traurige Gestalt.«

»Es scheint alles so traurig zu sein«, sagte Igraine.

»In jenen Jahren gab es aber auch viel Glück«, widersprach ich. »Und sogar später noch. Wir waren damals recht glücklich.« Ich erinnere mich an die Rufe der Mädchen, die durch Lindinis hallten, das Eilen ihrer Füße und ihre Freude über ein neues Spiel oder eine seltsame Entdeckung. Ceinwyn war immer glücklich – sie hatte eine Gabe dafür. Sie steckte alle in ihrer Umgebung mit ihrem Glück an, und diese gaben es an andere weiter. Und auch Dumnonia war, glaube ich, glücklich. Es gedieh jedenfalls, und jene, die fleißig arbeiteten, wurden reich. Bei den Christen brodelte es vor Unzufriedenheit, aber es waren dennoch glorreiche Jahre, die Zeit des Friedens, die Zeit Arthurs.

Igraine blätterte in den neuen Pergamenten; sie suchte nach einer bestimmten Passage. »Die Tafelrunde...«, begann sie.

»Bitte!« Ich hob meine Hand, um den mit Sicherheit bevorstehenden Protest im Keim zu ersticken.

»Aber Derfel!« sagte sie streng. »Jeder weiß, daß das etwas sehr Ernstes war! Etwas sehr Wichtiges! Die besten Krieger Britanniens, alle auf Arthur eingeschworen, und alle Freunde. Das weiß doch jeder!«

»Es war ein rissiger Steintisch, der am Ende jenes Tages noch mehr Risse hatte als vorher und über und über mit Erbrochenem bedeckt war. Sie waren alle sehr stark betrunken.«

Sie seufzte. »Ich glaube, Ihr habt einfach die Wahrheit vergessen.« Da sie das Thema damit viel zu eilig vom Tisch fegte, kam mir der Gedanke, daß Dafydd, der Schreiber, der meinen Text in die britannische Sprache überträgt, mit einer veränderten Version aufwarten wird, die Igraines Wünschen weit mehr entspricht. Vor nicht allzu langer Zeit hörte ich sogar eine Erzählung, in der behauptet wurde, der Tisch sei ein riesiger Ring aus Holz gewesen, um den die gesamte Bruderschaft von Britannien mit feierlichen Mienen gesessen hätte; doch einen solchen Tisch hat es niemals gegeben und hätte es auch nicht geben können, es sei denn, wir hätten die Hälfte von Dumnonias Wäldern abgeholzt.

»Die Bruderschaft von Britannien«, erklärte ich geduldig, »war eine Idee von Arthur, die nie so richtig funktionieren wollte. Nicht funktionieren konnte! Die Königseide der Männer wogen stets schwerer als der Tafelrundeneid, und außer Arthur und Galahad hat sowieso niemand so richtig daran geglaubt. Glaubt mir, zum Schluß war es sogar ihm peinlich, wenn ihn jemand erwähnte.«

»Ihr habt sicher recht«, sagte sie und meinte damit, sie sei überzeugt, daß ich mich irre. »Und außerdem möchte ich jetzt wissen, was aus Merlin geworden ist.«

»Das werde ich Euch erzählen. Versprochen.«

»Jetzt!« verlangte sie. »Erzählt es mir jetzt. Ist er einfach so verschwunden?«

»Nein«, antwortete ich. »Seine Zeit kam tatsächlich noch. Nimue hatte nämlich recht, müßt Ihr wissen. In Lindinis hat er nur abgewartet. Vergeßt nicht, daß er anderen immer gern etwas vorgespielt hat, und in jenen Jahren hat er uns den alten, sterbenden Mann vorgespielt. Darunter aber, wo niemand es sah, lauerte jene Macht, die ihn niemals verließ. Allerdings wurde er wirklich alt und mußte mit seiner Macht haushalten. Er wartete auf die Zeit, da der Kessel aus seinem Versteck geholt werden würde. Er wußte, daß er seine Macht dann brauchen würde; aber bis dahin genügte es ihm, daß Nimue die Flamme hütete.«

»Und was geschah?« wollte Igraine aufgeregt wissen.

Ich wickelte den Ärmel meiner Kutte um den Stumpf meines Handgelenks. »Wenn Gott mich leben läßt, Lady, werde ich es Euch erzählen«, sagte ich und weigerte mich, mehr hören zu lassen. Bei der Erinnerung an jene letzte blindwütige Demonstration von Merlins Macht in Britannien war ich den Tränen nahe, doch dieser Augenblick greift meiner Erzählung weit, weit voraus. Weit über jene Zeit hinaus, in der sich Nimues Voraussage über Könige, die nach Cadarn kommen, bewahrheiten sollte.

»Wenn Ihr es mir nicht erzählen wollt«, maulte Igraine, »werde ich Euch meine Neuigkeiten auch nicht erzählen.«

»Ihr seid schwanger«, sagte ich, »und ich freue mich unendlich für Euch.«

»Ihr seid ein Teufel, Derfel!« protestierte sie. »Ich wollte Euch überraschen!«

»Ihr habt dafür gebetet, Lady, und ich habe für Euch gebetet – wie könnte Gott all unsere Gebete nicht erhören?«

Sie schnitt eine Grimasse. »Gott hat Nwylle die Pocken geschickt, das hat er getan. Über und über war sie mit Flecken, Geschwüren und Eiter bedeckt – so schlimm, daß der König sie weggeschickt hat.«

»Das freut mich für Euch.«

Sie berührte ihren Bauch. »Ich hoffe nur, daß er einst herrschen wird, Derfel.«

»Er?«

»Er!« antwortete sie energisch.

»Dann werde auch ich dafür beten«, erklärte ich fromm. Aber ob ich zu Sansums Gott oder zu den heidnischen Göttern Britanniens beten werde, weiß ich noch nicht. So viele Gebete wurden während meiner Lebenszeit gesprochen, so unzählig viele, und wohin hat mich das alles geführt? In dieses feuchte Refugium in den Hügeln, während unsere Feinde von früher in unseren uralten Hallen singen. Doch dieses Elend liegt ebenfalls noch weit voraus, und die Geschichte von Arthur ist noch längst nicht abgeschlossen. In gewisser Weise hat sie gerade erst begonnen, denn nun, nachdem er seinen glanzvollen Posten verlassen und die Macht Mordred übergeben hatte, kamen die Zeiten, da alle auf die Probe gestellt wurden, und wie sich herausstellte, war es vor allem er, der auf die Probe gestellt wurde: Arthur, mein Herr der Eide, mein harter Lord, und doch mein Freund bis in den Tod.

Anfangs geschah gar nichts. Wir hielten den Atem an und machten uns auf das Schlimmste gefaßt, doch nichts geschah.

Wir machten Heu, dann schnitten wir den Flachs und legten die faserigen Stengel in die Röstteiche, so daß unsere Dörfer noch wochenlang stanken. Wir ernteten die Roggen-, Gersten- und Weizenfelder ab, dann lauschten wir den Sklaven, die auf dem Dreschboden ihre Lieder sangen, oder den endlos sich drehenden Mahlsteinen. Das Erntestroh benutzten wir zur Reparatur der Reetdächer, so daß auf unseren Dächern eine Zeitlang viele goldene Flecken in der Spätsommersonne glänzten. Wir pflückten die Obstgärten leer, hackten das Feuerholz für den Winter und ernteten die Weidenruten für die Korbmacher. Wir aßen Brombeeren und Nüsse, räucherten die Bienen aus ihren Körben und preßten ihren Honig in Säckchen, die wir vor das Küchenfeuer hängten, wo wir in der Nacht vor Samhain Lebensmittel für die Toten hinterlegten.

Die Sachsen blieben in Lloegyr, an unseren Gerichtshöfen wurde Recht gesprochen, Jungfrauen wurden vermählt, Kinder wurden geboren, und Kinder starben. Das schwindende Jahr brachte uns Nebel und Frost. Das Vieh wurde geschlachtet, und der Gestank der Röstteiche wich dem widerlichen Geruch der Gerbgruben. Das neu gewebte Leinen wurde in Fässern gebeucht, die mit Holzasche, Regenwasser und dem Urin gefüllt waren, den wir das Jahr über gesammelt hatten. Die Wintersteuern wurden gezahlt, und zur Wintersonnenwende schlachteten wir Mithrasjünger bei unserem alljährlichen Festmahl, mit dem wir die Sonne ehrten, einen Stier, während die Christen am selben Tag die Geburt Gottes feierten. Zu Imbolc, dem großen Fest der kalten Jahreszeit, speisten wir zweihundert Seelen in unserer Halle, sorgten dafür, daß auf dem Tisch drei Messer für die unsichtbaren Götter bereitlagen, und boten Opfergaben für die Ernte des neuen Jahres. Neugeborene Lämmer waren die ersten Anzeichen für das erwachende Jahr, dann kam die Zeit des Pflügens und Säens, und an den alten, kahlen Bäumen sprossen frische grüne Knospen. Es war das erste neue Jahr von Mordreds Regierungszeit.

Diese Regierungszeit brachte ein paar Veränderungen. Mordred verlangte den Winterpalast seines Großvaters, und das überraschte niemanden; allerdings war ich überrascht, als Sansum den Palast in Lindinis für sich beanspruchte. Er stellte diese Forderung im Kronrat und behauptete, er brauche den geräumigen Palast für seine Schule und Morgans Gemeinschaft frommer Frauen; zudem wolle er in der Nähe der Kirche wohnen, die er auf dem Gipfel von

Caer Cadarn errichten lasse. Mordred nickte zustimmend, und so wurden Ceinwyn und ich kurzerhand vertrieben. Da aber Ermids Halle leer stand, bezogen wir jenes nebelverhüllte Anwesen am See. Arthur erhob Einwände gegen den Plan, Sansum nach Lindinis hineinzulassen, und sprach sich auch gegen Sansums Forderung aus, die königliche Schatzkammer müsse für die Reparatur all der Schäden im Palast aufkommen, die, wie Sansum behauptete, durch zu viele ungezogene Kinder entstanden seien, aber Mordred wies Arthurs Einwände zurück. Das waren Mordreds einzige Entscheidungen, denn gewöhnlich überließ er es Arthur, die Angelegenheiten des Reichs zu regeln. Arthur war zwar nicht mehr Mordreds Protektor, inzwischen aber Ratsältester, und der König erschien selten bei den Kronratssitzungen, weil er lieber auf die Jagd ging. Es waren allerdings nicht immer Hirsche oder Wölfe, die er jagte, und Arthur und ich mußten immer wieder Gold in der Hütte eines Bauern abliefern, um den Mann für die Jungfräulichkeit seiner Tochter oder die Schande seiner Gemahlin zu entschädigen. Es war keine angenehme Aufgabe, aber ein Königreich, in dem so etwas nicht nötig war, konnte sich damals als wahrhaft glückliche Ausnahme betrachten.

In jenem Sommer wurde Dian, unsere jüngste Tochter, krank. Sie litt an einem Fieber, das nicht weichen wollte, oder vielmehr immer wieder kam und ging, aber mit so großer Heftigkeit, daß wir dreimal dachten, sie sei tot. Dreimal hauchten ihr Merlins Tränke neues Leben ein, obwohl nichts, was der alte Mann unternahm, das Leiden wirklich zu beseitigen vermochte. Dian schien sich zu der lebhaftesten von unseren drei Töchtern zu entwickeln. Morwenna, die Älteste, war ein vernünftiges Mädchen, das ihre jüngeren Schwestern gern bemutterte und sich sehr für die Führung unseres Haushalts interessierte: Immer wieder stellte sie Fragen über die Küchen, die Röstteiche oder die Leinenfässer. Seren, der Stern, war unsere Schönheit. Sie hatte die zarte Schönheit ihrer Mutter geerbt, zu der sich ein nachdenkliches und bezauberndes Wesen gesellte. Stundenlang saß sie bei den Barden, lernte ihre Lieder und spielte ihre Harfen. Dian, behauptete Ceinwyn immer, sei dagegen ganz und gar meine Tochter. Dian kannte keine Furcht. Sie konnte mit Pfeil und Bogen schießen, liebte es zu reiten und verstand es schon im Alter von sechs Jahren, ein Coracle ebenso geschickt zu handhaben wie die Fischer auf dem See. Sie war im sechsten Lebensjahr, als das Fieber sie befiel, und wäre das Fieber nicht gewesen, wären wir vermutlich alle zusammen nach Powys gereist; denn einen Monat vor dem ersten Jahrestag von Mordreds Thronbesteigung verlangte der König auf einmal, daß Arthur und ich Cuneglas in dessen Reich aufsuchten.

Mordred stellte diese Forderung anläßlich einer seiner seltenen Auftritte bei den Kronratssitzungen. Die Plötzlichkeit, mit der uns dieser Auftrag erteilt wurde, überraschte uns ebenso wie der Grund, den er für die Reise nannte, aber der König war fest entschlossen. Es gab natürlich noch einen verborgenen Grund, den aber zum damaligen Zeitpunkt weder Arthur noch ich erkannten, noch irgendein anderer aus dem Kronrat – bis auf Sansum, von dem die Idee ursprünglich stammte –, und wir alle brauchten ziemlich lange, um den Motiven des Mäuselords auf die Spur zu kommen. Auch gab es keinen offensichtlichen Anlaß für uns, dem Vorschlag des Königs mit Mißtrauen zu begegnen, denn er wirkte durchaus vernünftig, obwohl weder Arthur noch ich begriffen, warum wir beide nach Powys geschickt wurden.

Das Ganze entsprang einer uralten Geschichte. Norwenna, Mordreds Mutter, war von Gundleus, dem König von Siluria, ermordet worden, und obwohl Gundleus seine gerechte Strafe erhalten hatte, war der Mann, der Norwenna verraten hatte, noch immer am Leben. Ligessac – so war sein Name – war Hauptmann von Mordreds Leibwache gewesen, als der König noch ein Säugling war. Aber Ligessac hatte sich von Gundleus bestechen lassen und den mordlustigen silurischen König auf Merlins Tor eingelassen. Mordred war zwar von Morgan gerettet worden, seine Mutter aber war gestorben. Ligessac, dessen Verrat zu Norwennas Tod geführt hatte, hatte den Krieg, der auf den Mord folgte, ebenso überlebt wie die Schlacht im Lugg Vale.

Mordred kannte die Geschichte natürlich, und so war es nur verständlich, daß er wissen wollte, was aus Ligessac geworden war, aber Bischof Sansum hatte dieses Interesse zur Besessenheit gesteigert. Irgendwie hatte Sansum in Erfahrung gebracht, daß Ligessac in einer entlegenen, gebirgigen Region Nord-Silurias, die inzwischen zu Cuneglas' Herrschaftsbereich gehörte, bei einer Bande christlicher Einsiedler Zuflucht gefunden hatte. »Es schmerzt mich, einen Bruder in Christo zu verraten«, verkündete der Mäuselord bei der Ratssitzung fromm, »aber es schmerzt mich ebensosehr, daß ein Christ sich eines so abscheulichen Verrats schuldig gemacht hat. Ligessac ist noch am Leben, Lord König«, wandte er sich an Mordred, »und sollte vor Euer Gericht gebracht werden.«

Arthur schlug vor, Cuneglas zu bitten, den Flüchtigen einzufangen und nach Dumnonia zu schicken; aber Sansum schüttelte den Kopf und erklärte, es sei äußerst unhöflich, einen anderen König für eine Rache einzuspannen, die so eng mit Mordreds Ehre verbunden sei. »Dies ist Dumnonias Aufgabe«, versicherte Sansum, »deswegen sollten Dumnonier sie auch erfolgreich ausführen, Lord König.«

Mordred nickte und bestand darauf, daß Arthur und ich uns auf die Jagd nach dem Verräter begaben. Arthur, der stets überrascht war, wenn Mordred sich beim Kronrat behauptete, erhob Einwände. Warum, fragte er, sollte man zwei Lords mit einer Aufgabe betrauen, die man ohne weiteres einem Dutzend Speerkämpfern überlassen könnte? Mordred grinste über diese Frage. »Glaubt Ihr, Lord Arthur, daß Dumnonia zugrunde gehen wird, wenn Ihr und Derfel nicht anwesend seid?«

»Nein, Lord König«, antwortete Arthur, »aber Ligessac ist inzwischen ein alter Mann. Deswegen brauchen wir keine zwei Kriegshorden, um ihn zu fangen.«

Der König hieb mit der Faust auf den Tisch. »Nach dem Mord an meiner Mutter«, warf er Arthur vor, »habt Ihr Ligessac entkommen lassen. Im Lugg Vale, Lord Arthur, habt Ihr Ligessac abermals entkommen lassen. Ihr schuldet mir Ligessacs Leben!«

Bei diesem Vorwurf erstarrte Arthur sekundenlang, neigte dann aber zum Zeichen, daß er die Verpflichtung anerkenne, den Kopf. »Aber Derfel«, wandte er ein, »war nicht dafür verantwortlich.«

Mordred sah mich an. Wegen der vielen Prügel, die ich ihm als Knabe verabreicht hatte, konnte er mich nicht leiden; aber ich hoffte, die Schläge, die er mir bei seiner Akklamation gegeben hatte, und der billige Triumph, uns aus Lindinis vertrieben zu haben, hätten seinen Rachedurst gestillt. »Lord Derfel«, sagte er, wie immer in einem Ton, der meinen Titel lächerlich klingen ließ, »kennt den Verräter. Wer sollte ihn sonst kennen? Ich bestehe darauf, daß Ihr beide geht. Und zwei ganze Kriegshorden braucht Ihr auch nicht mitzunehmen«, antwortete er auf Arthurs früheren Einwand. »Ein paar Männer werden reichen.« Es muß ihm peinlich gewesen sein, Arthur einen militärischen Rat zu erteilen, denn seine Stimme verklang unsicher, und er schielte verstohlen zu den anderen Ratsmitgliedern hinüber, bevor er sich wieder ein wenig zusammenriß. »Ich wünsche, daß Ligessac noch vor Samkain hier ist«, verlangte er, »und ich wünsche ihn lebend.«

Wenn ein König befiehlt, gehorchen seine Männer, also ritten Arthur und ich mit jeweils dreißig Mann gen Norden. Keiner von uns beiden glaubte, daß wir so viele Krieger brauchten, aber es war eine Gelegenheit, einigen unterbeschäftigten Männern die Übung eines Langstreckenmarschs zu bieten. Meine restlichen dreißig Speerkämpfer blieben zurück, um Ceinwyn zu bewachen, während Arthurs restliche Männer entweder in Durnovaria blieben oder Sagramors Truppen verstärkten, die noch immer die Grenze zu den Sachsen bewachten. An jener Grenze trieben sich die üblichen sächsischen Kriegshorden herum, die aber keinen Versuch machten, in unser Land einzudringen, sondern es vielmehr, wie stets während dieser Friedensjahre, auf Vieh und Sklaven abgesehen hatten. Wir selbst unternahmen ähnliche Überfälle, doch beide Seiten hüteten sich davor, die Überfälle zu einem richtigen Krieg ausarten zu lassen. Der provisorische Frieden, den wir in London geschlossen hatten, hatte sich bemerkenswert gut bewährt, obwohl es zwischen Aelle und Cerdic alles andere als friedlich zuging. Diese beiden hatten einander bis zum Stillstand bekämpft, wir aber blieben von diesen Auseinandersetzungen weitgehend verschont. Wir hatten uns in der Tat an den Frieden gewöhnt.

Meine Männer marschierten nordwärts, während Arthurs Krieger ritten oder ihre Pferde am Zügel führten. Auf den guten römischen Straßen gelangten wir zunächst in Meurigs Königreich Gwent. Der König gab uns zähneknirschend ein Festmahl, wo die Priester zahlreicher als unsere Männer waren; dann machten wir einen Umweg zum Wye-Tal, um den alten Tewdric aufzusuchen, der in einer bescheidenen Strohdachhütte lebte. Sie war nur halb so groß wie das Gebäude, in dem er seine Sammlung christlicher Pergamente aufbewahrte. Königin Enid, seine Gemahlin, murrte über das Schicksal, das sie aus den Palästen von Gwent in dieses von Mäusen geplagte Dasein mitten im Wald verschlagen hatte, aber der alte König war glücklich. Er hatte sich ganz dem Christentum verschrieben und ignorierte munter Enids Beschimpfungen. Er setzte uns eine Mahlzeit aus Bohnen, Brot und Wasser vor und freute sich über die Nachricht, daß sich das Christentum in Dumnonia verbreite. Wir fragten ihn nach den Weissagungen, die die Wiederkehr Christi in vier Jahren prophezeiten; und Tewdric antwortete, er bete darum, daß sie wahr seien, argwöhne aber, es sei weitaus wahrscheinlicher, daß Christus ganze tausend Jahre warten werde, bevor er in all seiner Glorie wiederkehre. »Aber wer weiß?« fragte er. »Durchaus möglich, daß er schon in vier Jahren kommt. Welch ein wundervoller Gedanke!«

»Ich wünschte, Eure Mitchristen würden sich damit begnügen, dieses Ereignis in Frieden abzuwarten«, sagte Arthur.

»Sie haben die Pflicht, die Welt auf seine Rückkehr vorzubereiten«, sagte Tewdric streng. »Sie müssen Ungläubige bekehren, Lord Arthur, und das Land von der Sünde befreien.«

»Wenn sie nicht achtgeben, werden sie einen Krieg zwischen ihnen und uns anzetteln«, grollte Arthur. Er berichtete Tewdric, daß es in jeder dumnonischen Stadt zu Aufständen gekommen sei, bei denen die Christen immer wieder versuchten, heidnische Tempel niederzureißen oder zu entweihen. Die Dinge, die wir in Isca gesehen hatten, waren nur der Anfang dieser Probleme gewesen, und die Unruhen verbreiteten sich rasch. Ein Symptom dieser Unruhen war das Zeichen des Fisches, ein schlichtes Gestrichel aus zwei gebogenen Linien, das die Christen auf die Mauern der Heiden malten oder in die Bäume der Druidenhaine ritzten. Culhwch hatte recht gehabt: Der Fisch war ein christliches Symbol.

»Das kommt daher, daß das griechische Wort für Fisch *ichthyos* lautet«, erklärte uns Tewdric, »und daß die griechischen Buchstaben für den Namen Christi stehen. *Iesous Christos, Theou Uios, Soter*. Jesus Christus, Gottes Sohn, Heiland. Sehr hübsch. Wirklich, sehr hübsch.« Er kicherte vor Vernügen über seine Erklärung, und es war leicht zu sehen, von wem Meurig seine entnervende Pedanterie geerbt hatte. »Nun ja«, fuhr Tewdric fort, »wenn ich noch auf einem Thron säße, würde ich mir über all diese Unruhen schon Gedanken machen. Als Christ muß ich sie jedoch begrüßen. Der heilige Vater sagt uns, daß es zahlreiche Zeichen und Wunder geben wird, welche die letzten Tage ankündigen, Lord Arthur, und Bürgerunruhen sind nichts weiter als eins dieser Zeichen. Also könnte das Ende nahe sein.«

Arthur zerkrümelte ein Stück Brot in seiner Schale. »Ihr seid tatsächlich erfreut über diese Aufstände?« fragte er. »Ihr billigt diese Überfälle auf die Heiden? Das Niederbrennen und Schänden der Schreine?«

Tewdric blickte durch die offene Tür in den grünen Wald hinaus, der seine kleine Klause dicht umstand. »Das muß für andere schwer verständlich sein«, sagte er, einer direkten Antwort auf Arthurs Frage ausweichend. »Ihr müßt diese Unruhen als Symptome der allgemeinen Erregung sehen, Lord Arthur, nicht als Zeichen der Gnade unseres Herrn.« Er bekreuzigte sich und sah uns lächelnd an. »Unser Glaube«, sagte er ernst, »ist ein Glaube der Liebe. Der Sohn Gottes hat sich erniedrigt, um uns von unseren Sünden zu befreien, und wir sind aufgerufen, ihm in allem, was wir tun und denken, nachzufolgen. Wir sind aufgerufen, unsere Feinde zu lieben und jenen, die uns hassen, Gutes zu tun; aber das sind schwere Gebote, zu schwer für die meisten Menschen. Und Ihr dürft nicht vergessen, worum wir am innigsten beten: um die Wiederkehr unseres Herrn Jesus Christus auf Erden.« Wieder bekreuzigte er sich. »Die Menschen beten und sehnen sich nach seiner Wiederkehr, und sie fürchten, daß er, solange die Welt von Heiden beherrscht wird, möglicherweise nicht kommen wird. Deswegen fühlen sie sich verpflichtet, das Heidentum auszulöschen.«

»Das Heidentum auszulöschen«, warf Arthur scharf ein, »scheint mir schlecht zu einer Religion zu passen, welche die Liebe predigt.«

»Das Heidentum auszulöschen ist ein Akt der Liebe«, beharrte Tewdric. »Wenn ihr Heiden euch weigert, Christus zu akzeptieren, werdet ihr unweigerlich zur Hölle fahren. Dann spielt es keine

Rolle, ob ihr ein tugendhaftes Leben geführt habt – ihr werdet bis in alle Ewigkeit brennen müssen. Wir Christen haben die Pflicht, euch vor diesem Schicksal zu retten. Würdet Ihr das nicht als Akt der Liebe bezeichnen?«

»Nicht, wenn ich gar nicht gerettet werden will«, sagte Arthur.

»Dann müßt ihr die Feindschaft jener erdulden, die Euch lieben«, behauptete Tewdric, »oder sie wenigstens erdulden, bis sich die Erregung ein wenig gelegt hat. Und das wird sie. So eine Begeisterung hält nie lange vor, und wenn unser Herr Jesus Christus nicht in vier Jahren wiederkehrt, wird sich die Erregung mit Sicherheit legen, bis das nächste Jahrtausend anbricht.« Wieder blickte er in den tiefen Wald hinaus. »Wie schön wäre es«, sagte er dann mit einer von Staunen erfüllten Stimme, »wenn ich das noch erleben könnte, wenn ich das Antlitz meines Erlösers in Britannien sehen dürfte!« Damit wandte er sich zu Arthur zurück. »Und die Vorzeichen seiner Wiederkehr werden beängstigend sein, fürchte ich. Zweifellos werden die Sachsen äußerst lästig werden. Machen sie immer noch Probleme?«

»Nein«, antwortete Arthur, »doch ihre Zahl wächst von Jahr zu Jahr. Ich fürchte, sie werden sich nicht mehr lange ruhig verhalten.«

»Ich werde beten, daß Christus kommt, bevor das geschieht«, sagte Tewdric. »Ich könnte es, glaube ich, nicht ertragen, mein Land an die Sachsen zu verlieren. Natürlich ist das nicht mehr meine Sache«, setzte er hastig hinzu. »Diese Dinge überlasse ich nun Meurig.« Als in der nahe gelegenen Kapelle ein Horn ertönte, erhob er sich. »Zeit zum Gebet!« verkündete er fröhlich. »Wollt Ihr Euch mir vielleicht anschließen?«

Wir entschuldigten uns und erklommen am folgenden Morgen die Hügel hinter dem Kloster des alten Königs, um nach Powys hineinzumarschieren. Zwei Nächte später waren wir in Caer Sws, wo wir Culhwch wiedertrafen, dem es in seinem neuen Königreich gutging. An jenem Abend tranken wir alle viel zuviel Met, und als Cuneglas und ich am nächsten Morgen nach Cwm Isaf ritten, hatte ich einen schweren Kopf. Wie ich feststellte, hatte der König unser kleines Haus gut in Schuß gehalten. »Man weiß nie, wann Ihr es mal wieder brauchen werdet, Derfel«, erklärte er mir.

»Möglicherweise bald«, gestand ich finster.

»Bald? Das hoffe ich.«

Ich zuckte die Achseln. »Wir sind in Dumnonia nicht mehr gern gesehen. Mordred verabscheut mich.«

»Dann bittet ihn, Euch von Eurem Eid zu entbinden.«

»Ich habe ihn gebeten«, antwortete ich, »aber er hat mir die Bitte abgeschlagen.« Ich hatte meine Bitte gleich nach der Akklamation ausgesprochen, als ich noch von der Schande der zwei Schläge zutiefst aufgewühlt war, und dann hatte ich es sechs Monate später erneut versucht, und er hatte sie mir abermals abgeschlagen. Ich glaube, er war klug genug zu erkennen, daß er mich am besten bestrafen konnte, indem er mich zwang, ihm zu dienen.

»Braucht er Eure Speerkämpfer?« erkundigte sich Cuneglas, der auf der Bank unter dem Apfelbaum neben der Haustür saß.

»Nur meine unterwürfigste Loyalität«, gab ich verbittert zurück. »Er scheint keinen Krieg mehr führen zu wollen.«

»Also ist er doch nicht so dumm«, stellte Cuneglas trocken fest. Dann sprachen wir über Ceinwyn und die Mädchen, und Cuneglas erbot sich, Malaine, seinen neuen Oberdruiden, an Dians Krankenlager zu schicken. »Malaine versteht sich wunderbar auf Kräuter«, sagte er. »Besser als der alte Iorweth. Wußtet Ihr, daß er gestorben ist?«

»Ich hörte davon. Und wenn Ihr Malaine entbehren könnt, Lord König, wäre ich Euch von Herzen dankbar.«

»Er wird schon morgen aufbrechen. Ich kann nicht dulden, daß eine meiner Nichten krank ist! Könnte Eure Nimue nicht ebenfalls helfen?«

»Nicht mehr und nicht weniger als Merlin«, antwortete ich und berührte dabei die Spitze einer alten Sichelklinge, die in der Borke des Apfelbaums eingebettet war. Ich berührte Eisen, um das Böse abzuwenden, das meine Dian bedrohte. »Die alten Götter«, sagte ich verbittert, »haben Dumnonia verlassen.«

Cuneglas lächelte. »Es ist nicht gut, Derfel, die Götter zu unterschätzen. Ihre Zeit in Dumnonia wird schon wieder kommen.« Er hielt inne. »Die Christen bezeichnen sich selbst gern als Schafe, nicht wahr? Nun gut, Ihr werdet sie schon blöken hören, wenn die Wölfe kommen.«

»Welche Wölfe?«

»Die Sachsen«, antwortete er unglücklich. »Sie haben uns zehn Jahre Frieden geschenkt, doch ihre Boote landen immer noch an den östlichen Küsten, und ich spüre, wie ihre Macht stetig wächst. Wenn sie wieder gegen uns kämpfen, werden Eure Christen noch dankbar für die Heidenschwerter sein.« Er stand auf und legte mir eine Hand auf die Schulter. »Die Sachsen sind ein unerledigtes Problem, Derfel. Ein unerledigtes Problem.«

An jenem Abend gab er uns ein Festmahl, und am folgenden Morgen reisten wir mit einem Führer, den uns Cuneglas mitschickte, gen Süden in die kahlen Hügel, die hinter der alten Grenze von Siluria lagen.

Unser Ziel war eine entlegene Christengemeinde. In Powys gab es noch nicht viele Christen, denn Cuneglas ließ Sansums Missionare rücksichtslos des Landes verweisen, wann und wo immer er sie entdeckte; doch manche Christen lebten dennoch irgendwo in seinem Reich, und im ehemaligen Siluria gab es sogar eine Menge. Diese spezielle Gruppe war unter den Christen Britanniens für ihre Frömmigkeit berühmt, eine Frömmigkeit, die sie durch ein Leben in extremer Armut an einem wilden, harten Ort demonstrierten. Dort hatte Ligessac schließlich Zuflucht gefunden, bei diesen christlichen Fanatikern, die, wie Tewdric uns erklärt hatte, ihr Fleisch kasteiten. Damit meinte er, daß sie miteinander darin wetteiferten, wer das elendigste Leben führte. Manche lebten in Höhlen, manche lebten ganz ohne Schutz im Freien, und manche ernährten sich ausschließlich von Grünzeug. Manche verzichteten auf Kleidung, wieder andere trugen härene Hemden, in deren Stoff Dornenzweige geflochten waren, einige trugen Dornenkronen und manche schlugen sich, wie die Flagellanten, die wir in Isca gesehen hatten, tagtäglich blutig. Mir schien es die beste Strafe für Ligessac zu sein, ihm in dieser Gemeinde seinem Schicksal zu überlassen; aber wir hatten Befehl, ihn da herauszuholen und nach Hause zurückzubringen – und das hieß, daß wir es mit dem Anführer der Gemeinde aufnehmen mußten, einem hitzköpfigen Bischof namens Cadoc, der für seine Kampflust berüchtigt war.

Cadocs Ruf veranlaßte uns, die Rüstungen anzulegen, als wir uns seiner elenden Ansiedlung hoch in den Bergen näherten. Wir trugen natürlich nicht unsere besten Rüstungen – wenigstens jene von uns nicht, welche die Wahl hatten –, denn ein solcher Glanz wäre auf dieses halbwilde Pack rasender Fanatiker verschwendet gewesen; aber wir alle hatten die Helme aufgesetzt sowie Kettenhemden oder Lederpanzer angelegt und führten unsere Schilde mit. Falls sie sonst keine Wirkung zeitigte, dachten wir uns, konnte diese Kampfausrüstung Cadocs Anhänger immerhin einschüchtern. Unser Führer versicherte uns, daß ihre Zahl nicht mehr als zwanzig Seelen betrug. »Und alle sind sie wahnsinnig«, vertraute mir unser Führer an. »Einer von ihnen hat ein ganzes Jahr stockstill dagestanden! Keinen Muskel hat er geregt, heißt es. Stand einfach da wie 'ne Bohnenstange, während sie oben Essen in ihn hineinschaufelten und unten den Dung wegkarrten. Muß wirklich ein komischer Gott sein, der von den Menschen so was verlangt.«

Die Straße zu Cadocs Refugium wand sich, von den Füßen der Pilger festgetreten, an den Hängen der breiten, kahlen Hügel entlang, wo die einzigen Lebewesen, die wir zu Gesicht bekamen, Schafe und Ziegen waren. Hirten konnten wir nicht entdecken, aber wir bezweifelten nicht, daß sie uns sahen. »Wenn Ligessac klug ist«, sagte Arthur, »ist er längst von hier verschwunden. Sie müssen uns inzwischen gesehen haben.«

»Und was sagen wir Mordred?«

»Die Wahrheit natürlich«, antwortete Arthur düster. Seine Rüstung bestand aus dem schlichten Helm und dem einfachen Lederpanzer eines Speerkämpfers, aber selbst diese bescheidenen Dinge wirkten sauber und adrett an ihm. Seine Eitelkeit war nicht so sehr auf Glanz gerichtet wie bei Lancelot, vielmehr legte er besonderen Wert auf Reinlichkeit, und dieser ganze Ausflug in die wilden Hochlande beleidigte irgendwie seinen Sinn für Sauberkeit und Ordnung. Das Wetter machte auch nichts besser, denn es war ein rauher, kalter Sommertag, und der eisige Wind peitschte von Westen her Regen übers Land.

Arthur mochte finsterer Laune sein, unsere Speerkämpfer dagegen waren fröhlich. Sie machten Scherze über die Erstürmung der Festung des mächtigen Königs Cadoc, brüsteten sich mit dem Gold, den Kriegerringen und den Sklaven, die sie bei diesem Angriff erobern würden, und mußten dann über ihre übertriebenen

Erwartungen selbst lachen, als wir schließlich den letzten Bergsattel überquerten und ins Tal hinabsehen konnten, in dem Ligessac Zuflucht gefunden hatte. Es war in der Tat ein elender Flecken – ein Meer von Schlamm, in dem ein Dutzend runde Steinhütten eine kleine, rechteckige Steinkirche umstanden. Es gab ein paar armselige Gemüsegärten, einen kleinen, dunklen See, ein paar Steinhürden für die Ziegen der Gemeinde, aber keine Palisade.

Das einzige, was dem Tal zur Verteidigung diente, war ein schweres Steinkreuz, in das verschlungene Muster sowie das Bild des Christengottes gemeißelt waren, der in seinem Glanz im Himmel thronte. Das Kreuz, eine wundervolle Steinmetzarbeit, markierte den Bergsattel, an dem Cadocs Land begann. Arthur ließ unsere Kriegshorde neben diesem Kreuz, in voller Sicht der winzigen Siedlung, die nur ein Dutzend Speerwürfe entfernt lag, haltmachen. »Wir werden nicht widerrechtlich eindringen«, erklärte er gutmütig, »bevor wir Gelegenheit hatten, mit ihnen zu sprechen.« Er stützte seinen Speerschaft neben den Vorderhufen seines Pferdes auf den Boden und wartete.

Etwa ein Dutzend Personen waren auf dem Gelände zu sehen, die aber, sobald sie unser ansichtig wurden, in die Kirche flohen, aus der einen Augenblick später ein gigantischer Mann hervorkam und den Weg zu uns heraufzusteigen begann. Er war ein Riese, so groß wie Merlin, aber mit einer mächtigen Brust und großen, zupackenden Händen. Außerdem war er völlig verdreckt, sein Gesicht ungewaschen und sein braunes Gewand schmutzverkrustet, während seine grauen Haare, nicht weniger schmutzig als sein Gewand, noch nie geschnitten worden zu sein schienen. Sein Bart wucherte wild bis unter seine Taille, und die Haare hinter seiner Tonsur standen in schmutzig-wirren Strähnen wie ein dickes graues, frisch geschorenes Vlies nach allen Seiten ab. Sein Gesicht war sonnengebräunt, sein Mund breit, und seine Stirn sprang über zornigen Augen vor. Es war ein eindrucksvolles Gesicht. In der Rechten trug er einen Stab, an seiner linken Hüfte hing ein mächtiges, rostiges Schwert ohne Scheide. Er sah aus, als wäre er früher einmal ein tüchtiger Speerkämpfer gewesen, und ich zweifelte nicht daran, daß er noch immer ein paar recht harte Schläge auszuteilen vermochte. »Ihr seid hier nicht willkommen!« rief er uns zu, als er näher kam. »Es sei denn, Ihr gebt Eure elenden Seelen in Gottes Hand.«

»Unsere Seelen sind bereits in den Händen unserer Götter«, antwortete Arthur liebenswürdig.

»Heiden!« spie uns der starke Mann, in dem ich den berühmten Cadoc vermutete, giftig entgegen. »Ihr kommt in Eisen und Stahl an einen Ort, wo Christi Kinder mit dem Lamm Gottes spielen?«

»Wir kommen in Frieden«, versicherte Arthur.

Der Bischof spuckte einen dicken gelblichen Klumpen Schleim in unsere Richtung. »Ihr seid Arthur ap Uther ap Satan«, behauptete er, »und Eure Seele ist ein dreckiger Lumpen!«

»Und Ihr seid, nehme ich an, Bischof Cadoc«, gab Arthur höflich zurück.

Der Bischof stellte sich neben das Kreuz und kratzte mit dem Ende seines Stabes einen Strich in den staubigen Pfad. »Nur die Gläubigen und Bußfertigen dürfen diese Grenze überschreiten«, erklärte er. »Denn dies ist Gottes geheiligter Boden.«

Ein paar Herzschläge lang starrte Arthur auf das morastige Elend unten im Tal hinab. Dann lächelte er den trotzigen Cadoc würdevoll an. »Ich habe nicht den Wunsch, Euren Gottesboden zu betreten, Bischof«, erklärte er, »aber ich bitte Euch in Frieden, uns den Mann namens Ligessac auszuliefern.«

»Ligessac«, gab Cadoc weithin dröhnend zurück, als spräche er nicht zu uns, sondern zu einer Versammlung von Tausenden, »ist Gottes gesegnetes und geheiligtes Kind. Er hat hier bei uns Zuflucht gesucht, und weder Ihr noch irgendein anderer sogenannter Lord darf in diese Freistätte eindringen.«

Arthur lächelte. »Hier regiert ein König, Bischof, nicht Euer Gott. Nur Cuneglas darf Zuflucht gewähren, und das hat er nicht getan.«

»Mein König, Arthur«, widersprach Cadoc stolz, »ist der König der Könige, und er hat mir befohlen, Euch den Zutritt zu verwehren.«

»Ihr wollt mir Widerstand leisten?« erkundigte sich Arthur mit höflichem Erstaunen in der Stimme.

»Bis in den Tod«, rief Cadoc.

Arthur schüttelte traurig den Kopf. »Ich bin kein Christ, Bischof«, erklärte er freundlich, »aber predigt Ihr nicht, daß Eure Anderwelt ein Ort reiner Freude ist?« Als Cadoc nicht antwortete, zuckte Arthur die Achseln. »Also tue ich Euch einen Gefallen, wenn ich Euch möglichst schnell dorthin befördere, nicht wahr?« Kaum hatte er die Frage gestellt, da zog er auch schon Excalibur.

Mit seinem Stab vertiefte der Bischof den Strich, den er quer über den staubigen Weg gezogen hatte. »Ich verbiete Euch, diese Grenze zu überschreiten!« rief er laut. »Ich verbiete es im Namen des Vaters, des Sohnes und des Heiligen Geistes!« Dann hob er den Stab und deutete damit auf Arthur. Einen Herzschlag lang hielt er den Stab auf ihn gerichtet, dann ließ er seine Spitze wandern, bis sie auf uns andere zeigte. Ich muß gestehen, daß mir in diesem Moment ein eisiger Schauer über den Rücken lief. Cadoc war kein Merlin, und sein Gott hatte, wie ich vermutete, nicht so viel Macht wie Merlins Götter, und dennoch erschauerte ich, als der Stab auf mich wies. Meine Angst veranlaßte mich, mein Kettenhemd zu berühren und auf den Weg zu spucken. »Ich werde mich jetzt meinen Gebeten widmen, Arthur«, erklärte Cadoc, »und wenn Ihr weiterleben wollt, solltet Ihr Euch jetzt umwenden und diesen Ort verlassen, denn wenn Ihr an diesem heiligen Kreuz vorübergeht – das schwöre ich Euch beim süßen Blut unseres Herrn Jesus Christus –, werden Eure Seelen qualvoll in der Hölle schmoren. Ihr werdet das ewige Feuer kennenlernen. Ihr werdet verflucht vom Anbeginn der Zeiten bis zu ihrem Ende, und vom Himmelsgewölbe bis auf den tiefsten Grund der Hölle.« Mit diesem mächtigen Fluch spie er noch ein weiteres Mal aus, machte kehrt und ging davon.

Mit dem Saum seines Mantels wischte Arthur den Regen von Excalibur und schob dann sein Schwert in die Scheide zurück. »Mir scheint, daß wir nicht willkommen sind«, sagte er mit einer gewissen Belustigung. Er wandte sich um und winkte Balin, dem ältesten der anwesenden Kavalleristen. »Ihr nehmt die Reiter«, befahl ihm Arthur, »und schlagt Euch zur anderen Seite der Siedlung durch. Sorgt dafür, daß niemand entflieht. Sobald Ihr an Ort und Stelle seid, werde ich mit Derfel und seinen Männern kommen, um die Häuser zu durchsuchen. Und aufgepaßt!« Er hob die Stimme, damit alle sechzig Mann ihn hören konnten. »Diese Leute leisten

Widerstand. Sie werden uns provozieren und bekämpfen, aber wir wollen keinen Streit mit ihnen. Wir wollen einzig und allein Ligessac. Ihr werdet sie nicht bestehlen, und ihr werdet keinen von ihnen unnötig verletzen. Ihr werdet immer daran denken, daß ihr Krieger seid, sie aber nicht. Ihr werdet sie rücksichtsvoll behandeln und ihren Flüchen mit Schweigen begegnen.« Sein Ton war streng, und als er sicher war, daß unsere Männer ihn alle verstanden hatten, lächelte er Balin zu und winkte ihm loszureiten.

Die dreißig gewappneten Reiter machten sich auf. Sie verließen den Pfad und galoppierten um den Talrand herum bis zum gegenüberliegenden Hang hinter dem Dorf. Cadoc, der noch zu seiner Kirche unterwegs war, warf einen kurzen Blick zu ihnen hinüber, ließ aber keine Beunruhigung erkennen.

»Ich möchte wissen, woher er wußte, wer ich bin«, sagte Arthur.

»Ihr seid berühmt, Lord«, gab ich zurück. Ich nannte ihn immer noch Lord und würde es natürlich weiterhin tun.

»Mein Name ist vielleicht bekannt, nicht aber mein Gesicht. Nicht hier.« Achselzuckend tat er das Rätsel ab. »War Ligessac schon immer ein Christ?«

»Seit ich ihn kenne. Aber niemals ein guter.«

Er lächelte. »Je älter man wird, desto leichter fällt einem das tugendhafte Leben. Wenigstens stelle ich mir das so vor.« Er beobachtete, wie seine Reiter um das Dorf herumgaloppierten und die Hufe ihrer Pferde dicke Wasserfontänen aus dem triefnassen Gras aufspritzen ließen. Dann zückte er seinen Speer und wandte sich zu meinen Männern um. »Nicht vergessen: kein Diebstahl!« Ich fragte mich, was an einem so tristen Ort wohl stehlenswert sein könne, doch Arthur wußte, daß Speerkämpfer fast immer irgendein Andenken auftreiben. »Ich will keinen Ärger«, erklärte Arthur ihnen. »Wir suchen lediglich nach unserem Mann, dann verschwinden wir sofort wieder.« Damit berührte er Llamreis Flanken, und die schwarze Stute setzte sich gehorsam in Bewegung. Wir Fußsoldaten folgten ihm und löschten mit unseren Stiefeln dabei die Grenze aus, die Cadoc neben dem schön verzierten Kreuz in den schmutzigen Pfad geritzt hatte. Kein Feuer kam vom Himmel herab.

Der Bischof hatte inzwischen die Kirche erreicht. An ihrer

Türöffnung wandte er sich um, sah uns kommen und schlüpfte dann hinein. »Sie wußten, daß wir kommen«, sagte Arthur zu mir. »Also werden wir Ligessac hier nicht finden. Ich fürchte, Derfel, wir verschwenden unsere Zeit.« Ein lahmes Schaf hinkte über den Weg, und Arthur zügelte sein Pferd, um es vorbeihumpeln zu lassen. Ich sah, wie er erschauerte, und ahnte, daß er sich vom Schmutz der Siedlung, der fast an die unbeschreiblichen Zustände auf Nimues Tor herankam, abgestoßen fühlte.

Als wir nur noch einhundert Schritt entfernt waren, erschien Cadoc abermals an der Kirchentür. Inzwischen warteten unsere Reiter hinter dem Dorf, aber Cadoc machte sich nicht einmal die Mühe nachzusehen, wo sie waren. Er hob nur ein riesiges Widderhorn an die Lippen und ließ einen Ruf ertönen, der in der kahlen Senke zwischen den Hügeln hohl widerhallte. Er stieß einmal ins Horn, hielt inne, um tief Luft zu holen, und blies abermals hinein.

Und plötzlich befanden wir uns in einer Schlacht.

Sie hatten natürlich gewußt, daß wir kommen würden, und waren auf uns vorbereitet. Alle Christen aus Powys und Siluria mußten zu Cadocs Verteidigung herbeigerufen worden sein, und diese Männer tauchten nun auf den Hügelrücken rings um das Tal auf, während andere hinübereilten, um uns den Rückweg abzuschneiden. Einige trugen Speere, einige trugen Schilde, und einige hatten nichts weiter als Sicheln oder Heuforken, aber sie alle wirkten zuversichtlich. Viele, das wußte ich, waren vermutlich ehemalige Speerkämpfer einer Landwehr, aber was diesen Christen wirklich Zuversicht verlieh, das war – vom Glauben an ihren Gott einmal abgesehen – die Tatsache, daß sie mindestens zweihundert Mann zählten. »Diese Narren!« sagte Arthur zornig. Er haßte unnötige Gewalttätigkeit, war sich aber im klaren darüber, daß es jetzt unvermeidlich war, Menschen zu töten. Er wußte auch, daß wir gewinnen würden; denn nur Fanatiker, die überzeugt waren, ihr Gott werde für sie kämpfen, würden sich gegen sechzig von Dumnonias besten Kriegern stellen. »Diese Narren!« stieß er nochmals hervor. Er warf einen Blick zum Dorf hinüber, wo er entdeckte, daß weitere Bewaffnete aus den Hütten geströmt kamen. »Ihr bleibt hier, Derfel!« befahl er mir. »Haltet sie einfach auf, dann werden wir sie schon davonschicken.« Er gab Llamrei die Sporen und galoppierte allein ums Dorf herum zu seinen Reitern.

»Schildring«, befahl ich leise. Da wir nur dreißig Mann waren, ergab unser zweireihiger Schildring einen so kleinen Kreis, daß er den heulenden Christen, die jetzt die Hänge herab- und aus dem Dorf herausgerannt kamen, um uns zu vernichten, wie ein leichtes Ziel vorgekommen sein muß. Der Schildring ist bei den Soldaten nicht sehr beliebt, weil die Speerspitzen, die aus dem Kreis herausragen, weit voneinander entfernt sind, und je enger der Ring, desto größer die Lücken zwischen den Speerspitzen. Doch meine Männer waren gut ausgebildet. Die Krieger der Außenreihe knieten so nieder, daß ihre Schilde einander berührten, und rammten die Enden ihrer langen Speere fest in den Boden dahinter. Wir anderen in der zweiten Reihe legten unsere Schilde über die Schilde der ersten Reihe und stützten sie so auf den Boden, daß unsere Angreifer einen doppelten Wall aus lederbezogenem Holz vor sich hatten. Dann stellte sich jeder von uns hinter einen knienden Mann und zielte mit seinem Speer über ihn hinweg. Unsere Aufgabe war es, die Frontreihe zu beschützen, während deren Aufgabe es vor allem war, standzuhalten. Es würde ein hartes, blutiges Ringen geben, aber solange die knienden Männer ihre Schilde senkrecht und ihre Speere fest eingestemmt hielten und solange wir sie gut beschützten, würde der Schildring halten. Ich erinnerte die Knienden an ihre Ausbildung, erklärte ihnen, daß sie nichts anderes seien als ein Hindernis und daß sie das Töten uns überlassen sollten. »Bel steht uns bei«, versicherte ich ihnen.

»Und Arthur auch«, setzte Issa begeistert hinzu.

Denn es war Arthur, der an diesem Tag das Töten übernahm. Wir waren der Köder, er war der Vollstrecker, und Cadocs Männer schluckten den Köder wie ein gieriger Lachs eine Eintagsfliege. Cadoc persönlich leitete den Angriff aus dem Dorf. Er war mit seinem rostigen Schwert bewaffnet und trug einen großen Rundschild mit einem schwarzen Kreuz, unter dem ich jedoch gerade noch die Umrisse des silurischen Fuchses ausmachen konnte. Cadoc war also einmal Speerkämpfer in Gundleus' Diensten gewesen.

Die Christen griffen nicht als Schildwall an – was ihnen möglicherweise den Sieg eingetragen hätte –, sondern attackierten in der uralten Formation, welche die Römer uns schon vor langer Zeit ausgetrieben hatten. In den alten Zeiten, als die Römer noch neu in Britannien waren, hatten sich angreifende Keltenstämme in einem triumphierenden, heulenden, metbefeuerten Haufen auf sie gestürzt. Derartige Attacken waren fürchterlich anzusehen, für disziplinierte Soldaten aber mühelos abzuwehren, und meine Speerkämpfer waren einmalig diszipliniert.

Ganz zweifellos empfanden sie Furcht. Ich selbst empfand auch Furcht, denn so ein wutheulender Angriff ist ein erschreckender Anblick. Im Kampf gegen undisziplinierte Männer führt er aufgrund des Entsetzens, das er auslöst, zum Erfolg; und hier erlebte ich zum ersten Mal persönlich die uralte britannische Art, Schlachten zu führen. Cadocs Christen stürzten sich voll Fanatismus auf uns und wetteiferten darum, wer wohl der erste wäre, der sich auf unsere Speere warf. Sie kreischten, stießen Flüche aus, und mir schien, als hätte jeder einzelne von ihnen den Wunsch, entweder Märtyrer oder Held zu werden. In diesem wilden Ansturm gab es sogar Frauen, die laut kreischend ihre Holzknüppel und Sicheln schwangen. Selbst Kinder liefen in diesem heulenden Pöbelhaufen mit.

»Bel!« schrie ich laut, als der erste Mann über die Knienden des äußeren Kreises zu springen versuchte und auf meiner Speerspitze starb. Ich spießte ihn auf wie einen Hasenbraten, dann schleuderte ich ihn mitsamt meinem Speer aus unserem Kreis hinaus, damit sein sterbender Körper ein Hindernis für seine Kampfgefährten bildete. Den nächsten Mann tötete Hywelbane, und ich hörte, wie meine Speerkämpfer ihren furchterregenden Schlachtgesang anstimmten, während sie stießen, rissen, hieben und schnitten. Wir waren ja alle so gut, so schnell, und so durch und durch trainiert! Für diesen Schildring hatte es viele Stunden langweiliger Ausbildung bedurft, und obwohl es Jahre her war, daß die meisten von uns tatsächlich in einer Schlacht gekämpft hatten, entdeckten wir, daß unsere alten Instinkte noch immer so wach waren wie damals – und nur der Instinkt und die Erfahrung waren es, die uns an jenem Tag am Leben erhielten. Der Feind war eine kreischende, erdrükkende Masse von Fanatikern, die auf unseren Ring eindrangen und die Speere nach uns reckten; doch unser Außenring blieb fest wie ein Fels, und die übrigen Angreifer wurden von dem Wall toter und sterbender Feinde behindert, der vor unseren Schilden immer höher wurde. Während der ersten ein, zwei Minuten, als der Boden um unseren Schildring noch frei war und die Feinde noch ziemlich nahe an uns herangelangen konnten, war der Kampf hektisch; sobald wir jedoch vom Ring der Toten und Sterbenden geschützt wurden, versuchten nur noch die tapfersten Feinde zu uns durchzudringen, so daß wir fünfzehn Mann im inneren Ring uns die Ziele in Ruhe aussuchen und sie zu Speer- und Schwerkampfübungen benutzen konnten. Wir kämpften flink, wir feuerten einander an, und wir töteten ohne Gnade.

Cadoc selbst griff schon früh in den Kampf ein. Er schwang sein riesiges, rostiges Schwert so wuchtig, daß es regelrecht durch die Luft pfiff. Er kannte sich aus im Kriegsgeschäft, also versuchte er einen der knienden Männer niederzuschlagen; denn er wußte, sobald der äußere Ring durchbrochen war, würden wir übrigen sehr schnell sterben. Ich parierte den mächtigen Hieb mit Hywelbane, konterte mit einem schnellen Rückhandschlag, der sich in seinem verfilzten Haarschopf verfing; dann rammte Eachern, der zähe, kleine irische Speerkämpfer, der mir trotz Mordreds Drohungen immer noch diente, dem Bischof seinen Speerschaft ins Gesicht. Eacherns Speerspitze war verschwunden, von einem Schwerthieb abgeschlagen, aber er stieß Cadoc das Eisenende des Schaftes in die Stirn. Einen Augenblick starrte der Bischof schielend ins Leere, während sein offener Mund verfaulte Zähne entblößte, dann sank er lautlos in den Schlamm.

Der letzte Angreifer, der den Schildring zu durchbrechen versuchte, war eine zottelhaarige Frau, die über den Wall der Toten kletterte und mir einen Fluch entgegenschleuderte, während sie über die knienden Männer des Außenkreises zu steigen versuchte. Ich packte sie bei den Haaren, wartete ab, bis ihre Sichel an meinem Panzerhemd stumpf wurde, und schleppte sie dann in die Mitte des Ringes, wo Issa sie hart auf den Kopf trat. In diesem Moment griff Arthur an.

Dreißig Reiter mit Langspeeren stießen in den christlichen Mob hinein. Wir selbst hatten uns, wie ich vermute, ungefähr drei

Minuten lang verteidigt, aber als Arthur kam, war der Kampf innerhalb eines Augenblicks beendet. Seine Reiter kamen mit angelegten Speeren herangaloppiert, und ich sah einen gräßlichen Blutregen aufsprühen, als einer der Speere sein Ziel traf; dann ergriffen unsere Angreifer in panischer Angst die Flucht. Arthur, der seinen Speer zu Boden geworfen hatte und nun Excalibur schwang, rief seinen Männern zu, mit dem Töten innezuhalten. »Jagt sie einfach nur davon!« rief er. »Jagt sie davon!« Seine Reiter teilten sich in kleine Gruppen, die die entsetzten Überlebenden auseinandertrieben und den Weg zum großen Kreuz hinaufjagten.

Meine Männer entspannten sich. Issa saß noch auf der filzhaarigen Frau, während Eachern seine verlorene Speerspitze suchte. Zwei Mann aus dem Schildring hatten schwere Wunden davongetragen, und ein Mann aus dem zweiten Kreis hatte eine gebrochene, blutende Kinnlade; sonst aber waren wir unverletzt, während rings um uns dreiundzwanzig Leichen und mindestens ebenso viele schwerverwundete Männer lagen. Cadoc war ganz benommen von Eacherns Stoß, lebte aber noch; also fesselten wir ihn an Händen und Füßen und schnitten ihm dann, trotz Arthurs Anweisung, unserem Feind Achtung entgegenzubringen, Haare und Bart ab, um ihn zu demütigen. Er spie uns an und verfluchte uns, wir aber stopften ihm das Maul mit dicken Büscheln seines fettstarrenden Bartes und brachten ihn dann ins Dorf zurück.

Dort entdeckte ich Ligessac. Er war doch nicht geflohen, sondern hatte vor dem kleinen Altar der Kirche gewartet. Er war inzwischen ein alter Mann, mager und grau, und ergab sich widerspruchslos, selbst als wir ihm den Bart abschnitten und aus seinen Haaren ein grobes Seil flochten, das wir ihm zum Zeichen, daß er ein verurteilter Verräter war, um den Hals banden. Er schien sich sogar zu freuen, mich nach all den Jahren wiederzusehen. »Ich hab' ihnen gesagt, daß sie Euch nicht schlagen werden«, erklärte er, »nicht Derfel Cadarn.«

»Sie wußten, daß wir kommen?« fragte ich ihn.

»Wir wußten es schon seit einer Woche«, antwortete er und streckte die Hände aus, damit Issa sie mit einem Strick fesseln konnte. »Wir wollten, daß Ihr kommt. Wir dachten, dies sei unsere Chance, Britannien von Arthur zu befreien.«

»Warum solltet Ihr das tun wollen?« fragte ich ihn.

»Weil Arthur ein Feind der Christen ist, darum«, antwortete Ligessac.

»Das ist er nicht«, widersprach ich verächtlich.

»Was wißt Ihr denn schon, Derfel?« fragte mich Ligessac. »Wir bereiten Britannien auf die Wiederkehr Christi vor, deswegen müssen wir die Heiden aus dem Land vertreiben!« Er gab diese Erklärung mit lauter, trotziger Stimme ab, zuckte dann die Achseln und grinste. »Aber ich hab' ihnen gesagt, daß sie Arthur und Derfel auf diese Art nicht töten können. Ihr seid zu gut, hab' ich zu Cadoc gesagt.« Er stand auf und folgte Issa zur Kirche hinaus. An der Tür wandte er sich noch einmal zu mir zurück. »Ich werde jetzt wohl sterben müssen, wie?« fragte er mich.

»In Dumnonia«, gab ich zurück.

Er zuckte die Achseln. »Ich werde vor Gottes Antlitz treten«, sagte er. »Was habe ich da zu befürchten?«

Ich folgte ihm zur Kirche hinaus. Arthur hatte dem Bischof den Knebel aus dem Mund genommen, so daß Cadoc uns mit einem Strom schmutzigster Beschimpfungen empfing. Ich kitzelte dem Bischof das frisch rasierte Kinn mit Hywelbane. »Er wußte, daß wir kommen«, berichtete ich Arthur. »Sie hatten vor, uns hier zu töten.«

»Das ist ihm nicht gelungen«, sagte Arthur und wandte hastig den Kopf ab, um einem Batzen bischöflichem Speichel auszuweichen. »Steckt Euer Schwert weg«, befahl er mir.

»Ihr wollt ihn nicht töten?« fragte ich ihn verwundert.

»Seine Strafe besteht darin, hier zu leben statt im Himmel«, bestimmte Arthur.

Wir nahmen Ligessac und marschierten davon, doch keiner von uns dachte richtig über das nach, was Ligessac mir in der Kirche verraten hatte. Seit einer Woche hätten sie gewußt, daß wir kommen, hatte er gesagt; doch vor einer Woche waren wir noch in Dumnonia gewesen, nicht in Powys, und das bedeutete, daß irgend jemand in Dumnonia sie vor uns gewarnt haben mußte. Keiner von uns kam auf den Gedanken, jemanden in Dumnonia mit diesem schlammigen Massaker in den öden Bergen in Verbindung zu bringen, aber dieser Hinterhalt war geplant.

Bis heute gibt es natürlich Christen, die eine ganz andere Geschichte erzählen. Sie behaupten, Arthur habe Cadocs Refugium überfallen, die Frauen geschändet, die Männer getötet und alle Schätze in Cadocs Besitz gestohlen; ich aber hatte keine einzige Vergewaltigung gesehen, wir haben nur jene getötet, die uns töten wollten, und einen Schatz, den wir hätten stehlen können, habe ich nicht gefunden. Und selbst wenn es einen gegeben hätte, so hätte Arthur ihn nicht angerührt. Es sollte zwar eine Zeit kommen, und die lag in nicht allzu ferner Zukunft, da ich zusehen mußte, wie Arthur mutwillig tötete, doch jene Toten sollten allesamt Heiden sein. Dennoch beharrten die Christen darauf, daß er ihr Feind sei, und die Geschichte von Cadocs Niederlage verstärkte ihren Haß auf ihn noch. Cadoc wurde zum lebenden Heiligen erhoben, und zwar ungefähr zur selben Zeit, da die Christen Arthur als Feind Gottes zu bezeichnen begannen. Und diese böse Bezeichnung sollte ihn bis ans Ende seiner Tage verfolgen.

Sein Verbrechen bestand natürlich nicht darin, in Cadocs Tal ein paar Christenköpfe einzuschlagen, sondern darin, daß er während seiner Regentschaft in Dumnonia das Heidentum duldete. Den fanatischeren Christen ging nie auf, daß Arthur selbst Heide war und also die Christen duldete – sie verurteilten ihn, weil er die Macht hatte, das Heidentum auszurotten, und es nicht tat, und diese Sünde machte ihn zum Feind Gottes. Außerdem erinnerten sie sich natürlich daran, daß er Uthers Anordnung, die Kirche von erzwungenen Darlehen auszunehmen, widerrufen hatte.

Nicht alle Christen haßten ihn. Mindestens zwanzig jener Speerkämpfer, die mit uns in Cadocs Tal fochten, waren selber Christen. Galahad liebte ihn, und es gab viele andere, wie etwa Bischof Emrys, die ihn insgeheim unterstützten; aber die Kirche hörte in jenen unruhigen Zeiten gegen Ende der ersten fünfhundert Jahre von Christi Herrschaft auf Erden nicht auf diese stillen, anständigen Männer, sondern nur auf die Fanatiker, die behaupteten, wenn Christus wiederkehren solle, müsse die Welt von den Heiden befreit werden. Heute weiß ich natürlich, daß der Glaube an unseren Herrn Jesus Christus der einzig wahre Glaube ist und daß im strahlenden Licht seiner Wahrheit kein anderer Glaube bestehen kann; aber ich fand – und finde – es dennoch seltsam, daß Arthur, der gerechteste und gesetzesgetreueste aller Herrscher, als Feind Gottes bezeichnet wurde.

Wie auch immer. Wir machten Cadoc Kopfschmerzen, legten Ligessac ein Halsband aus seinem eigenen Bart um und verließen den unwirklichen Ort.

Arthur und ich trennten uns an dem Steinkreuz auf der Paßhöhe über Cadocs Tal. Er wollte Ligessac nach Norden bringen und sich anschließend gen Osten wenden, um die guten Straßen zu nehmen, die nach Dumnonia zurückführten – während ich beschlossen hatte, tiefer nach Siluria hineinzureisen, um nach meiner Mutter zu suchen. Issa sowie vier weitere Speerkämpfer nahm ich mit, die übrigen ließ ich mit Arthur heimwärts marschieren.

Wir sechs schlugen einen Kreis um Cadocs Tal, in dem sich eine klägliche Schar verletzter und blutbesudelter Christen versammelt hatte, um Gebete für ihre Toten anzustimmen, und marschierten dann über die hohen, kahlen Hügel und wieder bergabwärts in tiefe, grüne Täler hinein, die zum Severn-Meer führten. Ich wußte nicht, wo Erce lebte, vermutete aber, daß sie nicht schwer zu finden sein würde; denn Tanaburs, der Druide, den ich im Lugg Vale getötet hatte, hatte sie aufgesucht, um sie mit einem schrecklichen Zauberbann zu belegen, und eine sächsische Sklavin, die von dem Druiden derart verflucht worden war, mußte überall gut bekannt sein. Das traf zu.

Ich fand sie am Meer in einem winzigen Dorf, wo die Frauen Salz siedeten und die Männer Fische fingen. Die Dorfbewohner schraken vor den unvertrauten Schilden meiner Männer zurück, aber ich betrat eine der armseligen Hütten, wo mir ein Kind mit ängstlichem Blick den Weg zum Haus der Sächsin wies: eine Hütte, die hoch über dem Strand auf einer zerklüfteten Klippe stand. Es war nicht einmal eine Hütte, sondern eher ein primitiver Unterschlupf aus Treibholz, gedeckt mit ausgefranstem Reet aus Seetang und Stroh. Auf dem kleinen Platz vor dem Unterschlupf brannte ein Feuer, in dessen Qualm etwa ein Dutzend Fische vor sich hin räucherten. Noch dickerer Rauch stieg von den Kohlefeuern am Fuß der Klippe auf, auf denen in großen Pfannen das Salz siedete. Ich ließ Speer und Schild am Fuß der Klippe zurück und erklomm den steilen Pfad. Eine Katze zeigte mir die Zähne und fauchte mich an, als ich mich bückte, um in die dunkle Hütte hineinzuspähen. »Erce?« rief ich. »Erce?«

Irgend etwas bewegte sich schwerfällig in den Schatten. Es war eine unförmige, dunkle Gestalt, die sich aus vielen Schichten Fellen und Lumpen schälte, um zu mir herüberzustarren. »Erce?« fragte ich. »Seid Ihr Erce?«

Was hatte ich an jenem Tag erwartet? Ich hatte meine Mutter seit über dreißig Jahren nicht mehr gesehen, seit jenem Tag, da ich von Gundleus' Speerkämpfern aus ihren Armen gerissen und Tanaburs als Opfer für die Todesgrube übergeben worden war. Erce hatte geschrien, als ich ihr fortgenommen wurde, und dann hatte man sie in eine neue Sklaverei nach Siluria entführt. Sie muß geglaubt haben, ich sei tot, bis Tanaburs ihr endlich verriet, daß ich noch am Leben war. In meinen unruhigen Gedanken hatte ich mir, während ich durch Silurias tiefe Tälder südwärts marschierte, eine Umarmung, Tränen, Verzeihung und Glück vorgestellt.

Statt dessen kam eine unförmige Frau, das einstmals blonde Haar zu schmutzigem Grau verfärbt, aus dem Durcheinander von Fellen und Decken hervorgekrochen, um mich argwöhnisch zu beäugen. Sie war unglaublich fett, ein riesiger Fleischberg. Ihr Gesicht, so rund wie ein Schild, war von Krankheiten und Narben entstellt, und ihre Augen waren klein, hart und blutunterlaufen. »Früher nannte man mich Erce«, antwortete sie mit heiserer Stimme.

Abgestoßen von dem Gestank nach Urin und Fäulnis, zog ich mich aus der Hütte zurück. Sie folgte mir, schwerfällig auf allen vieren kriechend, und spähte blinzelnd in die Morgensonne hinaus. Sie war in Lumpen gekleidet. »Seid Ihr Erce?« fragte ich sie abermals.

»Früher einmal«, antwortete sie und zeigte mir gähnend eine zerstörte, zahnlose Mundhöhle. »Vor langer Zeit. Jetzt nennt man mich Enna.« Sie hielt inne. »Die verrückte Enna«, ergänzte sie traurig. Dann musterte sie meine feinen Kleider, den kostbaren Schwertgurt und die hohen Stiefel. »Wer seid Ihr, Lord?«

»Mein Name ist Derfel Cadarn«, sagte ich. »Ich bin ein Lord aus

Dumnonia.« Der Name schien ihr nichts zu bedeuten. »Ich bin Euer Sohn«, setzte ich hinzu.

Sie zeigte keine Reaktion auf meine Worte, sondern ließ sich an der Treibholzwand ihrer Hütte zu Boden sinken, die unter ihrem Gewicht gefährlich ins Wanken geriet. Sie schob eine Hand tief in ihre Lumpen und kratzte sich an der Brust. »Meine Söhne sind alle tot«, sagte sie.

»Mich hat Tanaburs genommen«, erinnerte ich sie, »und in die Todesgrube geworfen.«

Die Geschichte schien ihr nichts zu sagen. Sie lag zusammengesunken an der Wand; ihr riesiger Körper hob und senkte sich bei jedem mühsamen Atemzug. Sie spielte mit der Katze und starrte über das Severn-Meer hinweg bis dorthin, wo in der Ferne Dumnonias Küste lag – ein dunkler Streifen unter einer Front von Regenwolken. »Ich hatte einmal einen Sohn«, sagte sie schließlich, »der den Göttern in der Todesgrube geopfert wurde. Wygga hieß er. Wygga. Ein schöner Junge.«

Wygga? Wygga! Dieser Name, so primitiv und häßlich, ließ mich ein paar Herzschläge lang verstummen. »Ich bin Wygga«, sagte ich schließlich, obwohl ich den Namen haßte. »Nachdem ich aus der Grube gerettet wurde, gab man mir einen anderen Namen«, erklärte ich ihr. Wir sprachen Sächsisch, eine Sprache, die ich inzwischen fließender beherrschte als meine Mutter, denn es war viele Jahre her, daß sie sie zuletzt benutzt hatte.

»Ach, nein«, sagte sie stirnrunzelnd. Ich sah eine Laus an ihrem Haaransatz entlangspazieren. »Nein«, wiederholte sie nachdrücklich. »Wygga war nur ein kleiner Junge. Nur ein kleiner Junge. Mein Erstgeborener war er, und sie haben ihn mir weggenommen.«

»Ich hab's überlebt, Mutter«, versicherte ich ihr. Ich fühlte mich von ihr abgestoßen und dennoch fasziniert und bedauerte, daß ich je nach ihr gesucht hatte. »Ich habe die Todesgrube überlebt«, wiederholte ich, »und ich erinnere mich an Euch.« Das tat ich wirklich, nur daß sie in meiner Erinnerung schlank und biegsam war wie Ceinwyn.

»Nur ein kleiner Junge«, sagte Erce verträumt. Sie schloß die Augen, und ich dachte schon, sie sei eingeschlafen, aber sie schien

Wasser zu lassen, denn unter dem Saum ihrer Gewänder erschien ein Rinnsal und tropfte über die Felsen auf das dürftige Feuerchen zu.

»Erzählt mir von Wygga«, bat ich sie.

»Ich war schwanger mit ihm, als Uther mich gefangennahm«, sagte sie. »Ein riesiger Mann, dieser Uther, mit einem großen Drachen auf dem Schild.« Sie kratzte sich am Haaransatz, und die Laus verschwand in ihren Haaren. »Er schenkte mich Madog«, fuhr sie fort, »und auf Madogs Pachthof wurde Wygga dann geboren. Wir waren glücklich bei Madog«, sagte sie. »Er war ein guter Herr, war freundlich zu seinen Sklaven, aber dann kam Gundleus, und sie haben Wygga getötet.«

»Das haben sie nicht«, sagte ich eindringlich. »Hat Tanaburs Euch nichts davon erzählt?«

Als ich den Druiden erwähnte, erschauerte sie und zog sich den zerrissenen Schal fester um die fetten Schultern. Sie sagte nichts, aber nach einer Weile füllten sich ihre Augenwinkel mit Tränen.

Eine Frau stieg den Pfad zu uns herauf. Sie ging langsam und mißtrauisch und warf mir argwöhnische Blicke zu, als sie auf das Felsplateau heraufstieg. Als sie sich schließlich sicher fühlte, huschte sie an mir vorbei und kauerte sich neben Erce. »Mein Name«, wandte ich mich an die Neuangekommene, »ist Derfel Cadarn, aber früher einmal hieß ich Wygga.«

»Mein Name ist Linna«, sagte die Frau in britannischer Spracher. Sie war jünger als ich, aber das harte Leben an dieser Küste hatte tiefe Falten in ihr Gesicht gegraben, ihre Schultern gebeugt und ihre Glieder versteift, während die Schwerarbeit an den Salzpfannenfeuern ihre Haut mit Kohle geschwärzt hatte.

»Ihr seid Erces Tochter?« fragte ich sie.

»Ennas Tochter«, berichtigte sie mich.

»Dann bin ich Euer Halbbruder«, sagte ich.

Ich denke, daß sie mir nicht glaubte, und warum hätte sie das auch tun sollen? Kein Mensch kam lebend aus einer Todesgrube, und dennoch hatte ich es geschafft. Deswegen war ich von den Göttern berührt und Merlin übergeben worden, aber was konnte diese Geschichte den beiden erschöpften, zerlumpten Frauen bedeuten?

»Tanaburs!« sagte Erce auf einmal und hob beide Hände, um das Böse abzuwehren. »Er hat mir Wyggas Vater genommen!« klagte sie, sich vor und zurück wiegend. »Er ist in mich gefahren und hat mir Wyggas Vater genommen. Er hat mich verflucht, und er hat Wygga verflucht, und er hat meinen Schoß verflucht.« Jetzt weinte sie. Linna nahm ihre Mutter in die Arme und warf mir einen vorwurfsvollen Blick zu.

»Tanaburs«, widersprach ich, »hatte keine Macht über Wygga. Wygga hat ihn getötet, weil er Macht über Tanaburs hatte. Tanaburs konnte Wyggas Vater nicht wegnehmen.«

Möglich, daß mich meine Mutter hörte, aber sie glaubte mir nicht. Sie ließ sich von ihrer Tochter in den Armen wiegen, und dicke Tränen rannen ihr über die pockennarbigen, verschmutzten Wangen, während sie sich an die nur halb verstandenen Bruchstücke von Tanaburs' Fluch erinnerte. »Wygga wird seinen Vater töten«, berichtete sie mir, »das hat der Fluch gesagt. Daß der Sohn den Vater töten wird.«

»Dann lebt Wygga also«, stellte ich fest.

Unvermittelt hörte sie auf, sich zu wiegen, und musterte mich. Sie schüttelte den Kopf. »Die Toten kommen zurück, um zu töten. Tote Kinder! Ich sehe sie, Lord, dort draußen.« Sie sagte es ernst und zeigte aufs Meer hinaus. »All die kleinen Toten, die ihrer Rache entgegengehen.« Wieder wiegte sie sich in den Armen ihrer Tochter. »Und Wygga wird seinen Vater töten.« Jetzt begann sie heftig zu weinen. »Und Wyggas Vater war ein so schöner Mann! Ein wahrer Held! So groß und stark. Und Tanaburs hat ihn verflucht.« Sie schniefte, flüsterte dann sekundenlang ein Wiegenlied, bevor sie wieder von meinem Vater sprach: daß sein Volk übers Meer nach Britannien gekommen sei und daß er sein Schwert benutzt habe, um sich ein schönes Haus zu bauen. Soviel ich verstand, war Erce Dienerin in jenem Haus gewesen, und der Sachsenlord hatte sie zu sich ins Lager geholt und mir das Leben geschenkt – das Leben, das mir in der Todesgrube zu nehmen Tanaburs nicht gelungen war. »Er war ein wunderbarer Mann«, sagte Erce von meinem Vater, »ein wunderbarer, schöner Mann! Alle haben ihn gefürchtet, aber zu mir war er immer gut. Wir haben so viel zusammen gelacht.«

»Wie war sein Name?« fragte ich sie. Ich glaube, ich kannte die Antwort, bevor sie sie mir gab.

»Aelle«, sagte sie flüsternd, »der wunderbare, schöne Aelle.«

Aelle. Der Rauch wirbelte in meinem Kopf, und mein Verstand war vorübergehend genauso verwirrt wie der Geist meiner Mutter. Aelle? Ich sollte Aelles Sohn sein?

»Aelle«, wiederholte Erce verträumt, »der wunderbare, schöne Aelle.«

Da ich keine weiteren Fragen hatte, zwang ich mich, vor meiner Mutter niederzuknien und sie zu umarmen. Ich küßte sie auf beide Wangen und drückte sie an mich, als könnte ich ihr ein wenig von dem Leben zurückgeben, das sie mir geschenkt hatte; und obwohl sie sich meiner Umarmung überließ, wollte sie immer noch nicht akzeptieren, daß ich ihr Sohn war. Ich holte mir Läuse bei ihr.

Ich zog Linna mit mir den Pfad hinab und erfuhr, daß sie mit einem Fischer im Dorf verheiratet war und sechs Kinder hatte. Ich gab ihr Gold, mehr Gold, glaube ich, als sie jemals zu sehen erwartet hatte, und wahrscheinlich auch mehr Gold, als sie jemals auf Erden vermutet hätte. Ungläubig starrte sie die kleinen Barren an.

»Ist unsere Mutter immer noch Sklavin?« fragte ich sie.

»Das sind wir alle«, antwortete sie, und ihre Geste umfaßte das ganze elende kleine Dorf.

»Mit dem hier könnt ihr euch allen die Freiheit erkaufen.« Dabei zeigte ich auf das Gold. »Falls ihr das wollt.«

Sie zuckte die Achseln. Ich bezweifelte, daß ihr Leben in Freiheit anders aussehen würde als das, was sie gewohnt war. Ich hätte ihren Lord aufsuchen und ihnen die Freiheit selbst erkaufen können, aber der lebte zweifellos in weiter Ferne, und das Gold würde – klug ausgegeben – ihr schweres Leben ein wenig erleichtern, ob sie nun Sklaven blieben oder nicht. Eines Tages, nahm ich mir vor, würde ich zurückkommen und versuchen, mehr für sie zu tun.

»Kümmert Euch um unsere Mutter«, bat ich Linna.

»Das werde ich tun, Lord«, antwortete sie gehorsam. Aber sie glaubte mir, denke ich, immer noch nicht.

»Man nennt seinen eigenen Bruder nicht Lord«, ermahnte ich sie, aber sie ließ sich nicht davon abbringen.

Danach verließ ich sie und ging zur Küste hinunter, wo meine Männer mit dem Gepäck warteten. »Wir gehen nach Hause«, sagte ich. Es war immer noch Vormittag, und wir hatten einen langen Tagesmarsch vor uns. Den Rückmarsch in die Heimat.

Nach Hause, zu Ceinwyn. Nach Hause, zu meinen Töchtern, die von einem britischen Königshaus abstammten und dem königlichen Blut der sächsischen Feinde. Denn ich war Aelles Sohn. Ich stand auf einem grünen Hügel über dem Meer und dachte über die seltsamen Pfade des Schicksals nach, vermochte aber keinen Sinn darin zu finden. Ich war Aelles Sohn, aber was machte das für einen Unterschied? Es erklärte nichts, und es erlegte mir keine Verpflichtungen auf. Das Schicksal ist unerbittlich. Ich war auf dem Weg nach Hause.

Es war Issa, der den Rauch als erster entdeckte. Er hatte schon immer Augen wie ein Falke gehabt, und während ich an jenem Tag auf dem Hügel stand und versuchte, Sinn in die Enthüllungen meiner Mutter zu bringen, erspähte Issa den Rauch hinter dem Meer. »Lord?« sagte er, aber ich reagierte nicht gleich. Ich war noch immer benommen von dem, was ich erfahren hatte. Ich sollte meinen Vater töten? Und dieser Vater war Aelle? »Lord!« sagte Issa eindringlicher, um mich aus meinen Gedanken zu reißen. »Seht doch, Lord! Rauch!«

Er zeigte südwärts nach Dumnonia, und anfangs dachte ich, das Weiße sei lediglich ein heller Fleck in den Regenwolken; aber Issa war sich seiner Sache sicher, und zwei weitere Speerkämpfer bestätigten mir, daß das, was wir da sahen, Rauch sei und nicht etwa Wolken oder Regen. »Da ist noch mehr, Lord«, sagte einer von ihnen und deutete weiter nach Westen, wo sich ein weiterer weißer Fleck vom übrigen Grau abhob.

Ein Feuer hätte Zufall sein können, vielleicht eine brennende Halle oder ein trockenes Getreidefeld, das in Flammen stand; aber bei der herrschenden Feuchtigkeit wäre kein Feld in Brand geraten, und in meinem ganzen Leben hatte ich noch nie zwei Hallen gleichzeitig brennen sehen, es sei denn, ein Feind hätte sie angezündet.

»Lord?« fragte mich Issa drängend, denn auch er hatte eine Gemahlin in Dumnonia.

»Zurück zum Dorf!« befahl ich. »Sofort!«

Linnas Ehemann erklärte sich bereit, uns übers Meer zu bringen. Die Seereise war nicht lang, denn das Meer war hier höchstens ungefähr acht Meilen breit und für uns der kürzeste Weg nach Hause; aber wie alle Speerkämpfer zogen wir einen langen, trockenen Marsch einer kurzen, nassen Seereise vor, und so wurde diese Überfahrt für uns eine einzige eiskalte Qual. Ein frischer Wind war im Westen aufgekommen, der noch mehr Wolken und Regen heranbrachte, und mit ihm kam eine kurze, wogende Dünung, die über die niedrigen Schanzdecks des Bootes schlug. Wir pützten um unser Leben, während sich das zerlumpte Segel hinter uns blähte, klatschte und uns gen Süden zog. Unser Bootsmann, der sich Balig nannte und mein Schwager war, erklärte uns, es gebe nichts Schöneres als ein gutes Boot in einem frischen Wind, und schickte brüllend seinen Dank zu Manawydan hinab, der uns dieses Wetter beschert hatte. Aber Issa fühlte sich hundeelend, ich würgte nur noch trocken, und wir alle waren froh, als wir nachmittags an einem dumnonischen Strand landeten, der höchstens drei, vier Stunden von zu Hause entfernt war.

Ich bezahlte Balig, dann marschierten wir durch flaches, feuchtes Gelände landeinwärts. Nicht weit vom Strand entfernt stießen wir auf ein Dorf, aber die Leute dort hatten den Rauch gesehen und waren verängstigt: Sie hielten uns fälschlich für ihre Feinde und suchten in ihren Hütten Schutz. Es gab eine kleine Kirche im Dorf, kaum mehr als eine strohgedeckte Hütte, an deren Giebel ein Holzkreuz genagelt war, aber die Christen waren fort. Einer der zurückgebliebenen heidnischen Dorfbewohner berichtete, die Christen seien alle ostwärts gezogen. »Sie sind ihrem Priester gefolgt, Lord«, erklärte er mir.

»Warum?« fragte ich ihn. »Wohin?«

»Wir wissen es nicht, Lord.« Er blickte zu dem fernen Rauch hinüber. »Sind die Sachsen wieder da?«

»Nein«, versicherte ich ihm und hoffte, daß ich recht hatte. Der dünner werdende Rauch schien mir höchstens sechs bis sieben Meilen entfernt zu sein, und ich bezweifelte, daß Aelle oder Cerdic so tief nach Dumnonia vorgedrungen waren. Falls doch, war jetzt ganz Britannien verloren.

Wir eilten weiter. Zu jenem Zeitpunkt wollten wir alle nur noch zu unseren Familien zurückkehren, und erst wenn wir uns davon überzeugt hatten, daß sie in Sicherheit waren, war es an der Zeit herauszufinden, was geschah. Um zu Ermids Halle zu gelangen, konnten wir zwischen zwei Routen wählen: Die eine, längere, lag landeinwärts und hätte uns vier bis fünf Stunden gekostet, einen großen Teil davon in der Dunkelheit; aber die andere ging quer durch die weiten Meeresmarschen von Avalon, einen tückischen Sumpf mit Bachläufen, weidengesäumten Tümpeln und Ödland voller Riedgras, wo das Meer bei Flut und Westwind auflaufen und alles überschwemmen konnte, so daß der arglose Wanderer ertrank. Es gab Pfade durch das große Moor und sogar Holzstege, die dorthin führten, wo die Weidenstümpfe standen und die Aal- und Fischreusen gesetzt wurden, aber keiner von uns kannte diese Wege. Dennoch entschieden wir uns für die gefährlichen Pfade, denn sie boten uns den kürzesten Weg nach Hause.

Als es Abend wurde, fanden wir einen Führer. Wie die meisten Moorbewohner war er Heide, und als er hörte, wer ich war, bot er mir freudig seine Dienste an. Inmitten der Marschen sahen wir den Tor im schwindenden Licht schwarz aufragen. Dort würden wir zuerst hingehen müssen, erklärte uns unser Führer, und uns einen der Bootsführer von Ynys Wydryn suchen, damit er uns mit einer Reetpunte über das seichte Gewässer von Issa's Mere brachte.

Als wir das Dorf verließen, regnete es immer noch. Die Tropfen prasselten auf das Schilf und die Teiche; doch nach einer Stunde klarte es auf, und allmählich brach ein matter, milchiger Mond durch die dünner werdenden Wolken, die von Westen heranjagten. Unser Weg führte uns auf Holzbohlenstegen über schwarze Gräben und am kunstvoll gearbeiteten Weidengeflecht der Aalreusen vorbei. Er schlängelte sich unnachvollziehbar über schillernde Moraststellen, wo unser Führer Bannsprüche gegen die Moorgeister flüsterte. In manchen Nächten, sagte er, schimmerten seltsame blaue Lichter im nassen Ödland: seiner Meinung nach die Geister jener, die in diesem Labyrinth aus Wasser, Schlamm und Riedgras umgekommen waren. Mit unseren Schritten stöberten wir kreischende Wildvögel von ihren Nestern auf, die in panischer Angst mit schwarzen Schwingen vor dem wolkenzerfetzten Himmel aufstiegen. Beim Marschieren unterhielt sich unser Führer mit mir. Er erzählte mir von den Drachen, die unter dem Moor schliefen, und den Dämonen, die durch die morastigen Bachläufe glitten. Er trug eine Kette aus den Rückenwirbeln eines Ertrunkenen – er meinte, das sei der einzige sichere Schutzzauber gegen die fürchterlichen Dinge, die an unserem Weg lauerten.

Mir schien, daß der Tor nicht näher kam, aber das lag wohl nur an unserer Ungeduld, denn Meter um Meter, Bachlauf um Bachlauf näherten wir uns ihm. Immer höher ragte der große Hügel in den wolkenzerrissenen Himmel, und da entdeckten wir einen hellen Lichtstreifen an seinem Fuß. Es waren riesige Flammen, und anfangs dachten wir, der Schrein zum Heiligen Dornbusch müsse brennen; doch als wir noch näher herankamen und die Flammen nicht heller wurden, vermutete ich, daß der Lichtschein von Freudenfeuern kam, möglicherweise entzündet, um irgendeinen christlichen Ritus zu illuminieren, der das Heiligtum vor Schaden bewahren sollte. Wir alle machten das Zeichen gegen das Böse, und dann erreichten wir endlich einen Damm, der vom Moor direkt zum höher gelegenen Ynys Wydryn führte.

Hier verließ uns unser Führer; er zog die Gefahren auf dem Moor den Gefahren eines von Feuern erleuchteten Ynys Wydryn vor. Also kniete er vor mir nieder, und ich belohnte ihn mit dem Rest meines Goldes, hob ihn auf und dankte ihm.

Zu sechst zogen wir durch die kleine Stadt Ynys Wydryn, eine Niederlassung von Fischern und Korbmachern. Die Häuser waren dunkel, die Gassen menschenleer; nur Hunde und Ratten streunten herum. Wir gingen in Richtung der hölzernen Palisade, die das Heiligtum umgab, und obwohl wir den weißleuchtenden Rauch der Feuer über den Zaun emporsteigen sahen, konnten wir immer noch nicht erkennen, was sich drinnen abspielte. Unser Weg führte uns am Haupttor des Heiligtums vorbei, und beim Näherkommen entdeckte ich, daß zwei Speerkämpfer am Eingang Wache standen. Der Flammenschein, der durch das offene Tor drang, beleuchtete einen ihrer Schilde, und darauf prangte ein Symbol, das ich in Ynys Wydryn zuallerletzt erwartet hätte: Lancelots Seeadler mit dem Fisch in den Klauen.

Da wir unsere Schilde auf den Rücken gehängt hatten, so daß der Stern darauf unsichtbar war, und obwohl wir alle die graue Wolfsrute trugen, schienen die Speerkämpfer uns für Freunde zu halten; denn sie riefen uns nicht an, als wir uns näherten, sondern rückten zur Seite, weil sie dachten, wir wollten das Heiligtum betreten. Erst als ich das Tor – voll Neugier auf Lancelots Beitrag zu den seltsamen Vorgängen dieses Abends – schon halb durchschritten hatte, erkannten die beiden Wachen, daß wir nicht zu ihren Kameraden gehörten. Der eine versuchte mir mit dem Speer den Weg zu versperren. »Wer seid Ihr?« rief er mich im Kommandoton an.

Ich schob seinen Speer beiseite und stieß ihn, bevor er einen Warnruf ausstoßen konnte, rücklings zum Tor hinaus, während Issa seinen Kameraden nach draußen zerrte. Drinnen im Heiligtum war eine dichte Menge versammelt; aber die Leute kehrten uns alle den Rücken zu, und keiner hatte etwas von dem Handgemenge am Haupttor bemerkt. Und auch hören konnten sie nicht viel, denn die Menge skandierte und sang, und ihr Stimmengewirr übertönte die wenigen Geräusche, die wir machten. Ich zog meinen Gefangenen in den Schatten am Straßenrand und kniete neben ihm nieder. Als ich ihn aus der Toröffnung stieß, hatte ich meinen Speer fallen lassen, deswegen zog ich den kurzen Dolch, den ich an meinem Schwertgurt trug. »Seid Ihr Lancelots Mann?« fragte ich ihn.

»Ja«, stieß er hervor.

»Was habt Ihr dann hier zu suchen?« wollte ich wissen. »Dieses Land gehört Mordred.«

»König Mordred ist tot«, sagte er voll Angst vor der Messerklinge, die ich an seine Kehle hielt. Ich schwieg, denn ich war so verblüfft über seine Antwort, daß mir schlichtweg die Worte fehlten. Der Mann muß gedacht haben, mein Schweigen sei der Vorbote für seinen Tod, denn plötzlich zeigte er sich verzweifelt. »Alle sind tot!« rief er aus.

»Wer?«

»Mordred, Arthur, alle!«

Ein paar Herzschläge lang war mir, als werde meine Welt in

ihren Grundfesten erschüttert. Der Mann versuchte sich gegen mich zu wehren, aber ein Druck meines Messers ließ ihn wieder ruhig werden. »Wie?« fragte ich leise.

»Ich weiß es nicht.«

»Wie?« fragte ich ein wenig lauter.

»Wir wissen es nicht!« beharrte er. »Mordred wurde getötet, bevor wir kamen, und Arthur, heißt es, starb in Powys.«

Ich hockte mich auf die Fersen und winkte einem meiner Männer, die beiden Gefangenen mit seiner Speerspitze ruhig zu halten. Dann zählte ich die Tage, seit ich Arthur zuletzt gesehen hatte. Vor ein paar Tagen erst hatten wir uns bei Cadocs Kreuz getrennt, und Arthurs Heimweg war wesentlich länger als der meine; wenn er gestorben war, dachte ich, konnte die Nachricht von seinem Tod unmöglich vor mir in Ynys Wydryn eingetroffen sein. »Ist Euer König hier?« fragte ich den Mann.

»Ja.«

»Warum?« fragte ich ihn.

Seine Antwort war kaum mehr als ein Flüstern. »Um das Königreich zu übernehmen, Lord.«

Wir schnitten Wollstreifen von den Mänteln der beiden Männer, fesselten ihnen Arme und Beine und steckten ihnen Händevoll Wolle in den Mund, damit sie Ruhe gaben. Wir stießen sie in einen Graben und befahlen ihnen, still liegenzubleiben. Dann führte ich meine fünf Männer zum Eingang des Heiligtums zurück. Ich wollte einen kurzen Blick hineinwerfen, sehen, was ich in Erfahrung bringen konnte, und erst dann nach Hause zurückkehren. »Mäntel über die Helme!« befahl ich meinen Männern. »Schilde umdrehen!«

Wir schlugen die Mäntel so über unsere Helme, daß die Wolfsruten verborgen waren, dann kehrten wir die Schilde mit der Vorderseite gegen unsere Beine, damit der Stern darauf verdeckt war. So getarnt betraten wir leise das Gelände des nunmehr unbewachten Heiligtums. Wir hielten uns in den Schatten, stahlen uns hinter dem Rücken der Menge weiter, bis wir das Steinfundament des Grabmals erreichten, das Mordred für seine verstorbene Mutter zu bauen begonnen hatte. Wir kletterten auf die höchste Steinreihe der unfertigen Gruft hinauf, denn von dort aus konnten wir über die Köpfe der Menge hinweg beobachten, was sich zwischen den in zwei Reihen brennenden Feuern, die Ynys Wydryns Nacht erhellten, für seltsame Dinge zutrugen.

Anfangs dachte ich, es sei wieder einer jener christlichen Riten, die ich einst in Isca beobachtet hatte; denn zwischen den Feuerreihen drängten sich tanzende Frauen, sich wiegende Männer und skandierende Priester. Ihr Kreischen, Schreien und Klagen ergab einen ohrenbetäubenden Lärm. Mönche mit Ledergeißeln wanderten zwischen den Rasenden umher und schlugen sie auf den nackten Rücken, und jeder einzelne grausame Schlag löste weitere Entzückensschreie aus. Eine Frau kniete neben dem heiligen Dornbusch. »Komm, Herr Jesus!« kreischte sie. »Komm!« Ein Mönch schlug sie, bis sie raste, schlug sie so hart, daß ihr nackter Rücken nur noch eine gräßliche Fläche aus blutigem Fleisch war, doch jeder neue Schlag steigerte die Inbrunst ihrer verzweifelten Gebete nur noch.

Gerade wollte ich von der Gruft herunterspringen und zum Tor zurückkehren, als aus den Gebäuden auf dem Gelände Speerkämpfer auftauchten und die Betenden rücksichtslos beiseite stießen, um eine Gasse zwischen den Feuern zu bahnen, die den heiligen Dornbusch beleuchteten. Sie schleppten die schreiende Frau davon. Weitere Speerkämpfer folgten, von denen zwei eine Sänfte trugen, und hinter der Sänfte führte Bischof Sansum eine Gruppe grellbunt gekleideter Priester an. Lancelot und seine Männer begleiteten die Priester. Bors, Lancelots Champion, war dabei, Amhar und Loholt folgten dem König der Belgen, doch von den schrecklichen Zwillingen Lavaine und Dinas entdeckte ich keine Spur.

Als die Menge Lancelot sah, begann sie noch viel lauter zu kreischen. Die Menschen streckten die Hände nach ihm aus, und einige knieten sogar nieder, als er an ihnen vorüberkam. Er war mit seiner weißemaillierten Schuppenrüstung herausgeputzt, die, wie er hoch und heilig schwor, einstmals dem antiken Helden Agamemnon gehört hatte, und trug den schwarzen Helm mit den ausgebreiteten Schwanenschwingen als Zier. Das lange, schwarze Haar, das er stets ölte, bis es glänzte, fiel ihm über den in einen roten Mantel gehüllten Rücken. Die Christusklinge hing an seiner

Seite, und seine Beine steckten in hohen, roten Lederstiefeln. Gefolgt wurde er von seiner Sachsengarde, allesamt riesige Kerls in silbernem Kettenhemd, bewaffnet mit breiten Streitäxten, in denen sich die tanzenden Flammen spiegelten. Morgan konnte ich nirgends entdecken, aber ein Chor ihrer weißgekleideten frommen Frauen versuchte vergebens, die Klagen und Schreie der erregten Menge mit ihrem Gesang zu übertönen.

Einer der Speerkämpfer trug einen Pfosten und steckte ihn in ein Loch, das neben dem heiligen Dornbusch gegraben worden war. Einen Augenblick fürchtete ich, daß wir wieder Zeuge werden würden, wie ein armer Heide an diesem Pfosten verbrannt wurde, und spie aus, um das Böse abzuwehren. Das Opfer war offenbar in der Sänfte hereingebracht worden, denn die Männer, die sie trugen, setzten sie neben dem heiligen Dornbusch ab und machten sich sodann daran, ihren Gefangenen an den Pfosten zu fesseln. Doch als sie zurücktraten und wir endlich richtig sehen konnten, wurde mir klar, daß es sich gar nicht um einen Gefangenen handelte, und ganz gewiß nicht um eine Verbrennung. Ja, es war nicht einmal ein Heide, der da an den Pfosten gefesselt war, sondern ein Christ, und wir würden nicht Zeugen eines Todes werden, sondern einer Vermählung.

Ich dachte sofort an Nimues seltsame Prophezeiung. Die Toten werden sich vermählen.

Lancelot war der Bräutigam und nahm jetzt neben seiner Braut Aufstellung, die an den Pfosten gefesselt war. Es war eine Königin, die ehemalige Prinzessin von Powys, die zunächst Prinzessin von Dumnonia und anschließend Königin von Siluria geworden war. Es war Norwenna, Großkönig Uthers Schwiegertochter, Mordreds Mutter und bereits seit vierzehn Jahren tot. All die Jahre hatte sie in ihrem Grab geruht, nun aber hatte man sie ausgegraben und ihre sterblichen Überreste an den Pfosten neben dem mit Weihegeschenken behängten heiligen Dornbusch gefesselt.

Von Entsetzen gelähmt, starrte ich auf die Szene hinab; dann machte ich das Zeichen gegen das Böse und strich über das Eisen meines Kettenhemds. Issa berührte meinen Arm, als wollte er sich vergewissern, daß er sich nicht in den Fängen eines unvorstellbaren Alptraums befand.

Die tote Königin war inzwischen kaum mehr als ein Skelett. Man hatte ihr einen weißen Schal um die Schultern gelegt, aber der Schal konnte die grausigen Fetzen gelblicher Haut und die dicken Batzen weißen Fleisches nicht verbergen, die noch an ihren Knochen hingen. Ihr Schädel, der nach vorn über einen der Stricke fiel, die sie an den Pfosten fesselten, war zur Hälfte von gespannter Haut bedeckt, die Kinnlade hing lose in ihren Scharnieren, während die Augen nur noch schwarze Höhlen in der vom Feuer beleuchteten Totenmaske ihres Gesichtes waren. Einer der Wachen hatte ihr einen Kranz aus Mohnblumen auf den Schädel gesetzt, unter dem feuchte Haarsträhnen auf den Schal fielen.

»Was geht da vor?« fragte mich Issa mit leiser Stimme.

»Lancelot fordert Dumnonia«, antwortete ich flüsternd, »und indem er sich mit Norwenna vermählt, heiratet er in Dumnonias königliche Familie ein.« Eine andere Erklärung konnte es nicht geben. Lancelot stahl Dumnonias Thron, und diese schauerliche Zeremonie inmitten der riesigen Feuer würde ihm den Hauch einer Berechtigung verleihen. Er vermählte sich mit der Toten, um sich zu Uthers Erben zu machen.

Als Sansum mit einer Geste Ruhe forderte, schrien die Mönche mit den Geißeln auf die erregte Menge ein, bis diese sich allmählich beruhigte. Hier und da heulte noch eine Frau auf, woraufhin ein unruhiger Schauer die Menge durchlief, aber schließlich trat Ruhe ein. Die Gesänge des Frauenchors verstummten, während Sansum beide Arme hob und zum Allmächtigen Gott betete, auf daß dieser die Vereinigung eines Mannes und einer Frau segne, dieses Königs und seiner Königin. Dann befahl er Lancelot, die Hand seiner Braut zu ergreifen. Gehorsam streckte Lancelot seine behandschuhte Rechte aus und hob die vergilbte Knochenhand. Da die Wangenstücke seines Helms offenstanden, konnte ich sehen, daß er grinste. Als die Menge vor Freude jubelte, mußte ich an Tewdrics Worte über Zeichen und Omen denken und vermutete, daß die Christen in dieser unheiligen Vermählung den Beweis sahen, daß die Wiederkehr ihres Gottes unmittelbar bevorstand.

»Bei der Macht, die mir der Heilige Vater gab, und bei der Gnade, die mir der Heilige Geist gewährte«, rief Sansum laut, »erkläre ich Euch zu Mann und Frau!«

»Wo ist unser König?« fragte mich Issa.

»Wer weiß?« fragte ich flüsternd zurück. »Vermutlich tot.« Dann sah ich zu, wie Lancelot die vergilbten Knochen von Norwennas Hand anhob und so tat, als drückte er einen Kuß auf ihre Finger. Als er die Hand wieder losließ, fiel einer dieser Finger ab.

Sansum, der sich nie eine Gelegenheit zum Predigen entgehen ließ, wollte gerade mit seiner Tirade beginnen, als Morgan zu mir trat. Ich hatte sie nicht kommen sehen, und das erste, was ich von ihrer Anwesenheit merkte, war, daß jemand mich am Mantel zupfte. Als ich erschrocken herumfuhr, sah ich ihre Goldmaske im Feuerschein glänzen. »Wenn sie merken, daß die Wachen am Tor weg sind«, zischelte sie, »werden sie das ganze Gelände absuchen und ihr seid tot. Folgt mir, ihr Narren!«

Schuldbewußt sprangen wir zu ihr hinab und folgten ihrer gekrummten schwarzen Gestalt, die hinter der Menge in die Schatten der großen Kirche auf dem Gelände des Heiligtums huschte. Dort machte sie halt und starrte mir ins Gesicht. »Man erzählt sich, daß Ihr tot seid«, berichtete sie. »Getötet mit Arthur bei Cadocs Schrein.«

»Ich lebe noch, Lady.«

»Und Arthur?«

»Lebte vor drei Tagen auch noch, Lady«, antwortete ich. »Bei Cadocs Schrein wurde keiner von uns getötet.«

»Gott sei Dank!« hauchte sie. »Gott sei Dank!« Dann packte sie mich am Mantel und zog mein Gesicht bis dicht an ihre Maske. »Hört zu!« sagte sie eindringlich. »Mein Gemahl hatte in diesem Fall keine Wahl.«

»Wenn Ihr das sagt, Lady«, gab ich zurück, ohne ihr auch nur eine Sekunde lang zu glauben. Doch ich begriff, daß Morgan alles tat, was in ihrer Macht stand, um bei dieser Krise, die Dumnonia so unversehens heimgesucht hatte, gleichzeitig auf beiden Seiten zu stehen. Lancelot übernahm den Thron, und irgend jemand hatte eine Verschwörung angezettelt, um sicherzustellen, daß Arthur außer Landes war, wenn er das tat. Schlimmer noch, fand ich, irgend jemand hatte Arthur und mich zu Cadocs Bergtal geschickt und dafür gesorgt, daß uns ein Hinterhalt gelegt wurde. Irgend jemand wünschte unseren Tod, und es war Sansum gewesen, der uns als erster Ligessacs Zufluchtsort verraten hatte, und Sansum, der sich dagegen ausgesprochen hatte, daß Cuneglas' Männer ihn gefangennahmen, und Sansum, der jetzt im Schein der nächtlichen Feuer vor Lancelot und einem Leichnam stand. Bei dieser bösen Sache witterte ich allüberall die Pfoten unseres Mäuselords, bezweifelte allerdings, daß Morgan auch nur die Hälfte von dem wußte, was ihr Gemahl getan oder geplant hatte. Sie war zu alt und weise, um sich von religiöser Raserei anstecken zu lassen, und machte wenigstens den Versuch, sich einen sicheren Weg durch all die Schrecken zu suchen, die auf uns herabregneten.

»Versichert mir, daß Arthur noch lebt«, flehte sie mich an.

»In Cadocs Tal ist er nicht gestorben«, gab ich zurück. »Dessen kann ich Euch versichern.«

Sie schwieg eine Weile, und ich vermute, daß sie unter ihrer Maske weinte. »Sagt Arthur, daß wir keine Wahl hatten«, bat sie mich.

»Das werde ich«, versprach ich ihr. »Was könnt Ihr mir über Mordred sagen?«

»Er ist tot«, zischte sie. »Er wurde bei der Jagd getötet.«

»Aber wenn sie über Arthur Lügen erzählt haben«, wandte ich ein, »warum dann nicht auch über Mordred?«

»Wer weiß?« Sie bekreuzigte sich und zupfte an meinem Mantel. »Kommt«, befahl sie unvermittelt und führte uns an der Kirche entlang zu einer kleinen Holzhütte. Irgend etwas war in dieser Hütte gefangen, denn ich hörte Fäuste an die Tür hämmern, die durch einen verknoteten Lederriemen gesichert war. »Ihr solltet zu Eurer Gemahlin heimkehren, Derfel«, riet mir Morgan, während sie mit ihrer gesunden Hand an den Knoten herumfingerte. »Dinas und Lavaine sind nach Einbruch der Dunkelheit gen Süden zu Eurer Halle geritten. Sie haben Speerkämpfer mitgenommen.«

Panik stieg in mir auf, so daß ich hastig meine Speerspitze benutzte, um den Lederriemen zu durchschneiden. Kaum war die Sicherung durchtrennt, da flog auch schon die Tür auf, und Nimue kam uns, die Hände zu Klauen gekrümmt, entgegengesprungen. Dann aber erkannte sie mich und ließ sich haltsuchend in meine Arme fallen. Gleich darauf spie sie Morgan an.

»Verschwinde, du Närrin!« fauchte Morgan sie an. »Und vergiß nicht, daß ich es war, die dich heute vor dem Tod gerettet hat.«

Ich ergriff Morgans Hände, die verbrannte und die gesunde, und hob sie an meine Lippen. »Für die Taten dieser Nacht, Lady«, sagte ich, »stehe ich in Eurer Schuld.«

»Geht, ihr Narren!« befahl sie uns. »Und beeilt euch!« Wir liefen durch den rückwärtigen Teil des Heiligtums, vorbei an Vorratshäusern, Sklavenhütten und Kornspeichern und dann durch ein Weidentor bis dorthin, wo die Fischer ihre Reetpunten liegen hatten. Wir nahmen uns zwei der kleinen Boote und benutzten die Speerschäfte zum Staken. Dabei mußte ich an den längst vergangenen Tag von Norwennas Tod denken, als Nimue und ich auf genau dieselbe Weise aus Ynys Wydryn geflohen waren. Damals wie heute nahmen wir Richtung auf Ermids Halle, und damals wie heute waren wir Flüchtlinge in einem vom Feind überrannten Land.

Nimue wußte nur wenig von dem, was in Dumnonia geschehen war. Lancelot sei gekommen und habe sich selbst zum König ernannt, berichtete sie, doch über Mordred konnte sie nur dasselbe sagen, was Morgan mir berichtet hatte: daß der König auf der Jagd getötet worden sei. Sie erzählte uns, daß Speerkämpfer auf den Tor gekommen seien und sie als Gefangene in den Schrein hinuntergebracht hätten, wo Morgan sie dann eingesperrt habe. Später habe sie dann gehört, wie eine Meute von Christen den Tor erklommen, alle Menschen, die sie dort fanden, umgebracht, die Hütten niedergerissen und mit dem Holz eine Kirche zu bauen begonnen hätten.

»Dann hat Morgan dir wirklich das Leben gerettet«, stellte ich fest.

»Sie braucht meine Kenntnisse«, behauptete Nimue. »Wie soll sie sonst erfahren, was sie mit dem Kessel machen muß? Deswegen sind Dinas und Lavaine zu deiner Halle geritten, Derfel. Um Merlin zu holen.« Sie spie ins Wasser. »Es ist genau so, wie ich es vorausgesagt habe«, fuhr sie fort. »Sie haben die Macht des Kessels entfesselt, und nun wissen sie nicht, wie sie seine Macht unter Kontrolle bringen sollen. Zwei Könige sind nach Cadarn gekommen. Der eine war Mordred, der andere Lancelot. Heute nachmittag ist er hinaufgestiegen und hat sich auf den Stein gestellt. Und heute abend werden die Toten vermählt.«

»Und außerdem hast du gesagt«, erinnerte ich sie voll Bitterkeit, »daß ein Schwert an die Kehle eines Kindes gelegt wird.« Damit stieß ich meinen Speer voll verzweifelter Hast ins seichte Wasser des Moorsees, um möglichst schnell Ermids Halle zu erreichen. Wo meine Kinder waren. Wo Ceinwyn war. Und wohin die silurischen Druiden mit ihren Speerkämpfern vor knapp drei Stunden aufgebrochen waren.

Flammen beleuchteten unseren Heimweg. Nicht die Flammen, die Lancelots Vermählung mit der Toten illuminiert hatten, sondern andere Flammen, die rot und hoch aus Ermids Halle schlugen. Wir hatten den See halb überquert, als das Feuer hoch aufloderte und der langgezogene Widerschein auf dem schwarzen Wasser zitterte.

Ich betete zu Gofannon, zu Lleullaw, zu Bel, zu Cernunnos, zu Taranis, zu allen Göttern, wo immer sie auch sein mochten, daß wenigstens einer von ihnen sich aus dem Reich der Sterne herabneigen und meine Familie retten möge. Immer höher schlugen die Flammen und spien Funken von brennendem Reet in den Rauch hinaus, der ostwärts über das arme Dumnonia dahintrieb.

Nachdem Nimue ihren Bericht beendet hatte, fuhren wir schweigend weiter. Issa hatte Tränen in den Augen. Er machte sich Sorgen um Scarach, die Irin, die er geheiratet hatte, und fragte sich wie ich, was aus den Speerkämpfern geworden war, die wir zum Schutz der Halle zurückgelassen hatten. Es waren doch sicher genügend Männer gewesen, um Dinas' und Lavaines Angreifer aufzuhalten! Die Flammen jedoch berichteten etwas anderes, und so stießen wir die Speerschäfte ins Wasser, um die Punten schneller voranzutreiben.

Als wir näher kamen, hörten wir die Schreie. Wir waren nur sechs Speerkämpfer, aber ich zögerte weder, noch machte ich den Versuch einer Annäherung auf Umwegen. Ich lenkte die Punten direkt in den baumüberschatteten Bachlauf neben der Palisade hinein. Dort, direkt neben Dians kleinem Coracle, das ihr Merlins Diener Gwlyddyn angefertigt hatte, sprangen wir an Land.

Später erst setzte ich das Verwirrspiel jener Nacht zusammen.

Gwilym, der Anführer der Speerkämpfer, die zurückgeblieben waren, während ich mit Arthur nach Norden marschierte, hatte fern im Osten den Rauch gesehen und vermutet, daß sich dort Ärger zusammenbraute. Er hatte all seine Männer alarmiert und dann mit Ceinwyn beraten, ob sie sich in die Boote retten und im Moor hinter dem See verstecken sollten. Ceinwyn sagte nein. Malaine, der Druide ihres Bruders, hatte Dian ein Gebräu aus Kräutern gegeben, das das Fieber vertrieben hatte, aber das Kind war noch immer sehr schwach; außerdem konnte niemand wissen, was dieser Rauch bedeutete, und es waren keine Boten mit Warnungen gekommen. Also schickte Ceinwyn statt dessen die Speerkämpfer nach Osten, um die Lage zu erkunden, und blieb wartend hinter der Holzpalisade zurück.

Der Einbruch der Dunkelheit brachte zwar keine Nachrichten, aber dennoch eine gewisse Erleichterung, denn nur wenige Speerkämpfer marschierten bei Nacht, so daß sich Ceinwyn sicherer fühlte als während des Tages. Von innerhalb der Palisade aus beobachteten sie die Flammen in Ynys Wydryn auf der anderen Seite des Sees und fragten sich, was das bedeuten mochte. Niemand hörte, wie Dinas' und Lavaines Reiter in den nahen Wald eindrangen. Die Reiter saßen in großer Entfernung von der Halle ab, banden die Pferde mit ihren Zügeln an Bäumen fest und schlichen sich unter dem bleichen, wolkenverschleierten Mond bis zur Palisade. Erst als Dinas' und Lavaines Männer das Tor attackierten, merkte Gwilym überhaupt, daß die Halle angegriffen wurde. Seine beiden Kundschafter waren nicht zurückgekehrt, in den Wäldern standen keine Wachen, und der Feind befand sich schon in nächster Nähe der Palisade, als der erste Alarm gegeben wurde. Es war kein besonders starkes Tor, kaum höher als ein Mann, und die erste Reihe der Feinde rannte ohne Rüstung, Speer oder Schild dagegen an. Es gelang ihnen hinüberzuklettern, bevor Gwilyms Männer sich sammeln konnten. Die Torwachen kämpften und töteten, von jenen ersten Angreifern überlebten jedoch genug, um den Torbalken zu heben und Dinas' und Lavaines schwergerüsteten Speerkämpfern den Weg freizumachen. Zehn von diesen Speerkämpfern stammten aus Lancelots Sachsengarde, während die übrigen Belgenkrieger waren, die sich dem Dienst ihres Königs verschworen hatten.

Gwilyms Männer sammelten sich, so gut es ging, und die heftigsten Kämpfe fanden am Eingang der Halle statt. Dort starben Gwilym und sechs seiner Männer. Sechs weitere lagen im Innenhof, wo ein Lagerhaus in Brand gesteckt worden war: Das waren die Flammen, die unsere Fahrt über den See beleuchtet hatten und die uns nun, als wir das offene Tor erreichten, den Schrecken zeigten, der innen herrschte.

Die Schlacht war noch nicht vorüber. Dinas und Lavaine hatten ihren Verrat gründlich geplant, doch ihren Männern war es nicht gelungen, durch die Hallentür zu dringen, und meine überlebenden Speerkämpfer verteidigten das große Haus immer noch. Ich sah, wie sie mit Schilden und Speeren den Eingang versperrten, und ich sah einen weiteren Speer an einem der hohen Fenster, die am Giebelende als Rauchabzug dienten. An jenem Fenster standen zwei meiner Jäger und hinderten mit ihren Pfeilen Dinas' und Lavaines Männer daran, das Feuer vom brennenden Vorratshaus aufs Reetdach der Halle zu übertragen. Im Innern der Halle befanden sich Ceinwyn, Morwenna und Seren sowie Merlin, Malaine und die meisten anderen Frauen und Kinder, die innerhalb der Palisade lebten, aber sie waren umzingelt und zahlenmäßig unterlegen; und außerdem hatten die feindlichen Druiden Dian in ihrer Gewalt.

Dian hatte in einer der Hütten geschlafen. Das tat sie oft, weil sie gern bei ihrer Amme weilte, die mit meinem Waffenschmied verheiratet war. Möglicherweise hatte sie ihr goldblondes Haar verraten, aber vielleicht hatte sie, charakteristisch für Dian, ihre Häscher wütend angespien und ihnen erklärt, ihr Vater werde sich dafür an ihnen rächen.

Und nun hielt Lavaine, ganz in Schwarz und mit einer leeren Scheide an der Hüfte, meine Dian an sich gepreßt. Ihre kleinen, schmutzigen Füße schauten unter ihrem weißen Gewand hervor, und sie wehrte sich, so gut sie konnte; aber Lavaine hatte den linken Arm fest um ihre Taille geschlungen und hielt ihr mit der Rechten sein blankgezogenes Schwert an die Kehle.

Issa umklammerte meinen Arm, um zu verhindern, daß ich mich blindwütig auf die Reihe der Bewaffneten stürzte, die sich der belagerten Halle gegenüber aufgepflanzt hatten. Es waren zwanzig.

Dinas konnte ich nicht entdecken, aber der war, wie ich vermutete, bei den übrigen feindlichen Speerkämpfern hinter der Halle, wo sie all jenen den Fluchtweg abschnitten, die im Innern gefangen waren.

»Ceinwyn!« rief Lavaine mit seiner tiefen Stimme. »Kommt heraus! Mein König verlangt nach Euch!«

Ich legte den Speer nieder und zog Hywelbane. Die Klinge zischte leise durch die Öffnung der Scheide.

»Kommt heraus!« rief Lavaine abermals.

Ich berührte die beiden Schweineknochen am Heft meines Schwertes und betete zu meinen Göttern, sie möchten mich furchtbar machen in dieser Nacht.

»Wollt Ihr, daß Euer Kind stirbt?« fragte Lavaine, und Dian schrie, als er die Schwertklinge fester an ihren Hals drückte. »Euer Gemahl ist tot!« rief Lavaine. »Er ist in Powys mit Arthur zusammen gestorben und wird Euch nicht zu Hilfe kommen!« Wieder drückte er mit der Schwertschneide fester zu, und wieder stieß Dian einen lauten Schrei aus.

Issa ließ die Hand nicht von meinem Arm. »Noch nicht, Lord«, flüsterte er. »Noch nicht!«

Die Schilde an der Hallentür gaben eine Gasse frei, und Ceinwyn trat heraus. Sie trug einen dunklen Mantel, der am Hals geschlossen war. »Laßt das Kind herunter«, befahl sie Lavaine ruhig.

»Ich lasse das Kind frei, wenn Ihr zu mir kommt«, gab Lavaine zurück. »Mein König verlangt nach Eurer Gesellschaft.«

»Euer König?« fragte Ceinwyn. »Welcher König soll das sein?« Sie wußte genau, wessen Männer in dieser Nacht gekommen waren, denn ihre Schilde allein verrieten das schon, aber sie wollte es Lavaine nicht zu einfach machen.

»König Lancelot«, sagte Lavaine. »König der Belgen und König von Dumnonia.«

Ceinwyn zog sich den dunklen Mantel fester um die Schultern. »Und was wünscht König Lancelot von mir?« fragte sie ihn. Hinter ihr, im hinteren Teil der Halle und nur matt beleuchtet durch das brennende Vorratshaus, erkannte ich weitere von Lancelots Speerkämpfern. Sie hatten die Pferde aus meinen Ställen geholt und beobachteten nun die Konfrontation zwischen Ceinwyn und Lavaine.

»Heute abend, Lady«, erklärte ihr Lavaine, »hat mein König sich eine Gemahlin genommen.«

Ceinwyn zuckte die Achseln. »Dann braucht er mich nicht.«

»Diese Gemahlin, Lady, kann dem König jene Privilegien, die ein Mann in der Hochzeitsnacht verlangt, nicht gewähren. Ihr, Lady, sollt an ihrer Statt seinen Freuden dienen. Es ist eine alte Schuld, die Ihr bei ihm abzutragen habt. Außerdem«, setzte Lavaine hinzu, »seid Ihr nunmehr Witwe. Ihr braucht also einen neuen Mann.«

Ich spannte mich zum Sprung, aber Issa umkrampfte meinen Arm. Einer der sächsischen Gardisten neben Lavaine wurde unruhig, und Issa gab mir wortlos zu verstehen, daß wir warten sollten, bis sich der Mann wieder beruhigte.

Einen Moment senkte Ceinwyn den Kopf; dann blickte sie wieder auf. »Und wenn ich mit Euch komme«, sagte sie mit ausdrucksloser Stimme, »werdet Ihr meine Tochter dann leben lassen?«

»Sie wird leben«, versicherte ihr Lavaine.

»Und alle anderen ebenfalls?« fragte sie und deutete zur Halle zurück.

»Die auch«, versprach Lavaine.

»Dann laßt meine Tochter gehen«, verlangte Ceinwyn.

»Zuerst werdet Ihr herkommen«, gab Lavaine zurück, »und Merlin mitbringen.« Dian versetzte ihm mit ihren nackten Fersen einen Tritt, doch als er das Schwert wieder fester an ihren Hals setzte, wurde sie still. Das Dach des Vorratshauses stürzte ein und schickte einen Funkenregen und brennendes Stroh in den Nachthimmel. Ein paar Flammen landeten auf dem Reetdach der Halle, wo sie schwächlich flackerten. Das vom Stroh aufgesogene Regenwasser schützte die Halle vorerst noch, aber bald mußte das Hallendach in Flammen aufgehen, das war mir klar.

Ich spannte mich zum Angriff, dann aber tauchte Merlin hinter Ceinwyn auf. Sein Bart war, wie ich entdeckte, wieder zu Zöpfen geflochten; er trug seinen großen Stab und stand aufrechter und grimmiger da, als ich ihn seit Jahren gesehen hatte. Er legte den rechten Arm um Ceinwyns Schultern. »Laßt das Kind gehen«, befahl er streng.

Lavaine schüttelte den Kopf. »Wir haben mit Eurem Bart einen

Zauber gewirkt, Alter, und Ihr habt keine Macht über uns. Heute abend jedoch werden wir das Vergnügen haben, Eurer Konversation zu lauschen, während unser König sein Vergnügen mit Prinzessin Ceinwyn genießt. Alle beide!« befahl er. »Sofort hierher!«

Merlin hob den Stab und richtete ihn auf Lavaine. »Beim nächsten Vollmond«, sagte er, »werdet Ihr am Meeresstrand sterben. Ihr und Euer Bruder, Ihr werdet beide sterben, und Eure Schreie werden über die Zeiten hinweg auf den Wogen treiben. Laßt das Kind gehen!«

Hinter mir hörte ich Nimue leise zischeln. Sie hatte meinen Speer aufgehoben und die Lederklappe von ihrer leeren Augenhöhle genommen.

Lavaine ließ sich von Merlins Weissagung nicht weiter beeindrucken. »Beim nächsten Vollmond«, sagte er, »werden wir Eure Barthaare in Stierblut kochen und Eure Seele dem Wurm von Annwn vorwerfen«, fauchte er. »Alle beide jetzt!« fuhr er auf. »Kommt her!«

»Laßt meine Tochter gehen«, verlangte Ceinwyn.

»Sobald Ihr bei mir seid«, gab Lavaine zurück, »ist sie frei.«

Eine Pause entstand. Ceinwyn und Merlin diskutierten leise. Als Morwenna in der Halle zu weinen begann, wandte sich Ceinwyn um und redete auf ihre Tochter ein. Dann ergriff sie Merlins Hand und begann auf Lavaine zuzugehen. »O nein, nicht so, Lady!« rief Lavaine ihr zu. »Mein Lord Lancelot verlangt, daß Ihr nackt zu ihm kommt. Mein Lord will, daß Ihr nackt durchs Land geführt werdet, nackt durch die Stadt und nackt in sein Bett. Ihr habt ihn gedemütigt, Lady, und heute nacht wird er Euch diese Demütigung hundertfach heimzahlen.«

Ceinwyn erstarrte und funkelte ihn wütend an. Lavaine aber drückte wortlos die Schwertklinge an Dians Kehle. Als das Kind vor Schmerzen aufkeuchte, zerrte Ceinwyn instinktiv an der Spange, die ihren Mantel zusammenhielt, und ließ den Umhang fallen. Darunter kam ein schlichtes, weißes Gewand zum Vorschein.

»Legt das Gewand ab, Lady«, befahl Lavaine ihr herrisch. »Legt es ab, oder Eure Tochter stirbt!«

Da sprang ich auf. Ich schrie Bels Namen hinaus und stürzte wie ein Wahnsinniger vorwärts. Meine Männer folgten mir, und weitere Männer kamen aus der Halle geströmt, als sie den weißen Stern auf unseren Schilden und die grauen Wolfsruten auf unseren Helmen sahen. Nimue begleitete uns kreischend und heulend, und die Reihe der feindlichen Speerkämpfer wendete sich, wie ich sah, mit Entsetzen. Ich stürzte geradenwegs auf Lavaine zu. Er sah mich, erkannte mich und erstarrte vor Schreck. Er hatte sich als Christenpriester getarnt, indem er sich ein Kreuz um den Hals gehängt hatte. Es war keine gute Zeit, um als Druide gekleidet durch Dumnonia zu reiten, aber für Lavaine war es eine gute Zeit zu sterben. Als ich ihn ansprang, schrie ich den Namen meines Gottes.

Dann tauchte ein Sachsengardist vor mir auf, in dessen blanker Axtklinge sich der Feuerschein spiegelte, als er sie gegen meinen Schädel schwang. Ich parierte sie mit meinem Schild, aber die Wucht des Hiebs vibrierte durch meinen ganzen Arm. Dann stieß ich mit Hywelbane zu, drehte die Klinge in seinem Bauch und zog sie inmitten eines Blutschwalls aus den Gedärmen des Sachsen heraus. Issa hatte einen weiteren Sachsen getötet, und Scarach, sein kampflustiges irisches Eheweib, war aus der Halle herausgekommen, um sich mit einer Saufeder eines verwundeten Sachsen anzunehmen, während Nimue ihren Speer einem anderen Mann in den Bauch rammte. Ich parierte einen weiteren Speerstoß, erledigte einen Speerkämpfer mit Hywelbane und hielt verzweifelt Ausschau nach Lavaine. Ich sah, wie er mit Dian in den Armen floh. Er versuchte seinen Bruder hinter der Halle zu erreichen, als ein Ansturm von Speerkämpfern ihm den Weg abschnitt. Als er sich umsah und mich entdeckte, floh er in Richtung Tor. Meine Dian hielt er wie einen Schild vor seinen Körper.

»Ich will ihn lebend!« brüllte ich und stürzte ihm durch das flammenbeschienene Chaos nach. Einem weiteren Sachsen, der mich, den Namen seines Gottes brüllend, aufhalten wollte, schnitt ich den Namen des Gottes mit Hywelbane aus der Kehle. Dann stieß Issa einen Warnruf aus, ich hörte Hufschlag und sah, daß die Feinde, die die Rückseite der Halle bewacht hatten, zu Pferde herbeigesprengt kamen, um ihren Kameraden zu Hilfe zu eilen. Dinas, der wie sein Bruder in das schwarze Gewand eines Christenpriesters gekleidet war, führte die Männer mit gezogenem Schwert.

»Haltet sie auf!« rief ich laut. Ich hörte Dian schreien. Die Feinde gerieten in Panik. Sie waren uns zahlenmäßig überlegen. Aber die Speerkämpfer, die plötzlich aus der tiefschwarzen Nacht hervorbrachen, hatten ihnen die Herzen zerfetzt, und die einäugige Nimue, die wild kreischend ihren Speer schwang, muß ihnen vorgekommen sein wie ein grausiger Dämon, der es auf ihre Seelen abgesehen hatte. Sie flohen entsetzt. Lavaine, der in der Nähe des brennenden Vorratshauses auf seinen Bruder wartete, hielt immer noch sein Schwert an Dians Kehle. Scarach schlich sich, zischend wie Nimue, mit ihrem Schwert an ihn heran, wagte es aber nicht, das Leben meiner Tochter aufs Spiel zu setzen. Einige Feinde kletterten über die Palisade, andere rannten voll Angst zum Tor, wieder andere wurden in den Schatten zwischen den Hütten niedergemacht, und einige entkamen, indem sie neben den verschreckten Pferden einherhasteten, die an uns vorbei in die Nacht donnerten.

Dinas kam direkt auf mich zugeritten. Ich hob meinen Schild, zückte Hywelbane und rief ihm eine Herausforderung zu – aber im allerletzten Moment riß er sein Pferd herum, in dessen Augen das Weiße schimmerte, und schleuderte das Schwert gegen meinen Kopf. Dann ritt er zu seinem Zwillingsbruder hinüber, beugte sich, dort angekommen, aus dem Sattel und streckte den Arm aus. Scarach wich dem herangaloppierenden Pferd im letzten Moment aus, während Lavaine sich in die rettende Umarmung des Bruders emporschwang. Er ließ Dian los, und ich sah, wie sie zu Boden fiel, während ich hinter dem Pferd herjagte. Als das Pferd davongaloppierte, klammerte sich Lavaine verzweifelt an seinen Bruder, der sich genauso verzweifelt an die Tracht seines Sattelgestells klammerte. Ich schrie sie an, sie sollten sich stellen und mit mir kämpfen, aber die Zwillinge galoppierten ins Dunkel der Bäume hinein, wohin auch die anderen Überlebenden geflohen waren. Ich verfluchte ihre Seelen. Ich stand am Tor und nannte sie Natterngezücht, Feiglinge und Teufelsbrut.

»Derfel?« rief Ceinwyn hinter mir her. »Derfel?«

Ich ließ von meinen Flüchen ab und wandte mich zu ihr um. »Ich lebe noch«, sagte ich zu ihr. »Ich lebe noch.«

»Ach, Derfel!« weinte sie, und jetzt erst erkannte ich, daß Ceinwyn Dian in den Armen hielt und daß Ceinwyns weißes Gewand nicht mehr weiß war, sondern rot.

Ich lief zu ihr. Dian lag geborgen in den Armen ihrer Mutter. Ich ließ das Schwert fallen, riß mir den Helm vom Kopf und fiel neben den beiden auf die Knie. »Dian?« flüsterte ich. »Dian, mein Liebling?«

Ich sah die Seele in ihren Augen flackern. Sie erkannte mich – sie erkannte mich wirklich –, und sie erkannte ihre Mutter, bevor sie starb. Sekundenlang sah sie uns an, dann flog ihre junge Seele sanft wie eine Schwinge in der Dunkelheit davon, mit so wenig Aufhebens wie eine Kerzenflamme, die von einem Windhauch ausgeblasen wird. Bevor Lavaine zu seinem Bruder in den Sattel sprang, hatte er ihr die Kehle durchgeschnitten, und jetzt hörte ihr kleines Herz ganz einfach auf, sich zu wehren. Aber zuvor hatte sie mich erkannt. Ich weiß es genau. Sie erkannte mich, dann starb sie. Ich legte die Arme um sie und ihre Mutter und weinte wie ein Kind.

Weinte um meine kleine, bezaubernde Dian.

Wir hatten vier unverletzte Gefangene gemacht. Der eine war ein Sachsengardist, die anderen drei waren belgische Speerkämpfer. Merlin verhörte sie, und als er fertig war, hackte ich sie alle vier in Stücke. Ich schlachtete sie ab. Ich tötete in einem Wutrausch, laut schluchzend und blind für alles außer Hywelbanes Gewicht und die leere Befriedigung darüber, wie die Klinge in ihr Fleisch drang. Einen nach dem anderen metzelte ich die vier Männer nieder, vor den Augen meiner Männer, vor Ceinwyns Augen und vor Morwennas und Serens Augen, und als die Männer tot waren, war Hywelbane von der Spitze bis zum Heft naß und rot, und immer noch hackte ich auf die leblosen Körper ein. Meine Arme waren blutüberströmt, mit meiner Wut hätte ich die ganze Welt füllen können, und dennoch hätte nichts davon meine kleine Dian zurückgebracht.

Ich wollte mehr Männer töten, doch den feindlichen Verwundeten war bereits die Kehle durchschnitten worden, und so ging ich, als ich mich nirgendwo mehr rächen konnte, blutbesudelt, wie ich war, zu meinen verängstigten Töchtern und nahm sie in die Arme. Ich konnte nicht mehr aufhören zu weinen, und sie konnten es ebensowenig. Ich hielt sie, als hinge mein Leben von dem ihren ab und trug sie dorthin, wo Ceinwyn noch immer Dians Leichnam in den Armen wiegte. Sanft löste ich Ceinwyns Arme und legte sie um ihre lebenden Kinder; dann nahm ich Dians kleinen Leichnam und trug ihn zu dem brennenden Vorratshaus. Merlin begleitete mich. Mit seinem Stab berührte er Dians Stirn, dann nickte er mir zu. Es war Zeit, wollte er damit sagen, Dians Seele die Schwerterbrücke überqueren zu lassen, aber zuerst küßte ich sie noch einmal. Dann legte ich ihren Leichnam nieder und schnitt mit meinem Messer eine dicke Strähne aus ihrem goldenen Haar, die ich sorgfältig in meinem Beutel verstaute. Nun erst hob ich sie wieder auf, küßte sie zum letzten Mal und warf ihren Leichnam in die Flammen. Ihre Haare und ihr kleines weißes Kleid loderten hell auf.

»Gebt dem Feuer Nahrung!« fuhr Merlin meine Männer an. »Gebt ihm Nahrung!«

Sie rissen die Hütte nieder, um das Feuer zu einem flammenden Inferno anzufachen, das Dians Leichnam zur Gänze vernichtete. Ihre Seele ging bereits zu ihrem Schattenkörper in die Anderwelt hinüber, und nun loderte ihr Totenfeuer in der Dunkelheit, während ich mit leerer, wunder Seele vor den Flammen kniete.

Merlin hob mich empor. »Wir müssen gehen, Derfel.«

»Ich weiß.«

Er umarmte mich, hielt mich in seinen langen, starken Armen wie ein Vater. »Hätte ich sie nur retten können«, sagte er leise.

»Ihr habt es versucht«, gab ich zurück und verfluchte mich für meinen Aufenthalt in Ynys Wydryn.

»Komm«, sagte Merlin. »Bis zum Morgengrauen müssen wir weit fort von hier sein.«

Wir nahmen nur mit, was wir tragen konnten. Ich legte meine blutige Rüstung ab und griff zu dem guten Panzerhemd, das mit Gold besetzt war. Seren trug drei kleine Kätzchen in einem Lederbeutel, Morwenna eine Spindel und ein Bündel Kleider, während Ceinwyn einen Sack voller Proviant schleppte. Alles in allem waren wir achtzig: Speerkämpfer, Familien, Diener und Sklaven. Sie alle hatten ein kleines Andenken in Dians Totenfeuer geworfen, zumeist ein Stückchen Brot; nur Gwlyddyn, Merlins Diener, hatte Dians kleines Coracle in die Flammen geworfen, damit sie darauf über die Seen und Bachläufe der Anderwelt paddeln konnte.

Ceinwyn, die neben Merlin und Malaine, dem Druiden ihres Bruders, ging, wollte wissen, was in der Anderwelt aus den Kindern würde. »Sie spielen«, antwortete Merlin mit seiner uralten Autorität. »Sie spielen unter den Apfelbäumen und warten auf Euch.«

»Sie wird glücklich sein«, versicherte Malaine ihr. Er war ein hochgewachsener, hagerer junger Mann mit gebeugten Schultern, der Iorweths alten Druidenstab trug. Er schien nach den Schrecken der Nacht unter Schock zu stehen und fürchtete sich sichtlich vor Nimue in ihrem verdreckten, blutigen Gewand. Ihre Augenklappe war verschwunden, und die gräßlichen Haare hingen ihr strähnig und zerzaust vom Kopf.

Nachdem Ceinwyn sich so über Dians Schicksal informiert hatte, kam sie an meine Seite. Ich litt noch immer fürchterlich und machte mir große Vorwürfe, weil wir haltgemacht hatten, um Lancelots Vermählung zu beobachten, aber Ceinwyn war jetzt ruhiger geworden. »Es war ihr Schicksal, Derfel«, sagte sie, »und jetzt ist sie glücklich.« Sie ergriff meinen Arm. »Und du bist am Leben! Sie haben uns erklärt, ihr wärt tot. Du und Arthur.«

»Arthur lebt auch noch«, versicherte ich ihr. Ich ging schweigend dahin, den weißen Gewändern der beiden Druiden folgend. »Eines Tages«, sagte ich nach einer Weile, »werde ich Dinas und Lavaine erwischen, und sie werden eines gräßlichen Todes sterben.«

Ceinwyn drückte meinen Arm. »Wir waren alle so glücklich«, sagte sie. Inzwischen hatte sie wieder zu weinen begonnen, und ich suchte nach Worten, um sie zu trösten – aber es gab keine Erklärung dafür, daß die Götter Dian geholt hatten. Hinter uns kochten die Flammen und der Rauch von Ermids Halle grell zum nächtlichen Sternenhimmel empor. Das Strohdach der Halle hatte schließlich doch Feuer gefangen, und unser altes Leben verbrannte zu Asche.

Wir folgten einem gewundenen Pfad am Ufer des Sumpfes. Der Mond war hinter den Wolken hervorgekommen und warf ein silbriges Licht auf die Binsen, die Weiden und den seichten, windgeriffelten See. Wir gingen in Richtung Meer, aber ich hatte kaum einen Gedanken darauf verschwendet, was wir tun würden, wenn wir die Küste erreichten. Lancelots Männer würden nach uns suchen, soviel stand fest, und irgendwie mußten wir uns in Sicherheit bringen.

Merlin, der unsere Gefangenen verhört hatte, bevor ich sie tötete, berichtete Ceinwyn und mir nun, was er von ihnen erfahren hatte. Ein großer Teil war uns bereits bekannt. Mordred, so hieß es, sei auf der Jagd getötet worden, und einer der Gefangenen hatte behauptet, der König sei vom Vater eines Mädchens ermordet worden, das er vergewaltigt hatte. Da Arthur angeblich tot war, hatte sich Lancelot zum König von Dumnonia erklärt. Die Christen hatten ihn in dem Glauben willkommen geheißen, daß Lancelot ein neuer Johannes der Täufer sei, ein Mann, der die erste Ankunft Christi angekündigt hatte, genau wie Lancelot jetzt Vorbote der zweiten war.

»Arthur ist nicht tot«, sagte ich verbittert. »Er hätte sterben sollen, und ich mit ihm, aber das ist ihnen nicht gelungen. Und wenn ich Arthur noch vor drei Tagen gesehen habe«, fragte ich ihn, »wie hätte Lancelot so schnell von seinem Tod erfahren können?«

»Er hat nicht davon erfahren«, antwortete Merlin gelassen. »Er hat es sich nur gewünscht.«

Ich spie aus. »Es waren Sansum und Lancelot«, behauptete ich wütend. »Lancelot hat höchstwahrscheinlich Mordreds Tod arrangiert, und Sansum den unseren. Und jetzt hat Sansum seinen christlichen König, während Lancelot Dumnonia hat.«

»Nur, daß du am Leben bist«, sagte Ceinwyn leise.

»Und Arthur ebenfalls«, ergänzte ich. »Und wenn Mordred tot ist, gehört der Thron Arthur.«

»Nur wenn er Lancelot besiegt«, warf Merlin trocken ein.

»Selbstverständlich wird er Lancelot besiegen«, behauptete ich verächtlich.

»Arthur ist geschwächt«, warnte Merlin mich freundlich. »Viele seiner Männer wurden getötet. Mordreds Wachen sind alle tot, ebenso sämtliche Speerkämpfer von Caer Cadarn. Cei und seine Männer in Isca sind tot, und wer nicht tot ist, ist auf der Flucht. Die Christen haben sich erhoben, Derfel. Ich habe gehört, daß sie ihre Häuser mit dem Zeichen des Fisches versehen, und die Bewohner eines jeden Hauses, das nicht markiert ist, werden umgebracht.« Eine Zeitlang marschierte er in düsterem Schweigen dahin. »Sie säubern Britannien für die Ankunft ihres Gottes.«

»Sagramor ist von Lancelot aber nicht getötet worden«, sagte ich in der Hoffnung, daß es stimmte. »Und Sagramor führt ein ganzes Heer.«

»Sagramor lebt«, versicherte mir Merlin. Dann rückte er mit der schlimmsten Nachricht jener furchtbaren Nacht heraus. »Aber Cerdic hat ihn angegriffen. Gut möglich«, fuhr er fort, »daß Lancelot und Cerdic sich darauf geeinigt haben, Dumnonia zwischen sich aufzuteilen. Cerdic wird die Grenzgebiete nehmen, und Lancelot regiert den Rest.«

Mir fehlten die Worte. Es war unbegreiflich. Cerdic wütete in Dumnonia? Und die Christen hatten sich erhoben, um Lancelot zu ihrem König zu machen? Dabei war das Ganze so unendlich schnell geschehen, innerhalb weniger Tage, und es hatte keinerlei Anzeichen dafür gegeben, bevor ich Dumnonia verließ.

»Es gab Anzeichen«, sagte Merlin, als hätte er meine Gedanken gelesen. »Es gab Anzeichen, nur hat keiner von uns sie ernst genommen. Wen kümmerte es, daß ein paar Christen den Fisch an ihre Hauswände pinselten? Wen kümmerte ihr wildes Rasen? Wir hatten uns so an die Tiraden ihrer Priester gewöhnt, daß wir gar nicht mehr hörten, was sie sagten. Und wer von uns glaubt schon, daß ihr Gott in vier Jahren nach Britannien kommen wird? Es gab Anzeichen rings um uns, Derfel, aber wir waren blind für sie. Doch das ist es nicht, was dieses Grauen ausgelöst hat.«

»Sansum und Lancelot haben es ausgelöst«, sagte ich.

»Der Kessel hat es ausgelöst«, widersprach Merlin. »Irgend jemand hat ihn benutzt, Derfel, und nun ist seine Macht über das Land gekommen. Ich vermute, daß Dinas und Lavaine ihn haben; da sie jedoch nicht wissen, wie sie ihn kontrollieren können, haben sie seine Schrecken entfesselt.«

Ich ging schweigend weiter. Wir konnten jetzt das Severn-Meer sehen, das träge und silbrigschwarz unter dem sinkenden Mond dalag. Ceinwyn weinte leise; ich ergriff ihre Hand. »Ich habe entdeckt«, sagte ich zu ihr, um sie von ihrem Schmerz abzulenken, »wer mein Vater ist. Erst gestern habe ich's erfahren.«

»Dein Vater ist Aelle«, sagte Merlin bedächtig.

Ich starrte ihn an. »Woher wißt Ihr das?«

»Es steht dir im Gesicht geschrieben, Derfel, im Gesicht. Als du heute abend zum Tor hereinkamst, hättest du nur noch ein schwarzes Bärenfell gebraucht, um er zu sein.« Lächelnd sah er mich an. »Ich erinnere mich noch an dich, wie du ein ernster, kleiner Knabe voller Fragen und Stirnrunzeln warst, und dann kamst du heute abend wie ein Krieger der Götter zu uns, eine schreckenerregende Gestalt aus Eisen und Stahl, Helmbusch und Schild.«

»Ist das wahr?« fragte mich Ceinwyn.

»Ja«, räumte ich ein und fürchtete ihre Reaktion.

Ich hätte keine Angst zu haben brauchen. »Dann muß Aelle ein sehr großer Mann sein«, erklärte sie fest und schenkte mir ein trauriges Lächeln, »Lord Prinz.«

Als wir das Meer erreichten, wandten wir uns nordwärts. Wir konnten uns nirgendwo anders hinwenden als nach Gwent und Powys, denn bis dorthin hatte sich der Wahnsinn noch nicht ausgebreitet. Unser Weg endete jedoch an einem Punkt, wo der Sandstrand in eine Landzunge auslief und die Flut weiß über eine geriffelte Schlammfläche hereinschäumte. Links von uns lag das Meer, rechts von uns lagen die Sümpfe von Avalon, und mir schien, als wären wir hier gefangen; doch Merlin sagte, wir sollten uns keine Sorgen machen. »Ruht euch aus«, sagte er, »denn bald schon werden wir Hilfe bekommen.« Er spähte gen Osten, wo sich ein erster Lichtschimmer über den Hügeln hinter dem Sumpf zeigte. »Die Morgendämmerung«, verkündete er. »Sobald die Sonne aufgegangen ist, wird unsere Hilfe eintreffen.« Er setzte sich und spielte mit Seren und ihren Kätzchen, während wir anderen mit unseren Bündeln auf dem Sand lagen und Pyrlig, unser Barde, das Lied von Rhiannon sang, das Dians Lieblingslied gewesen war. Ceinwyn, einen Arm um Morwenna gelegt, weinte leise, während ich auf das kabbelige graue Meer starrte und von Rache träumte.

Die Sonne ging auf und verhieß einen weiteren wunderschönen Sommertag in Dumnonia, nur daß sich an diesem Tag eisengerüstete Reiter weit über das Land verteilen würden, um nach uns zu suchen. Der Kessel war endlich benutzt worden, die Christen waren zu Lancelots Banner geströmt, der Schrecken verbreitete sich über das Land, und Arthurs Lebenswerk war in Gefahr.

Lancelots Männer waren nicht die einzigen, die an jenem Morgen nach uns suchten. Die Nachricht vom Ende von Ermids Halle war bis in die Moordörfer gedrungen, und die Menschen dort hatten auch gehört, daß die leichenschänderische Zeremonie in Ynys Wydryn eine christliche Vermählung gewesen war. Da jeder Feind der Christen ein Freund der Moorbewohner war, schwärmten ihre Bootsleute, Fährtensucher und Jäger überall in die Sümpfe aus, um nach uns zu suchen.

Sie fanden uns zwei Stunden nach Sonnenaufgang und führten uns nordwärts über Sumpfwege, auf die sich kein Feind wagen würde. Gegen Abend waren wir aus den Sümpfen heraus und in der Nähe der Stadt Abona, von deren Hafen Schiffe mit Getreide, Töpferwaren, Zinn und Blei Kurs auf die silurische Küste nahmen. Eine Horde von Lancelots Männern bewachte die von den Römern erbauten Lagerhallen, die den Flußhafen säumten. Da sein Heer jedoch weit auseinandergezogen war, beobachteten höchstens zwanzig Speerkämpfer die Schiffe, und die meisten dieser Speerkämpfer waren von einer geplünderten Ladung Met halb betrunken. Wir töteten sie alle. Der Tod war schon zuvor über Abona gekommen, denn die Leichen von zwölf Heiden lagen auf dem Schlick oberhalb der Gezeitenmarke des Flusses. Die fanatischen Christen, welche die Heiden umgebracht hatten, waren inzwischen verschwunden, um sich Lancelots Heer anzuschließen; und die Leute, die noch in der Stadt weilten, waren verängstigt. Sie berichteten uns, was sich in der Stadt zugetragen hatte, schworen uns, an den Morden unschuldig zu sein, und verbarrikadierten dann ihre Türen, die alle das Zeichen des Fisches trugen. Am folgenden Morgen segelten wir bei auflaufendem Wasser zum silurischen Isca, der Festung am Usk, wo Lancelot einstmals residiert hatte, als er auf Silurias unzulänglichem Thron schmollte.

Ceinwyn saß neben mir im Speigatt des Bootes. »Es ist doch seltsam«, sagte sie, »wie die Kriege mit den Königen kommen und gehen.«

»Wieso?« fragte ich sie.

Sie zuckte die Achseln. »Als Uther starb, gab es nichts als Kämpfe, bis Arthur meinen Vater tötete, dann hatten wir Frieden; nun kommt Mordred auf den Thron, und schon haben wir wieder

Krieg. Es ist wie bei den Jahreszeiten, Derfel. Die Kriege kommen und gehen.« Sie legte den Kopf an meine Schulter. »Was wird jetzt wohl aus uns werden?« fragte sie mich.

»Du wirst mit den Mädchen nach Norden gehen, nach Caer Sws«, sagte ich, »und ich werde hierbleiben und kämpfen.«

»Wird Arthur auch kämpfen?« wollte sie wissen.

»Wenn Guinevere getötet wurde«, antwortete ich, »wird er kämpfen, bis kein einziger Feind mehr am Leben ist.« Wir hatten nichts von Guinevere gehört, doch da die Christen mordend und plündernd durch Dumnonia zogen, erschien es mir unwahrscheinlich, daß sie in Ruhe gelassen worden war.

»Die arme Guinevere«, sagte Ceinwyn. »Und der arme Gwydre.« Sie hatte Arthurs Sohn in ihr Herz geschlossen.

Als wir am Usk-Fluß landeten, waren wir endlich in Sicherheit, denn dort regierte Meurig. Wir marschierten nordwärts nach Burrium, der Hauptstadt von Gwent. Gwent war zwar ein christliches Königreich, aber noch nicht von dem Wahnsinn angesteckt worden, der über Dumnonia hinwegfegte. Gwent hatte bereits einen christlichen König, und möglicherweise hatte dieser Umstand genügt, den Frieden im Land zu bewahren. Meurig jedoch gab Arthur die Schuld. »Er hätte das Heidentum unterdrücken sollen«, behauptete er uns gegenüber.

»Warum, Lord König?« fragte ich. »Arthur ist doch selber ein Heide.«

»Christi Wahrheit ist unüberhörbar, möchte ich meinen«, entgegnete Meurig. »Wenn ein Mann nicht auf den Wogen der Geschichte reiten kann, hat er sich selbst die Schuld zuzuschreiben. Das Christentum ist die Zukunft, Lord Derfel, das Heidentum die Vergangenheit.«

»Eine recht kurze Zukunft, wenn die Geschichte in vier Jahren enden soll«, wandte ich ein.

»Sie wird nicht enden!« sagte Meurig. »Sie fängt erst an! Wenn Christus wiederkehrt, Lord Derfel, beginnen die Tage der Glorie! Wir werden alle Könige sein, und wir werden alle gesegnet sein.«

»Bis auf uns Heiden.«

»Gewiß! Die Hölle braucht Nachschub. Noch aber ist Zeit für Euch, den wahren Glauben anzunehmen.«

Ceinwyn und ich lehnten seine Einladung zur Taufe ab, und am folgenden Morgen brach Ceinwyn mit Morwenna, Seren sowie den anderen Frauen und Kindern nach Powys auf. Wir Speerkämpfer umarmten unsere Familien und sahen ihnen nach, wie sie nach Norden davonzogen. Meurig gab ihnen eine Eskorte mit, und ich stellte sechs von meinen eigenen Männern mit dem Befehl ab, nach Süden zurückzukehren, sobald die Frauen sicher unter Cuneglas' Schutz seien. Malaine, der Druide von Powys, ging mit ihnen, Merlin und Nimue jedoch, deren Suche nach dem Kessel plötzlich wieder genauso dringend war wie auf der Dunklen Straße, blieben bei uns.

König Meurig reiste mit uns nach Glevum, einer Stadt, die zwar dumnonisch war, aber unmittelbar an der Grenze zu Gwent lag. Und da sie mit ihren Erd- und Holzwällen Meurigs Gebiet schützte, war er so vernünftig gewesen, eine Garnison seiner eigenen Speerkämpfer dorthin zu verlegen, um zu gewährleisten, daß sich die Unruhen von Dumnonia nicht nordwärts nach Gwent ausbreiteten. Wir brauchten einen halben Tag, um Glevum zu erreichen, und dort, in der großen römischen Halle, in der Uthers letzter Kronrat abgehalten worden war, traf ich den Rest meiner Männer an, Arthurs Männer und Arthur selbst.

Als er mich in die Halle kommen sah, war der Ausdruck der Erleichterung auf seinem Gesicht so tief empfunden, daß mir die Tränen in die Augen traten. Meine Speerkämpfer – jene, die bei Arthur geblieben waren, während ich gen Süden zog, um meine Mutter zu suchen – jubelten, und die nächsten Minuten vergingen in einem Durcheinander von Wiedersehensfreude und dem Austausch der letzten Neuigkeiten. Ich erzählte ihnen von Ermids Halle, nannte ihnen die Namen der Männer, die gefallen waren, versicherte ihnen, daß ihre Ehefrauen noch lebten, und sah dann Arthur an. »Aber sie haben Dian getötet«, sagte ich.

»Dian?« Ich hatte den Eindruck, daß er mir anfangs nicht glaubte.

»Dian«, bestätigte ich, und wieder kamen die verdammten Tränen.

Arthur führte mich aus der Halle und wanderte mit mir, den rechten Arm um meine Schultern gelegt, auf Glevums Wälle hinaus, wo Meurigs Speerkämpfer mit den roten Mänteln inzwischen jede Kampfstation besetzt hatten. Dann ließ er mich alles noch einmal erzählen, von dem Moment an, da ich mich von ihm getrennt hatte, bis zu dem Augenblick, da wir von Abona ablegten. »Dinas und Lavaine!« Er sprach die Namen voller Bitterkeit aus, zog Excalibur und küßte die graue Klinge. »Eure Rache ist die meine«, erklärte er förmlich und schob das Schwert in die Scheide zurück.

Eine Zeitlang sprachen wir nicht, sondern stützten uns auf die Oberkante der Brustwehr und starrten auf das weite Tal südlich von Glevum hinab. Es wirkte so friedlich. Das Gras war fast zum Heuen bereit, und in dem kräftig wachsenden Getreide leuchteten Mohnblumen. »Habt Ihr etwas von Guinevere gehört?« brach Arthur das Schweigen, und ich vernahm einen Unterton in seiner Stimme, der nahezu an Verzweiflung grenzte.

»Nein, Lord.«

Er erschauerte, gewann dann aber die Selbstbeherrschung zurück. »Die Christen hassen sie«, sagte er leise und berührte ganz und gar uncharakteristisch für ihn, das Eisen in Excaliburs Heft, um das Böse abzuwenden.

»Lord«, versuchte ich ihn zu beruhigen, »sie hat ihre Wachen. Und ihr Palast liegt am Meer. Sobald es gefährlich werden sollte, wäre sie geflohen.«

»Aber wohin? Nach Broceliande? Und angenommen, Cerdic hat Schiffe herübergeschickt?« Er schloß die Augen und schüttelte den Kopf. »Wir können nur auf Nachricht warten.«

Ich fragte ihn nach Mordred, aber er wußte auch nicht mehr als wir anderen. »Ich vermute, daß er tot ist«, sagte er bedrückt. »Denn wenn er entkommen wäre, müßte er inzwischen hier sein.«

Er hatte Nachrichten von Sagramor, und diese Nachrichten waren schlecht. »Cerdic hat ihn schwer geschlagen. Caer Ambra ist gefallen, Calleva ist nicht mehr, und Corinium wird belagert. Es müßte sich noch ein paar Tage halten können, denn Sagramor hat es geschafft, seine Garnison um zweihundert Speerkämpfer zu verstärken; doch bis zum Monatsende werden sie nichts mehr zu essen haben. Wie es scheint, stehen wir wieder mal im Krieg.« Er stieß ein kurzes, hartes Lachen aus. »Ihr hattet recht mit Lancelot, nicht wahr? Und ich war blind. Ich habe ihn für einen Freund gehalten.« Statt einer Antwort warf ich ihm nur einen kurzen Blick zu. Zu meiner Überraschung stellte ich fest, daß seine Schläfen grau geworden waren. Auf mich wirkte er immer noch jung, doch vermutlich würde ihn jemand, der ihm jetzt zum ersten Mal begegnete, für Anfang der mittleren Jahre halten. »Wie konnte Lancelot Cerdic nur nach Dumnonia hereinholen?« fragte er zornig. »Und wie konnte er die Christen in ihrem Wahnsinn bestärken?«

»Weil er König von Dumnonia werden will«, entgegnete ich, »und dazu braucht er ihre Speere. Und Sansum will sein oberster Ratgeber sein, sein königlicher Schatzverwalter und alles andere ebenfalls.«

Arthur erschauerte. »Glaubt Ihr wirklich, daß Sansum unseren Tod bei Cadocs Schrein geplant hat?«

»Wer sonst?« gab ich zurück. Meiner Ansicht nach war es Sansum gewesen, der den Fisch auf Lancelots Schild als erster mit dem Namen Christi in Verbindung gebracht hatte, und Sansum, der die erregte Christengemeinde in eine Raserei hineingepeitscht hatte, die Lancelot auf Dumnonias Thron schwemmen würde. Daß Sansum wirklich an Christi unmittelbar bevorstehende Wiederkunft glaubte, bezweifelte ich; aber er wollte so viel Macht wie möglich in seiner Hand vereinen, und Lancelot war Sansums Kandidat für Dumnonias Königsthron. Wenn es Lancelot gelang, den Thron zu halten, würden alle Zügel der Macht in den Pfoten des Mäuselords enden. »Er ist ein gefährlicher kleiner Bastard«, sagte ich rachsüchtig. »Wir hätten ihn vor zehn Jahren töten sollen.«

»Die arme Morgan.« Arthur seufzte. Dann verzog er das Gesicht. »Was haben wir falsch gemacht?« fragte er mich.

»Wir?« entgegnete ich entrüstet. »Wir haben überhaupt nichts falsch gemacht.«

»Wir haben nicht begriffen, was die Christen wollten«, sagte er. »Aber was hätten wir tun können, wenn wir es begriffen hätten? Sie hätten niemals etwas anderes akzeptiert als den vollständigen Sieg.«

»Wir haben nichts getan«, widersprach ich, »es war der Kalender. Das Jahr Fünfhundert hat sie in den Wahnsinn getrieben.«

»Und ich«, sagte er leise, »hatte gehofft, wir hätten Dumnonia von solchem Wahnsinn weggeführt.«

»Ihr habt den Menschen Frieden geschenkt, Lord«, sagte ich, »und der Frieden schenkte ihnen die Möglichkeit, ihren Wahnsinn auszubrüten. Hätten wir all diese Jahre gegen die Sachsen gekämpft, hätten sie ihre Kraft auf die Schlachten und aufs Überleben verwenden müssen. Statt dessen haben wir ihnen Gelegenheit gegeben, ihre Verrücktheiten zu pflegen.«

Er zuckte die Achseln. »Und was tun wir jetzt?«

»Jetzt?« fragte ich ihn. »Wir kämpfen.«

»Womit denn?« fragte er verbittert. »Sagramor hat alle Hände voll mit Cerdic zu tun. Cuneglas wird uns sicher Speerkämpfer schicken, aber Meurig wird bestimmt nicht kämpfen.«

»Nein?« fragte ich beunruhigt. »Aber er hat den Tafelrundeneid geleistet!«

Arthur lächelte traurig. »Diese Eide, Derfel, sie verfolgen uns. Und in diesen traurigen Tagen scheinen die Männer sie so leicht zu nehmen! Lancelot hat den Eid ebenfalls geleistet, oder? Aber Meurig sagt, nachdem Mordred tot ist, gibt es keinen *casus belli* mehr.« Er sprach die lateinischen Worte voll Bitterkeit aus, und mir fiel ein, daß Meurig dasselbe Zitat vor Lugg Vale benutzt hatte und daß Culhwch sich über des Königs Gelehrsamkeit lustig gemacht hatte, indem er das Latein zu »Käsebällchen« verballhornt hatte.

»Culhwch wird kommen«, stellte ich fest.

»Um für Mordreds Land zu kämpfen?« gab Arthur zurück. »Das möchte ich bezweifeln.«

»Um für Euch zu kämpfen, Lord«, berichtigte ich. »Denn wenn Mordred tot ist, seid Ihr der König.«

Er lächelte verbittert. »König – wovon? Von Glevum?« Er lachte. »Ich habe Euch, ich habe Sagramor, ich habe das, was Cuneglas mir gibt, aber Lancelot hat Dumnonia, und er hat Cerdic.« Eine Weile schritt er schweigend dahin, dann schenkte er mir ein ironisches Lächeln. »Einen weiteren Verbündeten haben wir allerdings noch, obwohl er kaum als Freund zu bezeichnen ist. Aelle hat sich Cerdics Abwesenheit zunutze gemacht und London erobert. Vielleicht werden Cerdic und er sich gegenseitig umbringen.«

»Aelle«, sagte ich, »wird von seinem Sohn getötet werden, nicht von Cerdic.«

Er sah mich fragend an. »Von welchem Sohn?«

»Es ist ein Fluch«, erklärte ich ihm, »und ich bin Aelles Sohn.«

Er machte halt und starrte mich an, als wollte er ergründen, ob ich einen Scherz mache. »Ihr?« fragte er verwundert.

»Ja, ich, Lord.«

»Wirklich?«

»Auf meine Ehre, Lord. Ich bin der Sohn Eures Feindes.«

Er hörte nicht auf, mich anzustarren, und brach dann in lautes Lachen aus. Das Lachen war echt und zügellos und endete damit, daß er sich die Tränen aus den Augen wischte und belustigt den Kopf schüttelte. »Mein lieber Derfel! Wenn das Uther und Aelle wüßten!« Uther und Aelle, die Erzfeinde, deren Söhne Freunde geworden waren. Das Schicksal ist unerbittlich.

»Es wäre möglich, daß Aelle es weiß«, sagte ich und dachte daran, wie sanft er mich dafür getadelt hatte, daß ich Erce ignorierte.

»Ob wir es wollen oder nicht«, sagte Arthur, »jetzt ist er unser Verbündeter. Es sei denn, wir entschließen uns, nicht zu kämpfen.«

»Nicht zu kämpfen?« fragte ich ihn entsetzt.

»Es gibt Zeiten«, antwortete Arthur leise, »da will ich nur noch Guinevere und Gwydre zurückhaben. Und ein kleines Haus, wo wir in Frieden leben können. Ich fühle mich sogar versucht, einen Eid abzulegen, Derfel, daß ich die Götter, wenn sie mir meine Familie zurückgeben, niemals wieder belästigen werde. Ich werde mich in ein Haus zurückziehen, wie Ihr es in Powys hattet. Wißt Ihr noch?«

»Cwm Isaf«, sagte ich und fragte mich, wie Arthur darauf kam, daß Guinevere sich an einem solchen Ort wohl fühlen könnte.

»Genau wie Cwm Isaf«, sagte er sehnsüchtig. »Ein Pflug, ein paar Felder, ein Sohn, den wir großziehen, einen König, den wir achten, und Lieder am abendlichen Feuer.« Er wandte sich ab und spähte wieder nach Süden. Im Osten des Tals stiegen steil hohe, grüne Hügel empor, und Cerdics Mannen lauerten gar nicht so weit von diesen Gipfeln entfernt. »Ich habe alles so satt«, sagte Arthur. Einen Moment schien er den Tränen nahe zu sein. »Denkt doch an alles, was wir erreicht haben, Derfel, an all die Straßen, die Gerichtshöfe und die Brücken, an all die Streitfälle, die wir geschlichtet, an den vielen Wohlstand, den wir gestiftet haben, und das alles wird von einer Religion zunichte gemacht! Religion!« Er spie über den Wall. »Ist es Dumnonia überhaupt noch wert, daß man um es kämpft?«

»Dians Seele ist es wert, daß man um sie kämpft«, gab ich zurück. »Und solange Dinas und Lavaine leben, werde ich keinen Frieden finden. Ich bete darum, Lord, daß Ihr keinen solchen Tod rächen müßt, aber Ihr werdet dennoch kämpfen müssen. Wenn Mordred tot ist, seid Ihr der König, und wenn er noch lebt, haben wir unsere Eide.«

»Unsere Eide«, wiederholte er grollend, und ich bin sicher, er dachte an das, was er hoch über dem Meer gesagt hatte, an dessen Strand Iseult sterben sollte. »Unsere Eide!« wiederholte er.

Aber die Eide waren alles, was uns jetzt blieb, Eide leiteten uns in den Zeiten des Chaos, und das Chaos lastete jetzt schwer auf Dumnonia. Denn irgend jemand hatte die Macht des Kessels entfesselt, und sein Schrecken drohte uns alle zu verschlingen.

In jenem Sommer glich Dumnonia einem gigantischen Wurfbrett, und Lancelot hatte seine Würfel gut geworfen: Mit seinem Eröffnungswurf hatte er die Hälfte des Brettes für sich gewonnen. Er hatte den Sachsen das Themsetal überlassen, aber der Rest des Landes gehörte jetzt ihm: und zwar dank der Christen, die sich blind für ihn geschlagen hatten, weil auf seinem Schild ihr mystisches Fischsymbol zu sehen war. Ich war zwar der Ansicht, daß Lancelot kein bißchen christlicher sei, als Mordred es gewesen war, doch Sansums Missionare hatten ihre hinterhältige Botschaft im ganzen Land verbreitet, und was Dumnonias arme, irregeleitete Christen betraf – für die war Lancelot der Vorbote Christi.

Aber Lancelot hatte nicht in jedem Punkt gewonnen. Sein Plan, Arthur zu töten, war fehlgeschlagen, und solange Arthur lebte, war Lancelot in Gefahr. Deswegen versuchte er am Tag, nachdem ich in Glevum eintraf, das ganze Wurfbrett zu erobern. Er versuchte, auf der ganzen Linie zu gewinnen.

Er sandte einen reitenden Boten mit einem umgekehrten Schild und einem Mistelzweig an der Speerspitze aus. Der Reiter überbrachte eine Nachricht, durch die Arthur nach Dun Ceinach bestellt wurde, einer uralten Erdfestung, die nur wenige Meilen südlich von Glevums Wällen aufragte. Die Nachricht forderte, daß Arthur noch am selben Tag zu jener alten Festung reite, gelobte ihm Sicherheit und gestattete ihm, so viele Speerkämpfer mitzubringen, wie er wollte. Der herrische Ton der Nachricht forderte eigentlich eine Weigerung heraus, zum Schluß aber wurden Arthur Nachrichten über Guinevere zugesagt. Lancelot mußte gewußt haben, daß ein derartiges Versprechen Arthur stehenden Fußes aus Glevum herauslocken würde.

Eine Stunde später war er unterwegs. Zwanzig von uns begleiteten ihn, alle zu Pferde, alle in voller Rüstung unter der heißen Sonne. Dicke weiße Wolken segelten über die Hügel dahin, die an der Ostseite des breiten Severn-Flußtals steil anstiegen. Wir hätten dem Pfad folgen können, der sich in jene Hügel hinaufschlängelte; aber dort hätte es zu viele Möglichkeiten für einen Hinterhalt gegeben, also nahmen wir die Römerstraße, die durch das Tal nach Süden führte. Zu beiden Seiten der Straße lagen Felder mit Roggen und Gerste, in denen die Mohnblumen blühten. Nach einer Stunde wandten wir uns ostwärts und ritten im Leichtgalopp neben einer Hecke einher, in der schneeweiß die Weißdornblüten leuchteten, und dann über eine Wiese, deren Gras fast für die Sichel bereit war, bis wir an einen steilen Grashang kamen, auf dem die alte Festung lag. Schafe stoben auseinander, als wir den Hang erstiegen, der so jäh war, daß ich es vorzog, vom Rücken meines Pferdes zu gleiten und es am Zügel zu führen. Rosarot und braun blühte Bienenragwurz im Gras.

Etwa einhundert Schritt unterhalb des Gipfels machten wir halt, und ich kletterte allein weiter, um sicherzustellen, daß uns hinter den langgestreckten Graswällen der Festung kein Hinterhalt erwartete. Als ich die Krone des Walls erreicht hatte, keuchte und schwitzte ich, aber kein Feind kauerte hinter der Böschung. Ja, das alte Fort wirkte bis auf zwei Hasen, die bei meinem plötzlichen Auftauchen das ihnen zugeschriebene Panier ergriffen, völlig verlassen. Die Stille auf der Hügelkuppe machte mich mißtrauisch, dann jedoch erschien ein einzelner Reiter unter einigen niedrigen Bäumen, die im nördlichen Teil der Festung wuchsen. Er trug einen Speer, den er demonstrativ zu Boden warf, kehrte seinen Schild um und saß ab. Ein Dutzend weitere Männer, die hinter ihm zwischen den Bäumen hervorkamen, warfen ebenfalls ihre Speere zu Boden, als wollten sie mir versichern, daß ihr Waffenstillstandsversprechen aufrichtig gemeint war.

Ich winkte Arthur zu mir herauf. Seine Pferde erklommen den Wall, dann schritten er und ich gemeinsam weiter. Arthur trug seine schönste Rüstung. Er trat nicht etwa als Bittsteller auf, sondern als Krieger mit weißer Helmzier und silbernem Schuppenpanzer.

Zwei Männer kamen uns entgegen. Ich hatte erwartet, Lancelot persönlich zu treffen, statt dessen war es jedoch Bors, sein Cousin und Champion, der sich uns näherte. Bors war ein hochgewachsener, schwarzhaariger Mann mit schwerem Bart und breiten Schultern und ein tüchtiger Krieger, der wie ein Stier durchs Leben stapfte, wo sein Meister dahinglitt wie eine Schlange. Ich hatte nichts gegen Bors, noch hatte er etwas gegen mich, doch unser jeweiliger Treueschwur machte uns zu Feinden.

Bors nickte mir einen kurzen Gruß zu. Er trug eine Rüstung, doch sein Begleiter war in das Gewand eines Priesters gekleidet. Es war Bischof Sansum. Das überraschte mich, denn Sansum war normalerweise sehr darauf bedacht zu verbergen, auf wessen Seite er stand. Deswegen dachte ich mir, unser kleiner Mäuselord müsse sich seines Sieges sehr sicher sein, wenn er seine Treue zu Lancelot so offen zeigte. Arthur schenkte Sansum einen abweisenden Blick und wandte sich an Bors. »Ihr habt Nachricht von meiner Gemahlin?« fragte er kurz.

»Sie lebt«, antwortete Bors, »und sie ist in Sicherheit. Genau wie Euer Sohn.«

Arthur schloß die Augen. Er konnte seine Erleichterung nicht verbergen, ja, brachte einen Moment lang kein Wort heraus. »Wo sind sie?« fragte er schließlich, als er sich wieder zusammengenommen hatte.

»Im Seepalast«, antwortete Bors. »Unter Bewachung.«

»Ihr haltet Frauen als Gefangene?« fragte ich ihn verächtlich.

»Sie stehen unter Bewachung, Derfel«, antwortete Bors nicht weniger geringschätzig, »weil Dumnonias Christen ihre Feinde abschlachten. Und diese Christen, Lord Arthur, haben nichts für Eure Gemahlin übrig. Mein Lord König Lancelot hat Eure Gemahlin und Euren Sohn unter seinen Schutz gestellt.«

»Dann kann Euer Lord König Lancelot«, gab Arthur mit einem Anflug von Sarkasmus zurück, »sie ja unter Bewachung nach Norden bringen lassen.«

»Nein«, widersprach Bors. Die Sonne brannte so heiß, daß ihm der Schweiß über das breite, narbengeschmückte Gesicht rann.

»Nein?« fragte Arthur drohend.

»Ich habe eine Botschaft für Euch, Lord«, erklärte Bors trotzig, »und die lautet so: Mein Lord König gewährt Euch das Recht, mit Eurer Gemahlin in Dumnonia zu leben. Ihr werdet mit allen Ehren behandelt, aber nur, wenn Ihr meinem König den Treueid leistet.« Er hielt inne und blickte zum Himmel empor. Es war einer jener unheilverkündenden Tage, da der Mond sich den Himmel mit der Sonne teilt, und Bors zeigte auf den Mond, der irgendwo zwischen Halbmond und Vollmond stand. »Ihr habt Zeit«, sagte er dazu, »bis der Mond voll ist, um auf Caer Cadarn vor meinen Lord König zu treten. Ihr dürft mit höchstens zehn Mann Begleitung kommen, Ihr legt Euren Eid ab, und dann dürft Ihr in Frieden in seinem Reich leben.«

Ich spie aus, um ihm zu zeigen, was ich von seinem Versprechen hielt. Arthur jedoch hob die Hand, um meinem Zorn Einhalt zu gebieten. »Und wenn ich nicht erscheine?« fragte er.

Ein anderer Mann hätte sich wohl geschämt, diese Botschaft zu überbringen, aber Bors zeigte keinerlei Gewissensbisse. »Wenn Ihr nicht erscheint«, antwortete er, »wird mein Lord König annehmen, daß Ihr Euch im Krieg mit ihm befindet. In diesem Fall wird er jeden Speer brauchen, den er aufbringen kann. Selbst jene, die jetzt noch Eure Gemahlin und Euren Sohn bewachen.«

»Damit seine Christen« – mit dem Daumen wies Arthur auf Sansum – »sie töten können?«

»Sie kann sich jederzeit taufen lassen!« warf Sansum ein und packte das Kreuz, das auf seiner schwarzen Robe hing. »Sobald sie getauft ist, kann ich für ihre Sicherheit garantieren.«

Arthur starrte ihn an. Dann spie er sehr bedächtig mitten in Sansums Gesicht. Der Bischof zuckte zurück. Bors amüsierte das, wie ich bemerkte, woraus ich den Schluß zog, daß sich Lancelots Champion und sein Kaplan nicht besonders grün waren. Arthur wandte sich wieder an Bors. »Berichtet mir von Mordred«, verlangte er.

Bors schien sich über die Frage zu wundern. »Da gibt es nichts zu berichten«, sagte er nach kurzer Pause. »Er ist tot.«

»Habt Ihr seinen Leichnam gesehen?« wollte Arthur wissen.

Wieder zögerte Bors, dann schüttelte er den Kopf. »Er wurde von einem Mann getötet, dessen Tochter er vergewaltigt hatte. Mehr weiß ich auch nicht. Nur noch, daß mein Lord König nach Dumnonia kam, um die Unruhen zu ersticken, die nach seinem Tod entstanden.« Er hielt inne, als erwartete er, daß Arthur etwas sagte; als der jedoch schwieg, blickte er noch einmal zum Mond empor. »Ihr habt Zeit, bis er voll ist«, sagte er und wandte sich ab.

»Einen Moment!« rief ich, und Bors drehte sich zu mir um. »Was ist mit mir?« fragte ich ihn.

Bors' harte Augen blickten direkt in die meinen. »Was soll mit Euch sein?« fragte er verächtlich zurück.

»Verlangt der Mörder meiner Tochter auch von mir einen Treueid?« fragte ich ihn.

»Mein Lord König verlangt gar nichts von Euch«, antwortete Bors.

»Dann richtet ihm aus«, gab ich zurück, »daß ich etwas von ihm verlange. Sagt ihm, ich verlange die Seelen von Dinas und Lavaine, und die werde ich mir holen, und wenn es das letzte ist, was ich auf Erden tun werde.«

Bors zuckte die Achseln, als wäre diese Drohung bedeutungslos für ihn. Er wandte sich noch einmal an Arthur. »Wir werden Euch auf Caer Cadarn erwarten, Lord«, sagte er, drehte sich endgültig um und ging. Sansum blieb noch, um uns zu beschimpfen. Er behauptete, Christus werde in all seinem Glanz herniedersteigen und vor diesem glücklichen Tag würden sämtliche Heiden und Sünder vom Angesicht der Erde gefegt werden. Ich spie ihn an, machte kehrt und folgte Arthur. Sansum blieb uns auf den Fersen, fuhr fort uns zu beschimpfen, und rief dann plötzlich meinen Namen. »Lord

Derfel!« rief er abermals. »He, Hurenbock! He, Hurenmeister!« Er muß gewußt haben, daß ich angesichts dieser Beleidigungen voll Zorn zu ihm zurückkehren würde; meinen Zorn wollte er zwar nicht wecken, wohl aber meine Aufmerksamkeit. »Ich hab's nicht so gemeint, Lord«, behauptete er hastig, als ich zu ihm zurückeilte. »Ich muß mit Euch sprechen. Schnell!« Er warf einen Blick hinter sich, um sicherzugehen, daß Bors nicht in Hörweite war, und stieß laut brüllend weitere Beleidigungen aus, mit denen er meine Bußfertigkeit verlangte, damit Bors glaubte, er wolle mich nur weiter beschimpfen. »Ich dachte, Ihr und Arthur wärt tot«, sagte er leise.

»Ihr habt unseren Tod geplant«, warf ich ihm vor.

Er erbleichte. »Bei meiner Seele, Derfel, nein! Nein!« Er schlug das Kreuz. »Mögen die Engel mir die Zunge herausreißen und dem Teufel zum Fraß vorwerfen, wenn sie Euch belügt! Ich schwöre beim Allmächtigen Gott, Derfel, daß ich nichts davon wußte.« Nachdem er diese Lüge losgeworden war, warf er einen vorsichtigen Blick in die Runde. »Dinas und Lavaine«, sagte er leise, »bewachen Guinevere im Seepalast. Vergeßt nicht, Lord, daß ich es war, der Euch davon unterrichtet hat.«

Ich lächelte. »Bors soll wohl nicht erfahren, daß Ihr mir diese Information gegeben habt. Richtig?«

»Nein, Lord, bitte!«

»Dann sollte ihn dies hier von Eurer Unschuld überzeugen!« Damit versetzte ich dem Mäuselord eine so kräftige Ohrfeige, daß sein Schädel gedröhnt haben muß wie die große Glocke in seinem Schrein. Er flog der Länge nach auf den Grasboden, von wo aus er mir Flüche nachschleuderte, während ich gelassen davonging. Jetzt begriff ich, warum Sansum zu dieser Festung unter dem Himmel gekommen war. Der Mäuselord erkannte deutlich, daß Lancelots neu erworbener Thron durch Arthurs Überleben bedroht war. Niemand konnte auf einen Herrn bauen, der Arthur zum Gegner hatte. Genau wie seine Gemahlin sorgte Sansum dafür, daß ich ihm Dank schuldete.

»Worum ging es?« erkundigte sich Arthur, als ich ihn eingeholt hatte.

»Er hat mir mitgeteilt, daß Dinas und Lavaine sich im Seepalast befinden. Sie beschützen Guinevere.«

Arthur knurrte etwas und blickte dann zum Mond auf, der neben der Sonne bleich am Himmel hing. »Wie viele Nächte noch, bis Vollmond, Derfel?«

»Fünf«, schätzte ich. »Oder sechs? Merlin wird's genau wissen.«

»Sechs Tage, um eine Entscheidung zu treffen«, sinnierte er. Dann hielt er inne und starrte mich an. »Werden sie es wagen, sie zu töten?«

»Nein, Lord«, antwortete ich in der Hoffnung, daß ich recht hatte. »Sie werden es nicht wagen, Euch zu ihrem Feind zu machen. Sie wollen, daß Ihr kommt, um ihnen Euren Eid zu leisten, und dann werden sie Euch töten. Anschließend werden sie dann vielleicht auch sie töten.«

»Und wenn ich nicht komme«, wandte er leise ein, »werden sie sie weiterhin festhalten. Und solange sie sie festhalten, Derfel, bin ich hilflos.«

»Ihr habt ein Schwert, Lord, einen Speer und einen Schild. Niemand würde Euch als hilflos bezeichnen.«

Hinter uns schwangen sich Bors und seine Männer in den Sattel und ritten davon. Wir blieben noch ein wenig länger, um von Dun Ceinachs Wällen gen Westen zu spähen. Es war einer der schönsten Ausblicke von ganz Britannien, ein Blick aus der Vogelperspektive westwärts über den Severn und tief bis ins ferne Siluria hinein. Meilenweit konnten wir blicken, und von diesem hohen Ausguck aus wirkte alles sonnig, grün und wunderschön. Wirklich eine Welt, für die zu kämpfen es sich lohnte.

Und wir hatten noch sechs Nächte bis Vollmond.

»Sieben Nächte«, sagte Merlin.

»Seid Ihr sicher?« fragte Arthur.

»Vielleicht auch sechs«, räumte Merlin ein. »Ich hoffe, Ihr erwartet nicht von mir, daß ich jetzt große Berechnungen anstelle. Das ist nämlich äußerst mühsam. Ich hab' das oft genug für Uther machen müssen, und es ist fast immer schiefgegangen. Sechs oder sieben, genauer geht's nicht. Vielleicht auch acht.«

»Malaine wird es berechnen«, versicherte Cuneglas. Als wir von Dun Ceinach zurückkehrten, hatten wir Cuneglas vorgefunden, der aus Powys gekommen war. Und nachdem er sich mit Malaine, der mit Ceinwyn und den anderen Frauen nach Norden gezogen war, besprochen hatte, hatte er auch den Druiden mitgebracht. Der König von Powys hatte mich umarmt und Dinas und Lavaine dann persönlich Rache geschworen. Er hatte sechzig Speerkämpfer in seinem Gefolge mitgebracht und erklärte uns, weitere hundert seien schon nach Süden unterwegs. Es würden aber noch mehr nachkommen, erklärte er, denn Cuneglas war auf einen Kampf gefaßt und stellte großzügig jeden Krieger bereit, der ihm zur Verfügung stand.

Jetzt saßen seine sechzig Krieger zusammen mit Arthurs Männern an den Wänden von Glevums großer Halle, während ihre Lords in der Mitte der Halle diskutierten. Nur Sagramor war nicht anwesend, denn er versuchte mit seinen restlichen Speerkämpfern Cerdics Heer nahe Corinium in Schach zu halten. Meurig war anwesend und ärgerte sich sichtlich darüber, daß Merlin den großen Sessel an der Stirnseite der Tafel für sich beanspruchte. Cuneglas und Arthur saßen zu Merlins Seiten, Meurig saß Merlin am anderen Ende der Tafel gegenüber, und Culhwch und ich nahmen die zwei übrigen Plätze ein. Culhwch war mit Cuneglas nach Glevum gekommen und hatte einen Schwall frischer, klarer Luft in die verräucherte Halle mitgebracht. Er konnte den Kampf kaum noch erwarten. Durch Mordreds Tod, erklärte er, sei sein Cousin König von Dumnonia, und Culhwch war bereit, für die Verteidigung von Arthurs Thron durch Blut zu waten. Cuneglas und ich teilten seine Kampfeslust. Meurig piepste etwas über Vorsicht, Arthur schwieg, während Merlin eingeschlafen zu sein schien. Ich bezweifelte allerdings, daß er schlief, denn auf seinem Gesicht zeigte sich ein winziges Lächeln; doch seine Augen waren geschlossen, während er gelassen vorgab, nichts von alldem zu hören, was wir sagten.

Culhwch tat Bors' Botschaft als lächerlich ab. Lancelot werde Guinevere niemals töten, behauptete er, und Arthur müsse nur an der Spitze seiner Männer nach Süden reiten, und der Thron werde ihm in die Hände fallen. »Morgen!« sagte Culhwch zu Arthur. »Morgen werden wir reiten. In zwei Tagen wird alles vorüber sein.«

Cuneglas war ein wenig zurückhaltender. Er riet Arthur zu warten, bis der Rest seiner powysischen Speerkämpfer eintreffe. Aber sobald die Männer da seien, sollten wir den Krieg erklären, fand er, und südwärts ziehen. »Wie groß ist Lancelots Heer?« fragte er.

Arthur zuckte die Achseln. »Ohne Cerdics Männer? Vielleicht dreihundert.«

»Das ist gar nichts!« brüllte Culhwch. »Die haben wir vor dem Frühstück niedergemacht!«

»Und ein Haufen fanatischer Christen«, warnte ihn Arthur.

Culhwch äußerte eine Meinung über die Christen, bei welcher der Christ Meurig empört hochfuhr. Arthur beruhigte den jungen König von Gwent. »Ihr alle scheint etwas zu vergessen«, wandte er ruhig ein. »Ich habe nie König werden wollen, und ich will es auch jetzt nicht.«

Einen Moment herrschte Stille am Tisch. Nur einige der Krieger an den Wänden der Halle ließen gemurmelte Proteste gegen Arthurs Worte vernehmen. »Was Ihr wollt«, brach Cuneglas schließlich das Schweigen, »spielt jetzt keine Rolle mehr. Denn offenbar haben die Götter Euch die Entscheidung abgenommen.«

»Wenn die Götter wollten, daß ich König werde«, entgegnete Arthur, »hätten sie dafür gesorgt, daß meine Mutter Uthers Gemahlin wurde.«

»Und was wollt Ihr?« fragte ihn Culhwch verzweifelt.

»Ich will Guinevere und Gwydre zurückhaben«, sagte Arthur leise. »Und ich will den Sieg über Cerdic«, ergänzte er und starrte einen Moment auf die zerkratzte Tischplatte hinab. »Ich möchte«, fuhr er fort, »leben können wie ein ganz normaler Mann. Mit einer Gemahlin, einem Sohn, einem Haus und einem Hof. Ich wünsche mir Frieden.« Dieser Wunsch galt ausnahmsweise nicht Britannien, sondern nur seiner eigenen Person. »Ich möchte mich nicht in Eiden verstricken, ich möchte nicht ständig mit dem Ehrgeiz anderer Männer konfrontiert werden, und ich möchte nicht mehr über das Glück der Menschen bestimmen müssen. Ich möchte einfach das tun, was König Tewdric getan hat: Ich möchte mir ein grünes Fleckchen Erde suchen und dort leben.«

»Und langsam versauern?« Damit gab Merlin es auf, Schlaf vorzutäuschen.

Arthur lächelte. »Es gibt noch so viel zu lernen, Merlin. Warum schmiedet ein Mann zwei Schwerter aus demselben Metall im selben Feuer, aber die eine Klinge hält stand, während die andere sich bei der ersten Schlacht verbiegt? Es gibt so vieles, was ich gern noch ergründen möchte.«

»Sieh an, er möchte Waffenschmied werden«, sagte Merlin zu Culhwch.

»Ich möchte Guinevere und Gwydre zurückhaben«, erklärte Arthur energisch.

»Dann müßt Ihr Lancelot den Treueid leisten«, sagte Meurig.

»Wenn er nach Caer Cadarn geht, um Lancelot den Treueid zu leisten«, sagte ich verbittert, »werden ihn dort hundert Bewaffnete erwarten und ihn wie einen Hund niedermachen.«

»Nicht, wenn Könige mich begleiten«, widersprach Arthur sanft.

Wir starrten ihn an, und er schien überrascht zu sein, daß seine Worte uns sprachlos machten. »Könige?« stieß Culhwch schließlich hervor.

Arthur lächelte. »Wenn König Cuneglas und König Meurig mit mir zum Caer Cadarn reiten würden, bezweifle ich, daß Lancelot es wagen wird, mich zu töten. Wenn er den Königen von Britannien gegenübersteht, wird er reden müssen, und wenn er redet, werden wir zu einer Einigung gelangen. Er fürchtet mich, doch wenn er merkt, daß es nichts zu fürchten gibt, wird er mich am Leben lassen. Und meine Familie am Leben lassen.«

Abermals herrschte Schweigen, während wir dies verarbeiteten, dann brach Culhwch in dröhnenden Protest aus. »Ihr würdet dulden, daß dieser Bastard Lancelot König wird?« Einige der Speerkämpfer an den Wänden der Halle stimmten grollend in seinen Protest ein.

»Cousin, Cousin!« suchte Arthur ihn zu beschwichtigen. »Lancelot ist kein böser Mensch. Er ist schwach, glaube ich, aber nicht böse. Er schmiedet keine Pläne, er hat keine Träume, sondern nur ein gieriges Auge und flinke Hände. Er greift sich die Dinge, wenn sie auftauchen, dann bewahrt er sie auf und wartet auf das nächste, was ihm vor die Augen kommt. Jetzt wünscht er sich meinen Tod, weil er mich fürchtet – doch wenn er merkt, daß der Preis für meinen Tod zu hoch ist, wird er das akzeptieren, was er kriegen kann.«

»Euren Tod wird er akzeptieren, Ihr Narr!« Culhwch hämmerte mit der Faust auf den Tisch. »Tausend Lügen wird er Euch erzählen, seine Freundschaft wird er Euch beteuern und Euch im selben Moment, da Eure Könige heimgekehrt sind, ein Schwert zwischen die Rippen stoßen.«

»Er wird mich belügen«, bestätigte Arthur gelassen. »Alle Könige lügen. Kein Königreich kann ohne Lügen regiert werden, denn auf Lügen gründen wir unseren Ruf. Wir bezahlen die Barden, damit sie unsere erbärmlichen Siege in große Triumphe verwandeln, und manchmal glauben wir sogar die Lügen, die sie uns vorsingen. Lancelot würde all diesen Liedern nur allzugern glauben, in Wirklichkeit aber ist er schwach und sehnt sich verzweifelt nach starken Freunden. Jetzt fürchtet er mich, weil er mich für seinen Feind hält; doch wenn er merkt, daß ich nicht sein Feind bin, wird er entdecken, daß er mich braucht. Wenn er Dumnonia von Cerdic befreien will, wird er jeden Mann brauchen, den er finden kann.«

»Und wer hat Cerdic nach Dumnonia geholt?« protestierte Culhwch. »Das war Lancelot!«

»Das wird er schon bald bereuen«, entgegnete Arthur gelassen. »Er hat Cerdic benutzt, um sich seine Trophäe zu holen, und nun wird er entdecken, daß Cerdic ein gefährlicher Verbündeter ist.«

»Ihr würdet für Lancelot kämpfen?« fragte ich ihn voller Entsetzen.

»Ich werde für Britannien kämpfen«, gab Arthur entschlossen zurück. »Ich kann nicht verlangen, daß Männer sterben, damit ich werde, was ich nicht sein will – aber ich kann sie bitten, für ihr Heim, für ihre Frauen und Kinder zu kämpfen. Und das ist es, wofür ich kämpfe. Für Guinevere. Und um Cerdic zu besiegen, und wenn der besiegt ist – was spielt es dann für eine Rolle, daß Lancelot Dumnonia regiert? Irgend jemand muß regieren, und wahrscheinlich wird er ein besserer König sein, als Mordred es je gewesen ist.« Wieder herrschte Schweigen. Am Rand der Halle winselte ein Jagdhund, ein Speerkämpfer nieste. Arthur musterte uns und sah, daß wir noch immer völlig verwirrt waren. »Wenn ich gegen Lancelot kämpfe«, erklärte er uns, »kehren wir zu dem Britannien zurück, das wir vor Lugg Vale hatten. Zu einem Britannien, in dem wir gegeneinander statt gegen die Sachsen kämpfen. Hier darf es nur einen Grundsatz geben, und zwar Uthers alten Grundsatz, daß die Sachsen vom Severn-Meer ferngehalten werden müssen. Und nun«, fuhr er nachdrücklich fort, »stehen die Sachsen näher am Severn als jemals zuvor. Wenn ich für einen Thron kämpfe, will ich Cerdic nicht die Chance geben, zuerst Corinium und anschließend diese Stadt einzunehmen, denn wenn er Glevum tatsächlich erobert, hat er uns in zwei Teile geteilt. Wenn ich gegen Lancelot kämpfe, werden die Sachsen alles gewinnen. Sie werden Dumnonia erobern, und Gwent, und dann werden sie nach Norden marschieren und in Powys eindringen.«

»Genau!« Meurig applaudierte Arthur.

»Ich werde nicht für Lancelot kämpfen«, verkündete ich zornig, und Culhwch applaudierte mir.

Arthur sah mich lächelnd an. »Mein lieber Freund Derfel, ich würde nicht von Euch erwarten, daß Ihr für Lancelot kämpft, obwohl ich wünsche, daß Eure Männer gegen Cerdic kämpfen. Und der Preis dafür, daß ich Lancelot helfe, Cerdic zu besiegen, besteht darin, daß er Euch Dinas und Lavaine ausliefert.«

Ich starrte ihn an. Bis zu diesem Moment hatte ich nicht begriffen, wie weit er vorausdachte. Wir übrigen hatten nichts anderes gesehen als Lancelots Verrat; Arthur dagegen dachte nur an Britannien und daran, wie dringend notwendig es war, die Sachsen vom Severn fernzuhalten. Er würde Lancelots Feindseligkeit übergehen, ihm meine Rache aufzwingen und dann fortfahren, gegen die Sachsen zu kämpfen.

»Und die Christen?« fragte Culhwch höhnisch. »Glaubt Ihr, die werden Euch nach Dumnonia zurückkehren lassen? Glaubt Ihr, diese Bastarde würden nicht sofort ein Totenfeuer für Euch errichten?«

Meurig erhob piepsend Einspruch, doch Arthur brachte ihn zum Schweigen. »Die Raserei der Christen wird sich erschöpfen«, sagte Arthur. »Es ist wie ein Wahn, und sobald er sich erschöpft hat, werden sie nach Hause zurückkehren, um die Scherben ihres Lebens aufzusammeln. Sobald Cerdic besiegt ist, kann Lancelot Dumnonia den Frieden bringen. Ich werde dann nur noch für meine Familie leben, mehr wünsche ich mir nicht.«

Cuneglas hatte sich im Sessel zurückgelehnt und starrte zu den

Resten der römischen Deckengemälde empor. Jetzt richtete er sich wieder auf und blickte Arthur an. »Sagt mir noch einmal, was Ihr Euch wünscht«, verlangte er leise.

»Ich wünsche mir Frieden für Britannien«, antwortete Arthur geduldig. »Ich will, daß Cerdic zurückgeschlagen wird, und ich wünsche mir meine Familie.«

Cuneglas sah Merlin an. »Nun, Lord?« forderte er den Alten heraus.

Merlin hatte zwei seiner Bartzöpfe miteinander verknotet. Jetzt hob er leicht erstaunt den Kopf und beeilte sich, die Zöpfe voneinander zu lösen. »Ich möchte bezweifeln, daß die Götter das wollen, was Arthur will«, sagte er. »Ihr alle habt den Kessel vergessen.«

»Dies hat nichts mit dem Kessel zu tun«, erklärte Arthur energisch.

»Alles hat mit ihm zu tun«, sagte Merlin mit plötzlicher, überraschender Härte, »und der Kessel bringt das Chaos. Ihr wünscht Euch Ordnung, Arthur, Ihr glaubt, daß Lancelot auf Eure Vernunftgründe hört und daß Cerdic Euch sein Schwert überreicht. Doch Eure vernünftige Ordnung wird in Zukunft ebensowenig funktionieren, wie sie in der Vergangenheit funktioniert hat. Glaubt Ihr wirklich, daß Männer und Frauen es Euch gedankt haben, daß Ihr ihnen Frieden gebracht habt? Euer Friede hat sie gelangweilt, deswegen haben sie ihr eigenes Unruhesüppchen gekocht, um sich die Langeweile zu vertreiben. Die Menschen wollen keinen Frieden, Arthur, sie wollen Ablenkung von ihrer Langeweile, während Ihr die Langeweile sucht wie ein Dürstender seinen Met. Eure Vernunft wird die Götter nicht besiegen, dafür werden die Götter schon sorgen. Ihr glaubt, Ihr könnt Euch auf einem Hof verkriechen und den Waffenschmied spielen? Nein.« Merlin zeigte uns ein bösartiges Lächeln und griff nach seinem langen, schwarzen Stab. »Schon in diesem Augenblick«, erklärte Merlin, »bereiten die Götter Ärger für Euch.« Mit dem Stab zeigte er auf die Eingangstür der Halle. »Seht Euren Ärger, Arthur ap Uther.«

Als wir uns alle umdrehten, sahen wir Galahad in der Türöffnung stehen. Er trug ein Kettenhemd, hatte ein Schwert an seiner

Seite und war bis zur Taille mit Schlamm bespritzt. Und neben ihm stand ein elendiglicher, klumpfüßiger, breitnasiger, rundgesichtiger, dünnbärtiger Bürstenkopf.

Denn Mordred war doch noch am Leben.

Ringsum herrschte verblüfftes Schweigen. Als Mordred in die Halle gehinkt kam, verrieten seine kleinen Augen den Ärger über diese wenig herzliche Begrüßung. Arthur starrte seinen König sprachlos an, und ich wußte, daß er in Gedanken all seine sorgfältig zurechtgelegten Pläne revidierte, die er uns eben erst geschildert hatte. Es konnte keinen vernünftigen Frieden mit Lancelot geben, denn Arthurs Eidlord lebte noch. Dumnonia hatte noch einen König, und der hieß nicht Lancelot, sondern Mordred, und Arthur hatte Mordred den Eid geleistet.

Dann wurde das Schweigen gebrochen, als Männer sich um den König drängten, um zu hören, was er zu berichten hatte. Galahad trat beiseite, um mich zu umarmen. »Gott sei's gedankt, du lebst!« sagte er mit einer Erleichterung, die tief aus dem Herzen kam.

Ich sah meinen Freund lächelnd an. »Erwartest du, daß ich mich bei dir bedanke, weil du das Leben meines Königs gerettet hast?« fragte ich ihn.

»Irgend jemand sollte es tun, denn er selber hat es nicht getan. Er ist ein undankbares kleines Biest«, sagte Galahad. »Gott weiß, warum er noch lebt, während so viele gute Männer sterben mußten. Llywarch, Bedwyr, Dagonet, Blaise. Alle dahin.« Er nannte jene von Arthurs Kriegern, die in Durnovaria gefallen waren. Von einigen dieser Toten hatte ich bereits gewußt, andere waren mir neu, aber Galahad wußte Näheres über die Art, wie sie gestorben waren. Er war in Durnovaria gewesen, als das Gerücht von Mordreds Tod die Christen zum Aufruhr aufgestachelt hatte, doch Galahad schwor, es seien auch Speerkämpfer unter den Aufrührern gewesen. Er glaubte, Lancelots Männer hätten sich, verkleidet als Pilger, auf dem Weg nach Ynys Wydryn, in die Stadt eingeschlichen und das Massaker ausgelöst. »Die meisten von Arthurs Männern waren in den Tavernen«, erzählte er, »und hatten so gut wie keine Chance. Ein paar überlebten, aber Gott weiß, wo die jetzt sind.« Er schlug das Kreuz. »Dies ist nicht das Werk Christi, Derfel, das weißt du, nicht wahr? Dies ist das Werk des Teufels.« Er warf mir einen schmerzerfüllten, fast angstvollen Blick zu. »Stimmt das mit Dian?«

»Es stimmt«, antwortete ich. Galahad umarmte mich wortlos. Er war nicht verheiratet und hatte auch keine Kinder, aber er liebte meine Töchter. Er liebte alle Kinder. »Dinas und Lavaine haben sie getötet«, erklärte ich ihm, »und die beiden leben noch.«

»Mein Schwert gehört dir«, sagte er.

»Ich weiß«, antwortete ich.

»Und wenn dies das Werk Christi wäre«, fuhr Galahad tiefernst fort, »würden Dinas und Lavaine nicht Lancelot dienen.«

»Ich will deinen Gott nicht beschuldigen«, versicherte ich ihm, »ich will überhaupt keinen Gott beschuldigen.« Damit wandte ich mich um und beobachtete den Aufruhr um Mordred. Arthur bat laut rufend um Ruhe und Ordnung. Diener waren ausgeschickt worden, um Speisen und Kleidung zu holen, die eines Königs würdig waren, während andere zu hören versuchten, was er zu berichten hatte. »Hat Lancelot nicht deinen Eid verlangt?« fragte ich Galahad.

»Er wußte nicht, daß ich in Durnovaria war. Ich war bei Bischof Emrys abgestiegen, und der Bischof versorgte mich mit einer Mönchskutte, die ich über dem hier tragen konnte.« Er tätschelte sein Kettenhemd. »Dann ging ich nach Norden. Der arme Emrys ist völlig verstört. Er glaubt, seine Christen seien wahnsinnig geworden, und das ist durchaus auch meine Meinung. Ich hätte vermutlich bleiben und kämpfen können, aber das habe ich nicht getan. Ich bin davongelaufen. Ich hatte gehört, daß ihr tot wärt, Ihr und Arthur, aber ich hab's nicht geglaubt. Ich dachte, ich würde Euch vielleicht finden, statt dessen habe ich unseren König gefunden.« Nun erzählte er mir, daß Mordred nördlich von Durnovaria auf Sauhatz gegangen sei und daß Lancelot, wie Galahad vermutete, Männer ausgeschickt habe, um den König abzufangen, sobald er nach Durnovaria zurückkehrte. Irgendein kleines Dorfmädchen schien jedoch Mordreds Aufmerksamkeit erregt zu haben, und als er und seine Kumpane mit der Kleinen fertig waren, war es nahezu dunkel geworden. Also hatte er das größte Haus des Dorfes beschlagnahmt und sich erst einmal Speisen bestellt. Seine Mörder hatten am Nordtor der Stadt gewartet, während Mordred ein Dutzend Meilen weit entfernt tafelte, und irgendwann im Laufe des Abends mußten Lancelots Männer beschlossen haben, mit dem Töten zu beginnen, obwohl der dumnonische König ihrem Hinterhalt entgangen war. Also hatten sie das Gerücht von seinem Tod verbreitet und dieses Gerücht benutzt, um Lancelots Machtergreifung zu rechtfertigen.

Mordred hörte von den Unruhen, als die ersten Flüchtlinge aus Durnovaria eintrafen. Die meisten seiner Kumpane hatten sich verdrückt, die Dörfler versuchten all ihren Mut zusammenzunehmen und den König zu töten, der eins ihrer Mädchen vergewaltigt und so große Mengen von ihren Vorräten gestohlen hatte – und Mordred war in Panik geraten. Mit seinen verbleibenden Freunden ergriff er in den Kleidern der Dörfler die Flucht. »Sie haben versucht, sich zum Caer Cadarn durchzuschlagen«, berichtete mir Galahad. »Weil sie glaubten, dort treue Speerkämpfer vorzufinden. Statt dessen fanden sie dort mich. Ich hatte mit ihm zu Eurer Halle marschieren wollen, doch da wir hörten, daß Eure Leute geflohen waren, brachte ich ihn eben nach Norden.«

»Habt Ihr irgendwo Sachsen gesehen?«

Er schüttelte den Kopf. »Die sind im Themsetal. Das wir umgangen haben.« Er starrte auf das Gedränge um Mordred. »Und was geschieht jetzt?« fragte er mich.

Mordred hatte ganz bestimmte Vorstellungen. Er war mit einem geliehenen Mantel bekleidet und saß am Tisch, wo er sich Brot und Pökelfleisch in den Mund stopfte. Er verlangte, daß Arthur sofort nach Süden marschierte, und jedesmal, wenn Arthur ihn unterbrechen wollte, schlug der König auf den Tisch und wiederholte seine Forderung. »Wollt Ihr Euren Eid verleugnen?« schrie er Arthur schließlich an und besprühte dabei alle am Tisch mit Brot- und Fleischbröckchen aus seinem Mund.

»Lord Arthur«, entgegnete Cuneglas bissig, »versucht seine Gemahlin und seine Kinder zu schützen.«

Mordred starrte den König von Powys ausdruckslos an. »Ist das wichtiger als mein Königreich?« fragte er schließlich.

»Wenn Arthur in den Krieg zieht«, versuchte Cuneglas Mordred zu erklären, »werden Guinevere und Gwydre sterben.«

»Also tun wir lieber nichts?« kreischte Mordred. Er war hysterisch.

»Wir werden die Angelegenheit in Erwägung ziehen«, sagte Arthur verbittert.

»In Erwägung?« schrie Mordred. Dann stand er auf. »Ihr wollt erwägen, während dieser Bastard mein Land regiert? Habt Ihr einen Eid geleistet oder nicht?« wandte er sich an Arthur. »Und wozu sind diese Männer gut, wenn sie nicht kämpfen wollen?« Er zeigte auf die Speerkämpfer, die inzwischen einen Kreis um die Tafel gebildet hatten. »Ihr werdet alle für mich kämpfen! Das verlangt Euer Eid. Ihr werdet kämpfen!« Wieder schlug er mit der Faust auf den Tisch. »Ihr sollt nicht erwägen! Ihr sollt kämpfen!«

Ich hatte genug. Vielleicht stand mir in diesem Moment die tote Seele meiner Tochter zur Seite, denn fast ohne nachzudenken trat ich vor und löste meinen Schwertgurt. Ich streifte das Wehrgehenk mit Hywelbane vom Gurt, warf das Schwert zu Boden und legte den Ledergurt zusammen. Mordred, der mich beobachtete, stotterte einen schwächlichen Protest, als ich auf ihn zutrat, aber niemand rührte einen Finger, um mich aufzuhalten.

Als ich den König erreichte, blieb ich stehen und zog ihm den zusammengelegten Gurt mit aller Kraft übers Gesicht. »Das«, sagte ich, »ist nicht die Rache für die Backenstreiche, die Ihr mir gegeben habt, sondern für meine Tochter. Und dies« – ich schlug ihn abermals, nur noch viel härter – »ist dafür, daß Ihr den Eid, Euer Königreich zu beschützen, nicht gehalten habt.«

Die Speerkämpfer brüllten zustimmend. Mordreds Unterlippe zitterte wie damals, wenn er als Kind Prügel hatte einstecken müssen. Seine Wangen waren von den Backenstreichen gerötet, und aus einem winzigen Schnitt unter seinem Auge rann ein Tropfen Blut. Mit dem Finger tupfte er sich das Blut ab, dann spie er mir einen Batzen halbzerkautes Rindfleisch und Brot ins Gesicht. »Dafür werdet Ihr sterben«, kreischte er und versuchte mich in aufwallender Wut zu ohrfeigen. »Wie sollte ich denn das Königreich verteidigen?« schrie er. »Ihr wart nicht da! Arthur war nicht da!« Wieder versuchte er mich zu schlagen, aber ich parierte seinen Schlag mit dem Arm. Dann hob ich den Gurt, um ihm noch ein paar Schläge zu verpassen.

Arthur, über mein Verhalten entsetzt, drückte meinen Arm hinunter und zog mich fort. Mordred folgte, mit beiden Fäusten auf mich einhämmernd; doch dann traf ein schwarzer Stab schmerzhaft seinen Arm, und er fuhr wütend herum, um sich auf diesen neuen Angreifer zu stürzen.

Aber es war Merlin, dessen Gestalt hoch über dem tobenden König aufragte. »Schlagt mich, Mordred«, sagte der Druide leise, »und ich werde Euch in eine Kröte verwandeln und an die Schlangen von Annwn verfüttern.«

Mordred starrte den Druiden an, brachte aber kein Wort heraus. Er versuchte den Stab wegzuschieben, aber Merlin hielt ihn fest und benutzte ihn, um den jungen König zu seinem Sessel zurückzudrängen. »Sagt mir, Mordred«, verlangte Merlin, während er den König auf seinen Platz drückte, »warum habt Ihr Arthur und Derfel so weit fortgeschickt?«

Mordred schüttelte den Kopf. Er hatte Angst vor diesem neuen, kerzengerade aufragenden Merlin. Er hatte den Druiden immer nur als gebrechlichen Alten gekannt, der sich im Garten von Lindinis sonnte, daher jagte ihm der wiedererstarkte Merlin mit seinem geflochtenen Bart eine Heidenangst ein.

Merlin hob den Stab und ließ ihn krachend auf die Tischplatte herabsausen. »Warum?« fragte er leise, nachdem der Lärm des Schlages verklungen war.

»Um Ligessac gefangenzunehmen«, flüsterte Mordred.

»Mieser kleiner Wurm«, sagte Merlin. »Ein Kind hätte Ligessac gefangennehmen können. Warum habt Ihr Arthur und Derfel geschickt?«

Mordred schüttelte stumm den Kopf.

Merlin seufzte. »Es ist lange her, junger Mordred, daß ich den großen Zauber angewendet habe. Ich bin leider aus der Übung, aber ich glaube, mit Nimues Hilfe kann ich Euren Urin in jenen schwarzen Eiter verwandeln, der jedesmal, wenn Ihr pissen wollt, so schmerzhaft sticht wie eine Wespe. Ich kann Euer Hirn aufweichen – soweit Ihr überhaupt eins habt – und Eure Männlichkeit« – unvermittelt zeigte der Stab auf Mordreds Geschlechtsteile – »zur Größe einer vertrockneten Bohne schrumpfen lassen. Das alles vermag ich zu tun, Mordred, und das alles werde ich tun, es sei denn, Ihr sagt mir auf der Stelle die Wahrheit!« Er lächelte, doch dieses Lächeln wirkte bedrohlicher als der gezückte Stab. »Sagt mir also, mein guter Junge: Warum habt Ihr Arthur und Derfel zu Cadocs Lager geschickt?«

Mordreds Unterlippe zitterte. »Weil Sansum es mir befohlen hat.«

»Der Mäuselord!« rief Merlin aus, als überraschte ihn die Antwort. Abermals lächelte er, das heißt, er bleckte die Zähne. »Ich habe noch eine andere Frage, Mordred«, fuhr er dann fort, »und wenn Ihr mir nicht die Wahrheit sagt, werden Eure Eingeweide schleimige Kröten absondern, wird Euer Bauch ein Nest von Würmern sein und Eure Kehle von ihrer Galle überlaufen. Ich werde bewirken, daß Ihr unaufhörlich zittert, so daß Ihr Euer Leben lang, Euer ganzes Leben lang, nur noch ein krötenscheißender, wurmzerfressener, gallespeiender Zitterer sein werdet. Ich werde Euch« – er hielt inne, um seine Stimme drohend zu senken – »noch abstoßender machen, als Eure Mutter es schon gemacht hat. Also, Mordred, sagt mir, was euch der Mäuselord versprochen hat, wenn Ihr Arthur und Derfel wegschickt!«

Starr vor Entsetzen sah Mordred Merlin ins Gesicht.

Merlin wartete. Da keine Antwort kam, hob er den Stab gegen das hohe Dach der Halle. »Im Namen Bels«, skandierte er dröhnend, »und seines Krötenlords Callyc, und im Namen Sucellos' und seines Wurmmeisters Horfael, im Namen ...«

»Daß sie getötet werden!« kreischte Mordred verzweifelt.

Ganz langsam senkte sich der Stab, bis er wieder auf Mordreds Gesicht zeigte. »Was hat er Euch versprochen, mein guter Junge?« fragte Merlin.

Mordred wand sich in seinem Sessel, doch es gab kein Entrinnen vor dem Stab. Er schluckte, schielte nach links und nach rechts, vermochte aber nirgendwo in der Halle Hilfe zu finden. »Daß sie getötet werden«, gestand Mordred. »Von den Christen.«

»Und warum sollte das Euer Wunsch sein?« erkundigte sich Merlin.

Mordred zögerte, aber Merlin hob wieder den Stab, und der Knabe haspelte sein Geständnis heraus. »Weil ich kein König sein kann, solange er lebt!«

»Ihr dachtet, nach seinem Tod wärt Ihr frei zu tun, was Euch beliebt?«

»Ja!«

»Und Ihr habt geglaubt, daß Sansum Euer Freund sei?«

»Ja.«

»Und Ihr habt nie daran gedacht, daß Sansum auch Euren Tod wollte?« Merlin schüttelte den Kopf. »Was für ein törichter Knabe Ihr doch seid! Wißt Ihr denn nicht, daß die Christen niemals etwas richtig machen? Sogar ihr erster hat sich an ein Kreuz nageln lassen. So verhalten sich tüchtige Götter nicht, ganz und gar nicht. Ich danke Euch, Mordred, für dieses Gespräch.« Damit lächelte er, zuckte die Achseln und ging davon. »Ich habe nur helfen wollen«, sagte er, als er an Arthur vorüberging.

Mordred wirkte, als hätte ihn schon das große Zittern erfaßt, das Merlin ihm angedroht hatte. Schaudernd umklammerte er die Armlehnen seines Sessels, und seine Augen füllten sich mit Tränen wegen der soeben erlittenen Demütigung. Dann versuchte er ein wenig von seinem Stolz zurückzugewinnen, indem er auf mich zeigte und verlangte, daß Arthur mich gefangennehme.

»Seid nicht so töricht!« fuhr Arthur ihn zornig an. »Glaubt Ihr, wir könnten Euren Thron ohne Derfel und seine Männer zurückgewinnen?« Mordred schwieg, und dieses schmollende Schweigen löste bei Arthur einen ebenso heftigen Wutanfall aus wie jenen, der mich veranlaßt hatte, meinen König zu verprügeln. »Euch hingegen brauchen wir nicht!« fauchte er Mordred an. »Und was immer geschieht, Ihr werdet hierbleiben, unter Bewachung!« Mordred starrte offenen Mundes zu ihm empor, aus einem Auge quoll eine Träne und verwässerte den winzigen Blutstropfen. »Nicht als Gefangener, Lord König«, erklärte Arthur müde, »sondern um Euer Leben vor den Hunderten von Männern zu schützen, denen es ein Vergnügen wäre, es Euch zu nehmen.«

»Und was werdet Ihr tun?« fragte Mordred, inzwischen ganz klein und armselig geworden.

»Wie ich Euch sagte«, antwortete Arthur verächtlich. »Ich werde die Angelegenheit in Erwägung ziehen.« Mehr sagte er nicht.

Endlich lag Lancelots Komplott in seinem vollen Umfang deutlich vor uns. Sansum hatte Arthurs Tod geplant, Lancelot hatte Männer ausgeschickt, um Mordred zu töten, und war dann mit seinem Heer gefolgt, weil er glaubte, daß jedes Hindernis auf seinem Weg auf Dumnonias Thron beseitigt worden sei, und daß die Christen, aufgepeitscht von Sansums eifrigen Missionaren, alle übrigen Feinde töten würden, während Cerdic Sagramors Männer in Schach hielt.

Aber Arthur lebte, und Mordred lebte ebenfalls, und solange Mordred lebte, mußte Arthur seinen Eid erfüllen. Dieser Eid bedeutete, daß wir in den Krieg ziehen mußten. Es spielte keine Rolle, daß der Krieg den Sachsen möglicherweise das Severn-Tal öffnete: Wir mußten gegen Lancelot kämpfen. Dazu verpflichtete uns unser Eid.

Meurig wollte keine Speerkämpfer für den Kampf gegen Lancelot abstellen. Er brauche alle seine Männer, um die eigenen Grenzen gegen einen eventuellen Angriff Cerdics oder Aelles zu verteidigen, behauptete er, und nichts, was wir sagten, konnte ihn von dieser Meinung abbringen. Er versprach, seine Garnison in Glevum zu lassen und damit die dumnonische Garnison freizusetzen, die sich Arthurs Truppen anschließen sollte, wollte aber keinen Schritt weitergehen. »Dieser miese, kleine Feigling!« grollte Culhwch.

»Er ist ein vernünftiger junger Mann«, widersprach Arthur, »dessen Ziel es ist, sein Königreich zu schützen.« Er sprach mit uns, seinen Kriegsherren, in einer Halle der römischen Bäder von Glevum. Der Raum hatte einen gefliesten Boden und eine gewölbte Decke, an der die aufgemalten Reste nackter Nymphen von einem Faun durch ein Gewirr von Blüten und Blättern gejagt wurden.

Cuneglas war großzügiger. Die Speerkämpfer, die er von Caer Sws mitgebracht hatte, sollten unter Culhwchs Befehl zu Sagramors Männern stoßen. Culhwch schwor, er werde keinen Finger rühren, um Mordreds Wiedereinsetzung zu fördern, war dagegen aber durchaus bereit, gegen Cerdics Krieger zu Felde zu ziehen, und das war immer noch Sagramors Auftrag. Sobald der Numidier Verstärkung durch die Männer aus Powys bekam, sollte er gen Süden marschieren, den Sachsen, die Corinium belagerten, den

Weg abschneiden und Cerdics Männer in einen Feldzug verwickeln, der sie daran hinderte, Lancelot im Kernland von Dumnonia zu Hilfe zu eilen. Cuneglas versprach uns jede Unterstützung, die er uns geben konnte, sagte aber, es werde mindestens zwei Wochen dauern, bis er seine gesamte Streitmacht versammelt habe und sie südwärts nach Glevum bringen könne.

Arthur hatte nur sehr wenige Männer in Glevum. Er hatte die dreißig Mann, die nordwärts gezogen waren, um Ligessac gefangenzunehmen, der nun in Glevum in Ketten lag, und er hatte meine Männer, zu denen er noch jene siebzig Speerkämpfer zählen konnte, die Glevums kleine Garnison gebildet hatten. Zu ihnen gesellten sich tagtäglich neue Flüchtlinge, denen es gelungen war, den marodierenden Christenbanden zu entkommen, welche noch immer hinter allen Heiden Dumnonias her waren. Wie wir hörten, hielten sich viele dieser Flüchtlinge noch in Dumnonia auf, manche von ihnen in uralten Erdfestungen oder tief in den Wäldern; andere aber kamen nach Glevum, und zu ihnen gehörte Morfans, der Häßliche, der dem Massaker in Durnovarias Tavernen entkommen war. Arthur gab ihm den Befehl über die Streitkräfte von Glevum und wies ihn an, mit ihnen südwärts nach Aquae Sulis zu marschieren. Galahad würde ihn begleiten. »Laßt Euch nicht in eine Schlacht verwickeln«, warnte Arthur beide Männer, »provoziert die Feinde nur, belästigt sie, macht sie nervös. Haltet Euch in den Hügeln, bleibt beweglich und seht zu, daß sie hierher blicken. Sobald mein Lord König kommt« – er meinte Cuneglas – »könnt Ihr Euch seinem Heer anschließen und nach Süden auf Caer Cadarn marschieren.«

Er selbst werde weder mit Sagramor noch mit Morfans kämpfen, erklärte Arthur, sondern sich aufmachen, um Aelles Hilfe zu erbitten. Arthur wußte besser als jeder andere, daß die Nachricht von seinen Plänen sofort nach Süden getragen werden würde. Es gab genügend Christen in Glevum, die Arthur für den Feind Gottes hielten und in Lancelot den vom Himmel gesandten Vorboten von Christi Wiederkehr auf Erden sahen. Arthur wollte, daß diese Christen ihre Nachrichten südwärts nach Dumnonia trugen und daß Lancelot aus diesen Nachrichten schloß, Arthur werde es nicht wagen, Guineveres Leben aufs Spiel zu setzen, indem er gegen ihn zu Felde zog. Statt dessen wollte Arthur Aelle bitten, mit seinen Äxten und Speeren gegen Cerdics Männer vorzugehen. »Derfel wird mich begleiten«, erklärte er uns jetzt.

Ich wollte Arthur nicht begleiten. Es gebe andere Dolmetscher, protestierte ich, und mein einziger Wunsch sei es, mich Morfans anzuschließen und südwärts nach Dumnonia hineinzumarschieren. Ich wollte meinem Vater Aelle nicht gegenübertreten. Ich wollte kämpfen, ich wollte Mordred nicht auf den Thron zurückhelfen, sondern Lancelot stürzen sowie Dinas und Lavaine aufstöbern.

Arthur schlug mir die Bitte ab. »Ihr werdet mit mir kommen, Derfel«, befahl er. »Wir werden vierzig Mann mitnehmen.«

»Vierzig?« protestierte Morfans. Vierzig war eine Zahl, auf die seine kleine Kriegshorde, mit der er Lancelot ablenken sollte, nicht leicht verzichten konnte.

Arthur zuckte die Achseln. »Ich würde es nicht wagen, Aelle gegenüber schwach zu erscheinen«, sagte er. »Im Gegenteil, ich sollte mehr mitnehmen, aber vierzig Mann könnten genügen, um ihn zu überzeugen, daß ich nicht verzweifelt bin.« Er hielt inne. »Und noch etwas«, sagte er so nachdrücklich, daß er auch die Aufmerksamkeit jener Männer erregte, die sich schon bereit machten, das Badehaus zu verlassen. »Einige von euch sind nicht gewillt, für Mordred zu kämpfen«, räumte Arthur ein. »Culhwch hat Dumnonia schon verlassen. Derfel wird es zweifellos tun, sobald dieser Krieg beendet ist, und wer weiß, wie viele andere von euch ebenfalls gehen werden. Dumnonia kann es sich nicht leisten, solche Männer zu verlieren.« Abermals hielt er inne. Es hatte zu regnen begonnen, so daß Wasser von den Ziegeln herabtropfte, die zwischen den Resten des Deckengemäldes durchschauten. »Ich habe mit Cuneglas gesprochen«, sagte Arthur mit einer leichten Verneigung vor dem König von Powys, »und ich habe mit Merlin gesprochen. Wir haben über die uralten Gesetze und Bräuche unseres Volkes diskutiert. Alles, was ich tue, geschieht innerhalb dieser Gesetze. Ich kann euch nicht von Mordred befreien, denn das verbietet mir mein Eid, und die uralten Gesetze unseres Volkes lassen es nicht zu.« Er machte eine weitere Pause, und seine Rechte wanderte unwillkürlich an Excaliburs Heft. »Aber eins gestattet das

Gesetz. Wenn ein König unfähig ist zu regieren, darf sein Kronrat an seiner Statt herrschen, solange der König alle Ehren und Privilegien seines Standes innehat. Merlin versichert mir, daß es so ist, und König Cuneglas bestätigt, daß dies während der Regierungszeit seines Urgroßvaters Brychan geschehen ist.«

»Total plemplem!« warf Cuneglas fröhlich ein.

Arthur lächelte ein wenig, dann krauste er die Stirn, während er seine Gedanken sammelte. »Ich habe nie gewollt, daß es so kommt«, erklärte er ruhig, und seine ernste Stimme hallte in dem tropfenden Raum wider, »aber ich werde dem Kronrat von Dumnonia vorschlagen, daß er an Mordreds Stelle die Regierung übernimmt.«

»Jawohl!« rief Culhwch.

Arthur brachte ihn zum Schweigen. »Ich hatte gehofft«, fuhr er dann fort, »daß Mordred lernen würde, Verantwortung zu tragen, aber das hat er nicht getan. Es kümmert mich nicht, daß er mich töten lassen wollte, aber es kümmert mich, daß er sein Königreich verloren hat. Er hat den Eid gebrochen, den er bei seiner Ernennung geschworen hat, und inzwischen bezweifle ich, daß er jemals in der Lage sein wird, ihn zu halten.« Er hielt inne, und viele von uns müssen sich gefragt haben, warum es so lange gedauert hatte, bis Arthur begriff, was für uns andere längst auf der Hand lag. Jahrelang hatte er sich hartnäckig gegen die Erkenntnis gesträubt, daß Mordred nicht zum König taugte, doch jetzt, nachdem Mordred sein Königreich verloren und es – in Arthurs Augen noch weit schlimmer – versäumt hatte, seine Untertanen zu beschützen, war Arthur endlich bereit, der Wahrheit ins Auge zu sehen. Regenwasser tropfte auf seinen unbedeckten Kopf, aber er schien es nicht zu merken. »Wie Merlin mir sagt«, fuhr er bedrückt fort, »ist Mordred von einem bösen Geist besessen. Ich bin nicht bewandert in diesen Dingen, aber mir scheint diese Erklärung nicht unwahrscheinlich zu sein. Daher werde ich, falls der Kronrat zustimmt, den Vorschlag machen, Mordred, nachdem wir ihn wiedereingesetzt haben, alle Ehren zu erweisen, die unserem König zustehen. Er darf im Winterpalast wohnen, er darf auf die Jagd gehen, er darf wie ein König essen und all seinen Vergnügungen nachgehen, solange sie innerhalb der Gesetze liegen, aber er wird nicht regieren.

Ich schlage vor, daß wir ihm alle Privilegien, jedoch keine der Pflichten seines Throns gewähren.«

Wir jubelten. Und wie wir jubelten! Denn nun hatten wir etwas, für das es sich zu kämpfen lohnte. Nicht für Mordred, diese elende Kröte, aber für Arthur, denn trotz all seines schönen Geredes darüber, daß der Kronrat an Mordreds Stelle in Dumnonia herrschen sollte, wußten wir genau, was seine Worte bedeuteten. Sie bedeuteten, daß Arthur in allem, nur nicht im Namen, König von Dumnonia sein würde, und dafür würden wir freudig mit unseren Speeren in den Krieg ziehen. Wir jubelten, denn nun hatten wir einen Grund, zu kämpfen und zu sterben. Wir hatten Arthur.

Arthur wählte zwanzig seiner besten Reiter aus und bestand darauf, daß ich zwanzig meiner besten Speerkämpfer für unsere diplomatische Mission bei Aelle bestimmte. »Wir müssen Eindruck auf Euren Vater machen«, erklärte er mir, »und mit schwachen und alten Speerkämpfern kann man einen solchen Mann nicht beeindrucken. Wir werden unsere besten Männer mitnehmen.« Außerdem bestand er darauf, daß Nimue uns begleitete. Er hätte zwar Merlins Begleitung vorgezogen, aber der Druide behauptete, er sei zu alt für den langen Marsch, und schlug statt dessen Nimue vor.

Mordred ließen wir unter Bewachung von Meurigs Speerkämpfern zurück. Mordred wußte von Arthurs Plänen für ihn, hatte aber keine Verbündeten in Glevum und keinen Widerstand in seiner niederträchtigen Seele, obwohl ihm die Genugtuung zuteil wurde, mit anzusehen, wie Ligessac auf dem Forum erwürgt wurde. Nach diesem langsamen Tod trat Mordred auf die Terrasse der großen Halle und hielt eine genuschelte Ansprache, in der er allen anderen Verrätern in Dumnonia das gleiche Schicksal androhte; dann kehrte er mürrisch in sein Quartier zurück, während wir Culhwch nach Osten folgten. Culhwch war ausgezogen, um sich Sagramor anzuschließen und ihm bei dem Angriff zu helfen, von dem wir alle hofften, daß er Corinium rette.

Arthur und ich marschierten ostwärts ins schöne Hügelland, Gwents reiche Ostprovinz. Dort fand man luxuriöse Villen, mächtige Gehöfte und großen Reichtum, zum größten Teil auf dem

Rücken der Schafe gewachsen, die friedlich in der Hügellandschaft grasten. Wir marschierten unter zwei Feldzeichen, Arthurs Bären und meinem Stern, und hielten uns nördlich der dumnonischen Grenze, damit aus sämtlichen Nachrichten, die Lancelot erhielt, zu ersehen war, daß Arthur für seinen usurpierten Thron keine Bedrohung darstellte. Nimue begleitete uns. Merlin hatte sie irgendwie dazu gebracht, sich zu waschen und sich saubere Kleidung zu besorgen, ihr dann – in der Erkenntnis, daß es ihm nie gelingen würde, ihren verfilzten Schopf zu entwirren – die Haare radikal kurz geschnitten und die dreckverkrusteten Strähnen verbrannt. Die kurzen Haare standen ihr gut. Sie trug wieder eine Augenklappe und einen Stab, doch kein Gepäck. Sie ging barfuß, und sie ging widerwillig, denn sie hatte nicht mitkommen wollen; aber Merlin hatte sie überredet, obwohl Nimue immer noch behauptete, ihre Anwesenheit sei Zeitverschwendung. »Jeder Narr kann einen sächsischen Zauberer besiegen«, erklärte sie Arthur, als wir uns dem Ende unseres ersten Tagesmarsches näherten. »Man spuckt sie einfach an, verdreht die Augen und wedelt mit einem Hühnerknochen. Das genügt.«

»Wir werden keinen sächsischen Zauberern begegnen«, antwortete Arthur ihr gelassen. Wir befanden uns jetzt in offenem Gelände, weit entfernt von den Luxusvillen. Er zügelte sein Pferd, hob die Hand und wartete, bis sich die Männer um ihn versammelt hatten. »Wir werden keinen Zauberern begegnen«, erklärte er uns, »weil wir auch Aelle nicht begegnen werden. Wir werden nach Süden in unser eigenes Land marschieren. Weit nach Süden.«

»Bis zum Meer?« versuchte ich zu raten.

Er lächelte. »Bis zum Meer.« Er faltete die Hände auf der Tracht seines Sattels. »Wir sind nur wenige«, fuhr er dann fort, »und Lancelot hat viele, aber Nimue kann uns mit einem Tarnzauber helfen. Wir werden bei Nacht marschieren, und wir werden schnell marschieren.« Lächelnd zuckte er die Achseln. »Solange meine Frau und mein Sohn gefangen sind, kann ich nichts unternehmen, wenn wir sie aber befreien können, werde ich ebenfalls frei sein. Und wenn ich frei bin, kann ich gegen Lancelot kämpfen. Aber Ihr sollt wissen, daß wir weit von jeder Hilfe entfernt sein werden und dazu tief in einem Dumnonia, das von unseren Feinden besetzt ist. Wenn ich Guinevere und Gwydre habe, weiß ich zwar nicht genau, wie wir entkommen sollen, aber Nimue wird uns schon helfen. Die Götter werden uns helfen, aber falls einige von euch sich vor dieser Aufgabe fürchten, sollten sie jetzt gleich umkehren.«

Niemand regte sich, aber er muß wohl gewußt haben, daß sich keiner melden würde. Diese vierzig Mann waren unsere Besten, sie wären Arthur in die Schlangengrube gefolgt. Arthur hatte natürlich nur Merlin mitgeteilt, was er plante, damit kein Wort davon an Lancelots Ohren gelangte. Jetzt zuckte er mit einem Blick auf mich bedauernd die Achseln, als wollte er sich dafür entschuldigen, daß er mich getäuscht hatte; aber er muß gewußt haben, wie erfreut ich war, denn wir marschierten ja nicht nur dorthin, wo Guinevere und Gwydre als Geiseln gehalten wurden, sondern auch dorthin, vo Dians Mörder glaubten, vor meiner Rache sicher zu sein.

»Heute abend brechen wir auf«, sagte Arthur, »und wir werden bis zum Tagesanbruch nicht rasten. Wir marschieren nach Süden, denn bis zum Morgen möchte ich in den Hügeln hinter der Themse sein.«

Wir verbargen unsere Rüstungen unter Mänteln, umwickelten die Hufe der Pferde mit dicken Stofflagen und zogen durch die zunehmende Dunkelheit gen Süden. Die Reiter führten ihre Pferde am Zügel, und Nimue führte uns allesamt, indem sie Gebrauch von ihrer seltsamen Fähigkeit machte, selbst in unbekanntem Gelände und in der Finsternis den richtigen Weg zu finden.

Irgendwann in jener dunklen Nacht gelangten wir nach Dumnonia hinein, und als wir von den Hügeln ins Tal der Themse hinabstiegen, sahen wir zu unserer Rechten in der Ferne einen Schein am Himmel, der uns zeigte, wo Cerdics Männer vor Corinium kampierten. Sobald wir aus den Hügeln heraus waren, führte uns unser Weg unvermeidlicherweise durch kleine, dunkle Dörfer, in denen zwar Hunde bellten, als wir vorüberzogen, uns aber von keinem Menschen Fragen gestellt wurden. Die Bewohner waren entweder tot, oder sie fürchteten, wir seien Sachsen, und so zogen wir wie eine Geisterschar an ihnen vorüber. Einer von Arthurs Reitern stammte aus dieser Flußlandschaft und führte uns zu einer Furt, die uns bis an die Brust reichte. Wir hielten Waffen und Brotbeutel hoch, kämpften uns durch die starke Strömung und erreichten so das andere Ufer, wo Nimue uns vor einem nahen Dorf mit einem Tarnzauber schützte. Gegen Morgen waren wir in einer der Erdfestungen der Alten in den südlichen Hügeln in Sicherheit.

Wir schliefen im Sonnenschein und machten uns bei Einbruch der Dunkelheit wieder auf den Weg nach Süden. Unsere Route führte uns durch schönes, fruchtbares Land, das noch kein Sachse betreten hatte; und dennoch wurden wir von keinem Dorfbewohner angerufen, denn nur ein Narr richtet Fragen an Bewaffnete, die in unruhigen Zeiten bei Nacht marschieren. Bei Tagesanbruch hatten wir die große Ebene erreicht, wo die aufgehende Sonne die Schatten der Hügelgräber lang über das bleiche Gras legte. Einige dieser Grabhügel bargen immer noch Schätze, die von Grabdämonen bewacht wurden; aber die mieden wir vorsichtshalber und suchten uns lieber eine grasbewachsene Senke, in der die Pferde grasen und wir selber uns ausruhen konnten.

Beim nächsten Mondenschein kamen wir an den Steinen vorbei, jenem großen, geheimnisvollen Kreis, in dem Merlin Arthur sein Schwert gegeben hatte und in dem wir vor so vielen Jahren Aelle das Gold ausgehändigt hatten, bevor wir nach Lugg Vale weitermarschierten. Nimue glitt zwischen den riesigen, überdeckten Steinpfeilern umher, berührte sie mit ihrem Stab und stellte sich dann genau in die Mitte, wo sie zu den Sternen emporblickte. Der Mond war fast voll, und sein Schein verlieh den Steinen einen bleichen Glanz. »Besitzen sie noch immer Zauberkraft?« fragte ich sie, als sie uns einholte.

»Ein wenig«, antwortete sie, »aber sie nimmt langsam ab, Derfel. All unsere Zauberkraft nimmt ab. Wir brauchen den Kessel.« Sie lächelte im Dunkeln. »Er ist jetzt nicht mehr weit entfernt«, behauptete sie. »Ich kann ihn spüren. Er ist noch lebendig, Derfel. Wir werden ihn finden und Merlin zurückgeben.« Sie sprach voll Leidenschaft, derselben Leidenschaft, die sie erfüllt hatte, als wir uns dem Ende der Dunklen Straße näherten. Arthur marschierte für seine Guinevere durch die Dunkelheit, ich für meine Rache und Nimue, um die Götter mit Hilfe des Kessels anzurufen; und doch waren wir immer noch wenige, während der Feinde viele waren.

Wir waren jetzt tief in Lancelots neuem Reich, aber nirgends sahen wir etwas von seinen Kriegern oder von den rasenden Christenbanden, die die Bauern angeblich noch immer terrorisieren sollten. Lancelots Speerkämpfer hatten in diesem Teil Dumnonias nichts zu suchen, denn sie bewachten die Straßen nach Glevum – während die Christen offenbar losgezogen waren, sein Heer zu unterstützen, weil sie glaubten, Christi Werk zu verrichten. Also wurden wir von niemandem belästigt, während wir von der großen Ebene zur Flußlandschaft an Dumnonias südlicher Küste hinabmarschierten. Als wir die Festungsstadt Sorviodunum umgingen, rochen wir den Rauch der Häuser, die dort niedergebrannt worden waren. Und immer noch wurden wir von niemandem gestellt, weil wir unter dem nahezu vollen Mond marschierten und von Nimues Zaubersprüchen beschützt wurden.

In der fünften Nacht erreichten wir das Meer. Wir waren an der römischen Festung Vindocladia vorbeigeschlichen, wo Arthur eine Garnison von Lancelots Truppen vermutete, und lagen bei Morgengrauen versteckt in den tiefen Wäldern oberhalb des Bachlaufs, der sich beim Seepalast zu einer kleinen Bucht verbreiterte. Der Palast lag höchstens eine Meile entfernt, und wir erreichten ihn unentdeckt, weil wir uns im eigenen Land lautlos wie Nachtgeister bewegten.

Auch unseren Angriff würden wir bei Nacht ausführen. Da Lancelot Guinevere als Schutzschild benutzte, würden wir ihm diesen Schild nehmen und dann unsere Speere bis in sein Verräterherz tragen. Aber nicht um Mordreds willen, nein, jetzt kämpften wir für Arthur und für das glückliche Königreich, das wir jenseits dieses Krieges erahnten.

Wie die Barden es heutzutage formulieren: Wir kämpften für Camelot.

Die meisten Speerkämpfer schliefen an jenem Tag, nur Arthur, Issa und ich krochen bis an den Waldrand und spähten über das enge Tal zum Seepalast hinüber.

Er sah so schön aus mit seinen schneeweißen Mauern, die in der aufgehenden Sonne glänzten! Von einer kleinen Anhöhe aus, die ein wenig tiefer lag als der Palast, blickten wir auf seinen Ostflügel. Da die Ostmauer nur von drei kleinen Fenstern durchbrochen war, wirkte sie auf uns wie eine große weiße Festung auf einem grünen Hügel, obwohl diese Illusion ein wenig durch das riesige Zeichen des Fisches beeinträchtigt wurde, das ungeschickt mit Pech auf die weißgetünchte Mauer gepinselt worden war: vermutlich um den Palast vor dem Zorn wandernder Christen zu schützen. Es war die langgestreckte Südfassade mit Blick auf die Bucht und das Meer, das hinter einer Sandbank im Süden der Bucht lag, wo die römischen Baumeister die Fenster eingebaut hatten. Die Küchen, Sklavenquartiere und Kornspeicher hatten sie auf das nördliche Gelände hinter der Villa verbannt, wo auch Gwenhwyvachs Blockhaus stand. Inzwischen gab es dort – vermutlich für die Speerkämpfer und ihre Familien – außerdem noch ein kleines Dorf aus strohgedeckten Hütten, aus denen von Kochfeuern Rauchsäulen aufstiegen. Hinter den Hütten lagen Obstgärten und Gemüsebeete, und dahinter lagen, umgeben von tiefen Wäldern, die in diesem Teil des Landes besonders dicht waren, unvollständig gemähte Wiesen.

Vor dem Palast und genau so, wie ich es von jenem fernen Tag, da ich Arthurs kostbaren Eid auf die Tafelrunde leistete, in Erinnerung hatte, erstreckten sich die beiden mit Arkaden bebauten Wälle zur Bucht hinab. Der Palast lag im vollen Sonnenschein – weiß, grandios und wunderschön. »Wenn die Römer heute zurückkämen«, sagte Arthur stolz, »würden sie nicht erkennen, daß er wiederaufgebaut wurde.«

»Wenn die Römer heute zurückkämen«, erwiderte Issa, »hätten sie einen heißen Kampf zu bestehen.« Ich hatte darauf bestanden, daß er an den Waldrand mitkam, denn ich kannte niemanden, der einen schärferen Blick besaß, und wir mußten den Tag nutzen, um auszuforschen, wie viele Wachen Lancelot im Seepalast zurückgelassen hatte.

An jenem Morgen zählten wir nicht mehr als ein Dutzend Wachen. Kurz nach Tagesanbruch stiegen zwei Mann zu einer hölzernen Plattform hinauf, die auf den Dachfirst gesetzt worden war, und beobachteten von dort aus die Straße, die nach Norden führte. Vier Speerkämpfer patrouillierten an der uns zugewandten Arkade, und ich hielt es für logisch, daraus zu schließen, daß vier weitere an der westlichen Arkade postiert waren, die wir von unserem

Platz aus nicht sehen konnten. Die übrigen Wachen befanden sich auf dem Gelände zwischen einer Terrasse mit Steinbalustrade an der unteren Grenze der Gärten und der Bucht, wo sie augenscheinlich alle Pfade bewachten, die an der Küste entlangführten. Issa unternahm es, das Terrain in jener Richtung zu erkunden, indem er ohne Rüstung und Helm durch den Wald kroch, um einen Blick auf die Fassade der Villa zwischen den beiden Arkaden zu werfen.

Arthur starrte unentwegt auf den Palast. Er befand sich in stiller Hochstimmung, weil er wußte, daß er kurz davor war, eine Rettungsaktion zu wagen, die Lancelots neues Königreich in seinen Grundfesten erschüttern würde. Tatsächlich hatte ich Arthur kaum jemals so glücklich gesehen wie an jenem Tag. Indem er tief nach Dumnonia hinein vordrang, hatte er sich der Regierungsverantwortung entledigt, und nun hing seine Zukunft, genau wie in der fernen Vergangenheit, ausschließlich von seinem Können als Schwertkämpfer ab. »Habt Ihr je an Vermählung gedacht, Derfel?« fragte er mich plötzlich.

»Nein, Lord«, antwortete ich. »Ceinwyn hat geschworen, sich niemals zu vermählen, und ich sehe keinen Grund, ihren Entschluß nicht zu respektieren.« Lächelnd berührte ich meinen Liebesring mit dem kleinen Goldsplitter aus dem Kessel. »Aber ich glaube, wir sind enger miteinander vermählt als die meisten Paare, die jemals vor einem Druiden oder Priester gestanden haben.«

»Das habe ich nicht gemeint«, sagte er. »Habt Ihr jemals über die Ehe nachgedacht?« Er betonte das Wort »nachgedacht«.

»Nein, Lord«, gestand ich ihm. »Eigentlich nicht.«

»Sturköpfiger Derfel«, neckte er mich. »Wenn ich sterbe«, sagte er verträumt, »wünsche ich mir, glaube ich, ein christliches Begräbnis.«

»Warum?« fragte ich ihn entsetzt und berührte mein Kettenhemd, damit das Eisen das Böse abwehre.

»Weil ich dann auf ewig mit meiner Guinevere zusammenliegen werde«, sagte er. »Sie und ich, in einem Grabmal.«

Ich dachte an Norwennas Fleisch, das ihr von den gelben Knochen hing, und verzog das Gesicht. »Ihr werdet in der Anderwelt mit ihr zusammensein, Lord.«

»Unsere Seelen, ja«, räumte er ein, »und unsere Schattenkörper werden dort sein. Aber warum sollten diese Körper nicht ebenfalls Hand in Hand liegen?«

Ich schüttelte den Kopf. »Wenn Ihr nicht wollt, daß Eure Seele ruhelos durch Britannien wandert, laßt Euch verbrennen.«

»Vielleicht habt Ihr recht«, gab er leichthin zurück. Er lag vor der Villa auf dem Bauch, durch einen luftigen Schutzwall aus Kreuzkraut und Kornblumen verborgen. Keiner von uns trug seine Rüstung. Die Kampfwehr würden wir erst bei der Abenddämmerung anlegen, kurz bevor wir aus der Dunkelheit hervorbrachen, um Lancelots Wachen niederzumachen. »Wie kommt es, daß Ihr und Ceinwyn so glücklich seid?« fragte mich Arthur. Er hatte sich nicht mehr rasiert, seit wir Glevum verlassen hatten, und die Bartstoppeln, die ihm gewachsen waren, schimmerten grau.

»Freundschaft«, antwortete ich.

Er krauste die Stirn. »Nur das?«

Ich dachte darüber nach. In der Ferne gingen die ersten Sklaven zum Heumachen auf die Wiesen; ihre Sicheln funkelten hell im Schein der Morgensonne. Kleine Knaben liefen in den Gemüsegärten auf und ab, um die Eichelhäher aus den Erbsen und den Stachelbeeren, Johannisbeeren und Himbeeren zu verjagen, während etwas näher, wo sich rosa Winden um Brombeeren rankten, lärmend eine Schar von Grünfinken zankte. Anscheinend hatte noch kein christlicher Mob die Stille dieses Ortes gestört, ja, es schien mir fast unmöglich, daß sich Dumnonia im Krieg befand. »Ich spüre immer noch ein Kribbeln, wenn ich sie ansehe«, gab ich zu.

»Das ist es, nicht wahr?« stimmte er mir begeistert zu. »Dieses Kribbeln! Und das Herzklopfen.«

»Liebe«, gab ich trocken zurück.

»Wir haben Glück, Ihr und ich«, sagte er lächelnd. »Es ist Freundschaft, es ist Liebe, und es ist noch etwas mehr. Es ist das, was die Iren *anmchara* nennen, eine verwandte Seele. Mit wem sollte man sich sonst am Ende des Tages unterhalten wollen? Ich liebe diese Abende, an denen wir einfach dasitzen und reden, und die Sonne geht unter, und die Nachtfalter kommen in den Kerzenschein geflattert.«

»Und wir reden über die Kinder«, sagte ich und wünschte, ich hätte nicht davon angefangen, »von den Streitereien der Dienstboten und ob die schielende Küchensklavin schon wieder schwanger ist; und wir überlegen, wer den Kesselhaken zerbrochen haben mag, ob das Dachstroh geflickt werden muß oder ob es noch ein weiteres Jahr halten wird, und wir versuchen zu entscheiden, was wir mit dem alten Hund anfangen, der nicht mehr laufen kann, und welche Ausrede Cadell sich dieses Mal ausdenken wird, um seine Pacht nicht zu bezahlen – und wir diskutieren darüber, ob der Flachs lange genug eingeweicht ist und ob die Euter der Kühe mit Fettkraut bestrichen werden sollten, damit sie mehr Milch geben. Über all diese Dinge unterhalten wir uns.«

Er lachte. »Guinevere und ich, wir sprechen über Dumnonia, über Britannien. Und natürlich auch über Isis.« Als er diesen Namen erwähnte, schien sich seine Begeisterung ein wenig zu legen, dann zuckte er jedoch die Achseln. »Aber wir sind bei weitem nicht oft genug zusammen. Deswegen hatte ich immer gehofft, Mordred würde mir die Last abnehmen, damit ich all meine Tage hier verbringen könnte.«

»Und statt über Isis über zerbrochene Topfhaken reden?« neckte ich ihn.

»Darüber und über alles andere«, sagte er herzlich. »Eines Tages werde ich diese Felder bestellen, und Guinevere wird ihr Werk fortsetzen.«

»Ihr Werk?«

Er lächelte ironisch. »Das Studium der Isis. Wenn sie Kontakt mit der Göttin aufnehmen kann, sagt sie, wird die Macht wieder auf die Welt zurückfließen.« Skeptisch wie immer angesichts derart ausgefallener religiöser Behauptungen, zuckte er die Achseln. Nur Arthur hätte es gewagt, Excalibur in den Boden zu stoßen und Gofannon herauszufordern und um Hilfe zu bitten – denn er hatte von Anfang an nicht recht daran geglaubt, daß Gofannon wirklich kommen würde. Wir, erklärte er mir einmal, sind für die Götter wie Mäuse im Dachstroh, und wir überleben nur so lange, wie wir unbemerkt bleiben. Nur die Liebe konnte ihn dazu bewegen, Guineveres leidenschaftlichem Glauben gegenüber eine ironische Toleranz zu beweisen. »Ich wünschte, ich wäre ein bißchen mehr überzeugt von Isis«, gestand er mir jetzt ein. »Aber Männer gehören natürlich nicht zu ihren Mysterien.« Er lächelte. »Guinevere nennt Gwydre sogar Horus.«

»Horus?«

»Isis' Sohn«, erklärte er mir. »Ein häßlicher Name.«

»Nicht so häßlich wie Wygga«, gab ich zurück.

»Wer?« fragte er mich. Dann erstarrte er unvermittelt. »Seht!« sagte er aufgeregt. »Seht!«

Als ich den Kopf hob, um über die Pflanzen hinwegzuspähen, entdeckte ich Guinevere. Sogar aus einer Viertelmeile Entfernung war sie unverkennbar, denn das rote Haar fiel ihr als widerspenstige Mähne über das lange blaue Gewand, das sie trug. Sie schritt unter der Arkade auf unserer Seite auf den kleinen, offenen Pavillon zu, der an ihrem dem Meer zugewandten Ende lag. Gefolgt wurde sie von drei Dienerinnen und zwei von ihren Jagdhunden. Die Wachen traten beiseite und verneigten sich, als sie vorüberkam. Im Pavillon nahm Guinevere an einem Steintisch Platz, und die drei Dienerinnen servierten ihr das Frühstück. »Sie wird Obst essen«, erklärte Arthur liebevoll. »Im Sommer will sie morgens nichts anderes zu sich nehmen.« Er lächelte. »Wenn sie nur wüßte, wie nahe ich ihr bin!«

»Heute abend, Lord«, tröstete ich ihn, »werdet Ihr bei ihr sein.«

Er nickte. »Wenigstens wird sie gut behandelt.«

»Lancelot fürchtet Euch viel zu sehr, um sie schlecht zu behandeln, Lord.«

Kurz darauf erschienen Dinas und Lavaine in der Arkade. Sie trugen ihre weißen Druidengewänder. Unwillkürlich berührte ich Hywelbanes Heft, als ich sie sah, und schwor der Seele meiner Tochter, daß die gesamte Anderwelt sich bei den Schreien ihrer Mörder vor Entsetzen winden werde. Die beiden Druiden erreichten den Pavillon, verneigten sich vor Guinevere und setzten sich zu ihr an den Tisch. Wenig später kam Gwydre angelaufen, und wir sahen, wie Guinevere ihm das Haar zerzauste und ihn anschließend der Obhut einer Dienerin übergab. »Er ist ein guter Junge«, sagte Arthur liebevoll. »Kein Funken Falschheit steckt in ihm. Nicht wie bei Amhar und Loholt. Die habe ich im Stich gelassen, nicht wahr?«

»Sie sind noch jung, Lord«, wandte ich ein.

»Aber jetzt dienen sie meinem Feind«, stellte er ausdruckslos fest. »Was soll ich nur mit ihnen machen?«

Culhwch hätte ihm zweifellos geraten, sie zu töten, ich aber zuckte nur die Achseln. »Schickt sie ins Exil«, schlug ich vor. Die Zwillinge konnten sich jenen unglückseligen Männern anschließen, die keinen Lord hatten. Sie konnten ihre Schwerter vermieten, bis sie schließlich bei irgendeiner vergessenen Schlacht gegen die Sachsen, die Iren oder die Schotten starben.

Weitere Frauen erschienen in der Arkade. Manche waren Mägde, andere waren Hofdamen. Unter diesen zwölf Frauen, die Guineveres Vertraute und zugleich Priesterinnen ihres Glaubens waren, befand sich vermutlich auch Lunete, meine ehemalige Gefährtin.

Irgendwann am Vormittag schlief ich mit dem Kopf auf den Armen ein, eingelullt von der Wärme der Sommersonne, die meinen Körper umfing. Als ich erwachte, war Arthur verschwunden, während Issa wieder da war. »Lord Arthur ist zu den Speerkämpfern zurückgekehrt, Lord«, berichtete er mir.

Ich gähnte. »Was hast du gesehen?«

»Weitere sechs Mann. Alles Sachsengardisten.«

»Lancelots Sachsen?«

Er nickte. »Alle im großen Garten, Lord. Aber nur diese sechs. Insgesamt haben wir achtzehn Mann gesehen, und ein paar weitere werden bei Nacht Wache stehen, aber selbst mit denen können es im ganzen nicht mehr als dreißig sein.«

Ich vermutete, daß er recht hatte. Dreißig Mann würden genügen, um den Palast zu bewachen; mehr wären überflüssig, vor allem, da Lancelot jeden Speer brauchte, um sein gestohlenes Königreich zu sichern. Ich hob den Kopf und sah, daß die Arkade bis auf die vier Wachen, die unendlich gelangweilt wirkten, inzwischen leer war. Zwei von ihnen lehnten mit dem Rücken an den Säulen, während die anderen beiden auf der Steinbank, auf der Guinevere ihr Frühstück eingenommen hatte, miteinander plauderten. Ihre Speere hatten sie an den Tisch gelehnt. Die beiden Wachen auf der kleinen Dachplattform wirkten auf mich nicht weniger träge. Der Seepalast wärmte sich in der Sommersonne, und niemand dort glaubte, daß sich im Umkreis von einhundert Meilen ein Feind aufhalten könnte. »Hast du Arthur von den Sachsen berichtet?« fragte ich Issa.

»Ja, Lord. Er sagte, das sei nur zu erwarten gewesen. Lancelot will, daß sie gut bewacht wird.«

»Geh schlafen«, riet ich ihm. »Jetzt werde ich Wache halten.«

Er ging, während ich trotz meines Versprechens wieder einschlief. Ich war die ganze Nacht marschiert und tief erschöpft, und außerdem schien hier, am Rand des sommerlichen Waldes, keine Gefahr zu drohen. Also schlief ich ein, nur um plötzlich von Hundegebell und dem Gescharre dicker Pfoten hochgeschreckt zu werden.

Entsetzt stellte ich fest, daß eine Koppel geifernder Jagdhunde vor mir stand, von denen einer bellte, während der andere knurrte. Ich griff nach meinem Dolch, doch dann ertönte eine weibliche Stimme. »Platz!« befahl sie scharf. »Drudwyn, Gwen, Platz! Ruhe!« Widerwillig legten sich die Hunde hin, und als ich mich umwandte, sah ich, daß Gwenhwyvach mich beobachtete. Sie war in ein altes braunes Gewand gekleidet, trug einen Schal um den Kopf und am Arm einen Korb, in dem sie Wildkräuter gesammelt hatte. Ihr Gesicht war runder denn je, ihre Haare waren dort, wo sie unter dem Tuch hervorkamen, unordentlich und zerzaust. »Der schlafende Lord Derfel«, sagte sie fröhlich.

Ich legte einen Finger auf die Lippen und warf einen Blick zum Palast hinüber.

»Die beachten mich gar nicht«, erklärte sie. »Ich bin ihnen gleichgültig. Außerdem führe ich oft Selbstgespräche. Das tun alle Verrückten, wißt Ihr.«

»Ihr seid nicht verrückt, Lady.«

»Ich wär's aber gern«, sagte sie. »Ich kann mir nicht vorstellen, daß irgend jemand auf der Welt etwas anderes sein möchte.« Sie lachte, raffte ihr Gewand und ließ sich schwerfällig neben mir nieder. Als die Hunde bei einem Geräusch hinter mir zu knurren begannen, wandte sie sich um und beobachtete belustigt, wie Arthur über den Boden gekrochen kam, um sich zu mir zu gesellen. Er mußte das Gebell gehört haben. »Auf dem Bauch wie eine Schlange, Arthur?« fragte sie ihn.

Genau wie ich legte Arthur den Finger auf die Lippen. »Die kümmern sich nicht um mich«, beteuerte Gwenhwyvach abermals. »Seht doch!« Sie winkte den Wachen heftig mit beiden Armen zu, aber die Männer schüttelten nur den Kopf und wandten sich ab. »Ich existiere nicht«, sagte sie. »Jedenfalls nicht, soweit es sie betrifft. Ich bin nur die verrückte Dicke, die Guineveres Hunde spazierenführt.« Sie wedelte abermals mit den Armen und wurde abermals von den Wachen ignoriert. »Selbst Lancelot nimmt keine Notiz von mir«, setzte sie traurig hinzu.

»Ist er hier?« erkundigte sich Arthur.

»Natürlich nicht! Er ist weit weg. Genau wie Ihr, wie man mir sagte. Solltet Ihr jetzt nicht mit den Sachsen verhandeln?«

»Ich bin hier, um Guinevere zu holen«, sagte Arthur. »Und Euch auch«, ergänzte er höflich.

»Ich will aber nicht geholt werden«, protestierte Gwenhwyvach. »Und Guinevere weiß nicht, daß Ihr hier seid.«

»Das darf auch niemand wissen«, warnte Arthur.

»Aber sie schon! Guinevere schon! Sie starrt in den Öltopf. Sie kann darin die Zukunft sehen, behauptet sie! Aber Euch hat sie nicht gesehen, was?« Sie kicherte, wandte sich um und starrte Arthur an, als fände sie seine Gegenwart belustigend. »Seid Ihr gekommen, um sie zu retten?«

»Ja.«

»Heute nacht?« rief Gwenhwyvach.

»Ja.«

»Dann wird sie es Euch nicht danken«, behauptete Gwenhwyvach. »Nicht heute nacht. Keine Wolken, seht Ihr?« Sie zeigte zum nahezu wolkenlosen Himmel empor. »Wenn's Wolken gibt, kann man Isis nicht anbeten, wißt Ihr, weil dann der Mond nicht in den Tempel scheint, und heute nacht erwartet sie Vollmond. Einen großen Vollmond, dick wie ein frischer, runder Käse.« Sie kraulte einem der Hunde das langhaarige Fell. »Das hier ist Drudwyn«, erklärte sie uns, »ein ganz böser Junge. Und das da ist Gwen. Plopp!« machte sie unvermittelt. »Genauso kommt der Mond. Plopp! Direkt in ihren Tempel hinein.« Wieder lachte sie. »Direkt durch den Schacht herunter und plopp auf die Grube.«

»Wird Gwydre auch im Tempel sein?« fragte Arthur.

»Gwydre nicht. Männer dürfen da nicht rein. Hat man mir jedenfalls gesagt.« Gwenhwyvachs ironischer Ton schien etwas anderes andeuten zu wollen, dann aber zuckte sie nur die Achseln. »Gwydre wird zu Bett gebracht werden«, sagte sie statt dessen. Sie starrte zum Palast hinüber, und langsam breitete sich ein Lächeln auf ihrem Mondgesicht aus. »Wie wollt Ihr da hineinkommen, Arthur?« erkundigte sie sich. »Es gibt eine Menge Riegel an den Türen, und die Fenster sind alle mit Läden gesichert.«

»Wir werden's schon schaffen«, versicherte er ihr, »solange Ihr niemandem sagt, daß Ihr uns gesehen habt.«

»Solange Ihr mich hier zurücklaßt«, erwiderte Gwenhwyvach, »werde ich's nicht mal den Bienen erzählen. Und denen sage ich immer alles. Das muß man tun, sonst wird der Honig sauer. Stimmt's, Gwen?« fragte sie die Hündin und streichelte ihr die Schlappohren.

»Wenn das Euer Wille ist, werde ich Euch hier zurücklassen«, versprach ihr Arthur.

»Nur ich«, sagte sie. »Nur ich und die Hunde und die Bienen. Mehr will ich gar nicht. Ich und die Hunde und die Bienen und der Palast. Guinevere kann von mir aus den Mond haben.« Wieder lächelte sie. Dann stieß sie mich mit ihrer molligen Hand gegen die Schulter. »Erinnert Ihr Euch noch an die Kellertür, durch die ich Euch geführt habe, Derfel? Jene, die vom Garten ins Haus führt?«

»Ich glaube schon«, antwortete ich.

»Ich werde dafür sorgen, daß sie nicht verriegelt ist.« Abermals kicherte sie, wohl weil sie ein Vergnügen erwartete. »Ich werde mich im Keller verstecken, und wenn alle auf den Mond warten, werde ich die Tür entriegeln. In der Nacht stehen dort keine Wachen, weil die Tür viel zu dick ist. Dann sind die Wachen alle in ihren Hütten oder im vorderen Teil des Gartens.« Sie drehte sich um und sah Arthur an. »Werdet Ihr kommen?« fragte sie ihn besorgt.

»Ich verspreche es Euch«, versicherte Arthur.

»Guinevere wird sich freuen«, sagte Gwenhwyvach. »Und ich auch.« Sie lachte und rappelte sich auf die Füße. »Heute nacht«, sagte sie, »wenn der Mond hereingeploppt kommt.« Dann ging sie mit ihren Hunden davon. Dabei kicherte sie und machte sogar ein paar linkische Tanzschritte. »Plopp!« rief sie laut, und die Hunde tanzten um sie herum, als sie den grasbewachsenen Hang hinunterhüpfte.

»Ist sie verrückt?« fragte ich Arthur.

»Verbittert, glaube ich.« Er beobachtete die rundliche Gestalt, die schwerfällig den Hügel hinablief. »Aber sie wird uns einlassen, Derfel. Sie wird uns einlassen.« Er lächelte, beugte sich vor und pflückte eine Handvoll Kornblumen vom Rain des Kornfelds. Er ordnete sie zu einem kleinen Strauß und sah mich verschämt lächelnd an. »Für Guinevere«, erklärte er mir. »Heute nacht.«

Als der Abend dämmerte, kamen die Schnitter nach getaner Arbeit von den Feldern herein, und die Wachen stiegen auf ihrer langen Leiter vom Dach herunter. Die Feuerbecken in der Arkade wurden mit frischem Holz gefüllt, das in Brand gesteckt wurde, doch ich erriet, daß die Feuer eher zur Beleuchtung des Palastes dienten, denn als Warnung vor dem Herannahen des Feindes. Die Schwingen der Möwen, die landeinwärts zu ihren Nestern flogen, wurden von der untergehenden Sonne so rosig gefärbt wie die Winden, die sich um die Brombeeren rankten.

Hinten im Wald legte Arthur seine Schuppenrüstung an. Er schnallte Excalibur über den sanften Schimmer des Metalls und warf sich dann einen schwarzen Mantel um die Schultern. Es geschah nur selten, daß er einen schwarzen Mantel trug, weil er die weißen bevorzugte; bei Nacht aber trug ein dunkler Umhang dazu bei, daß wir wirklich fast unsichtbar waren. Den schimmernden Helm würde er, um dessen prächtige Helmzier aus weißen Gänsefedern zu verbergen, unter dem Mantel tragen.

Zehn seiner Reiter sollten im Wald zurückbleiben. Ihre Aufgabe war es, auf den Klang von Arthurs Silberhorn zu warten und dann einen Angriff gegen die Schlafhütten der Speerkämpfer zu reiten. Die schweren Rösser und ihre gewappneten Reiter, die gewaltig und geräuschvoll aus der Nacht hervorbrachen, würden genügen, um alle Wachen, die sich unserem Rückzug entgegenzustellen wagten, in Panik zu versetzen. Das Horn, hoffte Arthur, würde erst ertönen, wenn wir sowohl Gwydre als auch Guinevere gefunden hatten und zum Rückzug bereit waren.

Wir anderen würden den langen Weg zur Westseite des Palastes wagen, von wo aus wir durch die Schatten der Küchengärten zur Kellertür vordringen konnten. Falls Gwenhwyvach ihr Versprechen nicht einhalten sollte, würden wir zur Vorderseite des Palastes laufen, die Wachen töten und durch einen der Fensterläden auf der Terrasse ins Haus einbrechen müssen. Einmal innerhalb der Villa müßten wir jeden Speerkämpfer töten, den wir fanden.

Nimue würde uns begleiten. Als Arthur mit seiner Einweisung für uns fertig war, erklärte sie uns, daß Dinas und Lavaine im Gegensatz zu Merlin und dem alten Iorweth gar keine richtigen Druiden seien, warnte uns aber, daß die silurischen Zwillinge über einige seltsame Kräfte verfügten und wir uns auf ihre Magie gefaßt machen müßten. Sie hatte den ganzen Nachmittag damit verbracht, in den Wäldern herumzustöbern, und hob nunmehr einen zum Bündel zusammengefaßten Mantel hoch, in dem es, als sie ihn hochhielt, zu rumoren schien, und dieser unheimliche Anblick ließ meine Männer ihre Speerspitzen berühren. »Ich habe hier Dinge, mit denen ich ihre Magie zunichte machen kann«, erklärte sie uns. »Aber seid vorsichtig.«

»Und ich will Dinas und Lavaine lebend!« warnte ich meine Männer.

Gerüstet und gewappnet warteten wir – vierzig Mann in Stahl, Eisen und Leder. Wir warteten, während die Sonne sank und der Vollmond der Isis wie ein großer, runder Silberball aus dem Meer emporstieg. Nimue wirkte ihre Zaubersprüche, und einige von uns beteten. Arthur saß schweigend da, beobachtete mich aber, als ich eine kleine Goldlocke aus meinem Beutel nahm. Ich küßte die noch immer leuchtendblonde Strähne, drückte sie kurz an meine Wange und knotete sie dann um Hywelbanes Heft. Ich spürte, wie mir eine Träne über die Wange rollte, als ich an meine Kleine in ihrem Schattenkörper dachte; doch heute nacht würde ich, so mir die Götter halfen, Dian endlich Frieden bringen.

Ich setzte den Helm auf, schloß die Wangenstücke und warf die Wolfsrute über meine Schulter zurück. Wir kneteten unsere steifen Lederhandschuhe und schoben den linken Arm unter die Schildriemen. Wir zogen das Schwert und streckten es Nimue entgegen, damit sie es berühre. Einen Moment schien es, als wollte Arthur noch etwas sagen, statt dessen aber schob er sich den kleinen Kornblumenstrauß in die Halsöffnung seiner Schuppenrüstung. Dann nickte er Nimue zu, die uns, in ihrem schwarzen Umhang und mit dem seltsamen Bündel in der Hand, südwärts durch den Wald führte.

Vor dem Wald lag eine kleine Wiese, die sich zur Bucht hinabsenkte. Immer noch außer Sichtweite des Palastes überquerten wir sie im Gänsemarsch. Dabei scheuchten wir ein paar Hasen auf, die im Mondschein gefressen hatten und nun in panischer Angst davonhoppelten. Wir drangen durch ein paar niedrige Büsche vor und kletterten die steile Böschung zur Bucht hinab. Von dort aus schlichen wir, durch die Böschung vor den Blicken der Wachen unter den Palastarkaden verborgen, nach Westen. Im Süden klatschten und rauschten die Meereswellen, was jeden Lärm, den unsere Stiefel auf den Kieseln machten, übertönte.

Ein einziges Mal spähte ich über die Uferböschung und sah den Seepalast im Mondlicht wie ein weißes Wunder über dem dunklen Land schweben. Seine Schönheit erinnerte mich an Ynys Trebes, die zaubergleiche Stadt im Meer, die von den Franken verheert und vernichtet worden war. Dieser Palast hier besaß die gleiche ätherische Schönheit, denn er schimmerte über dem dunklen Land, als wäre er aus reinen Mondstrahlen erbaut.

Sobald wir uns im Westen des Palastes befanden, erklommen wir die steile Böschung, indem wir einander mit den Speerschäften heraufhalfen, und folgten dann Nimue nordwärts durch den Wald. Durch das Sommerlaub drang genügend Mondlicht zu uns herab, um unseren Weg ausreichend zu beleuchten, und keine Wachen verstellten uns den Weg. Das endlose Rauschen des Meeres erfüllte die Nacht, und nur einmal ertönte ganz in der Nähe ein Schrei. Wir erstarrten, doch dann erkannten wir, daß es ein Hase war, der von einem Wiesel geschlagen wurde. Erleichtert atmeten wir auf und schlichen weiter.

Es schien, als legten wir einen weiten Weg durch den Wald zurück, doch schließlich wandte sich Nimue nach Osten, und wir folgten ihr bis an den Waldrand, wo wir die weißgetünchten Mauern des Palastes vor uns sahen. Da wir nicht weit von dem runden, hölzernen Mondschacht entfernt waren, der in den Tempel hinabführte, konnte ich erkennen, daß es noch einige Zeit dauern würde, bis der Mond hoch genug am Himmel stand, um direkt in den Schacht und in den Keller mit den pechschwarzen Wänden zu scheinen.

Während wir am Waldrand warteten, setzte der leise Gesang ein. So leise, daß ich anfangs dachte, es sei der Wind, der da klagte; dann aber wurde der Gesang lauter, und ich erkannte, daß es ein Frauenchor war, der eine seltsame, überirdische und rhythmische Melodie sang, die anders war als alles, was ich jemals vernommen hatte. Der Gesang mußte aus dem Mondschacht kommen, denn er klang sehr weit entfernt, ein Geistergesang, wie ein Totenchor, der in der Anderwelt für uns sang. Den Text konnten wir nicht verstehen, aber wir wußten, daß es ein trauriger Gesang war – denn die Melodie stieg auf unheimliche Art in Halbtönen auf und ab, schwoll an und sank wieder zu einer nachhallenden Süße, die mit dem fernen Gemurmel der sich brechenden Wellen verschmolz. Es war eine wunderschöne Musik, aber sie ließ mich so heftig erschauern, daß ich meine Speerspitze berührte.

Hätten wir den Schutz der Bäume verlassen, wären wir in Sichtweite der Wachen geraten, die in der westlichen Arkade standen, also schlichen wir im Wald ein paar Schritt weiter bis an eine Stelle, von der aus wir uns durch ineinandergreifende Mondschatten bis an den Palast heranschleichen konnten. Vor uns lagen ein Obstgarten, ein paar Reihen Beerensträucher und sogar ein hoher Zaun, der einen Gemüsegarten vor Rehen und Hasen schützte. Wir bewegten uns langsam, einer nach dem anderen, und ständig stieg und fiel, floß und klagte dieser seltsame Gesang. Ein Rauchschimmer stand zitternd über dem Mondschacht; sein Geruch wurde uns vom leichten Nachtwind zugetragen. Es war ein Tempelgeruch, stechend und fast ekelerregend.

Wir waren nur wenige Meter von den Hütten der Speerkämpfer entfernt. Ein Hund begann zu bellen, dann ein zweiter, doch niemand in den Hütten hielt das Gebell für eine Warnung, denn ein paar Stimmen verlangten nur laut rufend Ruhe, und so verstummten die Hunde allmählich wieder und nur das Rauschen des Windes in den Bäumen, das Seufzen der Meereswellen und die überirdische, dünne Melodie des Gesangs waren zu vernehmen.

Ich führte die Männer an, denn ich war der einzige, der schon einmal durch diese kleine Tür gegangen war, und dennoch fürchtete ich, sie nicht zu finden. Doch ich entdeckte sie mühelos. Vorsichtig stieg ich die alten Backsteinstufen hinab und versuchte die Tür behutsam aufzudrücken. Als sie nicht nachgab, dachte ich einen Herzschlag lang, sie sei doch verriegelt, dann aber schwang sie mit einem knirschenden Quietschen der Metallangeln nach innen und übergoß mich mit Licht.

Der Keller war von Kerzen erleuchtet. Geblendet blinzelte ich in ihrem Schein, dann zischte Gwenhwyvachs Stimme mir zu: »Schnell! Schnell!«

Einer nach dem anderen stahlen wir uns hinein: dreißig starke Männer mit Rüstung, Mänteln, Speeren und Helmen. Gwenhwyvach befahl uns flüsternd, leise zu sein. Sie drückte die Tür hinter uns ins Schloß und legte den schweren Riegel vor. »Der Tempel ist dort«, wisperte sie und zeigte einen Korridor mit Binsenfackeln entlang, die aufgestellt worden waren, um den Weg zur Tür des Schreins zu beleuchten. Sie war erregt, und ihr rundes Gesicht war gerötet. Der unheimliche Gesang des Chors klang hier viel leiser, denn er wurde durch die Vorhänge im Innern des Tempels und durch seine schwere Außentür gedämpft.

»Wo ist Gwydre?« fragte Arthur Gwenhwyvach leise.

»In seinem Zimmer«, antwortete Gwenhwyvach.

»Gibt es Wachen?« wollte er wissen.

»Bei Nacht sind nur ein paar Diener im Palast«, antwortete sie flüsternd.

»Sind Dinas und Lavaine hier?« fragte ich sie.

Sie lächelte. »Ihr werdet sie sehen, das verspreche ich Euch. Ihr werdet sie sehen.« Sie zupfte an Arthurs Mantel, um ihn zum Tempel hinüberzuziehen. »Kommt mit.«

»Zuerst möchte ich Gwydre holen«, forderte Arthur und entzog ihr seinen Mantel. Er tippte sechs seiner Männer auf die Schulter.

»Ihr anderen wartet hier«, wisperte er. »Ihr wartet hier. Ihr werdet den Tempel nicht betreten! Erst sollen sie ihren Gottesdienst in Ruhe beenden.« Dann führte er seine sechs Männer mit leisen Schritten durch den Keller und ein paar Steinstufen hinauf.

Neben mir kicherte Gwenhwyvach. »Ich hab' ein Gebet an Clud gesprochen«, vertraute sie mir leise an. »Sie wird uns helfen.«

»Gut«, sagte ich. Clud ist eine Göttin des Lichts, und es wäre nicht schlecht, in dieser Nacht ihre Hilfe zu haben.

»Guinevere mag Clud nicht«, sagte Gwenhwyvach mißbilligend. »Sie mag überhaupt keine der britannischen Götter. Steht der Mond schon hoch?«

»Noch nicht. Aber er steigt.«

»Dann ist es noch nicht Zeit«, murmelte Gwenhwyvach.

»Zeit wofür, Lady?«

»Ihr werdet sehen!« Sie kicherte. »Ihr werdet sehen«, wiederholte sie; dann zuckte sie angstvoll zurück, weil Nimue sich durch die Gruppe der beunruhigten Speerkämpfer drängte. Nimue hatte ihre lederne Augenklappe abgenommen, so daß die eingeschrumpfte, leere Höhle wie ein schwarzes Loch in ihrem Gesicht stand, bei dessen Anblick Gwenhwyvach angstvoll wimmerte.

Nimue beachtete Gwenhwyvach nicht, sondern blickte sich im Keller um und schnupperte wie ein Jagdhund, der eine Fährte wittert. Ich konnte nur Spinnweben, Weinschläuche und Metkrüge erkennen und den feuchten Gestank der Fäulnis riechen, Nimue dagegen witterte etwas Hassenswertes. Sie zischelte und spie in Richtung des Schreins. Das Bündel in ihrer Hand bewegte sich träge.

Keiner von uns rührte sich. Ja, ein regelrechter Terror überkam uns in diesem von Binsenfackeln erleuchteten Keller. Arthur war fort, man hatte uns nicht entdeckt, doch der Gesang und die Stille im Palast wirkten schauerlich auf uns. Vielleicht wurde unsere Panik durch einen Zauberfluch von Dinas und Lavaine ausgelöst, vielleicht lag es aber auch nur daran, daß hier unten alles so unnatürlich wirkte. Wir waren an Holz, Strohgeflecht, Erde und Gras gewöhnt, daher war dieser modrige Ort aus Backsteinbogen und Steinböden fremdartig und beängstigend für uns. Einer meiner Männer zitterte.

Damit er wieder Mut faßte, streichelte Nimue dem Mann die Wange. Dann schlich sie auf ihren nackten Füßen zur Tempeltür. Ich begleitete sie, indem ich mit meinen Stiefeln sehr behutsam auftrat, um möglichst kein Geräusch zu machen. Ich wollte sie zurückhalten, denn sie beabsichtigte eindeutig, Arthurs Befehl zu mißachten, daß wir das Ende des Rituals abwarten sollten – und ich fürchtete, sie werde etwas Unbedachtes tun, was die Frauen im Tempel alarmieren und zum Schreien bringen konnte und damit die Wachen aus ihren Hütten herbeiholen würde. Mit meinen schweren, lauten Stiefeln vermochte ich mich jedoch nicht so flink zu bewegen wie Nimue auf ihren nackten Füßen, und meine heiser geflüsterte Warnung ignorierte sie. Statt dessen packte sie einen der Bronzegriffe an der Tempeltür. Einen Herzschlag lang zögerte sie, dann zog sie die Tür auf, und der rhythmische Geistergesang wurde auf einmal sehr viel lauter.

Da die Angeln der Tür geölt worden waren, ließ sich die Tür lautlos öffnen. Wir standen vor einer abgrundtiefen Finsternis. Eine so vollkommene Dunkelheit hatte ich noch niemals erlebt. Sie rührte von den schweren Vorhängen, die wenige Fuß hinter der Innenseite der Tür hingen. Ich winkte meinen Männern, dort zu bleiben, wo sie waren, und folgte Nimue in den Tempel hinein. Ich wollte sie aufhalten, aber sie wehrte sich und zog statt dessen die Tempeltür in ihren geölten Angeln ins Schloß. Der Gesang war jetzt sehr laut geworden. Ich konnte nichts sehen, und hören konnte ich nur den Chor, aber der Geruch im Tempel war schwer und widerlich.

Nimue tastete mit einer Hand nach mir und zog meinen Kopf zu sich herunter. »Böse!« hauchte sie mir ins Ohr.

»Wir dürften nicht hier sein«, flüsterte ich.

Sie ignorierte das, tastete nach dem Vorhang und fand ihn. Gleich darauf erkannte ich an einem winzigen Lichtstrahl, daß sie auch den Rand des Vorhangs gefunden hatte. Ich folgte ihr, kauerte mich nieder und blickte ihr über die Schulter. Der Schlitz war so schmal, daß ich anfangs fast gar nichts sehen konnte; doch als meine Augen zu erkennen begannen, was dahinter lag, sah ich für meinen Geschmack zu viel: Ich sah die Mysterien der Isis.

Um die Geschehnisse jener Nacht verstehen zu können, hätte ich mich mit der Geschichte der Isis vertraut machen müssen. Später lernte ich sie kennen, in jenem Augenblick jedoch, da ich über Nimues kurzgeschorenes Haar hinwegspähte, hatte ich keine Ahnung, was das Ritual bedeutete. Ich wußte nur, daß Isis eine Göttin war, für viele Römer sogar eine der mächtigsten Göttinnen. Und außerdem die Herrin der Throne, und das erklärte den niedrigen schwarzen Thron, der noch immer auf dem Podium am anderen Ende des Kellers stand, wie ich genau sehen konnte, obwohl unsere Sicht durch den dichten Rauch, der wirbelnd durch den schwarzen Raum zog und sich einen Ausweg durch den Mondschacht suchte, vernebelt wurde. Der Rauch stieg von den Feuerbecken auf, deren Flammen durch Kräuter angereichert wurden, und diese verbreiteten den stechenden, zu Kopf steigenden Geruch, den wir schon vom Waldrand aus gerochen hatten.

Den Chor, der trotz des Rauches weitersang, vermochte ich nicht zu sehen, aber ich sah die Isis-Anbeterinnen, und anfangs konnte ich nicht glauben, was ich da sah. Oder wollte es vielmehr nicht glauben.

Ich sah acht Andächtige auf dem schwarzen Steinboden vor dem Thron knien, und alle acht waren sie nackt. Sie kehrten uns den Rücken zu, aber ich konnte dennoch sehen, daß einige der Nackten Männer waren. Kein Wunder, daß Gwenhwyvach voll Vorfreude auf diesen Augenblick gekichert hatte, denn ihr war das Geheimnis bestimmt schon bekannt gewesen. Männer, so hatte Guinevere stets betont, seien im Isistempel nicht zugelassen, aber heute nacht waren sie anwesend, und vermutlich waren sie das in jeder Nacht, in der der Vollmond sein kaltes Licht durch das Loch im Kellerdach schickte. Die flackernden Flammen der Feuerbecken warfen ihr gespenstisches Licht auf die Rücken der Andächtigen. Sie waren allesamt nackt. Männer und Frauen, allesamt nackt, genau wie Morgan es mir vor so vielen Jahren schon warnend erklärt hatte.

Die Andächtigen waren nackt, die beiden Zelebranten dagegen nicht. Einer von ihnen war Lavaine. Er stand zu einer Seite des niedrigen schwarzen Throns, und meine Seele jubelte, als ich ihn sah. Es war Lavaines Schwert gewesen, das Dians Kehle durchschnitten hatte, und nun befand sich mein eigenes Schwert nur eine

Kellerlänge von ihm entfernt! Hoch aufgerichtet stand er neben dem Thron; die Narbe auf seiner Wange wurde vom Schein der Feuer betont, das schwarze Haar, genauso geölt wie Lancelots, fiel ihm im Rücken bis auf das schwarze Gewand hinab. In dieser Nacht trug er nicht das weiße Druidengewand, sondern eine schlichte schwarze Robe, und in der Hand hielt er einen dünnen, schwarzen, von einem kleinen, goldenen Halbmond gekrönten Stab. Von Dinas war keine Spur zu sehen.

Zwei Fackeln in Eisenhaltern brannten zu beiden Seiten des Throns, auf dem Guinevere saß und die Rolle der Isis spielte. Ihr Haar, das sie sich hoch auf den Kopf getürmt hatte, wurde von einem Goldreif gehalten, auf dem zwei Hörner befestigt waren. Die Hörner stammten von keinem Tier, das mir bekannt war, später jedoch erfuhren wir, daß sie aus Elfenbein gefertigt waren. Um den Hals trug sie einen schweren Goldtorques, sonst aber keinen weiteren Schmuck, nur einen weiten, tiefroten Umhang, der ihren ganzen Körper verhüllte. Den Boden vor ihren Füßen vermochte ich nicht zu sehen, wußte aber, daß sich dort die flache Grube befand. Vermutlich warteten sie darauf, daß das Mondlicht durch den Schacht herabkam und das schwarze Wasser in der Grube mit Silber übergoß. Der Vorhang am anderen Ende, hinter dem sich, wie Ceinwyn mir berichtet hatte, ein Bett befand, war geschlossen.

Plötzlich schimmerte ein Lichtstrahl durch den dahintreibenden Rauch, und die nackten Isis-Anbeter keuchten vor freudiger Erwartung auf. Der winzige Lichtsplitter war bleich und silbrig, doch er bewies, daß der Mond endlich hoch genug gestiegen war, um seinen ersten schrägen Strahl auf den Kellerboden hinabzuschicken. Lavaine wartete einen Moment, während der Strahl stärker wurde, dann stieß er seinen Stab zweimal auf den Boden. »Es ist an der Zeit«, sagte er mit seiner harten Stimme. »Es ist an der Zeit!« Der Chor verstummte.

Lange geschah nichts. Sie warteten schweigend, während die rauchdurchzogene, mondsilbrige Lichtsäule größer wurde und langsam über den Boden wanderte. Ich mußte an jene ferne Nacht denken, da ich auf dem Gipfel des Steinhügels am Llyn Cerrig Bach gekauert und beobachtet hatte, wie sich das Mondlicht zu Merlins Körper vortastete. Die Stille war unheilschwanger. Eine der knienden nackten Frauen stieß ein leises Seufzen aus, dann wurde sie wieder still. Eine andere Frau wiegte sich vor und zurück.

Immer weiter wanderte der Mondstrahl. Sein Widerschein zauberte einen matten Schimmer auf Guineveres strenges, schönes Gesicht. Die Lichtsäule stand jetzt nahezu senkrecht. Eine der nackten Frauen erschauerte – nicht vor Kälte, sondern in den Fängen der Ekstase. Dann beugte sich Lavaine nach vorn, um in den Schacht hinaufzuspähen. Der Mond beleuchtete seinen mächtigen Bart und sein hartes, breites Gesicht mit der Kriegsnarbe. Ein paar Herzschläge lang spähte er hinauf, dann trat er zurück und berührte feierlich Guineveres Schulter.

Sie erhob sich, so daß die Hörner auf ihrem Kopf fast das niedrige Deckengewölbe des Kellers berührten. Ihre Arme und Hände waren unter dem Umhang versteckt, der von ihren Schultern bis zum Boden reichte. Sie schloß die Augen. »Wer ist die Göttin?« fragte sie.

»Isis, Isis, Isis«, skandierten die Frauen leise. »Isis, Isis, Isis.« Die Säule aus Mondlicht war jetzt fast so breit wie der Schacht; es war ein dicker, rauchiger Schaft aus Licht, der in der Mitte des Kellers leuchtete und wirbelte. Als ich diesen Tempel zum erstenmal sah, hatte ich ihn für einen schäbigen Ort gehalten; jetzt aber, bei Nacht und von dieser schimmernden Säule aus weißem Licht erhellt, wirkte er geisterhafter und geheimnisvoller als viele andere Schreine, die ich gesehen hatte.

»Und wer ist der Gott?« fragte Guinevere, die Augen immer noch geschlossen.

»Osiris«, antworteten die nackten Männer mit gedämpfter Stimme. »Osiris, Osiris, Osiris.«

»Und wer soll auf dem Thron sitzen?« fragte Guinevere.

»Lancelot«, antworteten die Frauen und Männer zusammen. »Lancelot, Lancelot.«

Als ich diesen Namen hörte, wußte ich, daß in dieser Nacht nichts zum Guten gewendet werden würde. Niemals würde diese Nacht das alte Dumnonia zurückbringen. Diese Nacht würde uns nichts als Entsetzen bringen, denn ich wußte, daß diese Macht Arthur vernichten würde. Am liebsten hätte ich mich von diesem Vorhang abgewandt und wäre in den Keller zurückgekehrt, um

Arthur nach draußen an die frische Luft und ins klare Mondlicht mitzunehmen; und dann wollte ich ihn durch all die Jahre und all die Tage und all die Stunden in die Vergangenheit zurückführen, damit er diese Nacht niemals erleben mußte. Aber ich rührte mich nicht. Nimue rührte sich nicht. Keiner von uns wagte sich zu rühren, denn Guinevere hatte die rechte Hand ausgestreckt, um den Stab von Lavaine entgegenzunehmen. Mit dieser Geste hob sie den roten Umhang von ihrer rechten Körperhälfte, und ich sah, daß sie unter den schweren Falten des Umhangs ebenfalls nackt war.

»Isis, Isis, Isis«, hauchten die Frauen.

»Osiris, Osiris, Osiris«, flüsterten die Männer.

»Lancelot, Lancelot, Lancelot«, skandierten sie alle gemeinsam.

Guinevere nahm den goldgekrönten Stab und richtete ihn nach vorn, wobei der Umhang ihre rechte Brust wieder bedeckte. Dann berührte sie mit überbetonten Bewegungen mit dem Stab etwas, das in der Wassergrube direkt unter dem glitzernden, schimmernden Schaft aus silbrigen Rauch lag, der jetzt senkrecht vom Himmel herabkam. Niemand rührte sich im Keller. Ja, niemand schien auch nur zu atmen.

»Erhebe dich!« befahl Guinevere. »Erhebe dich!« Und wieder setzte der Chor mit seinem geisterhaften, unheimlichen Gesang ein. »Isis, Isis, Isis«, sangen sie, und ich sah über die Köpfe der Singenden hinweg einen Mann aus dem Wasser steigen. Es war Dinas. Sein hochgewachsener, muskulöser Körper und das lange schwarze Haar waren tropfnaß, als er sich langsam aufrichtete und der Chor den Namen der Göttin immer lauter sang. »Isis! Isis! Isis!« sangen sie, bis Dinas endlich aufrecht, mit dem Rücken zu uns, vor Guinevere stand, und auch er war splitternackt. Er stieg aus dem Becken. Guinevere reichte den schwarzen Stab an Lavaine zurück, hob beide Hände und löste ihren Umhang, der auf den Thron zurückfiel. Da stand sie, Arthurs Gemahlin, nackt bis auf das Gold an ihrem Hals und das Elfenbein auf ihrem Kopf, und öffnete ihre Arme weit, damit der nackte Enkel des Druiden Tanaburs aufs Podium und in ihre Umarmung steigen konnte. »Osiris! Osiris! Osiris!« riefen die Frauen im Keller. Einige von ihnen wanden sich wie die christlichen Gläubigen in Isca, die eine ähnliche

Ekstase überkommen hatte. Die Stimmen im Keller wurden immer rauher. »Osiris! Osiris! Osiris!« skandierten sie, und Guinevere trat zurück, während der nackte Dinas sich zu den Anbetenden umwandte und triumphierend die Arme hob. So präsentierte er seinen herrlichen nackten Körper, und es war nicht zu übersehen, daß er ein Mann war. Und es gab keine Zweifel daran, was nun geschehen würde, als Guinevere, deren schöner, kerzengerader Körper durch den Schimmer des Mondes im Rauch in ein magisches Silberweiß gehüllt wurde, seinen rechten Arm ergriff und ihn zu dem Vorhang führte, der hinter dem Thron angebracht war. Lavaine begleitete die beiden, während die Frauen sich unter Anrufung der großen Göttin ekstatisch wanden und wiegten. »Isis! Isis! Isis!«

Guinevere schlug den Vorhang zurück, und ich erhaschte einen flüchtigen Blick in den Raum dahinter, der mir so hell wie die Sonne schien, und dann stieg der rauhe Gesang zu neuen Höhen der Erregung an, als sich die Männer im Tempel die Frauen an ihrer Seite griffen. Genau in diesem Moment wurde die Tür hinter mir weit aufgestoßen, und Arthur trat im strahlenden Glanz seiner Kriegsrüstung in die Vorhalle des Tempels. »Nein, Lord!« sagte ich zu ihm. »Nein, Lord! Bitte nicht!«

»Ihr dürftet nicht hier sein, Derfel!« sagte er leise, aber vorwurfsvoll. In der Rechten hielt er den kleinen Kornblumenstrauß, den er für Guinevere gepflückt hatte, an der Linken hatte er seinen Sohn. »Geht hinaus!« befahl er mir, doch dann riß Nimue den großen Vorhang beiseite, und der Alptraum meines geliebten Lords begann.

Isis ist eine Göttin. Die Römer brachten sie nach Britannien, ursprünglich kam sie jedoch nicht aus Rom, sondern aus einem fernen Land im Osten des römischen Reichs. Auch Mithras ist ein Gott, der aus einem Land östlich von Rom stammt, aber nicht aus demselben, glaube ich. Wie Galahad mir erzählte, hat fast die Hälfte der Weltreligionen ihren Anfang im Osten genommen, wo die Menschen, wie ich vermute, eher wie Sagramor aussehen als wie wir. Das Christentum stammt ebenfalls aus jenen fernen Landen, wo es auf den Feldern, wie Galahad mir versicherte, nichts gibt als Sand, wo die Sonne heißer brennt als jemals in Britannien, und wo es niemals schneit.

Aus diesen glutheißen Ländern kam Isis. Bei den Römern wurde sie zu einer mächtigen Göttin, und auch in Britannien schlossen sich viele Frauen ihrer Religion an, die auch noch weiterbestand, als die Römer verschwanden. Sie wurde nie so beliebt wie das Christentum, denn letzteres öffnete seine Pforten allen, die seinen Gott anbeten wollten – während Isis, wie auch Mithras, ihre Mitglieder auf jene, und nur auf jene beschränkten, die in ihre Mysterien eingeführt worden waren. In mancher Hinsicht ähnele Isis der Heiligen Mutter der Christen, erklärte mir Galahad, denn es heißt, sie sei die perfekte Mutter für ihren Sohn Horus; aber darüber hinaus besaß Isis eine Macht, welche die Jungfrau Maria niemals für sich in Anspruch nahm. Für ihre Anhänger war Isis die Herrin über Leben und Tod, die Herrin des Heilens und natürlich Herrin über die Throne der Sterblichen.

Wie Galahad mir erzählte, war sie mit einem Gott namens Osiris vermählt, der aber bei einem Krieg der Götter getötet wurde. Sein Körper wurde in winzige Teile geschnitten und in einen Fluß gestreut. Isis fand diese verstreuten Teile, setzte sie liebevoll zusammen und legte sich anschließend zu diesem Korpus, um ihren Gemahl wieder zum Leben zu erwecken. Von Isis' Macht wiedererweckt, lebte Osiris weiter. Galahad haßte diese Sage und bekreuzigte sich immer wieder, während er sie mir erzählte; aber es war vermutlich eben diese Legende von der Wiederauferstehung und der Frau, die dem Mann Leben einhaucht, die Nimue und ich in jenem raucherfüllten, schwarzen Keller beobachtet hatten. Wir hatten gesehen, wie Isis, die Göttin, die Mutter, die Lebensspenderin, das Wunder vollbrachte, durch das ihrem Gemahl das Leben wiedergeschenkt wurde und durch das sie selbst zur Wächterin über die Lebenden und die Toten sowie zur Gebieterin über die Throne der Menschen wurde. Und diese letzte Macht war es, die Macht, die entschied, wer auf den Thronen dieser Erde sitzen sollte, die für Guinevere die höchste Macht der Göttin war. Für die Macht über die Throne betete Guinevere Isis an.

Nimue riß den Vorhang beiseite, und der Keller hallte von Schreien wider.

Eine Sekunde lang, eine schreckliche Sekunde lang zögerte Guinevere am hinteren Vorhang und wandte sich zurück, um zu sehen, was ihr Ritual gestört haben mochte. Da stand sie, hochgewachsen, nackt und fürchterlich in ihrer bleichen Schönheit, und neben ihr stand ein nackter Mann. Während an der Kellertür, den Sohn an der einen, einen Strauß Blumen in der anderen Hand, ihr Gemahl stand. Die Wangenstücke von Arthurs Helm waren geöffnet, daher konnte ich in diesem grauenvollen Moment seine Miene sehen, und es war, als wäre soeben seine Seele entflohen.

Guinevere verschwand hinter dem Vorhang und zog Dinas und Lavaine mit sich, während Arthur einen grauenvollen Laut ausstieß, halb Schlachtruf, halb der Schrei eines Mannes in höchster Qual. Hastig drängte er Gwydre zurück, ließ die Kornblumen fallen, zog Excalibur und warf sich rücksichtslos durch die kreischenden, nackten Kultanhänger, die sich verzweifelt vor ihm zu retten suchten.

»Holt sie euch alle!« rief ich den Speerkämpfern zu, die Arthur folgten. »Laßt keinen von ihnen entkommen! Holt sie euch!« Dann folgte ich, Nimue an meiner Seite, meinem Lord Arthur. Arthur spang über das schwarze Becken, stieß eine Fackel um, als er über das Podium hinwegsetzte, und fegte mit Excaliburs Klinge den Vorhang beiseite.

Und erstarrte.

Ich blieb an seiner Seite stehen. Meinen Speer hatte ich weggeworfen, als ich durch den Tempel jagte; jetzt trug ich Hywelbane in der Hand. Nimue war bei mir und heulte triumphierend, als sie einen Blick in den kleinen, quadratischen Raum warf, der neben dem Kellergewölbe lag. Es schien das Allerheiligste der Isis zu sein, und hier stand, zum Gebrauch durch die Göttin bereit, der Kessel von Clyddno Eiddyn.

Der Kessel war das erste, was ich sah, denn er stand auf einem schwarzen Piedestal, so hoch wie die Taille eines Mannes, und leuchtete silbern und golden, da im ganzen Raum zahlreiche Kerzen verteilt waren, deren hellen Schein der Kessel zurückwarf. Dieses Licht wirkte noch heller, weil der Raum – bis auf die Wand mit dem Vorhang – mit Spiegeln ausgekleidet war. Es gab Spiegel an den Wänden und sogar an der Decke, Spiegel, die die Flammen der

Kerzen sowie die nackten Gestalten von Guinevere und Dinas mannigfach zurückwarfen. Guinevere war in ihrem Schrecken auf das breite Bett gesprungen, welches das andere Ende des Raumes ausfüllte, und zerrte dort an einer Pelzdecke, mit der sie ihre bleiche Haut zu bedecken suchte. Dinas war neben ihr, beide Hände an seinem Schritt, während Lavaine uns trotzig entgegenstarrte.

Er warf einen Blick auf Arthur, tat Nimue mit einem kurzen Blick ab und richtete dann seinen dünnen Stab auf mich. Er wußte, daß ich gekommen war, um ihn zu töten, und versuchte das nun mit der stärksten Magie zu verhindern, die ihm zur Verfügung stand. Er zeigte mit dem Stab auf mich, während er in der anderen Hand den Flacon mit dem Splitter des wahren Kreuzes hielt, den Bischof Sansum Mordred bei seiner Akklamation geschenkt hatte. Diesen Splitter hielt er über den Kessel, der mit einer dunklen, aromatischen Flüssigkeit gefüllt war.

»Eure anderen Töchter werden ebenfalls sterben«, rief er mir zu. »Ich brauche nur dieses Fläschchen loszulassen.«

Arthur hob Excalibur.

»Euer Sohn ebenfalls!« sagte Lavaine, und alle beide erstarrten wir. »Ihr werdet jetzt gehen«, befahl er mit gelassener Autorität. »Ihr seid in das Heiligtum der Göttin eingedrungen. Ihr werdet jetzt gehen und uns in Frieden lassen. Oder Ihr werdet sterben, und alle, die Ihr liebt, werden mit Euch sterben.«

Er wartete. Hinter ihm, zwischen dem Kessel und dem Bett, stand Arthurs runder Tisch mit dem steinernen Abbild des geflügelten Pferdes, und auf dem Pferd lagen und standen, wie ich sah, ein brauner Korb, ein einfaches Horn, ein altes Halfter, ein Dolch, ein Schleifstein, ein Mantel mit Ärmeln, ein Umhang, eine Tonschale, ein Wurfbrett, ein Kriegerring und ein Häufchen faulender, zerbrochener Holzteile. Auch Merlins abgeschnittener Bartzopf lag dort, noch immer mit dem schwarzen Band umwickelt. Die gesamte Macht von Britannien war in diesem kleinen Raum versammelt, verbunden mit einem Splitter der mächtigsten Magie der Christen.

Ich hob Hywelbane. Lavaine tat, als lasse er den Splitter des wahren Kreuzes in die Flüssigkeit fallen, während Arthur mir warnend die Hand auf den Schild legte.

»Ihr werdet gehen!« befahl Lavaine. Guinevere sagte nichts, sondern beobachtete uns über den Pelz hinweg, der sie inzwischen zur Hälfte bedeckte, mit großen Augen.

Dann begann Nimue zu lächeln. Sie hielt den zum Bündel zusammengerafften Umhang in beiden Händen. Jetzt schwenkte sie ihn in Lavaines Richtung. Mit einem lauten Schrei schüttelte sie den Inhalt aus. Es war ein unheimlicher, schriller Schrei, der hoch über die Schreie der Frauen hinter uns hinaustönte.

Nattern flogen durch die Luft. Es müssen mindestens ein Dutzend Schlangen gewesen sein, die Nimue alle am Nachmittag aufgestöbert und für diesen Moment gesammelt hatte. Sie wanden sich in der Luft. Guinevere schrie und zerrte die Pelzdecke hoch, um ihr Gesicht zu bedecken, während Lavaine, der sah, wie eine Schlange auf seine Augen zugeflogen kam, instinktiv zusammenzuckte und sich duckte. Der Splitter des wahren Kreuzes schlitterte über den Boden, während sich die Schlangen, von der Hitze im Keller aufgeweckt, über das Bett und die Kleinodien von Britannien ringelten. Ich trat einen Schritt vor und versetzte Lavaine einen kräftigen Tritt in den Bauch. Er fiel, und als ihn eine Natter in den Knöchel biß, schrie er.

Dinas zuckte vor den Schlangen auf dem Bett zurück. Dann erstarrte er, weil Excalibur seine Kehle berührte.

Hywelbane lag an Lavaines Kehle, und ich benutzte die Klinge, um sein Gesicht zu mir emporzuheben. Dann lächelte ich. »Meine Tochter«, sagte ich leise, »beobachtet uns aus der Anderwelt. Sie läßt Euch grüßen, Lavaine.«

Er versuchte etwas zu sagen, brachte aber kein Wort heraus. Eine Schlange glitt über sein Bein.

Arthur starrte auf die Pelzdecke hinab, unter der seine Gemahlin verborgen lag. Dann hob er die Schlangen mit Excaliburs Spitze beinah zärtlich von dem schwarzen Fell und schlug die Decke zurück, bis er Guineveres Gesicht sehen konnte. Als sie ihn ansah, war von ihrem wundervollen Stolz nichts mehr übrig. Sie war nur noch eine verängstigte Frau. »Hast du hier irgendwo etwas anzuziehen?« fragte Arthur sanft. Sie schüttelte den Kopf.

»Auf dem Thron liegt ein roter Umhang«, sagte ich zu ihm.

»Würdet Ihr ihn holen, Nimue?« bat Arthur.

Nimue brachte den Umgang, den Arthur seiner Gemahlin auf der Schwertspitze reichte. »Hier«, sagte er, noch immer sehr leise. »Für dich.«

Ein nackter Arm kam unter dem Pelz hervor und griff nach dem Umhang. »Dreht Euch um«, verlangte Guinevere mit einer ganz kleinen, ängstlichen Stimme von mir.

»Bitte, Derfel, dreht Euch um«, sagte Arthur.

»Zuvor noch eins, Lord.«

»Umdrehen!« beharrte er, ohne den Blick von seiner Gemahlin zu wenden.

Ich griff nach dem Rand des Kessels und kippte ihn vom Piedestal. Mit lautem Dröhnen fiel der kostbare Kessel zu Boden, und der flüssige Inhalt ergoß sich in einem dunklen Strom über die Steinplatten. Das weckte seine Aufmerksamkeit. Als er mich anstarrte, war sein Gesicht kaum zu erkennen, so hart und kalt und leblos wirkte es, aber es mußte noch eins gesagt werden in dieser Nacht. Wenn mein Lord schon diesen Kelch des Entsetzens leeren mußte, dann auch gleich bis zum letzten bitteren Tropfen. Ich setzte Hywelbanes Spitze wieder unter Lavaines Kinn. »Wer ist die Göttin?« fragte ich ihn.

Als er den Kopf schüttelte, drückte ich mit Hywelbane so fest zu, daß Blut aus seiner Kehle rann. »Wer ist die Göttin?

»Isis«, flüsterte er. Dabei umklammerte er seinen Knöchel, wo ihn die Schlange gebissen hatte.

»Und wer ist der Gott?« fragte ich ihn.

»Osiris«, antwortete er mit angstvoller Stimme.

»Und wer«, fragte ich weiter, »soll auf dem Thron sitzen?« Er erschauerte und schwieg. »Dies, Lord«, wandte ich mich an Arthur, ohne das Schwert von Lavaines Kehle zu nehmen, »sind die Worte, die Ihr nicht gehört habt. Ich aber habe sie gehört, und Nimue auch. Wer soll auf dem Thron sitzen?« fragte ich Lavaine noch einmal.

»Lancelot«, antwortete er so leise, daß es kaum zu verstehen war. Aber Arthur hatte es gehört, genau wie er das große Emblem gesehen haben mußte, das in diesem Spiegelraum in Weiß auf die kostbare schwarze Decke gestickt war, die unter dem Bärenfell auf dem Bett lag. Es war Lancelots Seeadler.

Ich spie Lavaine an, schob Hywelbane in die Scheide zurück und packte ihn bei seinen langen, schwarzen Haaren. Nimue hatte sich schon Dinas geschnappt. Wir zerrten die beiden in den Tempel zurück, und ich zog hinter mir den schwarzen Vorhang zu, damit Arthur und Guinevere allein sein konnten. Gwenhwyvach, die alles beobachtet hatte, gackerte vor Lachen. Die Isis-Anbeter und ihr Chor, allesamt nackt, kauerten auf einer Seite des Kellers, wo Arthurs Männer sie mit ihren Speeren bewachten. Gwydre wartete verängstigt an der Kellertür.

Hinter uns rief Arthur ein einziges Wort. »Warum?«

Und ich brachte die Mörder meiner Tochter ins Mondlicht hinaus.

Bei Morgengrauen waren wir noch immer im Seepalast. Wir hätten aufbrechen sollen, denn einige der Speerkämpfer waren aus den Hütten entkommen, als die Reiter schließlich von Arthurs Horn vom Hügel herbeigerufen worden waren, und diese Flüchtigen würden den Warnruf nordwärts nach Dumnonia hineintragen. Doch Arthur schien unfähig, eine Entscheidung zu treffen. Er war wie gelähmt.

Er weinte immer noch, als die Dämmerung die Welt in Licht zu tauchen begann.

Zu diesem Zeitpunkt starben Dinas und Lavaine. Sie starben am Ufer der Bucht. Ich bin, glaube ich, kein grausamer Mensch, ihr Tod jedoch war wirklich sehr grausam und dauerte sehr lange. Nimue hatte diesen Tod arrangiert, und während ihre Seelen das Fleisch verließen, zischte sie ihnen ständig den Namen Dian in die Ohren. Als sie starben, waren sie keine Männer mehr: Die Zunge war ihnen herausgerissen worden, sie hatten jeder nur noch ein Auge, und diese kleine Gnade wurde ihnen nur gewährt, damit sie erkennen konnten, auf welche Art der nächste Schmerz über sie kommen würde. Und sehen konnten sie, als sie starben! Das letzte, was jeder von ihnen sah, war die goldene Haarsträhne an Hywelbanes Heft, als ich beendete, was Nimue begonnen hatte. Da waren die Zwillinge nur noch Klumpen, Klumpen aus Blut und zitterndem Entsetzen, und als sie tot waren, küßte ich die kleine Haarsträhne, trug sie zu einem der Kohlenbecken in den Arkaden des Palastes und warf sie auf die glühende Asche, damit von Dians Seele nichts übrigblieb, das auf Erden umherwandern konnte. Dasselbe tat Nimue mit dem abgeschnittenen Zopf von Merlins Bart. Die Leichen der Zwillinge ließen wir am Meer liegen, und als die Sonne aufging, kamen die Möwen, um mit ihren langen Krummschnäbeln an dem gemarterten Fleisch herumzuhacken.

Nimue hatte den Kessel und die Kleinodien gerettet. Bevor sie starben, hatten Dinas und Lavaine ihr die ganze Geschichte erzählt, und wie sich ergab, hatte Nimue von Anfang an recht gehabt. Es war Morgan gewesen, die die Kleinodien gestohlen und anschließend Sansum geschenkt hatte, damit er sich mit ihr vermähle. Und Sansum hatte sie Guinevere gegeben. Es war die Verheißung dieses großen Geschenks, die Guinevere mit dem Mäuselord vor Lancelots Taufe im Churn-Fluß versöhnt hatte. Als ich die Geschichte hörte, dachte ich mir, wenn ich nur zugelassen hätte, daß Lancelot in die Mysterien des Mithras eingeweiht wurde, wäre dies alles möglicherweise nicht geschehen. Das Schicksal ist unerbittlich.

Inzwischen waren die Türen des Tempels geschlossen. Keiner von denen, die drinnen eingesperrt waren, hatte entkommen können; denn sobald Guinevere herausgebracht worden war und Arthur lange mit ihr gesprochen hatte, war er allein und nur mit Excalibur in der Hand in den Keller zurückgekehrt. Es dauerte eine ganze Stunde, bis er wieder auftauchte. Als er herauskam, war sein Gesicht kälter als das Meer und so grau wie Excaliburs Klinge, nur daß die kostbare Klinge jetzt dick mit rotem Blut bedeckt war. In der einen Hand hielt er den horngekrönten Goldreif, den Guinevere als Isis getragen hatte, in der anderen hielt er sein Schwert. »Sie sind tot«, berichtete er mir.

»Alle?«

»Jeder einzelne.« Er wirkte merkwürdig unbeteiligt, obwohl seine Arme und seine Schuppenrüstung blutbesudelt waren und selbst die Gänsefedern auf seinem Helm Blutspritzer abbekommen hatten.

»Die Frauen auch?« fragte ich ihn, denn unter den Anhängern war auch Lunete gewesen. Ich empfand längst keine Liebe mehr für sie, aber sie war einmal meine Gefährtin gewesen, und irgendwie tat sie mir leid. Die Männer im Tempel waren die ansehnlichsten von Lancelots Speerkämpfern gewesen, die Frauen Guineveres Hofdamen.

»Alle tot«, sagte Arthur beinah munter. Er war langsam den Hauptweg des Lustgartens entlanggeschritten. »Dies war nicht die erste Nacht, in der sie so etwas getan haben«, sagte er, und es klang fast verwundert. »Sie haben das anscheinend häufig getan. Alle. Jedesmal, wenn der Mond richtig stand. Und sie haben es miteinander getrieben, alle. Bis auf Guinevere. Die hat es nur mit den Zwillingen oder mit Lancelot getan.« Er erschauerte, die erste Gefühlsäußerung, seit er mit so eiskaltem Blick aus dem Keller gekommen war. »Wie es scheint«, fuhr er fort, »hat sie es früher für mich getan. Wer soll auf dem Thron sitzen? Arthur, Arthur, Arthur. Aber die Göttin hat mich anscheinend nicht akzeptiert.« Er hatte wieder zu weinen begonnen. »Oder ich habe mich zu energisch gegen die Göttin gewehrt, deswegen haben sie meinen Namen gegen Lancelots eingetauscht.« Er schwang sein blutiges Schwert durch die Luft. »Lancelot«, sagte er, und seine Stimme war von Qual erfüllt. »Seit Jahren schläft sie mit Lancelot, Derfel, und alles wegen der Religion, behauptet sie! Religion! Gewöhnlich war er Osiris, und sie war immer Isis. Wer sonst hätte sie sein können?« Er hatte die Terrasse erreicht und setzte sich auf eine Steinbank, von der aus er auf die mondüberglänzte Bucht hinabblicken konnte. »Ich hätte sie nicht alle töten sollen«, sagte er nach langem Schweigen.

»Nein, Lord«, stimmte ich zu, »das hättet Ihr nicht.«

»Aber was sollte ich denn sonst tun? Es war Schmutz, Derfel, gemeiner Schmutz!« Jetzt brach er in Schluchzen aus. Er sagte etwas über die Schande, über die Toten, die Zeugen der Schande seiner Gemahlin geworden seien, und über seine eigene Entehrung; und als er nicht weitersprechen konnte, schluchzte er hilflos, und ich schwieg. Es schien ihn nicht zu kümmern, ob ich bei ihm blieb oder nicht, aber ich blieb, bis es Zeit wurde, Dinas und Lavaine zum Meeresufer zu bringen, damit Nimue ihnen die Seelen Zoll um gräßlichen Zoll aus den Körpern ziehen konnte.

Und nun saß Arthur im Morgengrauen leer und erschöpft über dem Meer. Die Hörner lagen zu seinen Füßen, während sein Helm und Excaliburs blanke Klinge neben ihm auf der Bank lagen. Das

Blut auf dem Schwert war zu einer dicken, braunen Kruste getrocknet.

»Wir müssen fort, Lord«, mahnte ich, als der Morgen das Meer zur Farbe einer Speerspitze aufhellte.

»Liebe«, sagte er verbittert.

Ich dachte, er hätte mich nicht verstanden. »Wir müssen fort, Lord«, wiederholte ich.

»Wozu?« fragte er mich.

»Um Euren Eid zu erfüllen.«

Er spie aus. Dann saß er schweigend da. Die Pferde waren aus dem Wald heruntergebracht, der Kessel und die Kleinodien von Britannien waren für den Marsch verpackt worden. Die Speerkämpfer beobachteten uns und warteten. »Gibt es einen Eid«, fragte er mich bitter, »der nicht gebrochen wurde? Nur einen?«

»Wir müssen fort, Lord«, sagte ich, doch da er sich weder rührte noch etwas sagte, machte ich auf dem Absatz kehrt. »Dann werden wir ohne Euch gehen«, sagte ich hart.

»Derfel!« rief Arthur, aufrichtigen Schmerz in der Stimme.

»Lord?« Ich wandte mich zu ihm zurück.

Er starrte auf sein Schwert hinab und schien überrascht, daß es mit so viel Blut bedeckt war. »Meine Gemahlin und mein Sohn sind in einem Zimmer im oberen Stock«, sagte er. »Würdet Ihr sie für mich holen? Sie können zusammen auf einem Pferd reiten. Dann können wir aufbrechen.« Er gab sich große Mühe, normal zu sprechen, so zu tun, als wäre dies ein ganz normaler Tagesanbruch.

»Ja, Lord«, gab ich zurück.

Er stand auf und stieß Excalibur trotz des Blutes in die Scheide. »Und dann«, sagte er verbittert, »werden wir wohl Britannien erneuern müssen, nicht wahr?«

»Ja, Lord«, antwortete ich, »das müssen wir.«

Er starrte mich an, und ich sah, daß er wieder in Tränen ausbrechen wollte. »Wißt Ihr was, Derfel?« fragte er mich.

»Sagt es mir, Lord«, erwiderte ich.

»Mein Leben wird nie wieder so sein wie früher, nicht wahr?«

»Ich weiß es nicht, Lord«, gab ich zurück. »Ich weiß es einfach nicht.«

Tränen liefen ihm über die schmalen Wangen. »Ich werde sie lieben bis zu dem Tag, an dem ich sterbe. Mein Leben lang werde ich tagtäglich an sie denken. An jedem Abend, bevor ich einschlafe, werde ich sie vor mir sehen, und an jedem Morgen werde ich mich im Bett umdrehen und entdecken, daß sie verschwunden ist. An jedem Tag, Derfel, in jeder Nacht und an jedem Morgen – bis zu dem Augenblick, da ich sterbe.«

Er nahm seinen Helm mit dem blutbespritzten Federbusch, ließ die Elfenbeinhörner liegen und ging mit mir. Ich holte Guinevere und ihren Sohn aus der Schlafkammer. Dann brachen wir auf.

Gwenhwyvach hatte den Seepalast nun für sich. Sie lebte ganz allein darin, mit ihrem verwirrten Geist, umgeben von den Jagdhunden und all den wunderschönen Kunstschätzen, die rings um sie herum verrotteten. Von einem Fenster aus hielt sie nach dem heimkehrenden Lancelot Ausschau; denn sie war fest davon überzeugt, daß ihr Lord eines Tages zurückkommen werde, um mit ihr im Palast ihrer Schwester am Meer zu leben. Aber ihr Lord kam nicht zurück, die Kunstschätze wurden gestohlen, der Palast verfiel und wie wir hörten, fand Gwenhwyvach dort auch den Tod. Aber vielleicht lebt sie ja immer noch und wartet an der Bucht auf den Mann, der niemals kommt.

Wir zogen davon. Und an den schlammigen Ufern der Bucht zankten die Möwen sich um die Gedärme.

Guinevere ritt auf Arthurs Stute Llamrei. Sie trug ein langes schwarzes Gewand, das von einem dunkelgrünen Umhang bedeckt war, und hatte das rote Haar straff zurückgekämmt und mit einem schwarzen Band zusammengefaßt. Sie saß im Damensattel, hielt sich mit der Rechten an der Satteltracht fest und hatte den linken Arm um die Taille ihres verängstigten, verweinten Sohnes geschlungen, der immer wieder zu seinem Vater hinübersah, welcher verbissen neben dem Pferd einherstapfte. »Ich nehme doch an, daß ich sein Vater bin!« fuhr Arthur sie einmal an.

Guinevere, deren Augen vom Weinen rot waren, wandte nur den Blick ab. Die Bewegungen des Pferdes schaukelten sie vor und zurück, vor und zurück, doch es gelang ihr, auch dabei immer noch graziös zu wirken. »Kein anderer, Lord Prinz«, sagte sie nach langer Pause. »Kein anderer.«

Von da an ging Arthur schweigend weiter. Er wollte meine Gesellschaft nicht, er wollte überhaupt keine Gesellschaft, er wollte allein sein mit seinem Elend, und so schloß ich mich Nimue an, die an der Spitze der Kolonne schritt. Nach ihr kamen die Reiter, dann Guinevere, und meine Speerkämpfer begleiteten den Kessel ganz hinten. Nimue führte uns auf demselben Weg zurück, auf dem wir an die Küste gelangt waren, einem holprigen Pfad, der sich in die kahle Heide hinaufwand, die von dunklen Streifen Eiben und Ginster durchbrochen wurde. »Dann hatte Gorfyddyd also doch recht«, sagte ich nach einer Weile.

»Gorfyddyd?« fragte Nimue, verwundert, daß ich den Namen des alten Königs aus der Vergangenheit hervorholte.

»Im Lugg Vale«, erinnerte ich sie. »Da hat er gesagt, Guinevere sei eine Hure.«

»Und du, Derfel Cadarn«, gab Nimue verächtlich zurück, »bist wohl ein Fachmann für Huren, ja?«

»Was soll sie denn sonst sein?« fragte ich erbittert.

»Keine Hure«, sagte Nimue. Sie deutete nach vorn, auf ein paar Rauchwölkchen über den fernen Bäumen, die zeigten, wo die Soldaten von Vindocladia ihr Frühstück kochten. »Wir sollten ihnen aus dem Weg gehen«, erklärte Nimue und bog vom Pfad ab, um uns auf ein dichteres Wäldchen zuzuführen, das etwas weiter im Westen stand. Vermutlich hatte die Garnison ja längst erfahren, daß Arthur zum Seepalast gekommen war, und hegte nicht den Wunsch, ihm zu begegnen; dennoch folgte ich Nimue, und die Reiter folgten uns. »Arthurs Fehler war«, sagte sie nach einer Weile, »daß er eine Rivalin geheiratet hat statt einer Gefährtin.«

»Eine Rivalin?«

»Guinevere könnte Dumnonia ebenso gut wie ein Mann regieren«, erklärte Nimue, »sogar besser als die meisten. Sie ist klüger als er und mindestens ebenso entschlossen. Hätte sie Uther zum Vater gehabt statt diesen Narren Leodegan, wäre alles anders verlaufen. Sie wäre eine zweite Boudicca geworden, und es hätte von hier bis zum Westmeer nur noch tote Christen und bis zum Germanischen Meer tote Sachsen gegeben.«

»Boudicca«, wandte ich ein, »hat ihren Krieg verloren.«

»Das hat Guinevere auch«, sagte Nimue grimmig.

»Ich begreife nicht, wieso sie seine Rivalin war«, sagte ich nach einer Weile. »Sie hatte doch Macht. Ich glaube kaum, daß er je eine Entscheidung getroffen hat, ohne vorher mit ihr zu sprechen.«

»Und er hat mit dem Kronrat gesprochen, an dem keine Frau teilnehmen darf«, gab Nimue scharf zurück. »Versetz dich doch mal in Guineveres Lage, Derfel. Sie ist einfallsreicher als ihr alle zusammen, doch jede ihrer Ideen wurde einem Pack langweiliger, schwerfälliger Männer vorgelegt. Dir und Bischof Emrys und diesem Furz Cythryn, der so tut, als wäre er weise und gerecht, und dann nach Hause geht, seine Frau verprügelt, und sie zusehen läßt, wie er ein Zwergenmädchen zu sich aufs Lager holt. Kronräte! Glaubst du, Dumnonia würde einen Unterschied merken, wenn ihr alle zusammen ertränket?«

»Jeder König braucht einen Kronrat«, sagte ich entrüstet.

»Nicht, wenn er klug ist«, behauptete Nimue. »Warum sollte er auch? Hat Merlin vielleicht einen Kronrat? Braucht Merlin einen Saal voll großspuriger Idioten, die ihm sagen, was er tun soll? Ein Kronrat taugt nur dazu, daß ihr euch alle furchtbar wichtig vorkommt.«

»Er tut viel mehr«, widersprach ich. »Wenn es keinen Kronrat gibt – woher soll der König wissen, was sein Volk denkt?«

»Wen kümmert's, was diese Narren denken? Gestattet den Leuten, selbständig zu denken, und die Hälfte von ihnen werden Christen. Selbstständig denken, pah!« Sie spie aus. »Also, was tut Ihr eigentlich in diesem Kronrat, Derfel? Berichtet Ihr Arthur, was Eure Schäfer sagen? Und Cythryn vertritt wohl die zwergenbumsenden Männer von Dumnonia, ja?« Sie lachte. »Das Volk! Das Volk besteht aus lauter Idioten, deswegen haben sie einen König, und deswegen hat der König Speerkämpfer.«

»Arthur«, widersprach ich trotzig, »hat dem Land eine gute Regierung geschenkt, und zwar, ohne Speerkämpfer gegen das Volk einzusetzen.«

»Und nun sieh dir an, was aus dem Land geworden ist«, gab Nimue zurück. Eine Weile schritt sie schweigend dahin. Dann seufzte sie. »Guinevere hat die ganze Zeit recht gehabt, Derfel. Arthur müßte König sein. Sie wußte es. Sie wollte es. Sie wäre damit sogar glücklich geworden, denn wenn Arthur König wäre, wäre sie

Königin, und das hätte ihr die Macht gegeben, die sie benötigt. Aber dein kostbarer Arthur wollte den Thron ja nicht. So edelmütig! All diese heiligen Eide! Und was hat er sich statt dessen gewünscht? Bauer zu sein. Zu leben wie du und Ceinwyn – ein glückliches Heim, Kinder, Lachen.« Wie sie es sagte, erschienen all diese Dinge lächerlich. »Was meinst du wohl«, fragte sie mich, »wieviel Zufriedenheit ein solches Leben Guinevere gebracht hätte? Schon der Gedanke daran langweilte sie! Und das ist alles, was Arthur sich je vom Leben erhoffte. Sie ist eine kluge, scharfsinnige Lady, und er wollte eine Milchkuh aus ihr machen. Wundert es dich da, daß sie sich nach anderen Zerstreuungen umsah?«

»Hurerei?«

»Nun tu nicht so dumm, Derfel! Bin ich eine Hure, nur weil ich mit dir geschlafen habe? Das wäre ja noch schöner!« Wir hatten inzwischen die Bäume erreicht. Nimue wandte sich nach Norden und schritt zwischen Eschen und hohen Ulmen weiter. Die Speerkämpfer folgten uns blindlings, und ich glaube, wenn wir sie im Kreis geführt hätten, sie wären uns auch dann ohne Widerspruch gefolgt – so benommen und überwältigt waren wir alle von den Schrecken der letzten Nacht. »Also hat sie ihren Eheschwur gebrochen«, fuhr Nimue fort. »Glaubst du, sie ist die erste? Oder meinst du, daß sie das zur Hure macht? Wenn ja, würde Britannien überquellen vor Huren. Nein, sie ist keine Hure, Derfel. Sie ist eine starke Frau, die mit einem scharfen Verstand und Schönheit geboren wurde. Arthur liebte zwar ihre Schönheit, wollte sich ihren Verstand aber nicht zunutze machen. Da er nicht zulassen wollte, daß sie ihn zum König machte, wandte sie sich diesem absurden Isis-Kult zu. Und alles, was Arthur daraufhin tat, war, ihr zu erzählen, wie glücklich sie wäre, wenn er Excalibur an den Nagel hängen und Vieh züchten würde!« Bei dieser Vorstellung lachte sie. »Und weil es Arthur nie in den Sinn gekommen wäre, ihr untreu zu sein, hegte er auch niemals Argwohn gegen Guinevere. Wir anderen wurden längst mißtrauisch, Arthur nicht. Immer wieder redete er sich ein, seine Ehe sei vollkommen, während er die ganze Zeit meilenweit entfernt war und Guineveres Schönheit die Männer anlockte wie Aas die Fliegen. Und es waren gutaussehende Männer, kluge Männer, geistreiche Männer; es waren Männer, die nach Macht strebten, und einer von ihnen war ein gutaussehender Mann, der alle Macht wollte, die er kriegen konnte, also beschloß Guinevere, ihm zu helfen. Arthur wünschte sich einen Kuhstall, aber Lancelot will Großkönig von Britannien werden, und Guinevere hält das für eine weit interessantere Herausforderung, als Kühe zu züchten oder Kinderscheiße wegzuputzen. Und diese idiotische Religion bestärkte sie darin. Herrin der Throne!« Sie spie aus. »Sie schlief nicht mit Lancelot, weil sie eine Hure war, du alter Narr, sie schlief mit ihm, damit er Großkönig wurde.«

»Und Dinas?« fragte ich sie. »Und Lavaine?«

»Die waren ihre Priester. Sie halfen ihr, denn in manchen Religionen, Derfel, gehört es zum Gottesdienst, daß Männer und Frauen sich paaren. Und warum auch nicht?« Sie trat gegen einen Stein und beobachtete, wie er durch ein Gewirr von Windenranken davonrollte. »Und glaube mir, Derfel, das waren wirklich zwei gutaussehende Männer. Ich weiß das, weil ich ihnen die Schönheit genommen habe – allerdings nicht wegen dem, was sie mit Guinevere getrieben haben. Ich tat es aus Rache für die Beleidigung, die sie Merlin zugefügt haben. Und für das, was sie deiner Tochter angetan haben.« Ein paar Schritte ging sie schweigend weiter. »Verachte sie nicht, weil sie sich langweilte. Wenn es denn sein muß, verachte sie dafür, daß sie den Kessel gestohlen hat, und sei dankbar, daß Dinas und Lavaine es nicht geschafft haben, seine Macht richtig zu entfesseln. Guinevere hat er jedoch geholfen. Sie hat allwöchentlich in ihm gebadet, und das ist der Grund, warum sie keine einzige Woche älter geworden ist.« Als sie hinter uns Schritte hörte, wandte sie sich um. Es war Arthur, der im Laufschritt kam, um uns einzuholen. Er wirkte immer noch benommen, doch irgendwann in den letzten paar Momenten mußte er gemerkt haben, daß wir vom Weg abgewichen waren. »Wohin gehen wir?« wollte er wissen.

»Wollt Ihr, daß die Soldaten der Garnison uns sehen?« fragte Nimue und zeigte auf den Rauch der Kochfeuer.

Er antwortete nicht, sondern starrte auf den Rauch, als hätte er so etwas noch nie gesehen. Nimue warf mir einen Blick zu und zuckte dann die Achseln über seine eindeutige Verwirrung. »Wenn sie kämpfen wollten«, sagte Arthur, »hätten sie schon nach uns

Ausschau gehalten.« Seine Augen waren rot und geschwollen, und vielleicht bildete ich es mir nur ein, doch seine Haare schienen grauer geworden zu sein. »Was würdet Ihr tun, wenn Ihr der Feind wärt?« wandte sich Arthur an mich. Er meinte nicht die winzige Garnison von Vindocladia, aber er wollte den Namen Lancelot nicht aussprechen.

»Ich würde versuchen, uns in eine Falle zu locken, Lord«, antwortete ich.

»Wie? Wo?« fragte er gereizt. »Im Norden, nicht wahr? Das ist für uns der schnellste Weg, um freundlich gesinnte Speerkämpfer zu erreichen, das wird ihnen klar sein. Also werden wir nicht nach Norden gehen.« Er sah mich an, und es war fast, als erkenne er mich nicht. »Statt dessen gehen wir ihnen direkt an die Gurgel, Derfel«, sagte er grimmig.

»An die Gurgel, Lord?«

»Wir gehen nach Caer Cadarn.«

Eine Weile blieb ich stumm. Er konnte nicht richtig denken. Kummer und Zorn hatten ihn blind gemacht, und ich fragte mich, wie ich ihm diesen Selbstmord ausreden konnte. »Wir sind vierzig, Lord«, gab ich leise zu bedenken.

»Caer Cadarn«, wiederholte er, ohne meinen Einwand zu beachten. »Wer Caer Cadarn besitzt, besitzt Dumnonia, und wer Dumnonia besitzt, besitzt Britannien. Wenn Ihr nicht mitkommen wollt, Derfel, geht Eurer Wege. Ich jedenfalls gehe nach Caer Cadarn.« Damit wandte er sich ab.

»Lord!« rief ich ihm nach. »Dunum liegt auf unserem Weg!« Das war eine größere Festung, und obwohl die Garnison zweifellos dezimiert worden war, mochten sich dort noch genug Speerkämpfer befinden, um unsere kleine Streitmacht zu vernichten.

»Es würde mich nicht kümmern, Derfel, wenn sämtliche Festungen Britanniens auf unserem Weg lägen.« Arthur spie mir seine Worte entgegen. »Tut, was Ihr wollt, aber ich gehe nach Caer Cadarn.« Damit eilte er davon und rief den Rittern zu, die Richtung nach Westen einzuschlagen.

Ich schloß die Augen, fest überzeugt, daß mein Lord sterben wollte. Ohne Guineveres Liebe wollte er nur noch sterben. Inmitten des Landes, für das er so lange gekämpft hatte, wollte er unter den Speeren des Feindes fallen. Ich konnte mir keine andere Erklärung vorstellen, warum er diesen kleinen Trupp erschöpfter Speerkämpfer mitten ins Herz der Rebellion führen wollte, es sei denn, er wollte neben Dumnonias Krönungsstein sterben. Doch dann kam mir eine Erinnerung, und ich machte die Augen auf. »Vor langer Zeit«, erklärte ich Nimue, »habe ich mal mit Ailleann gesprochen.« Ailleann war eine irische Sklavin, älter als Arthur, aber sie war ihm eine liebevolle Gefährtin gewesen, bevor er Guinevere kennenlernte; Amhar und Loholt waren ihre undankbaren Söhne. Sie lebte noch, würdevoll und grauhaarig geworden, und zwar vermutlich immer noch unter Belagerung in Corinium. Und nun stand ich verloren im zerschlagenen Dumnonia und hörte über die Jahre hinweg ihre Stimme. »Beobachtet ihn doch einmal«, hatte sie zu mir gesagt, »wenn ihm die Vernichtung droht, wenn alles nur noch Finsternis ist, denn dann wird er Euch in Erstaunen versetzen. Er wird siegen.« Genau das berichtete ich jetzt Nimue. »Und dann hat sie gesagt«, fuhr ich fort, »daß er, sobald er den Sieg errungen hat, seinen üblichen Fehler machen und seinen Feinden vergeben wird.«

»Nicht dieses Mal«, widersprach Nimue. »Nicht dieses Mal. Der Narr hat seine Lektion gelernt, Derfel. Also, was wirst du tun?«

»Das, was ich immer tue«, antwortete ich. »Mit ihm gehen.«

Dem Feind an die Gurgel. Nach Caer Cadarn.

An jenem Tag schien Arthur von einer hektischen, verzweifelten Energie getrieben zu sein, fast so, als läge die Lösung all seiner traurigen Probleme auf dem Gipfel von Caer Cadarn. Er machte keinen Versuch, seine kleine Streitmacht zu verstecken, sondern marschierte mit uns unter dem flatternden Bärenbanner nach Nordwesten. Er ritt auf dem Pferd eines anderen Mannes, aber er trug seine berühmte Rüstung, damit jeder sehen konnte, wer es war, der da ins Herz des Landes hineinritt. Er ritt so schnell, wie meine Speerkämpfer marschieren konnten, und wenn eins der Pferde sich am Huf verletzte, ließ er es einfach laufen und drängte weiter. Er wollte unbedingt den Caer erreichen.

Zunächst aber kamen wir nach Dunum. Die Alten hatten eine

große Festung auf Dunums Hügel angelegt, die Römer hatten einen eigenen Wall hinzugefügt, und Arthur hatte die Befestigungsanlagen reparieren lassen, um eine starke Garnison dort zu stationieren. Die Soldaten dort hatten nie eine Schlacht erlebt, aber wenn Cerdic je an der dumnonischen Küste angreifen sollte, würde Dunum eins seiner ersten größeren Hindernisse darstellen; deswegen hatte Arthur dafür gesorgt, daß die Festung trotz der langen Friedensjahre nicht verfiel. Hoch über den Wällen wehte ein Banner, und als wir näher kamen, erkannten wir, daß es nicht der Seeadler war, sondern der rote Drachen. Dunum war loyal geblieben.

Dreißig Mann waren von der Garnison noch übrig. Die anderen waren entweder Christen gewesen und desertiert, oder hatten, weil sie fürchteten, daß Mordred und Arthur beide tot waren, jeden Widerstand aufgegeben und sich davongemacht. Lanval jedoch, der Befehlshaber der Garnison, hatte zu seiner schrumpfenden Streitmacht gehalten und wider jede Vernunft gehofft, daß sich die bösen Nachrichten als falsch erwiesen. Jetzt, da Arthur eingetroffen war, führte Lanval seine Männer zum Tor hinaus, während Arthur aus dem Sattel glitt und den alten Kämpen mit einer herzlichen Umarmung begrüßte. So waren wir jetzt siebzig Speerkämpfer statt vierzig, und wieder mußte ich an Ailleanns Worte denken. Wenn man überzeugt ist, er sei geschlagen, hatte sie zu mir gesagt, beginnt er zu siegen.

Lanval ritt im Schritt neben mir einher und berichtete, wie Lancelots Speerkämpfer an der Festung vorbeigezogen waren. »Wir konnten sie nicht aufhalten«, sagte er verbittert, »und sie haben uns nicht herausgefordert. Sie haben nur versucht, mich zur Übergabe zu bewegen. Ich antwortete, daß ich Mordreds Banner einholen werde, sobald mir Arthur den Befehl dazu gebe, und daß Arthur tot sei, werde ich erst glauben, wenn er mir seinen Kopf auf einem Schild bringe.« Arthur mußte ihm etwas über Guinevere gesagt haben, denn Lanval wich ihr aus, obwohl er einst der Befehlshaber ihrer Leibgarde gewesen war. Als ich ihm ein wenig von dem erzählte, was sich im Seepalast abgespielt hatte, schüttelte er bedrückt den Kopf. »Sie und Lancelot haben's in Durnovaria getrieben«, sagte er. »In diesem Tempel, den sie sich da eingerichtet hatte.«

»Das wußtet Ihr?« fragte ich erschrocken.

»Ich wußte es nicht«, gab er müde zurück, »aber ich habe Gerüchte gehört, Derfel, nur Gerüchte, und wollte nichts Näheres wissen.« Er spie an den Wegesrand. »Ich war an dem Tag dabei, an dem Lancelot aus Ynys Trebes kam, und kann mich gut daran erinnern, daß die beiden die Blicke nicht voneinander wenden konnten. Später haben sie es natürlich verborgen, und Arthur hegte nicht den geringsten Verdacht. Außerdem hat er es ihnen so leicht gemacht! Er hat ihr vertraut, und er war nie zu Hause. Ständig war er unterwegs, um eine Festung zu inspizieren oder um irgendwo über jemanden zu Gericht zu sitzen.« Lanval schüttelte den Kopf. »Ich bezweifle nicht, daß sie es als Religion bezeichnet, Derfel, aber ich sage Euch, wenn diese Lady in jemanden verliebt ist, dann ist es Lancelot.«

»Ich glaube, daß sie Arthur liebt«, entgegnete ich.

»Das mag wohl sein, aber er ist zu aufrichtig für sie. In Arthurs Herz wohnt kein Geheimnis, alles steht ihm ins Gesicht geschrieben, während sie das Hintergründige liebt. Es ist Lancelot, bei dem ihr Herz schneller schlägt, sage ich Euch.« Und es war Guinevere, dachte ich traurig, bei der Arthurs Herz schneller schlug – was gegenwärtig in seinem Herzen geschah, wagte ich mir nicht vorzustellen.

Die Nacht verbrachten wir im Freien. Meine Männer bewachten Guinevere, die sich mit Gwydre beschäftigte. Von ihrem Schicksal war bisher nicht gesprochen worden, und keiner von uns mochte Arthur danach fragen, also behandelten wir sie alle mit distanzierter Höflichkeit. Sie behandelte uns ebenso, erbat keine Gefälligkeiten und ging Arthur aus dem Weg. Als es Nacht wurde, erzählte sie Gwydre Geschichten; doch als er eingeschlafen war, sah ich, daß sie sich neben ihm vor und zurück wiegte und leise weinte. Arthur sah es ebenfalls, denn auch er begann zu weinen und ging davon bis zum Rand des Hügels, damit niemand sein Elend mit ansehen konnte.

Bei Morgengrauen brachen wir wieder auf, und unser Weg führte uns in eine liebliche Landschaft hinab, sanft beschienen von der Sonne, die in einen wolkenlosen Himmel emporstieg. Dies war das Dumnonia, für das Arthur kämpfte, ein reiches, fruchtbares

Land, das die Götter so wunderschön gemacht hatten. Die Dörfer hatten dicke Strohdächer und große Obstgärten, obwohl zu viele Hüttenwände das Zeichen des Fisches trugen, während andere niedergebrannt waren. Doch mir fiel auf, daß die Christen Arthur nicht mehr beleidigten, wie sie es vor einiger Zeit noch getan hätten, und das ließ mich vermuten, daß sich das Fieber, das in Dumnonia gewütet hatte, allmählich legte. Zwischen den Dörfern wand sich die Straße zwischen rosa Brombeerblüten und leuchtend bunten Wiesen voll blühendem Klee, Butterblumen und Mohnblumen dahin. Weidenlaubsänger und Goldammern, die letzten Vögel, die ihr Nest bauten, flogen mit Strohhalmen im Schnabel vorüber, und weiter oben, über ein paar Eichen, sah ich einen Falken, der sich in die Lüfte schwang; doch dann erkannte ich, daß es kein Falke war, sondern ein junger Kuckuck, der seine ersten Flugversuche machte. Und das, fand ich, sei ein gutes Zeichen, denn wie der junge Kuckuck sah Lancelot einem Falken nur ähnlich und war in Wirklichkeit nichts weiter als ein Usurpator.

Wenige Meilen vor Caer Cadarn machten wir an einem kleinen Kloster halt, das an einer heiligen Quelle in einem Eichenhain errichtet worden war. Dies war einmal ein Druidenschrein gewesen, doch nun bewachte der Christengott das Wasser; aber der Gott vermochte nichts gegen meine Speerkämpfer auszurichten, die das Tor der Palisade auf Arthurs Befehl aufbrachen und ein Dutzend Mönche ihrer braunen Kutten beraubten. Der Bischof des Klosters weigerte sich, eine Bezahlung dafür anzunehmen, und bedachte Arthur statt dessen mit Flüchen, woraufhin Arthur, dessen Zorn jetzt unbezähmbar war, den Bischof niederschlug. Wir ließen ihn blutend in der heiligen Quelle liegen und marschierten gen Westen. Der Bischof hieß Carannog und ist heutzutage ein Heiliger. Arthur hat, denke ich manchmal, mehr Menschen zu Heiligen gemacht als Gott.

Wir erreichten Caer Cadarn über den Hügel Pen, machten aber unterhalb der Kuppe halt, bevor wir von den Wällen aus zu sehen waren. Arthur wählte ein Dutzend Speerkämpfer aus und befahl ihnen, sich die Haare zur Christentonsur scheren zu lassen und anschließend die Mönchskutten anzuziehen. Das Scheren übernahm Nimue, die alle abgeschnittenen Haare in einem Beutel sammelte, damit sie in Sicherheit waren. Ich wollte einer von den zwölfen sein, aber Arthur schlug mir die Bitte ab. Wer immer am Tor von Caer Cadarn Einlaß begehrte, erklärte er mir, dürfe kein Gesicht haben, das erkannt werden könnte.

Issa, der sich ebenfalls dem Messer anvertraute, grinste mir zu, nachdem er die Haare auf der vorderen Hälfte seines Schädels geopfert hatte. »Sehe ich aus wie ein Christ, Lord?«

»Wie dein Vater siehst du aus«, gab ich zurück. »Kahlköpfig und häßlich.«

Die zwölf Männer trugen Schwerter unter den Kutten, aber keine Speere. Wir schlugen die Speerspitzen von den Schäften und gaben ihnen die Stangen als Waffen mit. Ihre geschorenen Stirnen waren blasser als ihre Gesichter, doch wenn sie die Kapuzen der Kutten über den Kopf gezogen hatten, würden sie als Mönche durchgehen. »Los!« sagte Arthur zu ihnen.

Militärisch gesehen war Caer Cadarn unbedeutend, aber als Symbol von Dumnonias Königtum war es von unschätzbarem Wert. Aus diesem Grund würde die alte Festung schwer bewacht sein, das war uns klar, und unsere zwölf falschen Mönche würden nicht nur Mut, sondern auch Glück brauchen, wenn sie die Wachen überlisten und dazu bringen wollten, das Tor zu öffnen. Nimue gab ihnen einen beschützenden Zauberspruch mit auf den Weg, dann kletterten sie über die Kuppe des Pen und schritten im Gänsemarsch den Hang hinab. Vielleicht lag es daran, daß wir den Kessel mit uns führten, vielleicht lag es auch an Arthurs gewohntem Kriegsglück, jedenfalls funktionierte unsere List. Arthur und ich lagen im warmen Gras der Hügelkuppe und beobachteten, wie Issa und seine Männer den steilen Westhang des Pen hinabschlitterten und -stolperten, die weiten Wiesen überquerten und dann auf der anderen Seite den steilen Pfad emporklommen, der zu Caer Cadarns Osttor führte. Sie gaben vor, Flüchtlinge zu sein, die vor einem Überfall von Arthurs Reitern davongelaufen waren, und schienen die Wachen mit ihrer Geschichte zu überzeugen, denn diese öffneten ihnen anstandslos die Torflügel. Issas Männer töteten die Wachen und griffen sich die Speere und Schilde der Toten, damit sie das kostbare offene Tor verteidigen konnten. Auch dies verziehen die Christen Arthur niemals.

In dem Moment, da Arthur sah, daß das Tor des Caer erobert worden war, schwang er sich auf Llamreis Rücken. »Vorwärts!« rief er, und seine zwanzig Reiter trieben ihre Pferde über die Kuppe des Pen und den steilen Grashang hinab. Zehn Mann folgten Arthur zur Festung hinauf, während die übrigen zehn um den Fuß des Caer Cadarn herumgaloppierten, um den Kriegern der Garnison die Flucht abzuschneiden.

Wir anderen folgten. Lanval, dem Guinevere anvertraut worden war, kam etwas langsamer hinterdrein, meine Männer stürmten jedoch rücksichtslos den Abhang hinab und dann den steinigen Pfad des Caer hinauf bis dahin, wo Issa und Arthur auf uns warteten. Sobald das Tor gefallen war, hatte die Garnison auch nicht die geringste Gegenwehr gezeigt. Es waren fünfzig Speerkämpfer dort, die meisten kampfverletzte Veteranen oder Jünglinge, immerhin aber noch mehr als genug Männer, um die Wälle gegen unsere kleine Streitmacht verteidigen zu können. Die wenigen, welche die Flucht versuchten, wurden sehr schnell von unseren Reitern eingefangen und in die Festung zurückgebracht. Issa und ich waren inzwischen zur Brustwehr über dem Westtor hinübergegangen, um dort Lancelots Banner einzuholen und statt dessen Arthurs Bären zu hissen. Nimue verbrannte die abgeschnittenen Haare und spie dann die verängstigten Mönche an, die auf dem Caer lebten, um den Bau von Sansums großer Kirche zu überwachen.

Diese Mönche, die weit mehr Kampflust gezeigt hatten als die Krieger der Garnison, hatten bereits das Fundament für die Kirche ausgehoben und mit Steinen aus dem Steinkreis ausgekleidet, der auf dem Gipfel des Caer gestanden hatte. Sie hatten die Festhalle halb niedergerissen und das Holz dazu verwendet, die Wände der Kirche aufzubauen, die in Gestalt eines Kreuzes angelegt war. »Das wird ein hübsches Feuerchen geben«, verkündete Issa fröhlich und rieb sich die frisch geschnittene Tonsur.

Da Guinevere und ihr Sohn also die Halle nicht nutzen konnten, wurde ihnen die größte Hütte auf dem Caer zugewiesen. Es war das Heim einer Speerkämpferfamilie, die vertrieben wurde, damit man Guinevere dort einquartieren konnte. Sie betrachtete das primitive Lager aus Roggenstroh und die Spinnweben im Dachgebälk und erschauerte. Lanval stellte einen Speerkämpfer vor die Tür.

Dann sah er zu, wie Arthurs Reiter den Befehlshaber der Garnison herbeischleppten, einen jener Männer, die einen Fluchtversuch unternommen hatten.

Der besiegte Befehlshaber war Loholt, einer von Arthurs mürrischen Zwillingssöhnen, die ihrer Mutter Ailleann das Leben zur Qual gemacht und ihrem Vater immer nur Abneigung entgegengebracht hatten. Jetzt wurde Loholt, der in Lancelot seinen Lord gefunden hatte, an den Haaren vor seinen Vater gezerrt.

Loholt fiel auf die Knie. Arthur starrte ihn lange an. Dann wandte er sich ab und ging davon. »Vater!« rief Loholt. Arthur jedoch beachtete ihn nicht.

Er schritt zur Reihe der Gefangenen hinüber. Einige der Männer kannte er, denn sie hatten ihm einst gedient, während andere aus Lancelots Belgenreich stammten. Diese Männer, neunzehn an der Zahl, wurden in die halb aufgebaute Kirche geführt und dort getötet. Es war eine harte Strafe, aber Arthur war nicht in der Stimmung, Männern gegenüber Gnade walten zu lassen, die in sein Land eingedrungen waren. Er befahl meinen Männern, sie zu töten, und das taten sie. Die Mönche protestierten, und die Frauen und Kinder der Gefangenen schrien auf uns ein, bis ich befahl, sie allesamt zum Osttor zu führen und kurzerhand hinauszuwerfen.

Einunddreißig Gefangene verblieben, alles Dumnonier. Arthur zählte ihre Reihen ab und wählte sechs Mann von ihnen aus: den fünften, den zehnten, den fünfzehnten, den zwanzigsten, den fünfundzwanzigsten und den dreißigsten. »Tötet sie!« befahl er mir kalt, also trieb ich die sechs Männer in die Kirche und warf ihre Leichen zu den anderen auf den blutigen Haufen. Die restlichen Gefangenen knieten nieder und küßten einer nach dem anderen Arthurs Schwert, um ihren Treueid zu erneuern. Doch bevor er die Klinge küssen durfte, wurde jeder Mann dazu gezwungen, vor Nimue niederzuknien, die ihn mit einer Speerspitze, die sie in einem Kochfeuer rotglühend hielt, auf der Stirn zeichnete. Damit waren die Männer als Krieger, die sich gegen ihren Eidlord erhoben hatten, gebrandmarkt, und das Brandmal auf ihrer Stirn bedeutete, daß sie sofort getötet werden würden, wenn sie sich je wieder als treulos erwiesen. Solange ihre Stirnen brannten und schmerzten, waren sie eher zweifelhafte Verbündete; aber Arthur hatte noch immer über achtzig Mann, also ein richtiges kleines Heer, zur Verfügung.

Loholt wartete auf den Knien. Er war noch sehr jung, mit frischem Gesicht und mickrigem Bart, an dem Arthur ihn jetzt packte und zum Krönungsstein zerrte, der alles war, was von dem uralten Kreis geblieben war. Neben dem Stein schleuderte er seinen Sohn zu Boden. »Wo ist dein Bruder?« fragte er ihn.

»Bei Lancelot, Lord.« Loholt zitterte. Der Gestank nach verbranntem Fleisch versetzte ihn in Angst und Schrecken.

»Und wo ist das?«

»Sie sind nach Norden gegangen, Lord.« Loholt blickte zu seinem Vater auf.

»Dann darfst du ihnen folgen«, sagte Arthur, und Loholts Gesicht verriet tiefste Erleichterung darüber, daß er am Leben bleiben durfte. »Aber sag mir zuerst«, fuhr Arthur mit eiskalter Stimme fort, »warum du die Hand gegen deinen Vater erhoben hast.«

»Alle haben mir gesagt, daß Ihr tot seid, Lord.«

»Und was hast du getan, mein Sohn, um meinen Tod zu rächen?« fragte Arthur. Er wartete auf eine Antwort, aber Loholt hatte offenbar keine. »Und als du hörtest, daß ich noch lebe«, fuhr Arthur fort, »warum hast du da immer noch gegen mich gekämpft?«

Loholt sah in das unerbittliche Gesicht seines Vaters empor und schien von irgendwoher Mut zu schöpfen. »Ihr wart niemals ein Vater für uns«, warf er Arthur verbittert vor.

Arthurs Gesicht verzog sich wie im Krampf, und ich dachte schon, er werde einen schrecklichen Wutanfall bekommen –, doch als er dann sprach, war seine Stimme sonderbar ruhig. »Leg deine rechte Hand auf den Stein«, befahl er Loholt.

Loholt dachte, er solle einen Eid ablegen, daher legte er gehorsam die Hand auf die Mitte des Krönungsstein. Als Arthur jedoch Excalibur zog, begriff Loholt, was sein Vater zu tun beabsichtigte, und zog die Hand hastig zurück. »Nein!« schrie er entsetzt. »Bitte nicht!«

»Haltet sie fest, Derfel«, sagte Arthur.

Loholt wehrte sich gegen mich, aber er konnte nichts gegen meine Kraft ausrichten. Um ihn gefügig zu machen, schlug ich ihn ins Gesicht; dann entblößte ich seinen rechten Arm bis zum Ellbogen, zwang ihn flach auf den Stein und hielt ihn dort fest, während Arthur die Klinge hob. Loholt weinte. »Nicht, Vater! Bitte!«

Aber Arthur kannte an jenem Tag keine Gnade. Und noch viele Tage danach nicht. »Du hast die Hand gegen den eigenen Vater erhoben, Loholt, und dafür wirst du sowohl den Vater als auch die Hand verlieren. Von nun an bist du nicht mehr mein Sohn.« Mit diesem fürchterlichen Fluch hieb er mit dem Schwert zu, und als Loholt mit unerwarteter Heftigkeit zurückzuckte, ergoß sich ein Strom von Blut über den Stein. Loholt kreischte, als er den blutenden Stumpf hob, starrte entsetzt auf seine abgeschnittene Hand und wimmerte vor Schmerz und Qual. »Verbindet ihn«, befahl Arthur Nimue. »Danach kann der kleine Narr verschwinden.« Ohne sich umzusehen, ging er davon.

Mit der Fußspitze schleuderte ich die abgetrennte Hand mit den zwei armseligen Kriegerringen vom Königstein. Da Arthur Excalibur ins Gras geworfen hatte, hob ich die Klinge auf und legte sie ehrfürchtig quer über die Blutlache. Weil ich es für angemessen hielt. Das richtige Schwert auf den richtigen Stein. Und es hatte so viele Jahre gedauert, um es dorthin zu legen.

»Jetzt warten wir, bis der Bastard zu uns kommt«, verkündete Arthur voll Ingrimm.

Er konnte Lancelots Namen noch immer nicht aussprechen.

Lancelot erschien zwei Tage später.

Seine Rebellion brach in sich zusammen, aber das wußten wir damals noch nicht. Sagramor, verstärkt durch die ersten zwei Abteilungen Speerkämpfer aus Powys, hatte Cerdics Männern bei Corinium den Weg abgeschnitten, und die Sachsen konnten nur entkommen, indem sie einen verzweifelten nächtlichen Gewaltmarsch unternahmen. Dennoch verloren sie über fünfzig Mann an Sagramors Wüten. Cerdics Grenze lag noch immer viel weiter westlich als zuvor; aber die Nachricht, daß Arthur lebte und Caer Cadarn eingenommen hatte, sowie die Bedrohung durch Sagramors unerbittlichen Haß waren für Cerdic Grund genug, seinen Verbündeten Lancelot im Stich zu lassen. Er zog sich auf seine neue Grenze zurück und schickte Männer aus, um zu erobern, was sie von Lancelots belgischem Land erobern konnten. Wenigstens Cerdic hatte von der Rebellion profitiert.

Lancelot kam mit seinem Heer nach Caer Cadarn. Der harte Kern dieses Heeres waren Lancelots Sachsengarde und zweihundert Belgenkrieger, der von einem Landsturm aus Hunderten von Christen verstärkt worden war. Die Christen waren überzeugt, Gottes Werk zu tun, indem sie Lancelot dienten; aber die Nachricht, daß Arthur den Caer erobert hatte, und die Angriffe, die Morfans und Galahad südlich von Glevum vortrugen, verwirrten und entmutigten sie. Die Christen begannen zu desertieren, doch mindestens zweihundert hielten weiterhin zu Lancelot, als er zwei Tage nach unserer Eroberung des Königshügels in der Abenddämmerung eintraf. Er hatte immer noch eine Chance, sein neues Königreich zu behalten, wenn er nur den Mut hatte, Arthur anzugreifen; aber er zögerte, und am folgenden Tag schickte mich Arthur mit einer Botschaft zu ihm hinunter. Zum Zeichen dafür, daß ich gekommen war, um zu verhandeln, und nicht, um zu kämpfen, trug ich meinen Schild umgekehrt und hatte einen Zweig Eichenlaub an meinen Speer gebunden. Ein Häuptling der Belgen kam mir entgegen und schwor, den Waffenstillstand zu halten, bevor er mich zu dem Palast in Lindinis brachte, wo Lancelot Quartier genommen hatte. Bewacht von mürrischen Speerkämpfern, wartete ich im äußeren Hof, während Lancelot sich zu entscheiden versuchte, ob er mit mir sprechen sollte oder nicht.

Über eine Stunde mußte ich warten, aber schließlich kam Lancelot doch. Er war in seine weißemaillierte Schuppenrüstung gekleidet, trug seinen vergoldeten Helm unter dem Arm und die Christusklinge an der Seite. Amhar und der inzwischen verbundene Loholt standen hinter ihm, seine Sachsengarde und ein Dutzend Häuptlinge bildeten die Flanken, während Bors, sein Champion, neben ihm stand. Alle rochen sie nach Niederlage. Ich witterte den Geruch an ihnen wie den von fauligem Fleisch. Lancelot hätte uns auf dem Caer umzingeln, Morfans und Galahad vernichtend schlagen und dann zurückkehren können, um uns auszuhungern, aber er hatte den Mut verloren. Er wollte nur noch überleben. Sansum, stellte ich ironisch fest, war nirgendwo zu sehen. Der Mäuselord wußte, wann er sich unsichtbar machen mußte.

»So sehen wir uns wieder, Lord Derfel«, begrüßte mich Bors an Stelle seines Herrn.

Ich beachtete Bors nicht. »Lancelot«, wandte ich mich direkt an den König, verweigerte ihm aber die Ehre, ihn mit seinem Rang anzusprechen, »mein Lord Arthur wird Euren Männern Gnade erweisen – unter einer Bedingung.« Ich sprach so laut, daß alle Speerkämpfer im Hof mich hören konnten. Die meisten Krieger trugen Lancelots Seeadler auf ihren Schilden, einige hatten sich jedoch Kreuze oder den Doppelbogen des Fisches auf den Schild gemalt. »Und diese Bedingung ist, daß Ihr gegen unseren Champion kämpft«, fuhr ich fort. »Mann gegen Mann, Schwert gegen Schwert. Wenn Ihr überlebt, habt Ihr freien Abzug und dürft Eure Männer mit Euch nehmen; wenn Ihr sterbt, haben Eure Männer dennoch freien Abzug. Selbst wenn Ihr es vorzieht, nicht zu kämpfen, wird Euren Männern noch Pardon gewährt – allen bis auf jene, die früher unserem Lord König Mordred verschworen waren. Die werden getötet werden.« Es war ein heimtückisches Angebot. Wenn Lancelot kämpfte, rettete er damit das Leben der Männer, die die Seiten gewechselt hatten, um ihm zu helfen – wenn er die Herausforderung zurückwies, würde er sie damit zum Tode verurteilen, und sein kostbarer Ruf würde leiden.

Lancelot tauschte einen Blick mit Bors, dann wandte er sich wieder zu mir. Wie ich ihn verachtete in diesem Moment! Er hätte gegen uns kämpfen müssen, statt sich die Füße im Außenhof von Lindinis zu vertreten, aber er hatte sich von Arthurs Wagemut einschüchtern lassen. Er wußte nicht, wie viele Männer wir hatten, er konnte nur sehen, daß die Wälle des Caer von Speerspitzen starrten, und dieser Anblick hatte ihm jeden Kampfeswillen geraubt. Er beugte sich zu seinem Cousin hinüber und wechselte ein paar Worte mit ihm. Nachdem Bors ihm geantwortet hatte, richtete Lancelot den Blick wieder auf mich, und ein leichtes Lächeln huschte über sein Gesicht. »Bors, mein Champion«, sagte er, »akzeptiert Arthurs Herausforderung.«

»Das Angebot verlangt, daß Ihr kämpft«, gab ich zurück. »Und nicht, daß jemand Eure zahme Sau verschnürt und abschlachtet.«

Bors stieß ein bedrohliches Grollen aus und hatte sein Schwert schon halb aus der Scheide gezogen, als der Belgenhäuptling, der für meine Sicherheit garantierte, mit seinem Speer vortrat. Bors gab nach.

»Und Arthurs Champion?« erkundigte sich Lancelot. »Ist das vielleicht Arthur selbst?«

»Nein.« Ich lächelte. »Um diese Ehre habe ich gebeten«, antwortete ich ihm, »und sie wurde mir zuteil. Ich will mich für die Kränkung rächen, die Ihr Ceinwyn angetan habt. Ihr wolltet sie nackt durch Ynys Wydryn treiben, ich aber werde Euren nackten Leichnam durch ganz Dumnonia schleppen. Und was meine Tochter betrifft«, fuhr ich fort, »deren Tod ist inzwischen gerächt. Eure Druiden liegen tot auf der linken Seite, Lancelot. Ihre Leichen wurden nicht verbrannt, und ihre Seelen wandern.«

Lancelot spie mir vor die Füße. »Richtet Arthur aus«, sagte er, »daß ich ihm meine Antwort um Mittag sende.« Damit wandte er sich ab.

»Habt Ihr auch eine Nachricht für Guinevere?« fragte ich ihn. Diese Frage veranlaßte ihn, sich noch einmal umzudrehen. »Eure Geliebte ist auf dem Caer«, erklärte ich ihm. »Wollt Ihr wissen, was mit ihr geschehen wird? Arthur hat mir mitgeteilt, welches Schicksal sie erwartet.«

Voller Abscheu starrte er mich an, spie noch einmal aus, machte dann kehrt und ging davon. Ich tat das gleiche.

Als ich auf den Caer zurückkehrte, fand ich Arthur auf der Brustwehr über dem Westtor, wo er mir vor vielen Jahren die Pflichten eines Soldaten erläutert hatte. Dessen Pflicht sei es, wie er mir sagte, für jene in die Schlacht zu ziehen, die nicht für sich selbst kämpfen konnten. Das war seine Überzeugung, und all die vielen Jahre hatte er für das Kind Mordred gekämpft. Und jetzt, da er endlich für sich selbst kämpfte, hatte er all das verloren, was ihm am teuersten war. Ich überbrachte ihm Lancelots Antwort. Er nickte schweigend und winkte mich dann wieder davon.

Später an jenem Vormittag schickte Guinevere Gwydre zu mir, um mich zu sich zu bitten. Der Knabe erkletterte die Wälle, auf denen ich mit meinen Männern stand, und zupfte mich am Mantel. »Onkel Derfel?« Mit mattem Lächeln blickte er zu mir empor. »Mutter möchte Euch sprechen.« Er sagte es ängstlich, mit Tränen in den Augen.

Ich warf einen Blick zu Arthur hinüber, aber der interessierte sich nicht für uns. Also stieg ich die Treppe hinab und ging mit Gwydre zur Hütte des Speerkämpfers. Es muß Guineveres verletzten Stolz bis ins Mark getroffen haben, daß sie mich zu sich bitten mußte; aber sie wollte Arthur eine Nachricht zukommen lassen und wußte, daß ihm niemand auf Caer Cadarn so nahestand wie ich. Als ich durch die Tür in die Hütte schlüpfte, erwartete sie mich stehend. Ich verneigte mich vor ihr. Dann wartete ich, während sie Gwydre anwies, zu seinem Vater zu laufen und sich mit ihm zu unterhalten.

Die Hütte war gerade eben hoch genug, daß Guinevere aufrecht stehen konnte. Ihr Gesicht war abgehärmt, fast eingefallen, doch irgendwie verlieh ihr die Traurigkeit eine durchscheinende Schönheit, die ihre gewohnte stolze Miene nie zugelassen hatte. »Nimue sagt mir, daß Ihr mit Lancelot gesprochen habt«, begann sie so leise, daß ich mich vorbeugen mußte, um sie zu verstehen.

»Ja, Lady. Das ist richtig.«

Ihre rechte Hand spielte unbewußt mit den Falten ihres Gewandes. »Hat er Euch eine Nachricht mitgegeben?«

»Nein, Lady.«

Mit ihren großen, grünen Augen starrte sie mich an. »Bitte, Derfel«, sagte sie leise.

»Ich habe ihn aufgefordert, etwas zu sagen, Lady. Er hat geschwiegen.«

Sie sank auf eine primitive Bank. Eine Zeitlang schwieg sie, während ich beobachtete, wie sich eine Spinne aus dem Dachstroh herabließ und ihren Faden immer weiter auf ihre Haare herunterspann. Wie gebannt war ich von dem Insekt und fragte mich, ob ich es wegwischen oder in Ruhe lassen sollte. »Was habt Ihr zu ihm gesagt?« wollte sie wissen.

»Ich erbot mich, mit ihm zu kämpfen, Lady, Mann gegen Mann, Hywelbane gegen die Christusklinge. Und dann versprach ich ihm, seinen nackten Leichnam durch ganz Dumnonia zu schleppen.«

Heftig schüttelte sie den Kopf. »Kämpfen!« sagte sie zornig, »das ist alles, was ihr Rohlinge tun könnt!« Ein paar Sekunden lang schloß sie die Augen. »Es tut mir leid, Lord Derfel«, sagte sie dann kleinlaut. »Ich dürfte Euch nicht beleidigen, solange ich Euch brauche, um Lord Arthur eine Bitte vorzutragen.« Als sie zu mir aufblickte, erkannte ich, daß sie nicht weniger gebrochen war als Arthur. »Werdet Ihr das für mich tun?« fragte sie mich.

»Welche Bitte, Lady?«

»Bittet ihn, mich gehen zu lassen, Derfel. Sagt ihm, ich werde übers Meer fahren. Sagt ihm, er kann unseren Sohn behalten, und daß es wirklich unser Sohn ist und daß ich fortgehen werde und daß er nie wieder etwas von mir sehen und hören wird.«

»Ich werde ihn fragen, Lady«, gab ich zurück.

Sie hörte den Zweifel aus meiner Stimme heraus und sah mich traurig an. Die Spinne war in ihren dichten, roten Haaren verschwunden. »Meint Ihr, er wird es mir verweigern?« fragte sie mich mit ganz kleiner, ängstlicher Stimme.

»Lady«, antwortete ich, »er liebt Euch. Er liebt Euch so sehr, daß ich glaube, er wird Euch niemals gehen lassen.«

Eine Träne trat ihr ins Auge und rollte ihre Wange hinab. »Aber was wird er dann mit mir machen?« fragte sie. Ich antwortete nicht. »Was wird er mit mir machen, Derfel?« fragte mich Guinevere plötzlich wieder mit ihrer alten Energie. »Sagt es mir!«

»Er wird Euch irgendwo hinbringen, wo Ihr in Sicherheit seid, Lady«, antwortete ich bedächtig, »und Euch dort unter Bewachung festhalten.« Und tagtäglich, dachte ich, wird er an sie denken, jede Nacht wird er ihr Bild im Traum sehen, und an jedem Morgen wird er sich im Bett umdrehen und entdecken, daß sie verschwunden ist. »Ihr werdet gut behandelt werden, Lady«, versicherte ich ihr freundlich.

»Nein!« weinte sie. Sie hätte den Tod erwarten können, doch die Aussicht auf endlose Gefangenschaft schien für sie noch schlimmer zu sein. »Bittet ihn, mich gehen zu lassen, Derfel. Sagt ihm einfach, er soll mich gehen lassen!«

»Ich werde ihn fragen«, versprach ich ihr, »aber ich glaube kaum, daß er es tun wird. Ich glaube, daß er es gar nicht tun *kann.*«

Jetzt weinte sie richtig, das Gesicht in den Händen verborgen, und obwohl ich dastand und wartete, sagte sie nichts mehr. Also entfernte ich mich aus der Hütte. Gwydre hatte die Gesellschaft seines Vaters zu bedrückend gefunden und wollte zu seiner Mutter zurückkehren; aber ich nahm ihn mit mir und ließ ihn dabei helfen, Excalibur zu reinigen und zu schleifen. Der arme Gwydre war verängstigt, denn er begriff nicht, was geschehen war, und weder Guinevere noch Arthur konnten es ihm erklären. »Deine Mutter ist sehr krank«, erzählte ich ihm, »und du weißt ja, daß Kranke manchmal allein sein müssen.« Dabei lächelte ich ihn an. »Vielleicht darfst du mit mir kommen und bei Morwenna und Seren leben.«

»Darf ich?«

»Ich glaube, deine Eltern werden es gestatten«, sagte ich, »und ich fände es wirklich schön. Aufgepaßt, das Schwert nicht so scheuern! Du mußt es schleifen. Mit langen, gleichmäßigen Strichen. So!«

Gegen Mittag ging ich zum Westtor hinüber und hielt nach Lancelots Boten Ausschau. Aber er kam nicht. Lancelots Heer zerstreute sich wie Sand, der vom Regen von einem Stein gewaschen wird. Einige gingen nach Süden, und mit ihnen ritt Lancelot, dessen Schwanenschwingen auf dem Helm hell und weiß leuchteten, als er davonritt; aber die meisten Männer kamen auf die Wiese am Fuß des Caer, legten dort ihre Speere, Schilde und Schwerter nieder und knieten im Gras, um auf Arthurs Gnade zu warten.

»Ihr habt gesiegt, Lord«, sagte ich.

»Ja, Derfel«, antwortete er im Sitzen, » das sieht so aus.« Sein neuer Bart, so seltsam grau, machte ihn älter. Nicht schwächer, aber älter und härter. Er stand ihm gut. Über seinem Kopf ließ ein Windstoß das Bärenbanner flattern.

Ich setzte mich zu ihm. »Prinzessin Guinevere«, begann ich, während ich beobachtete, wie das feindliche Heer weiter unten die Waffen niederlegte und im Gras kniete, »hat mich gebeten, Euch eine Bitte vorzutragen.« Er antwortete nicht. Er sah mich nicht einmal an. »Sie möchte …«

»… weggehen«, fiel er mir ins Wort.

»Ja, Lord.«

»Mit ihrem Seeadler«, sagte er verbittert.

»Das hat sie nicht gesagt, Lord.«

»Wohin sonst sollte sie gehen?« fragte er und richtete seinen eiskalten Blick auf mich. »Hat er nach ihr gefragt?«

»Nein, Lord. Er hat kein Wort gesagt.«

Darüber lachte Arthur, aber es war ein grausames Lachen. »Arme Guinevere«, sagte er, »arme, arme Guinevere. Er liebt sie nicht, stimmt's? Sie war nur ein schönes Spielzeug für ihn, ein weiterer Spiegel, in dem er die eigene Schönheit bewundern konnte. Das muß sie treffen, Derfel, das muß sie sehr tief treffen.«

»Sie bittet Euch, sie freizulassen«, wiederholte ich, wie ich es versprochen hatte. »Sie wird Euch Gwydre überlassen, sie wird weit fortgehen ...«

»Sie kann keine Bedingungen stellen«, warf Arthur zornig ein. »Keine einzige!«

»Nein, Lord«, sagte ich leise. Ich hatte mein Bestes für sie getan – ohne Erfolg.

»Sie wird in Dumnonia bleiben«, bestimmte Arthur.

»Ja, Lord.«

»Und Ihr werdet ebenfalls hierbleiben«, befahl er mir barsch. »Mordred mag Euch von seinem Eid befreien, ich aber werde das nicht tun. Ihr seid mein Mann, Derfel, Ihr seid mein Berater, und Ihr werdet hier bei mir bleiben. Von heute an seid Ihr mein Champion.«

Ich wandte mich dorthin, wo das frisch gereinigte und geschliffene Schwert auf dem Krönungsstein lag. »Bin ich immer noch der Champion eines Königs, Lord?« fragte ich ihn.

»Wir haben schon einen König«, gab er zurück, »und diesen Eid werde ich nicht brechen. Aber ich werde dieses Land regieren. Kein anderer, Derfel, nur ich allein.«

Ich dachte an die Brücke bei Pontes, wo wir den Fluß überquert hatten, bevor wir gegen Aelle kämpften. »Wenn Ihr nicht König sein wollt, Lord«, sagte ich, »solltet Ihr unser Kaiser sein. Unser Lord der Könige.«

Er lächelte. Es war das erste Lächeln, das ich auf seinem Gesicht sah, seit Nimue im Seepalast den schwarzen Vorhang zur Seite gerissen hatte. Es war ein schwaches Lächeln, aber es war ein Lächeln. Und meinen Titel wies er auch nicht zurück. Kaiser Arthur, Lord der Könige.

Lancelot war fort, und das, was sein Heer gewesen war, kniete angstzitternd vor uns im Gras. Ihre Feldzeichen waren gefallen, ihre Speere lagen am Boden und daneben ihre Schilde. Der Wahnsinn war wie ein Gewitter über Dumnonia hinweggefegt, aber er war vorüber; Arthur hatte gesiegt, und unter uns wartete im Schein der Sommersonne ein ganzes Heer kniend auf seine Gnade. Das war es, wovon Guinevere einstmals geträumt hatte: Dumnonia zu Arthurs Füßen und sein Schwert auf dem Krönungsstein. Nun aber war es zu spät. Zu spät für sie.

Aber für uns, die wir unseren Eid gehalten hatten, war es, was wir uns immer gewünscht hatten, denn jetzt war Arthur in allem, nur nicht im Namen, endlich unser König.

## Anmerkungen des Autors

Kesselgeschichten gibt es in den keltischen Volksmärchen viele, und ganze Scharen von Kriegern machten sich auf, sie an den finstersten, unheimlichsten und gefährlichsten Orten zu suchen. Auch Cúchulain, der große Held der Iren, soll zum Beispiel einen Zauberkessel aus einer mächtigen Festung gestohlen haben, und in den Waliser Sagen kommen immer wieder ähnliche Themen vor. Die Quelle jener Sagen ist heute fast unmöglich aufzuspüren; aber wir können relativ sicher sein, daß die populären mittelalterlichen Erzählungen von der Suche nach dem Heiligen Gral nichts weiter waren als eine christianisierte Bearbeitung der weit älteren Kesselmythen. Eine dieser Sagen rankt sich um den Kessel von Clyddno Eiddyn, der eins der dreizehn Kleinodien Britanniens war. Diese Kleinodien sind aus den modernen Nacherzählungen der Arthursage verschwunden, waren in früheren Zeiten jedoch fest in ihr verankert. Da die Liste der Kleinodien von Quelle zu Quelle variiert, habe ich ein mehr oder weniger repräsentatives Beispiel zusammengestellt. Nimues Erklärung ihrer Ursprünge ab Seite 147 ist allerdings frei erfunden.

Kessel und magische Kleinodien zeigen uns, daß wir uns auf heidnischem Territorium befinden, und das läßt es seltsam erscheinen, daß die späteren Arthursagen so stark christianisiert worden sind. War Arthur der »Feind Gottes«? Einige frühe Erzählungen deuten in der Tat an, daß die keltische Kirche Arthur feindselig gegenüberstand; so heißt es im *Life of St. Padarn* zum Beispiel, Arthur habe die rote Tunika des Heiligen gestohlen und erst versprochen, sie zurückzugeben, nachdem der Heilige ihn bis zum Hals in der Erde vergraben hatte. Auch soll Arthur den Altar des heiligen Carannog gestohlen haben, um ihn als Speisetafel zu benutzen; ja, in vielen Heiligenlegenden wird Arthur als Tyrann dargestellt, dem nur die Frömmigkeit oder die Gebete des Heiligen Einhalt gebieten können. Der heilige Cadoc war offenbar ein berühmter Gegner Arthurs, dessen Lebensbeschreibung mit der Anzahl seiner Siege über Arthur prahlt. Darunter findet sich eine eher geschmacklose Geschichte, in der Arthur, von einem fliehenden Liebespaar beim Würfelspiel gestört, das Mädchen zu vergewaltigen versucht. Dieser Arthur, ein Dieb, Lügner und Möchtegern-Vergewaltiger, ist eindeutig nicht der Arthur der modernen Sage; aber die Erzählungen lassen darauf schließen, daß Arthur sich irgendwie die starke Abneigung der frühen Kirche zugezogen hat, und die einfachste Erklärung für diese Abneigung ist die, daß Arthur eben ein Heide war.

Dessen können wir allerdings nicht sicher sein, ebensowenig, wie wir erraten können, welche Art Heide er war. Das Druidentum, die heimische Religion der Britannier, war durch vier Jahrhunderte römischer Herrschaft so untergraben worden, daß es im späten fünften Jahrhundert nur noch eine leere Hülle war, obwohl es in den ländlichen Gebieten Britanniens zweifellos noch länger standhielt. Der schmerzlichste Schlag für das Druidentum war das Schwarze Jahr 60 nach Christus, als die Römer Ynys Mon (Anglesey) stürmten und damit das Kultzentrum des Glaubens zerstörten. Llyn Cerrig Bach, der See der Kleinen Steine, hat existiert, und die Archäologen hielten ihn für einen wichtigen Ort der druidischen Rituale; aber leider wurde der See mitsamt seiner Umgebung während des Zweiten Weltkriegs zerstört, weil der Stützpunkt Valley Airfield erweitert werden mußte.

Die Religionen, die zu Rivalen des Druidentums wurden, waren von den Römern eingeführt worden, und der Mithraskult stellte eine Zeitlang sogar eine echte Bedrohung für das Christentum dar. Andere Götter wie Merkur und Isis lebten zwar ebenfalls noch lange fort, aber das Christentum war der bei weitem erfolgreichste all dieser Importe. Sogar nach Irland war es vorgedrungen, Patrick (Padraig), ein britannischer Christ, der das Dogma der Dreifaltigkeit mit Hilfe des Kleeblatts erklärt haben soll, hat es dorthin gebracht. Die Sachsen rotteten das Christentum in jenen Teilen Britanniens aus, die sie eroberten, so daß die Engländer weitere hundert Jahre lang warten mußten, bis der heilige Augustin von Canterbury diesen Glauben in Lloegyr (heute England) wieder einführte. Der augustinische Christenglaube unterschied sich um einiges von den früheren keltischen Formen: Ostern wurde an einem anderen Tag gefeiert, und statt die Tonsur der Druiden zu übernehmen, die sich den vorderen Teil des Kopfes rasierten, entschieden sich die neuen Christen für die uns vertrautere runde, kahle Stelle auf der Schädeldecke.

Genau wie im *Winterkönig* habe ich auch hier absichtlich einige Anachronismen eingeführt. Die Arthursage ist teuflisch kompliziert, vor allem, weil sie alle möglichen verschiedenen Erzählungen beinhaltet, von denen viele, wie etwa die Geschichte von Tristan und Iseult, als eigene Sagen begannen und erst allmählich in die weit umfangreichere Arthursage integriert wurden. Einmal erwog ich, alle späteren Zuwächse wegzulassen, aber das hätte mir – unter vielen anderen Dingen – auch Merlin und Lancelot genommen; deswegen ließ ich es zu, daß die Romantik den Sieg über die Pedanterie davontrug. Daß ich das Wort Camelot in mein Buch aufnahm, ist – ich muß es gestehen – historisch gesehen kompletter Unsinn; denn da dieser Name erst im zwölften Jahrhundert erfunden wurde, hätte er Derfel niemals zu Ohren kommen können.

Einige Personen wie Derfel, Ceinwyn, Culhwch, Gwenhwyvach, Gwydre, Amhar, Loholt, Dinas und Lavaine sind im Laufe der Jahrhunderte aus den Sagen verschwunden und durch neue Personen wie Lancelot ersetzt worden. Andere Namen haben sich im Laufe der Jahre verändert: aus Nimue wurde Vivien, aus Cei wurde Kay, aus Peredur Perceval. Die frühesten Namen sind walisisch und können ziemlich schwierig sein – aber mit Ausnahme von Excalibur (statt Caledfwlch) und Guinevere (für Gwenhwyfar) habe ich sie weitgehend vorgezogen, denn sie spiegeln das Milieu Britanniens im fünften Jahrhundert wider. Die Arthursage ist eine walisische Erzählung, und Arthur ist ein Vorfahre der Waliser, während seine Feinde wie Cerdic und Aelle zu den Menschen gehörten, die später als Engländer bekannt wurden; daher scheint es mir nur korrekt, wenn ich die walisischen Ursprünge dieser Sagen unterstreiche. Natürlich will ich nicht behaupten, daß meine Arthur-Trilogie auch nur annähernd die wahre Geschichte jener

Zeit wiedergibt, ja, sie strebt dies nicht einmal an, sondern will nichts sein als eine weitere Variation der phantastischen und komplizierten Sage, die aus barbarischen Zeiten auf uns überkommen ist, uns aber dennoch immer noch fesselt, weil sie voll Heldentum, Romantik und Tragödien steckt.

Bernard Cornwell
bei
Blanvalet

## Der Winterkönig

*Roman. 567 Seiten*

**Arthur – König, Kriegsherr, Friedensfürst.
Ein Mensch zwischen Ehrgeiz und Visionen.
Ein Mann zwischen Pflicht und Leidenschaft.
Der farbenprächtige historische Roman,
in dem die Artus-Sage zu neuem,
kraftvollem Leben erwacht!**

»Bernard Cornwell auf dem Höhepunkt seines Könnens: Ihm gelingt es aufs Intelligenteste, durch präzise historische Kenntnisse eine längst vergangene Epoche zu strahlendem Leben zu erwecken.« *New York Times*

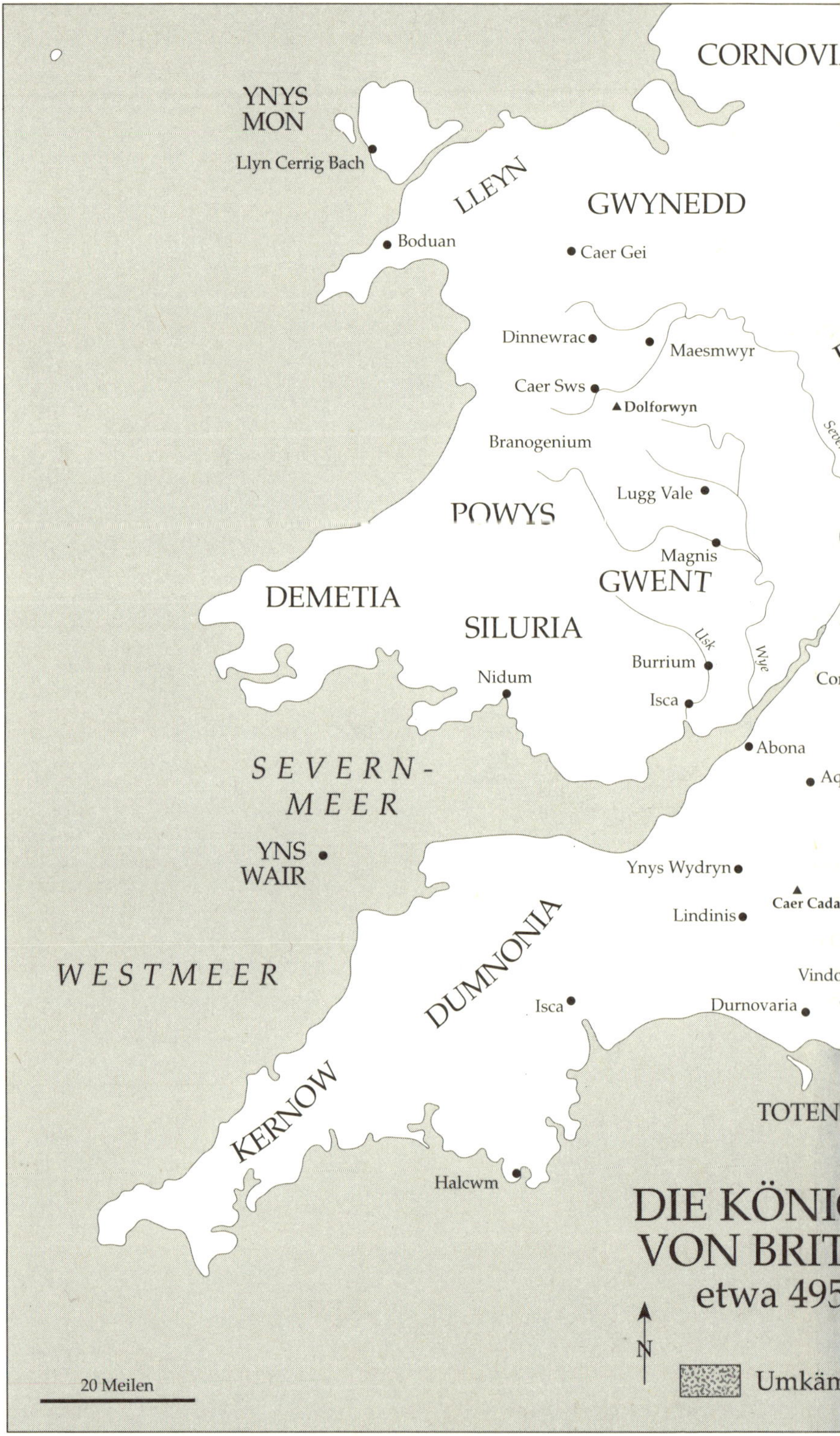
CORNOVI
YNYS MON
Llyn Cerrig Bach
LLEYN
GWYNEDD
Boduan
Caer Gei
Dinnewrac
Maesmwyr
Caer Sws
Dolforwyn
Branogenium
Lugg Vale
POWYS
Magnis
GWENT
DEMETIA
SILURIA
Usk
Wye
Burrium
Nidum
Isca
Abona
SEVERN-MEER
YNS WAIR
Ynys Wydryn
Caer Cada
Lindinis
WESTMEER
DUMNONIA
Isca
Durnovaria
KERNOW
TOTEN
Halcwm
DIE KÖNI
VON BRIT
etwa 495
N
Umkän
20 Meilen